À PROPOS DE L'AUTEUR

Elizabeth Heiter est diplômée de littérature anglaise et membre des Romance Writers of America. Par ailleurs, son talent pour le suspense ainsi que sa nervosité d'écriture font d'elle une auteure extrêmement prometteuse et résolument contemporaine.

W0295560

Le secret du marais

*

Opération protection

*

Un message dans la nuit

ELIZABETH HEITER

Le secret du marais

INTÉGRALE

DES HOMMES DE LOI

Traduction française de

CAROLE PAUWELS

SAGAS

HARLEQUIN

Collection : SAGAS

Titre original :
DISARMING DETECTIVE

Ce roman a déjà été publié en 2016

© 2015, Elizabeth Heiter.
© 2016, 2020, HarperCollins France pour la traduction française.

Ce livre est publié avec l'autorisation de HARLEQUIN BOOKS S.A.

Tous droits réservés, y compris le droit de reproduction de tout ou partie de l'ouvrage, sous quelque forme que ce soit.
Toute représentation ou reproduction, par quelque procédé que ce soit, constituerait une contrefaçon sanctionnée par les articles 425 et suivants du Code pénal.

Si vous achetez ce livre privé de tout ou partie de sa couverture, nous vous signalons qu'il est en vente irrégulière. Il est considéré comme « invendu » et l'éditeur comme l'auteur n'ont reçu aucun paiement pour ce livre « détérioré ».

Cette œuvre est une œuvre de fiction. Les noms propres, les personnages, les lieux, les intrigues, sont soit le fruit de l'imagination de l'auteur, soit utilisés dans le cadre d'une œuvre de fiction. Toute ressemblance avec des personnes réelles, vivantes ou décédées, des entreprises, des événements ou des lieux, serait une pure coïncidence.

Le visuel de couverture est reproduit avec l'autorisation de :
© MIGUEL SOBREIRA/ARCANGEL IMAGES
Réalisation graphique couverture : L. SLAWIG (HarperCollins France)

Tous droits réservés.

HARPERCOLLINS FRANCE
83-85, boulevard Vincent-Auriol, 75646 PARIS CEDEX 13
Service Lectrices — Tél. : 01 45 82 47 47

www.harlequin.fr

ISBN 978-2-2804-3338-9 — ISSN 2426-993X

1

Alors qu'elle quittait l'immeuble sécurisé du FBI, Ella Cortez sentit une étrange sensation l'envahir.

Se fiant à son instinct qui lui soufflait qu'elle n'était pas seule, elle fut tentée de faire demi-tour pour se réfugier à l'intérieur. Mais, encombrée par la pile de dossiers qu'elle maintenait contre sa poitrine, elle n'eut pas le temps de réagir avant que la porte ne se referme.

Situé à Aquia, en Virginie, le bâtiment à l'architecture passe-partout était niché dans les bois, à l'écart de la route. Un vigile armé en contrôlait les abords, et l'accès au parking était strictement réservé aux spécialistes du comportement qui y travaillaient. Si un visiteur se présentait, le vigile devait appeler la personne avec qui le nouveau venu avait rendez-vous avant de le laisser entrer.

Quiconque parvenait à déjouer la sécurité pouvait donc à juste titre être considéré comme une menace. Et ce n'était pas parce que Ella prenait ses premières vraies vacances en deux ans que les criminels allaient en faire autant.

Sachant qu'elle risquait de se faire tirer dessus si elle réagissait trop vite, elle cilla pour accommoder sa vision à l'obscurité.

Son instinct, renforcé par les deux années qu'elle venait de passer dans l'Unité d'analyse du comportement, lui dictait de faire comme si elle n'avait rien remarqué, afin de mettre l'intrus en confiance. C'est pourquoi elle se garda de laisser tomber ses dossiers pour saisir son arme dans le holster d'épaule dissimulé sous sa veste.

Mais son cœur qui battait trop vite lui rappelait ses premières années au FBI. Et ce jour où, alors qu'elle faisait partie de la brigade antigang de Dallas, elle avait été touchée à la jambe, tandis que son coéquipier prenait deux balles dans le torse.

Un léger mouvement lui fit tourner la tête vers la gauche, en direction des deux seuls véhicules garés sur le parking.

Visible dans le halo du réverbère, une silhouette massive se faufilait le long de sa voiture.

L'homme était imposant, la dépassant d'au moins quinze centimètres et pesant vingt kilos de plus qu'elle, mais ce n'était pas un problème si elle l'empêchait de s'approcher.

Elle baissa les yeux vers les mains de l'inconnu et constata qu'elles étaient vides.

Son soulagement fut toutefois de courte durée quand elle remarqua le renflement caractéristique sur sa hanche.

Laissant tomber sa mallette et ses dossiers, elle s'empara de son Glock et le pointa sur l'homme.

— Levez les mains !

— Holà ! Attendez !

Levant les mains à hauteur des oreilles, il essaya de poursuivre :

— Ecoutez, je…

— Plus haut, les mains. Et mettez-vous à genoux.

— Mais, je…

— Maintenant !

Ella fit un pas en avant, fusillant l'homme du regard.

— Sortez votre arme de la main gauche et faites la glisser vers moi.

Tout en jurant entre ses dents, il obtempéra.

— Vous avez d'autres armes sur vous ?

— Non. Ecoutez, je suis inspecteur à la criminelle. Je suis venu de Floride pour parler à un profileur.

— Comment êtes-vous arrivé jusqu'ici ? demanda-t-elle, tout en notant son léger accent du Sud.

— Le vigile m'a laissé entrer.

Ce manquement au protocole fit tiquer Ella.

— Mon insigne est dans la poche intérieure de ma veste, poursuivit l'homme. Je vous le montre ?

— Jetez-le vers moi.

— Eh bien, vous ne faites pas les choses à moitié, dit-il avec une pointe d'amusement dans la voix.

Il avait tout à fait raison.

Chargée d'établir les profils des criminels les plus monstrueux qui soient, Ella savait que le moindre moment d'inattention, la moindre seconde de confiance aveugle pouvaient être fatals.

Cette leçon, elle l'avait chèrement apprise dix ans plus tôt, quand sa meilleure amie avait été sauvagement agressée. Le cours de sa vie en avait été profondément altéré, et il lui semblait presque normal aujourd'hui de voir en chaque inconnu une menace.

L'homme lui lança son porte-cartes mais, avant même de le ramasser, elle sut qu'il ne mentait pas.

Gardant son arme pointée sur lui — surtout parce qu'elle lui en voulait de lui avoir fait peur —, elle déplia l'étui de cuir abritant un insigne sur l'un des rabats et une carte de police sur l'autre.

— Logan Greer, Oakville, Floride, lut-elle à haute voix.

Rengainant son arme, elle lança le porte-cartes à son propriétaire, tout en essayant de calmer les battements de son cœur.

— Eh bien, Greer, dit-elle d'un ton narquois, on peut dire que vous savez comment vous faire remarquer.

Le sourire incroyablement charmeur qu'il lui adressa lui fit prendre conscience de deux choses : la silhouette massive qui lui avait fait peur dans la pénombre était en réalité magnifiquement athlétique, et Greer avait des yeux d'un vert intense.

Elle avait toujours été folle des yeux verts ! Quel dommage qu'elle ne l'ait pas rencontré quelques jours plus tard sur une plage, une margarita à la main…

— Et vous êtes… ? demanda Greer en ramassant son arme.

Elle repoussa une mèche de cheveux qui lui tombait dans les yeux et lui tendit la main.

— Agent spécial Isabella Cortez, mais je préfère qu'on m'appelle Ella.

— Parfait, dit Logan.

Lui offrant un nouvel échantillon de son sourire mi-charmeur, mi-insolent, il garda sa main dans la sienne plus longtemps qu'il n'était nécessaire.

— J'ai justement besoin d'un profileur pour jeter un coup d'œil à mon enquête criminelle, reprit-il.

Libérant sa main, Ella commença à ramasser ses dossiers éparpillés à terre.

— Il faut passer par la voie officielle.

— Je l'ai déjà fait.

Lorsqu'elle tenta de le contourner, il posa la main sur son bras.

— Ils n'ont pas trouvé mon affaire digne d'intérêt.

Ella soupira, partagée entre la frustration et la sympathie. Si son supérieur avait déjà refusé, il ne reviendrait pas sur sa décision. Et, même si elle n'avait pas été sur le point de partir en vacances, elle n'aurait rien pu faire pour Greer.

— Désolée, dit-elle, en évitant son regard tandis qu'elle déposait sa mallette et ses dossiers dans le coffre de sa voiture.

— J'ai vraiment besoin d'aide, insista Greer. Je suis prêt à attendre aussi longtemps qu'il le faut.

— Je suis la dernière. Tout le monde est déjà parti.

Il se plaça devant elle, les bras croisés, lui bloquant l'accès à sa portière.

— Qu'est-ce que ça vous coûte d'y jeter un œil ? Accordez-moi seulement une heure de votre temps. C'est tout ce que je demande.

Relevant la tête avec un soupir, elle croisa son regard implorant. Des petites paillettes d'or brillaient dans ses yeux.

Elle n'avait pas le temps.

Après avoir enchaîné les dossiers compliqués, elle avait besoin de ces deux semaines de vacances au bord de la mer avec ses deux meilleurs amis. D'autant plus que se dessinait un triste anniversaire qu'ils avaient tous envie d'oublier.

Ce soir, elle devait encore faire ses bagages et dîner. Mais, après ces trois semaines passées à accumuler les heures supplémentaires afin de prendre de l'avance dans son travail, elle n'avait pas eu le temps de faire la moindre course.

— Bon, vous savez quoi, dit-elle soudain. Invitez-moi à dîner, et nous parlerons de votre affaire en mangeant.

Le sourire sincèrement reconnaissant qu'il lui adressa déclencha d'étranges picotements au creux de son ventre, lui rappelant qu'elle n'était pas sortie avec un homme depuis des mois. Encore une fâcheuse conséquence de son travail.

Décidément, elle avait bien besoin de ces vacances.

— 22 heures, ça fait un peu tard pour dîner, remarqua Logan, en regardant Ella se jeter sur les frites comme si elle n'avait pas vu de nourriture depuis des semaines. Le FBI interdit les pauses repas ?

Sous les néons de la petite auberge qu'Ella fréquentait parce qu'elle lui rappelait les établissements sans prétention de sa région natale, l'Indiana, Logan ne ressemblait plus du tout à une menace, mais plutôt au genre de garçon avec qui elle pourrait flirter à l'épicerie.

Vêtu d'un jean délavé et d'un T-shirt gris clair, les joues ombrées d'un début de barbe, il était tout à fait son genre. Une attitude décontractée, mais un regard intense. Viril et assez sûr de lui pour ne pas la trouver intimidante.

Ce n'était évidemment qu'une première impression.

Dans la mesure où sa plus longue relation sentimentale n'avait duré que cinq mois, elle avait fini par conclure qu'elle était plus douée pour établir le profil d'un criminel que celui d'un éventuel petit ami.

Non qu'elle ait ce genre de vues sur Logan Greer.

— C'est vous qui avez débarqué tard, en espérant trouver quelqu'un, fit-elle remarquer.

— Je suis venu directement de l'aéroport. Et vous n'êtes pas le premier profileur que j'ai abordé sur le parking. Vous êtes simplement la seule à avoir succombé à mon charme.

— Vous voulez dire que Jack ne vous a pas invité à dîner ?

— Eh bien, il m'a en effet invité à faire quelque chose, mais je ne me risquerai pas à le répéter.

Ella ricana, sachant que Jack Reid, l'agent qui avait quitté le bureau juste avant elle, était perpétuellement d'une humeur de dogue et jurait comme un charretier.

— Alors comme ça, ajouta-t-elle, en nappant copieusement une frite de ketchup, je n'étais pas votre premier choix ? C'est plutôt vexant.

Logan laissa courir sur Ella un regard appréciateur, s'arrêtant sur ses lèvres tandis qu'elle mâchait consciencieusement sa frite.

— Croyez-moi, dit-il en la fixant avec une troublante intensité, si j'avais su que vous alliez sortir, j'aurais attendu.

Ella leva les yeux au ciel, en espérant ne pas trop rougir. C'était la première fois qu'elle éprouvait un désir aussi immédiat et brutal pour un homme qu'elle venait à peine de rencontrer.

— J'essayais de prendre de l'avance dans mon travail avant de quitter la ville pour quelques jours. Mais, revenons à nos moutons. Vous avez un dossier à me montrer, je crois.

Logan lui tendit un mince dossier, effleurant sa main de sa paume calleuse.

— Où allez-vous ?

— En vacances avec des amis. J'ai prévu de lézarder sur la plage, mon activité la plus épuisante consistant à me mettre de la crème solaire.

Mais elle se connaissait. Au bout d'une journée, elle se renseignerait pour louer des kayaks ou prendre des leçons de surf. Rester assise à ne rien faire n'était pas dans ses habitudes.

— Vous n'allez pas en Floride, par hasard ?

— Non, en Californie.

— Dommage. A part ce meurtre récent, Oakville est un endroit très touristique.

Surprise par la sincère déception qu'exprimait sa voix, Ella n'en releva pas moins une information capitale.

— Attendez ! Il n'y a eu qu'un seul meurtre ?

Pas étonnant que son supérieur n'ait pas voulu demander à un de ses agents d'établir un profil.

— Oui, je sais. On ne peut pas parler d'un tueur en série s'il n'y a qu'un seul meurtre. Mais, ajouta-t-il en se penchant au-dessus de la table, jetez un œil au dossier. Ce n'est pas un premier meurtre. Nous avons eu de la chance de trouver ce corps, mais je suis sûr qu'il y en a eu d'autres.

— Pourquoi ?

— Nous n'avons pas beaucoup de meurtres à Oakville, et celui-ci est trop parfait. Il indique une certaine pratique.

S'il avait un peu flirté avec elle au début, Logan affichait maintenant un sérieux et un professionnalisme à toute épreuve. Ella n'avait pas besoin de le voir à l'œuvre pour deviner qu'il était un excellent enquêteur, et qu'il mettrait tout en œuvre pour retrouver l'assassin.

Mais ce n'était pas pour lui une enquête parmi tant d'autres. Et c'est pour trouver de l'aide qu'il avait entrepris ce long voyage, sans doute sur ses propres deniers.

— Vous connaissiez la victime, n'est-ce pas ?

— Mince, vous êtes douée ! s'exclama-t-il.

Secouant la tête, il ajouta :

— Je ne la connaissais pas bien, mais c'était une amie de ma sœur. Elle était venue lui rendre visite pendant quelques jours ; elle est partie pour l'aéroport, et nous pensions qu'elle était rentrée chez elle…

Il s'interrompit, et pinça les lèvres.

— Nous l'avons trouvée dans un marécage. Ou, en tout cas, ce qu'il restait de son cadavre. Les marais sont infestés d'alligators, et nous avons eu de la chance qu'ils ne l'aient pas dévorée entièrement. C'est ce qui me fait dire qu'il pourrait y avoir eu d'autres victimes, car c'est un moyen ingénieux de faire disparaître les preuves.

Ella hocha la tête tout en ouvrant le dossier posé à côté de son assiette.

Ce qu'elle vit aurait dû lui couper l'appétit, mais il y avait longtemps qu'elle s'était endurcie.

— On dirait qu'il ne restait pas grand-chose à autopsier, commenta-t-elle.

Lorsqu'elle releva la tête, Logan regardait ailleurs, et elle se rappela qu'il connaissait la victime.

Abandonnant le dossier, elle croisa les mains sous son menton et se pencha vers lui.

— Donnez-moi les grandes lignes de l'affaire.

— Elle s'appelait Theresa Crowley, elle avait l'âge de ma sœur, vingt-cinq ans…

Remarquant sa surprise, il précisa :

— Becky a dix ans de moins que moi. Mes parents pensaient qu'ils ne pouvaient plus avoir d'enfants après moi. Bref, Theresa avait fait la connaissance de Becky à l'université. Elle vivait dans l'Arkansas, et était venue passer une semaine à Oakville. Elle est repartie comme prévu, et ma sœur pensait qu'elle était rentrée chez elle quand nous avons identifié le corps.

— Qui l'a trouvé ?

— Un pêcheur du coin. Il a remonté les restes dans ses filets et les a transportés dans son bateau.

Voyant qu'elle tiquait, Logan alla dans son sens :

— Oui, je sais, ce n'est pas terrible pour la recherche de preuves, mais c'est mieux que de ne pas avoir de cadavre du tout.

— Combien de temps a-t-elle disparu ?

— Elle est partie pour l'aéroport dimanche matin de bonne heure, et son corps a été retrouvé lundi après-midi.

— La marge de manœuvre est courte pour un tueur.

— Sauf s'il la surveillait depuis un moment déjà.

— Qu'est-ce qui vous fait croire que ce n'est pas quelqu'un qu'elle connaissait ? Statistiquement, c'est le plus probable.

— Je sais. Et je n'ai pas pour habitude de faire appel au FBI chaque fois que nous avons un homicide. Mais Theresa ne connaissait personne à Oakville, à part ma sœur et ma famille. Sa voiture de location a été retrouvée le jour suivant, abandonnée sur le parking d'un supermarché d'une ville voisine, à l'opposé de l'aéroport.

— Vous êtes sûr que c'est à vous de mener l'enquête ?

— Pourquoi ? demanda Logan, piqué au vif. Parce que ma famille est suspecte ?

— Parce que vous la connaissiez.

— Un de mes collègues a vérifié nos alibis. A l'heure de sa mort, nous assistions tous à un événement organisé par la mairie.

Ella le dévisagea, cherchant le moindre signe pouvant lui indiquer qu'il savait — ou qu'il soupçonnait — que sa famille y était pour quelque chose.

Elle ne vit que sa détermination à la convaincre de l'aider… et l'attirance flagrante qu'il éprouvait pour elle.

Son cœur s'emballa, et elle baissa les yeux vers son assiette avant de se trahir.

— Avait-elle des ennemis ?

— Des ex jaloux, ce genre de choses ? Non.

— Y a-t-il eu agression sexuelle ?

— Je dirais que oui, mais les dégâts post mortem sont trop importants pour en être sûr. Elle est morte par asphyxie, mais il n'y avait pas d'eau dans ses poumons. Elle ne s'est pas noyée dans ce marécage. Elle a été tuée ailleurs.

— D'accord…

— Et elle avait des brûlures sur la peau.

Serrant les poings malgré elle, Ella cacha ses mains sous la table.

— Quel genre de brûlures ?

— Je ne sais pas avec quoi elles ont été faites, mais il y en a plusieurs. Sur ses bras, dans son dos…

La voix de Logan vibrait de colère.

— Quelqu'un s'est amusé à la brûler, murmura Ella.

Elle se sentait particulièrement concernée par ce type d'affaires. Elle les réclamait toujours et son supérieur, sachant pourquoi elle avait intégré le FBI six ans plus tôt, les confiait systématiquement à un autre agent.

Même si ça l'agaçait prodigieusement, elle comprenait pourquoi il agissait ainsi. Elle en faisait une question personnelle, et le fait de s'impliquer émotionnellement dans une affaire conduisait à faire des erreurs.

C'était d'ailleurs exactement le risque que Logan courait.

Elle lui adressa son regard le plus acéré, celui qu'elle avait copié sur son supérieur — une légende du FBI.

— Je vais lire ce dossier et vous donner mon avis. Mais je dois vous mettre en garde. Vous êtes trop proche de l'affaire. Vous ne devriez pas vous en occuper.

Le commentaire était pour le moins hypocrite, compte tenu de la nature du dossier qui se trouvait à cet instant précis dans le coffre de sa voiture de fonction. Et, à en juger par sa mine renfrognée, Logan n'avait pas plus qu'elle l'intention de suivre ce conseil.

— Je ne vais pas me dessaisir de l'enquête alors que tout le monde s'en fiche au poste de police. Ils me prennent pour un fou avec ma théorie du tueur en série.

— Personne n'est au courant de votre démarche, n'est-ce pas ?

Logan émit un son entre rire et exaspération.

— Etudiez le dossier et dites-moi que je me trompe.

Sous le regard qui la défiait, Ella hocha la tête.

— D'accord.

Elle consulta rapidement les photographies de l'autopsie, et se mit à lire. Plus elle avançait dans le dossier, plus elle sentait sa mine s'assombrir.

Lorsqu'elle reporta son attention sur lui, Logan leva les sourcils d'un air interrogateur.

— Alors ?

— Votre intuition était la bonne, Greer.

Il tapa du plat de la main sur la table.

— Je le savais !

Elle revenait au début du dossier quand il suggéra, cette fois de façon tout à fait sérieuse :

— Vos amis et vous pourriez tester les plages de Floride plutôt que celles de Californie.

— Non.

Sa réponse avait été plus brutale que prévue, et elle se rattrapa en lui coulant un regard charmeur, tête inclinée.

— Vous essayez de résoudre une enquête ou de coucher avec moi ?

Il cilla, eut un mouvement de recul, puis se pencha vers elle en lui décochant un sourire plus dévastateur encore que ceux dont il l'avait gratifiée toute la soirée.

— Est-ce trop demander de joindre l'utile à l'agréable ?

Elle éclata de rire, tandis qu'un brusque élan de désir lui nouait le ventre.

— Probablement.

Elle revint au dossier et redevint aussitôt sérieuse.

Approchant la page de ses yeux, elle détailla le gros plan d'une des photographies de l'autopsie et eut aussitôt l'impression que tout son corps avait été immergé dans la glace.

Le sang se retira si vite de sa tête qu'elle se mit à vaciller sur son siège.

De très loin lui parvint la voix de Logan.

— Hé, ça va ?

Avant qu'elle ait eu le temps de comprendre ce qu'il faisait, il s'était glissé sur la banquette à côté d'elle. La main qu'il posa dans son dos fit à Ella l'effet d'une brûlure à travers la gangue de glace qui l'emprisonnait.

— Ella ? dit-il d'une voix étonnamment douce.

— Qu'est-ce que c'est ? demanda-t-elle d'un ton atterré.

Logan étudia d'abord son visage avec inquiétude, avant de demander :

— Cette brûlure dans le cou ?

— Oui.

Des images de marécages, de pêcheurs, d'hameçons imprimés dans de la chair humaine tournoyaient dans la tête d'Ella.

— Ça pourrait être une forme de marquage ? demanda-t-elle.

Le front plissé, Logan la scrutait, comme s'il cherchait à lire sur ses traits et dans ses yeux ses pensées secrètes.

A cette distance, il risquait d'en voir trop. Il devinerait de la peur, peut-être. De la douleur, probablement. Une identification, assurément.

Ella avait déjà vu une marque comme celle-ci, et de bien trop près. Une marque rouge et boursouflée, souvenir indélébile de l'homme que la presse n'avait pas tardé à surnommer le Violeur à l'hameçon.

Il avait commencé avec Maggie, dix ans plus tôt, choisissant tous les ans une nouvelle victime dans une région différente. Son amie s'était empressée de recouvrir la marque avec un tatouage, mais Ella n'oublierait jamais à quoi ça ressemblait le jour où Maggie avait réussi à regagner en titubant la chambre qu'elles partageaient sur le campus.

Ella avait rejoint le FBI dans le seul but de le capturer. Elle n'avait jamais eu de piste sérieuse. Mais la chance était peut-être en train de tourner en sa faveur.

— Je ne sais pas, répondit Logan à sa question. C'est possible. Pourquoi ?

Ella relâcha doucement son souffle, essayant de se contrôler tandis qu'elle refermait le dossier.

— Je vous accompagne en Floride.

2

Il y avait dans ce dossier quelque chose qu'Ella Cortez ne lui disait pas…

La frénésie de l'aéroport international de Washington-Dulles parut se dissiper à l'arrière-plan tandis que Logan la regardait marcher vers lui avec un gobelet de café dans chaque main. Arrimée à une épaule, une sacoche bleu foncé portant le logo du FBI rebondissait sur sa hanche à chaque pas. Sa démarche à la fois assurée et gracieuse faisait se retourner plus d'un homme sur son passage.

Logan était venu directement à l'aéroport pour changer son vol et prendre un billet pour Ella, pendant que cette dernière rentrait chez elle pour rassembler quelques effets — et apparemment aussi pour se changer.

Au lieu du tailleur strict qu'elle portait un peu plus tôt, elle était à présent vêtue d'un jean et d'un T-shirt qui soulignaient d'affolantes courbes. Ses cheveux châtains n'étaient plus tirés en chignon, mais attachés sur la nuque en une queue-de-cheval qui lui tombait au milieu du dos.

Logan se redressa sur son siège quand elle le rejoignit et prit le gobelet qu'elle lui tendait.

— Merci.

— Je vous en prie.

Elle semblait distraite quand elle déposa son sac à terre, sortit son téléphone portable de sa poche, et rappela un numéro. Elle dut tomber directement sur une messagerie car elle pesta entre ses dents et remit son téléphone en place.

— C'est votre petit ami ?

Elle lui lança un regard étonné.

— Celui que vous appelez.

— Non. Les amis avec qui je devais partir en vacances. Je n'arrive pas à les joindre.

Ils sirotaient leur café en silence depuis quelques instants quand une exclamation fit sursauter Ella.

— Ella !

Avant même qu'elle ait eu le temps de se lever, un homme et une femme la rejoignirent.

— J'ai essayé de t'appeler plusieurs fois, dit l'homme.

Il était grand, avec un regard acéré et intense évoquant un militaire ou un policier, et il se dégageait de lui une énergie et une assurance, dont même Logan fut obligé de reconnaître l'attrait.

C'était typiquement le genre d'hommes qui faisait craquer les femmes. Ella avait dit qu'il s'agissait d'un ami, mais n'était-il vraiment que cela ?

La jeune femme qui l'accompagnait avait les cheveux noirs, de jolis yeux bleus et une silhouette musclée et tonique. Elle semblait fatiguée et un peu nerveuse.

— Ce n'est pas la bonne porte d'embarquement, dit l'homme, tout en jetant un regard dubitatif à Logan. Nous sommes à l'autre bout du terminal.

Ella se mordit la lèvre.

— Je ne viens pas avec vous.

— Quoi ?

L'homme écarquilla les yeux.

— Qu'est-ce que ça veut dire ?

Logan se leva, et les amis d'Ella tournèrent la tête vers lui.

Ella se mit soudain à parler à toute allure.

— Voici Logan Greer, je dois l'aider sur une enquête. Logan, je vous présente mes amis Maggie et Scott Delacorte.

Logan ne put retenir un sourire. Il avait sa réponse concernant la relation d'Ella avec Scott, si celui-ci était marié avec Maggie.

— Ravi de vous rencontrer.

Maggie lui adressa un bref signe de tête, tandis que Scott le dévisageait sévèrement.

— Nous avons grandi ensemble tous les trois, continua Ella en parlant toujours aussi vite. Maggie et Scott vivaient en bas de ma rue. J'ai sans doute passé plus de temps chez eux que dans ma propre maison.

Tandis que Logan comprenait avec une nuance de dépit que Maggie et Scott n'étaient pas mari et femme mais frère et sœur, Scott se tourna vers Ella.

— Tu as une nouvelle enquête ? Et tes vacances, alors ? Nous avions prévu cela depuis des mois.

— Je n'ai pas eu le choix. Mon chef m'a demandé d'annuler. J'espère terminer assez vite et vous rejoindre dans quelques jours.

Tandis que Logan essayait de ne pas laisser paraître la surprise que lui inspirait ce mensonge, leur vol fut annoncé. L'air soulagé, Ella s'empressa de saisir son sac, et écourta les adieux avec ses amis.

Logan attendit qu'ils aient pris place dans l'avion et bouclé leur ceinture avant de demander :

— Vous avez l'intention de me mettre dans la confidence ?

— Je ne vois pas ce que vous voulez dire.

— Pourquoi avez-vous dit à vos amis qu'on vous avait imposé l'affaire ?

Ella pivota pour le regarder, son genou effleurant sa cuisse.

— Vous voulez que je laisse tomber ?

Logan sourit tandis que les moteurs vrombissaient.

— Je crois qu'il est un peu tard pour changer d'avis.

Ella prit appui contre le dossier de son fauteuil et soupira.

— Ils se faisaient une joie de ces vacances. Je ne voulais pas leur dire que je préférais m'occuper de votre affaire plutôt que de passer quelques jours avec eux.

— Pourquoi avez-vous accepté de m'aider ?

— Pourquoi ? Parce que vous aviez raison à propos du tueur en série. Parce que vous aviez besoin d'un profileur. Et parce que j'étais la seule à pouvoir vous aider.

— Et c'est tout ?

Elle lui lança un regard exaspéré, les joues en feu.

— Oui !

— Je ne vous crois pas.

Elle lui glissa un regard en biais.

— Bon, d'accord. Il est possible qu'il y ait un lien avec quelque chose que j'ai déjà vu. Si c'est le cas, je vous le dirai. Mais, en attendant, nous devons nous concentrer sur la victime.

— Ne vaudrait-il pas mieux étudier l'ancienne affaire de façon à ne rien laisser passer ?

— Non. Si ce n'est pas le même criminel, nous pourrions partir dans une mauvaise direction.

Logan n'était pas convaincu mais, après tout, c'était elle l'experte.

Et, dans la mesure où sa participation n'était pas officielle, et où elle pouvait partir quand elle le voulait, mieux valait ne pas contester sa méthode.

Pour le moment.

Dès que Logan franchit la porte du Blue Dolphin, il sut qu'il avait fait une erreur. Mais Ella s'était déjà avancée dans la salle de l'auberge, et il laissa la porte se refermer derrière lui, se noyant dans la foule des touristes et des gens du cru.

Ayant vécu toute sa vie à Oakville, il connaissait presque tout le monde. Si ça n'avait pas été le cas, il aurait pu différencier les autochtones des touristes grâce à leurs vêtements. Si les premiers, habitués à des étés bien plus chauds, étaient encore en vestes et pantalons, les seconds, nimbés d'odeurs d'écran solaire et d'eau de mer, arboraient déjà tongs, bermudas et T-shirts.

Serrés autour d'une table en vitrine, quatre agents en uniformes posèrent leur sandwich dès qu'ils l'aperçurent. Il vit les coins de leurs lèvres se retrousser, une lueur malicieuse danser dans leurs yeux, et devina ce qui allait suivre.

Grand et de forte corpulence, Hank O'Connor était le plus vieux du groupe. Il fit un signe de tête à ses collègues, comme pour leur dire « regardez un peu ça ! » et lança :

— Hé, Greer, tu l'as attrapé ton tueur en série ?

Le reste de la tablée gloussa bêtement. Plongée dans l'étude du menu posé sur le bar, Ella tourna la tête vers eux.

— J'y travaille, O'Connor, rétorqua Logan. Et toi ? Combien de contraventions pour excès de vitesse as-tu mises aujourd'hui ?

Hank se rembrunit. Ils avaient passé l'examen d'inspecteur en même temps et l'avaient obtenu tous les deux. Mais il n'y avait qu'un poste à pourvoir, et Logan avait plus d'ancienneté. Leur supérieur avait dû suivre la procédure, mais il en avait été aussi contrarié qu'Hank lui-même.

— Tout le monde n'a pas la chance d'avoir un père haut placé, rétorqua Hank.

Comme un seul homme, les trois autres agents baissèrent les yeux et attaquèrent de nouveau leur sandwich.

Une frustration qu'il connaissait bien envahit Logan, menaçant de le submerger, mais il serra les dents et se tourna vers le comptoir.

Il avait livré cette bataille trop souvent pour y prêter attention. Oui, l'histoire de sa famille faisait corps avec celle de la ville. Oui, son père occupait la fonction de maire depuis des années. Sans doute cela lui avait-il facilité les choses dans la vie de tous les jours. Mais, s'agissant de sa carrière, cela n'avait que des désavantages. Même s'il travaillait dur, il se trouvait toujours quelqu'un pour dire qu'il se servait du nom des Greer.

— Ta famille a été la dernière à voir la fille Crowley, non ? insista Hank. Par hasard, tu ne brandirais pas la carte du tueur en série pour que personne ne se serve de ce meurtre lors des prochaines élections ?

Serrant les poings, Logan se tourna vers Hank, prêt à rétorquer. Avec une vivacité surprenante, Ella se précipita devant lui et tendit la main vers la tablée de flics.

— Officier O'Connor, c'est bien ça ? dit-elle avec un sourire exagérément chaleureux. Je suis l'agent spécial Ella Cortez, du FBI. J'ai fait le déplacement car la théorie de l'inspecteur Greer nous a paru très intéressante.

Médusé, la bouche ouverte sans qu'aucun son n'en sorte,

Hank écrasa la main d'Ella dans sa grosse patte d'ours et la secoua vigoureusement, tandis que ses collègues échangeaient des regards interloqués.

Avant qu'ils aient eu le temps de se remettre de leurs émotions, Ella prit le bras de Logan et l'entraîna vers le comptoir, où elle se commanda un sandwich à emporter.

Logan contint son rire jusqu'à ce qu'ils aient pris place dans sa Chevrolet avec leur nourriture.

Mais sa bonne humeur s'évanouit à mesure qu'ils approchaient du marécage. Tel qu'il connaissait Hank, celui-ci n'allait pas tarder à prévenir le chef Patterson de la présence d'un agent du FBI — ravissant de surcroît — ce qui donnerait inévitablement lieu à une conversation qu'il aurait préféré éviter.

Retenant un soupir, il gara sa voiture de police banalisée sur le bas-côté, aussi près que possible du marécage.

— A partir d'ici, il va falloir crapahuter, dit-il à Ella.

Elle sortit de la voiture et prit une profonde inspiration, visiblement suffoquée par la lourde humidité.

— Je croyais que nous allions dans les marais.

— Nous y sommes.

Accrochée telle une guirlande aux branches des chênes centenaires, la mousse espagnole — cette sorte de crin végétal typique des zones humides du sud des Etats-Unis — pendait presque jusqu'au sol, formant un rideau grisâtre qui leur masquait le chemin.

— Suivez-moi. Et restez sur la piste. Il y a des serpents dans les hautes herbes.

— Cet endroit est-il très fréquenté ?

— Les gens du coin vont parfois y pêcher, mais les touristes s'y aventurent rarement.

Il s'arrêta pour lui lancer un regard par-dessus son épaule.

— Pourquoi ? Vous vous demandez si le tueur connaissait le coin ?

— Pas seulement. Je veux savoir s'il a pu croiser des gens. Quel niveau de risque il a pris en allant se débarrasser du corps. C'est le genre de choses qui peuvent m'aider à établir son profil.

Logan fit quelques pas en arrière pour se placer à sa hauteur, et ils cheminèrent côte à côte sur l'étroit sentier. Leurs bras se frôlaient au hasard de la marche, lui procurant chaque fois comme une petite décharge électrique sous la peau.

— D'après ce que je sais du profilage, vous serez capable de me dire qu'il s'agit d'un homme blanc entre vingt et trente ans.

Dans la mesure où c'était statistiquement dans cette tranche d'âge et cette catégorie de personnes que l'on trouvait le plus de tueurs en série, cela faisait partie des blagues qui circulaient chez les flics, dont beaucoup restaient sceptiques sur le métier de profileur.

Ella fit une petite moue, sans qu'il parvienne à déterminer si elle était amusée ou agacée.

— Ce n'est pas aussi simple qu'il paraît, vous savez. Il faut un peu de psychologie.

Comme ils arrivaient au bout du chemin, elle se tourna vers lui, et il réalisa avec plus d'acuité encore combien ils étaient proches. Si proches qu'il lui aurait suffi d'incliner le visage pour effleurer ses lèvres.

— Si je vous dis que le coupable est un homme blanc entre vingt et trente ans, c'est que je l'aurai déterminé avec certitude.

Se tournant de nouveau, elle plissa les yeux pour observer le marécage et redevint sérieuse.

Logan y était venu des centaines de fois auparavant, mais il essaya de le voir comme Ella le voyait.

Un calme intense, une immobilité quasi totale, puis la lente prise de conscience que la nature bougeait tout autour. Le clapotis sous les eaux boueuses indiquant la présence d'un alligator. Le soudain envol d'une aigrette…

— C'est plutôt tranquille, remarqua-t-elle.

Il pouvait presque entendre ses pensées, les détails qu'elle collectait sur le tueur. Celui-ci avait choisi un endroit isolé où il savait qu'il n'y aurait pas de touristes. Il avait déposé le corps à la tombée de la nuit, au moment où les alligators venaient se nourrir…

Son sang se glaça lorsqu'il comprit ce que cela voulait dire.

— C'est quelqu'un du coin, n'est-ce pas ?

Ella tourna la tête, et il se sentit transpercé par son regard.

— En tout cas, ce n'est pas une personne de passage. Il peut être originaire d'ici ou d'une des villes voisines. A l'extrême, il peut avoir séjourné un moment dans la région, sympathisé avec les habitants et repéré ses victimes.

Logan éprouva un profond malaise à l'idée qu'il connaissait peut-être celui qui avait torturé et assassiné la meilleure amie de sa sœur.

Son humeur s'assombrit un peu plus quand son téléphone sonna, affichant à l'écran le nom du chef Patterson.

Il n'avait même pas fini de dire « Allô ? » que son supérieur se mit à vociférer.

— Qu'est-ce que j'apprends ? Vous avez fait venir un agent du FBI pour étudier votre ridicule théorie de tueur en série ? Vous savez ce que c'est qu'un ordre, Greer ? On enquête sur le meurtre de Theresa. On ne va pas inventer d'autres victimes et terroriser la population en transformant un crime isolé en phénomène de masse.

— Patron…

— Je vais vous le dire une dernière fois, Greer, et vous avez intérêt à m'écouter. Si vous tenez à votre place, laissez tomber immédiatement cette stupide théorie, renvoyez le profileur en Virginie, et ramenez vos fesses au poste. Contrairement à ce que vous croyez, votre père ne pourra pas toujours vous sauver la mise.

— Patron, écoutez…

La communication fut coupée, et Logan rempocha son téléphone en espérant avoir pris la bonne décision en sollicitant l'aide d'Ella.

Faute de quoi, il risquait de perdre tout ce pour quoi il s'était tellement battu.

3

— Pourquoi n'est-elle pas dans l'avion ?

Les mains croisées sur son bureau, le chef Patterson dévisagea Logan avec une sévérité qu'il semblait ne réserver qu'à lui.

Son supérieur avait l'âge de son père. Il dirigeait la police d'Oakville depuis plus de vingt ans, et son animosité envers les Greer datait de bien avant l'époque de Logan. C'était en partie lié à la longue influence de la famille de ce dernier, mais aussi au fait que Patterson avait courtisé sa mère avant que son père ne l'épouse.

Logan tourna machinalement la tête vers la porte vitrée du bureau du chef. De l'autre côté, assise sur une chaise posée le long du mur, Ella attirait tous les regards de leur unité de police exclusivement masculine.

Il n'en fallut pas plus pour l'agacer. Elle était là pour lui. Ou, plus exactement, pour son affaire.

— Greer ! aboya Patterson, ce qui eut pour effet de le faire sursauter. Qu'est-ce qui n'était pas clair dans les ordres que je vous ai donnés ?

— L'agent Cortez pense qu'il s'agit de l'œuvre d'un tueur en série.

La grimace du chef s'intensifia, creusant les rides sur son front et autour de sa bouche.

— Je me fiche de ce qu'elle pense. Tout le monde sait que le profilage n'est que de la foutaise. Je ne vais pas faire fuir les touristes et les revenus qu'ils apportent à la ville avec cette ridicule théorie. Si vous persistez dans cette direction, je vous retire l'enquête et je la confie à quelqu'un d'autre.

Logan ne se laissa pas impressionner, sachant qu'aucun des autres inspecteurs de leur petite équipe ne voudrait y toucher après lui.

Tout comme personne ne voulait se risquer à provoquer la colère du chef en formant un binôme avec un flic du nom de Greer. Il était donc le seul dans toute l'unité à ne pas avoir de coéquipier.

Mais, peu importait qu'il n'y ait personne pour reprendre l'enquête. Pour rien au monde Logan ne l'aurait confié à quelqu'un d'autre.

Le chef ne lui laissa pas le temps de le formuler.

— Votre père ne peut rien y changer. Je ne céderai pas à la pression politique. C'est mon poste de police. Je suis votre supérieur, et vous feriez bien de vous rentrer ça dans le crâne.

— Et c'est mon affaire ! répliqua Logan, en veillant à maîtriser sa colère. Je ne peux pas ignorer une piste pour ne pas nuire au tourisme.

— Inventer un tueur en série n'est pas une piste ! Si vous trouvez un autre cadavre, ça pourrait en devenir une, mais nous n'avons pas de signalement de personnes disparues, et encore moins de victimes. Remettez-vous au travail, et trouvez qui a tué Theresa Crowley.

Patterson ouvrit le dossier posé devant lui et fit mine de s'y plonger, signifiant ainsi à Logan qu'il pouvait sortir.

Celui-ci ne bougea pas.

Le chef leva les yeux, haussa les sourcils, et lui désigna la porte d'un signe de tête.

Logan prit alors une profonde inspiration et fit quelque chose dont il ne se serait jamais cru capable. Quelque chose qui s'apparentait à un suicide professionnel.

— Très bien. Si vous insistez pour que je cesse toute collaboration avec l'agent Cortez et qu'un autre cadavre fait son apparition, j'irai voir la presse pour leur dire que nous avions un profileur et que vous l'avez renvoyé dans ses quartiers.

Il n'eut pas besoin d'ajouter qu'en raison de son nom l'histoire ferait la une des journaux.

Le visage du chef s'empourpra violemment.

— Très bien, Greer. Vous voulez jouer à ça ? Si vous vous plantez, c'est moi qui parlerai à la presse pour leur annoncer que vous avez rendu votre insigne.

C'était une très mauvaise idée.

Ella leva les yeux vers Logan tandis qu'il lui tenait la portière de la voiture.

Lorsqu'il lui avait dit qu'il avait prévu de passer la soirée avec sa famille, elle s'était attendue à dîner seule au restaurant de l'hôtel. Mais en véritable homme du Sud qui ne plaisantait pas avec les bonnes manières, Logan l'avait invitée. Incapable de résister à son charme, elle avait eu la sottise d'accepter.

A présent, il était trop tard pour faire demi-tour, mais elle aurait tout donné pour pouvoir retourner à l'hôtel. Cela faisait des siècles qu'elle n'avait pas dîné avec ses propres parents et ses frères dans l'Indiana, et le fait de débarquer dans la famille d'un inspecteur qu'elle connaissait à peine avait pour le moins quelque chose d'étrange.

Logan lui tenait toujours la portière ouverte.

— Vous avez l'intention de passer toute la soirée dans la voiture ?

— Et rater l'occasion de rencontrer votre célèbre famille ? ironisa-t-elle.

Elle parvint à sourire tandis qu'elle descendait de voiture.

— Certainement pas.

— Bien, marmonna Logan, avant de l'escorter vers la maison.

C'était une grande bâtisse coloniale encadrée de magnolias, avec des colonnes sur la façade. L'architecture était typique du vieux Sud, et Ella eut l'impression de se retrouver dans le décor d'*Autant en emporte le vent*.

Ainsi, c'était là que Logan avait grandi ? On était loin du lotissement très classe moyenne où elle avait passé son enfance.

— Logan !

La femme qui venait d'ouvrir la porte et d'attirer Logan dans ses bras avait une soixantaine d'années. Ses cheveux noirs parsemés de fils d'argent étaient noués en chignon bas, et quand elle libéra Logan, Ella remarqua que ce dernier avait les yeux de sa mère.

— Maman, je te présente Ella Cortez, qui m'aide sur mon enquête. Ella, voici ma mère, Diana Greer.

Elle s'attendait à une poignée de main un peu distante de la femme vêtue d'un pantalon de toile beige et d'un chemisier du même vert que ses yeux, mais Diana lui donna une chaleureuse accolade, comme on en réserve aux amis de longue date.

— Ravie de faire votre connaissance, balbutia Ella.

— Venez, venez.

Traversant le hall, Diana passa devant des pièces de réception un peu guindées, avant d'entrer dans une salle de séjour familiale sur laquelle ouvrait la cuisine. Des livres de poche étaient empilés sur une des tables en bout de canapé. Un grand téléviseur fonctionnait avec le son coupé, et des photographies de famille s'alignaient sur les murs.

— Nous dînerons dès que ton père aura terminé de préparer son discours. Ella, voulez-vous boire quelque chose ? Un thé glacé ?

— Volontiers.

— Logan ?

— Non merci, maman, dit ce dernier en prenant place sur le canapé.

— Alors, Ella, parlez-moi de vous, demanda Diana, en lui tendant un verre.

Ella prit place dans le fauteuil en face de Logan et sourit à sa mère.

— Eh bien, je travaille au FBI, à l'Unité d'analyse du comportement basée en Virginie. Je ne peux pas vraiment parler de l'affaire, mais je crée des profils de criminels inconnus.

— Ça semble très mystérieux.

Diana jeta un coup d'œil à son fils.

— Logan, avant que j'oublie, tu te souviens de Laura Jameson ? Elle est revenue s'installer en ville, et elle ne connaît pas beaucoup de personnes de son âge. Je parlais avec sa mère, l'autre soir à un gala, et je lui ai dit que tu adorerais inviter Laura à dîner demain. J'ai pris son numéro.

Logan leva les yeux au ciel et laissa échapper un long soupir.

— Maman, il faut que tu arrêtes de faire ça.

— Quoi ? C'est un simple dîner.

— Je suis en pleine enquête. Je n'ai pas le temps.

Diana afficha une petite moue agacée.

— J'ai promis à la mère de Laura que tu passerais la chercher à 19 heures.

— Tu n'as qu'à l'appeler pour lui dire que c'est annulé.

— Mais tu ne peux pas passer ton temps à travailler.

— Ah, Logan, tu es là !

Vêtue d'un jean et d'un T-shirt, la jeune femme qui venait d'entrer avait des longs cheveux noirs et les yeux verts des Greer. Ella devina qu'il s'agissait de la jeune sœur de Logan.

Même s'ils vivaient dans la même ville, et se voyaient sans doute très souvent, Logan embrassa sa sœur avec effusion.

— Becky, voici Ella Cortez.

Ella se leva et fut happée dans une accolade semblable à celle que Diana lui avait donnée un peu plus tôt. Elle se raidit légèrement, peu habituée à ces effusions qui ne se pratiquaient pas dans sa famille.

— Qu'est-ce que je viens d'entendre ? demanda Becky à son frère, tandis qu'elle se laissait tomber à côté de lui sur le canapé. On vient encore d'essayer de te refiler une pauvre fille esseulée ?

Logan lui lança un regard noir.

— Pas cette fois. Et, à ta place, je me méfierais. Ce sera bientôt ton tour.

— Ça m'étonnerait ! Contrairement à toi, mon cher frère, je sais dire non.

Reportant son attention sur Ella, elle ajouta :

— Comment se fait-il que je ne vous ai jamais rencontrée

avant ? Ça doit être sérieux entre vous deux pour que Logan refuse un rendez-vous arrangé par maman.

Ella sentit une intense chaleur monter le long de son cou, tandis qu'elle s'imaginait se trouver là dans un tout autre contexte. Etre la petite amie du séduisant inspecteur ne serait certainement pas pour lui déplaire…

Mais, que lui arrivait-il ? Logan était un collègue, et elle devait travailler avec lui sur ce qui pourrait bien être le cas le plus important de sa carrière. Il ne pouvait rien se passer entre eux.

— Je ne sors pas avec Ella, corrigea aussitôt Logan. Elle appartient au FBI.

L'expression rieuse de Becky s'envola.

— Vous êtes là pour Theresa ? demanda-t-elle d'une voix tremblante.

— Officieusement, oui.

— Donc, Logan a raison. Elle a bien été assassinée par un tueur en série ?

Ella lança un regard interrogateur à Logan, étonnée qu'il partage ses théories professionnelles avec sa famille.

— J'ai l'impression que vous ne connaissez pas les petites villes, répondit-il à sa question muette. Tout finit toujours par se savoir.

Oh que si, elle connaissait bien les petites villes. Elle en venait. L'ancienne communauté rurale où elle vivait autrefois s'était peu à peu modernisée et étendue, l'influence de l'université voisine avait fait évoluer les mentalités, mais certaines habitudes, notamment la manie d'espionner ses voisins et de colporter des commérages, avaient la vie dure.

— Nous vérifions cette possibilité, dit-elle, mal à l'aise.

Avant que Becky ait eu le temps d'ajouter quoi que ce soit, le père de Logan fit son entrée. En dehors du fait qu'il était le seul de la famille à avoir les yeux bleus, il ressemblait beaucoup à Logan en plus âgé.

Il s'arrêta devant Ella et lui tendit la main.

— Andrew Greer, ravi que vous vous soyez jointe à nous.

Soudain, Ella comprit ce à quoi le chef de la police faisait référence quand il hurlait sur Logan au téléphone. Tout chez Andrew — de la façon de se tenir au sourire automatique, en passant par la poignée de main ferme et chaleureuse — trahissait l'homme politique.

— Merci. J'ai cru comprendre que vous étiez le maire d'Oakville ?

Andrew lui adressa un petit clin d'œil et libéra sa main.

— Jusqu'à ce que Logan prenne ma relève.

Tandis que Logan grimaçait, Andrew poursuivit :

— Je dois dire que je n'étais pas convaincu de la nécessité de faire venir un profileur, mais vous venez de me faire changer d'avis.

Ella lui sourit aimablement, comprenant d'où Logan tenait son charme ravageur.

— Le dîner est-il prêt ? demanda Andrew, en se tournant vers sa femme.

— Pas encore.

Becky se leva, en serrant les bras autour de sa taille comme si elle cherchait à se protéger, et se posta devant Ella.

— Vous ne voulez pas m'interroger à propos de Theresa ?

Ella ne sut pas quoi répondre. D'habitude, elle ne participait pas aux enquêtes et ne menait pas d'interrogatoires. La plupart du temps, elle ne quittait même pas son bureau de Virginie et travaillait sur les documents fournis par la police. Les rares fois où il lui arrivait de se déplacer pour exposer ses conclusions et donner des conseils aux enquêteurs, elle ne rencontrait pas les proches des victimes.

— Becky, nous avons déjà pris ta déposition, protesta gentiment Logan, tout en se levant à son tour pour venir passer un bras autour des épaules de sa sœur.

— Mais Ella pourrait avoir d'autres questions à me poser.

— Je travaille uniquement à partir des rapports de police, expliqua Ella. Si j'ai besoin d'une précision, je la demanderai à votre frère.

— D'accord, mais répondez au moins à une question.

Comment Theresa a-t-elle pu tomber sur un tueur en série ? Ce n'est pas comme si nous avions fait la fête avec des cinglés.

La voix de Becky se brisa, mais elle se ressaisit et réussit à poursuivre :

— Nous sommes allées à la plage, nous avons dansé au club, nous avons fait des courses... Nous étions toujours ensemble, et je ne l'ai jamais vue parler à une personne que je ne connaissais pas.

Son regard empli de larmes passa de Logan à Ella.

— Ce n'est quand même pas moi qui l'ai présentée à la personne qui l'a tuée ?

— Non, affirma Logan. Tu n'y es pour rien.

— Celui qui a fait ça ne lui a probablement jamais adressé la parole, ajouté Ella.

Un éclair de soulagement passa dans le regard dévasté de tristesse de Becky.

— Vraiment ?

— Vraiment.

Becky s'essuya les yeux du bout des doigts et redressa les épaules.

— Bien. Allons dîner.

Elle sortit précipitamment de la pièce et, après avoir échangé un regard inquiet, ses parents la suivirent.

Resté seul avec elle dans la salle à manger familiale, Logan posa une main sur le bras d'Ella.

— Merci.

Elle haussa les épaules, en essayant d'ignorer cette soudaine proximité et les picotements que provoquait le contact de ses doigts sur sa peau.

— Il y a de grandes chances pour que ce que j'ai dit soit vrai. Le tueur devait espionner Theresa depuis un bon moment déjà, mais son enlèvement ressemble à une embuscade. Quelqu'un qui agit ainsi n'a pas confiance en lui. Il est peu probable qu'il accoste d'abord ses victimes.

Ella reprit son souffle, consciente qu'elle avait parlé trop vite, et que Logan n'avait pas enlevé la main de son bras.

Se faisait-elle des idées, ou s'était-il vraiment rapproché ?

L'odeur boisée de son eau de toilette lui chatouillait les narines, lui donnant l'envie de fermer les yeux et d'inspirer profondément.

Rejetant la tête en arrière, elle observa ses yeux.

Le vert mousse qui l'avait attirée dès le moment où elle avait croisé son regard n'était plus à présent qu'un cercle étroit autour de ses pupilles dilatées de désir.

Elle ne sut pas si c'était parce qu'elle s'était hissée sur la pointe des pieds, ou parce qu'il avait incliné la tête vers elle, mais les lèvres de Logan furent soudain à quelques millimètres des siennes.

Quittant son bras, sa main se posa sur sa nuque, tandis que l'autre glissait au creux de son dos pour l'attirer contre lui.

Il lui laissa tout le temps de protester, de le repousser — ce qui professionnellement était la seule chose à faire. Pourtant, enivrée par le souffle tiède de Logan sur son visage, Ella s'abandonna contre lui et pressa ses lèvres sur les siennes.

Le début de barbe sur son menton était un peu râpeux, mais sa bouche était douce tandis qu'elle butinait la sienne.

Ce fut elle qui insista pour qu'il aille plus loin, se plaquant contre lui en passant la main dans ses cheveux, jusqu'à ce qu'il glisse la langue entre ses lèvres et la plaque contre le mur.

Seul le bruit de l'argenterie et des couverts provenant de la salle à manger d'apparat, de l'autre côté du couloir, les rappela à la réalité.

Les jambes flageolantes, Ella rejeta la tête en arrière, laissa retomber ses mains, le visage encore plus brûlant quand elle croisa le regard de Logan.

Manifestement, il avait autant de mal qu'elle à reprendre son souffle. Un désir vibrant brûlait dans ses yeux, et Ella se dit qu'il suffirait qu'elle le lui demande pour qu'il oublie le dîner et la suive à son hôtel.

Elle hésitait à le faire, mais ce furent finalement d'autres paroles qui sortirent de ses lèvres.

— Désolée, c'était une erreur.

Logan cilla, enfouit les mains dans ses poches et la dévisagea longuement.

Finalement, il lui adressa ce sourire en coin qui avait un charme fou et lui fit un clin d'œil.

— Alors, évitez de vous jeter sur moi à l'avenir.

Puis il passa une main dans ses cheveux pour les recoiffer et se dirigea vers la porte.

— Le dîner nous attend.

Ella le suivit d'un pas lent, en s'exhortant à se ressaisir.

Elle n'avait pas le temps de flirter. Il y avait un tueur en liberté. Et, s'il s'agissait comme elle le croyait de l'homme qui avait agressé Maggie à l'université, il n'allait pas rester éternellement en Floride. Il ne tarderait pas à changer de région, à repérer une autre victime et à narguer une nouvelle fois le FBI.

Il fallait absolument qu'elle arrête ce type, pour Maggie d'abord, mais aussi pour Scott et pour elle-même.

Et ça devenait d'autant plus urgent que le Violeur à l'hameçon, après dix ans de silence, avait récemment envoyé une lettre à Maggie.

En tant que profileur, Ella savait qu'un contact comme celui-ci pouvait être un préalable à une rencontre en chair et en os.

Elle savait aussi que son amie était terrifiée, même si Maggie essayait de donner le change. Or, elle avait peut-être aujourd'hui la possibilité de mettre enfin un terme à des années de peurs enfouies.

Elle n'allait pas tout gâcher en perdant son temps à flirter avec Logan Greer. C'est pourquoi elle devait trouver au plus vite un moyen de lui résister.

4

— Comment Greer a-t-il obtenu que le FBI lui envoie un profileur ?

Hank O'Connor avait pris appui contre le chambranle de la porte, bloquant à Ella l'entrée du poste de police d'Oakville.

— Vous savez bien que les cas de tueurs en série sont de notre ressort, répondit-elle en évitant son regard.

Hank ricana.

— Ah oui ? Je croyais que c'était long et compliqué, et qu'il fallait remplir tout un tas de paperasses. Il a trouvé un moyen de remonter en haut de la liste d'attente ?

— Si vous permettez, on m'attend en salle de conférences, dit-elle sèchement.

— Ce n'est donc pas une légende, marmonna Hank. Les fédéraux n'ont aucun humour.

Pourtant il s'écarta, et Ella marcha tout droit vers la salle de conférences située à l'arrière de l'immeuble. Logan l'avait réservée pour qu'ils puissent étudier le cas de Theresa.

C'était cela ou l'appartement de Logan et, après leur baiser de la veille, elle avait immédiatement choisi le poste de police.

Peut-être avait-elle fait le mauvais choix.

Si son supérieur apprenait qu'elle avait accepté de dresser un profil sur son temps personnel, ses vacances risquaient bien de devenir permanentes.

La gorge soudain nouée, elle pensa au pacte qu'elle avait conclu avec Maggie et Scott, dix ans plus tôt, et qui l'avait conduite à postuler au FBI.

Depuis, son travail était devenu toute sa vie, et elle ne voyait plus les choses de la même façon. Après avoir affronté la désapprobation de sa famille, survécu aux méthodes de sélection drastiques du FBI, et passé quatre ans à se faire les dents sur des affaires de gangs, avant d'intégrer l'Unité d'analyse du comportement, elle n'était en effet pas prête à tout abandonner.

Ce qui l'avait motivée à devenir profileur, c'était de se trouver un jour en présence d'un dossier comme celui-ci. La marque en forme d'hameçon apposée dans la nuque de Theresa semblait indiquer qu'elle avait bien affaire à l'agresseur de Maggie. Mais, si elle désirait ardemment mettre ce criminel hors d'état de nuire, elle n'avait aucune envie de sacrifier sa carrière pour ça.

— Quelque chose ne va pas ? demanda Logan.

Ella trébucha et se rattrapa à l'embrasure de la porte. Elle était tellement plongée dans ses pensées qu'elle n'avait pas réalisé où elle était.

— Non, rien.

Elle entra dans la salle de conférences, se servit un café et le but à petite gorgées en prenant soin de tourner le dos à Logan.

Jamais auparavant elle n'avait franchi la ligne avec un collègue, et elle se sentait terriblement gênée et mal à l'aise de revoir Logan aujourd'hui — en dépit du fait que dans deux semaines elle n'entendrait plus jamais parler de lui.

Cette pensée l'attrista étrangement. Pourtant, elle ne le connaissait que depuis deux jours. Elle ne pouvait pas être déjà attachée à lui à ce point.

Mais lorsqu'elle se retourna, Logan était nonchalamment assis sur le coin de la table, ses cheveux noirs parfaitement coiffés semblant attendre qu'elle y passe la main, ses yeux verts l'étudiant avec inquiétude.

Elle comprit alors qu'il était inutile de nier l'évidence. Oui, elle avait un gros coup de cœur pour Logan.

Elle pourrait même en tomber amoureuse si elle n'y prenait pas garde.

— Vous êtes sûre que ça va ? insista Logan.

— Très bien.

Ella posa son café sur la table et sortit un bloc-notes et un stylo de sa sacoche.

— Après tout, c'est vous l'experte, dit-il. Par quoi commençons-nous ?

Ella joua nerveusement avec son stylo, avant de trouver la force de le regarder.

— Eh bien…

Elle s'interrompit le temps de jeter un œil vers la porte pour s'assurer qu'elle était bien fermée.

— Je tiens à préciser que ce qui s'est passé hier soir était une erreur.

— Une erreur ?

Un sourire avait commencé à se dessiner sur les lèvres de Logan, mais il s'effaça aussitôt, et son ton devint cassant.

— Vous avez été parfaitement claire, hier soir. J'ai compris le message. Ça ne se reproduira plus.

Elle hocha la tête.

— Je sais que cette affaire est importante pour vous. Je reste, mais si on apprend que je ne suis pas censée être ici…

Elle le regarda droit dans les yeux.

— Je risque de perdre mon travail.

Logan posa la main sur les siennes, rallumant les braises qui couvaient toujours et qu'elle essayait d'ignorer.

— Je ne ferai rien qui risque de vous mettre en porte-à-faux, promit-il.

— Merci.

Elle retira sa main d'un geste brusque.

— Bon, mettons-nous au travail. Parlez-moi de la voiture.

— Quelle voiture ?

— La voiture de location de Theresa. Elle a été inspectée ?

— C'est toujours en cours, mais il n'y a rien à tirer des empreintes.

— Comment cela ?

— Tout l'avant de la voiture a été nettoyé. Nous avons trouvé des empreintes sur le coffre, mais elles ne nous apprennent rien.

Certaines ont été identifiées comme appartenant à Theresa, d'autres à mon père. Il a dû les laisser en l'aidant à sortir ses valises.

— Mouais…

— Mon père a été mis hors de cause, ainsi que toute ma famille ! protesta Logan, avec une note de frustration dans la voix. Le coroner a fixé l'heure de la mort dans un temps très court. Presque toute la ville peut nous fournir un alibi.

— Ce n'est pas à ça que je pensais. Je me disais que c'était dommage que tout l'avant de la voiture ait été nettoyé et pas seulement un côté.

— Car ainsi, nous aurions pu savoir qui conduisait et qui était sur le siège passager ?

— Exactement.

— Si vous pensez à un auto-stoppeur, jamais Theresa ne se serait arrêté pour prendre un inconnu dans sa voiture, dit Logan.

— Vous en êtes sûr ?

— Elle a partagé une chambre d'étudiant avec la sœur d'un flic ! Croyez-moi, j'ai assez martelé ce genre de conseils à Becky. Vous allez peut-être me trouver trop protecteur, mais à l'époque je l'avais interrogée sur le mode de vie de Theresa et ses habitudes en matière de sécurité.

— Bon, si vous le dites…

Ella eut une petite moue pensive, et commença à formuler ses réflexions à voix haute.

— Theresa n'avait pas rendez-vous avec quelqu'un. Elle se dirigeait vers l'aéroport quand elle a disparu… Ça me fait penser à une embuscade. Donc, soit il l'espionnait depuis un moment en attendant le moment propice, soit il l'a choisie au hasard parce qu'il cherchait une victime et qu'elle est passée par là. Dans les deux cas, pourquoi s'est-elle arrêtée ?

Logan parut avoir une illumination.

— La roue de secours avait été montée sur la voiture. J'y pense seulement maintenant, mais ce type a pu l'agresser alors qu'elle terminait de changer le pneu.

— C'est peut-être comme ça qu'il a fait sa connaissance. Il s'arrange pour qu'elle crève un pneu, l'aide à le changer et l'enlève.

— Mais comment provoquer une crevaison ?

— Je ne sais pas… Avec une planche cloutée, disposée sur une portion de route déserte qu'elle était obligée d'emprunter pour se rendre à l'aéroport.

Une embuscade, exactement comme celle dont Maggie avait été la victime dix ans plus tôt.

Ella s'efforça d'ignorer la colère familière qui l'envahissait et poursuivit.

— Connaissez-vous un endroit le long de la route qui pourrait ressembler à ce dont nous venons de parler ?

A son grand embarras, elle s'était endormie la veille sur le trajet aux abords de Fort Meyers et jusqu'à Oakville. Logan avait dû la réveiller en arrivant à son hôtel.

— Theresa résidait chez ma sœur. Le chemin le plus rapide consiste à traverser la ville et à prendre l'autoroute. Celle-ci traverse des endroits passablement désertiques, avec des marécages d'un côté et des terrains vagues de l'autre. Il n'y a quasiment aucune circulation pendant une dizaine de kilomètres, avant d'approcher de Naples.

— Il faudrait envoyer une patrouille inspecter ce tronçon. Ils pourraient y trouver des traces de crevaison ou, si nous avons de la chance, quelque chose ayant appartenu à Theresa, puisque ces effets personnels n'ont pas été retrouvés.

Logan soupira, tout en se massant la tempe.

— Je vais aller parler au chef. Ne bougez pas.

Restée seule, Ella déploya la carte qu'elle avait achetée à l'aéroport et étudia la distance entre Oakville et Cape Coral. C'était là que le Violeur à l'hameçon avait attaqué sa dernière victime… et ce n'était qu'à une cinquantaine de kilomètres en direction de la côte.

La jeune femme venait de commencer son premier emploi après l'université quand il l'avait enlevée. Comme pour Maggie, il lui avait administré du Rohypnol avant de la violer et de lui laisser dans la nuque l'image d'un hameçon. Puis, comme Maggie et toutes ses autres victimes depuis dix ans, elle avait été relâchée le premier septembre.

Ella avait toujours cru qu'il se mettait en sommeil entre chaque enlèvement, n'imaginant pas qu'il puisse commettre des meurtres pendant ce temps.

Peut-être n'en relâchait-il qu'une par an pour attirer l'attention. Le reste du temps, il les tuait et jetait leurs corps — marqués de sa signature — dans un marécage pour qu'on ne les retrouve jamais.

Et peut-être venait-il enfin de commettre sa première erreur.

— Ce n'est pas comme ça qu'il a enlevé Theresa, annonça Logan lorsqu'il revint dans la salle de conférences, en glissant son téléphone dans sa poche.

Heureusement, il avait appelé Becky avant de demander à son supérieur d'envoyer une patrouille sur une mauvaise piste. Il n'avait pas besoin de se faire davantage mal voir.

— Quoi ?

Ella replia rapidement la carte et la fourra dans la sacoche à ses pieds, attirant son regard sur ses jambes nues.

En raison de la chaleur qui régnait en Floride, elle portait une jupe courte qui n'allait certainement pas l'aider à garder ses distances. Cela faisait longtemps qu'il n'avait pas été attiré comme ça par une femme. Comme un fait exprès, il fallait qu'elle vive loin de chez lui et soit déterminée à ne pas déborder du cadre professionnel pendant son séjour.

Elle s'était montrée agitée durant le dîner de la veille, et sa mère avait deviné qu'il se passait quelque chose. Cette incapacité à cacher ses sentiments semblait pour le moins incompatible avec son métier, et donnait à Logan envie de mettre sa résistance à l'épreuve en l'embrassant de nouveau.

Un sourire frémit sur ses lèvres, et il fit un effort pour le contenir.

— Quoi ? répéta Ella, tout en plissant les yeux d'un air suspicieux.

— J'ai appelé ma sœur, expliqua-t-il, en la rejoignant à la table. Le pneu a crevé quand elles étaient ensemble. C'est arrivé pas très loin de chez Becky, la veille du départ de Theresa, et elles l'ont changé toutes les deux.

— Bon… Pour moi, c'est quand même une embuscade. Il a dû faire en sorte qu'elle s'arrête alors qu'elle se rendait à l'aéroport. Peut-être en prétendant que c'était lui qui avait crevé ?

— Franchement, je ne vois pas Theresa en train de s'arrêter sur une route déserte. Elle aurait plutôt appelé la police pour signaler qu'une personne avait besoin d'aide.

— Il lui a peut-être barré la route… En tout cas, comme je l'ai dit à votre sœur, il n'a pas dû chercher à parler à Theresa avant. Il est sans doute mal à l'aise en société, célibataire, très solitaire…

— Donc, je ne vais pas le trouver au bar du coin, en train de draguer sa prochaine victime ?

— Si par hasard il y est, il s'agira du type assis dans un coin en train de scruter tout le monde. Mais ce serait risqué, des gens pourraient se souvenir de lui.

— D'accord. Alors, comment je le retrouve ?

— S'il est inquiet parce que nous avons retrouvé le corps, et c'est probablement le cas, il pourrait essayer de parler aux enquêteurs pour savoir ce qu'ils ont découvert.

Logan leva un sourcil.

— Vraiment ? Ce n'est pas très discret.

— Eh bien, il pourrait se faire passer pour un honnête citoyen que ce meurtre a choqué, et qui veut s'assurer que la police fait ce qu'il faut pour protéger la population. Ou, s'il y a des raisons de lui parler au cours de l'enquête — par exemple s'il travaille dans l'un des endroits où Theresa est allée — il pourrait en profiter pour se renseigner. Vos patrouilleurs devraient dresser la liste de toutes les personnes qu'ils ont contactées.

— La liste risque d'être longue. Nous avons interrogé presque tout le monde en ville. Que pouvez-vous me dire d'autre sur ce type ?

— Il est intelligent : il a pensé à effacer ses empreintes et il s'est débarrassé du corps dans un endroit qui n'avait pas de lien avec Theresa. De plus, il a agi quand tout le monde la croyait rentrée chez elle et, apparemment, personne en Arkansas n'a remarqué son absence.

— Vous pensez que c'est important ?

— Pour moi, ça signifie qu'il s'est d'abord renseigné sur elle. Et je pense qu'il ne va pas tarder à se mettre en quête de sa prochaine victime.

Logan se sentit mis en échec. Il avait dîné une fois avec Becky et Theresa, et les avait rejointes un autre jour pour manger une glace. Et son instinct de flic n'avait pas fonctionné. Il n'avait pas remarqué l'homme qui traquait Theresa et qui finirait par la tuer.

Cet homme était toujours en liberté, représentant une grave menace.

Rongé par la culpabilité, la gorge nouée, il détourna le regard d'Ella, mais c'était trop tard.

La main posée sur son poignet ne faisait que l'effleurer, et pourtant elle lui semblait peser une tonne tant ce contact l'affectait.

— Désolé, dit-il, après avoir repris son souffle un peu trop bruyamment.

— Je comprends. J'ai eu une affaire comme ça, moi aussi.

Il redressa la tête, sa culpabilité se transformant en frustration.

Depuis la mort de Theresa, trop de gens lui avaient dit qu'ils comprenaient. Trop de gens avaient prétendu savoir ce qu'il ressentait en recherchant la personne qui avait tué l'amie de sa sœur dans une ville où il était supposé la protéger.

Il était fatigué et il en avait assez des faux-semblants.

— Ne me dites pas que vous aussi vous avez échoué à protéger quelqu'un et que cette personne est morte, dit-il, un peu plus sèchement qu'il ne l'aurait voulu.

— Ce n'est pas à ça que je pensais, mais il se trouve que c'est le cas.

Sans qu'il puisse deviner son geste, elle lui prit la main et la plaça sous l'ourlet de sa jupe.

Son cerveau se mit immédiatement hors-service. Lorsqu'il retrouva son fonctionnement normal, il constata que la peau de sa cuisse était boursouflée et rêche.

— J'ai été touchée à la jambe. Par chance la balle est passée à côté de mon artère fémorale. Mon coéquipier a reçu deux balles en pleine poitrine. Il ne s'en est pas sorti.

Ella se leva et lui tourna le dos, mais il l'entendit reprendre son souffle en tremblant.

— Je débutais à l'antigang. Mon coéquipier y travaillait depuis trois ans. Nous avons été renseignés par un indicateur, et ça a mal tourné. Raisonnablement, je sais que je n'aurais rien pu faire. Mais ça ne m'empêche pas de penser que c'était en partie ma faute.

Elle se tourna, l'air contrarié, et annonça qu'elle faisait une pause. A peine sortie, elle revint précipitamment.

— Logan, venez vite !

Il bondit aussitôt et la suivit.

A l'avant du poste de police, par la vitre qui séparait la zone ouverte au public de la partie sécurisée, il vit plusieurs agents en uniforme qui entouraient quelqu'un. Même le chef Patterson était là.

Se servant d'une carte magnétique pour ouvrir la porte, Logan s'empressa de rejoindre ses collègues, suivi d'Ella.

Le groupe entourait une femme de vingt ans environ, vêtue d'un T-shirt qu'elle avait enfilé à l'envers et d'un jean. Ses longs cheveux blonds emmêlés encadraient un visage dévasté par les larmes. Son mascara avait coulé, lui dessinant des cernes noirs et, même à cette distance, il émanait d'elle une forte odeur d'alcool.

— Je vous dis que ça ne lui ressemble pas, cria-t-elle. Elle devrait être rentrée à l'hôtel maintenant.

— Depuis combien de temps a-t-elle disparu, mademoiselle ? demanda le chef, d'un ton calme que démentait son air anxieux.

— Je m'appelle Kelly. Et elle a disparu depuis hier. Nous avions prévu de rentrer chez nous ce matin, mais nous avons finalement décidé de rester quelques jours de plus, et nous sommes allées au club la nuit dernière.

— Votre amie est-elle partie avec quelqu'un ?

— Non. Enfin, je ne sais pas. J'ai perdu sa trace au club. Je suis rentrée à l'hôtel et je me suis endormie. Quand je me suis réveillée ce matin, elle n'était pas rentrée.

— Avez-vous essayé de l'appeler ? insista Patterson. Elle a peut-être passé la nuit avec un homme.

— Evidemment que je l'ai appelée ! Je tombe directement sur sa messagerie. Et Laurie n'est pas comme ça. Elle aime faire la fête, c'est vrai, mais elle ne couche pas avec le premier venu.

— Avez-vous une photo d'elle ? demanda Ella.

Kelly tourna la tête vers elle, peut-être parce qu'elle était la seule femme dans la pièce, et s'empressa de fouiller dans son sac jusqu'à ce qu'elle trouve son téléphone portable.

— Voilà ! s'exclama-t-elle, après avoir fait défiler les photos.

Elle tendit l'écran vers Ella, et Logan se pencha par-dessus son épaule pour voir l'image qui s'affichait.

Le souffle coupé comme si on lui avait asséné un direct à l'estomac, il eut la preuve qu'il ne s'était pas trompé en évoquant la piste d'un tueur en série.

La femme sur la photo avait de longs cheveux noirs, comme Theresa.

Elle ressemblait à une étudiante, comme Theresa.

Et elle avait disparu juste avant le moment où elle était censée quitter la ville.

Exactement comme Theresa.

Le tueur en série d'Oakville venait de trouver sa prochaine victime.

5

— Revoyons tout cela encore une fois.

L'expression de Logan était mesurée mais, de l'autre côté de la glace sans tain, Ella devinait le stress qui le rongeait.

En face de lui, Kelly était effondrée sur sa chaise, serrant dans ses mains tremblantes sa troisième tasse de café.

— Je vous ai déjà tout dit, marmonna-t-elle. Qu'est-ce que vous faites encore ici ? Sortez et trouvez-la. Si ça se trouve, elle est dans ce marécage où on a découvert l'autre fille.

— Mes collègues sont en train de chercher Laurie en ce moment. Je vous demande de recommencer parce qu'il arrive qu'on oublie un minuscule détail, quelque chose qu'on croit sans importance et qui fait toute la différence.

Il était doué. Au cours des deux dernières années, Ella avait eu l'occasion d'assister à quelques interrogatoires de police, et elle avait appris que les inspecteurs qui obtenaient les meilleurs résultats étaient ceux qui se montraient patients.

Kelly avait déjà raconté son histoire deux fois, mais elle avait eu quelques petites hésitations qui avaient mis la puce à l'oreille d'Ella. Il était évident qu'elle cachait quelque chose, et ça pourrait bien être la clé pour retrouver Laurie

— Rien à signaler du côté du marécage, dit une voix d'homme dans son dos, l'arrachant à ses pensées.

Ella tourna la tête vers l'agent en uniforme qui venait d'entrer pour lui livrer cette information.

— Et les bars ? demanda-t-elle, tandis qu'il tirait une chaise vers la vitre sans tain et s'y laissait tomber.

Cela faisait quatre heures que Kelly était arrivée au poste de police, et des agents avaient été déployés à travers la ville, pour interroger les employés des bars que les deux amies avaient écumés avant la disparition de Laurie.

L'officier cilla, les yeux rougis, et elle comprit qu'il faisait partie de ceux qui avaient été rappelés en renfort alors qu'ils venaient de terminer leur service.

— Plusieurs personnes se souviennent de Laurie. Apparemment elle a beaucoup bu, elle faisait énormément de bruit et elle a aussi dansé avec la moitié des garçons du coin.

— Quelqu'un l'a vue partir accompagnée ?

— Nous n'avons pas encore d'informations en ce sens. Mais deux personnes ont dit qu'elle avait mentionné son départ ce matin à la première heure.

Ella se rembrunit.

— C'est bizarre. Kelly affirme qu'elles avaient changé d'avis et qu'elles prévoyaient de rester quelques jours de plus.

Le policier haussa les épaules.

— C'est tout ce que je sais.

— Mouais…

— Quoi ?

— C'est peut-être à ce sujet que Kelly ment. Il n'a peut-être jamais été question de reporter leur départ.

— Pourquoi mentirait-elle ?

— Je ne sais pas. Ecoutez…

Ella désigna la glace sans tain derrière laquelle Logan avait ramenée Kelly au point de son récit où elle disait avoir perdu la trace de Laurie.

Les yeux baissés sur sa tasse, Kelly la faisait rouler nerveusement entre ses mains.

— Je me suis retournée, et je me suis rendu compte qu'elle n'était plus là. Je n'ai pas réussi à la retrouver, et je me suis dit qu'elle était rentrée à l'hôtel.

— Et à ce moment-là, vous étiez sur la piste de danse ?

— Oui.

— Les deux fois précédentes, vous avez dit que vous étiez au bar.

Kelly haussa les épaules.

— C'est pareil. Qu'est-ce que ça change ?

— Vous lui avez parlé avant de rentrer à l'hôtel, n'est-ce pas, Kelly ?

— Oui, bon, d'accord, marmonna-t-elle, juste au moment où le chef entrait dans la salle d'observation. J'avais peur que vous ne la cherchiez pas si je vous le disais.

Le chef s'avança entre Ella et l'agent en uniforme et se pencha vers la vitre sans tain.

— Je me doutais bien qu'elle ne nous disait pas tout, dit-il entre ses dents.

— Elle parlait avec deux types, reprit Kelly. Elle voulait rester plus longtemps au bar, mais j'étais fatiguée.

— Il nous faut une description de ces hommes, dit Logan, sans parvenir à masquer tout à fait la frustration dans sa voix.

Kelly agita la main devant elle.

— Bon, vous aviez raison, elle en draguait un des deux. Mais elle n'avait aucune chance.

— Il me faut quand même une description.

— Elle m'a envoyé un texto une heure plus tard pour me dire que le type n'était pas libre, qu'elle buvait encore un verre et qu'elle rentrait.

— Je le savais ! s'exclama le chef.

— Alors, on ne l'a peut-être pas enlevée sur le chemin de l'hôtel, dit l'agent. Elle a sans doute suivi un homme chez lui.

Tandis que Kelly décrivait l'homme avait qui Laurie avait parlé au bar, le chef se tourna vers Ella,

— Je croyais que le tueur était inadapté socialement, dit-il d'un ton accusateur.

— Eh bien…

— D'après le profil que vous avez établi, il ne traîne pas dans les bars, et il ne cherche pas à charmer ces victimes au préalable.

— C'est exact.

— Donc, soit Laurie a suivi un homme qui n'est pas le tueur, soit votre profil est faux.

— Le profilage n'est pas une science exacte, se défendit Ella, tandis que la porte s'ouvrait de nouveau pour livrer passage à Hank O'Connor.

— Je viens de recueillir le témoignage d'un couple de touristes, annonça triomphalement le nouvel arrivant. Laurie a quitté le bar avec un grand type blond qui tentait sa chance avec toutes les filles présentes.

Le chef observa Ella d'un air narquois.

— Ça ressemble à votre tueur ?

Après avoir passé la journée à essayer vainement de retrouver la trace de Laurie, Ella s'était profondément endormie. Si elle rêva de corps remontant à la surface dans des marécages, ou de femmes portant des brûlures dans le cou, elle ne s'en souvint pas.

Elle fut réveillée par un brutal claquement de portes.

— Allons-y ! cria une voix d'homme paniquée.

Se levant d'un bond, elle entrebâilla sa porte et vit deux femmes qui couraient vers les ascenseurs en remorquant leurs valises à roulettes. De l'autre côté du couloir, un homme tenait la porte à une femme qui terminait de jeter des vêtements dans un sac de voyage tout en marchant.

— Excusez-moi, dit Ella. Que se passe-t-il ?

L'homme lui lança un regard incrédule.

— Vous n'avez pas entendu ? Il y a un tueur à Oakville, un malade qui s'en prend aux vacancières. A votre place, je filerais immédiatement. Moi, je ramène ma petite amie à la maison.

Apparemment, la nouvelle avait fait le tour de la ville. Les gens du coin étaient déjà au courant pour Theresa, mais la théorie du tueur en série n'avait pas filtrée. Jusqu'à maintenant.

— Merci.

Ella ferma la porte, se doucha et se changea, enfilant un T-shirt et une jupe propres qui lui colleraient à la peau avant la fin de la matinée, avec cette insupportable humidité qui baignait la ville.

Elle prit ensuite son téléphone mais, au lieu d'appeler Logan, se dirigea vers la réception de l'hôtel.

Sur le comptoir s'empilaient des journaux. La une était éloquente : « un tueur en série s'attaque aux vacancières. » Elle déposa quelques pièces pour le journal et l'emporta dans sa chambre, le lisant tout en marchant.

Outre une interview de Kelley, le journaliste développait la thèse du tueur en série, et donnait tous les détails sur le meurtre de Theresa, y compris celui de la brûlure qu'Ella n'avait pourtant pas divulgué.

Elle pesta entre ses dents tandis qu'elle poussait la porte de sa chambre.

Si le meurtrier de Theresa avait, comme elle était tentée de le croire, déjà tué auparavant, il avait toujours réussi à détruire les preuves de ses actes. A présent, entre la réapparition d'un cadavre, la disparition d'une touriste et l'hystérie des médias, soit il allait se terrer pendant un moment, soit il allait oublier toute prudence et monter en puissance pour faire parler de lui, tuant un maximum de victimes.

Dans les deux cas, Ella devait se rendre le plus vite possible au poste de police d'Oakville pour aider Logan et ses collègues à le coincer.

Elle attrapa sa sacoche, y fourra ses notes, et quitta la chambre. Elle fermait la porte quand son portable sonna.

— Oui, Logan, répondit-elle sans vérifier qui l'appelait. J'arrive tout de suite.

— Merci pour l'info, mais je ne suis pas Logan, dit une voix d'homme moqueuse.

— Scott…

Ella s'engagea dans le couloir tout en parlant. Le poste de police n'était qu'à huit cents mètres, mais Logan avait l'habitude de passer la chercher, l'appelant systématiquement pour lui dire qu'il l'attendait dans le hall. Ce changement de programme ne la dérangeait pas. Au contraire, elle était contente d'avoir un peu de temps à elle.

— Excuse-moi de ne pas t'avoir appelé, dit-elle à son ami,

en essayant d'insuffler une note joyeuse à sa voix. Comment ça se passe en Californie ?

— Bah, je préférerais que ce soit toi qui accompagnes Maggie au spa, mais sinon, ça va plutôt bien.

Ella ne put s'empêcher de ressentir de la culpabilité. D'habitude, quand ils voyageaient ensemble, Maggie et elle passaient du temps toutes les deux tandis que Scott partait de son côté, généralement pour jouer les jolis cœurs.

— Tu ne la quittes pas des yeux, n'est-ce pas ?

— Tu plaisantes ? Maggie est peut-être un agent du SWAT parfaitement entraîné, je n'en reste pas moins son grand frère. Tu peux compter sur moi pour lui coller aux basques.

Le Violeur à l'hameçon ne s'en était jamais pris de nouveau à une de ses anciennes victimes et, même si Ella se trompait et qu'il ne se trouvait pas en Floride, a priori Maggie ne courait pas de danger immédiat.

Par précaution ils avaient quand même programmé ces vacances quelque temps plus tôt, lorsque Maggie avait reçu une lettre dont l'auteur prétendait être son agresseur.

Elle ne contenait aucune menace. Hormis l'allusion à une certaine soirée de septembre, dix ans plus tôt, on aurait pu croire à une lettre d'amour.

Rien que cette pensée donnait la nausée à Ella.

L'enquête avait révélé que l'homme n'avait pas cherché à établir de contact avec ses autres victimes. Le laboratoire du FBI n'avait rien pu tirer de la lettre : pas d'empreintes, pas d'ADN. Rien non plus du côté du bureau de poste en Georgie d'où le courrier avait été posté.

Depuis que cette lettre était arrivée, Scott et Ella s'étaient promis de veiller sur Maggie, même si elle avait toutes les compétences et l'entraînement nécessaire pour se sortir des combats les plus rudes. Depuis quatre ans, Maggie avait rejoint le SWAT de Washington — une unité spéciale de la police capable de mener des opérations à hauts risques. L'année dernière, Scott avait quant à lui intégré en tant que tireur d'élite une branche du FBI spécialisée dans les prises d'otages.

Ella savait qu'elle pouvait être utile en restant ici. Et puisqu'elle avait Scott au téléphone…

Elle s'apprêtait à lui dire sur quoi elle travaillait, mais il parla le premier.

— Maggie a reçu une autre lettre.

Un mélange de colère et d'angoisse envahit Ella. Un contact soudain n'était jamais bon signe. Surtout s'il y avait une montée en puissance.

— Quand ?

— Le jour de notre départ pour la Californie.

Ça expliquait pourquoi Maggie semblait tellement perturbée à l'aéroport.

— D'où a-t-elle été postée ?

— D'une ville de Floride.

— Ce n'est pas Cape Coral, quand même ?

— Non, quelque part plus au nord.

Donc, ce n'était pas non plus Oakville.

— Que dit la lettre ?

— Les mêmes vieilles rengaines.

La colère vibrait dans la voix de Scott.

— Il n'y a pas menaces, seulement ses… fantasmes répugnants.

— Je suis tellement désolée de ne pas être avec vous.

— Tu vas m'expliquer pourquoi ?

— J'ai une enquête.

— Je te connais depuis toujours, ma vieille. Dis-moi la vérité.

— Ecoute, Logan est venu me demander un conseil. J'avais l'intention de survoler le dossier, de faire une analyse rapide et de vous rejoindre à l'aéroport. Mais, quand je l'ai lu…

Elle laissa échapper un soupir.

— Scott, je suis en Floride, dans un endroit qui s'appelle Oakville, au sud de Cape Coral. La victime, dont on a trouvé le corps dans un marécage, présente une marque sur la nuque. La décomposition est trop avancée pour être formel, mais ça ressemble à un hameçon.

Il y eut un long silence à l'autre bout de la ligne.

— Tu as pris l'affaire officieusement.

Ce n'était pas une question, mais Ella y répondit quand même.

— Oui. Je ne sais toujours pas s'il y a un lien, mais cette fille ressemble beaucoup à Maggie. Et s'il s'agit du même homme… Scott, je pourrais peut-être le coincer avant le prochain 1er septembre.

Il y avait dans la voix de Scott une note de protection toute fraternelle quand il la prévint :

— Fais attention à toi, Ella. Et appelle-moi. Je veux être informé au jour le jour. D'accord ?

— Oui, oui, c'est d'accord. Ne dis rien à Maggie tant que je n'en sais pas plus.

— Non, j'attendrai. Elle a cru à ton histoire. Et c'est la première fois depuis des mois qu'elle se détend vraiment. La plage lui fait du bien.

— Tant mieux.

Ella leva la tête et se rendit compte qu'elle était arrivée au poste de police.

— Je dois te laisser.

— Attrape vite ce type et rejoins-nous en Californie.

— Crois-moi, je fais tout ce que je peux. A bientôt.

Ella coupa la communication et entra dans l'immeuble qui bruissait d'animation. Un agent en uniforme la fit accéder à la zone sécurisée à l'arrière, où elle repéra immédiatement Logan en train de se servir un café. Il portait les mêmes vêtements que la veille, ses cheveux étaient emmêlés et, même à cette distance, on voyait qu'il avait des cernes sous les yeux.

Ella s'empressa de le rejoindre.

— Vous êtes venu directement ici après m'avoir déposée à l'hôtel hier soir ?

Logan leva la tête, apparemment si fatigué et perdu dans ses pensées qu'il ne l'avait pas entendue arriver.

— Ce n'était pas prévu, mais on m'a appelé pour me dire que le type avec qui Laurie avait quitté le bar avait été retrouvé.

Ella s'agrippa à son bras, les yeux écarquillés.

— Et ?

Logan fit passer sa tasse de café dans l'autre main.

— Nous n'avons toujours pas localisé Laurie. J'ai passé la nuit à interroger Jeff, le jeune qui était avec elle. Un gamin du coin, vingt et un ans, il a passé toute sa vie ici. Il a une réputation de dragueur, mais rien de violent, pas de casier. Il dit qu'elle l'a suivi chez lui, mais qu'elle a quitté l'appartement vers 3 heures du matin. Il pensait qu'elle était rentrée chez elle depuis longtemps. Il prétend ne pas avoir pris son numéro. Elle n'a pas demandé le sien non plus.

— Vous auriez pu m'appeler hier soir, je serais revenue.

— Ce n'était pas la peine.

Logan se massa les yeux et but une longue gorgée de café.

— Jeff partage l'appartement avec un ami qui est rentré vers 3 heures et qui a vu la fille partir.

— Vous y croyez ?

— Vous savez, je connais un peu ce garçon, et il a une réputation de poule mouillée. Il fait du surf parce qu'il pense que ça impressionne les filles, mais il a peur d'à peu près tout dans l'eau. Chaque fois qu'il aperçoit un dauphin, il croit que c'est un requin. Je ne le vois pas aller dans les marécages à l'heure où les alligators viennent se nourrir.

— Bon, dit Ella en soupirant. Alors, nous n'avons toujours rien ?

— Pour ainsi dire. Mes collègues sont persuadés que Laurie cuve son alcool quelque part et qu'elle finira par réapparaître.

— Mais pas vous, je me trompe ?

— Non. Laurie ressemble trop à Theresa sur la photo pour que j'appelle ça une coïncidence.

— A propos de ça…

Ella regarda autour d'elle et se rendit compte qu'elle avait toujours la main sur le bras de Logan. Rougissant soudain, elle s'empressa de la laisser retomber.

— Pouvons-nous aller dans la salle de conférences ? Je voudrais vous parler de quelque chose.

Logan sourit et même ainsi, avec ses yeux rougis et ses vêtements froissés, il réussit à faire battre plus vite le cœur d'Ella.

— J'espère que c'est pour me demander de vous inviter de nouveau chez mes parents.

Chez ses parents. Là où elle s'était jetée sur lui. Elle sentit ses joues s'empourprer un peu plus et s'empressa de lui tourner le dos pour se diriger vers la pièce où ils avaient travaillé la veille.

— C'est à propos de la vraie raison pour laquelle je suis ici.

— Ah, enfin ! Je me demandais quand vous me livreriez votre grand secret.

Logan s'était perché sur le coin de la table tandis qu'Ella fermait la porte. Quand elle se tourna pour lui faire face, elle semblait nerveuse, et il ne put s'empêcher de redouter sa révélation.

— Si vous m'en parlez, c'est que vous devez avoir la certitude que le meurtre de Theresa est lié à cette ancienne affaire que vous avez évoquée, n'est-ce pas ?

Elle passa la main dans ses longs cheveux pour les écarter de son visage.

— Ce n'est pas…

Elle ferma brièvement les paupières.

— Ce n'est pas exactement une ancienne affaire, Logan.

Elle soupira et, à sa grande surprise, s'assit sur la table, à côté de lui.

— Quand j'étais en dernière année à l'université, ma meilleure amie a été enlevée.

Un mélange de sympathie et de peine envahit Logan.

— Oh ! Ella, je suis désolé.

Il ne s'était pas rendu compte qu'il lui avait pris la main, jusqu'à ce qu'il baisse les yeux vers leurs doigts entrelacés. Le mélange de tristesse et de détermination dans le regard d'Ella lui donna l'envie de passer un bras autour de son épaule et de l'attirer contre lui. Au lieu de quoi, il continua à lui tenir la main, essayant de lui faire comprendre sans parler qu'elle pouvait tout lui confier.

Ses lèvres tremblèrent, comme si elle essayait de lui sourire mais n'y parvenait pas, puis elle reprit la parole :

— Nous partagions une chambre sur le campus. Cette nuit-là, je me suis un peu inquiétée de ne pas la voir rentrer, mais j'ai pensé qu'elle…

Les épaules d'Ella tremblèrent, et elle secoua la tête.

— Je me suis dit qu'elle avait décidé de passer la nuit chez son petit ami et qu'elle avait oublié de me prévenir.

Logan n'eut pas de mal à deviner qu'elle s'en voulait encore aujourd'hui de ne pas avoir prévenu tout de suite la police.

— Ce n'est pas votre faute, Ella.

— Oui, je sais. Mais je n'oublierai jamais que je me suis trompée.

Et, quand elle avait terminé ses études, elle avait choisi un métier qui lui permettrait de ne plus jamais commettre d'erreurs concernant ce genre de prédateurs. Donc, elle ne s'était jamais vraiment pardonnée à elle-même.

Depuis que Logan la connaissait, Ella s'était montrée si sûre d'elle qu'il n'aurait jamais pu imaginer une telle tragédie dans son passé.

— Le lendemain matin, quand elle est revenue…

Il écarquilla les yeux.

— Elle est vivante ?

— Oui. Il s'agit de Maggie. L'amie que je vous ai présentée à l'aéroport.

— Que lui est-il arrivé ?

L'émotion quitta la voix d'Ella, et Logan reconnut immédiatement le comportement clinique et détaché du profileur.

— Elle a été violée. Et il lui a fait une marque en forme d'hameçon sur la nuque.

Logan ressentit un poids énorme sur l'estomac.

— Le Violeur à l'hameçon ?

Tous les automnes, Logan espérait ne pas voir ce nom aux informations nationales, mais chaque année il était de nouveau là. Et, en septembre dernier, ça s'était passé en Floride.

— Vous pensez qu'il s'est mis à tuer ?

— Je me dis qu'il a peut-être toujours commis des meurtres

entre ces rendez-vous particuliers de septembre, mais que nous ne le savions pas.

— Les marques sur le corps de Theresa… C'est pour ça que vous m'avez demandé si ça pouvait être une forme de marquage.

— Oui, mais il n'y a pas que ça. Quand nous étions plus jeunes, Maggie avait les cheveux longs et elle ressemblait beaucoup à Theresa. Toutes ses victimes sont minces, âgées de vingt-cinq ans au maximum, avec des cheveux noirs, longs et raides.

— Comme Theresa. Je vois…

Logan hocha la tête, tandis que l'information faisait son chemin.

— Il libérerait certaines femmes afin d'attirer l'attention sur lui et de narguer les forces de l'ordre. Les autres entretiendraient son besoin de violence…

L'intonation d'Ella se chargea de sympathie et de douceur.

— Logan, ce que j'essaie de vous faire comprendre, c'est qu'il y a une autre personne qui correspond à cette description.

Logan eut l'impression que la pièce se mettait à tourner. Tandis que la lumière se faisait dans son esprit, il sentit qu'Ella lui prenait le bras.

— Ma sœur, murmura-t-il.

6

— Etes-vous absolument sûre que le Violeur à l'hameçon est bien le meurtrier de Theresa ?

Logan allait et venait devant Ella, en passant la main dans ses cheveux déjà emmêlés.

— Je ne peux pas l'affirmer avec certitude. C'est une théorie basée en premier lieu sur la marque en forme d'hameçon dans le cou de Theresa.

Elle resta quelques instants silencieuse, pesant le pour et le contre.

— Ça ressemble terriblement à la signature du Violeur à l'hameçon. Et, s'il s'agit de la même personne, nous avons donc affaire à un tueur qui a réussi à échapper au FBI pendant dix ans.

Logan cessa de faire les cent pas.

— Quelle perspective réjouissante !

Ella sauta de la table sur le coin de laquelle elle était perchée, et se retrouva plus près de Logan qu'elle ne l'avait prévu.

Assez près pour voir le début de barbe sur son menton, la courbe sexy de ses lèvres.

Assez près pour imaginer combien il serait facile de lever la main pour la glisser autour de son cou, puis de l'attirer à elle pour l'embrasser.

S'exhortant à se concentrer, elle fit un pas sur le côté pour mettre un peu de distance entre eux.

— Si c'est la même personne, vous pensez qu'il pourrait s'attarder dans le coin ? demanda Logan. Les viols se produisent une fois par an dans des endroits différents du pays.

Il s'emballait. Son intonation se fit plus impatiente, ses gestes plus nerveux.

— Choisit-il un endroit précis où il séjourne et où il tue ? Ou est-il toujours en mouvement, comme ces légendaires tueurs de l'autoroute ?

A cause du nombre de tueurs qui choisissaient des victimes en transit, souvent sur les aires d'autoroute, le FBI avait créé une base de données spécifique, dite HSK, pour *Highway Serial Killer.*

Ella soupira, détestant être mise en échec.

— Je n'en sais rien, Logan. J'ai étudié ce prédateur pendant des années et je n'ai jamais pensé qu'il pouvait tuer…

Elle marqua une pause infime, avant de reprendre :

— Jusqu'à ce que vous m'apportiez ce dossier, en tout cas. Tout ce que je peux dire, c'est qu'il prévoit tout dans les moindres détails. Or, les preuves dont nous disposons suggèrent une planification méticuleuse.

— Que dois-je dire à ma sœur ? De quitter la ville ? De s'installer chez nos parents ?

— Il vaudrait mieux en effet qu'elle retourne vivre chez vos parents jusqu'à ce que nous ayons attrapé ce prédateur. Il ne faut surtout pas qu'elle sorte seule, car nous savons que ce type tend des embuscades à ses victimes. Il a probablement espionné Theresa avant de la tuer. Et comme Theresa était tout le temps avec Becky…

Logan jura entre ses dents, tout en sortant son téléphone portable de sa poche.

— Je l'appelle immédiatement.

Il se remit à faire les cent pas tout en parlant au téléphone, dessinant dans l'air de grands gestes avec sa main libre, tandis qu'il endossait le rôle du grand frère surprotecteur.

Ella le suivit des yeux, en songeant à tous les détails qu'elle avait relevés au cours des derniers jours, sans vraiment y prêter attention.

La façon dont ses yeux verts s'assombrissaient quand il était inquiet.

Son expression compatissante quand il savait qu'elle avait de la peine.

Sa capacité à passer en un instant du flic sérieux, compétent, au collègue amical et rieur, pour finir par l'irrésistible amant potentiel.

Oh oui, elle était sérieusement mordue.

— Comment se fait-il que vous n'ayez pas de partenaire ?

Logan tourna la tête vers Ella tandis que, à bord de sa Chevrolet Caprice, ils laissaient la ville derrière eux.

— Ma vie amoureuse vous intéresse ?

Elle rougit, tout en jouant nerveusement avec ses doigts, et il essaya de ne pas rire.

— Ce que je voulais savoir, c'est pourquoi vous n'aviez pas de partenaire professionnel.

La bonne humeur de Logan s'évanouit.

— Parce que je m'appelle Greer.

— Vraiment ? Votre supérieur vous déteste au point de vous contraindre à travailler seul ? Ça semble plutôt dangereux.

— Ce n'est pas exactement ça…

Logan actionna son clignotant et s'engagea sur la voie d'accès à l'autoroute que Theresa était supposée avoir prise pour se rendre à l'aéroport.

Cette portion de route était souvent déserte la nuit, et c'était peut-être là, vers 4 heures du matin, qu'elle avait fait une rencontre fatale.

— Toute l'équipe sait que le chef me déteste, reprit-il. Ils n'ont pas envie que ça retombe sur eux.

— Si c'est invivable à ce point, pourquoi ne cherchez-vous pas ailleurs ? Je ne pense pas que vous ayez du mal à vous faire engager.

— Vous feriez mieux d'attendre que cette enquête soit bouclée avant de faire des prédictions de ce genre.

— Allons, ne faites pas le modeste. Vous excellez dans votre métier. Je l'ai su à la seconde où vous vous êtes présenté à Aquia pour trouver un profileur.

— Mais ça ne vous a pas empêchée de pointer votre arme sur moi, plaisanta-t-il, ravi d'apprendre qu'elle le trouvait bon dans ce qu'il faisait.

Redevenant sérieux, il ajouta :

— Je n'ai pas l'intention de diriger la police d'Oakville, ou d'en devenir le maire, comme le souhaite ma famille, mais je ne me vois vraiment pas vivre ailleurs.

Depuis qu'il était entré sur l'autoroute, Logan roulait doucement, cherchant tout en parlant un signe indiquant que Theresa avait été forcée d'arrêter sa voiture inopinément. Comme des traces de dérapage par exemple.

De nombreuses voitures klaxonnaient et le dépassaient, la circulation étant plus dense dans la journée. Mais la nuit, c'était l'endroit idéal pour un prédateur sachant comment organiser une embuscade.

— C'est bien d'être proche de votre famille, reprit Ella, après un temps de silence.

— Vous ne l'êtes pas de la vôtre ?

— Non.

Il tourna brièvement la tête vers elle.

— C'est vrai ?

Comment pouvait-on ne pas aimer Ella ?

Avec sa détermination à aider son amie, au détriment de vacances prévues de longue date ?

Avec son humour et sa chaleur malgré les choses épouvantables qu'elle voyait tous les jours dans son travail ?

Avec ce franc sourire qui illuminait instantanément son visage et faisait étinceler ses yeux ?

Mais… elle était tout simplement parfaite.

Il donna un brusque coup de volant et rectifia aussitôt sa trajectoire, s'attirant un regard étonné d'Ella.

Elle n'était pas parfaite, se corrigea-t-il. Il en avait l'impression parce qu'il ne la connaissait pas depuis suffisamment longtemps.

— Mes parents n'approuvent pas le métier que je fais, dit-elle.

— Pourquoi ? Ils pensent que c'est trop dangereux ?

— Je suis un peu la brebis galeuse de la famille, dit Ella, tout en scrutant les bas-côtés de la route. Je devais rester dans l'Indiana et devenir professeur, comme mon père. Mais après ce qui est arrivé à Maggie, nous avons fait un pacte tous les trois — Maggie, Scott et moi — celui d'intégrer le FBI pour empêcher des types comme celui qui l'a agressée de nuire et, avec un peu de chance, de l'arrêter.

— Et vos parents n'ont pas compris ça ?

— Ils voulaient que je reste près de la maison. Ils pensaient que cette histoire de FBI n'était qu'une passade.

Elle esquissa une petite moue désenchantée.

— Mon caprice de justicière, c'est comme cela qu'ils l'appelaient. Ils pensaient que je reprendrais vite mes esprits et que je reviendrais vivre près d'eux comme mes frères, en leur donnant encore plus de petits-enfants, et en dînant chez eux tous les week-ends.

Elle haussa les épaules, comme si cela n'avait pas d'importance. Mais, bien qu'elle ait la tête tournée de l'autre côté, Logan devina que ça l'ennuyait.

— Mes parents sont originaires de Puerto Rico, expliqua-t-elle. Mon père est de la seconde génération, ma mère de la première. Mon père est professeur dans une université d'Indiana. Nous sommes venus y vivre quand j'avais six ans. Les parents de mon père se sont installés avec nous.

Elle jeta un bref coup d'œil à Logan, s'attendant peut-être à une réaction de surprise ou à un commentaire, mais il garda les yeux rivés sur la route.

— C'est comme ça dans ma famille, dit-elle, comme si elle voulait se justifier. On ne prend jamais de décisions sans tenir compte de l'avis des autres, et on reste toujours ensemble.

Elle eut de nouveau une petite moue désabusée.

— Ils ne comprennent pas ma façon de vivre. Ils ont voulu s'installer dans une petite communauté rurale plutôt que dans la ville où travaille mon père, parce qu'ils voulaient vivre dans un endroit où tout le monde se connaît.

Logan imagina combien il avait dû être dur pour Ella de leur dire qu'elle partait.

— Cela fait maintenant six ans que je suis agent fédéral, et pourtant la première chose que j'entends quand je vais leur rendre visite, c'est : « Quand vas-tu changer de métier et revenir à la maison pour de bon ? »

Elle laissa échapper un soupir et se tourna vers lui.

— Du coup, je vais les voir de moins en moins souvent.

Il s'apprêtait à lui dire qu'il était désolé, mais elle lui adressa un petit sourire courageux.

— Mais Maggie et Scott ne sont pas loin, et ils sont comme ma famille. Je ne suis donc pas seule au monde. Ce n'est pas la peine de prendre cet air triste.

Les lumières de la ville avaient remplacé le morne paysage de terrains vagues et d'usines abandonnées, et ils n'avaient rien vu d'anormal sur la route. Si Theresa avait été enlevée alors qu'elle se dirigeait vers l'aéroport, elle s'était arrêtée de son plein gré. Et Logan ne l'imaginait pas agir ainsi avec un étranger.

Décidant qu'il ne servait plus à rien d'insister, il prit la sortie suivante et emprunta une route secondaire pour rentrer à Oakville.

— Et maintenant ? demanda-t-il à Ella.

Elle secoua la tête, l'air déstabilisé.

— Je ne sais pas.

Le soleil avait presque disparu derrière la ligne d'horizon. Ella ralentit le pas sur le long chemin désert qu'elle avait emprunté pour regagner son hôtel, et tendit l'oreille.

Elle n'avait pas rêvé, il y avait bien derrière elle des bruits de pneus écrasant lentement les gravillons.

Elle tourna la tête mais ne vit rien dans la pénombre, d'autant que le chemin contournait un bosquet d'arbres.

Pourtant, elle entendait la voiture rouler lentement. Trop lentement, comme si le conducteur ne voulait pas être vu.

Elle aurait dû accepter que Logan la raccompagne. Mais

après une longue et frustrante journée qui ne leur avait permis ni de retrouver Laurie, ni de comprendre comment Theresa avait été enlevée, elle lui avait dit de prendre un repos bien mérité.

Durant la journée, le chemin était fréquenté par les touristes qui se rendaient en ville, et elle n'avait pas pensé qu'il serait désert ce soir.

Elle pressa le pas, la main posée sur le canon de l'arme qu'elle portait à la ceinture.

Son pouls s'accéléra quand, jetant de nouveau un coup d'œil par-dessus son épaule, elle distingua enfin le véhicule. Il s'agissait d'un monospace bleu foncé.

Comme elle se tournait et plissait les yeux pour essayer de distinguer le conducteur, celui-ci baissa la vitre et la héla.

— Dites, ce n'est pas la route vers Seaside Resort, n'est-ce pas ?

— Non, ici, c'est le Traveler's Hotel.

— Merci.

Il remonta sa vitre et commença à reculer, le chemin étant trop étroit à cet endroit pour faire demi-tour.

Laissant retomber la main qu'elle gardait posée sur la crosse de son arme, Ella faillit éclater de rire. Elle traquait des tueurs depuis si longtemps qu'elle en voyait partout.

Il était vraiment temps qu'elle boucle cette enquête et qu'elle profite d'une semaine de vacances à la plage.

Etendue sur son lit, Ella passait de chaîne en chaîne, cherchant désespérément un programme intéressant à la télévision, quand on frappa vigoureusement à sa porte.

Coupant le son, elle s'empara de son Glock, et se glissa sur le côté de la porte, en jetant un œil à travers le judas.

En découvrant Logan, elle soupira de soulagement et posa son arme sur la console près de la porte. Le fait qu'elle ait automatiquement déduit qu'il s'agissait du type au monospace bleu confirmait qu'elle avait besoin de vacances.

Ouvrant la porte, elle surprit Logan en train de regarder ses chaussures, l'air penaud.

— Je croyais que vous rentriez chez vous.

— Ella, je suis désolé. Un journaliste…

Il leva les yeux et s'interrompit au milieu de sa phrase, visiblement ébahi par sa tenue.

Soudain consciente qu'elle se tenait sur le seuil en boxer-short et en débardeur, Ella croisa les bras sur sa poitrine.

— Quoi, un journaliste ?

Le regard de Logan descendit lentement vers ses pieds, avant de remonter vers son visage, et cette inspection lui fit battre le cœur plus vite.

Lorsqu'il planta enfin ses yeux dans les siens, l'intensité de son regard sembla la repousser en arrière tandis qu'il entrait dans la chambre et fermait la porte derrière lui.

Une tension presque palpable avait envahi l'atmosphère. Ella savait que Logan allait l'embrasser d'un instant à l'autre. Comme hypnotisée, elle attendait qu'il se rapproche encore, qu'il penche son visage au-dessus du sien…

Il leva la main, la referma en coupe autour de sa joue, puis il inclina très lentement la tête jusqu'à ce que leurs lèvres se touchent.

La douceur de ce premier contact fit exploser des étincelles de désir à travers tout son corps.

S'agrippant des deux mains à sa chemise, elle se hissa sur la pointe des pieds et se fit insistante, jusqu'à ce que Logan glisse sa langue dans sa bouche et lui donne ce qu'elle voulait.

Avec un gémissement sourd, elle le tira en arrière jusqu'à ce qu'elle sente le matelas contre ses mollets et bascula sur le lit.

Elle sursauta quand la télévision se mit à hurler, et comprit qu'elle avait atterri sur la télécommande.

L'ignorant, elle glissa les mains sous le T-shirt de Logan et commença à lui caresser le dos, tandis qu'il l'embrassait avec une passion presque brutale. Les aventures d'un soir n'avaient jamais été le style d'Ella, mais elle était complètement perdue face aux sensations qui l'envahissaient.

« Un profileur du FBI à Oakville... »

— Quoi ? murmura Ella contre la bouche de Logan.

Ella essaya de s'asseoir tandis que les mots jaillis de la télévision pénétraient son cerveau embrumé.

Logan jeta un coup d'œil par-dessus son épaule, laissa échapper un juron et bondit sur ses pieds.

Sur l'écran, une journaliste blonde brandissait son micro sous le nez de Logan, alors que ce dernier sortait du poste de police.

— Inspecteur, soupçonnez-vous la présence d'un tueur en série à Oakville ?

— Pas de commentaire, dit Logan, le visage fermé, avant de se précipiter vers sa voiture.

Dans la chambre d'hôtel, Ella regarda Logan d'un air interrogateur.

— Ella, je... essaya-t-il de se défendre.

A l'image, la journaliste criait pour se faire entendre, alors qu'il démarrait, la vitre baissée.

— Dites-nous au moins si le FBI a envoyé un profileur pour vous aider sur cette affaire.

Logan ne répondit pas, mais le mal était fait.

Ella se laissa retomber sur le lit, désemparée.

Son secret était découvert.

Et si cela venait aux oreilles de son supérieur à Aquia, elle pouvait dire adieu à son travail.

7

— Les relevés de carte bancaire de Theresa viennent d'arriver.

Logan agita le document vers Ella qui venait d'entrer dans la salle de conférences.

Il avait contrôlé son téléphone toute la matinée, attendant vainement qu'elle l'appelle pour venir la chercher. Une fois de plus, elle était venue à pied jusqu'au poste de police. Sans doute à cause de ce qui avait failli se passer entre eux la nuit dernière.

Tandis qu'il la regardait, elle se tourna pour saisir la cafetière posée sur la table, et il s'amusa de son incapacité à cacher ses émotions.

En fait il s'imaginait qu'un profileur arborait à longueur de temps un masque dénué d'expression. Mais les sentiments d'Ella s'affichaient sur son visage.

D'une seconde à l'autre, elle allait se retourner et lui dire ce qu'elle avait déjà dit la première fois qu'ils s'étaient embrassés : qu'il s'agissait d'une erreur.

A sa grande surprise, ses paroles furent tout autres.

— Si mon supérieur apprend que je suis ici sans sa permission, il va me rappeler à Aquia.

Tandis qu'elle se massait la nuque, Logan remarqua les cernes sous ses yeux et devina que cette perspective l'avait inquiétée toute la nuit.

Il aurait mieux valu qu'elle le laisse rester. Au moins, il aurait su comment la distraire.

Cette pensée fit naître de troublantes images dans son esprit : les jambes d'Ella autour de sa taille, ses mains dans ses cheveux, tandis qu'elle murmurait son nom d'une voix enrouée par la passion …

S'efforçant de ne plus y penser, il s'approcha d'Ella et l'obligea à lever les yeux vers lui.

— Je suis désolé. Je vous jure que j'ai tout fait pour que votre présence ne s'ébruite pas. Je ne sais pas comment Lyla l'a appris.

— Je sais bien que vous n'y êtes pour rien. Mais…

Le regard d'Ella s'étrécit, empli de suspicion.

— Vous l'appelez par son prénom ?

Il décida qu'il ne servait à rien de lui mentir.

— Nous sommes sortis ensemble.

Une curieuse flamme s'alluma dans le regard d'Ella.

— Et c'était sérieux ?

Comme il ne répondait pas tout de suite, elle se crispa, et il comprit ce qu'il avait vu dans ses yeux : de la jalousie.

Il esquissa un sourire qui disparut quand il admit :

— Nous étions fiancés.

— Oh… Eh bien, j'imagine que c'était sérieux, alors.

Avant qu'il ait eu le temps de lui dire que c'était fini depuis longtemps, elle enchaîna :

— Enfin, ça ne me regarde pas.

Elle posa le café auquel elle avait à peine touché et dit d'une voix lasse :

— J'ai vraiment peur de ce qui va se passer si mon supérieur me rappelle. J'ai rejoint le FBI à cause d'un pacte, mais mon travail est devenu bien plus important que ça.

— Je comprends.

Partagé entre l'inquiétude et la tristesse, il lui prit la main.

Il ne voulait pas qu'elle parte et il prenait soudain conscience que ce n'était pas uniquement à cause de l'enquête.

Ella lui pressa les doigts, s'y agrippant comme à une bouée de sauvetage.

— Ecoutez, je sais que vous avez besoin de mon aide… dit-elle d'un ton penaud.

Soudain, elle hocha la tête d'un air déterminé, comme si elle venait de prendre une importante décision.

— Je vais trouver une solution. J'ai moi-même de bonnes raisons de rester.

Il lui sourit, en espérant qu'il faisait partie de ces raisons.

— En tout cas, si je peux faire quelque chose, n'hésitez pas à me le dire. Je parlerai à votre patron, s'il le faut.

— Merci, mais ce n'est sans doute pas une bonne idée. Je me débrouillerai avec lui s'il appelle. En attendant, voyons ce que nous avons.

Il lui fallut quelques secondes pour comprendre qu'elle parlait des relevés de carte bancaire.

— Bien. D'accord.

Il regarda par la porte vitrée de la salle de conférences pour s'assurer qu'il n'y avait personne en vue, puis il souleva sa main et y posa les lèvres avant de la relâcher.

Il vit sa surprise tandis qu'il s'écartait pour prendre la fine pile de documents.

— Sa banque les a faxés ce matin. J'allais commencer à les étudier quand vous êtes arrivée.

Ella s'assit à la table de conférence, sortit un élastique de sa poche et noua ses cheveux en queue-de-cheval arborant une expression sérieuse.

— J'en prends la moitié.

Elle tendit la main, et il lui donna la tasse de café qu'elle avait abandonnée près de la cafetière. Puis il s'assit à côté d'elle et partagea la pile en deux.

Ella but une gorgée de café et commença à étudier les relevés.

— Euh… Logan ?

— Quoi ?

— A quelle heure Theresa est-elle partie pour l'aéroport ?

Il grimaça un sourire.

— Arrêtez ! Ne me dites pas que vous avez déjà quelque chose.

— Dimanche dernier, vers 7 heures, elle a utilisé sa carte dans une station-service.

— 7 heures ?

Logan se pencha jusqu'à ce que son front touche les cheveux d'Ella tandis qu'il déchiffrait l'information.

— Son vol partait à 6 h 30. J'ai vérifié après que nous avons retrouvé son corps pour être sûr qu'elle n'avait pas annulé son billet, ce qui n'était pas le cas.

Levant les yeux, il plongea son regard dans celui d'Ella, découvrant pour la première fois qu'ils avaient la couleur chaude et profonde du café.

Cet échange muet fit battre son cœur plus fort, et il dut faire appel à tout son sang-froid pour échapper à la fascination.

— Compte tenu de l'heure, je pense que c'est le tueur qui a utilisé sa carte de crédit, dit-il en s'écartant.

— Vous avez dit quelle heure, déjà ?

Avec son visage poupin et ses vêtements d'adolescent qui lui donnaient l'air d'être encore au lycée, le jeune homme qui s'adressait à Logan n'en était pas moins le gérant de la station-service.

Assis devant un ancien modèle de téléviseur à tube cathodique installé dans la réserve, il rembobinait les enregistrements de la caméra de sécurité jusqu'au dimanche précédent, que par chance il n'avait pas effacés.

Logan s'était tout de suite rendu compte qu'il avait la capacité de concentration d'un moucheron. Il ne cessait de jeter des coups d'œil à Ella, qui se tenait à côté de sa chaise, les mains sur les hanches.

Il semblait attiré comme un aimant pas son arme. Et aussi par ses jambes qui, Logan devait le reconnaître, étaient plutôt magnifiques dans cette jupe au-dessus du genou.

Le gamin regarda encore ses jambes, et Logan dut se retenir de lui donner une tape à l'arrière de la tête.

— 6 h 50, répondit-il sèchement.

— OK.

Le gérant de la station-service hocha la tête, rembobinant toujours, et jeta de nouveau un coup d'œil à Ella, ses yeux lui sortant presque de la tête.

— C'est quoi comme type de flingue ?

— Une arme de service fournie par le FBI, dit-elle, d'un ton peu aimable.

Elle n'avait pas quitté l'écran des yeux, et cria soudain « Stop ! » quand l'horodatage en bas de l'écran indiqua 6 h 50.

De part et d'autre du jeune homme, Logan et Ella se penchèrent vers le téléviseur, et il recula sa chaise, semblant embarrassé par cet envahissement de son espace personnel.

A l'image, des voitures allaient et venaient, et Logan surveillait attentivement l'affichage de l'heure.

La personne qui avait payé à 7 h 01 était celle qu'ils recherchaient.

A priori, il devait s'agir d'un homme et, s'il possédait la carte bancaire de Theresa, il était fort probable qu'il soit celui qui l'avait tuée.

Une voiture quitta la station-service, puis une petite citadine rouge s'avança vers la pompe.

Logan se pencha un peu plus vers l'écran, la mâchoire serrée tandis que la portière s'ouvrait du côté conducteur. Puis, la personne qui se trouvait au volant leva les yeux, exactement au niveau de la caméra.

A côté de lui, Ella eut un petit hoquet de surprise.

— Logan, est-ce que c'est…

Le premier choc passé, Logan fut envahi par un profond malaise.

Ce n'était pas possible ! Avaient-ils orienté leur enquête dans la mauvaise direction ?

— Oui, dit-il d'une voix blanche. C'est Theresa.

Le regard d'Ella fit l'aller-retour entre lui et l'écran.

Entre eux, le gérant de la station semblait sur des charbons ardents. Rentrant la tête dans les épaules, il recula encore sa chaise pour leur faire de la place.

— Vous pouvez nous laisser, dit Logan. Nous vous appellerons si nous avons besoin de vous.

Le gamin enveloppa Ella d'un dernier long regard concupiscent et les laissa seuls.

— Vous êtes sûr que son vol était à 6 h 30 ? demanda Ella.

— Certain.

— Alors, que faisait-elle à l'opposé de la ville une demi-heure après le décollage ?

Ella fronça les sourcils tandis que, à l'écran, Theresa tendait sa télécommande pour verrouiller les portières de sa voiture avant de se diriger vers le bâtiment pour payer.

— Elle ne semble pas menacée et, apparemment, il n'y a personne d'autre dans la voiture. J'aurais cru…

Ella pensait qu'à 7 heures Theresa était déjà entre les mains du tueur et qu'il ne lui restait plus que très peu de temps à vivre.

— Qu'est-ce qu'elle fait là ? marmonna Logan, tandis que sur l'écran on voyait Theresa remonter en voiture et partir.

Ella secoua la tête.

— Tout ce que nous avions imaginé est faux, dit-elle, tout en continuant à regarder les images. Oh ! ça alors !

— Quoi ?

— Rembobinez !

Elle s'empara de la télécommande avant que Logan ait eu le temps d'esquisser un geste, et le fit elle-même.

— Qu'est-ce que vous avez vu ?

— Attendez.

Elle colla presque son visage sur l'écran tandis qu'elle rembobinait, et mit sur pause.

— Là !

Elle désigna un monospace bleu qui démarrait quelques secondes après le départ de Theresa.

— Quoi ? Vous pensez que le conducteur du monospace la suivait ? C'est peut-être une coïncidence. Ou alors, elle avait réellement rencontré quelqu'un. Ça expliquerait pourquoi elle était encore en ville après l'heure de son vol.

— Non, Logan.

L'expression d'Ella était grave et légèrement inquiète.

— Un monospace bleu m'a suivie hier.

— Quoi ?

Logan lui saisit le bras, rongé d'inquiétude.

— Quand ?

— La nuit dernière. Juste avant que vous frappiez à ma porte. Je suivais le chemin jusqu'à l'hôtel. Il était désert. Quand le monospace s'est approché, j'étais prête à sortir mon arme, mais le type a laissé entendre qu'il s'était trompé de direction et qu'il cherchait sa route. Je me suis dit que je devenais paranoïaque.

— Vous pensez que le meurtrier de Theresa vous suivait ?

Ella baissa les yeux vers la main posée sur son bras, et Logan se rendit compte qu'il le serrait d'une poigne de fer.

Il relâcha la pression de ses doigts, essayant dans le même temps de calmer la panique qu'il ressentait. Ella était un agent du FBI expérimenté qui portait une arme. Et, à en juger par l'étonnante musculature de ses bras, elle devait être capable de se battre.

— Je ne sais pas. Je ne peux pas affirmer qu'il me suivait. En plus, il faisait sombre. D'après la voix, je peux dire que c'était un homme, mais je n'ai pas vu son visage. Et des monospaces bleus, c'est assez courant.

Elle soupira et libéra le bras que tenait toujours Logan.

— Mais nous devrions vérifier car la coïncidence est étrange. Il faudrait étudier le relevé téléphonique de Theresa pour voir si elle a appelé quelqu'un ce jour-là. Je voudrais bien savoir pourquoi elle n'était pas dans l'avion.

— Je m'en suis occupé, mais ça prend du temps. Il faut une commission rogatoire et toute une procédure…

Il grimaça.

— Vous connaissez les lenteurs administratives. Mais nous ne devrions pas tarder à l'avoir.

Ella semblait perturbée quand elle se tourna de nouveau vers lui.

— Il faudrait mettre la pression sur l'opérateur téléphonique. Si Theresa avait rendez-vous avec quelqu'un, nous sommes en train de faire fausse route. Elle a peut-être pris contact avec un ancien petit ami qui vit dans le coin. Ou, c'est lui qui l'a appelée et convaincue de lui rendre visite. Ça pourrait être un simple meurtre avec un mobile classique.

Elle se précipita vers la porte, l'ouvrit, et interpella le gérant de la station-service.

— Il nous faut une copie de cette bande.

Le jeune homme s'empressa de faire ce qu'on lui demandait et, tandis qu'Ella se laissait tomber sur la chaise pour attendre, Logan l'entendit murmurer d'un ton abattu :

— Si ça se trouve, ce n'est pas du tout un tueur en série.

8

L'ex-fiancée de Logan était grande, mince et blonde. Elle avait le genre de visage qui faisait d'elle un choix évident pour passer à la télévision, et le genre de corps pour faire des défilés de mode. Bref, elle était ridiculement parfaite, comme un top model qui serait sorti des pages d'un magazine sans déranger une mèche de son brushing.

Ella aurait été ravie de passer sa vie entière sans savoir que c'était le genre de Logan.

Plantée devant le miroir des toilettes du poste de police, elle s'observait sans indulgence. Comparée à la blonde perfection de Lyla, elle était ordinaire, avec des yeux d'un brun banal et des cheveux d'un brun banal. Elle était de taille moyenne, un peu trop musclée à son goût, avec une bouche trop grosse, et des cernes sous les yeux après une nuit sans sommeil.

Faisant un effort pour se ressaisir, elle décida que les goûts de Logan en matière de femmes n'avaient aucune importance puisqu'elle n'était pas destinée à rester. Et tant pis si elle avait le cœur un peu serré quand elle y pensait.

Elle était là pour arrêter un meurtrier et elle ferait bien de s'y remettre.

Redressant les épaules, elle poussa la porte et découvrit que Logan l'attendait dans le couloir.

— Vous avez le relevé des communications téléphoniques de Theresa ? demanda-t-elle.

— J'attends le fax d'une minute à l'autre.

Tandis qu'ils retournaient à la salle de conférences qu'ils avaient occupée toute la matinée, il lui tendit une barre énergétique.

— J'ai pensé que vous auriez besoin de quelque chose pour tenir le coup jusqu'à ce que nous fassions un vrai repas. Je vous ai pris ça au distributeur.

— Merci.

Ella croqua dans la friandise, savourant le goût chocolaté, avant de reprendre la conversation.

— Je sais que ce n'est pas ce que vous avez envie d'entendre, mais vous devriez discuter de nouveau avec votre sœur.

— J'en ai conscience. J'ai aussi demandé à quelques-uns de nos agents de relever les plaques d'immatriculation de toutes les voitures qui se trouvaient à la station, au cas où l'un des conducteurs aurait vu Theresa.

— Le technicien n'a pas pu identifier le monospace bleu c'est ça ?

Logan secoua la tête.

— Le type ne s'est jamais avancé suffisamment dans la station pour que la caméra enregistre sa plaque. Il était garé à côté du compresseur à air et se trouvait hors champ.

Il haussa les épaules.

— Il était peut-être vraiment là pour regonfler ses pneus, mais on ne peut pas en être sûr.

Au moment de franchir le seuil de la salle de conférences, Ella posa la main sur le bras de Logan pour l'arrêter.

— Mais vous avez bien demandé une liste des gens du coin qui possèdent un monospace bleu ?

— Je suis en train de m'en occuper moi-même, et j'ai élargi aux villes voisines. En attendant, il serait peut-être préférable que vous changiez d'hôtel.

Cette suggestion fit sourire Ella.

— Je suis armée. Et, n'oubliez pas que le FBI forme ses agents aux techniques de défense. Ce type n'a pas intérêt à me chercher des noises.

Logan ne parut pas rassuré pour autant.

— Je me sentirais quand même mieux si vous étiez ailleurs.

Vous pouvez habiter chez moi si vous voulez. J'ai une chambre d'amis.

Ella sentit un frisson courir le long de sa colonne vertébrale, pourtant elle s'obligea à afficher une expression incrédule.

— Comme si ça pouvait marcher ! protesta-t-elle.

Si elle s'installait chez lui, elle se retrouverait inévitablement dans son lit. Ils le savaient tous les deux.

Et, aussi attirante soit-elle, cette perspective était vouée à l'échec.

— Je suis très bien où je suis, reprit-elle. S'il s'agit de la même personne, compte tenu de ce que je sais de son profil il ne va pas s'en prendre à moi dans un hôtel bondé. Et je n'emprunterai plus ce raccourci, de toute façon.

Elle voulut entrer dans la salle de conférences, mais Logan lui barra le passage, se tenant si près qu'elle dut lever la tête pour le regarder.

— Faites-moi plaisir, d'accord ?

Un pli soucieux barrait le front de Logan, et elle réalisa qu'il ne plaisantait pas. Il était vraiment inquiet pour elle.

Une vague de chaleur l'envahit, et elle essaya de ne pas sourire.

Bien que l'idée que quelqu'un soit en train de la traquer ait de quoi l'inquiéter, elle était parfaitement en mesure d'assurer sa propre sécurité.

Et, même si elle s'était trompée sur la façon dont le tueur enlevait ses victimes, elle n'était pas dans l'erreur pour ce qui était de son intelligence, ou de son désir de faire profil bas. Non seulement la frénésie médiatique ne lui avait pas fait perdre ses moyens, mais il était plus discret et prudent que jamais.

En conclusion, tant qu'elle ne lui donnerait pas l'occasion de l'agresser dans un endroit désert, elle ne risquait rien.

Il n'y avait pas de raison de céder à la panique.

Mais ça ne l'empêchait pas d'aller dans le sens de Logan.

— Très bien, je vais changer d'hôtel.

Le front de Logan se décrispa, et il lui adressa un sourire de soulagement qui compensa largement le désagrément que lui causait ce déménagement.

— Bien, dit-il en entrant le premier dans la salle de conférences. Je rends déjà ma sœur complètement folle en l'appelant toutes les deux heures. Je ne suis pas sûr que vous vouliez que je vous réveille aussi au milieu de la nuit.

En fait si : Ella en avait plutôt envie. Mais à condition que ce ne soit pas au téléphone.

Elle le suivit sans faire de commentaire.

— Mettons-nous au travail, reprit Logan. Nous pourrions peut-être commencer par demander à Becky si elle ne connaît vraiment personne dans le coin que Theresa aurait pu exceptionnellement rencontrer.

Ella s'assit pour finir de manger sa barre énergétique, écoutant d'une oreille ce que Logan disait à sa sœur.

— Non, ce n'est pas pour ça que je t'appelle cette fois. Mais je suis content que tout aille bien.

Il sourit à Ella, comme pour lui dire « Vous voyez, c'est bien vrai que je la rends folle. »

Peut-être aurait-elle dû suivre la conversation, mais son esprit vagabondait, repassant tous les points de l'enquête pour tenter de comprendre à côté de quoi elle était passée.

Si Theresa n'avait pas été attirée dans une embuscade comme elle l'avait d'abord imaginé, son assassin l'avait enlevée ailleurs.

Pour le moment, elle ignorait tout de l'endroit et de la méthode employée, et le problème résidait dans le fait qu'elle avait établi son profil à partir de faits qu'elle croyait avérés. Selon elle, le tueur avait capturé Theresa alors qu'elle se rendait directement de chez Becky à l'aéroport, puis il s'était débarrassé de son cadavre dans un endroit où il ne risquait pas d'être retrouvé.

Visiblement, elle avait fait fausse route.

Et, si elle s'était trompée sur ça, alors elle pouvait également s'être trompée sur tout le reste.

Elle jeta un coup d'œil inquiet à Logan qui parlait toujours à sa sœur. Elle lui avait promis que Becky ne risquait rien si elle ne s'aventurait pas dans des endroits déserts.

Mais, si le tueur n'attirait pas ses victimes dans une embuscade…

Elle se leva et se mit à faire les cent pas. Sentant sur elle le regard interrogateur de Logan, elle anticipa sa question dès qu'il raccrocha.

— Logan, vous devriez peut-être placer Becky sous protection policière.

— Croyez-moi, je le ferais sans hésiter si nous avions les ressources nécessaires, mais ce n'est pas possible. De toute façon, vous êtes sûre de votre profil, non ? Tout dans les agissements du tueur indique qu'il ne prendrait pas le risque d'entrer par effraction dans la maison du maire, dans un quartier où tout le monde est sensible à la sécurité.

Ella se mordit la lèvre, tandis que son pouls s'accélérait sous l'effet d'une anxiété grandissante.

La nature de son métier consistait à se mettre dans la tête du tueur, et des vies en dépendaient. C'était une responsabilité immense, et il y avait de quoi être impressionné.

Pourtant, cette panique qu'elle ressentait allait bien au-delà de la crainte de se tromper. Et c'était précisément parce qu'il redoutait ce genre de réaction que son supérieur l'avait toujours tenue à l'écart des affaires où il était question de marquage des victimes.

En s'investissant trop personnellement, Ella ne pouvait pas voir les choses de manière objective. Dès lors, elle prenait le risque de commettre des erreurs.

Elle se massa la tempe, sentant poindre un début de mal de tête. Si elle était incapable d'y voir clair parce que Logan était concerné, alors cela voulait dire qu'il comptait pour elle bien plus qu'elle n'était prête à se l'avouer.

Quand la nature de ses sentiments pour lui avait-elle changé ? Et comment allait-elle gérer ce fait nouveau ?

S'exhortant à se ressaisir, elle répondit à la question de Logan.

— Le profilage n'est pas une science exacte. Je n'ai pas cent pour cent de réussite dans les dossiers que je traite. Les gens font des choses surprenantes, et je ne peux pas les prévoir.

Et si cette fois elle se trompait et que Becky en paye le prix, elle ne se le pardonnerait jamais.

Logan lui prit la main et lui pressa gentiment les doigts.

— J'ai confiance en vous, Ella. Mais, croyez-moi, je ne prends aucun risque avec la vie de ma sœur. Et ma famille non plus. Mon père a déjà engagé un garde du corps. Becky est loin d'apprécier, mais ça m'empêchera de m'inquiéter si elle ne répond pas à mes millions d'appels après la première sonnerie.

Ella relâcha son souffle.

— D'accord.

Plongeant son regard dans celui de Logan, elle y puisa quelque chose d'apaisant qui l'aida à reprendre totalement ses esprits.

— Qu'a dit Becky ?

— Elle n'avait pas connaissance d'un ex de Theresa dans la région. Et elle a appelé Theresa alors que celle-ci était censée être en route pour l'aéroport, parce qu'elle avait oublié un collier. Theresa lui a dit de le lui envoyer par la poste car elle ne voulait pas rater son avion.

— Mouais… Soit Theresa mentait, soit il s'est passé quelque chose qui l'a fait changer d'avis après sa conversation avec Becky.

— Je suppose, dit Logan en hochant les épaules. Becky et Theresa étaient proches, et je ne l'imagine pas en train de mentir à ma sœur. D'un autre côté, je ne vois pas ce qui aurait pu la décider à modifier ses projets à la dernière minute.

Laissant échapper un soupir, il fit un effort visible pour s'insuffler un peu d'énergie.

— Bon, je vais voir si ce fax est arrivé.

— Excellente idée, répondit mollement Ella.

Difficile d'afficher de l'enthousiasme quand rien ne se passait comme elle l'avait pronostiqué. Et malgré les brûlures sur le corps de la victime, elle commençait à se dire que cette affaire n'avait aucun lien avec celle de Maggie.

Lorsque Logan revint quelques instants plus tard et laissa tomber un mince paquet de feuilles sur la table, l'air complètement abattu, l'humeur d'Ella s'assombrit un peu plus.

— Rien ?

— Les deux seuls appels que Theresa a reçus alors qu'elle était en route pour l'aéroport étaient de Becky.

— Et les autres jours ?

Il soupira.

— Aucun appel local non plus durant le temps qu'elle a passé à Oakville.

— Il est possible que quelqu'un l'ait suivie depuis l'Arkansas, et ce soit manifesté à un moment ou à un autre, suggéra Ella.

Logan se passa la main sur les yeux, et elle vit l'épuisement qu'il essayait de masquer. Un épuisement qui n'était pas tant physique d'émotionnel.

— Je ne sais plus quelle piste suivre, Ella. Je ne suis même plus certain que nous ayons affaire à un tueur en série. Qu'en pensez-vous ?

Remisant ses propres doutes, Ella s'efforça de réfléchir comme l'aurait fait le tueur.

Elle ne savait pas où et de quelle manière l'homme avait enlevé Theresa, mais elle savait ce qui s'était passé après. Les brûlures, la strangulation, l'abandon du cadavre.

Quelqu'un venant de l'Arkansas pouvait bien évidemment penser qu'un marécage était l'endroit idéal pour faire disparaître un corps. Mais il fallait se poser la question de la logistique.

Où le meurtre s'était-il déroulé ? A l'hôtel ? Comment aurait-il transporté le corps jusqu'au marécage ? En louant un bateau ? Une personne étrangère à la région se serait-elle sentie à l'aise pour naviguer dans des eaux infestées d'alligators ?

Et comment interpréter sa façon de procéder ? La torture et la strangulation pouvaient être l'expression d'une haine personnelle, d'une vendetta contre une personne précise. Mais ça pouvait aussi être la marque d'un tueur en série.

Et ces brûlures… qu'elles soient ou non une forme de marquage, c'était quand même très particulier, sans doute l'expression d'un fantasme. Elles révélaient quelque chose de la personnalité du tueur.

Ella sentit sa confiance revenir.

— Il s'agit bien d'un tueur en série, trancha-t-elle.

— Nous avons un témoin.

— Quoi ?

Ella leva les yeux vers Logan, qui revenait d'un pas pressé vers leur table du Blue Dolphin, où ils prenaient un déjeuner si tardif qu'on aurait presque pu le qualifier de dîner.

Logan était sorti pour répondre à son téléphone, car il y avait un monde fou et beaucoup de bruit dans la salle, exactement comme lorsqu'il l'y avait invitée la première fois.

Logan enveloppa à la hâte dans une serviette en papier le sandwich auquel il avait à peine touché, tandis qu'Ella repoussait sa chaise.

— C'est un des agents qui étudient les plaques d'immatriculation relevées à la station d'essence qui m'a prévenu, expliqua-t-il. Une des femmes qui se trouvaient là se souvient bien de Theresa, et elle lui a même parlé.

Ella écarquilla les yeux. Tenaient-ils enfin une piste ?

— Qu'a-t-elle dit ?

— Venez. On en parlera dans la voiture.

Tandis qu'ils se faufilaient à travers la foule pour atteindre la porte, le cerveau d'Ella tournait à plein régime, imaginant toutes sortes de possibilités.

— Alors ? demanda-t-elle tandis que Logan démarrait à la hâte.

— Le témoin affirme qu'elle a parlé à Theresa à l'intérieur pendant qu'elle était en train de payer.

— Attendez ! Pourquoi est-elle allée payer à la caisse, alors qu'elle a utilisé sa carte bancaire ? Elle aurait pu payer directement à la pompe.

— Elle a aussi acheté des chewing-gums.

— D'accord. Et qu'a dit le témoin ?

— Theresa demandait son chemin à l'employé de la caisse et semblait agacée. Le témoin lui a indiqué sa route et lui a demandé si tout allait bien. Theresa lui a dit qu'elle allait rater son vol parce qu'elle devait passer voir quelqu'un.

Ella resta médusée. Elle s'était trompée du tout au tout. Theresa connaissait effectivement son assassin.

— Ça va ? demanda Logan, en lui jetant un coup d'œil inquiet.

Elle s'obligea à sortir de son hébétude.

— Oui. Elle a dit qui elle devait voir ?

— Non, simplement qu'il s'agissait d'un ami. Mais elle a dit où elle allait. Et c'est vraiment bizarre. Elle avait rendez-vous à Hunstville.

— En quoi est-ce bizarre ?

— La station-service se situe sur cette route, et nous avons trouvé la voiture de location dans la même zone, mais il n'y a rien là-bas. C'est une ancienne commune rurale et plus personne n'y vit à part quelques personnes âgées. Un de ces jours, des investisseurs rachèteront tout pour y installer un grand centre commercial ou quelque chose de ce genre. Pour le moment, on y trouve des terres en friches et quelques vieilles fermes qui tombent en ruines.

— Ça me semble l'endroit idéal pour un enlèvement ou un meurtre. Je ne vois toujours pas en quoi c'est bizarre. D'accord, on peut s'étonner qu'elle soit allée à ce rendez-vous, mais si elle ne connaissait pas l'endroit, et lui oui…

Logan tourna brièvement la tête de son côté, et elle perçut chez lui quelque chose qu'elle n'avait pas remarqué avant : de la colère.

— Les parents de ma mère possédaient une ferme là-bas, dit-il. Elle n'est plus en activité depuis longtemps, mais les terres agricoles sont toujours à nous. Et si le témoin a parlé à Theresa, c'est parce qu'elle l'a entendue mentionner Hunstville. Or, il se trouve que cette femme connaissait mes grands-parents et qu'elle s'est souvenue de leur adresse. Et, d'après elle, c'est là que Theresa voulait aller. Ça lui a paru bizarre parce que mes grands-parents sont morts depuis dix ans.

Ella essaya d'assimiler cette nouvelle information, tout en songeant que cette affaire devenait de plus en plus étrange.

— Logan, vous avez bien dit que vos parents étaient les derniers à avoir vu Theresa vivante, n'est-ce pas ?

— Oui.

— Et maintenant nous avons ce lien avec vos grands-parents. On dirait que quelqu'un essaie de vous piéger.

Logan tapa du poing sur le volant.

— Vous pensez qu'on s'en est pris à Theresa pour faire du mal à ma famille ?

La tête posée sur l'appui-tête, Ella laissa passer quelques secondes avant de répondre.

— Je ne sais pas. Cela dit, ce n'est pas une très bonne mise en scène puisqu'il nous a fallu beaucoup de temps pour trouver l'information et en tirer la conclusion qu'il pourrait s'agir d'un piège. De plus, il y a quelque chose de personnel dans le fait d'infliger des brûlures à quelqu'un.

— Mais quand même, ça ne peut pas être une coïncidence, remarqua Logan, en serrant si fort le volant que ses jointures blanchirent.

— Ça fait peut-être partie du leurre, reprit Ella. Theresa pensait peut-être qu'elle allait retrouver quelqu'un de votre famille là-bas.

— Pourquoi ? Puisqu'elle a parlé à Becky sur le chemin de l'aéroport, elle n'avait aucune raison d'aller retrouver l'un de nous là-bas. Si c'était le cas, elle l'aurait mentionné.

Ella secoua la tête, en proie à la même frustration que Logan.

— Je ne sais pas, reconnut-elle une fois de plus.

Le silence retomba dans l'habitacle, tandis que Logan prenait de la vitesse au sortir de la ville.

Regardant défiler des kilomètres de champs à l'abandon, peuplés ici et là de bâtiments agricoles en ruine, Ella finit par ressentir le besoin d'admettre ce à quoi Logan avait probablement déjà pensé.

— Je me suis trompée. Quelle que soit la façon dont ce type a fait venir Theresa à lui, ce n'était pas une embuscade mise en place à la va-vite. Au contraire, il s'agit d'un plan machiavélique.

Elle secoua la tête.

— Soit il connaissait Theresa personnellement, soit…

Elle eut un lourd soupir.

— C'est ce que nous appelons dans notre jargon un chasseur à l'appât.

Logan ralentit pour bifurquer dans une allée envahie de mauvaises herbes et de ronces.

Au bout, se dressait une maison visiblement à l'abandon. Il s'arrêta, tourna la tête vers Ella et attendit.

Elle pivota sur son siège, croisant le regard de ces yeux verts qui l'avaient tant séduite quelques jours auparavant et l'avaient convaincue d'évaluer un dossier au cours d'un rapide dîner.

Cela lui semblait si loin. Tant de choses avaient changé dans ce court laps de temps.

Et elle s'était totalement fourvoyée. Ce tueur appâtait ses victimes, sans doute en leur faisant un numéro de charme. Le monstre qui s'en était pris à Maggie aimait tendre des embuscades et s'emparer brutalement de ses victimes.

Il s'agissait de méthodes différentes, adaptées à des personnes qui n'avaient pas le moindre point commun.

Sentant renaître une ancienne douleur, elle admit d'une voix qui tremblait un peu :

— Ce n'est pas encore cette fois que je mettrai la main sur l'agresseur de Maggie. Il s'agit d'un tout autre genre de meurtrier.

9

Logan tremblait de nervosité en insérant la clé dans la serrure de la maison de ses grands-parents.

Elle était vide depuis dix ans, mais sa mère ne pouvait pas se résoudre à la vendre. Logan n'y était pas revenu depuis très longtemps, mais il y avait de bons souvenirs. Si en entrant, il y découvrait la preuve que Theresa était morte ici, toutes les petites joies enfantines qu'il avait vécues ici en seraient ternies à jamais.

Refrénant le haut-le-cœur qu'il sentait frémir en lui, il se concentra sur la serrure qui lui opposait quelque résistance.

Lorsqu'elle s'actionna enfin, il poussa la porte et s'immobilisa, ne voulant pas entrer.

Il s'était toujours senti en sécurité ici quand il était enfant. Les Greer vivaient dans la région depuis six générations, et presque autant du côté de sa mère.

S'il était entré dans la police, c'était en grande partie pour protéger la ville où il était né. Mais, depuis la mort de Theresa, quelque chose de laid et de sombre semblait planer sur Oakville et ses environs.

Ella se faufila devant lui.

— Et si vous attendiez ici, Logan ?

Elle lui lança un regard compréhensif par-dessus son épaule, avant d'ajouter :

— Je vous appellerai si j'ai besoin de vous.

— Non, je vous accompagne.

Avec un profond soupir, il suivit Ella à l'intérieur.

Disparu le fauteuil de son grand-père recouvert d'une affreuse flanelle à carreaux, envolés les napperons que confectionnait sa grand-mère et qui recouvraient toutes les tables et guéridons… Dans le salon, il n'y avait plus rien.

Le parquet était couvert d'une épaisse couche de poussière, et il y avait des toiles d'araignée partout… et aucune preuve que quelqu'un soit entré récemment dans la maison.

Du moins, pas dans cette pièce.

Il suivit Ella vers l'arrière de la maison, et fit le même constat. A son grand soulagement, chaque pièce semblait complètement à l'abandon, comme si personne n'y était entré depuis des années.

Faisant une plongée dans le passé, il revit la maison telle qu'elle était autrefois : emplie de l'odeur des cigares de son grand-père et du parfum de sa grand-mère, traversée par ses rires et ceux de Becky tandis qu'ils dévalaient l'escalier pour courir dans le jardin. Il se rappela la voix de sa grand-mère qui les appelait, leur ordonnant de ralentir, tout en essayant de masquer la nuance d'amusement attendri dans sa voix.

Tandis que Logan ouvrait la porte de derrière, ses souvenirs d'un foyer chaleureux, vivant et heureux s'effacèrent. La bâtisse de son enfance avait fait place à une maison sans âme, vide et poussiéreuse.

La propriété s'étirait sur plusieurs centaines d'hectares de terrain plat. Même s'il ne risquait pas d'être vu, il était peu probable que le tueur ait assassiné Theresa à l'extérieur.

Logan se tourna vers Ella.

— Qu'en pensez-vous ?

— Je n'ai pas l'impression que quiconque soit venu ici. Theresa a peut-être retrouvé son agresseur devant la maison, et ils sont partis ailleurs. Il l'a peut-être assommée et transportée jusqu'à l'endroit où il voulait la tuer. Mais pourquoi lui donner rendez-vous ici ?

— Je ne sais pas. Tout cela n'a aucun sens.

Il grimaça.

— En tout cas, ça ne me plaît pas. Le fait de choisir la demeure de mes grands-parents me paraît trop personnel.

Pivotant sur ses talons, il traversa de nouveau la maison, prêt à tout fermer et à s'en aller.

Même s'ils n'avaient décelé aucune trace de la présence de Theresa, il se sentait nerveux, persuadé que quelque chose clochait dans ce scénario.

— Vous devriez peut-être appeler Becky, suggéra Ella, tandis qu'ils regagnaient la voiture. Elle a peut-être parlé de cette maison à Theresa qui aurait à son tour proposé au tueur de l'y retrouver.

Logan hocha la tête, mit son oreillette en place et appuya sur la touche de numérotation abrégée correspondant à Becky.

Après une brève conversation avec sa sœur, il confirma à Ella que Becky avait en effet parlé de la maison à son amie, alors qu'elle évoquait ses grands-parents. Mais elle n'y était jamais venue avec Theresa.

— Pour chaque réponse que nous obtenons, de nouvelles questions se posent, remarqua Logan d'un ton lourd de frustration. Je n'en suis pas à ma première enquête criminelle, mais je n'ai jamais rien vu de pareil.

Sa plus grande crainte était d'être mis en échec par le tueur, de ne jamais parvenir à le remettre à la justice. A ces yeux, ce serait comme une trahison envers Theresa.

— Durant son séjour, Theresa était-elle toujours en compagnie de Becky ?

— Plus ou moins. Becky avait pris une semaine de vacances, mais elle a dû s'absenter à deux reprises. Pendant ce temps, Theresa était à la plage. En tout cas, c'est ce qu'elle lui a dit.

Ella hocha la tête, pensive.

— Donc, elle a pu rencontrer quelqu'un sans que Becky le sache et convenir d'un rendez-vous avec cette personne.

— C'est possible, reconnut Logan. Mais je trouve étrange qu'elle n'ait rien dit à Becky. Et pourquoi fixer cette rencontre après l'heure de son vol ?

Il réfléchit quelques instants.

— Si c'était une décision de dernière minute, comment le type a-t-il pris contact avec elle, puisqu'elle n'a pas reçu d'appel téléphonique. S'ils se sont retrouvés par hasard quelque part, ils auraient pu faire la route ensemble. Et je ne comprends toujours pas pourquoi ils ont d'abord fait étape à la maison de mes grands-parents.

— Nous serons mieux à même de comprendre quand nous saurons pourquoi Theresa n'a pas pris son avion.

— Et vous savez comment faire ?

— Pas vraiment, non. Nous pourrions suivre la piste de la plage, voir si nous trouvons quelqu'un qui se souvient de l'avoir vue avec un homme, peut-être lancer un appel à témoins. Vous pourriez utiliser votre contact dans les médias.

— Lyla ?

Cette suggestion arracha un ricanement à Logan.

— Nous ne nous sommes pas vraiment séparés en bons termes. Je veux bien lui parler si vous pensez que ça peut être utile. Mais je dois vous prévenir qu'elle est coriace. Une fois qu'elle a mis la main sur quelque chose, elle ne le lâche plus.

— Je suis prête à courir le risque.

Lorsqu'il découvrit l'équipe de télévision installée devant le poste de police, Logan ne put retenir quelques jurons bien sentis, tandis qu'Ella se laissait glisser sur son siège pour tenter de se cacher.

Lyla se tenait devant la caméra, vêtue d'un tailleur rouge vif, et maquillée comme si elle avait passé des heures devant son miroir. Elle tendait un micro à Kelly, la jeune femme qui avait signalé la disparition de son amie quelques jours plus tôt.

Loin de la pauvre loque victime d'une gueule de bois qu'elle était alors, Kelly s'était mise sur son trente et un pour passer à la télévision, affichant une apparence de provinciale endimanchée.

C'était quelque chose que Logan ne supportait pas. Il avait déjà vu dans d'autres affaires d'homicide des proches des victimes parader dans les médias, mais il ne comprenait toujours pas ce qui les poussait à agir ainsi. Comment pouvait-on exploiter un drame personnel pour quelques minutes d'une célébrité malsaine ?

Tandis qu'il descendait de voiture, il entendit la voix de Lyla claironner :

— Donc, vous pensez que votre amie a été enlevée par un tueur en série ?

Logan serra les mâchoires à en avoir mal. Il avait apprécié beaucoup de choses chez Lyla, mais sa détermination à dénicher à tout prix le scoop — qu'il avait à l'origine trouvée attirante — l'irritait profondément. Ce qu'elle était en train de faire dans le cadre de cette enquête frôlait l'irresponsabilité.

Refusant d'accorder un regard à ce qu'il considérait comme un spectacle de cirque, Logan fonça tout droit vers la porte d'entrée.

Ella était sur ses talons, et il lui tint la porte pour qu'elle puisse se faufiler à l'intérieur. Mais ce qui les y attendait n'était pas mieux.

— Je croyais que ta fiancée avait quitté la ville quand elle t'a plaqué, éructa Hank O'Connor, en surgissant devant lui.

Logan crut qu'il allait passer son chemin, mais son collègue pointa un index menaçant vers son torse.

— Ça devient vraiment n'importe quoi cette histoire de tueur en série. C'est ça l'idée que tu te fais du travail d'inspecteur ?

Logan baissa les yeux vers le doigt boudiné qui le désignait et se retint de le saisir et de le tordre jusqu'à ce qu'il se casse.

Ella fit un pas en avant, attirant l'attention d'Hank.

— J'ai eu l'occasion de travailler avec de nombreux inspecteurs…

Surpris par le ton pondéré de sa voix, Logan lui lança un regard interrogateur.

— Les meilleurs suivent toutes les pistes, poursuivit-elle. Peu importe où ça les entraîne.

Elle contourna Hank et commença à s'éloigner, lançant pardessus son épaule :

— Même si ça ne leur plaît pas. Même si ça les mène à un tueur en série.

Hank suivit d'un regard salace le gracieux balancement de ses hanches, et adressa un clin d'œil à Logan.

— Moi aussi, je défendrais la thèse du tueur en série si ça pouvait me permettre de sortir avec un joli petit lot comme ça !

Logan se campa devant lui, le corps raide de colère, les yeux lançant des éclairs.

— Tu ne m'aimes pas, très bien. Je ne t'aime pas non plus. Mais laisse Ella en dehors de ça.

Logan savait qu'en cas d'affrontement physique, il n'aurait pas le dessus sur Hank. Pourtant, sa détermination dut impressionner ce dernier, car il hocha la tête et recula de quelques pas.

— Désolé, dit-il, sans paraître particulièrement sincère.

Faisant rouler ses épaules massives, il ajouta :

— Dépêchons-nous de trouver ce tueur avant que les gens ne paniquent complètement.

Logan tendit la main en signe de bonne volonté.

Hank et lui ne seraient jamais amis, mais ils n'avaient pas d'autre choix que de travailler ensemble.

Hank parut sceptique pendant quelques secondes, puis il broya la paume de Logan dans le battoir qui lui tenait lieu de main.

— Pour le moment, nous ignorons toujours où se trouve Laurie, dit-il, mais je continue de penser qu'elle passe du bon temps avec un homme.

Il jeta un coup d'œil dans la direction qu'Ella avait prise, avant d'ajouter :

— Nous avons déjà sillonné les environs, mais si tu penses à quelque chose, dis-le-moi. Je suis prêt à t'aider. Mon but, c'est de retrouver cette fille en vie.

Logan hocha la tête.

— Moi aussi, crois-moi.

Il soupira en regardant son collègue s'éloigner. Il aurait bien aimé que celui-ci ait raison, mais il préférait se fier à l'analyse d'Ella et à son instinct. Or, les deux lui disaient que Laurie avait connu le même sort fatal que Theresa.

S'obligeant à ne pas ruminer cette pensée, il se dirigea vers la salle de conférences où, penchée au-dessus de la table, Ella écrivait frénétiquement.

— Sur quoi travaillez-vous ?

Elle releva la tête et cilla, avant de concentrer son attention sur lui.

— Je rédige des questions pour les patrouilleurs qui recherchent Laurie. Ils continuent bien à interroger les gens du coin et les touristes, dans les bars et les différents endroits que Laurie aurait pu fréquenter, n'est-ce pas ?

Logan s'installa sur la chaise à côté d'elle.

— Oui, mais ça ne mène nulle part. Ils n'ont aucune piste. Vous avez de nouvelles idées à ce sujet ?

— Il faudrait qu'ils demandent si elle a parlé d'un quelconque rendez-vous. Et ils devraient en profiter pour essayer de savoir si Theresa a été vue avec quelqu'un d'autre que Becky.

Le regard grave, elle eut une petite moue pensive.

— Etant donné ce qui se passe à l'extérieur, je suis un peu réticente à l'idée d'impliquer les médias. Nous pourrions déjà commencer par analyser ce que nous avons appris aujourd'hui au sujet de Theresa.

— D'accord, c'est logique.

Il se pencha pour attraper son ordinateur portable qu'il avait laissé dans la salle de conférences durant leur trajet jusqu'à l'ancienne ferme de ses grands-parents.

— Pendant que vous faites ça, je vais lancer une recherche sur les monospaces bleus.

— Merci.

Ella se remit au travail, mais Logan avait eu le temps de voir quelque chose briller dans ses yeux.

Logiquement, elle ne pouvait pas en être sûre à cent pour cent, mais Logan comprit qu'elle était convaincue qu'un lien existait entre le tueur et ce monospace bleu. Et, jusqu'à présent, il faisait entièrement confiance à l'instinct d'Ella, bien plus qu'à celui de tous les flics qu'il avait pu rencontrer.

Elle était intelligente, et elle avait bien plus que lui l'habitude de ce genre de tueur

Il alluma son ordinateur, bien décidé à localiser tous les monospaces bleus dans un rayon de cinquante kilomètres.

S'il le fallait, il ferait du porte-à-porte pour interroger les propriétaires et il s'arrêterait quand il les aurait tous contrôlés. Pas avant.

Ella ne s'était jamais considérée comme une personne jalouse, mais lorsqu'elle entra dans son nouvel hôtel et aperçut Lyla dans l'un des fauteuils du hall, guettant visiblement son arrivée, son sang ne fit qu'un tour.

Il était tard, et elle était épuisée. Elle n'avait pas l'énergie pour affronter une journaliste teigneuse comme un pitt-bull. Encore moins s'il s'agissait de l'ex-fiancée aux allures de top model de Logan.

Ignorant Lyla, qui avait sauté sur ses pieds, elle s'adressa d'un ton las à l'employé de la réception.

— L'inspecteur Greer vous a appelé pour me réserver une chambre.

Tandis que Lyla s'approchait, Ella se réjouit soudain que Logan ne soit pas entré avec elle. Si l'information avait filtré, leurs carrières auraient été détruites.

Logan l'avait conduite à son ancien hôtel pour prendre ses bagages et régler sa note, puis il avait arrêté sa voiture devant l'entrée de l'hôtel, en laissant le moteur tourner. Son regard chargé d'espoir lui avait fait comprendre qu'il n'attendait qu'un encouragement pour se garer et entrer avec elle.

Un frisson de désir avait couru dans ses veines. Elle avait hésité.

Au mépris de toute prudence, elle avait failli l'inviter dans sa chambre.

Heureusement, elle avait repris ses esprits à temps, comprenant qu'il ne s'agissait pas uniquement pour elle d'une attirance physique. Au contraire, elle était certaine qu'après une nuit de passion avec Logan elle passerait le reste de sa vie à chercher un homme qui soit à sa hauteur, sans jamais y parvenir.

— Voici, madame, dit le réceptionniste, en lui tendant une clé magnétique. Chambre numéro…

— C'est bon, je l'ai, s'empressa de le couper Ella, qui ne

voulait pas que Lyla connaisse le numéro de sa chambre et vienne l'y harceler.

Elle pivota sur ses talons, espérant que Lyla la laisserait tranquille si elle l'ignorait, mais la journaliste lui emboîta le pas.

— Je suis Lyla Evans. Je fais un reportage sur le tueur en série.

Elle tendit une main soigneusement manucurée qu'Ella négligea. Lyla ne se laissa pas démonter par l'affront.

— Ecoutez, je sais que vous n'avez probablement pas envie de parler à la presse, mais…

— Non, je n'en ai pas envie, l'interrompit Ella, tout en appuyant sur le bouton d'appel de l'ascenseur.

Lorsque la cabine arriva, Lyla y monta avec elle.

Ella lui lança un regard exaspéré, consciente qu'elle était grossière, mais peu désireuse de faire le moindre effort pour se montrer aimable.

— Vous avez l'intention de camper devant ma porte ? demanda-t-elle. Vous perdez votre temps, je n'ai pas de commentaires à faire sur l'enquête.

— Vous êtes la profileuse, n'est-ce pas ? insista Lyla. Du FBI.

— Pas de commentaire.

Lyla lui adressa un de ces sourires factices destinés à la caméra, et se posta devant elle pour qu'Ella ne puisse pas continuer à faire mine de l'ignorer.

— Vous ne croyez pas que les habitants d'Oakville ont le droit de savoir s'ils sont menacés par un tueur en série ?

Ella haussa un sourcil.

— Il est vrai qu'ils ont de quoi être effrayés après ce qu'ils ont pu lire dans le journal. Si vous étiez vraiment intéressée par leur sécurité, vous coopéreriez avec la police au lieu de courir après les gros titres.

Lyla cilla et fit un pas en arrière.

— La police n'est pas du tout intéressée par une coopération avec la presse.

— Ils auraient pu l'être si vous aviez tenté une approche différente. Je suis désolée, je n'ai rien d'autre à ajouter.

L'ascenseur était arrivé à son étage, et Ella en sortit, s'attendant vaguement à ce que Lyla la suive. Mais elle entendit les portes se refermer et, quand elle jeta un regard par-dessus son épaule, Lyla n'était plus là.

Son soulagement fut toutefois de courte durée.

Son téléphone sonna et, lorsqu'elle consulta l'écran, elle eut un coup au cœur en constatant qu'il s'agissait de son supérieur.

Se glissant à la hâte dans sa chambre, elle déposa sa sacoche par terre, prit une profonde inspiration pour affronter le savon qu'il n'allait pas manquer de lui passer, et décrocha.

— Isabella Cortez.

— Où êtes-vous, Ella ?

A en juger par l'intonation exaspérée de son supérieur, il le savait déjà.

L'estomac noué par l'angoisse, Ella se laissa tomber sur le bord du lit. Elle était peut-être sur le point de perdre son travail. Au moins, en s'asseyant, elle se ferait moins mal si elle s'évanouissait.

— Je suis en Floride, monsieur, répondit-elle de son ton le plus déférent. J'apporte mon aide sur une affaire. De façon officieuse, en tant que civil.

Son supérieur jura copieusement, lui faisant comprendre que cette réponse ne lui convenait pas.

— Vous travaillez pour le FBI. Vous ne pouvez pas jouer les consultants externes.

— Je pensais que c'était lié à l'affaire de mon amie Maggie…

— Vous pensiez qu'il s'agissait du Violeur à l'hameçon ?

— Oui.

Son supérieur savait combien la résolution de cette affaire était importante pour elle, et avait influé sur son choix de carrière et son intégration au sein du FBI.

— Ella, vous êtes un bon agent. J'apprécie de vous avoir dans mon équipe. Ne mettez pas votre carrière en danger en acceptant des missions annexes.

— Mais, monsieur…

— Vous êtes censée être en vacances jusqu'à la semaine prochaine, non ?

— Oui, monsieur.

Il soupira.

— Bon, je suis probablement trop occupé pour m'intéresser à ce qui se passe dans un trou perdu de Floride.

Un immense soulagement envahit Ella.

— Merci, mons…

Son supérieur l'interrompit.

— Faites seulement en sorte que les chaînes de télévision cessent de mentionner l'implication du FBI. Vous agissez en tant que civil, ce qui est une absurdité, et le Bureau refuse d'en assumer la responsabilité. Quant à votre enquête, qu'elle soit résolue ou pas, je vous veux dans nos locaux à la fin de la semaine prochaine comme prévu. Sinon, vous pouvez faire une croix sur votre poste. C'est bien compris ?

— Oui, monsieur, marmonna Ella.

Après avoir mis fin à la conversation, elle se laissa aller en arrière sur le matelas et ferma les yeux.

Il lui restait moins d'une semaine pour trouver le meurtrier de Theresa.

Et quelque chose lui disait que ce ne serait pas suffisant…

10

— Je ne pense pas que cette affaire soit liée à celle de Maggie, dit Ella.

Pour seule réponse, il y eut un long silence à l'autre extrémité de la ligne.

Ella appuya sa tête contre la tête de lit.

Elle avait appelé en Californie, sachant que, malgré les trois heures de décalage horaire, Scott ne dormait pas encore à 22 heures. Soit il était sorti en quête d'une jeune femme à séduire, soit il en avait déjà trouvé une.

— Attends une seconde, dit-il finalement.

Elle l'entendit se déplacer, puis il reprit la conversation.

— Tu es sûre ?

— Pas encore, non. Je vais essayer de parler avec le médecin légiste demain matin, mais je crois que ce tueur appâte ses victimes.

— Ce n'est pas le même mode opératoire.

Scott ne semblait pas déçu, seulement résigné.

Dix ans, c'était long pour espérer parvenir à capturer enfin le Violeur à l'hameçon.

Tous les ans, cet horrible anniversaire revenait au-dessus de leur tête comme un sombre nuage, et ils se réunissaient tous les trois pour essayer de se distraire, redoutant d'apprendre le lendemain matin que ce monstre avait fait une nouvelle victime.

— Je suis désolée, balbutia Ella, mortifiée d'entendre des larmes dans sa propre voix. Je pensais vraiment que c'était lui.

Je pensais que j'aurais la chance cette fois de mettre enfin la main sur ce type.

— Ce n'est pas de ta faute, fillette.

Ella s'attendrit en entendant le surnom que Scott lui avait donné le premier jour de leur rencontre, quand elle avait emménagé en ville avec ses parents.

Scott n'avait qu'un an de plus qu'elle, mais il avait deux jeunes sœurs et prenait son rôle de grand frère très au sérieux. Il l'avait immédiatement étendu à Ella.

La plupart du temps, elle trouvait ça amusant. Après tout, elle était un agent du FBI chevronné. Elle avait cessé depuis longtemps d'avoir besoin d'un grand frère pour prendre soin d'elle. Mais parfois c'était rassurant, et ça lui rappelait les bons côtés de la vie de province.

— Je sais, dit-elle avec un soupir. Mais j'aurais voulu pouvoir y mettre un terme.

— Je te comprends. Moi aussi, j'aimerais tourner la page. Mais un jour ou l'autre, il finira par commettre une erreur et il se fera prendre.

— Espérons-le.

— Que se passe-t-il d'autre ?

— Comment ça ?

— N'essaye pas de donner le change. Je l'entends à ta voix. Quelque chose te perturbe.

Malgré tout, Ella eut envie de sourire. Sa famille l'avait peut-être mise à l'écart depuis qu'elle avait rejoint le FBI, mais Scott et Maggie ne la laisseraient jamais tomber.

— Mon chef a appris que j'étais ici. J'ai pris un savon.

— Bah, je ne m'inquièterais pas trop pour ça à ta place. Ton chef sait à quel point tu es douée, il passera l'éponge. Et si les deux affaires ne sont pas liées, tu peux nous rejoindre en Californie et profiter de la plage pendant une semaine, avant de rentrer pour l'affronter.

Ella marqua une hésitation avant de répondre.

— Je ne peux pas.

— Pourquoi ?

— Eh bien, les flics d'ici… ils ont besoin de mon aide, tu comprends ?

Scott ricana.

— Tu ne sais pas mentir.

— Je peux vraiment être utile sur cette enquête.

— Ce n'est pas ce que je voulais dire, et tu le sais. Que se passe-t-il pour de vrai ?

— Hum…

— C'est ce type avec qui je t'ai vue à l'aéroport, non ?

Même au téléphone, Ella devinait le sourire narquois de Scott.

— Ne me dis pas que tu as enfin trouvé la perle rare ?

— Si, et malheureusement il vit à plus de mille kilomètres de chez moi.

— Et alors ?

— Eh bien, ça fait un peu loin pour se rendre à une invitation à dîner.

Ella avait essayé de plaisanter, mais le résultat était plus déprimant que drôle.

— Des quantités de gens entretiennent des relations à distance.

— Mouais… Enfin, tu sais, je n'arrive même pas à faire en sorte que ça marche quand le type habite l'appartement au bout du couloir.

— C'est peut-être tout simplement parce que tu n'y mets pas du tien.

L'intonation sérieuse de Scott apprit à Ella qu'il en avait déjà discuté avec Maggie.

Avait-il raison ? Etait-ce aussi simple que cela ?

Dans le miroir accroché au-dessus de la commode qui faisait face au lit, Ella croisa un regard fatigué. Son travail était important, mais ce n'était pas toute sa vie.

— Eh, fillette, il ne faut pas que ça te perturbe, dit Scott, lui faisant comprendre qu'elle était restée silencieuse trop longtemps. Mais, penses-y quand même.

— D'accord.

Ella raccrocha et se glissa entre les draps.

Dès qu'elle ferma les yeux, une image de Logan — grand sourire charmeur et regard vert pétillant — envahit son esprit.

Peut-être avait-elle tort de continuer à lutter contre l'attirance indéniable qui existait entre eux.

Peut-être pourraient-ils faire en sorte que ça marche…

Elle s'endormit, le sourire aux lèvres.

— Que s'est-il passé entre Lyla et vous ?

La tête baissée, Ella grimaça tandis qu'elle bouclait sa ceinture de sécurité.

Avait-elle vraiment posé la question ?

Elle y avait pensé, mais elle voulait d'abord suggérer à Logan de passer voir le médecin légiste. Elle n'en revenait pas que ces mots-là soient sortis de sa bouche à la place.

Un sourire narquois apparut sur les lèvres de Logan.

— Drôle de façon de dire bonjour !

— Excusez-moi, dit-elle en rougissant, mais elle est passée à mon hôtel hier soir…

Logan pivota sur son siège pour la regarder.

— Elle a fait quoi ?

— Elle voulait une interview.

Logan jura entre ses dents.

— Je suis désolé, Ella.

— Ce n'est pas tout. Mon chef a vu le flash spécial d'informations et m'a appelé.

Logan parut soudain hésitant et mal à l'aise.

— Vous allez devoir partir ?

— Non. Au fond, mon chef est un brave type. Il a décidé de fermer les yeux.

Logan relâcha ses épaules et parut soulagé tandis qu'il quittait l'hôtel.

— Mais il ne veut plus qu'on mentionne le FBI dans les médias, précisa Ella. Vous pouvez faire quelque chose ?

— Je m'en occupe.

— Je dois vous dire que je me suis montrée un peu grossière avec Lyla, hier soir. Elle me refusera probablement cette faveur.

— Moi aussi, je me serais montré grossier si elle m'avait coincé pour m'arracher une interview.

— Oui, mais je suis plus professionnelle que ça d'habitude. Je pense que le fait de savoir qu'il y a eu quelque chose entre vous…

Elle se troubla, et agita les mains.

— Je ne sais pas… Désolée, laissez tomber.

Logan lui lança un rapide coup d'œil avant de reporter son attention sur la route. Mais ce regard suffit à lui faire comprendre qu'il était surpris.

Et peut-être un peu flatté.

— C'est fini depuis des années, dit-il. Et, en ce moment, il n'y a personne d'autre.

Se penchant légèrement vers elle, il ajouta d'une voix douce :

— Vous n'avez pas d'adversaire. La voie est libre.

Ella sentit que son visage s'enflammait. C'était le moment idéal pour lui demander s'il envisageait de poursuivre leur relation au-delà de son séjour en Floride. Mais sa bouche semblait verrouillée.

Logan la regarda de nouveau, attendant une réaction de sa part, mais elle resta tétanisée.

Elle ne s'était jamais considérée comme quelqu'un de lâche. Lorsqu'elle était à l'antigang, elle demandait toujours à être dans la toute première unité d'intervention, celle qui prenait le plus de risques en ouvrant la voie aux autres.

Même lorsqu'on lui avait tiré dessus et qu'elle perdait son sang dans la rue, elle n'avait pas joué la sécurité en se faisant passer pour morte. Au contraire, elle s'était exposée davantage encore, essayant de rejoindre son coéquipier sans savoir qu'il était déjà trop tard. Elle avait réussi à abattre le meurtrier avant qu'il ne parvienne à la toucher de nouveau. Puis elle s'était fait un garrot à la jambe et elle avait attendu les secours.

Le FBI lui avait remis une distinction ce jour-là, et depuis elle n'avait jamais manqué de courage.

Mais quand il s'agissait d'histoires de cœur, elle se conduisait comme une poule mouillée.

Elle prit une profonde inspiration, mais Logan avait déjà retrouvé son professionnalisme.

— La nuit dernière, reprit-il, j'ai fini d'établir une liste des propriétaires de monospace bleu dans la région. J'ai pensé que nous pourrions aller les interroger aujourd'hui.

— Oh ! très bien.

Ella se sentait partagée entre le soulagement et la déception devant cette opportunité manquée.

— J'aimerais aussi parler au médecin légiste qui a fait l'autopsie de Theresa, dit-elle.

— Bien sûr. Je peux l'appeler. Que voulez-vous savoir ?

— Je voudrais l'interroger sur les brûlures.

Elle voulait savoir une fois pour toutes s'il y avait un lien avec l'agresseur de Maggie. Elle n'y croyait plus vraiment, mais elle continuerait à se poser des questions tant qu'elle n'aurait pas l'avis d'un expert.

— Bien.

Logan attrapa son téléphone sur le tableau de bord et le lui tendit.

— Cherchez à ML dans les contacts.

Ella repéra le numéro du médecin légiste, l'appela et attendit un moment.

— Bonjour, dit-elle lorsqu'il décrocha. Je suis Isabella Cortez…

— Du FBI, je sais. Je regarde les informations. Que voulez-vous ?

Ella grimaça. Il fallait absolument que Logan parle à Lyla.

— Je voulais avoir une précision sur les brûlures retrouvées sur le corps de Theresa. Serait-il possible que ce soit une forme de marquage ?

Le légiste ne répondit pas tout de suite, et Ella se rendit compte qu'elle retenait son souffle. Les nouveaux développements dans l'affaire Theresa indiquaient qu'elle n'était pas liée à Maggie, mais elle ne pouvait s'empêcher d'espérer le contraire.

— Le corps était très endommagé par son séjour dans le

marécage, finit par répondre le légiste. Mais mon expérience me permet de dire qu'il ne s'agit pas d'un marquage exprimant un sentiment de propriété. Les brûlures ont été faites en appliquant directement une flamme sur la peau. Elles sont parfaitement contrôlées, comme si le meurtrier de cette femme voulait lui infliger des dommages spécifiques, atteindre des zones significatives.

Ella grimaça de dégoût, mais ne put s'empêcher de demander :

— Et la marque sur son cou ? La forme m'a fait penser à celle qu'aurait pu laisser un hameçon chauffé à blanc.

— Mmm, c'est vrai que ça y ressemble un peu. Mais pour moi, c'est une coïncidence. La flamme a dû se prendre dans ses cheveux, qui se sont enroulés en forme de crochet. Ce n'est absolument pas un marquage, je peux vous l'affirmer.

Ella s'affaissa sur son siège, désappointée.

— Merci.

— Ce n'est pas connecté à l'affaire de votre amie ? demanda Logan, après qu'elle eut raccroché.

— Non, dit-elle d'une voix légèrement étranglée.

Logan tendit le bras et lui pressa gentiment la main.

— Je n'y croyais plus vraiment, murmura Ella, mais…

— Vous vouliez que justice soit faite. Je comprends, dit Logan.

— Mais le fait qu'il ne s'agisse pas d'un marquage nous apprend également quelque chose.

Considérant ce que le légiste lui avait dit, Ella réfléchit à voix haute.

— Les brûlures étaient localisées, spécifiques. S'agissait-il uniquement d'un mode de torture, ou est-ce l'expression d'un traumatisme… ?

Elle se tourna vers Logan, alors qu'il garait la Chevrolet sur le parking du poste de police.

— Connaissez-vous quelqu'un dans le coin qui aurait été gravement brûlé ?

Logan secoua la tête.

— Non. Pourquoi ? Vous pensez que le tueur brûle ses victimes parce qu'il porte lui-même des cicatrices de brûlures ?

— C'est possible. Une marque est un signe de propriété. Mais une brûlure, c'est différent. C'est souvent lié à un traumatisme.

Elle sortit de la voiture et suivit Logan à l'intérieur du bâtiment.

— Il est difficile d'avoir un avis tranché à ce stade, reconnut-elle.

Avec une seule victime, il était plus compliqué d'établir un profil. Et si le tueur continuait à se montrer aussi prudent, le trouver serait pratiquement impossible.

Il régnait une ambiance morose dans l'espace de travail commun. Logan le perçut dès son arrivée. Tandis qu'il traversait la pièce en compagnie d'Ella, les regards injectés de sang et lourds de reproches de ses collègues se tournèrent vers lui.

Ils fonctionnaient tous à la caféine, et avaient largement dépassé le stade où ils espéraient retrouver Laurie toute penaude et avec une gueule de bois. Cela faisait trop longtemps maintenant qu'elle avait disparu.

Mais Logan savait aussi qu'ils ne croyaient pas à la thèse du tueur en série.

Certains pensaient qu'elle était rentrée chez elle en stop sans Kelly, puisqu'elle avait dit à des gens qu'elle partait. Quelques-uns croyaient qu'elle avait eu un coup de cœur pour un type du coin, et vivait tranquillement son histoire d'amour sans se préoccuper d'inquiéter son entourage. D'autres imaginaient qu'elle était allée à la plage en quittant le bar et qu'elle s'était noyée. Ce ne serait par la première fois que quelque chose de ce genre arriverait à un touriste, et l'océan pouvait faire disparaître un corps aussi facilement que les alligators dans les marécages.

Bref, tout le monde avait sa théorie, mais personne ne voulait admettre qu'elle avait pu être victime d'un tueur en série.

— Où est la liste des propriétaires de monospace bleu ? demanda Ella, tandis qu'ils entraient dans la salle de conférences.

Logan alluma son ordinateur portable.

— Je l'ai là-dedans.

— Bien. Vous avez aussi la liste des locations de véhicules dans les agences des aéroports les plus proches ?

Logan lui lança un regard incrédule.

— Je ne suis pas un magicien, Ella. Nous pourrons les avoir, mais ça va prendre du temps. Et je croyais que nous devions nous concentrer sur les gens du coin.

— Oui, bien sûr, mais il ne faut négliger aucune piste.

Elle soupira, et Logan eut l'impression qu'elle était aussi découragée que ses collègues.

— Faites-moi voir ce que vous avez.

Logan ouvrit le document qu'il avait établi, en s'enjoignant d'être impartial. Il connaissait probablement chaque personne figurant sur cette liste. Et il ne voyait personne à Oakville qui pourrait être un meurtrier.

— Nous avons d'abord Jane Franklin, annonça-t-il.

Il essaya de ne pas rire en montrant à Ella la photographie qui figurait sur le permis de conduire de Jane.

— Elle a cinquante-sept ans, elle est mariée, elle a deux enfants et un petit-fils.

— Ses enfants vivent-ils encore chez elle ?

— Non.

— Ont-ils accès au monospace ?

— Non plus.

— D'accord. Qui est le prochain ? Je vous rappelle que nous cherchons un homme.

— Ce sont surtout des femmes qui figurent sur la liste.

— Est-ce qu'elles ont des hommes dans leur vie susceptibles d'utiliser leur véhicule ?

— A l'exception d'une veuve, elles sont toutes mariées.

— Ont-elles des fils ? Notre tueur n'est pas marié.

Logan relut lentement la liste, en réfléchissant.

— Elles ont toutes des garçons trop jeunes pour conduire, sauf une. Marissa Evans.

— Evans ?

— Oui, la mère de Lyla. Lyla est partie s'installer au nord il y a quelques années, mais son frère vit toujours à la maison. Il a un peu plus de vingt ans, mais il est autiste.

— Il est autonome ? Il conduit ?

— Oui, aux deux questions.

— Est-il asocial ?

— Oui, mais je connais Joe depuis longtemps. Ce n'est pas un tueur.

Ella fit la moue, et Logan devina qu'elle allait essayer de se montrer diplomate.

— La plupart des assassins cachent tellement bien leur jeu que leurs proches ne se rendent compte de rien.

— Je le sais, Ella, mais faites-moi confiance. Joe n'a absolument rien à voir avec tout ça.

Elle ne parut pas convaincue, et il crut qu'elle allait argumenter, mais elle finit par hocher la tête.

— Qui d'autre avez-vous ?

— Deux célibataires. Adam Pawlter, soixante-six ans.

Ella étudia sa photo quelques instants et secoua la tête.

— L'homme que nous recherchons est plus jeune. Est-ce qu'Adam a un fils ?

— Non, mais il a élevé celui de sa sœur à la mort de cette dernière.

— Son neveu vit toujours avec lui ?

— Je ne sais pas. Je crois qu'il s'appelle Marshall, mais je me souviens à peine de lui. Il travaille pour Adam dans son entreprise de pêche à la crevette, mais je doute qu'il habite encore avec lui.

— Quel âge a-t-il ? Pouvez-vous trouver l'information ?

— Une minute.

Logan se connecta à la base de données de la police et lança une recherche sur le nom de Marshall.

— Pas de casier judiciaire, annonça-t-il, vaguement dépité.

Il se leva, passa la tête dans l'embrasure de la porte, et lança à la cantonade :

— Hé, Hank, tu connais Adam Pawlter, non ?

Hank s'avança, en finissant d'engouffrer la moitié d'un sandwich.

— Ouais. Il habite à côté de chez ma tante. Pourquoi ?

— Son neveu vit toujours avec lui ?

— Marshall ? Le type doit avoir plus de trente ans. Il a sa propre maison.

— D'accord. Merci.

Hank plissa les yeux, l'air suspicieux.

— Pourquoi ?

— Comme ça, pour rien. C'est juste une piste…

— Sur Adam et Marshall ? Ce sont de braves types. Et de rudes travailleurs. Tu as déjà essayé la pêche à la crevette ?

Logan soupira, peu désireux de polémiquer.

— Ecoute, ça ne les concerne pas spécifiquement. Nous recherchons le propriétaire d'un monospace bleu.

— Ah…, mais, nous ne devrions pas tous être sur le coup ?

Logan baissa la voix.

— Je suis sûr que c'est un coup d'épée dans l'eau.

Il croyait Ella quand elle affirmait avoir été suivie par un monospace bleu. Mais c'était une jolie femme dans une ville encore pleine à craquer de touristes éméchés — même si la nouvelle de la présence d'un tueur en série dans la région avait provoqué un véritable exode. Celui qui avait tué Theresa n'était probablement pas le seul type dangereux en ville.

Bien sûr, la présence d'un monospace bleu à la station d'essence avait de quoi interpeller, mais cela n'expliquait pas pourquoi Theresa se trouvait là. Quelque chose l'avait envoyée vers Hunstville ce jour-là, et ça s'était produit avant qu'elle n'apparaisse à la station.

— Bien, dit Hank. Si tu as besoin d'aide, n'hésite pas à me le dire.

— Merci, répondit Logan.

Il était surpris que la trêve entre son collègue et lui dure aussi longtemps, et cela avait dû se sentir dans sa voix car Hank lui fit un aveu.

— Ecoute, mon vieux. Je sais que je te reproche souvent la façon dont tu as obtenu ton poste. Mais je comprends maintenant que ça n'a pas d'importance finalement, puisque tu fais le boulot et que tu ne le fais pas trop mal.

Hank haussa les épaules, comme pour minimiser le compliment qu'il venait indirectement de faire.

— Mais je trouve que j'ai trop de travail. Je fais le forcing auprès du chef pour qu'on fasse équipe à deux.

Grimaçant un sourire, il ajouta :

— Ce serait sympa d'appuyer ma demande. Comme ça, on pourrait bosser ensemble.

Puis il fourra l'autre moitié du sandwich dans sa bouche, et retourna à son poste de travail.

Médusé, Logan regagna la salle de conférences en secouant la tête.

Hank O'Connor souhaitait faire équipe avec lui ? Puisque c'était visiblement la journée des miracles, la piste du monospace serait peut-être intéressante après tout.

— Qu'avons-nous d'autre ? demanda Ella, tandis qu'il se rasseyait sur sa chaise.

— Un dernier nom. Sean Fink, trente-six ans, célibataire sans enfant. Il vit à Oakville.

— Parlez-moi de lui. Est-il asocial ?

Logan éclata de rire.

— Sean ? Grands dieux, non ! Ce type est le premier à mettre l'ambiance dans les soirées et dans les fêtes. Il croit qu'il a toujours vingt ans, et qu'il est perpétuellement en vacances.

— Mouais…

Le front soucieux, Ella observa l'ordinateur, puis reporta son attention sur Logan.

— Personne ne semble correspondre.

— Le type qui vous a suivi n'a peut-être rien à voir avec la mort de Theresa.

D'après lui, il pouvait très bien s'agir de Sean, qui l'avait repérée et espérait l'ajouter à la liste de ses conquêtes.

— Peut-être pas…

Ella regarda le plafond, comme si la réponse s'y trouvait, puis elle soupira, avant d'avouer :

— Je ne sais plus dans quelle direction chercher.

11

Posté sur le seuil de la maison des Evans, Logan se massait la nuque en attendant que la porte s'ouvre.

La dernière fois qu'il y était venu remontait à deux ans, quand il avait été promu inspecteur, et que Lyla avait accepté un poste ailleurs, mettant ainsi un terme à leurs fiançailles.

A côté de lui, Ella glissait des regards en coin dans sa direction, manifestement aussi mal à l'aise que lui.

Mais il lui avait promis qu'ils interrogeraient tous les hommes correspondant de près ou de loin au profil qu'elle avait établi, et qui avait accès à un monospace bleu.

Et Joe Evans se trouvait sur cette liste.

Lorsque la porte s'ouvrit, la mère de Lyla parut d'abord surprise, puis heureuse de le voir. Elle remarqua ensuite Ella, et la confusion s'inscrivit sur son visage.

Finalement, elle se ressaisit et embrassa chaleureusement Logan qui se sentit aussitôt coupable d'être là.

— Ça me fait plaisir de te revoir, Logan. Comment va ta famille ?

— Très bien, merci.

Il fit un geste vers Ella.

— Voici Ella Cortez. Elle travaille avec moi sur une affaire.

La mère de Lyla hocha la tête.

— Ravie de vous rencontrer.

Son expression se durcit tandis qu'elle reportait son attention sur Logan.

— Tu es ici à propos de cette enquête ?

— Je suis désolé, mais nous aimerions parler à Joe.

Mme Evans se crispa instantanément.

— Pourquoi ?

— Je ne peux pas entrer dans les détails, mais nous devons lui poser quelques questions.

Elle avait la mâchoire serrée, et il devina qu'elle était prête à sortir les griffes pour défendre son fils.

Lyla et sa mère ne se ressemblaient pas du tout. Lyla avait la peau claire et les cheveux blonds de son père, tandis que sa mère et son frère partageaient la même peau mate et les mêmes cheveux noirs. Mais Lyla tenait son caractère bien trempé et sa détermination de sa mère.

— Il ne risque pas d'ennuis, dit tranquillement Logan.

Il connaissait bien Joe, et il était persuadé de son innocence. Mais il ne pouvait pas ignorer certaines pistes, uniquement parce qu'il connaissait les gens.

Mme Evans plissa les paupières, essayant de deviner ses véritables intentions, et finit par hocher la tête.

— D'accord. Mais je vais rester pendant que vous discutez avec lui. Et si vos questions ne me plaisent pas, je vous demanderai de partir.

— Je comprends.

Elle les fit entrer et les conduisit dans le salon où Joe était assis. Il ne leva pas la tête en entendant leurs pas, mais Logan s'y attendait.

— Salut Joe, dit-il, en s'asseyant près du jeune homme.

Joe tourna la tête, et cilla plusieurs fois.

— Salut Logan.

Il ne paraissait ni heureux ni troublé de le voir mais, au cours des trois ans qu'avait duré sa relation avec Lyla, Logan avait appris à le connaître.

Du fait de son autisme, Joe n'appréhendait pas le monde de la même façon que les autres. Il ne montrait pas ses émotions comme tout un chacun, mais cela ne voulait pas dire qu'il n'en avait pas.

Ella prit place dans le fauteuil en face d'eux, laissant Logan mener la conversation, tandis que Mme Evans restait debout à l'entrée de la pièce et les surveillait d'un air sévère.

— Joe, ça fait un moment qu'on ne s'est pas vus, mais j'aimerais te poser quelques questions. Tu es d'accord ?

— Deux ans, quatre mois et un jour, annonça Joe. Ça fait deux ans, quatre mois et un jour que Lyla est partie.

Logan hocha la tête, sachant sans avoir besoin de faire le calcul lui-même que Joe avait raison.

— C'est exact.

Joe haussa les épaules, en fixant un point devant lui sur le tapis.

— C'est quoi, tes questions ?

— C'est à propos du monospace de ta maman. Tu le conduis parfois, il me semble ?

— Oui. Parfois je le conduis pour aller travailler, et parfois c'est maman qui me conduit.

— Tu es allé ailleurs avec le monospace, ces dernières semaines ?

Logan avait regardé la mère de Lyla en posant la question, mais elle ne réagit pas.

— Je l'ai pris pour aller acheter une glace jeudi de la semaine dernière, à 20 heures. Et je suis allé au cinéma samedi, il y a deux semaines, à la séance de 18 heures. Ils passaient *Indiana Jones* au Retro.

Logan sourit. Le Retro était un cinéma d'art et essai spécialisé dans la diffusion de films classiques. Avec son rideau de velours rouge devant l'écran, il rappelait les cinémas d'autrefois. Lyla et lui y avaient souvent emmené Joe.

— Tu es allé ailleurs avec le monospace ?

Joe secoua vigoureusement la tête, toujours sans regarder Logan.

— Très bien, Joe.

Logan se leva.

— C'est tout ce que j'avais à te demander. J'ai été content de te voir.

— Attendez ! dit Ella, en se penchant sur son siège. Joe, est-ce que vous avez regardé les informations ?

Mme Evans fit un pas en avant, et Logan lui fit comprendre d'un regard que tout allait bien.

Joe regarda Ella, puis de nouveau le sol.

— Parfois, je regarde les informations, oui.

— Vous avez entendu parler de la femme qu'on a trouvée dans le marécage ?

Joe fit une petite moue d'enfant triste.

— Quelqu'un lui a fait du mal.

— Oui, dit Ella. Quelqu'un lui a fait du mal.

Mme Evans ouvrit la bouche, probablement pour dire que ça suffisait, mais Ella se leva, en disant :

— C'est tout ce que nous voulions savoir.

— OK, dit Joe. Salut.

— Salut, Joe.

Logan éprouva un bref élan de nostalgie.

Ça n'avait pas marché entre Lyla et lui, mais derrière la journaliste carriériste se cachait une bonne personne, avec une famille extraordinaire. Il ne regrettait pas la décision qu'il avait prise, mais il aurait aimé que leur séparation se passe mieux.

A côté de lui, Ella — la femme qui avait pris son cœur en otage et semblait l'ignorer — était en train de prendre congé.

— Merci de nous avoir aidés, Joe.

Ce dernier hocha la tête, prit la télécommande, et alluma la télévision.

— Bonne chance pour ton enquête, Logan, dit la mère de Lyla, en les raccompagnant à la porte.

— Merci.

Elle suivit des yeux Ella, qui regagnait la voiture.

— Quand je t'ai vu sur le seuil, j'ai espéré un instant que…

Elle haussa les épaules.

— Lyla est heureuse dans le nord, avec son nouveau travail. Elle a rencontré un gentil garçon.

Elle marqua une courte pause, avant de conclure :

— Ton amie semble gentille aussi.

— Elle n'est pas mon…

— Allons, allons, j'ai des yeux pour voir, mon garçon. Au revoir Logan.

Elle ferma la porte avant qu'il ait pu répondre.

Lorsque Logan se mit au volant, Ella remarqua d'une voix douce.

— Ce sont des gens bien.

— Oui.

Le silence planait dans l'habitacle tandis qu'ils roulaient vers la maison d'Adam Pawlter, mais Logan avait l'impression de voir tourner les rouages de l'esprit Ella.

— Qu'avez-vous en tête ?

— Rien, dit-elle sans le regarder. Simplement que Joe ne correspond pas au profil.

Logan savait bien qu'il y avait autre chose, mais comme il était persuadé que ça concernait Lyla, il ne chercha pas à en savoir davantage.

Bientôt, il arriva en vue d'une petite maison mal entretenue, perdue au milieu de pavillons neufs. La ville de Newton s'était développée si vite que Logan ne reconnaissait presque plus rien.

— Voici la maison d'Adam Pawlter, annonça-t-il en se garant.

Ella parut surprise.

— Je pensais que nous allions discuter avec son neveu.

— Le monospace appartient à Adam. Et je ne connais pas le nom de famille de Marshall. C'est le fils de la sœur d'Adam. C'est donc à lui que nous allons devoir demander son adresse.

Logan sortit de voiture et se dirigea vers la porte. Ella le suivit, en regardant avec curiosité autour d'elle.

— Hank m'a dit qu'un promoteur immobilier avait racheté toute la zone, expliqua Logan. Adam est le seul à ne pas avoir voulu vendre.

Il frappa assez fort sur la porte, et attendit un long moment. Il s'apprêtait à rebrousser chemin quand la porte s'ouvrit enfin.

L'homme qui apparut ne ressemblait en rien à l'Adam Pawlter dont Logan se souvenait. Autrefois grand et athlétique, il était aujourd'hui frêle et courbé, paraissant beaucoup plus âgé qu'il ne l'était réellement.

— Bonjour, monsieur. Je suis l'inspecteur Logan Greer, de la police d'Oakville. Et voici ma collègue, Ella Cortez. Nous aimerions vous poser quelques questions.

Adam prit appui contre l'encadrement de porte.

— Et vous voulez me parler de quoi ? demanda-t-il, d'une voix rauque et à peine intelligible.

— De votre monospace.

Adam plissa les yeux, et sa bouche se tordit ironiquement.

— C'est ce que j'appelle tourner autour du pot, fiston.

Il fut pris d'une violente quinte de toux et recula à l'intérieur de la maison.

— Et je me souviens de toi, Logan. Tu venais jouer sur la plage avec les autres gamins.

Logan esquissa un sourire.

— Ça fait longtemps.

— Viens, entre. J'ai besoin de m'asseoir.

Il se tourna et les guida vers le salon, faiblement éclairé et encombré de cartons.

— Je me suis dit que j'allais faire le plus gros du travail moi-même, expliqua-t-il en s'installant sur le canapé, à côté d'une bouteille d'oxygène.

Il eut une petite moue d'impuissance, accompagnée d'un haussement d'épaules trahissant son renoncement.

— J'ai un cancer du poumon. A un stade très avancé. Je ne veux pas que Marshall soit obligé de se débrouiller avec toutes mes affaires quand je ne serai plus là.

Il soupira.

— Le pauvre garçon a déjà vécu tout ça. Il a perdu ses parents quand il avait douze ans. En plus, ça s'est passé pendant les vacances.

Il eut une mimique apitoyée.

— Pauvre gamin. Il a dû attendre là-bas que je fasse la route jusqu'en Caroline du Nord pour aller le chercher. Et maintenant, il me regarde partir à petit feu.

— Je suis désolé, commença Logan.

Adam agita la main en l'air.

— J'ai fumé pendant trop d'années. Ne nous attardons pas sur le sujet. Que veux-tu savoir à propos du monospace ?

Ella choisit ce moment pour intervenir dans la conversation.

— Où se trouve-t-il en ce moment ? demanda-t-elle.

— Marshall l'a pris pour aller aux docks.

— Marshall, comment ?

— Jennings. Il a toujours travaillé pour moi, mais il est en train de reprendre les rênes de l'entreprise. Il a pris le monospace de bonne heure ce matin, et il a laissé sa voiture ici.

— Il le prend souvent ? demanda encore Ella, qui semblait décidée à mener la conversation.

— De plus en plus, étant donné que je ne peux plus travailler.

— D'autres personnes le conduisent ?

— Tous les employés de mon entreprise. C'est un véhicule de société, et il nous sert un peu à tout, même à transporter des caisses de crevettes.

— Combien avez-vous d'employés ?

— Sept.

— A quelle heure vos hommes commencent-ils leur journée ? Est-ce qu'ils restent toujours ensemble ?

Logan savait à quoi pensait Ella. Se pouvait-il que l'un des hommes ait utilisé le bateau de pêche pour se débarrasser d'un cadavre ? Mais le bateau était trop large pour naviguer jusqu'aux marécages.

— Qu'entendez-vous par rester ensemble ?

Adam tourna la tête vers Logan en levant les sourcils, comme si la question était stupide.

— Bien sûr qu'ils sont ensemble quand ils sortent en mer, dit-il, comme si ça coulait de source.

— Pouvons-nous avoir la liste des gens qui travaillent pour vous ? demanda Logan.

— Je ne crois pas.

— Pourquoi ?

— Parce que tu ne m'as toujours pas dit de quoi il s'agissait. Et je n'aime pas les sous-entendus de la jeune dame. Mes hommes sont de solides travailleurs. Je les connais tous depuis des années.

Adam toussa de nouveau, plus longuement et plus violemment que la première fois. Puis il tendit la main vers sa bouteille d'oxygène.

— Partez, maintenant.

— Monsieur…, commença Logan.

— Je veux que vous me laissiez tranquille. Allez-vous-en.

Adam actionna la bouteille d'oxygène et pressa le masque sur son nez et sa bouche.

— D'accord, nous partons, dit Logan. Pardon de vous avoir dérangé.

De retour à la voiture, Ella ne fit pas de commentaire.

— Prête à aller rendre visite à Sean Fink ? demanda Logan en tournant la clé dans le contact.

— Quelle débauche d'activité, dit-elle en plaisantant. Nous allons finir par être débordés.

Logan lui adressa un sourire tandis qu'il manœuvrait pour regagner la rue.

— Vous êtes une bonne coéquipière, Ella.

Il ajouta avec un clin d'œil complice :

— Et vous êtes plus jolie qu'Hank O'Connor.

Il s'attendait à ce qu'elle rie, ou au moins qu'elle lève les yeux, mais lorsqu'elle tourna la tête vers lui, elle semblait pensive.

— Qu'est-ce que j'ai dit ?

— Rien. Vous êtes un bon coéquipier aussi.

Son ton était sérieux. Et quand il commença à se dire qu'elle parlait peut-être d'autre chose que de l'affaire, Ella ajouta :

— Mais je ne suis pas certaine qu'Hank le mastodonte, apprécierait d'entendre son nom associé à l'adjectif joli.

Logan ricana.

— Parce que vous croyez qu'il apprécierait le surnom ?

— Qui sait ?

Logan la regarda et, pour la première fois, il ne parvint pas à deviner ce qu'elle pensait.

Avant qu'il ait pu poser la question, il repéra quelqu'un qui sortait d'une maison un peu plus loin. Il freina brusquement.

Mettant la voiture au point mort, il en jaillit précipitamment et cria :

— Sean !

L'homme se retourna, surpris, et vint vers eux d'une démarche nonchalante.

— Hé, Logan ! dit-il. Ça roule ?

Sean avait un an de plus que lui, mais il avait redoublé une classe, et Logan s'était retrouvé avec lui au lycée. Ils n'étaient pas vraiment amis, mais ils avaient joué au foot ensemble.

Tout en enveloppant Ella d'un regard qui se voulait charmeur, Sean tendit la main.

— Salut ma belle, dit-il. Sean Fink.

— Ella Cortez, dit-elle froidement, tout en échangeant avec lui une poignée de main ferme.

— Vous êtes la nana du FBI, pas vrai ?

Il essaya de retenir sa main, testant sur elle le sourire qui devait fonctionner quand il avait vingt ans pour emballer les filles dans les bars. Logan peinait à croire qu'il utilisait encore ces vieilles techniques de drague.

— Nous avons des questions à te poser, dit-il.

Sean hocha la tête.

— Pas de problème. C'est à propos de la fille qui a disparu depuis quelques jours, je suppose. Celle dont l'amie est passée à la télé hier soir ? Tu veux savoir si j'ai vu quelqu'un tourner autour d'elle dans les bars ?

— Eh bien… commença Logan.

— Oui, l'interrompit Ella. Que pouvez-vous nous en dire ?

— Je l'ai vue dans l'un des bars, qui dansait avec tous les types présents.

— Elle a dansé avec vous aussi ?

Sean détailla Ella de la tête aux pieds avec insistance.

— Sûrement pas. Je les préfère plus vieilles.

— Et Theresa Crawley ? Vous l'avez vue ?

— Celle qui a été retrouvée dans le marécage ? Mouais, je

l'ai vue en ville avec la sœur de Logan. Mais je ne lui ai jamais parlé. C'est tout ? J'ai des trucs à faire

Probablement un autre bar à écumer, songea Logan.

— Encore une question à propos de ton monospace.

Il marqua une pause, guettant la réaction de Sean.

Sean regarda d'abord Ella, puis le sol, et enfin Logan.

— Eh bien, qu'est-ce qu'il a mon monospace ?

— Tu laisses quelqu'un d'autre le conduire ?

— En principe non.

— Sois plus précis.

— Quand j'ai un peu trop bu, je demande à un de mes amis de conduire.

— Et sinon, ça t'arrive de le prêter ?

— Non.

— Tu es allé récemment au Traveler's Hotel ?

— Non.

— Tu en es sûr ?

— Evidemment que j'en suis sûr ! s'exclama Sean, d'un ton agacé. Tu as d'autres questions ? Parce que ça commence à me soûler.

Logan regarda fixement Sean jusqu'à ce qu'il baisse les yeux.

— Non. J'ai terminé, finit-il par dire d'un ton froid.

Tandis que Sean faisait demi-tour et repartait d'où il était venu, Logan lança :

— Tiens-toi à l'écart des hôtels.

— A quoi rimait votre petit numéro ? demanda Ella, tandis qu'ils remontaient en voiture.

— Je suis presque sûr que c'est lui qui vous a suivie à votre hôtel.

Ella détailla la silhouette de Sean qui s'éloignait.

— C'est possible…

— Vous l'imaginez en tueur ?

— Il ne correspond pas vraiment au profil, mais il a un côté prédateur indéniable. Et il est un peu spécial quand même. Pourquoi précise-t-il qu'il aime les « vieilles », comme si c'était supposé être flatteur ? Il devrait savoir que les femmes n'aiment pas qu'on parle de leur âge.

— De toute façon, ce sont des âneries. Pourquoi croyez-vous qu'il ne travaille pas durant les vacances scolaires ?

— Vous plaisantez ? Il se met en congé pour draguer des étudiantes ?

— Exactement.

Ella fronça le nez de dégoût.

— Il est franchement abject, mais je ne crois pas que ce soit l'homme que nous recherchons.

Elle fit une petite moue, comme si elle pesait le pour et le contre, et finit par secouer la tête.

— Ce n'est pas lui.

— Bien. Et les autres ?

— Joe ne correspond absolument pas au profil. Il s'est montré franc à propos de tout. Il n'a pas eu peur des questions et ne s'est pas intéressé à l'enquête. Quant au neveu d'Adam et à ses employés, je ne sais pas. Adam mentait à propos du monospace. Mais je ne pense pas qu'il connaisse le tueur et le couvre.

Logan sentit monter d'un cran la frustration qu'il ressentait depuis la découverte du cadavre de Theresa.

Depuis le début, son instinct lui avait soufflé que c'était l'œuvre d'un tueur en série si doué qu'il avait réussi à passer inaperçu jusqu'alors.

Aujourd'hui, il n'en savait guère plus qu'au début, malgré tous les efforts qu'il avait déployés, et l'aide précieuse d'Ella.

Envahi par le découragement, il n'était pas loin de croire que le coupable continuerait à leur filer entre les doigts et qu'ils ne l'arrêteraient jamais.

12

Lorsque Logan se gara sur le parking du poste de police, la première chose que remarqua Ella fut que Lyla Evans était assise sur le perron, sans l'ombre d'une caméra en vue.

Dès qu'elle les vit, Lyla se leva et croisa les bras sur sa poitrine. Puis elle chargea vers eux, visiblement prête à en découdre.

— Oh ! oh, marmonna Ella.

— Elle a probablement appris que j'avais interrogé Joe, remarqua Logan.

— Je pense que ce n'est pas le bon moment pour lui demander de ne plus mentionner le FBI dans ses flashs d'informations.

Logan eut une mimique entre amusement et frustration.

— Dieu me préserve des femmes de caractère !

Comme Ella lui lançait un regard incrédule, il marmonna :

— Ou de moi-même.

Otant la clé de contact, il ajouta, tandis que Lyla se rapprochait :

— Allez à l'intérieur. Je vous y rejoins plus tard.

— Vous êtes sûr ?

— Si je ne suis pas là dans dix minutes, envoyez les secours, d'accord ?

— Vous avez besoin qu'on vous sauve des griffes du top model ?

Ella regretta aussitôt cette repartie qui était une façon implicite de reconnaître combien l'apparence de Lyla l'impressionnait.

— A tout de suite, balbutia-t-elle en s'empressant de quitter la voiture.

Tandis qu'elle s'avançait dans sa direction, Lyla lui lança un regard mauvais, avant de rediriger sa colère vers Logan.

Ella envisagea de dire quelque chose. Mais, devinant qu'elle ne ferait qu'envenimer les choses, elle pressa le pas vers le poste de police.

Dans son dos, elle entendit Lyla demander, d'un ton de reproche :

— Comment as-tu osé interroger mon frère comme s'il était coupable ?

— Lyla, ce n'est pas parce que je connais Joe que…

— C'était son idée à elle ?

— Nous suivions une piste, répondit calmement Logan.

— Une piste ! répliqua Lyla. Je sais que tu as craqué pour la profileuse et que tu veux l'impressionner, mais…

La voix de Lyla devenait moins distincte à mesure qu'Ella s'éloignait, mais elle entendit quand même la remarque. Elle en fut si surprise qu'elle trébucha.

Tandis qu'elle retrouvait son équilibre en espérant que ni Lyla ni Logan n'aient rien remarqué, elle entendit ce dernier tempêter :

— Elle est en ville pour l'enquête. Et elle vit en Virginie.

Il y avait dans sa voix quelque chose de définitif, comme si aucune relation n'était envisageable entre eux, ce qui, de plus, aurait dû être évident pour tout le monde.

Désappointée, Ella poussa la porte du poste de police. Avant qu'elle ne se referme derrière elle, la voix de Lyla lui parvint une dernière fois.

— Oh ça, je suis bien placée pour savoir qu'il faut vivre à Oakville pour avoir une chance avec toi.

L'amertume perceptible dans la voix de Lyla surprit Ella.

Pourquoi Logan et Lyla avaient-ils rompu ? Elle savait que Lyla s'était installée quelque part en Floride, et la distance n'était pas si importante.

Logan avait-il refusé un compromis pour si peu ? Dans ce cas, Scott se trompait. Une relation longue distance était inenvisageable avec Logan.

Ella sentit son cœur se serrer et pressa sa main sur sa poitrine pour essayer de chasser la douleur qui s'y était nichée.

Elle avait vraiment cru à la possibilité de démarrer quelque chose avec Logan. Mais il est vrai qu'elle le connaissait depuis très peu de temps.

Six jours.

Il lui semblait que ça faisait beaucoup plus longtemps. En fait, elle avait l'impression de l'avoir connu toute sa vie, ce qui n'avait aucun sens.

Comment pouvait-on s'attacher à quelqu'un aussi vite ? Ce n'était pas une base solide pour une relation durable.

— Comment avance l'enquête ?

Ella cilla en se rendant compte qu'Hank se tenait devant elle, lui maintenant ouverte la porte d'accès à la zone interdite au public.

— Euh… merci, dit-elle, en franchissant le seuil. L'enquête avance doucement.

Elle plissa le front, songeant à tous les indices contradictoires qu'ils avaient.

— Le tueur est intelligent.

Hank hocha la tête. Il alla même jusqu'à lui tapoter le dos de son énorme main.

— J'ai confiance. Logan dit que vous êtes la seule à pouvoir élucider cette affaire.

Vraiment ? Cette obligation de réussite vint s'ajouter à la pression qu'elle ressentait déjà, et à sa crainte d'avoir totalement perdu la main.

— Je l'espère, répondit-elle d'une voix faible.

Hank la regarda bizarrement, sans doute parce qu'il était habitué à ce qu'elle fasse preuve d'allant et de confiance.

— N'hésitez pas à me le dire si vous avez besoin d'aide.

— Merci, lança Ella, alors qu'il avait déjà commencé à s'éloigner.

Puis elle prit une profonde inspiration et entra dans la salle de conférences.

Tous les assassins laissaient des indices derrière eux malgré les efforts qu'ils déployaient pour les effacer. Celui-ci n'était pas différent. Et, avec l'aide de Logan, Ella savait qu'elle finirait par le trouver.

Elle se refusait à envisager toute autre possibilité.

Ceci étant, elle se servit un café et s'installa à la table de conférence pour attendre Logan.

Elle n'eut pas à patienter longtemps.

— Lyla va arrêter de mentionner le FBI, dit-il en poussant la porte.

— C'est vrai ?

C'était la dernière chose qu'elle s'attendait à l'entendre dire.

— Eh bien, vous avez dû vous montrer persuasif.

Logan se servit une tasse de café et s'assit à côté d'elle avant de répondre.

— Pas tant que ça. Apparemment, ce que vous lui avez dit l'autre soir l'a marquée. Elle est prête à collaborer avec nous pour aider à l'arrestation de ce type.

— Vous êtes sérieux ?

— Très sérieux. Elle m'a fait des reproches pendant cinq minutes à propos de Joe, puis elle s'est calmée et a déclaré qu'elle voulait travailler avec nous.

Il esquissa un sourire.

— Apparemment, c'est vous qui êtes persuasive.

Il but une autre gorgée de café avant d'ajouter :

— Ça ne me surprend pas. Vous pourriez me persuader de n'importe quoi.

Si seulement c'était vrai !

Ella s'obligea à sourire, et revint aux choses sérieuses.

— Je pense que nous passons à côté de quelque chose d'évident. Nous devrions tout reprendre depuis le début.

Sous le regard étonné de Logan, elle relut ses notes.

— Nous savons que Theresa est restée en ville après l'heure prévue pour son départ. Nous pensons qu'elle a dit à la femme de la station-service qu'elle devait retrouver quelqu'un à l'ancienne adresse de vos grands-parents. Mais il est possible que la femme ou que Theresa ait menti.

Logan se pencha, les bras posés sur la table.

— Pourquoi le témoin aurait-il menti ?

— Je ne sais pas. Le tueur travaille seul, mais on peut imaginer qu'elle le connaît et qu'elle essaye de le protéger.

— J'en doute. Elle a soixante-quinze ans, et c'était une amie de ma grand-mère. Bien sûr, elle a des petits-enfants d'une vingtaine d'années, mais je ne la vois pas inventer cette histoire pour couvrir l'un d'eux.

Ella était d'accord, mais elle voulait séparer ce qu'ils savaient avec certitude de ce qu'ils croyaient simplement.

— Et Theresa ? demanda-t-elle. C'est peut-être elle qui mentait.

— Etant donné que nous n'avons pas relevé le moindre indice de sa présence à la maison, ce n'est peut-être pas là qu'elle allait. Mais ça n'explique pas pourquoi elle était toujours en ville.

— Je sais. Et c'est là que réside la clé de toute l'affaire.

— Son relevé téléphonique ne nous a rien appris, lui rappela Logan. Seule Becky l'a appelée alors qu'elle se rendait à l'aéroport. Ce type l'a peut-être finalement rencontrée en chemin et l'a persuadée de le retrouver quelque part.

— D'accord. Et Laurie ? Les agents ont-ils pu déterminer où elle était allée après avoir quitté la maison du type qu'elle avait rencontré au bar ?

Logan secoua la tête.

— Elle a dit à Jeff qu'elle allait rejoindre Kelly à l'hôtel. Elle est probablement tombée sur le tueur en chemin. Mais nous n'avons trouvé aucun témoin qui l'a vue après son départ de chez Jeff.

Logan souleva sa tasse de café et la reposa sans y avoir porté les lèvres.

— Et le tueur ? Depuis le début, nous supposons que c'est un homme, mais l'autopsie a démontré qu'il n'y avait pas eu d'agression sexuelle. Ne devrions-nous pas chercher aussi une femme ?

Ella eut une moue dubitative.

— C'est peu probable. Les détails comportementaux

suggèrent qu'il s'agit d'un homme. Je dirais qu'il a entre vingt et quarante ans.

Logan hocha la tête et but d'un trait le reste de son café.

— Nous devrions nous pencher davantage sur les brûlures, suggéra Ella. Même si nous avons éliminé la possibilité qu'il s'agisse d'un marquage, elles peuvent quand même nous apprendre des choses

— D'accord. Vous avez déjà mentionné que ça pourrait être sa façon de les torturer. S'agit-il d'un sadique ?

La voix de Logan était un peu étranglée, mais il n'évitait pas le sujet.

— Oui, dit Ella. Les incendiaires et les tueurs en série partagent souvent le même désir de contrôle. S'il veut uniquement obtenir une réaction de sa victime en infligeant une douleur, alors le feu n'est qu'un moyen pour y parvenir. Mais il est fort probable que le feu ait une signification particulière pour lui.

— Vous pensez toujours qu'il pourrait lui-même avoir été brûlé ? reprit Logan.

— Oui, et même sévèrement.

— Je ne connais personne qui soit dans ce cas. Et je ne vois pas comment nous pourrions obtenir cette information.

— Nous pourrions commencer par appeler les casernes de pompiers des environs, suggéra Ella.

— Pourquoi pas, dit Logan, sans grande conviction.

La personnalité du tueur restait un mystère pour Ella. Normalement, à ce stade de l'enquête, elle aurait déjà dû comprendre son mode de fonctionnement et prévoir sa prochaine action. Elle aurait dû avoir une représentation claire du genre de personne qu'il était, et de ce qui le poussait à tuer.

Mais, d'ordinaire elle avait beaucoup plus d'éléments à se mettre sous la dent : plus de victimes, plus de scènes de crime…

En attendant, son instinct restait en alerte, lui soufflant qu'elle passait à côté de quelque chose.

— Je taperais bien dans un punching-ball, dit Ella, tandis qu'elle attachait sa ceinture.

Elle et Logan avaient passé le reste de la journée à interroger les pompiers d'Oakville et des communes voisines, mais cela n'avait rien donné.

L'heure du départ approchait à grands pas pour Ella, et elle n'avait toujours pas progressé dans l'identification du tueur. Sa frustration atteignait des sommets, et elle n'avait dans l'immédiat aucun remède pour l'évacuer.

— Moi aussi, dit Logan en tournant la clé de contact. J'en ai un dans ma cave. Vous pouvez l'utiliser, si ça vous dit.

Ella étudia son profil tandis qu'il manœuvrait pour quitter le parking. Ses traits anguleux manquaient de douceur et, au premier abord, son air implacable pouvait intimider. Mais quand il souriait, son visage était transformé, et il devenait follement séduisant.

Et quand il dardait sur elle son regard d'un vert incroyable, il lui semblait que son cerveau cessait de fonctionner.

Vouloir être avec quelqu'un ne lui avait jamais semblé aussi compliqué. Généralement, si elle était intéressée, elle tentait sa chance. Tout était léger, facile et simple, jusqu'à ce que ce soit terminé. Il lui arrivait bien sûr d'être triste pendant quelque temps, de se demander ce qui s'était mal passé. Mais elle n'avait jamais ressenti une telle anxiété. Elle n'avait jamais éprouvé cette certitude absolue qu'elle ne s'en remettrait pas si elle perdait cet homme.

Chaque fois qu'elle regardait Logan, elle était tentée de prendre ce qu'elle pouvait, tant qu'elle serait là. Mais une alarme résonnait au fond de sa tête pour l'avertir que ça ne lui suffirait pas.

Et si elle voulait davantage, il allait falloir qu'elle prenne un risque.

Refoulant sa peur en prenant une grande inspiration, elle posa la question qui la taraudait depuis des jours.

— Pourquoi avez-vous rompu avec Lyla ?

Logan lui lança un regard surpris. La voiture ralentit et il appuya de nouveau sur l'accélérateur.

— Je me doutais que le sujet reviendrait sur le tapis.

La première réaction d'Ella fut de faire machine arrière, de lui dire qu'il n'était pas obligé de lui répondre s'il n'en avait pas envie. Finalement, elle se tut et attendit.

Le cœur battant, elle espérait qu'il lui dirait que ça n'avait rien à voir avec la distance.

S'il n'avait pas voulu quitter Oakville pour sa fiancée, quelle chance y avait-il en effet pour qu'il se décide à le faire pour une femme qu'il connaissait depuis moins d'une semaine ?

Et, pour Ella, il n'existait pas d'autre possibilité qu'Aquia. Elle ne pouvait pas être profileuse pour le FBI à un autre endroit.

Elle avait changé le cours de sa vie, s'était coupée de sa famille, avait travaillé d'arrache-pied pour en arriver là. Aujourd'hui, elle exerçait enfin le métier qui lui permettrait d'arrêter le Violeur à l'hameçon et de remplir sa part du pacte scellé avec Scott et Maggie, dix ans plus tôt.

— Lorsque j'ai été promu inspecteur, Lyla s'est vue offrir un poste de reporter à la télévision. Je savais qu'elle en rêvait depuis toujours, et qu'elle n'obtiendrait jamais un tel poste à Oakville.

Le front barré par un pli soucieux, Logan fixait la route.

— Elle voulait partir, je voulais rester… Nous avons fini par admettre que ça ne marcherait jamais. Toute ma famille est ici, nous sommes très proches, comme vous avez sans doute pu le constater. Je n'ai jamais envisagé de quitter Oakville.

Il haussa les épaules.

— Il vaut mieux qu'elle ait reçu cette proposition avant notre mariage, je suppose.

Ella hocha la tête comme si elle comprenait, mais ce n'était pas le cas.

Comment n'avaient-ils pas réussi à résoudre ça ? Lyla ne s'était pas exilée à l'autre bout du pays. Elle n'avait même pas quitté l'Etat de Floride. Logan aurait pu rester proche de sa famille. Et, sur le plan professionnel, ça ne posait aucun problème. Il pouvait trouver un poste d'inspecteur n'importe où.

Logan la regardait avec insistance, attendant un commentaire. Mais, qu'y avait-il à dire ?

Elle se contenta donc d'un nouveau signe de tête, avant de se concentrer sur le paysage, même s'il faisait trop sombre pour distinguer autre chose que les phares des autres voitures.

Lorsque Logan s'arrêta devant son hôtel en laissant le moteur tourner, elle défit sa ceinture se pencha vers lui et déposa sur ses lèvres un rapide baiser, qui était pour elle un adieu, une façon de tourner définitivement la page.

Puis, les larmes aux yeux, elle sortit précipitamment de la voiture, avant de changer d'avis. Avant de le supplier de ne jamais la quitter.

— Logan ?

Epuisée par une nuit agitée, l'esprit hanté par Logan, son prénom sur les lèvres, Ella se réveilla brusquement, et s'assit dans son lit, perplexe.

Avant de comprendre ce qui l'avait tiré du sommeil, elle regarda en cillant le réveil posé sur la table de chevet.

6 heures.

Elle tendit le bras et saisit entre ses doigts gourds son téléphone portable qui était en train de sonner.

— Isabella Cortez, dit-elle, d'une voix encore enrouée par le sommeil.

— Ella, c'est Logan.

Viens me rejoindre.

L'invitation était sur le point de franchir les lèvres d'Ella quand Logan reprit la parole.

— Nous avons trouvé Laurie Donaldson.

Le pouls d'Ella s'emballa, et l'angoisse qui l'envahit soudain acheva de la réveiller.

— Elle était dans les marécages. Il n'y a plus de doute possible, Ella. Nous avons bien affaire à un tueur en série. Et s'il s'est débarrassé du corps de Laurie, il va bientôt se remettre en chasse.

Ella repoussa les couvertures d'un geste décidé.

— J'arrive.

13

Tout le monde à Oakville était sur les nerfs. Les gens du cru comme les touristes s'agglutinaient dans le hall d'accueil du poste de police, exigeant des réponses.

La tête baissée, Logan fonça tout droit vers la porte menant à la zone interdite au public. Mais tout le monde en ville savait qu'il était en charge de l'enquête, et les questions fusaient sur son passage.

La police était-elle sur le point d'arrêter le tueur ?

Que devaient-ils faire pour se protéger ?

Comment une chose pareille pouvait-elle se produire à Oakville ?

Logan ne savait pas quoi leur dire, et il n'essaya même pas de discuter avec eux.

Se réfugiant avec soulagement derrière la porte blindée, il passa la main sur ses yeux rougis.

Dès qu'il avait reçu l'appel, il avait enfilé les premiers vêtements qui lui tombaient sous la main et s'était précipité à la morgue où le corps de Laurie avait été transporté.

Il était resté pour l'autopsie, puis il avait appelé Ella sur le trajet qui le ramenait au poste de police.

Il avait eu envie de l'appeler dès qu'il avait appris la nouvelle. Il avait déjà le téléphone à la main, cherchant son numéro, quand il avait changé d'avis.

Il avait déjà assisté à des autopsies, et chaque fois il avait été malade. Ça n'avait pas été différent cette fois-ci.

Mais là n'était pas le problème. Il savait qu'Ella, en tant que profileuse, travaillait essentiellement sur dossiers et il avait voulu lui éviter de garder ces images à jamais gravées dans son esprit.

A son entrée dans la salle de conférences, Hank se précipita vers lui et lui asséna une tape sur l'épaule qui pouvait passer pour amicale.

— Logan, tu avais raison, dit-il avec un respect nouveau dans la voix. C'est bien un tueur en série.

Logan releva la tête. Il venait juste de remarquer qu'il avait enfilé son T-shirt à l'envers, tant il avait hâte de partir quand il avait reçu l'appel.

— J'aurais préféré me tromper, dit-il en soupirant.

— Je te comprends.

— Attends ! Où est Ella ?

Il avait envoyé Hank la chercher car il ne voulait pas qu'Ella vienne à pied jusqu'au poste de police.

— Elle t'attendait bien à l'hôtel ? demanda-t-il, conscient de la panique qui vibrait dans sa voix.

A en juger par son petit sourire, Hank avait dû la percevoir aussi.

— Du calme. Elle est juste derrière moi.

Hank déplaça son imposante silhouette qui masquait Ella, et Logan ne put retenir un soupir de soulagement.

Au lieu de son habituelle jupe au genou et son T-shirt suffisamment ample pour dissimuler son holster, Ella portait un pantalon corsaire très ajusté et un débardeur. Son arme était bien visible sur sa hanche.

Loin de l'enlaidir, ses traits tirés et ses yeux cernés rendaient sa beauté plus émouvante encore aux yeux de Logan. De toute façon, du moment qu'elle était saine et sauve, elle lui semblait parfaite.

— Qui a découvert le cadavre ? demanda-t-elle, l'air sombre.

— Un couple de touristes qui voulaient voir le soleil se lever sur le marécage. Ils nous ont prévenus aussitôt. Les agents qui étaient de garde cette nuit ont emprunté un bateau et sont allés la repêcher. Je reviens de l'autopsie.

— Pourquoi ne m'avez-vous pas appelée tout de suite ? demanda-t-elle d'un ton de reproche.

— J'ai pensé qu'il n'était pas utile que nous soyons deux à voir ça.

Essayant d'alléger son humeur, il ajouta sur le ton de la plaisanterie :

— Et puis ma réputation de héros aurait été entachée si vous m'aviez vu tomber dans les pommes.

— Merci. Je ne me suis jamais trouvée dans l'obligation d'assister à une autopsie.

Elle croisa les bras, comme si cette simple idée lui donnait des frissons.

— C'est déjà assez difficile de regarder les photos.

Logan posa sur la table le dossier qu'il tenait sous le bras et s'assit.

— Je vous les ai quand même apportées. J'ai pensé que vous voudriez les voir, au cas où elles révèleraient quelque chose sur la personnalité du tueur.

Ella resta immobile un moment, puis elle redressa les épaules, se dirigea vers la table et s'assit à côté de Logan.

Il eut envie de lui prendre la main, autant pour se réconforter lui-même que pour lui apporter son soutien.

La veille, il n'aurait pas hésité à le faire. Mais ce baiser qu'elle lui avait donné en le quittant devant l'hôtel…

On aurait dit un adieu.

Il savait qu'elle n'aimerait pas entendre pourquoi sa dernière relation sérieuse n'avait pas marché. Mais l'essentiel était que Lyla et lui aient compris leur erreur avant de s'engager.

Et il avait dit la vérité à Ella. Il n'allait quand même pas lui mentir.

Où tout cela allait-il les mener, en sachant qu'Ella devait rentrer chez elle dans moins d'une semaine ? D'autant plus qu'elle semblait avoir pris la décision de résister à l'attirance qui existait de façon évidente entre eux.

Comment allait-il briser le mur de défense qu'elle avait érigé autour d'elle ?

Le pouvait-il, seulement ?

C'était stupide de sa part de se laisser entraîner dans cette conversation à propos de sa relation avec Lyla. Et plus stupide encore de tomber amoureux d'Ella, en sachant que la distance était pour lui un obstacle insurmontable.

Ils avaient tous les deux des métiers prenants, Ella encore plus que lui. Les enquêtes qu'ils menaient ne s'arrêtaient pas parce que c'était le week-end. Même s'ils essayaient d'entretenir une relation à distance, leurs retrouvailles, difficilement programmées en fonction d'un emploi du temps infernal, risqueraient d'être annulées à la dernière minute à cause d'une affaire.

D'annulations en reports, leur relation s'effilocherait et ils finiraient par y mettre un terme.

Quelles étaient réellement leurs chances ?

Et pourtant il avait envie d'essayer. Car, même si cela faisait de lui un idiot, il l'aimait.

C'était ridicule. Il le savait. Cela faisait moins de deux semaines qu'il la connaissait. Le véritable amour mettait beaucoup plus longtemps à mûrir…

Et, pourtant, c'était bien ce qu'il ressentait. C'était trop intense. Ça allait bien au-delà d'une simple pulsion physique.

C'est pourquoi, au lieu de se refuser à vivre le peu qu'ils pourraient avoir durant la courte période qu'il leur restait à passer ensemble, il lui prit la main et chercha son regard.

Les yeux rivés aux siens, il chercha à lui communiquer ce qu'il ressentait, en espérant que son instinct de profileuse lui permettrait de décrypter les sentiments qu'il avait pour elle.

Les lèvres d'Ella s'entrouvrirent, et il eut l'impression qu'elle allait dire quelque chose, mais elle baissa la tête et retira brusquement sa main.

— Nous ferions mieux de nous mettre au travail, dit-elle, d'une voix qui était à peine plus qu'un murmure.

Ravalant sa déception, il poussa le dossier vers Ella.

— Comme pour Theresa, nous n'avons retrouvé qu'un cadavre partiel, à cause des alligators, mais il porte les mêmes brûlures. D'après l'état de décomposition dans lequel il était, il se trouvait là depuis plusieurs jours.

La voix de Logan s'était un peu brisée sur la fin, et il s'éclaircit la gorge, en se demandant combien de temps encore cette traque infructueuse allait durer.

— Quelques jours ? s'étonna Ella. Mais je croyais que des patrouilleurs avaient inspecté le marécage lorsque sa disparition a été signalée.

— C'est le cas. Mais elle n'a pas été trouvée dans la même zone que Theresa. Nous avons un vaste réseau de marécages dans la région.

Ella hocha la tête et ouvrit le dossier contenant les photographies de l'autopsie.

— Il y a beaucoup plus de brûlures, cette fois.

Elle releva la tête, regardant au loin tandis qu'elle soupirait.

— J'ai beau en voir fréquemment, je ne m'y habitue pas. Qu'est-ce qui peut se passer dans l'esprit d'une personne pour infliger ça à un autre être humain ?

Elle s'agrippa au rebord de la table, et il résista à l'envie de lui prendre de nouveau la main, en sachant qu'elle le repousserait.

— Vous comprenez, je peux entrer dans la tête du tueur, décortiquer sa psychologie : traumatismes d'enfance, manque d'empathie, besoin de contrôle... ce que vous voulez. Mais, à la fin de la journée, je me demande toujours pourquoi.

Ella ferma les paupières, et Logan vit qu'elle essayait de se ressaisir. Il s'attendait à ce qu'elle se remette rapidement au travail, retrouvant son visage impassible et sa voix froide de profileuse aguerrie.

Mais quand elle les rouvrit, ses yeux étaient brillants de larmes et, au lieu de se replonger dans le dossier comme il s'y attendait, elle lui fit une confession à laquelle il ne s'attendait pas.

— Quand nous avons fait ce pacte, Maggie, Scott et moi, j'ai voulu intégrer l'Unité d'analyse du comportement pour comprendre. Comme s'il y avait malgré tout un sens à toutes ces horreurs. Comme s'il y avait un sens à ce que Maggie avait subi.

Une larme roula sur sa joue, et Logan ressentit physiquement la douleur d'Ella.

Sans se soucier de subir une nouvelle rebuffade, il lui prit la main, essuyant ses larmes de l'autre.

Cette fois, elle ne le repoussa pas.

— Il n'y en a pas, dit-elle en serrant ses doigts. Rien de tout ça n'a de sens. Mais, généralement, j'obtiens des résultats. En essayant de penser comme le tueur, on limite le nombre de victimes. C'est pour cette raison que je reste. Parce que je pense que ça peut faire la différence.

Elle regarda de nouveau le dossier et secoua la tête.

— Mais aujourd'hui, franchement, je me demande à quoi je sers.

Elle laissa échapper un lourd soupir qui ressemblait presque à un rire.

— Désolée. Je n'ai pas trop le moral, murmura-t-elle.

Logan tenait toujours sa main, massant ses articulations du bout de son pouce.

— Je sais que vous allez y arriver. Et je vous admire encore plus parce que c'est difficile pour vous, et que vous le faites quand même.

Ella posa les yeux sur lui et le scruta un long moment.

— Vous savez toujours ce qu'il faut dire pour que je me sente mieux, finit-elle par remarquer d'une voix douce. Ce n'est pas étonnant que j'aie autant de mal à vous résister.

— Il n'y a plus l'ombre d'un doute. Nous avons bel et bien un tueur en série à Oakville.

Le chef Patterson avait fait cette annonce du haut d'une estrade, face à une salle de réunion pleine de policiers. Une grande partie d'entre eux étaient épuisés à force d'accumuler les heures supplémentaires, et tous affichaient des mines sombres après la découverte du corps de Laurie.

— Jusqu'à présent, la théorie du tueur en série n'avait pas été retenue, continua le chef, mais l'inspecteur Greer en était tellement convaincu qu'il a fait venir une profileuse du FBI. Et il a eu raison.

Ella, qui observait Logan à la dérobée, vit la surprise se peindre sur son visage. Il ne s'attendait probablement pas à ce que son supérieur reconnaisse ses mérites devant tout le monde.

— Isabella Cortez va maintenant s'adresser à vous, afin de vous donner toutes les indications nécessaires à la capture de ce criminel.

Ella se leva et prit place derrière le pupitre, en regrettant de ne pas avoir pu revêtir une tenue plus appropriée à la situation. Il est vrai qu'elle était en vacances, et que son intervention n'avait rien d'officiel. Son supérieur avait été bien clair à ce sujet.

Elle baissa les yeux vers sa liste de recommandations, tristement courte, hélas, avant de balayer la salle du regard.

— Le tueur en a après un type de femmes bien précis. Si vous n'avez pas déjà regardé les photographies des victimes, il s'agit d'étudiantes avec de longs cheveux noirs. Lorsqu'elles ont été enlevées, elles étaient toutes les deux supposées quitter la ville. Nous avons rédigé un communiqué pour inviter toutes les jeunes femmes à être particulièrement prudentes au moment de leur départ d'Oakville pour rentrer chez elle.

Lyla allait passer l'information au cours du journal télévisé de 23 heures. Elles en avaient discuté un peu plus tôt dans la journée. Au début, Ella avait eu un peu de mal à reconnaître son erreur, mais elle avait été obligée d'admettre qu'elle avait mal jugé Lyla. Et, aux regards que cette dernière avait lancés à Logan au cours de leur entretien, elle avait deviné que la journaliste regrettait leur rupture.

Un élan de jalousie la saisit de nouveau à cette pensée, bien qu'elle n'ait aucun droit sur Logan.

Essayant de l'ignorer, elle poursuivit :

— Le tueur est un solitaire. Il n'est pas marié. Il a entre vingt et quarante ans. Il est mal à l'aise en société. Nous ne savons pas encore comment il attire ses victimes. Mais, il leur inflige des brûlures avant de les tuer. Il est très probable qu'il porte lui aussi des cicatrices de brûlures.

Les patrouilleurs avaient tous les yeux rivés sur elle, buvant ses paroles.

— Si vous connaissez quelqu'un qui correspond à ce signalement, parlez-en immédiatement à l'inspecteur Greer. Sinon, vous devrez le rechercher de façon très discrète. S'il se rend compte que nous progressons, il risque de passer à la vitesse supérieure en faisant plus de victimes encore.

Elle marqua une brève pause, survolant du regard son auditoire.

— Pour finir, il est possible que l'homme utilise un monospace bleu foncé. Tout suspect potentiel ayant accès à ce type de véhicule devra être approché avec la plus grande prudence.

Lorsque Ella s'écarta du pupitre, les policiers échangèrent des regards étonnés, comme s'ils s'attendaient à plus.

Malheureusement, elle ne pouvait pas faire de miracles.

— C'est tout, déclara le chef Patterson. Ceux qui ne sont pas en service peuvent y aller. Pour les autres : au travail !

Tandis que les hommes quittaient lentement la pièce, Ella chercha le regard de Logan. La découverte du corps de Laurie avait confirmé ce qu'ils soupçonnaient déjà, mais ça ne leur avait rien appris de nouveau sur le tueur.

Sur le visage de Logan se reflétaient ses propres interrogations. En savaient-ils assez pour agir efficacement ?

Parviendraient-ils à le trouver avant qu'il ne fasse une autre victime ?

Ella venait d'allumer la télévision pour regarder le flash d'informations quand son téléphone sonna.

Elle le regarda, posé à l'autre bout de la chambre, et envisagea de l'ignorer. Il ne pouvait pas s'agir de Logan car celui-ci était sur le point d'être interviewé en direct par Lyla, en compagnie du chef Patterson. Mais cela pouvait quand même avoir un rapport avec l'enquête.

Coupant le son du téléviseur, elle se leva à regret.

Avec un peu de chance, il s'agissait d'un des pêcheurs de crevettes d'Adam Pawlter qui répondait au message qu'elle avait laissé sur son répondeur. Logan et elle avaient essayé de les interroger à plusieurs reprises, mais ils étaient toujours partis en mer.

Elle répondit juste avant que l'appel ne bascule sur la messagerie.

— Isabella Cortez.

— Salut. Alors, Ella c'est le diminutif d'Isabella ? J'adore !

La voix était celle d'un homme. Elle ne la reconnut pas, mais quelque chose dans l'intonation trop charmeuse lui donna des frissons d'angoisse.

Elle essaya de rester concentrée tandis qu'une image de Lyla à l'intérieur du commissariat apparaissait sur l'écran de télévision.

— Qui êtes-vous ?

— Sean.

Il laissa passer un court silence, comme s'il s'attendait à ce qu'elle manifeste sa joie de l'entendre.

— Sean Fink. Nous avons fait connaissance hier près de chez moi, vous vous souvenez ?

Ah… voilà qui expliquait cette impression qu'une matière visqueuse dégoulinait à travers le téléphone.

— Comment avez-vous eu mon numéro ?

Sean semblait particulièrement fier de lui quand il répondit :

— C'est quelqu'un du commissariat qui me l'a donné. Je lui ai dit que j'avais une information pour vous.

Incroyable ! Ella essaya de garder un ton neutre tandis que Logan et le chef Patterson apparaissaient sur l'écran.

— De quelle information s'agit-il ?

— Eh bien, j'ai réfléchi à ce que vous m'avez demandé l'autre jour. Vous vouliez savoir si j'avais vu Theresa et Laurie en ville juste avant qu'elles ne disparaissent. Et je me suis souvenu que j'avais d'autres informations qui pourraient sûrement vous aider.

Dès que Sean mentionna les prénoms des victimes, l'attention d'Ella fut tout entière dirigée vers la communication téléphonique. Lorsqu'elle s'était entretenue avec Sean la veille, il avait fait référence à Laurie comme « la fille qui avait disparu. » Il pouvait avoir vu son nom dans la presse, mais la façon presque familière dont il venait de lancer les prénoms de Theresa et

Laurie, comme s'il les connaissait depuis toujours, lui avait donné la chair de poule.

Si elle voulait parler au neveu d'Adam et aux autres membres de l'équipage, c'était principalement à cause du monospace bleu, dont l'évocation avait tellement troublé Adam. Mais Sean Fink possédait le même type de véhicule.

Elle mit la télévision en veille et demanda :

— Que pouvez-vous me dire ?

— Je pense que nous devrions nous rencontrer. Je suis dans le hall de votre hôtel.

Un frisson courut le long de la colonne vertébrale d'Ella, tandis qu'elle faisait un effort pour conserver une intonation dénuée de suspicion

— J'ignorais que vous saviez où je réside.

Sean ricana bêtement, et Ella se rendit compte qu'il avait bu.

— Ce n'était pas très compliqué à deviner, vu que Logan a parlé du Traveler's hotel, hier.

Ella se détendit un peu. Au moins, il n'était pas là. Mais elle avait été suivie par un monospace bleu quand elle résidait au Traveler's hotel.

Elle avait éliminé Sean de la liste des suspects parce qu'elle pensait qu'il était trop sûr de lui pour être le tueur, mais elle s'était peut-être trompée. Peut-être n'adoptait-il ce personnage d'insupportable dragueur que lorsqu'il était sous l'emprise de l'alcool ? Quand il était sobre, il était peut-être différent, inadapté socialement…

C'était peut-être le tueur.

Elle tendit la main vers la table de chevet pour y prendre son arme.

— D'accord, dit-elle. On peut se voir. Mais je préférerais que ce soit au café qui se trouve à côté du poste de police. Disons, dans vingt-cinq minutes ?

Le café était ouvert en continu et accueillait surtout des flics et des touristes. Il se situait plus près du Traveler's hotel que de l'hôtel où elle se trouvait actuellement. Sans voiture, il lui faudrait quinze minutes pour s'y rendre. Ça lui laissait le temps de se changer et d'appeler Logan.

Il y eut un silence à l'autre bout de la ligne.

— Euh… d'accord. A tout de suite, dit Sean.

En quittant l'hôtel, Ella appela Logan et tomba directement sur sa messagerie. Regardant sa montre, elle se dit que son interview n'était probablement pas terminée. Elle lui laissa un message tandis qu'elle empruntait l'escalier au lieu de prendre l'ascenseur.

Dehors soufflait un petit vent froid qui lui fit regretter de ne pas avoir pris de veste. Il faisait sombre aussi, et elle songea qu'elle aurait dû s'équiper d'une lampe-torche. Mais il lui suffisait de courir le long du chemin d'accès à l'hôtel, et elle déboucherait dans Main Street, le centre névralgique de la ville, dont les réverbères restaient allumés toute la nuit.

Avait-elle raison de se méfier de Sean ? Ou bien détenait-il vraiment des informations importantes ?

Ella partit en petites foulées. En tout cas, c'était une bonne excuse pour évacuer son trop-plein d'énergie. Et elle en avait à revendre, entre la frustration occasionnée par une enquête qui faisait du surplace, et la tension d'un autre genre qui s'emparait d'elle chaque fois qu'elle s'approchait de Logan.

Elle accéléra le rythme, et sentit que tout son corps se rebiffait après plus d'une semaine à rester assise sur une chaise ou dans une voiture avec Logan.

Au loin, lui parvenaient des bruits de circulation. Mais, quel était ce rugissement qui semblait venir dans sa direction ?

Soudain, elle vit apparaître un monospace bleu qui fonçait vers elle.

Elle chercha immédiatement son arme, mais la voiture arrivait trop vite, et ses phares l'aveuglaient.

La panique l'envahit quand elle comprit qu'elle n'avait nulle part où aller… à part peut-être vers ce fossé de l'autre côté de la route.

Libérant son arme du holster, elle tira deux coups vers les pneus et sauta vers la gauche.

Elle eut l'impression de flotter dans l'air, avant d'atterrir lourdement sur l'épaule et la hanche et de rouler de plus en plus vite vers le fossé.

Des ronces lui déchiraient les bras, quelque chose la frappa à la tête. Il n'y avait rien à quoi se raccrocher pour arrêter sa chute.

Quand elle toucha la terre compactée au fond du fossé, elle avait mal partout.

Elle cilla, essaya de se relever, mais la tête lui tournait et elle retomba assise.

Au-dessus d'elle une voiture s'était arrêtée, et le moteur tournait au ralenti.

Elle chercha son arme, mais elle l'avait perdue dans sa chute.

Cherchant une arme à tâtons, elle ramassa une grosse branche et se tapit dans l'ombre.

Une lampe-torche s'alluma soudain et des pas résonnèrent en direction du fossé.

Elle leva la branche à deux mains au-dessus de sa tête et se tint prête à frapper.

14

Coups de feu à Oceanview Lodge…

La nouvelle était arrivée au moment où Logan sortait de la salle de conférences, suivi du chef Patterson.

A côté de lui, Lyla était en train de faire remarquer que l'interview s'était bien passée, et qu'ils devraient aller prendre un café pour en discuter.

Affolé, Logan saisit la manche d'Hank au moment où celui-ci passait précipitamment devant eux.

— J'ai bien entendu ?

— Oceanview Lodge, dit Hank. Des coups de feu.

Regardant Logan, il comprit tout à coup.

— C'est l'hôtel d'Ella. Viens. Tu peux monter dans la voiture de patrouille avec nous.

Ignorant ce que disait Lyla, Logan se mit à courir.

Pourquoi s'était-il contenté de faire changer d'hôtel à Ella ? La ville n'en comptait que très peu, et il n'était pas à ce point compliqué de la retrouver. Il aurait dû insister pour qu'elle reste avec lui. Au moins, il aurait pu veiller sur elle. Au lieu de quoi, elle se trouvait à l'autre bout de la ville.

Logan monta à l'arrière de la voiture de patrouille et tapa du plat de la main sur le siège d'Hank.

— En avant !

Dès que son coéquipier eut pris place, Hank démarra si vite que la tête de Logan alla heurter l'appuie-tête. Le trajet prit à peine cinq minutes, mais quand ils arrivèrent à l'hôtel, Logan tremblait d'inquiétude.

Le chemin d'accès était éclairé par les gyrophares de deux voitures de police arrivées avant eux.

Assise à l'arrière d'une ambulance dont les portes étaient restées ouvertes, Ella pressait une compresse sur son front, tandis qu'un secouriste se penchait sur son bras.

Partagé entre le soulagement et l'inquiétude, Logan bondit hors de la voiture. Au cours de sa carrière de policier, il s'était rendu sur de nombreuses scènes de crime, mais il n'avait jamais eu aussi peur.

— Ella !

— Logan.

Elle semblait soulagée de le voir arriver, mais peut-être prenait-il ses désirs pour des réalités.

Il se hâta de la rejoindre, ne manquant pas de relever toutes les égratignures sur ses bras et la bosse sur son front.

— Ça va ? demanda-t-il à l'ambulancier.

— Ses blessures sont superficielles. Elle dit qu'elle ne s'est pas évanouie, et ne semble pas avoir de commotion cérébrale. Je préférerais quand même l'emmener à l'hôpital, mais elle ne veut rien savoir.

Le rythme cardiaque de Logan se calma peu à peu. Il brûlait d'envie de prendre Ella dans ses bras, mais il s'obligea à rester immobile tandis que le secouriste en terminait avec elle.

— Que s'est-il passé ? demanda-t-il. Nous avons été appelés pour des coups de feu. Vous allez bien ?

— Elle allait assez bien pour essayer de m'assommer avec une branche, intervint un jeune patrouilleur.

Ella grimaça.

— Désolée. J'avais la lumière de votre torche dans les yeux et je ne pouvais pas voir que vous étiez de la police.

— Je me suis pourtant identifié, mais vous n'avez pas dû m'entendre. Au fait, nous avons retrouvé votre arme.

Il lui tendit son Glock.

— Merci.

— Vous êtes sûre que ça va ? insista Logan, quand son jeune collègue se fut éloigné.

— Très bien. Une aspirine, un bon bain, et il n'y paraîtra plus.

— Si vous m'expliquiez ce qui s'est passé…

— J'étais dans ma chambre quand j'ai reçu un appel de Sean Fink.

— Fink ?

— Ouais. Il a dit qu'il était à mon hôtel, qu'il avait des informations qui pouvaient faire avancer l'enquête, et qu'il voulait me voir. En fait, il se trouvait au Traveler's Hotel, pas à l'Oceanview Lodge. Je lui ai proposé de le retrouver au café à côté du commissariat. J'étais en chemin quand le monospace bleu a foncé sur moi.

Fou de rage, Logan chercha Hank des yeux dans la foule des policiers et le héla. A cause de sa taille et de son caractère d'ours mal léché, les gens évitaient généralement de lui chercher des noises.

— Amène-moi Sean Fink.

— C'est comme si c'était fait.

— Que s'est-il passé ensuite ? demanda Logan, en reportant son attention sur Ella.

— J'ai essayé de tirer dans les pneus, puis j'ai sauté dans le fossé.

— Mais ça va ? demanda-t-il, parce qu'il ressentait le besoin d'entendre Ella le lui confirmer une fois encore.

Elle lui sourit.

— Je vais vraiment bien, Logan.

— J'ai fini, annonça le secouriste.

— Bien, déclara Logan, en aidant Ella à descendre de l'ambulance. Nous allons vous aider à déménager de cet hôtel.

— Mais, je suis fatiguée, protesta Ella, en portant la main à sa tête.

— Je sais. On va vous trouver de l'aspirine. Et ensuite, je vous emmènerai chez moi.

Ainsi, c'était à ça que ressemblait l'appartement de Logan.

Ella regarda avec curiosité autour d'elle, tandis que Logan la faisait entrer, un bras passé autour de sa taille pour la soutenir, comme s'il redoutait de la voir s'évanouir.

En réalité, elle se sentait un peu chancelante après son coup sur la tête. Toutefois, s'il s'était agi de quelqu'un d'autre, elle se serait redressée en protestant que tout allait bien. Mais, le contact du corps de Logan contre le sien était trop agréable pour qu'elle n'essaie pas d'en profiter un petit peu.

S'appuyant plus lourdement contre lui, elle observa les canapés de cuir noir, l'écran géant de télévision et les rayonnages de bois sombres pleins de livres et de photographies.

Tandis que Logan refermait la porte derrière eux, son téléphone commença à biper.

Il posa le sac d'Ella à terre et, la tenant toujours fermement par la taille, sortit l'appareil de sa poche.

Il consulta le message et glissa de nouveau son portable dans sa poche.

— C'était Hank. Il vient de m'envoyer un texto pour me dire que Fink est en garde à vue.

— Bien.

Ella n'avait pas l'énergie d'assister à un interrogatoire.

Le regard plein d'espoir, elle tourna la tête pour regarder Logan.

— Vous n'allez pas y aller, n'est-ce pas ? demanda-t-elle, redoutant sa réponse.

— Non. Hank sait ce qu'il faut faire pour le retenir. Nous allons le laisser mijoter jusqu'à demain matin. Pour le moment, je veux m'assurer que vous allez bien.

Cette attention ravit Ella.

Tandis que ses collègues levaient le camp, Logan l'avait attendue à l'hôtel le temps qu'elle rassemble tous ses effets personnels. Puis il l'avait emmenée dans l'une des voitures de patrouille laissée à sa disposition.

Et à présent elle se trouvait chez lui, nerveuse et pleine d'appréhension.

Tandis qu'ils avançaient dans le salon, Ella remarqua dans

un coin de la pièce le fauteuil recouvert de velours vert qui détonnait avec le reste du mobilier. Logan l'y conduisit et l'aida à s'y asseoir.

Elle lui lança un regard moqueur.

— C'est le fauteuil le plus laid que j'ai jamais vu, dit-elle en riant.

— C'était celui de mon grand-père, dit Logan en s'accroupissant à sa hauteur.

— Oh… Je suis désolée.

Il sourit.

— Ce n'est pas grave. Je le trouve affreux, moi aussi. Mais après le décès de mes grands-parents, je n'ai pas eu le courage de m'en débarrasser. Je l'ai donc ramené à la maison et, chaque fois que je le regarde, je revois mon grand-père assis dedans.

Repoussant doucement une mèche de cheveux qui tombait dans les yeux d'Ella, il ajouta :

— En plus, il est très confortable.

Le simple contact de sa main donna le tournis à Ella, ce qui n'avait rien à voir avec ses blessures.

Le regard plongé dans les yeux verts de Logan, elle ne songeait plus à ses égratignures et à ses ecchymoses. Et elle ne se souciait pas d'avantage du fait qu'elle allait devoir partir bientôt, et qu'elle ne le reverrait probablement jamais.

— Vous pouvez me trouver de l'aspirine ? demanda-t-elle.

Même à ses propres oreilles, sa voix résonna étrangement.

Il quitta la pièce, l'air inquiet, et ces quelques instants de solitude furent utiles à Ella pour dénouer l'écheveau de ses pensées.

Elle était amoureuse de Logan Greer.

Quand et comment était-ce arrivé ?

De toutes les choses insensées qu'elle avait pu faire au cours de sa vie, tomber amoureuse d'un inspecteur de police qui vivait dans un autre Etat, et qui n'avait pas été capable de quitter sa ville natale pour sa future femme, était sans doute la pire.

Ce soir, elle avait frôlé la mort. Ce n'était pas la première fois que ça lui arrivait, mais jamais elle n'avait ressenti une telle panique.

Dans des situations de ce genre, elle avait coutume de se battre, de ne pas partir comme ça, bêtement, sans essayer de sauver sa peau. Là, elle avait eu l'impression que si sa vie s'arrêtait à cet instant, elle laisserait derrière elle quelque chose d'inachevé.

Elle releva la tête en entendant des bruits de pas et vit Logan revenir avec un flacon d'aspirine et un verre d'eau.

— Merci.

Elle avala les comprimés et se leva.

— Vous me faites visiter ? On pourrait peut-être commencer par votre chambre ?

Logan eut l'impression que toutes ses fonctions vitales s'arrêtaient. Il ne pouvait plus respirer, ne pouvait plus faire un geste. Son cerveau lui-même semblait avoir cessé de fonctionner.

Il essaya de se concentrer.

Ella avait-elle bien dit ce qu'il croyait avoir entendu ?

Elle se tenait très près de lui, le regardant avec un mélange d'anxiété et d'espoir.

Pourtant, la nuit dernière, elle semblait déterminée à ignorer l'attirance qui existait entre eux. Le choc qu'elle avait reçu à la tête était-il plus sérieux qu'il n'y paraissait ?

Il recula d'un pas, essayant de se comporter en gentleman.

— Je croyais que vous vouliez prendre une douche et vous reposer.

A son grand étonnement, sa voix était un peu étranglée et trop haut perchée.

Elle le gratifia d'un sourire incroyablement charmeur, et lui prit la main.

— J'espère que ta douche est assez grande pour deux.

Entrelaçant ses doigts aux siens, Logan passa l'autre bras autour de sa taille, sans toutefois l'attirer contre lui.

— Ella, murmura-t-il.

Il avait l'intention de lui demander si elle était sûre de ce qu'elle voulait, mais son regard noyé de désir le fit taire.

Emporté par les émotions qu'il contenait depuis trop longtemps, il pressa ses lèvres sur celles d'Ella, un peu plus durement qu'il ne le souhaitait.

Glissant sa main libre autour de sa nuque, elle se plaqua contre lui et l'embrassa jusqu'à ce qu'il ait l'impression que sa tête allait exploser.

Il s'écarta juste le temps de la soulever dans ses bras et de l'emporter vers sa chambre, au bout du couloir.

Elle rit, et continua à l'embrasser, sur le menton, la joue, le cou… partout en fait où elle avait accès.

Il la déposa doucement sur le lit et prit un instant pour la regarder, voulant imprimer à jamais dans son esprit la perfection de ce moment.

La place d'Ella était ici, avec lui.

Délicatement, il s'étendit sur elle, glissa la main dans ses cheveux pour révéler son cou gracile.

— J'aurais voulu avoir plus de temps, murmura-t-il, en effleurant de ses lèvres la peau soyeuse de sa nuque.

S'attaquant au lobe de son oreille, il ajouta :

— J'aimerais t'emmener dans notre chalet avec vue sur l'océan et ne rien faire d'autre que t'aimer pendant toute une semaine.

Ella émit un son qui pouvait être une façon de manifester son accord ou son désir, tandis qu'elle glissait les doigts dans ses cheveux et attirait son visage à elle pour un long baiser passionné.

Elle glissait les mains sous son T-shirt, lui arrachant un frisson tandis qu'elle lui caressait le dos, quand son téléphone sonna, les faisant sursauter.

— Ne réponds pas, dit-elle, en enroulant les jambes autour de ses hanches.

Mais la sonnerie s'égrenait toujours, stridente et impossible à ignorer, et Logan commençait à se déconcentrer.

Passant sa main sous le débardeur d'Ella, il, caressa la pointe d'un sein tendu sous l'étoffe du soutien-gorge, lui arrachant un petit gémissement, et il n'en fallut pas plus pour raviver son désir.

Sa bouche se faisait plus exigeante, ses baisers plus profonds, quand un bip discret annonça l'arrivée d'un texto, bientôt suivi d'un autre.

Jurant entre ses dents, Logan s'obligea à écarter son corps de celui d'Ella et plongea la main dans la poche de son pantalon pour en sortir son téléphone.

Un appel et deux messages aussi rapprochés signifiaient probablement qu'il y avait du nouveau dans l'enquête.

Lorsqu'il vit qu'il s'agissait de Becky, une angoisse soudaine le saisit.

Depuis le début, ils avaient craint que Becky ne devienne la cible du tueur, et il ne pouvait ignorer ce qui était peut-être un appel au secours. Même s'ils avaient un coupable présumé en garde à vue

Il lut immédiatement le premier message.

Logan, peux-tu venir tout de suite ? Je suis chez moi, et je crois qu'il y a quelqu'un.

Tout en pestant à mi-voix, il découvrit le suivant.

Le garde du corps est en train de dormir, mais j'entends toujours des bruits dehors. Ce n'est sans doute rien. Mais, s'il te plaît, Lo, tu peux venir vérifier ?

Lo était le surnom qu'elle lui avait donné quand elle était enfant.

— Je suis désolé, Ella, dit-il en se relevant, il faut que j'aille voir si Becky va bien.

Ella s'assit, l'inquiétude remplaçant le désir dans ses yeux.

— Il y a un problème ?

— Je ne sais pas.

Il se pencha et plaqua un rapide baiser sur ses lèvres, en lui promettant qu'ils reprendraient là où ils s'étaient arrêtés dès son retour.

— Je fais le plus vite possible. Si je suis retenu et que tu as besoin d'aller quelque part, prends ma voiture. Les clés sont sur la console de l'entrée.

Lorsqu'il attendait à l'Oceanview Lodge qu'Ella ait terminé de faire ses bagages, il avait appelé ses collègues pour qu'ils lui ramènent sa voiture personnelle abandonnée sur le parking du commissariat.

— Tu ne veux pas que je vienne avec toi ? demanda Ella.

— Non, ça va aller. Repose-toi, dit-il d'un ton rassurant.

Il ne put s'empêcher de déposer un dernier baiser sur sa bouche.

Il avait envie de lui dire qu'il l'aimait, mais il le garda pour lui.

Ce n'était pas le bon moment. Il le ferait à son retour.

Et alors tant pis pour le défi que représentait la distance géographique. Il était prêt à se battre pour elle.

Décidément, sa sœur choisissait mal son moment.

Logan essayait de calmer les battements de son cœur tandis qu'il appelait Becky, tout en roulant à vive allure vers sa maison.

Pourquoi était-elle retournée là-bas, alors qu'elle était censée rester chez leurs parents avec son garde du corps ?

Il n'aimait pas ça du tout.

Cependant, tout allait bien quand il avait pris de ses nouvelles un peu plus tôt.

Peut-être était-elle tout simplement nerveuse ?

Avec un peu de chance, il pourrait régler ça très vite et retourner auprès d'Ella.

Ella qui l'attendait dans son lit.

Cette pensée enflamma ses sens, et il régla l'air conditionné au maximum de sa puissance.

Son appel atterrit sur la messagerie, le ramenant brutalement à une réalité moins plaisante.

Lorsqu'il s'arrêta dans l'allée, la maison était plongée dans l'obscurité. Même la lumière du porche était éteinte.

Il sut immédiatement que quelque chose n'allait pas.

Plissant les yeux pour accommoder sa vision, il vit que la porte était entrouverte. Aussitôt, il saisit son arme, et ouvrit sa portière.

La peur au ventre, il courut jusqu'à la maison, conscient qu'il aurait d'abord dû appeler des renforts. Mais il s'agissait de Becky, et parfois quelques secondes pouvaient faire toute la différence.

Il comprit que quelqu'un se tenait derrière lui juste avant que deux pointes métalliques ne viennent toucher son cou.

Une violente décharge électrique parcourut son corps, lui infligeant une douleur insupportable.

Il sentit ses muscles se raidir, et se mit à trembler de façon incontrôlable. Son revolver glissa de ses doigts malgré ses efforts pour s'y raccrocher.

Il se sentit tomber, heurta lourdement le sol…

Puis tout devint noir.

15

Quelque chose bipait.

Ella grommela et se tourna sur le côté.

Confuse, elle cilla, puis se souvint qu'elle se trouvait dans la chambre de Logan.

Dans son lit.

Elle se redressa et regarda autour d'elle.

Elle était seule.

La pendulette sur la table de chevet affichait 8 heures. Elle essaya de distinguer des sons dans l'appartement, en se demandant si Logan était rentré sans qu'elle s'en rende compte.

Elle n'entendit rien. La maison était totalement silencieuse.

Puis il y eut un nouveau bip.

Comprenant qu'il provenait de son téléphone, elle se leva vivement, ignorant les courbatures de son corps endolori par sa chute dans le fossé.

Elle ramassa son pantalon, dont elle s'était débarrassée pour se glisser entre les draps, et sortit son téléphone de sa poche.

Plissant les yeux pour déchiffrer l'écran, elle vit qu'elle avait manqué un message de Logan.

Becky va bien. Fink a avoué.

Ainsi, Sean était le tueur.

Ella se laissa tomber sur le lit, furieuse contre elle-même de l'avoir éliminé de la liste des suspects.

Enfin, tout était terminé maintenant. Oakville était en sécurité.

Ils n'avaient plus besoin d'elle. Elle allait pouvoir rentrer chez elle, ou s'envoler pour la Californie et passer quelques jours à lézarder sur la plage avant de reprendre le travail.

Aucune de ces options ne la satisfaisait.

Elle voulait Logan, et pas seulement pour une nuit.

Refoulant les larmes qui lui montaient soudain aux yeux, elle souleva de nouveau son téléphone pour lire la fin du message.

Notre mission est terminée. Si nous partions quelques jours ? Retrouve-moi au chalet

L'adresse était indiquée à la fin du message. Ella sourit en songeant aux paroles que Logan lui avait murmurées la nuit précédente. « J'aimerais t'emmener dans notre chalet avec vue sur l'océan et ne rien faire d'autre que t'aimer pendant toute une semaine. »

Frémissante d'impatience, Ella rassembla ses vêtements, prête à les enfiler et à se précipiter là-bas. Puis elle se souvient qu'elle ne s'était pas douchée depuis la veille.

Le cœur léger, fredonnant un petit air guilleret, elle prit le chemin de la salle de bains.

Il y avait quelque chose de délicieusement intime à se servir du gel douche de Logan et de ses serviettes de bain, et elle n'en fut que plus impatiente de le rejoindre.

Enveloppée dans le peignoir de Logan, ses cheveux enroulés dans une serviette, elle se précipita vers le salon et fouilla dans son sac de voyage, jusqu'à ce qu'elle en extirpe une culotte et un soutien-gorge en dentelle rouge.

Troublée en songeant à la réaction de Logan quand il les découvrirait, elle les enfila rapidement avant de revêtir une jupe et un T-shirt.

Au volant de la voiture de Logan, guidée par le GPS, Ella se sentait euphorique à l'idée de le revoir, portée par cet immense amour qu'elle ressentait pour lui, indépendamment de ce que l'avenir leur réservait.

Elle préférait le court terme avec Logan à une vie entière avec un autre.

Quittant la ville, elle appuya un peu plus sur l'accélérateur, tout en se demandant si elle devait dire à Logan ce qu'elle ressentait, et si ça ferait une différence.

Hésitant toujours, elle s'engagea dans un long chemin privé desservant quelques chalets disséminés dans les bois.

Le GPS la guida jusqu'à la dernière maison au bout du chemin, un chalet sur pilotis à demi dissimulé par la végétation. C'était mignon, mais elle ne s'attendait pas à ce que la famille de Logan possède ce type d'habitation relativement modeste. D'un autre côté, cela collait bien avec l'esprit de simplicité qui régnait dans la salle à manger familiale des Greer, chaleureuse, confortable, et conçue pour passer du temps ensemble.

Ella descendit de voiture et monta à la hâte les marches du chalet, souriant si fort que son visage lui faisait presque mal.

La porte n'était pas fermée et, en la poussant, Ella découvrit un chemin de pétales de roses, éclairé par des bougies posées sur tous les meubles.

Songeant brusquement aux bois qui entouraient le chalet, elle eut un coup au cœur.

Logan avait dit que la maison avait vue sur l'océan.

Elle pivota sur ses talons, prête à courir vers la voiture où elle avait laissé son sac et son arme.

C'est alors qu'elle l'aperçut, dissimulé dans la pénombre du sous-bois.

Une chose était sûre, ce n'était pas Logan.

Bien campée sur ses pieds, elle leva les poings, déterminée à se battre.

Réalisant que ce n'était pas Logan qui lui avait envoyé le message, elle comprit soudain comment le tueur réussissait à attirer ses victimes dans un endroit désert : il piratait leur téléphone et se faisait passer pour quelqu'un d'autre.

Cela expliquait comment il avait composé le message idéal pour elle. Il avait probablement intercepté le texto de Hank prévenant Logan que Fink était en garde à vue.

Mais le plus important pour le moment était de savoir ce qu'était devenu Logan.

L'homme s'avança dans la lumière. Elle ne le reconnut pas.

Elle se prépara à se battre, comptant sur l'entraînement qu'elle avait suivi durant ses dix-huit semaines de formation à l'Académie.

Mais l'inconnu était beaucoup plus rapide et plus fort qu'elle. Après quelques minutes d'une lutte inégale, il parvint à lui saisir le bras et à lui faire exécuter un vol plané dans l'escalier.

Elle essaya de se relever, mais il l'avait déjà rejointe.

Avant même qu'elle ait le temps de protéger son visage, il lui porta un coup de talon à la tempe.

La douleur explosa dans sa tête.

Puis tout devint noir.

Lorsque Ella s'obligea à ouvrir les yeux, le plafond tanguait.

La conscience lui revint lentement, douloureusement.

Une douleur accablante battait sous ses tempes avec une régularité mécanique, lui donnant la nausée.

Elle était assise sur une chaise, la tête renversée en arrière. Lorsqu'elle essaya de se redresser pour observer son environnement, elle se rendit compte qu'elle avait les jambes et les bras liés à la chaise.

Affolée, elle se demanda combien de temps elle était restée inconsciente.

Etait-elle encore dans le chalet ? Où était Logan ? Etait-il sain et sauf ?

Elle entendit un gémissement étouffé et se demanda qui était avec elle dans la pièce, jusqu'à ce qu'elle comprenne que c'était elle qui l'avait poussé.

Rassemblant le peu de forces qu'il lui restait, elle essaya de bouger la tête.

Un nouveau gémissement lui échappa, tandis que la douleur s'intensifiait, et qu'un filet de sang coulait le long de sa joue.

Elle était blessée plus gravement qu'elle ne l'avait cru. Sans doute avait-elle une commotion cérébrale. Le côté droit de son front semblait enflé, et elle avait un voile devant les yeux.

Elle cilla, essayant de se concentrer.

Elle était dans une pièce sans meuble, à l'exception de la chaise sur laquelle elle était assise. Un store était tiré devant l'unique fenêtre.

Ella tendit l'oreille, essayant de déterminer où se trouvait le tueur, mais elle n'entendait qu'un bourdonnement dans sa tête, probablement consécutif au coup qu'elle avait reçu.

Puis une silhouette s'encadra sur le seuil, et elle ravala un cri.

Elle ne le voyait toujours pas distinctement, mais l'homme était grand et robuste. Pas autant qu'Hank O'Connor, mais presque.

— Alors, comme ça, on est réveillé, ricana-t-il, tout en se rapprochant.

Elle battit des paupières jusqu'à ce qu'elle parvienne à distinguer son visage : des yeux bleu clair, des cheveux blond cendré, des traits quelconques.

Elle ne le reconnaissait toujours pas, mais la lueur dans ses yeux était explicite : il allait la tuer.

Pourquoi ne l'avait-il pas déjà fait ?

Pourquoi s'était-il donné la peine de l'assommer et de la ligoter ?

Son estomac se révulsa. Avait-il l'intention de lui infliger des brûlures comme à ses autres victimes ?

Rassemblant tout son courage, elle le regarda droit dans les yeux. Si c'était un sadique, il voulait qu'elle ait peur, et elle n'allait pas lui faire ce plaisir.

— Qui êtes-vous ? demanda-t-elle, en s'étonnant que les mots parviennent à franchir ses lèvres desséchées.

Il grimaça, et ses traits quelconques se transformèrent en un masque de rage.

— Vous devriez le savoir, puisque vous m'avez cherché.

Elle essaya de se souvenir des personnes qu'elle avait interrogées.

— Vous travaillez pour Adam Pawlter, c'est ça ?

— Et j'y perds mon temps, rétorqua-t-il avec haine.

Ella l'observa attentivement, essayant de déchiffrer sa personnalité.

— Mais ça ne vous convient pas si mal. C'est un travail physique, et qui ne demande pas trop d'énergie mentale. Ça vous laisse le loisir de réaliser vos fantasmes. Vous les avez depuis longtemps, n'est-ce pas ?

— Vous essayer d'établir mon profil ? demanda-t-il rageusement.

Tout à coup, il ôta son polo à manches longues et le jeta à terre, révélant des brûlures profondes. Son visage était intact, mais ses bras et la partie de son torse visible sous son maillot de corps étaient couverts de cicatrices.

Elle avait donc raison. Et s'il infligeait des brûlures à ses victimes, ce n'était peut-être pas pour les torturer, mais pour une raison plus personnelle. Sans doute pour qu'elles lui ressemblent.

L'homme s'approcha et posa ses mains sur le haut des bras d'Ella, inclinant son visage pour planter ses yeux dans les siens. Il sentait la saumure et le tabac.

Elle essaya de ne pas réagir.

— Oui, j'ai été brûlé, dit-il avec violence. Vous avez envie de m'analyser, mademoiselle la profileuse ? On devrait peut-être parler de la raison pour laquelle je brûle ces filles.

Sa voix se fit murmure.

— Vous voulez que je vous montre ? Vous voulez savoir ce que ça fait ?

— Non, dit Ella d'une voix étranglée.

Etait-ce ainsi que Theresa et Laurie étaient mortes ? Ligotées sur une chaise, suppliant cet homme de les laisser en vie ?

— Comment les attirez-vous ? Je n'ai pas réussi à le comprendre, prétendit-elle, bien qu'elle l'ait déjà deviné.

Elle était prête à parier qu'il voudrait s'en vanter. Rien que son sourire satisfait quand elle avait posé la question lui indiquait qu'il aimait tester son pouvoir en piégeant ses victimes.

Il plissa les yeux, comme s'il devinait ce qu'Ella était en train de faire, et se redressa.

— Elles pensaient qu'elles allaient retrouver quelqu'un d'autre. Exactement comme toi.

— Vous avez piraté leur téléphone !

— Oui ! s'exclama-t-il d'un ton victorieux.

Une lueur amusée dansa dans ses yeux.

— J'ai eu cette idée, il y a quelques années. Mais il m'a fallu du temps pour la mettre en pratique. J'ai dû sympathiser avec un pirate informatique, un type franchement désagréable, entre parenthèses, qui m'a appris comment faire.

— Parlez-moi de Theresa et de Laurie.

— Elles étaient tellement stupides ! Quand elles ont reçu le message, aucune des deux n'a pensé à appeler pour vérifier. Il faut dire que j'avais fait ce qu'il fallait pour que ça semble vrai, en copiant le vocabulaire et le style de la personne dont elles s'attendaient à recevoir un texto.

Il sourit de toutes ses dents, une lueur diabolique dans le regard.

— Elles se sont jetées dans la gueule du loup.

— C'est vous qui avez envoyé des messages à Logan en vous faisant passer pour Becky ?

— Bien sûr !

Il ricana, très fier de lui.

— Becky est toujours chez ses parents, saine et sauve. En tout cas pour le moment. Je savais qu'il se précipiterait pour la sauver. C'était tellement facile… Un vrai jeu d'enfant.

Il soupira cette fois, mimant la déception.

— Je pensais qu'un inspecteur de police serait plus coriace. Et vous…

Il secoua la tête.

— Vous étiez pathétique. Si vous vous étiez vue en train de courir dans l'escalier. Et cette expression sur votre visage quand vous avez découvert les pétales de rose…

Il eut un rire hystérique.

Un frisson monta le long de la colonne vertébrale d'Ella.

Où était Logan ? L'envie de poser la question était plus forte que tout, mais elle avait peur de la réponse.

Elle opta pour une autre question.

— Comment étiez-vous au courant pour le chalet ?

Il eut de nouveau ce sourire satisfait qui donna à Ella l'envie de le frapper.

— J'ai suivi Theresa toute la semaine. Dès que je l'ai vue, je l'ai voulue. Je pensais qu'elle serait parfaite.

Son sourire disparut.

— Mais elle ne l'était pas. Loin de là.

— Vous l'avez entendue parler du chalet ?

— J'ai entendu Becky lui confier des tas de choses. La maison de ses grands-parents à Hunstville. Le chalet familial au bord de l'océan. Le surnom qu'elle donnait à son frère…

Il se pencha de nouveau au-dessus d'Ella, lui soufflant au visage son haleine chargée de tabac.

— Becky pourrait convenir aussi. Je ne sais pas encore.

Une peur nouvelle envahit Ella.

Elle devait à tout prix empêcher qu'il arrive quelque chose à la petite sœur de Logan. Même s'il n'était plus là, il voudrait qu'elle essaye de protéger Becky.

La pensée que Logan puisse déjà être mort, qu'elle ne reverrait plus ses yeux verts pétiller de joie ou de désir, qu'elle n'aurait plus jamais la possibilité de lui dire qu'elle l'aimait, lui donna l'impression d'étouffer.

Soudain, ce fut comme si tout l'air s'était retiré de la pièce, tandis que son cœur se mettait à battre de plus en plus vite.

Crise de panique, se dit-elle. Elle n'en avait encore jamais eu, mais ça ne pouvait être que ça.

S'exhortant à se ressaisir, elle essaya de respirer calmement, de ralentir son rythme cardiaque, et de ne penser à rien d'autre qu'à se sortir de cette situation.

Elle s'inquiéterait du reste plus tard.

Mais comment pouvait-elle se libérer ?

Elle savait que sa meilleure chance était de faire parler le tueur, d'en apprendre le plus possible sur sa façon de penser… Et alors elle pourrait essayer de s'en servir contre lui, de le pousser à commettre une erreur.

Depuis son bureau à l'Unité d'analyse du comportement, elle faisait ça tout le temps. Elle analysait les tueurs et elle indiquait à la police comment leur faire commettre un faux pas. Mais elle avait toujours agi avec recul, sans s'impliquer personnellement. Sa propre vie et celle des gens qu'elle aimait n'avaient jamais été en jeu.

Elle rejeta la tête en arrière, et la pièce se mit à tourner. Quand tout redevint normal, elle vit que le tueur l'observait attentivement.

— Vous ne voulez pas qu'il arrive quelque chose à Becky ? dit-il d'un ton plat. Ou à Logan ?

Ella sentit des larmes de soulagement lui monter aux yeux. Logan était encore en vie.

— Mais vous auriez dû penser à ça avant d'aller interroger Adam, reprit le tueur. Vous êtes beaucoup trop insistante. Les collègues ne m'ont jamais demandé pourquoi je ne me mettais jamais torse nu. Ils ont pensé que j'avais de l'embonpoint et que j'étais gêné. Mais si les flics commencent à chercher quelqu'un avec des marques de brûlures, on va finir par savoir que je reste toujours couvert. Je ne peux pas vous laisser continuer à fouiner.

Il passa derrière la chaise, et Ella sentit qu'il attrapait le dossier. Puis il fit basculer la chaise en arrière et la traîna hors de la pièce.

Il traversa un couloir, donna un coup de pied dans une porte, et traîna la chaise au milieu de cette autre pièce.

Quand Ella eut retrouvé son équilibre, elle vit qu'elle n'était pas seule.

Ligoté à une seconde chaise, Logan se trouvait à côté d'elle.

Il ne souffrait pas de blessures apparentes, mais sa tête pendait sur le côté, et il avait les yeux fermés. Ce ne fut qu'en le scrutant attentivement qu'Ella put voir son torse se soulever et retomber faiblement, lui apportant la confirmation qu'il était vraiment en vie.

— Logan, murmura-t-elle.

Mais il resta silencieux et immobile.

— Il ne se doutait de rien avant que vous n'arriviez en ville, dit le tueur d'un ton de reproche. Je ne lui aurais rien fait. C'est de votre faute.

— Non.

Ella secoua frénétiquement la tête, et la douleur irradia derrière ses yeux.

— Nous avons quelqu'un d'autre en garde à vue. Vous le savez.

L'homme ne se laissa pas convaincre par cet argument.

— Il ne vous aurait pas fallu longtemps pour vous rendre compte que Sean Fink n'était pas assez intelligent pour faire ça.

Un demi-sourire se forma sur ses lèvres.

— Vous êtes loin d'être stupide.

Son sourire disparut, remplacé par une sombre mimique.

— Vous avez tiré sur le monospace. Ça va être un problème. Que je le fasse réparer ou que je m'en débarrasse, les gens vont poser des questions.

Il soupira.

— Si j'avais réussi à vous éliminer l'autre soir, nous n'en serions pas là.

— Non, protesta Ella. Ce n'est pas…

Il haussa les épaules.

— Il est trop tard pour vous, mademoiselle la profileuse. Il va falloir que vous disparaissiez.

Il désigna Logan d'un geste du menton.

— Et lui aussi.

16

Logan entendit la voix d'Ella.

Elle venait de très loin, et il fit un effort pour s'y raccrocher, luttant contre les ténèbres qui menaçaient de nouveau de l'engloutir.

Tandis que son esprit s'éclaircissait, les souvenirs commencèrent à affluer.

Il était tombé dans une embuscade en allant chez Becky et il avait perdu connaissance. Il s'était réveillé à l'arrière d'une camionnette qui sentait la crevette, balloté sur une route à peine carrossable, ne sachant pas où il allait.

Dès qu'il avait ouvert les portes arrière et qu'il avait compris que Logan était de nouveau conscient, son agresseur l'avait une fois encore neutralisé avec son Taser, puis il l'avait frappé à la tête.

Depuis, Logan oscillait entre réveil nauséeux et perte de conscience, sans avoir la moindre idée du temps qui s'était écoulé depuis qu'il avait été enlevé.

Mais il entendait Ella…

Il pria pour que ce ne soit qu'un effet de son imagination, pour qu'elle ne soit pas vraiment là.

Mais, même avant de parvenir à ouvrir les yeux, il sut qu'elle était près de lui.

Il ressentait physiquement sa présence.

Accommodant sa vision, il la vit enfin.

Elle était ligotée à une chaise à côté de lui. Sa tempe droite était enflée. Du sang avait commencé à sécher sur sa joue.

— Ella, dit-il d'une voix enrouée.

— Logan.

Elle semblait soulagée, et plus en forme que lui malgré sa blessure.

Il se força à redresser la tête, et son cou craqua après un si long moment passé avec la tête penchée sur le côté.

Il prit une profonde inspiration, et fit un effort pour se concentrer.

L'air était lourd et écœurant, et il essaya de comprendre pourquoi.

Mais son attention était tout entière tournée vers Ella.

— Tu vas bien ?

Ce ne fut pas Ella qui lui répondit.

— Ça risque d'aller très mal pour tous les deux dans pas très longtemps.

Logan tourna la tête pour voir celui qui venait de parler.

— Marshall !

Le neveu d'Adam hocha la tête.

— Alors, comme ça, vous me connaissez ! Je n'en étais pas sûr.

— Pourquoi ? Pourquoi faites-vous ça.

Marshall inclina la tête, esquissant un sourire vicieux.

— Pourquoi j'enlève et je tue des jeunes femmes ? Ou pourquoi je vous ai enlevé vous et votre petite amie la profileuse ?

Marshall semblait très calme, comme si c'était une conversation normale.

Comment se pouvait-il que personne autour de lui n'ait jamais remarqué qu'il était complètement fou ?

Logan se reprocha de ne pas avoir suivi de plus près l'équipe de pêcheurs d'Adam. S'il avait creusé un peu, Ella et lui ne se trouveraient peut-être pas dans cette situation.

— Pourquoi avez-vous tué ces femmes ? précisa-t-il.

Tout en essayant de tirer discrètement sur les nœuds autour de ses poignets, il se demanda ce que Marshall avait prévu de faire avec eux. Pourquoi Ella et lui n'étaient-ils pas déjà au fond d'un marécage, à servir de nourriture aux alligators ?

Marshall soupira, semblant lassé par les questions.

— La profileuse a déjà voulu savoir pour les brûlures.

Logan étudia les plaques de peau plus sombres, striées de cicatrices boursouflées, qui couvraient les bras de Marshall et la partie de son torse visible dans l'échancrure du maillot de corps.

— Vous voulez en parler ? demanda-t-il.

— Pas vraiment, répondit l'autre.

Tout en parlant, Logan s'acharnait sur ses liens. Mais les nœuds autour de ses poignets étaient trop serrés. Bien sûr, se dit-il, Marshall était un marin, il savait comment faire un lien solide.

Il regarda autour de lui, cherchant quelque chose qui pourrait l'aider, au cas où Marshall les laisserait seuls.

Mais la pièce était vide, à l'exception des chaises sur lesquelles Ella et lui étaient assis et de vieux journaux chiffonnés abandonnés au sol.

— Pas la peine d'essayer, dit Marshall. Vous pensiez que j'étais assez stupide pour laisser quelque chose que vous pourriez utiliser pour vous détacher ?

Il secoua la tête.

— Même si j'ai pris votre arme quand nous étions chez votre sœur, je ne veux pas prendre de risques.

— Où est Becky ?

Marshall eut un sourire narquois.

— Toujours chez vos parents, je suppose. Elle n'est jamais retournée chez elle.

Logan comprit instantanément.

— C'est vous qui m'avez envoyé le message !

C'était ainsi que Theresa était allée à la rencontre du tueur, croyant retrouver Becky. Le second appel sur le relevé téléphonique semblait avoir été passé par Becky, mais il venait en réalité de Marshall.

Logan jura avec force, s'attirant un petit clappement de langue réprobateur de Marshall.

— Ce n'est pas joli.

— J'ai vraiment envie que vous me parliez des brûlures, intervint soudain Ella.

Logan tourna la tête, échangea un regard avec elle, et comprit qu'elle avait l'intention de faire parler Marshall pour détourner son attention.

Tirant de nouveau sur ses liens, il se rendit compte que ses poignets n'étaient pas attachés à la chaise. Ils étaient simplement liés entre eux dans son dos. S'il soulevait les épaules et se penchait en avant, il pourrait les faire passer par-dessus le dossier.

Il aurait toujours les poignets entravés, mais s'il parvenait à détacher ses chevilles…

Il lui suffisait d'attendre le bon moment.

— Vous voulez savoir pourquoi je les brûle ? demanda Marshall.

Il avait baissé la voix, comme pour faire une confidence.

— Non, répondit Ella d'un ton étonnamment calme. Je veux savoir d'où viennent vos brûlures.

Le visage de Marshall s'assombrit, et Logan l'étudia soigneusement, retenant son souffle tandis qu'il tournait les pieds sur les côtés, essayant de crocheter les pieds de la chaise avec ses talons. Mais les nœuds étaient serrés, et ses talons n'arrêtaient pas de glisser.

Il parvint enfin à assurer sa prise et poussa vers l'extérieur, testant la résistance des pieds de la chaise qui bougèrent légèrement sous la pression.

Marshall fit un pas en arrière, ses lèvres bougèrent, comme s'il luttait intérieurement.

— Pourquoi pas, dit-il enfin. De toute façon, vous ne risquez pas de le répéter.

Fronçant les sourcils, il baissa la tête et observa la pointe de ses chaussures.

— Il y a eu un incendie quand j'avais douze ans. Nous étions en vacances. Mes parents ne s'en sont pas sortis. Et j'ai été pris dedans aussi. Mais tout ce que savent les gens d'ici, c'est que mes parents sont morts dans un accident quand j'étais jeune. Adam s'est assuré que personne ne connaisse les détails. Je lui ai dit que c'était trop dur pour moi d'en parler.

Ella plissa les yeux.

— C'est vous qui avez mis le feu, n'est-ce pas ?

Marshall lui lança un regard en coin.

— Même Adam ne l'a jamais soupçonné.

— Mais il s'est toujours posé des questions sur vous, n'est-ce pas ? Il a toujours su que quelque chose n'allait pas.

Marshall haussa les épaules.

— Bien sûr, il pense que je suis différent. Mais il ne s'imagine pas que j'ai tué sa sœur.

— Vous l'avez fait délibérément. Vos parents ont été vos premières victimes.

— Ils le méritaient. Vous ne savez pas ce qu'ils m'ont fait. Mon père me battait comme plâtre, et ma mère le laissait faire. Quand ils sont partis, ça a été plus facile. Adam n'a pas idée de ce qui se passe dans ma tête. Il ne sait pas ce que je fais en ce moment.

— Mais il a commencé à se poser des questions après que nous l'avons interrogé, n'est-ce pas ?

— Oui. Il n'a rien dit, mais je m'en suis rendu compte. Il sait que je sors la nuit avec le monospace, et il se demande si ça pourrait être moi le tueur.

— Et vous avez découvert récemment qu'il était en train de mourir.

— Vous êtes encore en train d'essayer d'établir mon profil ? Ouais, il va mourir. Et il espère que je vais reprendre sa fichue entreprise.

— Mais vous n'avez pas le temps pour ça, remarqua Ella.

Logan faisait monter et descendre ses pieds pour essayer d'user la corde contre les pieds de chaise.

Ce n'était pas discret, et il avait l'impression que le frottement de la corde faisait un bruit épouvantable. Mais Marshall n'avait pas regardé une seule fois vers lui depuis qu'Ella avait commencé à l'interroger.

— J'ai accepté ce travail uniquement parce qu'il me laissait beaucoup de temps pour faire autre chose, planifier les enlèvements, imaginer comment ça se passerait… Mais rien ne s'est déroulé comme je me l'étais représenté.

Il haussa les épaules.

— De toute façon, je me moque de ce que veut Adam. Je ne reprendrai pas l'entreprise.

Voyant que la conversation partait dans une mauvaise direction, Ella reprit les choses en mains.

— Theresa n'était pas la première, n'est-ce pas, Marshall ?

— Non. Il y a deux ans, j'ai pris une auto-stoppeuse. Elle a commencé à me parler de son passé, et il ressemblait au mien. Une enfance solitaire, des parents qui ne la comprenaient pas... J'ai pensé...

Il grommela.

— Mais quand elle a vu mes cicatrices, elle a eu l'air dégoûtée. Alors, je l'ai brûlée pour qu'elle comprenne ce que ça faisait d'être comme ça. Elle n'a toujours pas compris. J'ai été obligé de la tuer. Ensuite, je l'ai jetée dans le marécage. Je me suis inquiété pendant un bon bout de temps. Je pensais que la police la découvrirait et remonterait jusqu'à moi. Mais il ne s'est rien passé.

Il rit et tourna la tête vers Logan, qui s'immobilisa immédiatement.

— Vous ne vous êtes même pas rendu compte qu'elle avait disparu parce qu'elle n'était pas censée être là. C'est comme ça que j'ai compris ce que je devais faire. Comment je pouvais m'en sortir. Il fallait que j'attende qu'elles soient prêtes à quitter la ville. J'ai pensé que ça pourrait marcher avec la seconde. Qu'elle me comprendrait. Et puis finalement...

Il haussa les épaules.

— Après, j'ai attendu. J'ai pris mon temps pour être sûr. Et puis j'ai vu Theresa.

Priant pour que Marshall ne partage pas avec eux les détails de la mort de Theresa, Logan continuait à frotter ses liens contre le pied de la chaise.

Ça fonctionnait. La corde commençait à s'effilocher.

— Qu'est-ce qui aurait pu marcher ? demanda Ella.

— Quand elles viennent vers moi la première fois, elles sont heureuses et souriantes, et je pense qu'elles vont réussir à me comprendre. Mais quand elles voient mes cicatrices, elles changent. Elles ne veulent plus de moi. Alors, je les enlève et je les emmène chez moi.

Marshall plongea la main dans sa poche et en sortit quelque chose. Puis il contempla sa main fermée comme si elle contenait toutes les réponses.

— J'essaie de leur montrer ce que ça fait que d'être comme moi. Mais elles ne comprennent toujours pas.

Il leva vers Ella des yeux dénués de toute expression, comme morts.

— Alors, je suis obligé de les tuer.

Marshall ouvrit sa main qui contenait un briquet. Puis il actionna la molette, produisant une flamme.

Il s'approcha d'Ella, et la panique submergea Logan.

Non ! Non ! Ses pieds n'étaient pas encore totalement libérés.

A côte de lui, Ella serrait les mâchoires, et Logan devina qu'elle était prête à endurer ce que Marshall prévoyait de lui faire subir, et qu'elle continuerait à parler pour lui laisser le temps de se libérer.

Mais c'était plus fort que lui, il ne pouvait pas assister à ça.

— Ne la touchez pas ! cria-t-il.

Marshall s'immobilisa puis, lentement, très lentement, se tourna vers Logan.

— Elle ne m'a jamais intéressée, vous savez, votre petite profileuse. Si elle n'était pas venue me chercher, je vous aurais laissés tranquilles. Mais, ne vous inquiétez pas, je ne vais pas la brûler.

Il recula d'un pas.

— Pas comme ça, en tout cas. Vous devez disparaître tous les deux. Vous avez tout gâché, et je dois vous punir.

Il leva la tête vers le plafond, et Logan suivit son regard posé sur les poutres.

— Pour vous, ce ne sera pas le marécage. Vous allez finir comme mes parents.

La terreur submergea Logan, tandis qu'il identifiait enfin

l'odeur qu'il avait perçue lorsqu'il avait repris conscience la première fois.

De l'essence.

Les journaux en étaient probablement imbibés.

Marshall avait l'intention de mettre le feu au chalet. Une construction de bois qui brûlerait rapidement.

Avec eux deux coincés à l'intérieur.

17

— Vous pensez vraiment pouvoir vous en sortir comme ça ? demanda Logan. Vous nous tuez dans votre chalet, et personne ne se doutera que c'est vous ?

Marshall éclata de rire, tout en continuant à jouer avec le briquet, allumant la flamme par intermittence.

— Ce n'est pas mon chalet.

— A qui appartient-il ? demanda Ella.

— A Fink. Je ne pense pas que ça le dérange que nous l'utilisions, étant donné qu'il est en garde à vue

— Mais le piège ne fonctionnera pas, expliqua Logan. Sean ne pourra pas être suspecté.

— Non…

Marshall haussa les épaules.

— Mais les flics penseront peut-être qu'il a un complice. Je sais que vous êtes les seuls à me soupçonner. Adam ne dira rien. Au pire, si l'envie lui prenait d'en parler à quelqu'un, il pourrait mourir un peu plus tôt que prévu. Et si les autres flics s'approchent un peu trop de la vérité, je disparaîtrai. Enfin, je verrai bien le moment venu.

Il baissa les yeux vers les pieds de Logan, puis releva la tête et le regarda en affichant une moue ironique et des sourcils levés en accent circonflexe.

— Vous êtes plus doué que je ne le pensais. J'ai failli me laisser distraire avec toutes ces palabres.

Il soupira.

— Mais il est temps d'y aller.

— Non ! cria Ella, en se penchant en avant pour atterrir sur ses pieds.

Toujours ligotée à la chaise, elle avança vers Marshall.

La surprise se lut sur le visage de ce dernier qui fit un pas en arrière. Puis il se précipita de nouveau en avant et approcha la flamme de la joue d'Ella, une lueur de folie dans les yeux.

— Tu veux que je te montre ? Une fois que j'aurai mis le feu à la pièce, la fumée pourrait te tuer avant les flammes. Mais, je peux faire en sorte que tu sentes le feu quand même.

Logan baissa les yeux vers ses chevilles. La droite était sur le point de se libérer. Il reporta donc son poids du côté gauche et tira sur sa jambe droite aussi fort qu'il le put. Quelque chose se brisa, mais ce n'était pas la corde. Trop longtemps malmené, le pied de la chaise venait de se détacher.

Logan tomba lourdement à terre, le dossier de la chaise heurtant le haut de ses bras.

Profitant de l'effet de surprise, Ella bondit en avant et asséna un coup de tête à Marshall qui bascula en arrière.

Les chevilles enfin libérées, mais les mains toujours attachées dans le dos, Logan se rua vers lui et le heurta de plein fouet. En tant qu'ancien joueur de football américain, il avait gardé toute sa rapidité et sa puissance, et savait encore comment bousculer un adversaire.

Le briquet tomba des mains de Marshall, et Logan entendit un souffle derrière lui, tandis que quelque chose s'enflammait.

Marshall leva les mains et essaya de repousser Logan. Mais, en dépit de sa musculature, il n'était pas de taille à lutter contre le désespoir et la furie qui motivaient son adversaire.

Il sourit, persuadé d'avoir le dessus. Mais c'était l'opportunité qui manquait à Logan pour porter l'estocade.

D'un puissant coup d'épaule, il envoya Marshall directement dans la fenêtre.

La vitre vola en éclats et le tueur bascula dans le vide en poussant un hurlement.

Pendant une seconde, Logan crut qu'il allait tomber la tête la première, mais il parvint à rétablir son équilibre.

Derrière lui, le souffle s'amplifia, activé par le vent qui s'engouffrait dans la pièce. Une forte chaleur monta dans le dos de Logan.

Quand il se retourna, la pièce était en feu.

Les journaux disséminés au sol s'étaient rapidement enflammés. Le feu était monté dans les rideaux, et commençait à attaquer les poutres.

Ella était toujours au centre de la pièce, cernée par les flammes.

Logan se précipita vers elle pour essayer de la libérer, mais ses liens étaient trop serrés.

Il inspira une bouffée de fumée qui lui brûla les poumons et lui fit monter les larmes aux yeux.

— Va-t'en, cria-t-elle, avant de se mettre à tousser violemment. Il est trop tard pour moi.

Mais pas question pour Logan de l'abandonner.

De ses mains toujours liées, il saisit le dossier de la chaise sur laquelle Ella était attachée et il la tira vers la porte. La fumée tournoyait dans l'air, et la chaleur était insoutenable.

Les épaules de Logan le faisaient souffrir. Ses pas étaient lents et maladroits. Sa gorge, saturée de fumée, paraissait se resserrer jusqu'à l'étouffement.

Le couloir menant à l'escalier semblait terriblement loin et lui paraissait flou et distordu.

Il avait l'impression que ses poumons étaient en feu et que son esprit commençait à divaguer à cause du manque d'oxygène. S'il avait été seul, il aurait peut-être été tenté de renoncer, de s'abandonner au désir de s'arrêter là et de fermer les yeux.

Mais il y avait Ella. Il sentait sa tête dodeliner contre ses mains et il songea qu'elle avait dû perdre conscience.

Enfin, il atteignit l'escalier.

Prudemment, il posa un pied sur la première marche. L'espace d'un instant, il songea que la descente allait être un calvaire pour Ella, si toutefois elle était consciente, mais il n'avait pas le choix.

Sa vision était de plus en plus altérée, ses muscles faiblissaient. A chaque inspiration, il avalait un peu plus de fumée.

Ses poumons martyrisés le faisaient tant souffrir qu'il se dit qu'il allait s'évanouir.

Sa vision se rétablit juste à temps pour qu'il aperçoive la porte.

Elle était si près. Plus que quelques pas.

Mais cela semblait beaucoup trop. Il n'y arriverait jamais.

Songeant à Ella, il mobilisa ses dernières forces et tituba jusqu'à la sortie.

Puis il se plaça dos au battant, tâtonna pour saisir la poignée et l'actionna, priant pour que la porte ne soit pas verrouillée.

A son grand soulagement, elle s'ouvrit derrière lui.

L'air frais aurait dû pénétrer dans le chalet, mais le feu se propageait à une vitesse folle, et une fumée noire descendait vers eux sous forme de spirales.

Logan se pencha pour attraper la chaise d'Ella et tomba sur le sol. Sonné, il ne trouva pas la force de se relever et se mit à ramper sur le côté, remorquant Ella comme il le pouvait.

Sans trop savoir comment, il réussit à leur faire franchir la porte.

Pourtant, ils n'étaient pas tirés d'affaire. Il leur fallait encore descendre l'escalier de la terrasse sur pilotis. S'agrippant à la rambarde, Logan parvint à se remettre debout, et prit enfin le temps de jeter un coup d'œil à Ella. Elle avait les yeux fermés, et il était incapable de dire si elle respirait ou non.

Les jambes raides, il descendit l'escalier en titubant, rata les deux dernières marches, et s'affala dans l'herbe, une jambe tordue sous lui, le dos écrasé sous le poids de la chaise et d'Ella.

Logan savait que le chalet n'allait pas tarder à être dévoré par les flammes, et qu'il aurait dû aller encore plus loin, mais il était à bout de forces.

L'air n'arrivait plus jusqu'à ses poumons. Il sentit qu'il suffoquait.

Soudain, ce fut comme si un poids le tirait vers le bas, l'entraînant vers un lieu profond et obscur.

Il n'essaya pas de lutter et se laissa basculer vers l'inconscient avec une impression de quiétude infinie.

Epilogue

— Il est réveillé.

Le soulagement fut si puissant que les larmes se mirent à couler sur les joues d'Ella sans qu'elle parvienne à les retenir.

D'un signe de tête, elle remercia l'infirmière qui était venue jusqu'à la salle d'attente pour lui apprendre la bonne nouvelle.

Trois jours s'étaient écoulés depuis l'incendie où Logan et elle avaient failli perdre la vie.

Ella ne se rappelait pas grand-chose après le moment où Logan avait saisi le dossier de sa chaise et l'avait remorquée à travers le chalet.

Elle se souvenait seulement des flammes qui les encerclaient tandis qu'elle pensait qu'ils n'y arriveraient jamais.

Elle s'était sentie envahie d'une immense tristesse à la pensée qu'elle n'aurait jamais l'occasion de dire à Logan qu'elle l'aimait.

Elle avait essayé de le faire, mais la fumée l'avait suffoquée, et les ténèbres s'étaient abattues sur elle.

Quand elle avait rouvert les yeux, elle était étendue sur le sol, à l'extérieur du chalet en flammes, et un ambulancier se penchait au-dessus d'elle.

Il lui avait dit qu'elle avait cessé de respirer, qu'ils avaient dû la ranimer sur place pendant que les pompiers luttaient pour éteindre l'incendie. Ils y étaient finalement parvenus, mais pas avant que l'étage ne s'effondre.

Ils avaient trouvé le corps de Marshall derrière le chalet. Quand il était passé par la fenêtre, sa chute avait été légèrement amortie par un arbre, mais sa tête avait heurté la terrasse dallée juste en dessous, et il était mort presque immédiatement.

Depuis, Adam criait au complot, affirmant que son neveu ne pouvait pas être l'assassin de Theresa et Laurie, mais Ella avait laissé le chef Patterson gérer la situation.

Préoccupée par l'état de Logan, elle s'était rendue aussitôt à l'hôpital et n'en avait pas bougé depuis.

Elle se leva, vacillant sur ses jambes après tant d'heures passées sur une inconfortable chaise en plastique.

Cela faisait trois jours qu'elle attendait ainsi, le cœur serré, portée par l'espoir que Logan s'en sorte.

Dans la salle d'attente, les collègues de Logan, qui s'étaient relayés pour lui tenir compagnie tandis qu'elle attendait des nouvelles, se levèrent aussi.

A côté d'elle, Maggie lui prit la main. Du côté opposé, Scott passa un bras réconfortant autour de ses épaules. Ils étaient venus dès qu'elle les avait appelés, folle d'angoisse à l'idée de le perdre.

— Tout va bien, dit Maggie. C'est fini.

Ses yeux bleus étaient limpides et forts alors que se rapprochait inexorablement le terrible anniversaire de son agression. Deux semaines plus tôt, Ella avait accepté l'enquête à Oakville parce qu'elle était persuadée de tenir enfin le monstre qu'elle traquait depuis tant d'années. Mais il était toujours libre, et septembre approchait à grands pas.

Pourtant, en regardant son amie — et même après lui avoir dit la vérité sur la raison de sa venue en Floride —, Ella savait que Maggie ne pensait pas à ça. C'était une survivante, et sa force de caractère n'avait d'égal que sa générosité.

De toute façon, Ella ne renoncerait jamais à traquer le Violeur à l'hameçon, et elle était persuadée qu'un jour elle parviendrait enfin à l'envoyer derrière les verrous jusqu'à la fin de ses jours.

Maggie lui adressa un petit sourire d'encouragement.

— Allons voir ton bel inspecteur.

— Il est temps que j'aie une petite discussion avec l'homme qui a finalement réussi à te faire tomber amoureuse, déclara Scott, d'un ton amusé.

Mais l'infirmière leva la main, tandis que tout le monde se bousculait pour rejoindre la zone réservée aux patients.

— La famille uniquement.

Ella secoua la tête, prête à protester vigoureusement, mais l'infirmière ajouta :

— Venez, Ella.

Maggie pressa un baiser sur sa joue, tandis que Scott lui tapotait le dos. Elle sentit même la main énorme de Hank lui presser brièvement le bras avant qu'elle ne suive l'infirmière.

Dans le couloir, elle tourna la tête vers eux. Ils avaient tous le sourire, visiblement heureux pour elle.

Mais Logan avait été durement atteint. Le fait qu'Ella ait brièvement cessé de respirer avait joué en sa faveur, l'empêchant d'inhaler trop de fumée. Après une nuit d'observation, elle avait pu sortir de l'hôpital. Logan n'avait pas eu cette chance. Il avait dû être intubé et il était resté en soins intensifs, de sorte qu'elle n'avait pas pu rester à son chevet. On lui avait dit qu'il ne reprendrait peut-être jamais connaissance…

Ce souvenir cruel lui arracha un petit sanglot, et l'infirmière eut une moue compréhensive.

Inspirant profondément pour se calmer, Ella essuya ses larmes.

— Sa famille est prévenue ?

Ils avaient passé la majeure partie de ces trois jours à attendre avec elle mais, une demi-heure plus tôt, ils avaient décidé de faire une pause et ils étaient sortis pour dîner. Ils avaient insisté pour qu'elle les accompagne, mais elle n'avait pas voulu prendre le risque de quitter l'hôpital.

Elle avait peur en faisant cela de briser une sorte de lien fragile, et d'apprendre à son retour que Logan s'en était allé, comme s'il avait compris que plus rien ne le retenait.

C'était ridicule, mais les parents de Logan et ses amis à elle avaient compris. Maggie et Scott avaient alors décidé de rester en sa compagnie.

— Nous les avons appelés. Ils sont en train de revenir.

— Merci.

La famille de Logan s'était montrée si optimiste, si certaine qu'il allait s'en sortir. Ils avaient passé ces journées d'attente interminable à parler de ce qu'ils avaient envie de lui dire quand il se réveillerait, à faire des projets pour la prochaine visite d'Ella, comme si c'était un fait acquis qu'elle reviendrait bientôt. Et, durant tout ce temps, elle avait été paralysée par la peur de le perdre.

— Allez-y, dit l'infirmière, en lui ouvrant la porte de la chambre de Logan.

— Ella, murmura Logan, dès qu'elle eut franchi le seuil.

Une intraveineuse dans le bras, relié à toutes sortes de machines, il était livide et semblait épuisé.

Mais il était vivant.

Un sourire étira les lèvres d'Ella, tandis que des larmes roulaient sur ses joues.

— Hé, dit-il en tendant la main. Viens là.

Elle s'avança, glissa avec précaution sa main dans celle de Logan, et il entrelaça ses doigts aux siens, les serrant de toutes ses forces pour lui faire comprendre que tout allait bien.

De sa main libre, elle essuya ses larmes, embarrassée.

— J'étais tellement inquiète.

Il lui sourit, et elle ne put se retenir de se pencher pour déposer un baiser sur son front. Puis un autre, et encore un autre…

— Viens à côté de moi.

Il se déplaça sur le matelas, en laissant échapper un petit grognement d'inconfort tandis qu'il lui faisait de la place.

— Fais attention, protesta-t-elle.

— Allez, viens.

— Je ne sais pas si…

— Ella.

Il planta dans ses yeux son regard vert, lucide et stable, et tellement empli de…

Ella retint son souffle.

Etait-ce vraiment de l'amour qu'elle lisait dans les yeux de Logan ?

Elle s'assit précautionneusement sur le lit, en essayant de ne pas le bousculer.

Il rit, d'un rire rauque qui se termina en toux, puis il l'attira contre lui.

Le cœur d'Ella se gonfla d'amour.

C'était fou et inattendu, mais elle aimait cet homme. Elle l'aimait tellement qu'elle devait le lui dire.

— Logan…

Elle s'interrompit, se rendant compte qu'elle ne pouvait pas lui faire cet aveu avec la tête posée contre son torse. Elle avait besoin de le regarder dans les yeux.

Se hissant sur un coude, elle contempla ce visage qu'elle trouvait toujours aussi beau malgré les traits creusés et les cernes d'épuisement sous les yeux, et son cœur se mit à battre la chamade.

— Logan, je ne sais pas quand ni comment ça s'est produit, mais je…

Follement nerveuse, elle lui sourit, le regard rivé à ces yeux verts qui l'avaient fascinée dès leur première rencontre.

— Je t'aime.

Il lui sourit en retour. C'était un grand sourire franc et heureux qui la rassura.

Non, elle ne venait pas de se ridiculiser.

— Ella…

Il attira son visage à lui pour déposer un tendre baiser sur ses lèvres.

— Je t'aime aussi.

La joie explosa en elle comme un feu d'artifice

Elle rit aux éclats, puis redevint sérieuse.

— Je veux que ça marche entre nous, dit-elle. Je sais que ça ne va pas être facile avec la distance, mais…

Il avait déjà commencé à secouer la tête.

— Je ne veux pas faire ça à moitié, Ella. Je veux nous donner une vraie chance. Avec nos métiers, nous serions sans arrêt obligés tous les deux d'annuler des voyages et de rater des retrouvailles à cause de nos enquêtes. Je ne veux pas te voir une fois de temps en temps, à la sauvette. Je te veux à mes côtés tous les jours.

Ella soupira.

— Je ne peux pas déménager comme ça. Il faudrait que je demande à être mutée dans une autre antenne du FBI. Et, pour cela, il faut qu'un poste se libère. Ça peut prendre du temps et, de toute façon, ma hiérarchie peut s'y opposer. Ça veut dire aussi qu'il faudrait que je renonce à être profileuse. L'Unité d'analyse du comportement est en Virginie. Ils n'ont pas de délégation ailleurs dans le pays. Et je ne peux pas abandonner Maggie. Tu sais ce que nous nous sommes promis…

Elle chercha son regard, espérant qu'il comprendrait son dilemme.

Logan leva sa main et la porta à ses lèvres.

— Ella, ce que je voulais dire, c'est que je suis prêt à déménager en Virginie. Tu ne peux pas retrouver un travail identique ailleurs, mais moi je le peux. Je serai peut-être obligé d'accepter un poste inférieur pour commencer, mais je retrouverai vite mes galons d'inspecteur. Après tout, j'y suis bien arrivé avec un chef qui me déteste et qui passait son temps à me mettre les bâtons dans les roues…

Il grimaça un sourire.

— En tout cas, j'en connais un qui va être content. Depuis le temps que Hank lorgne mon poste.

Ella n'en croyait pas ses oreilles.

Logan était prêt à quitter Oakville ? Pour elle ?

— Vraiment ? murmura-t-elle.

Il l'enveloppa d'un regard débordant d'amour.

— Vraiment.

Des larmes de joies montèrent aux yeux de Ella.

— Ta famille va me détester, plaisanta-t-elle.

— Je crois qu'ils s'en doutaient un peu, dit Logan. Mais, crois-moi, ils seront heureux pour nous.

Son ton se fit plus enjoué.

— Et sache que maman va t'appeler toutes les semaines pour te rappeler combien elle désire des petits-enfants.

Des enfants avec Logan ? Cette pensée emplit Ella d'impatience et de bonheur.

— D'accord, faisons-le, décida-t-elle.

Elle éclata de rire.

— J'ai même de la place dans mon bureau pour ton affreux fauteuil.

Redevenant sérieux, il inclina la tête.

— Tu veux que nous vivions ensemble ?

Oh non ! Elle avait mal compris. Le fait de déménager en Virginie était déjà un pas immense pour lui. Surtout si on tenait compte du fait qu'ils se connaissaient depuis si peu de temps. Il était encore un peu tôt pour évoquer la possibilité d'emménager ensemble.

Mais comment faire machine arrière, maintenant ?

Au même moment, la porte de la chambre s'ouvrit à la volée, et la famille de Logan s'engouffra comme une tornade dans la pièce.

Encerclant le lit, ils se mirent à parler tous ensemble, voulant savoir comment Logan se sentait.

Embarrassée, Ella essaya de se redresser, mais Logan s'agrippait à elle et refusait de la laisser partir.

— Ella, murmura-t-il.

Elle le regarda, et elle sut qu'il pouvait lire dans ses yeux la crainte d'avoir tout gâché.

Une lueur d'amusement pétilla dans le regard de Logan.

— Je vais m'installer chez toi.

Ella entendit ses proches murmurer dans son dos, mais elle ne pouvait détacher son regard de Logan.

— Et puisque nous en sommes aux choses sérieuses, ajouta-t-il, veux-tu m'épouser ?

Ella ouvrit la bouche, mais aucun son n'en sortit.

— Je suis désolé, je n'ai pas de bague. Mais, dès que je sors d'ici… Si tu acceptes, bien sûr…

Ella sentit que quelqu'un la poussait du coude.

— Dis oui, murmura Becky.

— Oui, souffla-t-elle.

Impatient, Logan lui donna un baiser qui emplit son cœur d'un bonheur immense, tandis que sa famille se mettait à pleurer, à rire et à les féliciter.

Ella sut alors que venir à Oakville sur les traces d'un hypothétique tueur en série avait été la meilleure décision qu'elle ait prise dans sa vie.

Grâce à Logan, la profileuse froide et impitoyable s'était transformée en une femme sereine, sûre de ses sentiments, et prête à assumer des responsabilités autres que professionnelles.

Depuis le jour où elle avait croisé son incroyable regard vert sur un parking, Logan avait apporté à sa vie tout ce qui lui avait tant manqué jusqu'alors : la confiance, la compréhension… et surtout l'amour.

ELIZABETH HEITER

Opération protection

INTÉGRALE

DES HOMMES DE LOI

Traduction française de
CAROLE PAUWELS

SAGAS

HARLEQUIN

Titre original :
SEDUCED BY THE SNIPER

Ce roman a déjà été publié en 2016

© 2015, Elizabeth Heiter.
© 2016, 2020, HarperCollins France pour la traduction française.

1

Juin, un an plus tôt

Faire des rencontres n'avait jamais été un problème pour Scott Delacorte.

Au fil du temps, il avait perfectionné un mélange de charme subtil qui attirait les femmes et une attitude insouciante qui les empêchait de rester trop longtemps.

Les seules règles qu'il s'était fixées étaient : pas de femmes mariées et pas de collègues du FBI.

La nuit dernière, il avait brisé la seconde règle.

Scott roula sur le côté entre les draps, les yeux fermés, encore ébloui par la nuit qu'il venait de passer avec la nouvelle négociatrice, Chelsie Russel. Grande, blonde, les yeux bleus, elle ressemblait plus à un top model qu'à un agent du FBI. Mais ce qui lui avait véritablement coupé le souffle, c'était son sourire. Incroyablement chaleureux, il illuminait son visage et s'accompagnait d'une impressionnante capacité à déchiffrer les personnalités.

Il l'avait déjà rencontrée auparavant, en passant et sans jamais vraiment lui parler. C'était une amie de sa sœur, Maggie, et elles avaient toutes les deux rejoint le FBI un an après lui, en même temps que leur amie commune, Ella.

Chelsie avait débarqué à la taverne Shields alors qu'il allait en sortir. Il venait de dire au revoir à ses collègues du HRT, l'équipe de libération d'otages, quand elle était entrée, le sourire aux lèvres. Il s'était immédiatement retourné, poussé du coude par d'autres types qui l'avaient eux aussi remarquée, puis il s'était présenté. Il lui avait offert un verre quand elle lui avait appris qu'elle venait fêter son engagement officiel en tant que négociatrice du FBI.

Il avait fait de son mieux pour monopoliser son attention au bar, mais il était persuadé qu'elle refuserait quand il lui avait proposé de l'accompagner chez lui. Au lieu de quoi, elle avait posé son verre, mêlé ses doigts aux siens, et lui avait suggéré de lui montrer le chemin.

Revenant au présent, alors qu'il était toujours étendu sur son lit, les yeux fermés, Scott respira l'odeur de framboise du shampooing de Chelsie, et tendit la main vers elle.

Il s'était finalement endormi vers 4 heures du matin, et son horloge interne lui indiquait qu'il ne devait pas être beaucoup plus de 7 heures. Mais il était déjà dévoré par l'envie de sentir les longs cheveux de Chelsie drapés sur son visage, ses ongles plantés dans son dos tandis qu'elle l'embrassait.

Il étendit les doigts sur le côté du lit, tâtonna, mais il ne trouva que des draps vides et encore tièdes.

Ouvrant les yeux, il inspecta la chambre et constata qu'elle était vide.

Il s'assit, étouffa un bâillement, et jeta un coup d'œil du côté de la salle de bains, dont la porte était ouverte. Il n'y avait personne à l'intérieur. La nuit dernière, ils avaient éparpillé leurs vêtements à travers la pièce, et ceux de Chelsie n'étaient plus là.

Il bondit du lit en jurant.

S'il sentait encore la chaleur de Chelsie entre les draps, ça voulait dire qu'elle n'était pas levée depuis longtemps. Sans prendre la peine de s'habiller, il traversa son chalet pour se diriger vers l'entrée.

Vivant au fin fond de la Virginie rurale, il n'avait pas à s'inquiéter de la réaction d'éventuels voisins quand il ouvrit la porte et jeta un coup d'œil dehors.

La voiture de Chelsie n'était plus là.

Scott observa quelques secondes l'emplacement vide avant de refermer lentement la porte.

Elle avait filé à l'anglaise, et il n'en revenait pas de ne pas l'avoir entendue se lever. Normalement, le moindre bruit le réveillait. Mais elle l'avait complètement épuisé la nuit dernière. Puis elle s'était esquivée sans un mot.

Il avait eu sa part d'aventures de courte durée, et même de relations d'un soir, mais il n'avait jamais filé en douce, et ce genre de comportement le choquait.

C'était sans doute bien fait pour lui. Pendant des années, il avait refusé toute relation sérieuse, et la seule femme qui l'avait complètement captivé ne voulait rien de durable avec lui.

Il n'empêche que ça lui faisait mal. C'était peut-être stupide de s'attendre à ce qu'il résulte quelque chose d'une aventure d'un soir, mais le fait est qu'il avait déjà planifié leur premier vrai rendez-vous, et celui d'après également, avant de l'inviter chez lui.

Mais il n'avait pas intégré l'unité d'élite du FBI spécialisée en libération d'otages en renonçant au premier signe d'échec. Le premier jour de Chelsie au WFO, le bureau opérationnel de Washington, débutait aujourd'hui. Or, le WFO se trouvait à une trentaine de kilomètres de Quantico, où était basé le HRT, et où sa sœur Maggie travaillait. Quelle que soit la raison pour laquelle Chelsie lui avait faussé compagnie — sans doute parce qu'elle était embarrassée de lui avoir cédé aussi vite —, les occasions de la revoir ne manqueraient pas, et il avait l'intention de déployer tout son charme pour la ramener dans son lit et dans sa vie.

Il brancha la cafetière et retourna dans sa chambre. Il enfilait son pantalon quand son téléphone bipa avec insistance.

Scott le récupéra sur sa table de chevet. Code triple huit. Un appel d'urgence.

Son pouls s'accéléra tandis qu'il enfilait à la hâte le reste de ses vêtements. Il sangla son holster et récupéra son BlackBerry. Son sac contenant son fusil de sniper se trouvait déjà à l'arrière de son 4x4, et il s'empressa de gagner la porte, tandis qu'il vérifiait le message sur son téléphone pour connaître tous les détails.

Tireur embusqué dans un centre culturel.
Cibles : des agents de recrutement de l'armée.

Le HRT allait se rendre directement sur le site et installer un poste de commandement aux abords. Le centre culturel, dont les coordonnées GPS figuraient sur le message n'était pas très éloigné de chez lui, et Scott savait qu'il arriverait avant ses collègues. Selon la procédure, il devrait se rapprocher autant que possible et mettre en place un poste d'observation, estimer le nombre de tireurs et repérer leur position. Son chef lui communiquerait ensuite les instructions.

Scott se mit au volant de son 4x4 de fonction et accéléra sur le chemin de terre qui permettait d'accéder à son chalet, soulevant derrière lui un tourbillon de poussière.

Tout en roulant, il appela l'agent spécial en charge de son équipe. On l'avait surnommé Froggy, en référence à ses compétences d'homme-grenouille au sein de l'unité d'élite des Navy SEAL, à laquelle il appartenait avant de rejoindre le Bureau fédéral.

— Quelle est la situation ? demanda-t-il à Froggy.

— Je n'ai pas encore tous les détails. L'appel est arrivé au 911, il y a huit minutes. Etant donné qu'un tireur à distance est impliqué, la police locale veut que nous prenions le relais. Le CNU envoie un de ses experts.

Froggy faisait allusion à l'Unité de négociation de crise basée à Quantico, et chargée d'entraîner les négociateurs du FBI à travers le pays. Ces derniers se déployaient également avec le HRT lors d'événements majeurs. Dans la situation présente, il y avait de grandes chances pour que le négociateur du CNU arrive sur place avant celui du bureau opérationnel de Washington.

— Combien de civils impliqués ? demanda Scott, tandis qu'il filait sur l'autoroute, sirène hurlante.

— Je ne sais pas. Le centre culturel n'était pas encore ouvert, mais l'appel a été passé par une secrétaire qui y travaille. Elle et un autre employé ont réussi à sortir de l'immeuble et à regagner leur voiture. D'après elle, les seules personnes qui restent sont les militaires.

— Je suppose qu'ils ne sont pas armés, puisqu'ils étaient réunis pour une opération de recrutement ?

— Je ne crois pas.

La réponse était partiellement positive car il ne risquait pas d'être blessé par un tir ami, et partiellement négative car les cibles ne pouvaient pas se défendre.

Scott enfonça un peu plus la pédale d'accélération et coupa sa sirène.

— Je suis à moins d'une minute.

— Fais attention à toi. Je te rejoins dans cinq minutes.

Scott manœuvra son 4x4 vers une rangée d'arbres à proximité du centre culturel, en lisière du parking situé à l'arrière du bâtiment.

Tandis qu'il enfilait son gilet pare-balles et s'équipait du reste de son armement, un coup de feu déchira l'air.

Jurant entre ses dents, Scott s'accroupit et fit le tour de son véhicule pour se mettre à l'abri, tout en observant son environnement. Le tir était parti de l'avant du centre culturel, mais cela ne voulait pas dire pour autant qu'il n'y avait pas un second tireur embusqué à l'arrière.

Il compta dix voitures sur le parking, sur le pare-brise desquelles un timide soleil de début juin allumait des reflets changeants. Si l'une d'entre elles appartenait au tireur, cela voulait dire qu'il y avait au moins neuf innocents sur le site.

Une légère sueur avait recouvert ses tempes, mais son rythme cardiaque demeurait stable. C'était son travail. Depuis six mois, il avait eu son lot d'interventions toutes plus complexes les unes que les autres, et il savait garder son calme jusqu'à ce que tout soit terminé.

Pour le moment, il devait évaluer la situation. Son instinct lui soufflait que la théorie du tireur unique était la bonne, mais il avait besoin de le vérifier de ses propres yeux.

S'emparant de son fusil Remington, il courut jusqu'à l'angle de l'immeuble, afin de pouvoir jeter un coup d'œil à l'avant. En arrivant le premier sur les lieux, il devenait Sierra One, un rôle dévolu au sniper le plus proche de l'action.

Accroupi, il déploya son miroir télescopique de l'autre côté de la façade et découvrit le stand de recrutement installé sur le parking avant.

Quatre hommes gisaient sous la table, apparemment morts. Trois autres se trouvaient près de la porte, sans doute abattus tandis qu'ils se ruaient vers l'entrée. Il y en avait encore deux de plus un peu plus loin, couchés dans une mare de sang.

Ravalant sa colère et son sentiment d'impuissance, Scott s'obligea à réfléchir stratégiquement, comme le HRT le lui avait appris.

Cherchant à repérer le tireur, il faisait pivoter son miroir quand celui-ci lui fut arraché dans un bruit de détonation.

Il secoua la main sous l'effet de la brûlure et se coucha à terre. Il n'avait plus de visuel, mais il n'était pas question qu'il essaie de passer la tête à l'angle du bâtiment.

Au loin, couvrant les bruits de tirs qui sifflaient dans ses oreilles, un claquement métallique retentit.

Les gradins.

De l'autre côté du centre culturel se trouvait autrefois un lycée. Les bâtiments avaient été détruits depuis des années, mais le terrain de base-ball servait encore occasionnellement, surtout pour des entraînements, et les gradins étaient toujours en place. C'était la planque idéale pour un tireur.

Tandis qu'il regagnait son véhicule au pas de course, Scott découvrit que le reste de son équipe, composée d'un second sniper, et de six agents de terrain, dont Froggy, était arrivé.

Il fit rapidement le point avec eux.

— Tu as pu repérer son véhicule ? demanda André Diaz, son coéquipier.

Lorsque Scott secoua la tête, André se précipita du côté opposé du bâtiment pour avoir un autre point de vue.

Scott s'apprêtait à le suivre quand une voiture banalisée équipée d'un gyrophare amovible entra à toute allure dans le parking et s'arrêta dans un crissement de pneus.

Martin Jennings, qui exerçait depuis vingt ans la fonction de négociateur au FBI, jaillit de la berline.

— Où est Russel ?

Le retour d'André le priva momentanément de sa réponse.

— Qu'est-ce que tu as ? demanda Froggy.

— Une Taurus noire. Il a filé, mais j'ai eu le temps de relever l'immatriculation. Il faut prévenir la police locale pour qu'ils mettent des barrages en place.

— Quel est le problème avec Russel ? demanda Scott, toute son attention dirigée vers Martin.

— C'est notre nouvelle négociatrice. Je l'ai appelée pour lui dire de me retrouver ici. Comme elle se trouvait à proximité, elle devrait déjà être là.

Scott observa les véhicules sur le parking n'appartenant pas au FBI. Il y en avait dix en tout, et il savait à présent que le tireur était garé près des gradins. La dixième voiture était-elle celle de Chelsie ?

Repérant une petite citadine blanche semblable à celle que Chelsie conduisait la veille, il sentit son pouls s'accélérer.

Tandis qu'il se précipitait à nouveau vers l'avant du centre culturel, il entendit Martin appeler des ambulances, tandis que Froggy alertait la police locale pour qu'ils installent des barrages.

Sans avoir besoin de jeter un coup d'œil en arrière, il devina qu'André le suivait. Mais toutes ses pensées étaient tournées vers Chelsie.

Il avait compté neuf cadavres. Y en avait-il un dixième ?

Chelsie Russell était recroquevillée près de la porte du centre culturel, protégée de chaque côté par des murets en briques formant autour d'elle un rempart en U. Le porte-voix par le biais duquel elle parlementait dix minutes plus tôt gisait au sol. Au-dessus de sa tête, le ciel d'un bleu radieux semblait se moquer de la situation.

Elle était terrifiée à l'idée de bouger.

Une minute plus tôt, le tireur avait à nouveau fait feu. Contre qui ou quoi, elle n'en avait pas la moindre idée. Toutes ses cibles étaient mortes.

Toutes sauf elle.

Son regard se posa sur les militaires qui s'étaient recroquevillées derrière le grand panneau signalétique, pensant qu'ils y étaient en sécurité. L'inconnu les avait abattus, puis il avait tué les trois qui couraient vers elle, ignorant les signes qu'elle leur faisait de rester où ils étaient.

En proie à la nausée, elle tourna la tête. Elle n'avait rien pu faire. Pourtant, elle avait suivi la procédure : entrer en communication avec le forcené, identifier ses revendications, puis le convaincre qu'il y avait une autre solution.

L'homme avait ignoré ses tentatives pour parlementer, résistant à toutes les tactiques qu'on lui avait enseignées à l'Unité de négociation de crise.

Elle était pourtant arrivée à temps. Elle aurait dû être capable d'en sauver cinq. Mais elle n'avait servi à rien.

Pourquoi n'était-elle pas restée dans le lit de Scott Delacorte ?

Elle aurait pu, au lieu de s'habiller en silence et de traverser la maison sur la pointe des pieds, rouler sur le côté et faire courir ses mains sur le corps magnifique de Scott jusqu'à ce qu'il se réveille. Jusqu'à ce qu'il presse ses lèvres sur les siennes, et lui fasse oublier tout ce qui n'était pas eux, pour ne plus songer qu'à la sensation de son corps au-dessus du sien.

Au lieu de quoi, elle s'était faufilée vers la porte, embarrassée et en proie à l'incertitude après s'être réveillée près d'un homme qu'elle connaissait à peine.

Tandis qu'elle tournait au coin de sa rue, elle avait reçu l'appel de Martin, qui l'avait envoyée ici. Elle avait ressenti un mélange de nervosité et d'impatience, et la stupide conviction qu'elle pouvait changer l'issue de l'attaque prévue par le tireur.

La main crispée sur son Glock, elle rampa vers la porte, et se glissa à nouveau à l'intérieur du centre culturel, son cœur battant à un rythme effréné. En six ans passés au FBI, elle n'avait jamais rien vu de tel.

En six ans passés au FBI, elle n'avait jamais échoué à ce point.

Elle s'était engagée sur un coup de tête, cherchant désespérément un endroit où elle serait enfin à sa place. Et elle pensait l'avoir trouvé. Elle avait commencé au bureau opérationnel de Los Angeles. Débarquant en novice au contre-terrorisme, elle s'était découvert un don pour comprendre les gens, que ce soient les agents ou les criminels. Cela l'avait aidée à se débarrasser du surnom de poupée Barbie dont on l'avait affublée le premier jour, et à s'entendre avec presque tous ses collègues masculins. Et cela l'avait finalement menée à la négociation.

En devenant négociatrice, elle avait eu l'impression que sa vie prenait enfin tout son sens, et qu'elle avait trouvé sa vraie place.

La solution, c'est le dialogue — c'était la devise du CNU. Durant ses deux semaines d'entraînement intensif, elle avait excellé dans son rôle.

Dans la vraie vie, ce n'était apparemment pas le cas.

Martin Jennings lui avait demandé de l'attendre avant d'entrer en contact avec le tireur. Elle s'était approchée de la scène autant qu'il lui était possible sans se mettre en danger, bien décidée à attendre. Mais deux personnes avaient été abattues tandis qu'elle franchissait la porte, et elle avait compris qu'elle ne pourrait pas rester à l'écart une seconde de plus.

Elle avait fait de son mieux, mais ça n'avait pas suffi.

Tandis que, plaquée contre le mur, elle traversait le centre culturel vide et silencieux, le son d'une sirène lui parvint. Elle s'accorda un soupir de soulagement qui ne dura pas plus d'une minute, alors qu'une ombre passait derrière la porte vitrée située à l'arrière de l'immeuble.

Une ombre immense portant un fusil.

Toujours plaquée contre le mur, Chelsie déposa le porte-voix au sol, de façon à pouvoir tenir son Glock à deux mains. Puis elle avança lentement, silencieuse sur les semelles caoutchoutées de ses mocassins. S'il n'y avait pas moyen de parlementer avec le tireur, elle ne le laisserait pas s'en sortir vivant. Pas question qu'il tue quelqu'un d'autre. Ni aujourd'hui ni demain.

Très lentement, elle tourna la poignée et entrouvrit la porte centimètre par centimètre. Elle devina avant de le voir qu'il l'avait entendue. Elle ouvrit alors la porte en grand et pointa son arme.

— FBI ! Restez où vous êtes !

Elle discerna immédiatement le gilet pare-balles, l'arme de secours fixée à la jambe, le fusil Remington… Puis elle reconnut les cheveux blonds, la silhouette élancée…

— Scott !

L'homme au sourire charmeur et à l'humour ravageur, à qui elle avait été incapable de résister la nuit dernière, ressemblait à quelqu'un d'autre dans sa tenue d'assaut, et il y avait quelque chose de féroce dans son expression déterminée.

— Chelsie.

Le soulagement qui passa dans le regard de Scott lui fit monter les larmes aux yeux.

Un autre sniper du HRT apparut en arrière-plan, mais elle ne pouvait détacher les yeux de Scott.

Elle avait le visage en feu, mais ce n'était pas par gêne d'être surprise dans les mêmes vêtements que ceux qu'il lui avait ôtés la veille, ni même de le revoir aussi vite après avoir filé à l'anglaise.

Revoir Scott ne pouvait la distraire de la détresse et de la colère qu'elle ressentait soudain.

Neuf personnes étaient mortes aujourd'hui. Et peu importe ce qu'en dirait sa hiérarchie. Sa carrière de négociatrice avait pris fin avant même d'avoir commencé.

2

Juin, de nos jours

— Il te reste une trace, dit Chelsie à Maggie Delacorte tandis qu'elles sortaient du bureau opérationnel de Washington.

La jeune sœur de Scott ne lui ressemblait pas du tout. Petite, les cheveux bruns coupés court, les yeux bleu pâle, elle partageait toutefois avec son frère l'intensité du regard et la ferveur de leur engagement au sein du FBI.

Maggie haussa les épaules et se passa la main sur le visage, ratant complètement le résidu de peinture de camouflage qui subsistait à la racine de ses cheveux.

— Aucune importance. Ce soir, j'ai rendez-vous avec ma télé et un saladier de pop-corn.

Chelsie, qui avait les mêmes projets, sourit à son amie.

En charge depuis quatre ans des crimes de haine et des trafics d'êtres humains, Maggie était en permanence au cœur de l'action. A l'inverse, Chelsie, qui avait réintégré le WFO un an plus tôt, avait non seulement abandonné la négociation mais demandé le poste le moins risqué. Dans les cas de crimes en col blanc, il était rare en effet que des vies soient en danger, et il était peu probable qu'elle y voie à nouveau neuf personnes se faire tuer devant elle.

Comme elle frissonnait, Maggie lui lança un regard interrogateur.

A mesure que les jours se transformaient en mois, elle avait cessé de faire des cauchemars à propos de sa seule et unique négociation. Le FBI avait estimé qu'elle n'avait commis aucune faute. A l'issue d'une semaine d'enquête interne, elle avait été autorisée à reprendre ses fonctions, mais elle avait préféré demander une autre affectation. C'était sa mission de changer l'issue d'affaires comme celle-ci. Si elle n'en était pas capable, elle n'avait plus aucune légitimité comme négociatrice.

Maggie était au courant — l'affaire avait fait grand bruit à l'époque —, mais Chelsie n'en avait jamais discuté avec elle. Et elle ne s'était pas non plus confiée sur ce qui s'était passé la nuit précédente avec le frère de son amie. La seule aventure d'un soir qu'elle ait eue de toute sa vie.

Et elle n'allait pas remettre ça sur le tapis maintenant, même si cela ferait un an demain que la fusillade avait eu lieu. Ils avaient arrêté le tireur le jour même. Elle avait témoigné contre lui, et son procès avait finalement eu lieu le mois dernier.

Clayton Connors était un ancien soldat, démobilisé après avoir été blessé dans une embuscade où le reste de son unité avait trouvé la mort. Son avocat avait plaidé la folie mais, après une semaine de délibération, le jury l'avait déclaré coupable. Et, c'était avec soulagement que Chelsie l'avait regardé partir, menotté, vers un pénitencier hautement sécurisé dont il ne sortirait jamais.

On ne pouvait pas dire la même chose de l'homme qui donnait encore probablement des cauchemars à Maggie. Cette dernière ne parlait jamais de son passé, mais des rumeurs avaient circulé dans les bureaux au fil des années. Le Violeur à l'hameçon, qui faisait une nouvelle victime tous les 1er septembre, la relâchant avec une marque au fer rouge sur la nuque, avait commencé avec Maggie dix ans plus tôt. A l'époque, elle était encore à l'université, et Chelsie était certaine que la décision de son amie d'intégrer le FBI venait de là.

Chelsie considérait Maggie comme beaucoup plus courageuse qu'elle. Au lieu de se cacher derrière des dossiers inoffensifs, elle avait sauté à pieds joints dans les missions les plus difficiles et les plus dangereuses du Bureau.

Elle ouvrit la bouche pour demander à son amie comment elle faisait, mais elle se ravisa.

Faisant partie des rares femmes de leur classe, elles avaient rapidement sympathisé à l'Académie, mais Maggie était arrivée avec Ella Cortez, et c'était une amitié que Chelsie ne pouvait espérer égaler. Maggie et elle partageaient des anecdotes professionnelles, et elles allaient de temps en temps boire un verre après le travail, mais ça s'arrêtait là.

Elle n'avait jamais dit à Maggie — ni à personne d'autre — le profond sentiment d'échec qu'elle avait ressenti après la fusillade. Cela avait tellement entamé sa confiance que ses parents et ses trois frères étaient persuadés qu'elle quitterait le FBI. Mais elle s'était accrochée. Et peut-être finirait-elle un jour par avoir à nouveau l'impression qu'elle y était à sa place.

Elle agita la main en direction de Maggie, qui était en train de s'asseoir au volant de sa voiture, et se dirigea vers le fond du parking, où elle avait laissé la sienne.

Elle se mit à ralentir tandis qu'elle s'en approchait.

Un imposant 4x4 noir était garé à côté. Et, même à cette distance, bien qu'elle ne l'ait pas vu depuis plus de six mois, elle reconnut l'homme qui en descendait.

Ses cheveux étaient plus longs que la coupe en brosse qu'il portait un an plus tôt. Ils étaient aussi plus blonds, comme s'il avait passé beaucoup de temps au soleil. Ses yeux d'un brun profond étaient dissimulés par des lunettes de soleil, mais elle s'en rappelait parfaitement la teinte.

Elle s'obligea à avancer et le fixa avec une expression détachée.

— Scott. Qu'est-ce que tu fais là ?

Un fol espoir frémit au creux de son estomac. Il n'était quand même pas venu l'attendre ?

Dans les premiers mois qui avaient suivi la fusillade, il l'avait pour ainsi dire poursuivie. Il passait régulièrement au Shields. Ou bien, il faisait un saut au WFO, sous le prétexte de voir Maggie, et il trouvait ainsi un moyen de croiser Chelsie. Il lui lançait un sourire sexy et l'invitait à boire un verre ou à dîner. Elle refusait systématiquement, et il avait fini par renoncer.

Ele avait été étonnée qu'il semble vouloir passer une seconde nuit avec elle. Au fil des années, elle avait entendu parler de ses exploits par Maggie, et elle savait que Scott était l'homme des aventures sans lendemain.

Ce n'était pas du tout son style à elle. Mais, cette nuit-là, elle avait tout simplement été incapable de lui résister. Lorsqu'elle était entrée au Shields, elle avait eu l'impression de marcher sur un nuage. Elle était enfin devenue négociatrice au FBI, et elle avait envie de fêter ça. Aucun de ses collègues n'étant disponible, elle était sortie seule. Elle avait l'intention de boire une bière, de se porter un toast à elle-même pour ce qu'elle avait accompli, et de rentrer à la maison.

Puis Scott s'était assis à côté d'elle et lui avait offert cette bière. Parmi toutes les femmes qui se trouvaient là, c'était sur elle qu'il avait jeté son dévolu. Le sourire en coin, l'intensité de son regard concentré uniquement sur elle, le contact de ses doigts effleurant les siens, tout cela lui avait procuré une langueur et une envie qu'elle n'avait encore jamais ressenties.

Ils étaient restés jusqu'à la fermeture, bien longtemps après que les autres agents eurent regagné leurs pénates et, lorsqu'il l'avait invitée chez lui, sa première réaction avait été de refuser. Mais, tandis qu'elle plongeait dans ses yeux couleur chocolat, elle s'était surprise à hocher la tête, le cœur battant la chamade tandis qu'elle lui demandait de lui montrer le chemin.

Alors que les souvenirs lui revenaient, elle réalisa soudain à quel point il lui avait manqué.

Elle essaya de refouler son émotion, d'ignorer la petite voix dans sa tête qui lui murmurait que ça aurait pu marcher, si elle lui avait laissé une chance. Seulement, elle était persuadée que Scott ne voulait rien d'autre que quelques nuits de plus. Leur relation serait éphémère, mais quelqu'un le découvrirait inévitablement. Cela n'aurait aucun effet sur la carrière de Scott, mais la sienne en serait forcément entachée.

Elle avait pour règle d'or de ne pas sortir avec d'autres agents. En tant que femme, c'était prendre le risque que tout le monde se demande comment elle avait réussi au FBI. Elle n'avait pas besoin de ça.

D'autant que cela s'était déjà produit. Pas une fois elle n'avait accepté un rendez-vous avec son superviseur lorsqu'elle était à Los Angeles. Mais il avait montré de l'intérêt pour elle, et la rumeur avait très vite commencé à courir. Pour y mettre fin, il avait fallu qu'elle demande sa mutation à Washington.

Même s'il lui avait plu, leur relation aurait été interdite compte tenu du lien hiérarchique. La question ne se posait pas avec Scott, puisqu'ils ne travaillaient pas dans la même unité. Pourtant elle ne voulait pas prendre de risques, ni avec sa carrière ni avec son cœur. Surtout pour quelqu'un qui ne cherchait rien de sérieux.

A la seconde où elle l'avait rencontré — des années plus tôt —, elle avait compris que le sérieux n'était pas le style de Scott. Elle se trouvait dans un pub avec Maggie, Ella, et quelques collègues. Il était passé devant leur table, les avait saluées avec désinvolture, tout en laissant son regard s'attarder sur toutes les femmes présentes.

Il ne lui avait pas prêté plus d'attention qu'aux autres, mais elle l'avait assurément remarqué. Quand le hasard les avait remis en présence, ça avait été plus fort qu'elle, elle s'était laissée tenter. Et pourtant, elle croyait à l'engagement et aux relations durables.

Peu importe que son pouls s'accélère à la seule pensée, même un an après, de l'incroyable nuit qu'ils avaient passée ensemble. Peu importe que le sens de l'humour de Scott soit aussi parfaitement en phase avec le sien, qu'elle se sente aussi étrangement à l'aise avec lui.

Et tant pis si elle souhaitait que les choses se soient passées différemment. La seule vérité, c'est qu'il lui rappelait beaucoup trop une journée qu'elle voulait désespérément oublier.

Elle essaya de garder un visage impassible, regrettant de ne pas avoir ses lunettes de soleil pour masquer des yeux qui en disait sans doute beaucoup trop.

Avait-il décidé de tenter à nouveau sa chance ?

Etait-elle folle de lui résister ?

A l'instant où il ôta ses lunettes, ses espoirs s'envolèrent.

Il n'y avait aucune chaleur dans son regard, uniquement du détachement professionnel.

— Chelsie.

Son intonation était plate et égale, sans commune mesure avec la façon dont il avait murmuré son nom tandis qu'il s'étendait au-dessus d'elle. Elle se rappelait encore la façon dont sa bouche avait caressé la sienne, exactement comme il fallait, avec une familiarité qu'il n'aurait pas dû connaître. Comment ses mains avaient glissé sur son corps avec la même confiance, la faisant frémir et vibrer sous lui.

Refoulant ce souvenir, elle se raisonna. Si Scott avait su exactement comment la toucher, ce n'était pas parce qu'il y avait entre eux une sorte de connexion magique mais parce qu'il avait une longue pratique.

Sans doute était-il passé à autre chose depuis longtemps, et elle serait bien inspirée de faire de même. Ou au moins de faire un effort pour mieux donner le change.

Serrant les dents, elle tenta de dissimuler la réaction qu'il lui inspirait et le regarda droit dans les yeux.

— Je veux que tu montes en voiture avec moi, déclara-t-il.

— Quoi ? Pourquoi ?

— Connors s'est échappé de prison ce matin. Nous devons assurer ta protection.

Tandis que Scott accélérait à la sortie du parking du WFO, il sentit qu'André l'observait depuis le siège passager. Ils étaient coéquipiers depuis que Scott avait rejoint le HRT. Lorsqu'on mettait sa vie entre les mains de quelqu'un d'autre à chaque mission, on finissait par bien connaître la personne. A l'évidence, André avait compris qu'il se passait quelque chose.

Scott ne lui avait jamais parlé de Chelsie. Il n'était pas du genre à s'étaler sur sa vie sentimentale, mais il n'était pas totalement secret non plus. Cependant, il n'avait pas eu envie de se confier sur ce qui s'était passé cette nuit-là.

Cela lui semblait trop intime, et il avait envie de verrouiller sa mémoire autour de ce souvenir, de le garder rien que pour lui.

Depuis la banquette arrière, Chelsie sortit de son silence.

— Comment s'est-il évadé ?

— En simulant une urgence médicale.

André pivota sur son fauteuil et tendit la main vers elle.

— Agent spécial Diaz. Je suis le coéquipier de Scott au HRT.

— Chelsie Russel, mais vous le savez sans doute déjà. Alors, dites-moi, André, pourquoi une telle mesure de protection ?

En tant qu'agent, elle savait que ce n'était pas la procédure ordinaire quand un criminel sur l'affaire duquel elle avait travaillé venait à s'échapper.

— On a pénétré par effraction dans votre appartement cet après-midi, une heure après l'évasion de Connors, répondit André, fidèle à sa nature directe et franche.

— Quoi ? Pourquoi ne m'a-t-on pas appelée ?

— Tu étais en réunion, dit Scott. Tu as sûrement un message sur ton téléphone.

Scott sentit que Chelsie se penchait vers l'avant et ne put s'empêcher de remarquer l'odeur familière de son shampooing à la framboise.

Il eut envie de tendre le bras et de le passer autour de son cou, mais il se retint, serrant les doigts autour du volant.

Peut-être Chelsie était-elle encore un peu attirée par lui — il avait bien vu la lueur s'allumer dans ses grands yeux bleus quand elle s'était approchée de lui sur le parking —, pourtant elle avait été très claire sur les sentiments qu'elle éprouvait pour lui.

— A-t-il pris quelque chose ? demanda-t-elle d'un ton inquiet. Et comment m'a-t-il trouvée ?

— L'appartement n'a pas été saccagé, répondit Scott. Nous ne savons pas comment il t'a localisée.

— Vous êtes sûrs qu'il s'agissait de Connors ?

— Non, mais sa cellule a été fouillée et apparemment ce type faisait une fixation sur toi.

Scott serra les dents en se rappelant le briefing que l'équipe avait reçu de Froggy une heure auparavant.

Le Bureau voulait une protection pour Chelsie Russell et, dans la mesure où Connors était un ancien militaire, il fallait que cette protection soit assurée par deux snipers.

Le HRT assurait régulièrement des missions de protection, mais il était rare qu'elles s'appliquent à des agents. Scott s'était immédiatement porté volontaire. Il ne manquait pas de snipers qualifiés au HRT, mais on parlait ici de la vie de Chelsie. Il n'imaginait pas ne pas assurer sa protection. Et André, en bon ami qu'il était, avait immédiatement levé la main avec lui.

— Comment a-t-on compris qu'il en avait après moi ? demanda Chelsie, d'une voix crispée.

— Votre nom était écrit de façon répétitive dans un carnet, répondit André. Il avait un accès limité à Internet, et les autorités de la prison ont découvert qu'il avait recherché des informations sur vous.

— Je te jure qu'il ne s'approchera pas de toi, promit Scott.

Au regard en coin que lui lança André, il comprit ce que son intonation avait de personnel.

Un silence gêné envahit l'habitacle. Chelsie la brisa la première.

— Où allons-nous ?

— Nous vous emmenons dans une maison sécurisée, dit André. Il y a un sac pour vous à l'arrière. Nous avons demandé à un des policiers présents sur l'effraction de le préparer.

— Une femme, précisa Scott, ridiculement jaloux à l'idée qu'un homme ait pu fouiller dans le tiroir de lingerie de Chelsie.

— Bien, dit-elle, et Scott songea qu'elle n'avait probablement aucune idée de la direction que ses pensées avaient prise.

Il tourna au hasard dans une rue latérale, faisant mine de flâner dans le quartier, tandis qu'il gardait un œil sur le rétroviseur.

Arrivé au bout de la rue, il tourna au hasard et enchaîna ainsi les bifurcations pendant plusieurs minutes.

— Personne, annonça André.

Ils n'étaient pas suivis. En réalité, ils n'avaient aucune raison de croire que c'était le cas, mais Scott ne voulait prendre aucun risque. Finalement, il reprit l'autoroute et roula vers le sud.

Comble de l'ironie, la maison sécurisée n'était qu'à quinze

kilomètres de chez lui, et dix du lieu de la fusillade. C'était une ferme abandonnée, située au milieu d'un vaste terrain plat et dépourvu de végétation. On pouvait repérer l'arrivée d'intrus à des kilomètres, et il n'y avait aucun endroit où un tireur aurait pu s'embusquer, c'est la raison pour laquelle ils avaient choisi ce lieu.

André et Scott s'y étaient rendus juste après le briefing et avaient tout préparé, laissant la voiture d'André sur place. Puis ils étaient allés chercher Chelsie. Heureusement qu'ils avaient fait vite, car elle n'avait apparemment pas reçu le message lui demandant de ne pas quitter le bureau.

Avec un peu de chance, ils captureraient rapidement Connors, et Chelsie ne risquerait plus rien. Elle pourrait retourner traquer les criminels en col blanc au WFO, et il pourrait continuer à prétendre qu'elle ne lui manquait pas.

Mais, tandis qu'elle se penchait à nouveau, et qu'une odeur de framboise lui emplissait les narines, il révisa son jugement. Avec un peu de chance, Connors resterait en cavale assez longtemps pour lui laisser le temps de convaincre Chelsie de changer d'avis.

Au moment de franchir le seuil de la maison sécurisée, Chelsie s'arrêta net pour observer le lieu, et Scott la percuta.

Il lui saisit rapidement le bras avant qu'elle ne trébuche, et la sensation de ses doigts puissants autour de son coude lui donna la chair de poule. En sentant la chaleur du corps de Scott dans son dos, elle eut envie de prendre appui contre lui. Aussitôt, elle s'écarta et s'avança dans la maison, en essayant de retrouver son calme.

Ça faisait un an ! Et ils n'avaient passé qu'une nuit ensemble. Une nuit incroyable, mais quand même… Comment pouvait-il encore avoir un tel effet sur elle ?

C'était ridicule. En plus, il n'était pas du tout son type. Elle n'aimait pas les play-boys trop beaux, trop charmeurs. Elle sortait avec des comptables, des ingénieurs, relativement séduisants mais pas au point que toutes les femmes se retournent sur eux.

Ils étaient sérieux et rassurants et cherchaient autre chose qu'un peu d'amusement.

— Je vais faire une sieste.

La voix d'André interrompit ses pensées, et elle se tourna pour le regarder.

— Scott et moi avons été appelés pour une affaire, il y a…

Il consulta sa montre.

— Dix-huit heures.

— Bien sûr. Pas de problème, dit-elle, tout en se réprimandant en silence d'être aussi nerveuse.

Mais sans doute André penserait-il que c'était à cause de la situation, et pas à l'idée d'être seule avec Scott.

Le coéquipier de Scott hocha la tête, une expression indéchiffrable sur le visage, et passa devant elle pour se rendre dans une des chambres, son sac à dos sur une épaule, et son sac tactique dans l'autre main. Agé d'une petite trentaine, il était indéniablement sexy avec sa peau cuivrée, ses cheveux noirs et sa silhouette puissamment musclée.

Tandis qu'il disparaissait dans la pièce au bout du couloir, refermant la porte sans bruit, Chelsie tourna la tête et vit que Scott l'observait. Lui aussi était équipé d'un sac de voyage, de son sac tactique, et d'un bagage bleu pâle qui, comprit-elle soudain, devait lui être destiné.

Elle tendit la main vers lui.

— Désolée. J'aurais pu m'en charger moi-même.

Tandis que Scott lui donnait le bagage, ses doigts effleurèrent les siens, et elle se demanda s'il l'avait fait exprès. Un frisson courut tout le long de son bras, qui persista après qu'il se fut écarté.

— Tu devrais t'installer, dit-il.

Déposant ses sacs à terre, il jeta la clé de sa voiture sur la table et ajouta :

— J'ai un appel à passer, et ensuite je veux revoir le dossier.

Chelsie hocha silencieusement la tête, tandis que son estomac se contractait. Après son témoignage au procès de Connors, elle avait espéré ne plus jamais entendre parler de cet horrible jour.

Le simple fait de repenser à l'affaire provoqua en elle un

afflux de souvenirs : l'odeur métallique du sang charriée par le vent, la chaleur du soleil brûlant ses épaules, la déflagration du fusil et la chute d'une nouvelle victime après que ses tentatives pour parlementer eurent échoué.

Elle tourna le dos à Scott, espérant qu'il n'avait pas eu le temps de voir les émotions sur son visage, et suivit le couloir jusqu'à une autre chambre.

Une fois à l'intérieur, elle ferma la porte et s'appuya contre le chambranle, observant les lieux tandis que son rythme cardiaque ralentissait jusqu'à redevenir normal. Les volets étaient fermés sur l'unique fenêtre, et elle les laissa ainsi. L'ameublement était réduit au strict minimum : un lit simple, une table de chevet, et une commode, tous dépareillés. Un vieux guéridon poussiéreux était posé dans un coin, avec une radio dessus.

Elle posa son sac de voyage au pied du lit, sans prendre la peine de vérifier ce qu'il y avait dedans, et se laissa tomber sur le matelas. Les ressorts du lit s'enfoncèrent profondément sous son poids, tandis qu'elle observait les murs blancs.

Extérieurement, la bâtisse était dans le même style rustique que le chalet de Scott. Mais la maison de ce dernier était pleine de charme et d'originalité.

Pour quelqu'un qui avait la réputation d'être un homme à femmes, elle s'attendait à une véritable tanière de célibataire : canapés en cuir, télévision à écran plat géant, jeté de lit en fourrure noir sur un matelas king-size. Au lieu de quoi, elle avait découvert qu'il aimait les tons neutres, avec des touches de bleu et de vert, les meubles anciens et les photos de famille. Elle n'était allée chez lui qu'une fois et avait passé la plus grande partie du temps dans son lit. Cependant, elle était capable de décrire son intérieur beaucoup mieux que celui d'amis à qui elle avait rendu visite des dizaines de fois.

— Je ne sais pas combien de temps je serai absent.

La voix de Scott avait porté jusque dans la pièce, assez fort pour qu'elle l'entende. Apparemment, il s'était installé dans la troisième chambre, et il était en train de téléphoner.

Avec sa petite amie ?

Etait-il possible que Scott ait une relation sérieuse et qu'il manque à sa compagne au point que cette dernière s'inquiète de ne pas le voir pendant plusieurs jours ?

Chelsie s'efforça de repousser cette pensée et de se convaincre que ça ne la regardait pas.

Pourtant, elle ne put s'empêcher de tendre l'oreille tandis qu'il ajoutait :

— Garde un œil sur elle, d'accord ?

Il semblait stressé, comme si la personne dont il voulait qu'on s'occupe était quelqu'un qu'il ne souhaitait pas laisser seule. Comme s'il avait voulu s'en occuper lui-même.

S'agaçait-il de devoir surveiller Chelsie à la place ?

Ça suffit ! se dit-elle. Scott lui avait donné de nombreuses opportunités d'être avec lui. C'est elle qui avait refusé. Elle n'avait pas le droit d'être jalouse de la personne qui avait à présent son attention.

Mais, tandis qu'elle entendait Scott dire au revoir à son correspondant, elle se rendit compte qu'elle se berçait d'illusions.

En réalité, elle n'avait pas cessé de penser à lui tout au long de l'année qui venait de s'écouler. Pourtant il ne représentait pas une véritable option, seulement une distraction momentanée, et elle devait en prendre son parti.

Elle se leva, redressa les épaules, et se dirigea vers la porte qu'elle ouvrit d'un geste décidé.

Scott se trouvait de l'autre côté, la main levée comme s'il s'apprêtait à frapper. Il abaissa lentement le bras tandis qu'elle le dévisageait.

Et puis soudain, avant qu'elle ait eu le temps de bouger, il fit un pas en avant et inclina la tête vers elle.

La lenteur des mouvements de Scott laissait à Chelsie le temps de s'écarter, mais elle ne put se résoudre à rompre la magie de l'instant. Ce fut elle, alors, qui s'avança vers lui, se hissant sur la pointe des pieds, et glissant ses doigts dans ses cheveux.

La bouche de Scott s'abattit avec rudesse sur la sienne. Elle étouffa un soupir, retrouvant une sensation familière tandis qu'il l'enveloppait de ses bras.

Alors qu'il l'embrassait, elle se retrouva transportée un an en arrière.

Comme si le massacre n'avait jamais eu lieu.

Comme si elle avait accompagné Scott chez lui au sortir du Shields — le seul acte véritablement spontané et irréfléchi qu'elle ait jamais commis.

Comme si c'était le début de quelque chose, au lieu d'un événement depuis longtemps terminé.

Cette pensée la ramena brutalement à la réalité.

Dénouant ses doigts des cheveux de Scott, elle se pressa contre son torse alors qu'il essayait de la pousser vers le lit.

Il rejeta la tête en arrière et plongea dans ses yeux un regard intense, avant qu'un sourire ironique n'apparaisse sur ses lèvres.

— Tu joues toujours à tes petits jeux avec moi, Chelsie ?

Sa voix était comme une caresse en prononçant son nom, mais son expression exprimait du dégoût. Contre elle ou contre lui ? Elle n'aurait su le dire.

Mais, lorsqu'il tourna le dos et quitta sa chambre, elle ne le rappela pas.

3

— Tu veux jeter un œil à ça ? demanda Scott à Chelsie, alors que cette dernière émergeait de la chambre.

Il avait pris place à la vieille table en pin de la cuisine, son ordinateur portable posé devant lui.

Plongé dans le dossier du poste de police de Washington DC, il ne détacha pas les yeux de l'écran tandis qu'elle s'avançait lentement.

Elle s'arrêta dans son dos, se pencha par-dessus son épaule, et une mèche de cheveux blonds soyeux lui caressa le bras, avant qu'elle ne la repousse derrière son oreille.

— Qu'est-ce que c'est ?

Son intonation exprimait de la gêne et du ressentiment, comme si elle le considérait comme responsable de ce qui s'était passé dans sa chambre quinze minutes plus tôt. Certes, en croisant le regard énigmatique de ses grands yeux bleus, il n'avait pas pu se retenir de l'embrasser.

Il ne savait pas à quoi elle jouait.

Un an plus tôt, elle s'était empressée de le suivre chez lui. Puis elle lui avait fait savoir qu'elle ne voulait rien de plus. Mais tout à l'heure, sur le parking du WFO, elle n'avait pas dissimulé son désir pour lui, aussi évident qu'une enseigne au néon.

Il n'était qu'un homme. Et elle était la seule femme qu'il n'avait pas été capable d'évacuer de sa tête après avoir fait l'amour avec elle.

Il avait pourtant fait des efforts pour l'oublier durant les six derniers mois. Il était passé d'une aventure à une autre, comme s'il cherchait à établir un record. Et il commençait à en avoir assez.

Comment aurait-il pu se douter qu'il suffirait de respirer le shampooing de Chelsie pour revenir à la case départ ?

Pourquoi avait-il eu l'idée saugrenue de se porter volontaire pour cette mission ?

Il se déplaça sur le côté pour qu'elle puisse voir l'écran. Une image de l'intérieur de l'appartement de Chelsie y apparaissait.

Elle eut un petit sursaut, avant de se pencher un peu plus près.

— Qu'est-ce que c'est que ça ?

— Les photos ont été prises par les flics appelés pour l'effraction. Je leur ai demandé de me les envoyer par mail pour que tu puisses voir s'il manque quelque chose.

Il pivota sur son siège de façon à pouvoir la regarder, tout en veillant à ne rien laisser transparaître de ses émotions.

Penchée pour scruter l'écran, elle n'était qu'à quelques centimètres de lui, son genou pressant contre sa jambe.

Lorsqu'elle se retourna, il vit dans ses yeux qu'elle n'était pas aussi insensible qu'elle voulait le lui faire croire.

Plissant le front, elle reporta son attention sur l'écran.

— D'après ce que je peux voir, il ne manque rien, répondit-elle.

Scott cliqua sur la photo suivante qui montrait sa chambre.

Les murs étaient rose pâle, le couvre-lit était en épais coton blanc, et sur la commode se trouvaient plusieurs flacons de parfums, ainsi qu'un présentoir à bijoux.

C'était incroyablement féminin, et ça ne correspondait pas du tout à l'idée qu'il s'était faite de la chambre de Chelsie.

Portait-elle vraiment du parfum et des bijoux ? En tout cas, pas au travail, exception faite du petit médaillon en or qui ne la quittait jamais.

— Et dans cette pièce ? demanda-t-il.

Elle se balança nerveusement d'un pied sur l'autre, et ses joues s'empourprèrent derrière le rideau de ses cheveux blonds.

Apparemment, elle n'aimait pas qu'il ait un aperçu de sa vie privée, de l'appartement où elle ne l'avait jamais invité.

— Je ne pense pas, marmonna-t-elle.

Scott ouvrit de nouvelles photos où l'on voyait sa cuisine, sa salle de bains, même l'intérieur de ses placards. Chaque fois, Chelsie secoua la tête en signe de dénégation.

Il haussa les épaules.

— Ça valait la peine d'essayer. Les flics ont dit qu'il n'avait pas fait de dégâts. Les voisins ont dû le faire fuir.

— Il est peut-être parti parce que je n'étais pas là et que rien d'autre ne l'intéressait, rétorqua Chelsie.

Scott hocha lentement la tête.

— C'est possible.

Mais Connors était un tireur d'élite, il aurait très bien pu s'embusquer sur le toit de l'immeuble situé de l'autre côté de la rue, attendre que Chelsie rentre chez elle, et l'abattre au moment où elle sortait de sa voiture.

Avait-il décidé de pénétrer par effraction dans son appartement parce qu'il était en cavale et ne pouvait pas prendre le risque de l'attendre ?

Ou était-ce parce qu'il avait autre chose en tête que de la tuer ?

En tout cas, Scott était soulagé que Connors ait commis cette erreur, car cela avait obligé le Bureau à agir et à faire en sorte d'assurer la sécurité de Chelsie.

— A quoi penses-tu ? demanda-t-elle.

Il secoua la tête, ne voulant pas l'effrayer.

De toute façon, il ignorait pour le moment ce que voulait Connors, et il ne servirait à rien de perdre son temps en vaines conjectures.

— Scott…

Embarrassée, Chelsie se mit à faire tourner son pendentif entre ses doigts.

— A propos de tout à l'heure…

— Oui ?

Elle grimaça, avant de se résoudre à le regarder dans les yeux.

Elle voulait sans doute qu'il enchaîne, qu'il dise combien il regrettait, que c'était une erreur, que ça ne se reproduirait plus…

Mais il n'avait pas envie de lui faciliter les choses.

Pour le moment, elle était peut-être dans une phase où elle

avait envie de garder ses distances avec lui, mais il était persuadé que ses sentiments ne tarderaient pas à se réchauffer.

Et, quand ça se produirait, il n'avait pas l'intention de lui tourner le dos.

Chelsie rougit, comme si elle pouvait lire dans ses pensées.

— Je crois que nous devons oublier ce qu'il y a eu entre nous. J'ai la certitude que Connors sera bientôt arrêté et que tu pourras retourner à tes occupations habituelles, au lieu de perdre ton temps avec moi.

Elle ne savait donc pas qu'il s'était porté volontaire pour assurer sa protection ?

Plutôt que de le lui dire, il se concentra à nouveau sur son ordinateur.

— Nous devrions étudier à nouveau le dossier de l'année dernière, suggéra-t-il.

— Pourquoi ?

— Parce que ça pourrait nous apprendre des détails utiles.

— Quel genre de détails ?

Plissant les yeux, Scott observa la ligne pincée des lèvres de Chelsie, le pli soucieux de son front, la crispation de sa mâchoire.

Elle n'avait pas envie de voir les photos, comprit-il soudain.

Il pouvait le comprendre. Lui-même n'aimait pas particulièrement regarder des clichés de scènes de crime.

Mais cela faisait partie du métier. Et, même si Chelsie avait choisi de s'orienter vers un autre genre de criminalité, elle n'en avait pas moins commencé dans la cellule d'antiterrorisme. Et elle avait probablement vu bien pire.

Etait-ce parce qu'elle s'était trouvée sur place, dans le feu de l'action ?

Il savait, pour avoir entendu son témoignage lors du procès de Connors, qu'elle avait essayé de le raisonner avant la fusillade. Mais elle était arrivée sur la scène environ soixante secondes avant qu'il ne tue tout le monde, sauf elle. Ce n'était pas suffisant pour établir un lien et entamer une négociation. Pas suffisant pour le faire changer d'avis, ou gagner du temps jusqu'à ce que le HRT puisse agir.

En tant que négociatrice, elle le savait forcément. Certains criminels étaient déterminés à tuer coûte que coûte, et rien ni personne ne pouvait les détourner de la mission qu'ils s'étaient fixée.

— Ce n'était pas ta faute, Chelsie, dit-il d'une voix douce.

— Bien sûr que non, répliqua-t-elle, mais il devina qu'elle n'y croyait pas.

— C'est pour ça que tu as renoncé à être négociatrice ?

— Je n'ai pas envie d'en parler. Et je ne pense pas que ça servira à quoi que ce soit de regarder de vieilles photos. De toute façon, un avis de recherche a dû être lancé contre Connors, et il ne tardera pas à être arrêté.

Sur ces mots, elle lui tourna le dos et se précipita vers sa chambre.

Scott resta assis à fixer son écran sans le voir. Moralement, le bilan était lourd — la mort de neuf militaires qui laissaient derrière eux des épouses et des enfants —, et il comprenait que cela puisse peser sur les épaules de Chelsie.

Au HRT, Scott avait vu trop de gens mourir. Dans ce genre de métier, il arrivait parfois qu'il n'y ait rien à faire, que des vies soient perdues avant qu'ils aient eu le temps d'agir. Mais il se consolait en songeant à toutes les personnes qu'il avait réussi à sauver.

Une rage soudaine s'empara de lui tandis qu'il mesurait toute l'ampleur des dégâts commis par Connors. Le forcené n'avait pas seulement ôté la vie à neuf hommes valeureux. Il avait aussi brisé une carrière prometteuse.

S'il n'avait pas eu l'occasion de voir Chelsie en action, il avait suffisamment entendu parler d'elle par Maggie et par d'autres agents du WFO pour connaître sa valeur professionnelle.

S'arrachant à ses pensées, il se plongea dans le dossier de l'année précédente. Chelsie avait l'air de penser que cela ne servirait à rien, mais il était persuadé que l'explication du comportement présent de Connors s'y trouvait.

Ensuite, il pourrait se consacrer à un autre problème.

Il ne s'agissait plus cette fois de trouver un moyen d'attirer à nouveau Chelsie dans son lit, mais de la convaincre de retourner à sa carrière de négociatrice.

Et, si par hasard elle tombait amoureuse de lui dans la foulée, il ne s'en plaindrait pas.

La peur faisait battre à tout rompre le cœur de Chelsie tandis qu'elle longeait le centre culturel, accroupie, plaquée autant que possible contre le mur en briques. Le seul son qui lui parvenait était celui du fusil. Des cadavres jonchaient le parking, leur sang coulant lentement vers elle.

Tout le monde était mort. Elle était nulle, nulle, nulle…

Une nouvelle déflagration retentit.

Elle se redressa, respirant trop fort.

Tout était noir, à part le rai de lumière qui filtrait sur sa gauche, et il lui fallut une minute pour rassembler ses esprits, pour accommoder sa vision.

Elle était dans la chambre de la résidence sécurisée. Elle avait rêvé.

Elle avait refait ce rêve dont elle croyait s'être débarrassée depuis six mois. Mais elle n'était pas au centre culturel, prise pour cible par un tueur. C'était terminé. Elle était en sécurité.

Tant que Connors ne la retrouverait pas.

Scott se tenait sur le seuil, éclairé en contre-jour par la lumière du hall, tenant son ordinateur portable à la main.

Machinalement, Chelsie remonta les couvertures sous son menton.

Elle avait conscience du ridicule de sa réaction. La policière chargée de lui préparer un sac avait choisi un pyjama tout à fait pudique, composé d'un short et d'un T-shirt. Mais Scott l'avait déjà vue nue, avait déjà posé ses mains et sa bouche, sur chaque parcelle de sa peau.

— Qu'est-ce que tu fais là ? demanda-t-elle d'une voix enrouée, toute en jetant un coup d'œil à la pendulette posée sur la table de chevet.

Elle s'était couchée des heures plus tôt, après avoir partagé un étrange et silencieux repas avec Scott. André s'était réveillé peu avant qu'elle ne se retire dans sa chambre, avait avalé la dernière part de pizza froide, et avait pris le tour de garde suivant.

— J'ai frappé, dit Scott, d'un ton d'excuse. Ça va ?

— Très bien.

Il alluma le plafonnier, avant de s'avancer dans la chambre.

— Ils ont trouvé Connors ?

— Pas encore.

Elle se laissa aller contre la tête de lit, en faisant retomber les couvertures.

— Alors, qu'est-ce que tu veux ?

Son regard courut sur elle, et elle se crispa tandis qu'il s'avançait, d'un pas lent et sûr. Son jean et son T-shirt moulaient à la perfection sa silhouette à la fois élancée et musclée.

Un an plus tôt, au Shields, il avait exactement la même allure, nonchalante et sexy, et elle se rappela pourquoi elle avait balayé d'un seul coup trente-quatre ans de prudence, suivant chez lui un presque inconnu.

A bien des égards, il était toujours un inconnu.

Ils avaient discuté au Shields, découvert qu'ils pouvaient se faire rire l'un l'autre, qu'ils avaient la même façon d'envisager leur carrière… Mais, après avoir quitté le bar, il avait cessé de bavarder.

Elle pouvait décrire dans ses moindres détails la marque de naissance sur le haut de sa cuisse, mais elle ignorait s'il avait des frères et sœurs en dehors de Maggie, ce qu'il avait fait avant de rejoindre le Bureau, ou comment il occupait son temps libre.

Tandis qu'il s'asseyait sur le rebord du matelas qui s'enfonça sous son poids et le fit basculer vers elle, elle éprouva de la tristesse en pensant qu'elle le connaissait si peu.

Peut-être n'était-il pas trop tard ? Elle ouvrit la bouche pour lui poser une question, mais il parla le premier.

— Je voudrais que tu regardes les images de la fusillade.

Elle se redressa, s'écartant de lui tandis qu'il lui tendait son ordinateur portable.

— Quoi ? Mais, non…

Elle avait réagi d'une manière un peu hystérique, mais elle s'en moquait. Les cauchemars avaient déjà recommencé. Elle n'avait pas envie d'aggraver les choses en étudiant ces photos.

Finalement, un peu honteuse que Scott la voie ainsi, lui qui prenait tant de risques dans son métier, elle changea d'avis et attrapa l'ordinateur.

A sa grande surprise, ce n'était pas un cliché qui était à l'écran, mais un dessin représentant l'emplacement des victimes et du tireur, et indiquant les distances.

— Tu m'expliques, demanda-t-elle en tournant un regard surpris vers Scott.

— Connors se trouvait ici, dit-il, en pointant l'emplacement marqué « suspect ».

Il déplaça son doigt sur la croix à côté de la porte du centre culturel. En dessous, il était inscrit « Agent Spécial Russel ».

— Et ça, c'est toi, d'accord ?

— Oui. Et alors ?

— Tu ne comprends pas ? C'est pourtant évident. Si Connors n'a pas tiré sur toi, ce n'est pas parce qu'il ne le pouvait pas.

— De quoi parles-tu ?

— Regarde où il se trouve.

— Eh bien ?

— J'ai calculé la distance. Il avait un angle de tir parfait. Ce qui veut dire qu'il a choisi de te laisser en vie.

Il marqua une pause pour souligner son effet.

— Il a choisi de t'épargner toi, et rien que toi.

4

Chelsie dévisagea Scott sans comprendre.

— Comment cela, il m'a laissée en vie ?

— Il avait l'occasion de te tuer, Chelsie. Nous avons retrouvé ses douilles. Il était placé suffisamment en hauteur sur les gradins pour t'atteindre.

— Si c'est vrai, pourquoi ne l'a-t-il pas fait ? demanda Chelsie, incrédule.

— Comment veux-tu que je le sache ? répliqua Scott d'un ton las.

Elle l'observa plus attentivement, découvrant les cercles sombres sous ses yeux. André avait dit qu'ils étaient sur le pont depuis dix-huit heures avant de la conduire à la résidence sécurisée. Et cependant, au lieu de dormir un peu, Scott avait à nouveau étudié le dossier.

Soudain, elle ressentit quelque chose qui ressemblait à de l'affection et s'efforça de l'ignorer.

— Tu t'es peut-être trompé dans tes calculs, suggéra-t-elle d'une voix douce pour ne pas le vexer.

Il secoua la tête, manifestement plus épuisé que froissé.

— C'est le même genre de calcul que je fais mentalement quand j'arme mon fusil, Chelsie. Si je me trompe, je risque de tuer un otage à la place du criminel. Ces calculs, je pourrais les faire en dormant. Fais-moi confiance, je ne me trompe pas.

— Dans ce cas, pourquoi est-ce que personne ne s'en est rendu compte avant ?

Il soupira.

— Je n'en sais rien. Une erreur d'interprétation sans doute.

Cela n'avait aucun sens, songea Chelsie. Clayton Connors souffrait de stress post-traumatique après avoir vu son unité mourir dans l'explosion de leur véhicule, frappé par une bombe au cours d'une embuscade. Il avait quitté l'armée et avait entamé une thérapie. Et puis un jour, il avait été pris d'un coup de folie et s'en était pris à des recruteurs de l'armée.

Rejetant les couvertures, elle se leva et se dirigea vers le coin opposé de la chambre.

Se sentant soudain trop exposée face à Scott, qui lui apparaissait diaboliquement tentant alors qu'il se trouvait ainsi sur son lit, elle croisa les bras sur sa poitrine.

— Ce type est fou. On se moque un peu de la raison pour laquelle il m'a épargnée, non ?

Mais, tout en disant cela, elle avait conscience de chercher à éviter le sujet.

Le fait que Connors la laisse en vie ne cadrait pas avec ce qu'ils savaient du déroulement de la journée. Et encore moins avec l'idée qu'il la traque aujourd'hui pour accomplir ce qu'il n'avait pas pu faire la première fois, si son intention initiale n'avait jamais été de la tuer.

Mais dans ce cas que lui voulait-il ?

Un frisson la traversa, et elle espéra que Scott ne le remarquerait pas.

Il posa son ordinateur et vint vers elle, s'approchant au point qu'elle aurait pu poser sa tête sur son épaule si elle s'était légèrement penchée vers lui.

— C'est toi qui entres dans la tête des gens, dit-il. A toi de me dire si c'est important.

— Tu dois me confondre avec Ella. C'est elle la profileuse.

Scott lui lança un regard incrédule.

— Oh ! allez ! Tu étais une bonne négociatrice parce que tu comprenais ce que voulaient les gens. Comment aurais-tu pu y parvenir sans entrer dans leur esprit ?

— Au cas où tu l'aurais oublié, j'étais une négociatrice déplorable.

— C'est faux. Connors est un cinglé. Tu n'aurais jamais pu le convaincre, même si tu avais eu trente jours devant toi. Alors, avec les trente secondes dont tu disposais…

Chelsie posa les mains sur ses hanches.

— Tu viens de dire juste avant que Connors n'était pas un cinglé. Qu'il avait fait le choix délibéré de ne pas me tuer, au lieu de se laisser mener par une sorte de rage aveugle. Puisque tu es si sûr qu'il avait un angle de tir, explique-moi ce que toi tu en penses. Tu dois avoir bien plus d'expérience que moi de ce genre de situation.

— Eh bien, en tout cas, rappelle-moi de ne plus jamais te réveiller sans que tu aies eu une bonne nuit de sommeil auparavant. Tu es sérieusement à cran sans ton café.

— Désolée. On en reparle demain. Après mon café.

— La Chelsie dont je me souviens n'aurait pas lâché le morceau aussi vite.

— Ne te fais pas d'illusions, Scott. Tu ne me connais pas.

Il la regarda longuement, jusqu'à ce qu'elle ne puisse s'empêcher de s'agiter nerveusement.

— Je ne te connais peut-être pas, finit-il par reconnaître. Mais je ne crois pas être celui qui se fait des illusions.

Avant qu'elle ait eu le temps de répondre, il lui tourna le dos et quitta la pièce.

Lorsque la porte se referma sans bruit derrière lui, Chelsie se laissa tomber sur le lit, en proie à un mélange de colère, de tristesse et de honte.

Qu'avait voulu dire Scott ? A propos de quoi se faisait-elle des illusions ?

— Je suis désolée.

Bien que les pas de Chelsie dans le couloir l'aient immédiatement alerté, Scott cilla sous l'effet de la lumière qui venait du couloir.

Elle se tenait sur le seuil, l'air contrit, et il put constater qu'elle avait enfilé un jean.

Il bailla et se frotta les yeux pour bien lui montrer qu'elle l'avait réveillé. Elle marmonna quelques mots d'excuse tout en jetant au passage un coup d'œil sur son torse nu, ce qui le ravit. Voilà qui confirmait une fois de plus que son indifférence à son égard était feinte.

— Pas de problème, dit-il.

Il s'attendait à ce qu'elle tourne les talons et regagne sa chambre, mais elle s'avança et s'assit sur l'extrême bord du lit.

— Ça fait un an que c'est arrivé. Pourquoi voudrait-il s'en prendre à moi maintenant ? Ce n'est pas sur mon témoignage qu'il a été condamné.

— Tu étais le seul témoin oculaire de la scène…

— Mais je ne l'ai pas vu, lui ! Je ne pouvais pas l'identifier comme étant le tireur.

— C'est précisément ce que j'allais dire, reprit posément Scott. Je suis d'accord avec toi. Ton témoignage n'a pas été déterminant à son procès. Avec ou sans toi, il allait tomber.

Chelsie croisa les bras sur sa poitrine, comme si cela pouvait suffire à la protéger de Connors et de ce qui s'était passé ce jour-là.

Scott eut envie brusquement de lui demander ce qui lui était arrivé. Ce qu'était devenue la négociatrice forte et déterminée qu'il avait invitée chez lui après l'avoir rencontrée au Shields. Il avait du mal à croire qu'elle s'était autant laissée déstabiliser par Connors.

Mais il avait la certitude qu'elle se braquerait s'il lui posait la question. Il opta donc pour un autre sujet.

— Je crois que si nous parvenons à découvrir ce qu'il cherche, ça nous aidera à retrouver sa trace.

— Qu'obtiendrait-il de plus en me tuant maintenant ?

— Je n'en sais rien.

Il essaya de poser la main sur son bras, mais elle eut un mouvement de recul.

— Tu es en sécurité ici, ajouta-t-il, en essayant de ne pas se laisser affecter par son attitude.

— Je ne m'inquiète pas.

Lorsqu'il croisa son regard, il vit qu'elle disait vrai. Elle avait confiance en lui et en André pour assurer sa sécurité.

C'était mieux que rien, mais il voulait autre chose.

Il voulait bien plus que ça.

— Pourquoi crois-tu qu'il n'a jamais rien voulu dire pour sa défense au tribunal ? demanda Chelsie.

Alors qu'il était en train de se demander comment aborder à nouveau ce qui s'était passé entre eux, Scott essaya de se concentrer.

— Quels arguments aurait-il pu avancer ? Il devait penser que les gens auraient pitié de lui à cause de son stress post-traumatique, et que le fait de plaider la folie suffirait.

— Je ne sais pas… Il aurait pu au moins essayer d'expliquer ce qu'il avait vécu, et comment il en était arrivé là. Après tout, c'était un héros de guerre. Et il a vu mourir toute son unité…

— De toute façon, nous n'allons pas réécrire l'histoire, trancha Scott en réprimant un bâillement. Ce qu'il faut, c'est essayer de comprendre sa motivation actuelle.

— Il a peut-être trouvé quelqu'un d'autre à blâmer. L'année dernière, c'étaient les militaires. A présent, il a décidé que c'était mon tour.

Scott n'y croyait pas. Mais il n'était ni négociateur ni profileur.

— Je vais appeler Ella demain. Elle aura peut-être des suggestions à nous soumettre.

— C'est une bonne idée. Et si on essayait maintenant ?

Scott jeta un coup d'œil à la pendulette posée sur sa table de chevet.

— Il est plus de minuit.

— Ella est un oiseau de nuit, non ? En tout cas, elle en avait la réputation quand elle était à l'Académie.

— Je préfère l'appeler demain, décida Scott.

Chelsie ne parut pas satisfaite de cette réponse, pourtant elle hocha la tête et se leva.

— Très bien.

Comme elle se dirigeait vers la porte, Scott la retint par ces mots :

— Puisque nous parlons de motivation, je voudrais te demander quelque chose.

Il savait qu'il n'aurait pas dû, mais c'était plus fort que lui.

— Pourquoi as-tu donné à Connors le pouvoir de te faire renoncer à la négociation ?

Elle sursauta, et il aima la soudaine lueur de colère dans ses yeux. Il préférait qu'elle soit combative plutôt qu'abattue.

Avant qu'elle n'ait eu le temps de protester, il ajouta :

— Ça fait partie des risques du métier. Tu ne peux pas sauver tout le monde. Ça ne te ressemble pas de renoncer aussi vite.

— Tu ne me connais pas, reprit-elle d'un ton buté.

— Tu es bien capable de me tenir tête. Pourquoi ne montres-tu pas autant d'énergie à te battre pour un travail que visiblement tu adorais ?

Là encore, il ne la laissa pas répondre et essaya une autre tactique.

— Et d'ailleurs, pourquoi as-tu choisi la négociation ?

Il se dit qu'elle allait sans doute lui répondre que ça ne le regardait pas, pourtant elle réagit en lui posant une autre question.

— Et toi, pourquoi as-tu choisi le FBI ? Tu peux me le dire ?

Elle s'avança, une lueur courroucée dans le regard, et il sut qu'il était allé trop loin avant même qu'elle n'ajoute :

— Tu veux me parler de tes motivations ? Tu veux me raconter ce qui est arrivé à Maggie ?

Scott bondit si vite hors du lit que Chelsie fit trois pas en arrière. L'agression de sa sœur remontait à dix ans. C'était cet événement qui l'avait incité à rejoindre le Bureau. Et Chelsie n'était pas la première personne ni le premier agent fédéral à l'interroger sur ce sujet. Mais cette façon de lui jeter les faits à la figure le contrariait plus que n'importe quelle réponse qu'elle aurait pu lui donner.

Finalement, songea-t-il, tandis qu'il la fixait droit dans les yeux, il avait vu juste. Chelsie était capable d'entrer dans la tête des gens. A cet instant précis, elle avait compris comment se servir de sa seule faiblesse émotionnelle pour le déstabiliser et le maintenir à distance.

— Très bien, dit-il froidement, d'une voix qui était à peine plus qu'un murmure. Tu veux te débarrasser de moi ? Eh bien, bravo ! Tu as réussi.

Il désigna la porte.

— Sors d'ici, ordonna-t-il.

5

Tandis qu'elle se dirigeait lentement vers le salon, Chelsie se demandait quelle mouche l'avait piquée.

Pourquoi avait-elle abordé aussi brutalement le sujet de l'agression de Maggie ?

Même si celle-ci n'avait pas été son amie, cette façon d'agir aurait été impardonnable. D'autant plus que le violeur de Maggie était toujours dans la nature, faisant une nouvelle victime chaque année.

Sa réaction avait peut-être été motivée par l'expression déterminée de Scott, quand ce dernier lui avait demandé d'évoquer ses souvenirs de la fusillade. Elle avait compris alors qu'il la harcèlerait jusqu'à ce qu'il obtienne ce qu'il voulait.

Il avait eu le même genre d'expression implacable quand elle lui avait pris la main dans le bar, se laissant guider jusqu'à son repaire.

Et l'idée d'utiliser pour elle-même ses talents de psychologue — ce qu'elle avait évité de faire depuis un an — déclenchait en elle un véritable sentiment de panique.

C'est pourtant ce qu'elle venait de faire avec Scott. Elle avait deviné comment lui faire mal pour l'obliger à faire machine arrière.

Il avait raison à son sujet. Elle comprenait vraiment comment fonctionnait le cerveau des gens. Elle savait ce qu'ils voulaient et ce qu'ils ne voulaient pas, ce dernier aspect étant le plus important pour les négociations.

Pourquoi avait-elle échoué ce fameux jour ?

S'abriter derrière le fait qu'elle n'avait pas eu assez de temps pour convaincre le tireur était une excuse trop facile à ses yeux. Il y avait sans doute une part de vérité dans cet argument, mais elle aurait néanmoins dû être capable d'entrer en connexion avec Connors.

Il aurait fallu pour cela qu'elle eût connaissance de ce qu'il avait vécu quand il était militaire. Il devait considérer son unité comme sa propre famille. Dès lors, la perte de ses camarades avait dû lui procurer le même sentiment de deuil que la perte d'un proche.

Chelsie était sensible à ce genre de perte. Sa propre mère était elle aussi militaire et, lorsqu'elle avait trouvé la mort en mission, sa fille n'avait qu'un an.

Peu importait que Chelsie ne se souvienne pas d'elle. Peu importait qu'elle ait réussi à établir un lien très fort avec la femme que son père, militaire également, avait épousée quelques années plus tard, ainsi qu'avec ses demi-frères. Elle ressentait toujours un vide immense, regrettant de ne pas avoir connu sa mère, regrettant plus encore de ne pas l'avoir aujourd'hui à ses côtés pour se confier à elle et partager des moments de complicité à deux.

Si elle avait connu dès le départ la situation de Connors, elle aurait pu utiliser sa propre expérience pour établir un lien et le faire hésiter. Peut-être suffisamment longtemps pour que ces cibles puissent courir se mettre à l'abri.

— Salut, Chelsie.

Elle fut heureuse d'entendre la voix d'André, alors que ses pensées prenaient une direction qu'elle préférait éviter.

Elle fit glisser son médaillon le long de la chaîne autour de son cou, et adressa un signe de tête au coéquipier de Scott.

Etendu sur le canapé recouvert d'un vilain plaid marron, André lisait un roman qu'il posa avant de désigner la télévision.

— Tu ne peux pas dormir ? Tu veux regarder une émission ?

Chelsie secoua la tête et s'assit dans le fauteuil situé de l'autre côté de la table basse sur laquelle Scott avait abandonné les clés de la voiture.

Il n'y avait aucun objet de décoration dans la pièce — sans doute n'était-ce pas nécessaire pour une résidence sécurisée — et il se dégageait de l'endroit une impression terriblement déprimante.

— J'ai connu pire, dit André, comme s'il devinait ses pensées. Heureusement, nous ne devrions pas rester longtemps. Le FBI a déployé beaucoup de ressources pour retrouver Connors.

Il parlait avec la confiance d'un agent qui échouait rarement.

Repliant ses jambes sous elle sur le coussin du fauteuil, Chelsie étudia le coéquipier de Scott. Ténébreux était le terme qui convenait le mieux pour le décrire. Rien à voir avec la nonchalance et le sourire facile de Scott. Malgré sa silhouette puissamment musclée, André correspondait mieux à l'idée qu'on se faisait d'un sniper : calme et observateur.

Il était évident que, même s'il n'était pas déjà au courant de leur relation, il avait remarqué l'intimité existant entre Scott et elle.

— Ça fait longtemps que tu travailles en binôme avec Scott ? demanda Chelsie.

La question lui était venue comme ça, et elle espéra que Scott n'irait pas s'imaginer qu'elle allait à la pêche aux informations.

André haussa légèrement les sourcils.

— Environ un an et demi. Depuis qu'il a rejoint le HRT.

Chelsie fut surprise de découvrir que Scott n'occupait ses fonctions que depuis six mois quand il avait été appelé sur la scène de la fusillade. A sa façon de gérer la crise, elle aurait pu jurer qu'il était dans l'équipe depuis des années.

André lui lança un regard interrogateur, comme s'il attendait d'autres questions. Mais elle se leva, et annonça qu'elle devait passer un appel.

Il consulta sa montre, sans dissimuler sa surprise.

— Mais il est une heure et demie du matin.

— Ce n'est pas un problème. Mes frères habitent en Californie. Il n'est que 22 h 30 là-bas.

C'était vrai, mais l'appel auquel elle songeait n'était pas destiné à ses frères.

Scott avait peut-être envie d'attendre le lendemain pour appeler Ella Cortez, mais Chelsie était persuadée que son amie était encore éveillée.

André hocha la tête et reprit son livre. Mais à la façon dont il la suivit des yeux tandis qu'elle quittait la pièce, elle comprit qu'il avait deviné qu'elle mentait.

Une fois dans sa chambre, la porte soigneusement fermée, Chelsie utilisa son portable pour appeler Ella, en espérant que son amie serait effectivement réveillée.

Ella décrocha à la deuxième sonnerie et ne semblait pas le moins du monde endormie.

— Ella ? C'est Chelsie Russell.

— Oui.

Elle entendit Ella couvrir partiellement le téléphone et dire « attends, Logan ».

Chelsie se souvint alors qu'elle n'avait pas vu Ella depuis plusieurs mois et que cette dernière venait alors de rencontrer un inspecteur de police à l'autre bout du pays. Depuis, elle avait appris qu'ils s'étaient fiancés.

Aussitôt, l'image de Scott lui vint, mais elle s'interdit de penser à une quelconque forme d'engagement avec lui. Ses sentiments pour Scott n'avaient rien à voir avec de l'amour, ce n'était que du désir.

— Que se passe-t-il, Chelsie ?

— Tu as entendu parler de Connors ? demanda-t-elle d'un ton prudent.

Elle n'avait pas envie de lui dire qu'elle se cachait avec Scott. En plus d'être une amie qui la connaissait bien, Ella était une profileuse de grand talent. Si elle ne faisait que mentionner le prénom de Scott, elle devinerait tout de suite qu'il se tramait quelque chose entre eux.

— Je sais qu'il est en cavale, répondit Ella. Mais un avis de recherche a été lancé à travers le pays, et je doute qu'il parvienne à se cacher longtemps. Tu cherches un endroit où rester en attendant qu'ils le prennent ?

Donc, Scott ne lui avait encore rien dit.

— Non, merci. Je voulais ton avis sur quelque chose, d'un point de vue professionnel.

— Vas-y.

— Tu connais un peu le dossier ?

— Suffisamment bien. Que veux-tu savoir ?

— Je viens d'apprendre que Connors avait eu l'opportunité de m'abattre lors de la fusillade et qu'il ne l'avait pas fait.

Un silence passa avant qu'Ella ne demande.

— Et tu veux savoir pourquoi il a agi ainsi.

— Oui. Tu crois que c'est parce que j'étais la seule femme présente sur le site ?

— C'est possible.

Chelsie perçut à son intonation qu'Ella n'était pas très convaincue.

— Parce que j'étais la seule civile ?

— C'est encore plus probable. Est-ce qu'il avait la possibilité de tirer avant que les agents du HRT n'arrivent ? Avait-il le choix entre fuir ou prendre le temps de t'abattre ?

— Il aurait pu tirer à n'importe quel moment.

— Mouais…

Chelsie, inquiète, se rendit compte que même son amie ne semblait pas capable de l'aider.

Elle avait tellement besoin de comprendre pourquoi. Bien plus que de savoir ce que Connors avait en tête aujourd'hui. Elle avait besoin de savoir parce que cela pouvait l'aider à comprendre ce qui s'était passé cette nuit-là.

Pourquoi avait-elle survécu alors que tous les autres étaient morts ? L'homme qui se tenait le plus près d'elle quand il avait été abattu avait une fille d'un an qui l'attendait à la maison.

Elle fit tourner son médaillon dans sa main.

— C'est important.

— Ecoute, Logan vient juste de se voir confier une affaire. Il est nouveau ici, ce qui signifie qu'il doit accepter les horaires les moins arrangeants. Je suis debout, de toute façon. Tu veux venir jusqu'ici et me raconter ce qui s'est passé ce jour-là ?

Chelsie jeta un coup d'œil vers la porte fermée. Jamais Scott et André n'accepteraient de la laisser sortir. Et, à dire vrai, elle n'avait pas tellement envie de quitter la résidence sécurisée tant que Connors était en liberté.

Avant qu'elle n'ait eu le temps de répondre, Ella reprit :

— J'ai besoin de plus d'informations pour te donner un avis. Et j'aimerais voir moi-même la scène de crime.

— Le centre culturel ?

Chelsie n'y était pas retournée depuis la fusillade, et cette perspective lui nouait la gorge.

— Je veux examiner la disposition des lieux. On peut faire ça rapidement. Je travaille demain, mais je ne serai pas capable de dormir tant que Logan ne sera pas rentré.

Devinant ce qui inquiétait Chelsie, elle ajouta :

— De toute façon, Connors est en fuite. Il n'est pas en train de rôder autour de la scène de crime dans l'espoir que quelqu'un débarque en plein milieu de la nuit. Qu'est-ce que tu en dis ?

Comme Chelsie ne répondait pas, elle tenta une plaisanterie.

— Je viendrai armée si tu l'es aussi.

Chelsie prit une profonde inspiration, se rappelant les clés de voiture sur la table du salon.

Chelsie avait raison. Si Connors la cherchait, il ne serait pas au centre culturel en pleine nuit.

— Je te retrouve là-bas dans vingt minutes.

Un moteur démarra, bruyant et beaucoup trop proche.

Scott bondit hors de son lit et se rua dans le hall, avant de gagner la cuisine, dont la porte était ouverte.

André se tenait sur le perron, observant les feux arrière du 4x4 de Scott qui filait au bout du chemin.

Scott poussa une série de jurons bien sentis, avant de se tourner vers son coéquipier.

— Je me suis levé pour aller à la salle de bains, et Chelsie a pris tes clés, expliqua ce dernier.

Scott jura à nouveau et regarda ses pieds nus.

— Je reviens.

Il se précipita vers sa chambre pour s'habiller et enfiler ses chaussures de course. Puis il plaça son revolver dans son holster, jeta son sac tactique par-dessus son épaule, et rejoignit

André qui était déjà au volant de sa voiture, moteur tournant, et portière passager ouverte.

Scott s'installa à côté de lui. Il eut à peine le temps de refermer la portière qu'André filait déjà vers la route.

— Tu as une idée de l'endroit où elle va ?

André secoua la tête.

— Elle a dit qu'elle allait appeler son frère, puis elle est sortie de la chambre et elle a levé le camp.

Chelsie avait un frère ? Scott réalisa soudain combien il savait peu de choses à son sujet.

— Elle l'a appelé à 2 heures du matin ?

— Elle a dit que ses frères vivaient en Californie, donc il est plus tôt là-bas. Mais elle a menti. Elle a appelé quelqu'un d'autre.

Scott ne remit pas en question le jugement d'André. Il n'était peut-être pas profileur, mais il savait reconnaître un bobard.

Un profileur. Scott eut une illumination.

— Elle a appelé Ella. C'est sûrement elle qu'elle est partie rejoindre.

Et Scott savait comment Ella fonctionnait. Elle aimait voir une scène de crime de près. Il ne lui suffisait pas d'en parler au téléphone ou de lire un dossier. Chelsie devait avoir décidé de la retrouver sur place. Mais pourquoi avait-elle fait le choix d'y aller seule ?

— Tu es sûr de ça ? demanda André.

— Certain.

Chelsie était impatiente, ce qui était un trait de caractère étrange pour une négociatrice.

André roulait pied au plancher, mais il n'y avait pas trace de son 4x4 devant eux.

— Je n'en reviens pas qu'elle ait volé ma voiture.

André ricana.

— Je croyais qu'elle voulait être protégée jusqu'à l'arrestation de Connors. Je ne pensais pas que j'aurais à faire du baby-sitting.

— Moi non plus, répliqua Scott, entre ses dents serrées. Et je ne comprends pas non plus ce qu'Ella a en tête.

— Quelqu'un l'a informée que Chelsie était sous protection ?

— Probablement pas.

— En tout cas, elle devrait être relativement en sécurité. Ça m'étonnerait que Connors rôde dans les parages en pleine nuit.

— Espérons-le.

S'emparant de son portable, Scott composa le numéro d'Ella. Le téléphone sonna plusieurs fois, avant de basculer sur la messagerie. Il essaya Chelsie, avec le même résultat. Se trompait-il sur la destination de Chelsie ? Ou bien, les deux femmes ignoraient-elles les appels pour la même raison ?

— Il serait peut-être temps de me parler de ton histoire avec cette fille, non ? demanda brusquement André.

Tournant brièvement la tête, il adressa à Scott un petit sourire entendu, avant de se concentrer à nouveau sur la route.

— Tu te souviens de ce soir, l'année dernière, quand nous sommes tous allées au Shields pour l'anniversaire de Bobby ? dit Scott.

— Tu penses ! Il a tellement bu que j'ai dû prendre la clé de sa voiture, et qu'il a dormi chez moi.

— Bref, c'est cette nuit-là que j'ai rencontré Chelsie.

— Je savais bien que je l'avais déjà vue quelque part. C'est la fille pour laquelle tu nous as laissés tomber, la nuit d'avant la fusillade au centre culturel. Tu nous as dit que tu partais, mais tu étais encore là quand nous avons tous levé le camp une heure plus tard. Tu étais très occupé à discuter dans un coin avec une blonde.

André eut soudain une illumination qui transparut sur son visage.

— Alors, c'est pour ça que tu t'es porté volontaire pour ce travail !

— Oui.

Scott se pencha en avant, cherchant à localiser son 4x4. Mais, à part les nuages de poussières qui dansaient dans les phares, indiquant que quelqu'un était passé par-là en roulant trop vite, il ne voyait pas grand-chose.

André secoua la tête, avec une expression qui ressemblait un peu à de la pitié.

— Si ça peut te consoler, elle a cherché à se renseigner sur toi.

— C'est vrai ?

Au moment où les mots franchirent ses lèvres, Scott se reprocha de paraître tellement avide d'informations.

André ricana.

— Tu t'es trahi, mon vieux.

— Occupe-toi de ta conduite.

Le centre culturel était enfin en vue. Le parking situé à l'arrière était éclairé, mais le bâtiment lui-même était plongé dans l'obscurité.

Son 4x4 noir était garé près de la porte de service, à côté d'une Corvette rouge qu'il reconnut comme étant le véhicule personnel d'Ella.

— Elles ne peuvent pas être arrivées très longtemps avant nous, remarqua André. Elles doivent être de l'autre côté, en train de vérifier le lieu de la fusillade.

Scott hocha la tête, vibrant de nervosité tandis qu'André se garait à côté des deux autres voitures. D'habitude, il n'était pas gêné par l'obscurité mais, dans cet endroit chargé de souvenirs, elle prenait une dimension menaçante. Il sortit rapidement de la voiture, tous ses sens en alerte.

— Ça ne me plaît pas.

Rien ne semblait inhabituel, mais André ne remit pas en question son jugement. Il lui emboîta le pas, la main sur la crosse de l'arme glissée dans son holster, adoptant immédiatement la posture concentrée qu'il avait toujours quand il arrivait sur une scène pour le HRT.

Tandis que Scott courait le long du bâtiment pour atteindre l'avant, il se fit la remarque que la sensation de déjà-vu était perturbante. La dernière fois qu'il avait fait ce trajet, c'était pour découvrir un parking empli de victimes assassinées. A l'époque, il courait aussi vers Chelsie.

Cette fois, il sentait qu'André n'était pas très loin derrière lui, mais il ne pouvait pas l'entendre. Soit son coéquipier courait sans bruit, soit Scott était assourdi par les battements de son cœur qui résonnait à ses oreilles.

Cette fois, au lieu de vérifier à l'angle de l'immeuble avec son miroir tactique, il se lança à l'aveuglette. En apparence, tout avait l'air normal, mais son instinct lui hurlait le contraire.

Au milieu du parking, Scott aperçut Chelsie et Ella, en pleine conversation. Ella portait un pantalon de treillis et un polo, ses longs cheveux noirs tirés en une queue-de-cheval dont s'échappaient quelques mèches indisciplinées. Chelsie avait toujours le jean et le T-shirt qu'elle portait quand elle l'avait réveillé une heure plus tôt.

Elles se mirent à avancer lentement vers l'entrée ceinte de murets en forme de U où Chelsie se trouvait le jour du massacre.

Lorsque Scott apparut au coin du bâtiment, elles se tournèrent vers lui. La surprise s'afficha sur le visage d'Ella, tandis que celui de Chelsie arborait une expression coupable.

Mais elles avaient l'air d'aller bien toutes les deux.

Un sentiment de soulagement immense s'empara de Scott. Il jeta un coup d'œil à André, qui venait de le rejoindre.

— Chelsie, qu'est-ce que tu…, commença Scott.

— A terre ! cria soudain André.

Il fit le geste d'attraper son Glock, mais il était déjà trop tard.

Clayton Connors venait de surgir de derrière le muret où il se tenait embusqué.

Avant qu'André ou Scott ait eu le temps de réagir, il avait pris place derrière Chelsie et appuyait un revolver sur sa tempe.

6

— Connors ! cria Scott, en se déplaçant vers la gauche, espérant ainsi avoir un meilleur angle de vue.

Il était saisi de panique en voyant Chelsie utilisée comme un bouclier humain.

Dans le même temps, le sniper en lui analysait l'espace et la cible, sans toutefois oublier à quoi ressemblait le parking l'année précédente, maculé par le sang des victimes de Connors.

Ce dernier était courbé derrière Chelsie, de sorte que Scott ne pouvait pas lui tirer dans le crâne par-dessus la tête de Chelsie, un geste qui l'aurait mis définitivement hors d'état de nuire, sans qu'il n'y ait plus jamais à s'inquiéter qu'il tire sur qui que ce soit.

Connors restait collé à Chelsie et se déplaçait en même temps que Scott pour l'empêcher de trouver un angle de tir, tout en faisant en sorte qu'André ne puisse rien faire non plus.

Ce type savait ce qu'il faisait.

Evidemment, l'armée l'avait bien entraîné.

— Posez vos armes, cria Connors. Tous les deux.

Scott ne pouvait pas faire ça. Il ne pouvait même pas l'envisager. Il n'était pas négociateur, il était la solution tactique. Et il ne pouvait pas offrir cette solution s'il était désarmé et à plusieurs mètres d'un homme armé et détenant un otage.

Mais, normalement, il n'aurait pas dû être confronté à quelqu'un ayant les compétences de Connors.

Il avait lu le dossier militaire de ce dernier, en plus du rapport d'enquête. Avant qu'il ne perde la raison et fasse un massacre, c'était un soldat plusieurs fois décoré et démobilisé avec les honneurs.

Et il était l'un des meilleurs tireurs d'élite que l'armée ait jamais produits.

L'enjeu, c'était de sauver les deux femmes que Scott aimait. Dont il se souciait, corrigea-t-il.

Il aimait Ella comme une sœur et, s'il lui arrivait malheur parce qu'il avait mal évalué la situation ou négligé un détail tactique, il ne se le pardonnerait jamais.

Quant à Chelsie… ses sentiments pour elle étaient trop récents, et n'avaient pas encore été suffisamment testés pour être qualifiés d'amour. Pourtant il ne pouvait pas non plus prétendre qu'il ne s'agissait que de désir. Il tenait trop à elle.

Il aurait tout le temps de penser à ça plus tard. Pour le moment, il devait se concentrer pour les arracher toutes les deux vivantes aux griffes de Connors.

La panique lui étreignait la poitrine tandis qu'il abaissait lentement son arme. Il n'avait pas l'intention de la poser par terre. Mais il n'était pas non plus certain d'avoir le temps de se redresser et de tirer en cas de besoin. Glissé dans son sac, qui pesait lourd dans son dos, son fusil ne lui était d'aucune utilité.

Connors semblait trop fébrile. Scott ne pouvait pas se débarrasser de son arme, perdant ainsi toute option tactique, mais il devait faire baisser le niveau de menace qui pesait sur Connors, de façon que ce dernier se détende un peu.

A côté de lui, André fit la même chose, et Connors se tourna rapidement vers Ella qui tentait une approche lente et silencieuse.

— N'y pensez même pas, dit-il.

Elle leva les mains, laissant son arme dans son holster, et fit un pas de côté, tandis que Scott jurait entre ses dents. Il connaissait Ella depuis qu'elle avait six ans et savait exactement comment elle fonctionnait. L'âge adulte venu, et compte tenu des compétences qu'elle avait acquises, elle abordait les décisions tactiques avec un esprit de profileur, lentement, prudemment, de façon analytique. Elle n'aurait pas pris de risque inconsidéré et, si lui-même avait réagi plus vite, réussissant à attirer durablement sur lui l'attention de Connors, elle aurait pu avoir une chance.

— Posez vos armes, répéta lentement Connors.

— Vous savez bien que c'est impossible, répliqua Scott.

Connors ne pouvait espérait tirer sur Chelsie et s'en sortir. Mais, au cas où il se serait fait des illusions, Scott tint à préciser :

— Je suis l'agent du HRT Scott Delacorte. Je crois que mon unité s'est entraînée avec certains de vos hommes, il y a quelques années.

Connors émit un son entre dégoût et frustration.

— Si vous essayez de me faire comprendre que vous êtes aussi bon tireur que moi, agent Delacorte, je vous crois. Mais je vous conseille de ne rien tenter.

— Que faites-vous ici ? demanda Chelsie à Connors.

Sa voix était posée, comme si elle vivait ce genre de situation tous les jours. Son regard, quand il croisa celui de Scott, était concentré mais manifestement un torrent d'émotions difficilement identifiables courait derrière cette apparence de calme.

Ses bras reposaient souplement le long de son corps, mais la légère pliure des coudes fit comprendre à Scott qu'elle avait quelque chose en tête.

— Votre carnet d'adresses est une mine de renseignements, répondit Connors.

Il eut un petit ricanement.

— Qui écrit encore ce genre de chose ? Enfin, cela dit, je suis content que vous l'ayez fait.

Pendant ce temps, Scott et André s'étaient avancés imperceptiblement, l'un sur la gauche, l'autre sur la droite.

— C'est là que j'ai vu son nom, ajouta Connors.

Il écarta brièvement l'arme de la tête de Chelsie pour désigner Ella.

— J'ai fait des recherches. On a beaucoup parlé d'elle, il y a quelques mois, avec cette histoire de tueur en série.

Il eut un petit claquement de langue ironique avant de poursuivre :

— Je l'ai pistée, et c'était beaucoup plus facile que je ne m'y attendais s'agissant d'un agent fédéral.

Chelsie pâlit, comprenant tout comme Scott que Connors avait dû suivre Ella jusqu'ici.

Connaissant cette dernière, Scott savait qu'elle se faisait des reproches. Mais c'était sa faute à lui. Il n'aurait jamais dû quitter Chelsie des yeux.

— Chelsie ne faisait que son travail ce jour-là, rappela Ella à Connors.

— Mouais. De toute façon, elle n'a jamais été ma cible.

— Je sais, dit Chelsie. Vous auriez pu m'atteindre depuis les gradins. Merci de ne pas l'avoir fait.

— Je n'ai pas non plus l'intention de vous tuer aujourd'hui, répliqua Connors.

Mais il n'écarta pas pour autant son arme.

— Je ne m'attendais pas à trouver autant de monde mais, si vous m'accordez quelques minutes de votre temps, vous pourrez tous rentrer chez vous sains et saufs.

— Vous voulez nous donner quelques explications, dit Chelsie, avec une intonation plus douce qu'à l'ordinaire.

Apparemment, c'était sa voix de négociatrice. Scott devait admettre qu'elle était apaisante. Il ne l'avait jamais vue en action.

— Vous n'avez pas saisi l'occasion au tribunal, mais ça ne veut pas dire que vous ne pouvez pas le faire maintenant, ajouta Chelsie. Laissez-nous vous ramener, et nous vous trouverons un journaliste. Qui vous voulez. Nous veillerons à ce que votre version de l'histoire soit publiée, de sorte que les gens comprennent.

Connors ricana.

— Je n'en ai rien à faire de votre journaliste. Je me fiche bien que les gens comprennent. De toute façon, il n'y a rien à comprendre. J'ai perdu la tête. Je mérite la condamnation que j'ai eue.

Tandis qu'il parlait, Scott guettait une occasion d'agir. Il n'avait pas lâché son Glock, mais pour le moment il n'avait toujours pas d'angle pour intervenir.

Absorbé par sa conversation avec Chelsie, Connors ne lui

prêtait pas attention, et il réussit à s'approcher de quelques centimètres sans qu'il ne remarque quoi que ce soit.

— Je veux vous parler, Chelsie, poursuivit Connors. Il y a un an et demi, vous m'avez dit que la discussion pouvait tout régler. On va voir si c'est vrai.

— D'accord.

— Et je ne veux pas de votre charabia de négociatrice. Soyez attentive. Nous n'avons pas beaucoup de temps.

— Bien sûr que si, dit Ella. Nous avons tout le temps dont vous avez besoin.

Pour la première fois, Connors se redressa un tout petit peu afin de regarder du côté d'Ella. Mais il continua à tenir fermement son arme, et il ne s'exposa pas suffisamment pour offrir à Scott le coup mortel qu'il voulait porter. Pour ce faire, il devait atteindre une zone spécifique et très réduite.

En tant que tireur d'élite, Connors en avait conscience. Et il savait très précisément jusqu'où il pouvait se montrer.

Scott l'étudia attentivement et constata qu'il avait une mine atroce. Les yeux injectés de sang, le visage livide, de profonds cernes sous les yeux trahissant son épuisement… Pourtant il ne semblait pas être sous antidépresseurs, comme c'était le cas durant le procès.

C'était à la fois une bonne chose, parce qu'il ne risquait pas de commettre un acte irrationnel, et une mauvaise parce qu'il était en pleine possession de ses moyens.

— Ce n'était pas mon idée à moi, dit soudain Connors, tandis qu'il se dissimulait à nouveau derrière Chelsie.

— Ah bon ? De qui venait l'idée, alors ? demanda celle-ci.

— D'un ami.

Mais, à la façon dont il avait éructé le mot, il était évident que cette amitié était terminée.

— Un ami vous a dit de venir ici ce jour-là ? demanda Chelsie. Et vous ne trouvez pas injuste qu'il soit en liberté ?

— Ce n'est pas la question, dit Connors, en agitant son arme près de la tête de Chelsie.

Soudain, il semblait agité. Une bordée de jurons traversa

l'esprit de Scott tandis qu'il avançait à nouveau. Lentement, trop lentement.

— Il s'appelle Mike Danvers. Il avait été transféré dans notre unité peu de temps avant l'embuscade. Quelques jours avant.

— Vous pensez qu'il a quelque chose à voir avec cette embuscade ? demanda Chelsie. Je connais bien l'armée, vous savez. Mes deux parents étaient militaires…

— Taisez-vous donc et écoutez ! On m'a fait un lavage de cerveau, d'accord ? Je prenais déjà des antidépresseurs, et ils m'en ont donné encore plus. Ils savaient que j'en voulais à l'armée. Cette embuscade… elle n'aurait jamais dû avoir lieu. On n'aurait jamais dû se trouver sur cette route. On savait qu'elle était contrôlée par des milices, et l'état-major n'aurait jamais dû nous autoriser à emprunter cet itinéraire. D'ailleurs, notre unité n'aurait pas dû sortir du tout. Nous venions de rentrer d'une autre mission, et nous étions tous épuisés. Mais ils ont dit qu'il n'y avait personne d'autre de disponible. Alors, c'est notre groupe qui a dû s'y coller.

Les jointures de Connors blanchirent tandis qu'il crispait les doigts autour de son arme.

— Et après ça, ils m'ont envoyé le seul type à avoir survécu à part moi et qui, comme par hasard, ne se trouvait pas dans le camion avec nous ce jour-là. C'est lui qui m'a donné l'idée de la fusillade.

— Mike Danvers, dit Chelsie.

Scott supposa qu'elle avait répété le nom pour prouver à Connors qu'elle l'écoutait avec attention, ce qui était la règle numéro un dans les négociations. Et cela eut l'air de fonctionner car Connors se détendit un peu.

— Oui, c'est ça. C'est Mike qui m'a donné l'idée.

— Et vous voulez qu'il assume sa part de responsabilité, dit Chelsie. Je le comprends. Et je peux ouvrir une enquête pour que ce soit fait dans les règles.

— Je sais que vous me racontez des âneries, Chelsie. L'armée aussi a des négociateurs, vous savez. Mais j'ai pris mes renseignements sur vous, et vous allez essayer d'en savoir plus parce que vous avez besoin de comprendre ce qui s'est passé ce jour-là. J'ai raison ?

— Oui, murmura Chelsie.

Puis, elle reprit d'un ton normal.

— Comment faire pour retrouver Mike ?

— Si j'avais la réponse, je n'aurais pas besoin de vous. Il a disparu dans la nature. Mais ce n'est pas un plan qu'il a élaboré tout seul. Il n'est ni assez intelligent ni assez assoiffé de sang pour ça. Quelqu'un l'a utilisé pour m'atteindre. Je veux découvrir qui m'a piégé. Et je veux savoir pourquoi.

— Pourquoi maintenant ? demanda Chelsie, tandis que Scott continuait sa lente progression.

— Je me suis sevré des médicaments, expliqua Clayton, avec une réelle douleur dans la voix. Et j'ai enfin pris conscience de ce que j'avais fait.

Il marqua une brève pause, avant de poursuivre :

— Mais j'ai aussi compris qu'il y avait une machination derrière tout ça. Ils voulaient que je tue ces gens pour une raison bien précise. Et, ça n'avait rien à voir avec ce que m'a dit Mike. Les gars de l'opération de recrutement n'avaient rien à voir avec la décision d'envoyer notre unité sur cette mission.

Son ton devenait hargneux, et la main qui tenait son arme tremblait légèrement.

— Quelqu'un m'a piégé, et je ne veux pas porter le chapeau tout seul.

Une expression de panique passa sur le visage d'Ella au moment même où Scott commençait à se dire que la situation risquait de mal tourner.

Il prenait une inspiration, prêt à lever son arme et à presser sur la gâchette quand un coup de feu déchira l'air. Et ce n'était pas Connors qui venait de tirer.

— Planquez-vous ! cria Scott, tandis que Connors dirigeait son arme vers la gauche, en direction de la nouvelle menace.

Chelsie prit le bras d'Ella, et elles coururent toutes les deux se mettre à l'abri dans l'entrée du centre culturel.

André se rua à la hauteur de Scott, son arme pointée sur

Connors, tandis que Scott cherchait à repérer le tireur. Au-delà du halo diffusé par le réverbère, tout était noir.

Il n'y avait pas grand-chose autour du centre culturel : beaucoup de terres agricoles, quelques granges, les gradins de l'ancien stade… Où se trouvait le tireur ? Qui visait-il ?

Une autre salve de tirs retentit et la lampe au-dessus d'eux explosa, plongeant le parking dans l'obscurité totale.

7

— Bougez ! Bougez ! Bougez !

L'obscurité cernait Chelsie tandis qu'elle courait, se cognant contre le muret en briques qui encadrait l'entrée du centre culturel.

Le silence était retombé après les deux coups de feu, mais il lui semblait encore en entendre l'écho.

Quelque part derrière elle, Scott et André étaient toujours à découvert, toujours exposés.

Evidemment, si le tireur se trouvait tout en haut des gradins, comme l'avait été Connors durant sa fusillade, Ella et elle n'étaient pas non plus en sécurité.

Tirant sur le bras d'Ella, qui n'avait pas lâché le sien, Chelsie gagna l'autre côté du muret, là où elles seraient hors d'atteinte.

Soudain, elle entendit des bruis de pas qui se rapprochaient derrière elle.

Scott ou André ? Ou bien Connors ?

Tandis qu'elle pivotait tout en saisissant son arme, elle cilla. Mais sa vision s'accommodait trop lentement. Et comme elle avait eu le réflexe de fixer le réverbère tandis que la lampe explosait, des points de lumière dansaient devant ses yeux.

Une silhouette approchait. A moins qu'il n'y en ait deux ?

— C'est nous, dit Scott.

La tension qui étreignait la poitrine de Chelsie s'allégea quelque peu.

Il n'a pas été touché.

— Continuez à avancer, murmura André.

Et, tandis que Chelsie se ruait vers la porte du centre culturel, il y eut une nouvelle déflagration.

Quelqu'un d'autre venait de tirer.

— Avancez, ordonna Scott. Le second type n'est pas dans les gradins. Il est devant. Il pourrait nous atteindre.

André et lui se tournèrent en pointant leur arme dans l'obscurité, faisant barrage au danger pour qu'Ella et Chelsie soient protégées.

Pas question que l'un ou l'autre meure pour elle, songea Chelsie, avant de passer à l'action. D'un coup de coude, elle fit voler en éclat la vitre située dans la partie supérieure de la porte et ressentit sous l'impact une intense douleur qui se propagea jusqu'à son épaule. Passant la main dans l'ouverture, elle atteignit la poignée, se griffant le bras au passage sur le verre brisé. Elle ouvrit alors la porte et se précipita à l'intérieur.

Ella suivit rapidement, puis Scott et André les rejoignirent enfin.

— Venez, dit Scott. Mettons-nous à l'abri dans une des pièces pour appeler des renforts.

Trois nouveaux tirs couvrèrent ses dernières paroles.

Tandis qu'André passait l'appel depuis son portable, Scott tendit l'oreille.

— On dirait une voiture, non ?

Au loin, Chelsie entendit un bruit de moteur, puis un crissement de pneus caractéristique d'un départ précipité.

— Près des gradins, dit-elle.

Une autre voiture démarra, semblant venir de l'endroit où se cachait apparemment le second tueur.

Tournant la tête vers Chelsie, Scott lui lança un regard noir de colère.

— Qu'est-ce qui t'est passé par la tête ? Tu aurais pu être tuée. Et Ella aussi.

— Ella est capable de se débrouiller toute seule, riposta sèchement l'intéressée.

Scott dirigea son attention sur elle.

— Pour ce que j'ai pu en voir, ma petite, tu ne faisais pas spécialement du bon travail.

— Ça suffit, dit Chelsie, en se plaçant entre eux. Inutile de t'en prendre à Ella, elle n'y est pour rien. C'est moi qui l'ai appelée. Si tu cherches un coupable, tu peux tout me mettre sur le dos.

Elle s'attendait à des reproches, mais Scott resta à la fixer durement, les mâchoires serrées.

Ella s'avança et lui tapota le bras, comme seul quelqu'un de proche peut le faire.

— Il faut excuser Scott. Il prend son rôle de grand frère un peu trop au sérieux.

— Je ne considère pas Chelsie comme ma sœur, répliqua-t-il, non sans une certaine agressivité.

Ella se tourna aussitôt vers Chelsie, l'air interrogateur, et cette dernière sentit qu'elle rougissait.

— Vous pouvez mettre fin à votre petit mélodrame, intervint André, les renforts arrivent.

Ella pinça les lèvres, comme si elle réprimait un sourire, et hocha la tête, avant de se tourner vers Scott qui semblait lui aussi un peu embarrassé.

Il rengaina son arme, et Chelsie réalisa qu'elle avait toujours les doigts crispés sur son Glock. Elle imita Scott, grimaçant lorsqu'elle découvrit les estafilades sur son avant-bras.

Soudain, Scott fut à nouveau près d'elle, l'air contrarié. Mais cette fois toute son attention se portait sur son bras. Il ôta précautionneusement un petit fragment de verre fiché dans sa peau, puis il glissa son autre main sous son avant-bras pour l'élever à la bonne hauteur.

Malgré la douleur, malgré la peur rétrospective due aux événements qu'ils venaient de vivre, Chelsie se surprit à ne pouvoir penser à autre chose qu'à la main de Scott sur elle.

Elle se libéra lentement. Ça picotait un peu, mais il suffirait d'un peu d'eau oxygénée pour que tout aille bien.

— Merci.

Lorsque Scott était près d'elle, le monde autour semblait disparaître. Quel pouvoir possédait donc cet homme pour lui faire perdre ainsi tout bon sens ?

Elle recula d'un pas, s'obligeant à ignorer la façon dont son corps réagissait, et revint à la situation présente.

— Connors ne tirait pas sur nous.

— Et l'autre tireur non plus, ajouta Ella.

— C'est exact, approuva Chelsie. Les coups de feu ont continué alors que nous étions tous à l'intérieur. Je pense que le second homme essayait d'abattre Connors.

— Ne me dis pas que tu as cru aux balivernes de ce type, protesta Scott en la toisant durement.

Le trajet de retour jusqu'à la résidence sécurisée se fit dans un silence lourd de rancœur.

Assise sur la banquette arrière, tandis que Scott ruminait sur le siège passager, Chelsie s'attendait à ce qu'il explose d'un moment à l'autre. Finalement, rien ne se passa, et elle se dit qu'elle avait de la chance.

Mais, à la seconde où ils entrèrent dans la maison, il se tourna vers elle, s'approchant tellement qu'il la touchait presque, et il lui bloqua le passage.

La froideur de son regard et son silence glacial avaient plus d'impact sur Chelsie qu'une crise de rage.

— S'il avait voulu me tuer, il en avait l'opportunité, avança-t-elle, refusant de se laisser impressionner.

— Je vais vous laisser régler ça tous les deux, dit André, en essayant de les contourner.

Mais Chelsie n'avait pas l'intention de le laisser se défiler ainsi, aussi lui saisit-elle la manche avant qu'il ait eu le temps de quitter la cuisine.

— Connors aurait pu tirer sur moi avant même que j'aie eu connaissance de sa présence, plaida-t-elle. Il n'essayait pas de me tuer.

André ralentit et croisa les bras sur son torse, regardant tour à tour Chelsie et Scott avec sévérité.

— A moins qu'il n'ait eu besoin d'une monnaie d'échange, dit Scott. Tant qu'il avait un otage, il avait la certitude de rester en vie. S'il avait tiré et s'était enfui, il n'aurait pas pu faire trois pas avant que je l'abatte.

— Quelqu'un peut me dire ce que je fais là ? demanda posément André.

Chelsie l'ignora et répondit à Scott.

— D'accord. Dans ce cas, pourquoi le second homme a-t-il continué à tirer alors que nous étions à l'intérieur ? Il ne nous visait pas. Il en avait après Connors.

— Ou il voulait que nous le pensions, insista Scott. S'il visait Connors, soit c'est un piètre tireur, soit il manquait sa cible délibérément.

— Ce qui offrait une sortie stratégique à Connors, approuva André.

— Il avait peut-être prévu de tous nous éliminer, suggéra Scott. Comme il n'y parvenait pas, il a fait exploser la lampe pour permettre à Connors de s'enfuir.

Chelsie commença à douter.

Leurs arguments se tenaient. Si ce n'est qu'elle était restée totalement concentrée sur Connors et sur l'arme qu'il pointait sur sa tête. Retrouvant ses réflexes de négociatrice, elle avait analysé tous les petits signes, comme le choix de ses mots, le volume et l'intensité de sa voix… Et Connors s'exprimait avec une conviction trop forte pour qu'elle soit simulée.

— Tu n'as pas cru du tout à sa version ? demanda-t-elle à Scott.

— Enfin, voyons, Chelsie ! Depuis combien de temps es-tu agent fédéral ? Les conspirations sont extrêmement rares. Et puis, quelle raison aurait eu ce Danvers d'inciter Connors à tuer tous ces gens ? Connors, en revanche, avait un motif personnel sérieux.

— Il était convaincu de ce qu'il disait.

— Ce n'est pas parce qu'il le croit que c'est vrai, remarqua André. Il a admis qu'il était sous l'influence de médicaments au moment de la fusillade. Il a pu imaginer le rôle joué par Danvers. Peut-être même s'en est-il convaincu tout seul, pendant qu'il était en prison, parce qu'il ne pouvait pas assumer sa culpabilité.

C'était cohérent, mais Chelsie avait la conviction intime qu'ils faisaient tous erreur.

— Il y avait quelque chose dans sa voix…

— Il t'a parlé, l'année dernière ? demanda Scott. Je sais que tu t'es adressée à lui. Mais est-ce qu'il t'a fait des révélations ?

Elle aurait aimé qu'il lui en fasse. Elle aurait voulu qu'il lui donne un accès pour essayer de comprendre ce qui se passait dans sa tête.

Si elle avait eu un négociateur plus expérimenté auprès d'elle, comme Martin Jennings, peut-être les choses se seraient-elles passées différemment…

Mais Martin n'était pas arrivé à temps. Toute la responsabilité reposait sur ses épaules.

— Tu as lu le dossier, reprit-elle. Tu sais qu'il n'a rien dit. Il s'est contenté de tirer, et de tirer encore, jusqu'à ce qu'il ne reste plus personne de vivant à part moi.

A cette pensée, une angoisse familière s'empara de Chelsie.

C'était son rôle de sauver ces personnes, et elle avait toujours du mal à accepter de s'en être sortie alors qu'elle avait échoué dans sa mission.

Scott dut lire le désespoir sur son visage, car il se montra soudain rassurant.

— Lorsque nous remettrons notre rapport, quelqu'un fera des recherches sur Danvers. S'il y a une part de vérité dans l'histoire de Connors, nous la découvrirons. Sinon, ça veut dire que Connors a un complice.

Il avait raison, mais cela ne suffisait pas à contenter Chelsie. Soudain, elle eut envie de relire le dossier, comme Scott le lui avait demandé depuis le début.

— S'il était venu pour me tuer, quel besoin avait-il de se faire accompagner d'un sniper ? Et puis, il aurait pu le faire l'année dernière, quand j'étais à sa merci. Pourquoi maintenant ?

Avant que Scott ait eu le temps de formuler une réponse, elle poursuivit :

— Il savait que je serais là, mais il ignorait que des snipers du HRT viendraient en renfort. Quel besoin avait-il de se faire accompagner ?

— Il l'a peut-être fait par précaution. Si c'est le cas, le

deuxième tireur était peut-être seulement là pour s'assurer que Connors pourrait donner sa version des faits sans être arrêté. Et cela voudrait dire que le type était là pour aider Connors, pas pour essayer de l'abattre.

Chelsie s'écarta, prête à s'installer devant l'ordinateur de Scott et à commencer ses recherches.

— Je continue à croire que ces balles visaient Connors. Le tout est de savoir pourquoi.

Scott se déplaça, lui barrant le passage.

Son expression était à nouveau pleine de colère. Mais il s'y mêlait à présent quelque chose d'autre, qui fit courir un frisson sous la peau de Chelsie.

— Tu crois vraiment que tu vas t'en sortir aussi facilement ? demanda-t-il.

Chelsie regarda autour d'elle, cherchant de l'aide, mais André avait quitté la pièce sans qu'elle s'en aperçoive.

Refusant de laisser voir à Scott l'effet qu'il produisait sur elle, elle redressa les épaules et répondit d'un ton pincé :

— Excuse-moi d'avoir filé en douce.

— Et d'avoir emprunté ma voiture ? demanda-t-il en esquissant un sourire.

Elle s'obligea à ne pas lui rendre son sourire.

— Ça aussi.

Scott s'avança jusqu'à la toucher, et l'amusement dans son regard fit soudain place à une lueur de désir sans équivoque.

Pendant un moment, le décor de la pièce sembla se figer autour de Chelsie.

Retenant son souffle, elle attendit que Scott se penche un peu plus, qu'il presse ses lèvres sur les siennes et lui fasse oublier qu'elle se cachait d'un tueur.

Qu'il lui fasse oublier aussi le terrible échec qui l'avait mise dans cette situation, et le souvenir de ces hommes en train de mourir qui flottait toujours dans un coin de son esprit.

Qu'il lui fasse oublier tout ce qui n'était pas la magie de leurs moments d'intimité, même si cela ne devait pas durer.

Mais il ne bougea pas. Il se contenta de la fixer, comme s'il attendait que ce soit elle qui fasse le premier pas.

Elle ne pouvait pas s'y résoudre. Si elle prenait l'initiative des retrouvailles, tout ce qui passerait ensuite entre eux serait sa faute. Et elle avait commis trop d'erreurs l'année dernière, des erreurs qu'elle s'était promis de ne pas répéter.

Se rendant compte soudain qu'elle retenait son souffle, Chelsie soupira.

— Je pense que nous devrions étudier à nouveau le dossier.

Au même moment, Scott s'emporta :

— Tu aurais pu te faire tuer, cette nuit.

S'interrompant brusquement, il se pencha vers elle. Mais au lieu du baiser passionné et peut-être un peu brutal qu'elle espérait, il la prit doucement dans ses bras.

Elle se laissa aller contre lui, comme si sa place avait toujours été là, et ferma les yeux.

Ses bras autour d'elle, forts et réconfortants, lui apportaient un bien-être fou.

Le visage pressé contre le cou de Scott, elle percevait des odeurs d'after-shave, de transpiration et de cordite, et elle se rappela qu'il était venu la chercher au WFO directement au sortir d'une autre mission.

Elle inspira profondément, et son odeur lui rappela les heures qu'elle avait passées chez lui.

Lorsqu'elle pensait à cette journée, elle se souvenait généralement de l'intensité sexuelle de leur étreinte, des sensations bouleversantes qu'elle avait ressenties sous la poussée puissante de ses hanches. A présent, de petits détails lui revenaient : la façon dont il lui avait tenu la main sous le bar pendant qu'ils discutaient au Shields, les sottises qu'il lui avait dites alors qu'il l'entraînait précipitamment dans sa chambre. Il lui disait que ses amis allaient le jalouser de l'avoir remarquée le premier, il voulait tout savoir de son nouveau travail, lui parlait de l'endroit où il l'emmènerait pour leur second rendez-vous… Puis il avait cessé de parler pour lui ôter à la hâte ses vêtements.

Dire qu'elle n'avait rien trouvé de mieux à faire que de repousser ensuite toutes ses tentatives pour sortir à nouveau avec elle.

De toute façon, cela n'aurait mené nulle part. Elle connaissait assez sa réputation.

Et pourtant, en se retrouvant à nouveau dans ses bras, elle avait l'impression un peu folle que leur histoire aurait pu durer plus qu'une nuit.

Elle passa les bras autour de sa taille et s'agrippa à lui, prise d'une envie folle de rester là, de ne plus bouger.

Leur étreinte était platonique, et pourtant elle avait l'impression de n'avoir jamais été aussi proche de lui. C'était le genre de contact qu'elle aurait partagé avec un petit ami, pas avec un homme avec qui elle avait vécu une aventure d'un soir.

Elle sentit tout son corps se relâcher, mais le souvenir des risques que Scott avait pris pour elle lui fit serrer les bras un peu plus fort autour de sa taille.

Il aurait pu être tué ce soir, et cela aurait été sa faute.

Sa faute. Encore une fois.

Tandis qu'un regain de douleur lui étreignait la poitrine, elle ferma plus étroitement les paupières.

Il allait bien. André allait bien. Ella allait bien.

Et pourtant, lorsqu'elle songea à ce qui aurait pu se produire, un sanglot s'échappa de sa gorge. Elle prit de courtes et tremblantes respirations, essayant de se contrôler.

Mais Scott était si proche d'elle qu'il lui était impossible d'ignorer sa détresse.

Il repoussa une mèche de cheveux derrière son oreille, et elle sentit son souffle effleurer son visage. Aussitôt, sa peine laissa la place à une nouvelle tension tandis qu'elle attendait le contact de ses lèvres et de sa langue.

Au lieu de quoi, il lui murmura à l'oreille :

— Tu ne pouvais pas savoir que Connors serait là.

Elle secoua la tête, mais il poursuivit.

— Je n'ai pas apprécié que tu t'en ailles sans moi, compte tenu des circonstances, mais personne ne s'attendait à trouver Connors là-bas. Ce n'est pas ta faute.

— Mais bien sûr que si, dit-elle d'un ton sec en s'écartant un peu. C'était ma faute. Et d'ailleurs chaque fois que je me rends à ce centre culturel, je mets les gens en…

Elle s'interrompit, tenta de s'échapper des bras de Scott, mais il la retint avec fermeté.

— Ne te culpabilise pas comme ça. Tu sais que ce n'est pas vrai.

Elle le repoussa à nouveau, plus fort cette fois, et se libéra. Mais elle trébucha et se cogna contre le mur avant de se redresser.

Lorsqu'il s'avança vers elle, elle lui tendit une main tremblante.

— Je suis fatiguée. Je vais me reposer un peu, et demain nous regarderons ce dossier ensemble. Je veux aussi retrouver la trace de Mike Danvers.

Avant qu'il ne puisse à nouveau l'arrêter, elle se tourna et se dirigea vers sa chambre.

— Est-ce que je dois veiller à ce qu'elle ne file pas par la fenêtre de sa chambre ? demanda André sans lever les yeux de son livre.

Scott, qui avait vainement essayé pendant une demi-heure de s'endormir après avoir parlé à Chelsie, venait d'entrer dans le salon pour s'affaler sur le canapé.

Il soupira, tout en sachant qu'André plaisantait. La fenêtre de la chambre située sur l'arrière de la maison était noyée sous des couches de peinture qui rendaient son ouverture quasi impossible. Si Chelsie tentait de passer par là, le bruit ameuterait tout le monde.

Sentant que le sommeil n'allait pas tarder à venir, Scott posa sa tête contre le coussin du canapé.

— Elle n'ira nulle part, marmonna-t-il. Elle est en train de ressasser son sentiment de culpabilité pour être sortie seule ce soir.

— Aucun d'entre nous ne pouvait savoir que Connors serait là-bas.

— C'est ce que je lui ai dit.

— Il n'empêche, en tant qu'agent, elle devrait comprendre les enjeux de la protection rapprochée.

Scott jeta un coup d'œil vers le couloir plongé dans l'obscurité en espérant que Chelsie s'était endormie et qu'elle ne pouvait pas les entendre.

— D'un autre côté, je la comprends, reprit André. Si ce type en avait après moi, j'aurais du mal à me cacher et à laisser quelqu'un d'autre se charger de tout à ma place.

Comme Scott ne répondait pas, André lui tapota la jambe avec son livre.

— Va te coucher, mon vieux. Tu as du sommeil à rattraper.

— Mouais…

Bien décidé à suivre le conseil de son coéquipier, Scott commençait à se relever du canapé, quand un petit cri provenant de la chambre de Chelsie le réveilla instantanément.

La main sur la crosse de son arme, prêt à la sortir de son holster, il se précipita vers la porte et l'ouvrit à la volée.

Chelsie était assise tout droit dans son lit, comme si elle s'était réveillée brusquement. Elle se tourna vers lui, l'air hagard.

Soulagé, il vit qu'elle était seule dans la chambre.

Il avait eu tort de s'inquiéter : personne n'aurait pu entrer sans que lui ou André s'en aperçoive. La fatigue perturbait sa capacité à analyser les situations, c'est pourquoi André avait pris le premier tour de garde.

Ses yeux s'adaptèrent rapidement à la pièce sombre. Il était prêt à s'excuser, mais les mots moururent sur ses lèvres tandis qu'il approchait. Chelsie semblait avoir été effrayée par quelque chose.

— Que se passe-t-il ?

— Rien.

Elle secoua la tête, et il eut la certitude qu'elle mentait.

— Rien du tout, insista-t-elle.

Et soudain, il comprit.

— Ce n'était peut-être pas une bonne idée d'aller te coucher tout de suite après ce qui s'est passé.

Elle lui lança un regard noir mais en dépit de ses cheveux

blonds emmêlés par le sommeil et de son visage chiffonné, elle était si attirante qu'il ne put s'empêcher de s'approcher du lit.

— Je rêvais de ce qui s'est passé la nuit de la fusillade. De ce que j'ai dit à Connors.

Scott s'assit sur le bord du matelas, et Chelsie bougea les jambes pour lui faire de la place.

— Qu'est-ce que tu lui as dit ? demanda-t-il doucement.

Elle remonta les genoux contre sa poitrine et murmura comme pour elle-même :

— Rien n'a fonctionné.

Son regard se porta au loin par-dessus l'épaule de Scott, tandis qu'elle continuait.

— J'ai essayé les méthodes standard que j'ai apprises à l'entraînement. La priorité est de faire parler le sujet, d'établir un lien avec lui… Mais je n'ai pas réussi à aller aussi loin. Tout s'est passé très vite. Et, malgré tous mes efforts, il n'a pas dit un mot.

— Mais, apparemment, tu lui as fait une forte impression. Il t'a laissée en vie. Et il t'a choisie pour que tu l'aides. Il te fait confiance. Pourquoi ?

Elle plissa le front, pensive et, juste au moment où Scott pensait l'entendre répondre qu'elle ne savait pas, elle dit, levant vers lui un regard clair et bien éveillé :

— La dernière chose que je lui ai dite avant qu'il ne soit trop tard pour aider qui que ce soit, c'est qu'il n'était pas seul.

8

— Tu crois qu'il voit en moi une sorte de complice ? demanda Chelsie.

Cette idée lui donnait la nausée.

En tant que négociatrice, c'était son rôle d'analyser ce que le sujet pensait, ce qu'il voulait, ce qui allait le faire réagir…

Il était essentiel de ne pas mentir, mais déformer la vérité était assez fréquent. Etablir un lien avec une personne sans lui faire croire à une certaine empathie était en effet très délicat. Même s'il était très difficile pour les négociateurs de montrer une quelconque sympathie dans les circonstances dans lesquelles on avait besoin d'eux.

Concernant Connors, Chelsie n'était pas parvenue à identifier ce qu'il voulait vraiment. Elle avait tout essayé, et rien n'avait marché. Sauf quand elle lui avait dit qu'il n'était pas seul et qu'elle pouvait l'aider…

Elle jeta un coup d'œil à Scott et crut qu'il était sur le point de parler.

— Qu'y a-t-il ? demanda-t-elle.

Il ne répondit pas et posa seulement ses mains sur les siennes.

— Il n'avait pas de famille proche, n'est-ce pas ? demanda-t-elle.

— Connors ? Non. Son dossier dit…

— Il faudrait voir si quelqu'un lui a rendu visite en prison.

— D'accord, mais tu sais, Chelsie, tu ne peux pas continuer à te faire continuellement des reproches…

Voyant combien il se faisait du souci pour elle, elle se força à sourire.

— Je sais que ce n’est pas ma faute.

— Vraiment ?

Il se pencha davantage vers elle.

— Parce que moi j’ai l’impression que tu traînes ça depuis un an.

C’était le cas, en effet. La culpabilité était toujours là, et il ne servait plus à rien maintenant de le cacher.

Si Chelsie pouvait commencer à travailler sur les conséquences de cette journée, peut-être était-il temps également pour elle d’arrêter de faire l’impasse sur ce qui s’était passé avec Scott.

Peut-être était-il temps de reconnaître qu’elle avait de véritables sentiments pour cet homme, même s’il avait surtout été question de sexe cette nuit-là.

Pour le moment, elle était incapable de définir la nature de ses sentiments, mais l’idée qu’il puisse être avec quelqu’un d’autre lui était insupportable.

Et sa façon de la regarder à cet instant, avec tellement d’inquiétude et d’attention dans les yeux, ne faisait qu’attiser le besoin qu’elle avait de lui. Un besoin de sentir à nouveau ses bras autour d’elle, de sentir ses lèvres sur les siennes, de pouvoir poser la main sur son bras en public… d’avoir une relation avec lui qui se poursuive au-delà de la chambre.

Une expression de surprise passa sur le visage de Scott quand Chelsie se pencha vers lui. Il passa un bras autour de sa taille, l’attira sur ses genoux et posa doucement ses lèvres sur les siennes, tandis que sa langue s’insinuait dans sa bouche.

Elle s’agrippa à lui, l’embrassant comme si cela faisait des années qu’elle n’avait pas senti sa bouche sur la sienne.

Elle sentit la force de son désir, tout comme la première fois, et se dit qu’elle n’avait jamais éprouvé cela avec personne d’autre que lui.

Cette étreinte lui semblait incroyablement évidente, même si elle avait conscience qu’elle connaissait trop peu Scott pour que ce soit une bonne idée.

Mais, pour le moment, elle s’en moquait. La seule chose qui importait, c’était d’être dans ses bras. Elle se tortilla contre lui, en essayant tout à la fois de se rapprocher un peu plus et de lui ôter son T-shirt.

Il sourit contre ses lèvres et s'écarta légèrement, le temps de murmurer :

— La porte est ouverte.

Chelsie se figea instantanément.

Si elle faisait ça, la rumeur se répandrait-elle comme cela avait été le cas à Los Angeles ? Allait-on dire d'elle qu'elle couchait avec d'autres agents ?

Pour le moment, elle avait un peu de mal à s'en inquiéter, même si elle savait qu'elle aurait dû prendre cette éventualité plus au sérieux.

— Il n'y a qu'à la fermer, dit-elle en refermant les doigts sur l'ourlet du T-shirt de Scott.

Elle commença à tirer le vêtement vers le haut mais, distraite par le dessin impressionnant de ses abdominaux, elle posa ses deux mains sur son ventre.

Il gémit contre sa bouche, et ses mains commencèrent à aller et venir dans son dos. La saisissant par les hanches, il la positionna plus étroitement contre lui.

Elle enroula ses jambes autour de sa taille pour qu'il se lève et la transporte jusqu'à la porte afin de pouvoir la refermer d'un coup de pied.

Il ne restait plus à Scott qu'à le deviner, car elle ne voulait pas détacher ses lèvres des siennes pour parler. De toute façon, à sa manière d'onduler des hanches contre lui, il ne devrait pas avoir trop de mal à comprendre ce qu'elle désirait.

Il soupira et la repoussa doucement.

— Chelsie…

Il secoua la tête, mais à son expression, où se mêlaient désir et désespoir, elle comprit qu'il suffirait d'insister un peu pour qu'il se laisse convaincre.

— Chelsie, répéta-t-il, d'une voix plus grave. Tu es simplement bouleversée à cause…

Il laissa échapper un nouveau soupir, comme s'il avait du mal à concevoir qu'il était en train de la repousser, et ajouta :

— Je n'ai pas envie de renouveler l'expérience de la dernière fois. Tu vois de quoi je parle ?

Se sentant insultée, elle se dégagea de son étreinte.

— Comme si tu ne l'avais jamais fait, lança-t-elle.

C'était lui le spécialiste des aventures sans lendemain. Il devait savoir comment ça marchait.

— Non, dit-il, d'un ton soudain glacial. Je ne l'ai jamais fait.

— Oh ! Allez…

— Je te dis que non !

Il se leva précipitamment, l'air contrarié.

— C'est vrai que j'ai eu des relations d'un soir, mais je n'ai jamais rien fait d'aussi lâche que de filer en douce au milieu de la nuit.

Chelsie se leva, les poings sur les hanches. Mais les mots bien sentis qu'elle s'apprêtait à prononcer moururent sur ses lèvres. Quelle défense opposer à son accusation ? Il avait raison : elle était lâche.

Ou, en tout cas, elle s'était comportée comme une lâche tout au long de l'année qui venait de s'écouler, fuyant ce qui s'était passé au lieu de l'affronter, comme elle l'aurait dû.

Il était temps d'opérer un changement.

Elle redressa les épaules et laissa ses mains retomber le long de son corps.

— Tu as raison.

A son expression de surprise, elle comprit qu'il s'attendait à des protestations et elle s'empressa de poursuivre avant qu'il n'ait le temps d'ajouter quoi que ce soit.

— Je n'aurais pas dû faire ça. J'essayais simplement d'éviter une séparation gênante le lendemain matin. Mais nous devrions essayer d'oublier ce qui s'est passé l'année dernière et nous concentrer sur ce qui se passe en ce moment. Qu'en penses-tu ?

Il l'observa longuement, une expression indéchiffrable sur le visage, et finit par hocher la tête.

— Si c'est ce que tu veux.

Il se leva, tout en continuant à la fixer des yeux, comme s'il attendait autre chose.

Mais qu'y avait-il à ajouter ?

Elle se contenta donc de hocher la tête, et Scott quitta la chambre en refermant silencieusement la porte derrière lui.

— La nuit a été longue ? demanda André, le lendemain matin.

Scott accepta avec reconnaissance la tasse de café que son coéquipier lui tendait et en but une gorgée.

Il était noir, très fort, comme le faisait toujours André. Généralement, quand ils étaient coincés quelque part pour une mission, Scott insistait pour faire son propre café, mais ce matin il s'en moquait.

— Mouais, marmonna-t-il, tandis que le liquide brûlant coulait dans sa gorge, lui éclaircissant les idées.

En général, Scott se moquait des longues heures passées en missions — parfois à l'extérieur dans un froid glacial —, entrecoupées seulement de courtes heures de sommeil. Il en avait vécu plus d'une en un an et demi passé au HRT. Mais il parvenait généralement à faire le vide dans son esprit, et à plonger rapidement dans une sieste réparatrice.

Ça n'avait pas été le cas la nuit dernière, car il avait été assailli continuellement d'images horribles : d'abord Connors pointant son arme sur la tête de Chelsie, puis les cadavres dans les housses mortuaires posées sur ce même parking… Et en fin de nuit, c'est le calvaire subi par sa sœur Maggie qui était venu le hanter.

Il frissonna, et André le regarda avec une attention accrue.

— Est-ce que ça va ?

— Mouais. Tu peux aller te reposer. Je vais appeler ma sœur pendant que Chelsie dort encore.

En tout cas, il supposait qu'elle dormait. Elle n'était pas encore sortie de sa chambre, et il savait qu'elle n'avait pas faussé compagnie à André une seconde fois.

André lui adressa un regard compréhensif et lui tapa sur le bras, au risque de lui faire renverser son café.

— Maggie va bien ?

André savait ce qui était arrivé à Maggie et, comme le reste du pays, il connaissait la date de l'« anniversaire ».

Chaque 1er septembre, le Violeur à l'hameçon, refaisait surface, enlevant une nouvelle jeune femme, la violant, et la marquant au fer rouge sur la nuque. Puis il la relâchait, droguée et trop désorientée pour fournir aux experts scientifiques une quelconque description de ce qui lui était arrivé. Il disparaissait ensuite jusqu'à l'année suivante et, malgré tous les efforts déployés par le FBI, cela faisait maintenant dix ans qu'il sévissait. Sa première victime avait été la petite sœur de Scott.

André savait que Scott ne travaillait jamais le 1er septembre. Ella, Maggie et lui restaient ensemble ce jour-là et tentaient de se distraire, espérant que chaque nouvelle année serait différente. Ce qu'André ignorait, ce que même leurs parents et leur jeune sœur Nikki ne savaient pas, c'est que depuis six mois le Violeur à l'hameçon avait commencé à envoyer des lettres à Maggie.

La date fatidique n'était que dans trois mois mais, en raison de ces lettres, jamais Scott ne se serait porté volontaire pour cette mission s'il ne s'était pas agi de la sécurité de Chelsie.

Se rendant compte qu'André le dévisageait avec insistance, il répondit :

— Tu connais Maggie.

Sa sœur était forte. Elle avait vingt et un ans quand ce monstre s'en était pris à elle. Mais, au lieu de se laisser détruire, elle avait décidé de rejoindre le FBI et d'empêcher les hommes comme lui de faire du mal à d'autres femmes. Ella et lui avait toujours été les meilleurs amis du monde et, dès que Maggie leur avait fait part de ses intentions, ils avaient échangé un regard et avaient hoché la tête, avant de dire à Maggie : « On te suit. »

Il se demandait parfois comment aurait été leur vie s'ils n'avaient pas fait ce pacte. Il était sorti diplômé de l'université un an avant Maggie, et il venait de débuter dans les relations publiques. Son avenir lui apparaissait simple et facile, à défaut d'être totalement épanouissant.

A présent, il lui semblait que le HRT et le FBI avaient toujours fait partie de sa vie.

— C'est une fille solide, dit André, arrachant Scott à ses souvenirs. Si elle a besoin de quelque chose, je suis là, tu le sais.

Scott hocha la tête. S'il y avait quelqu'un en qui il avait confiance, en dehors d'Ella, pour assurer la sécurité de Maggie, c'était bien André. Ils n'étaient coéquipiers que depuis un an et demi, mais le HRT était comme une famille. Et il avait eu la chance de tomber sur le type le plus loyal de l'équipe.

— Ella va bien ?

— Très bien. J'ai essayé de la convaincre de rester ici avec nous, mais elle est persuadée que Connors se servait d'elle pour atteindre Chelsie, et je suis assez d'accord. Il n'a aucune raison de s'en prendre à Ella. De toute façon, son fiancé est capable de veiller sur elle, même s'il ne fait pas partie du FBI. Par précaution, je leur ai quand même recommandé de s'installer ailleurs le temps que Connors soit capturé.

— Bien, dit André. Je vais me reposer un peu.

Il commença à s'éloigner dans le couloir, et lança tout à coup par-dessus son épaule :

— Si tu as l'intention de reprendre là où tu en étais la nuit dernière, ferme la porte, cette fois.

Scott le gratifia d'un nom d'oiseau, puis il s'empara de son portable pour prendre des nouvelles de Maggie.

La peur et la colère se mélangeaient en lui, comme chaque fois qu'il évoquait l'agresseur de sa sœur. Il avait toujours pensé que Maggie était en sécurité à l'université. Elle était intelligente, elle était forte, mais cette horrible nuit avait changé sa vie pour toujours. Et, il n'avait rien pu faire. Même aujourd'hui, presque dix ans plus tard, il se sentait toujours aussi démuni pour assurer sa sécurité.

En réalité, c'était un peu ridicule. Elle était agent fédéral, membre du SWAT, et parfaitement en mesure de prendre soin d'elle-même.

Tandis que le téléphone sonnait, Scott avala sa dernière gorgée de café.

— Hé, Scott ! Comment ça va au travail ? demanda sa sœur d'un ton enjoué.

Trop enjoué.

— Que s'est-il passé ? demanda-t-il.

— Rien, répondit-elle d'un ton exaspéré. La journée a été longue.

Scott consulta sa montre.

— Il est 7 heures.

— Nous avons mené un raid à haut risque la nuit dernière. Je suis rentrée à la maison il y a à peine une heure.

— Bon alors, je ne vais pas te retenir longtemps. Je voulais simplement prendre de tes nouvelles.

Derrière lui, Scott entendit des bruits de pas légers, et il se redressa, tout en jetant un coup d'œil par-dessus son épaule. Chelsie était debout dans le couloir, pieds nus, semblant hésiter à faire demi-tour pour regagner sa chambre. Il lui fit un signe de la main pour qu'elle vienne près de lui, avant de reprendre sa conversation avec Maggie.

— Rien de neuf ? demanda-t-il, en sachant qu'elle comprendrait à quoi il faisait allusion.

— Non. Ça va faire un mois maintenant qu'il ne s'est pas manifesté. Je me demande…

— Quoi ?

— Laisse tomber. Ce n'est pas urgent. Nous en reparlerons quand tu auras terminé ta mission. Comment ça se passe, au fait ?

Scott jeta un coup d'œil par-dessus son épaule, tandis que Chelsie traversait timidement la pièce et se servait une tasse de café.

— A ta place, je rajouterais beaucoup de lait, dit-il.

— Quoi ? demanda Maggie.

— Rien. On fait le point demain, d'accord ? Appelle si tu as besoin de moi.

— Ça va aller. Inutile de t'inquiéter autant. Ce type sait quel métier je fais, et il n'osera pas aller plus loin que des lettres.

Une note de fierté résonna dans sa voix tandis qu'elle ajoutait :

— Toi, est-ce que tu oserais t'en prendre à moi ?

— Certainement pas.

Au HRT, il était soumis à plus d'entraînement tactique que

Maggie, mais l'équipe du SWAT de sa sœur s'était parfois entraînée avec un groupe du HRT et les aptitudes au combat de Maggie l'avaient époustouflé.

Pourtant, aussi forte et pleine de ressources fût-elle, elle serait toujours sa petite sœur. Et jamais il ne cesserait de s'inquiéter ou de vouloir la protéger.

— Je t'appelle plus tard, dit Maggie.

— Tu as intérêt. On se parle demain.

Scott mit fin à la communication, et jeta un coup d'œil à Chelsie, qui évitait soigneusement son regard tandis qu'elle sirotait son café en grimaçant.

— Je t'avais dit de mettre du lait, dit-il.

Puis il ajouta : « c'était Maggie », et le soulagement qu'il vit sur son visage lui confirma que son intuition était juste. Elle pensait qu'il était en train de parler à sa petite amie.

Il se leva, marcha vers elle, et prit appui contre le plan de travail tandis qu'il étudiait son visage.

— Tu penses vraiment que je t'embrasserais si je fréquentais quelqu'un d'autre ?

Elle détourna les yeux, et plissa le front comme si elle faisait un effort de réflexion.

— Je suppose que non, finit-elle par répondre.

— Merci pour le vote de confiance !

Il s'écarta et se dirigea vers le salon, où il avait laissé son ordinateur portable.

Pour quel genre de goujat le prenait-elle ? Bien sûr, il avait eu beaucoup d'aventures, à la fois avant de la rencontrer et après avoir réalisé qu'elle ne sortirait plus jamais avec lui. Mais il ne voyait pas plusieurs femmes en même temps.

Elle lui emboîta le pas.

— Désolée. Hier, au téléphone, on aurait dit…

Elle s'interrompit, se rendant compte sans doute qu'elle venait de lui avouer avoir écouté aux portes.

— C'était Maggie aussi.

— Ça ne me regarde pas, s'empressa-t-elle de répondre.

— Eh bien, je te le dis quand même, répliqua, agacé contre elle et contre lui-même.

Si elle persistait à le voir comme une distraction facile, pourquoi s'entêtait-il à vouloir plus ?

Elle le retint en lui posant la main sur le bras, et ce simple geste lui donna envie de se retourner et de prendre ce qu'elle avait à lui offrir.

— Est-ce que Maggie va bien ? demanda-t-elle, avec une réelle inquiétude dans la voix.

Scott se tourna pour la regarder, en libérant prudemment son bras. Maggie et Chelsie étaient amies, mais il doutait que sa sœur lui ait dit ce qui se passait.

— Bien sûr, répondit-il.

Chelsie le regard avec suspicion, comme si elle savait qu'il mentait.

— Scott, si elle a besoin de toi…

— Elle va bien, je t'assure.

— Bien. Mais, si tu veux y aller, tu peux. Je suis en sécurité avec André.

Scott retint un grommellement. On aurait dit qu'elle préférait qu'il s'en aille.

— Une mission de protection se fait au minimum avec deux hommes, rétorqua-t-il.

Il s'assit et attrapa son portable.

— Tu es coincée avec moi.

— Ce n'est pas ce que je…

Elle secoua la tête et s'assit à côté de lui, suffisamment près pour voir son écran, mais suffisamment loin pour qu'ils ne risquent pas de se toucher.

— Très bien, dit Scott en attendant que son ordinateur s'allume. Voyons ce que nous pouvons trouver sur ce Mike Danvers.

— J'y ai bien réfléchi la nuit dernière, et je ne pense pas que Connors en ait après moi. Je suis même persuadée de ne courir aucun danger.

Scott sentit la colère le gagner. Elle oubliait que l'homme avait tenu une arme contre sa tête quelques heures plus tôt.

— Je me moque de ce que tu penses ! s'exclama-t-il. Le FBI a décidé que tu courais un risque et que tu avais besoin d'une protection.

Il la toisa durement, avant de poursuivre :

— Si tu essaies encore une fois de nous fausser compagnie, je te menotte au lit.

Au lieu de paraître intimidée, Chelsie haussa un sourcil.

— Tu me fais encore des avances ?

— Quoi ?

Réalisant ce qu'il avait dit, il lui lança un regard noir.

— Non, je ne te fais pas d'avances. J'essaie juste d'empêcher que tu te fasses tuer, Chelsie ! Ne sois pas stupide !

Il se pencha vers elle pour ajouter :

— Tu crois que Connors essayait seulement d'attirer ton attention en menaçant de répandre ta cervelle sur le parking ?

Sa voix gagnait en volume à chaque mot, mais il ne pouvait s'en empêcher. Elle ne prenait pas la menace suffisamment au sérieux. Et il n'était pas question qu'elle se mette en danger sous sa surveillance.

Chelsie pâlit et écarquilla les yeux, tandis que Scott poursuivait.

— Tu te souviens à quoi ressemblait ce parking il y a un an, n'est-ce pas ? Tu veux finir comme ça ?

— Bien sûr que je m'en souviens ! Je vis avec cette image tous les jours.

Elle aussi avait élevé la voix, et soudain elle se trouva nez à nez avec lui.

— C'est toi qui as dit que je devais rentrer dans sa tête, non ? Eh bien, figure-toi que c'est ce que j'ai fait hier soir ! Et je le crois. Je suis persuadée que nous ne savons pas tout de cette affaire.

Avec son visage empourpré de colère, et ses yeux qui lançaient des éclairs, elle était incroyablement sexy, et il retrouvait la femme qui l'avait fait craquer l'année passée au Shields. La femme qui ne laissait rien ni personne l'intimider.

— Je vais découvrir ce qui se passe, dit-elle, avec ou sans ton aide.

S'emparant de son ordinateur, elle l'emporta dans la cuisine.

Et, tout en la regardant s'éloigner, Scott songea qu'il était dans un sérieux pétrin.

Si le FBI n'arrêtait pas très vite Connors, soit il allait y laisser sa santé, soit il y perdrait son cœur. Et, il ne savait pas ce qui était le pire.

9

— Je ne comprends pas qu'ils ne l'aient pas encore retrouvé, marmonna André, tout en faisant des pompes au sol devant le canapé.

— L'armée l'a entraîné à s'évader de camps ennemis, répondit Scott, sans quitter des yeux l'ordinateur posé sur ses genoux.

— Mouais, dit André, sans la moindre trace d'essoufflement dans la voix. Mais nous ne sommes pas l'ennemi.

Cela faisait quatre jours que Chelsie avait été prise en otage par Connors sur le parking du centre culturel. Depuis, le FBI avait enquêté sur place, installé une caméra au cas où il reviendrait pour une raison ou pour une autre, et un avis de recherche national avait été lancé. Plusieurs pistes avaient été suivies, mais il restait introuvable.

Et, malgré tous les efforts déployés par Scott et Chelsie, il en allait de même pour Mike Danvers.

Ils avaient pu établir que Connors disait vrai en affirmant que Danvers et lui avaient servi dans la même unité. Il était exact aussi que Danvers avait été transféré quelques jours avant l'attentat qui avait décimé les compagnons d'armes de Connors. Cet événement avait marqué la fin de la carrière militaire de Connors, mais Danvers n'avait été démobilisé que six mois plus tard.

Ce dernier était retourné vivre dans son ancienne habitation, seul à présent puisque sa femme avait divorcé quand il était à l'étranger. Il avait enchaîné pendant un temps des contrats à court terme avec des agences de sécurité privées, puis il s'était volatilisé. Son téléphone était hors-service, sa maison fermée, et les journaux s'amoncelaient sur le sol. Et son ex-femme n'était pas parvenue à le localiser depuis des semaines, ce qui était inhabituel puisqu'ils avaient la garde partagée de leur fille. Danvers avait raté sa dernière visite et, d'après son ex-femme, ça ne s'était jamais produit. Elle s'était inquiétée, mais comme ils n'étaient pas dans les meilleurs termes, elle n'avait pas cherché plus loin.

Les enquêteurs avaient essayé de le retrouver par le biais de son travail, mais il était sans emploi depuis un mois. Sa famille n'avait pas de nouvelles, et ses amis non plus Comme son ex-femme, ils ne semblaient pas particulièrement concernés, ce qui pouvait s'expliquer par le fait que Danvers n'était pas le genre de type à faire des projets avec qui que ce soit. Toutefois, personne ne pensait qu'il avait pris des vacances, et tout le monde était surpris qu'il ne soit pas chez lui.

Ou pouvait-il bien se trouver ?

Danvers faisait-il profil bas parce qu'il avait aidé Connors à s'échapper ? Ou Chelsie avait-elle vu juste en le soupçonnant d'avoir essayé de piéger Connors en l'incitant à tuer tous ces gens ? Mais, si c'était le cas, quelles pouvaient être ses raisons ?

— Je ne comprends pas, dit Scott à haute voix, tout en se frottant les yeux.

— Tu parles de Danvers ? demanda André, tout en continuant à faire des pompes.

Ni l'un ni l'autre n'aimait rester assis sans rien faire. Souvent, quand ils se trouvaient dans une situation où une solution tactique était requise, ils restaient de longues journées sur le site à attendre le feu vert. Ils avaient appris à gérer l'attente, mais la plupart des agents du HRT préféraient l'action.

— Oui, répondit Scott, en rabattant le capot de son ordinateur portable. S'il n'est pas impliqué, c'est quand même une curieuse coïncidence qu'il disparaisse juste maintenant.

— Que ce soit à tort ou à raison, Connors le tenait pour responsable. Il a l'a peut-être tué, suggéra André.

— Non. Les enquêteurs ont dit que Danvers a déserté son

domicile depuis des semaines. Bien avant que Connors ne s'échappe.

— Admettons que Danvers soit vraiment impliqué. Dans ce cas il aurait pu se sentir coupable du fait que seul Connors avait été arrêté. Il aurait pu envisager d'aider Connors à s'échapper, puis se rendre compte que Connors lui en voulait.

André arrêta ses exercices et s'assit, les jambes étirées devant lui.

— J'ai réfléchi à ce que Chelsie a dit concernant les tirs qui ont continué après que nous étions à l'intérieur. Je pense qu'elle pourrait avoir raison en disant que le deuxième tireur visait Connors.

— Vraiment ? s'exclama Scott. Mais…

— Les tirs se sont poursuivis longtemps après, alors qu'il était évident que nous n'allions pas ressortir, poursuivit André. A ce stade, le tireur aurait dû tout mettre en œuvre pour quitter les lieux. Il avait certainement compris que les renforts étaient en chemin, mais il ne bougeait pas, il continuait à tirer.

— Je te l'avais dit ! s'exclama Chelsie, en apparaissant dans l'embrasure de la porte.

Scott essaya de ne pas la dévorer des yeux. Pieds nus, les cheveux encore humides après sa douche, elle portait un pantalon de yoga et un haut à bretelles.

Ils s'évitaient le plus possible depuis qu'il s'était énervé contre elle quelques jours plus tôt, essayant de se comporter l'un avec l'autre comme des collègues plutôt que d'anciens amants.

De son côté, Scott avait échoué lamentablement. A chaque fois qu'il voyait Chelsie, il avait envie de reprendre là où ils en étaient restés.

Tandis que Scott lui adressait un regard noir, André haussa les épaules.

— Quoi ? Je pense juste que c'est possible.

— Bien. Admettons que Danvers ait convaincu Connors d'abattre ces gens au centre culturel, dit Scott en s'adressant à Chelsie. Tu as une idée de son mobile ? Tu as eu accès aux mêmes informations que moi sur Danvers. Il a l'air d'un type normal. Il a peut-être un peu de mal à se réadapter à la vie civile, mais ça n'a rien à voir avec Connors. Il est suffisamment stable pour travailler et, même si son ex-femme ne l'aime pas, elle a suffisamment confiance en lui pour lui confier leur fille un week-end sur deux.

— Au bout du compte, c'est quand même Connors qui tenait le fusil, fit remarquer André. Même si Danvers l'a suggéré, Connors a laissé entendre qu'il était trop drogué pour comprendre que c'était une mauvaise idée. Il n'a jamais dit que Danvers le menaçait, par exemple. Ce n'est pas avec ça qu'il obtiendra des circonstances atténuantes.

— Je n'ai jamais dit qu'il n'était pas coupable, rétorqua Chelsie en se perchant sur le bras du canapé, à côté de Scott.

Ce dernier s'écarta légèrement. Chelsie ne parut pas le remarquer, mais André lui lança un regard interrogateur qu'il ignora.

— Quel mobile Danvers aurait-il pu avoir ? Il n'en veut pas à l'armée, comme c'est le cas pour Connors. S'il ne s'est pas réengagé, c'est sans doute qu'il pouvait gagner plus d'argent dans le privé.

André leva les yeux au ciel. Scott savait ce que son coéquipier pensait de ces entreprises de sécurité qui opéraient à l'étranger et prenaient les missions habituellement réservées aux militaires. La plupart du temps, tout se passait bien. Mais il arrivait que des employés n'étant pas liés par le même code d'honneur que les soldats commettent des débordements qui causaient des problèmes à tout le monde.

— Je n'en sais rien, répondit Chelsie. Peut-être qu'il voulait éliminer une personne en particulier, et qu'il a demandé à Connors de tuer tout le groupe pour brouiller les pistes.

Scott hocha la tête d'un air pensif.

— C'est déjà arrivé. Il faudrait regarder de plus près chacune des victimes. Je n'ai pas vu de lien évident entre elles et Danvers lorsque j'ai étudié le dossier, mais je n'ai fait qu'une recherche superficielle.

Chelsie se laissa glisser de l'accoudoir vers le coussin, et son bras effleura celui de Scott. Elle ne réagit pas à ce contact. Soit elle ne s'en était pas rendu compte, soit elle ne s'en souciait pas.

— Commençons tout de suite.

Scott lui fit passer son ordinateur et se leva.

— Tu peux commencer. Mes yeux ont besoin de faire une pause.

— C'est ton tour de garde, lui rappela André. Moi, je vais piquer un somme.

Le risque était minime dans la mesure où la zone était difficile à infiltrer. Et Scott était sûr que Chelsie ne prendrait plus le risque de filer à l'anglaise — d'autant qu'André et lui avaient caché les clés. Néanmoins, il préférait qu'elle reste sous surveillance.

Dès qu'André eut quitté la pièce, Chelsie tourna les yeux vers Scott.

— Tu m'en veux ?

Depuis qu'il lui avait dit qu'elle était lâche, ce qu'il n'avait pas eu réellement l'intention de dire, elle avait commencé à se comporter comme la femme qu'il avait rencontrée au Shields.

S'il avait su qu'il suffisait de ça pour la faire sortir de ses gonds, il l'aurait fait depuis longtemps. Cela le rendait nerveux. Face à une Chelsie boudeuse, repliée sur elle-même, il avait une chance de résister. Mais la Chelsie qui prenait les choses en main était exactement la personne qui l'avait attiré. Il avait donc essayé de garder autant que possible ses distances.

— Non, je ne suis pas en colère, répondit-il, tandis qu'elle le fixait d'un air interrogateur.

— D'accord, dit-elle en reportant son attention sur l'ordinateur. Comment va Maggie ?

— Bien.

Chelsie leva les yeux au ciel.

— Je te signale que je fais des efforts. Tu ne pourrais pas essayer d'en faire, toi aussi ?

Ne comprenant pas où elle voulait en venir, Scott demanda :

— Comment vont tes frères ?

Elle parut surprise, et il ne l'était pas moins.

Il ne s'attendait pas à demander cela, mais il se rendait compte à présent qu'il voulait qu'elle réponde à sa question. Il voulait en savoir plus sur sa vie, sur elle, découvrir ce qu'il y avait au-delà de l'agent spécial, au-delà de ce corps magnifique, derrière la dureté apparente et la vulnérabilité intérieure.

— Je…

Les doigts de Chelsie s'immobilisèrent sur le clavier.

— Je t'ai dit que j'avais des frères ?

— Non, mais tu en as parlé à André.

— Ah oui, c'est vrai. Ecoute, ils vont bien. Ils sont à l'autre bout du pays, et je ne les vois pas souvent, mais ils font beaucoup de choses ensemble. Ce sont des triplés.

— Et tu es proche d'eux ? demanda Scott, en prenant à nouveau place sur le canapé, à côté d'elle.

Le regard de Chelsie se posa brièvement sur lui, avant de se détourner. Il comprit alors qu'elle n'avait pas cessé tout à coup d'être attirée par lui. Elle avait simplement trouvé le moyen de mieux le cacher.

— Mouais, dit-elle. Ils ont cinq ans de moins que moi, ce qui fait que nous ne partagions pas beaucoup de choses quand nous étions plus jeunes. Nous sommes plus proches maintenant. Mais, tu sais, mes parents sont dans l'Oregon, mes frères en Californie, pas très loin d'eux, et moi je suis ici.

— Donc, vous ne vous parlez pas beaucoup ?

— Pas vraiment.

— Ils n'aiment pas le travail que tu fais ? demanda-t-il, sachant exactement quelle dose d'inquiétude générait leur métier au sein d'une famille.

— Eh bien, ils auraient préféré que je reste dans la publicité. Ils ont été choqués quand ils ont appris que j'avais postulé au FBI, même si je l'avais déjà évoqué. J'étais leur petite princesse, tu comprends. Depuis, ils s'y sont faits et ils me soutiennent.

— Tu as toujours voulu intégrer le FBI ?

— Pas exactement. La carrière militaire m'attirait, mais mes parents m'ont poussée vers un métier moins dangereux. Je me suis retrouvée dans la publicité, et je m'y ennuyais. C'est comme ça que j'ai décidé d'essayer le FBI.

Scott s'inclina pour voir son visage tandis qu'elle se penchait sur son ordinateur.

Ses questions mettaient Chelsie mal à l'aise. Il s'en était rendu compte, à sa façon de parler plus vite. Etait-ce parce qu'elle ne voulait rien partager de personnel avec lui ? Ou parce qu'elle voulait lui cacher quelque chose en particulier ?

Avant qu'il ait réussi à trouver le moyen de creuser plus profond, elle prit la parole.

— Et toi ?

— Quoi ?

— Tu es proche de ta famille, n'est-ce pas ? En tout cas, je le sais pour Maggie et toi. Mais les autres ?

Il hocha la tête, mais elle avait les yeux rivés sur l'écran, bien qu'elle ait cessé de taper depuis un moment. Les questions ressemblaient à celles qu'on se pose lors d'un premier rendez-vous, du genre de celles qu'ils auraient dû se poser un an plus tôt.

— Nous sommes tous assez proches. Il n'y a qu'un an de différence entre Maggie et moi, et nous étions les meilleurs amis du monde pendant notre enfance. Nikki est plus jeune, elle vient de terminer ses études universitaires.

Nikki avait traversé saine et sauve ses années d'étudiante. Elle était restée chez leurs parents, et faisait tous les jours le trajet pour se rendre à l'université, au lieu de séjourner en internat comme Maggie et lui l'avaient fait. Tous deux avaient également enseigné à leur petite sœur des techniques de défense et, heureusement, tout s'était bien passé.

Chelsie lui adressa enfin un regard.

— Je ne savais pas que tu avais une autre sœur.

— Mouais. Nikki est le bébé. Mes parents ne l'admettront pas, mais elle est plus ou moins le résultat de leur crise de la quarantaine.

Chelsie tritura son pendentif, comme si elle réfléchissait à une autre question.

Il tendit la main et tourna le pendentif vers lui, effleurant ses doigts au passage. Le contact la fit sursauter, et elle rougit.

Il lui sourit, de ce sourire lent et charmeur qui lui avait fait de l'effet au Shields, puis observa le cœur en or usé imprégné de la chaleur de son corps.

— Tu le portes en permanence.

Ce n'était pas une question, mais elle hocha la tête, tout en tendant la main pour le récupérer.

Puis elle s'écarta un peu, le visage grave.

— Il était à ma mère.

— Elle te l'a donné quand tu t'es installée à Washington ?

— Non.

Chelsie baissa les yeux vers le pendentif et recommença à le triturer entre ses doigts, comme chaque fois qu'elle était nerveuse.

— Ma mère est morte lorsque j'avais un an. Mon père me l'a donné pour mes treize ans, et je ne crois pas l'avoir enlevé depuis.

— Je suis désolé, dit-il en tendant le bras.

Elle le laissa lui prendre la main, le laissa caresser sa paume du bout des doigts.

— Je ne me souviens pas d'elle. Mon père s'est remarié, et je suis très proche de ma belle-mère. Mais c'est à cause de la mort de ma mère que mon père a mal vécu mon engagement au FBI. Ma mère et lui étaient tous les deux dans l'armée. Il est parti parce qu'elle a été tuée pendant une mission.

Soudain, tout prit un sens pour Scott. Il comprit pourquoi cette affaire avait touché si durement Chelsie. Pourquoi elle l'avait poussée à interrompre sa carrière de négociatrice. Pourquoi elle avait remis en question sa capacité à accomplir son métier.

Elle continua à parler de la façon dont son père avait monté son entreprise, rencontré et épousé sa belle-mère, et comment elle s'était rapidement retrouvée avec trois demi-frères.

Pourtant, Scott ne pouvait penser qu'au débriefing qui avait suivi la fusillade, un an plus tôt.

Chelsie n'avait cessé de parler du dernier homme qui était mort ce jour-là. Il s'était entêté à venir vers elle, alors qu'elle lui faisait de grands gestes pour lui ordonner de rester où il était. Tandis qu'elle essayait de négocier avec Connors, il avait crié qu'il avait une fille d'un an et qu'il voulait la voir grandir. Puis il avait couru vers Chelsie, et il avait pris une balle dans la tête.

Allait-elle aborder le sujet ? Scott pouvait en tout cas déceler une lueur de vulnérabilité dans ses yeux tandis qu'elle parlait de son passé.

Il prenait une inspiration, ne sachant pas comment aborder le sujet, quand André les héla depuis la chambre.

— Scott ! Chelsie ! Venez vite.

Scott bondit sur ses pieds, sa main se refermant automatiquement sur celle de Chelsie tandis qu'il l'entraînait avec lui. Son ordinateur commença à glisser sur le sol, et elle tenta de le ramasser, mais il tira sur son bras, tandis que sa main libre se posait automatiquement sur la crosse de son Glock.

— Qu'est-ce qu'il y a ? demanda Scott, tandis qu'il entrait précipitamment dans la chambre.

André augmenta le volume de la vieille radio.

« … évadé de prison depuis cinq jours, annonçait le présentateur, Clayton Connors apporte un nouvel éclairage au problème du stress post-traumatique subi par nos troupes. »

Chelsie retira sa main et s'avança dans la pièce, mettant un peu de distance entre eux, son attention tout entière tournée vers la radio.

« C'est une façon tragique d'attirer l'attention du public, dit une nouvelle voix. Mais cet exemple nous montre ce qui arrive quand un soldat est submergé de travail, qu'il vit un événement traumatisant, et qu'il ne reçoit pas l'aide nécessaire. Je pense qu'il y a beaucoup d'autres Connors au sein de nos armées, des hommes que l'on renvoie sans cesse au front parce que nous n'avons pas assez d'effectifs. L'amendement McCord-Siler a été enterré l'année dernière, mais je pense que cette fusillade a ramené le sujet sur le tapis, et qu'il pourrait finalement être voté.

— Il serait temps, dit la première voix. »

André baissa le volume.

— Cet amendement va permettre de privatiser la sécurité miliaire à l'étranger. Il y a énormément d'argent à se faire dans ce domaine. Les agences privées vont se développer à tout va.

— Et il y aura beaucoup d'opportunités pour d'anciens soldats cherchant une carrière lucrative, comme Danvers, ajouta Scott.

10

— C'est un motif suffisant ? demanda Chelsie, en s'asseyant, jambes croisées, dans un fauteuil du salon.

Les paroles prononcées à la radio l'obsédaient, mais elles semblaient déconnectées de ce qui s'était passé dans ce petit centre culturel rural de Virginie, où la vie de neuf personnes avait été anéantie.

Danvers avait-il vraiment convaincu Connors de tuer ces hommes simplement pour obtenir un emploi ?

André et Scott lui lancèrent un regard depuis le canapé.

André portait toujours sa tenue de sport, mais il avait à peine transpiré. Scott quant à lui portait un jean taille basse, un T-shirt, et il ne s'était pas rasé. Chaque fois que Chelsie le regardait, elle imaginait la sensation de sa mâchoire couverte d'un duvet dru contre son menton, son cou, sa poitrine.

Une intense chaleur lui monta au visage tandis qu'elle l'observait, et elle maudit son héritage irlandais. Si elle rougissait, ne serait-ce qu'un tout petit peu, cela se voyait immédiatement sur ses joues comme si elle avait pris un coup de soleil.

Scott eut un petit sourire narquois, mais il se contenta de répondre :

— L'argent est généralement le moteur de tout.

— C'est quand même pousser le bouchon un peu loin que d'imaginer Danvers persuadant un ami de commettre cette fusillade, dans l'espoir qu'un vieil amendement soit à nouveau soumis au vote et qu'on lui propose du travail.

— Présenté comme ça…, commença André.

— Sauf si cet amendement avait besoin d'une figure emblématique, l'interrompit Scott. Tu te souviens de ce qu'ont dit les enquêteurs de terrain qui ont parlé à l'ex-femme de Danvers ? Elle a dit qu'elle espérait que leur couple prendrait un nouveau départ après la démobilisation de Danvers, mais il a continué à faire plus ou moins le même travail, moyennant une meilleure paie et moins de contraintes.

— En quoi Connors serait-il une figure emblématique ? demanda Chelsie.

— Il représente ce que les initiateurs de l'amendement ont toujours proclamé vouloir éviter. Les soldats sont épuisés, débordés de travail car les effectifs sont insuffisants, et ils finissent par craquer. Connors est l'exemple parfait de ce que nous ne voulons pas voir arriver.

— Tu penses que les sénateurs McCord et Siler pourraient être impliqués ? demanda Chelsie d'un ton sceptique.

— Sans doute pas, répondit André. Ce serait faire courir un risque énorme à leur carrière. Ces deux types sont dans le circuit depuis trop longtemps pour être aussi stupides. McCord doit faire monter sa cote s'il veut être réélu, mais c'est quand même une hypothèse tirée par les cheveux…

Il observa une courte pause.

— Mais Danvers a pu avoir connaissance du projet et décider ensuite de le mettre en œuvre lui-même. Je vois mal un sénateur approcher Danvers et lui proposer un plan comme celui-ci. En revanche, je vois très bien quelqu'un comme lui reprendre l'idée à son compte. Il travaille pour Blackgate, non ?

Scott hocha la tête.

— Oui. C'était son contrat le plus récent.

— C'est sans doute la compagnie qui a le plus à gagner si l'amendement passe.

André se pencha, le front barré par des rides profondes.

— Blackgate est énorme. Ils ont travaillé avec l'armée pendant des années, mais les militaires n'y ont jamais été favorables. Si l'amendement passe…

— Ça se chiffrera en millions de dollars de contrats, compléta

Scott. L'idée a peut-être été soufflée à Danvers par quelqu'un de chez Blackgate.

André hocha la tête, et Chelsie les regarda tour à tour.

Elle savait que le HRT collaborait beaucoup avec les militaires. Rien que le mois dernier, une unité du HRT s'était rendue à l'étranger, et elle avait prié pour que Scott ne soit pas parmi eux. Elle avait employé des chemins détournés pour interroger Maggie, mais son amie était si distraite qu'elle n'avait rien remarqué.

A l'époque, elle avait été soulagée que Maggie n'ait pas deviné ses sentiments pour Scott. Mais, avec le recul, elle se rendait compte à présent que quelque chose ne tournait pas rond.

Elle jeta un coup d'œil à Scott, en se demandant à quoi rimaient tous ces appels pour faire le point avec Maggie. Avait-elle à ce point sombré dans l'auto-apitoiement qu'elle n'avait pas remarqué que son amie avait des ennuis ?

— Quoi ? demanda Scott.

S'arrachant à ses pensées, elle secoua la tête.

— Pardon ?

Il lui sourit, visiblement amusé.

— Tu rumines.

Au lieu de lui dire à quoi elle pensait vraiment — elle avait besoin d'appeler Maggie et de faire le point avec son amie —, elle suggéra :

— Et si quelqu'un avait promis à Danvers une place à temps plein s'il parvenait à produire le mauvais exemple qu'il souhaitait ?

André hocha la tête.

— C'est possible. Mais je parie que, si Danvers s'est fait souffler l'idée par quelqu'un de chez Blackgate, ça a été plus subtil que ça. Si quelqu'un découvrait le complot, ça détruirait la compagnie.

— Il espérait sûrement que Connors ne ferait jamais le lien avec Danvers, suggéra Chelsie. D'ailleurs, il lui a fallu un an avant de le réaliser.

— Ou alors, il était prévu qu'il meure ce jour-là, remarqua Scott. Pensez-y, combien de fusillades de ce genre se terminent par l'arrestation du tireur ? Généralement, ils se suicident, ou sont abattus par un de nos snipers parce qu'ils refusent de se rendre.

Ils restèrent tous silencieux, et Chelsie se mit à hocher lentement la tête.

— S'il était resté plus longtemps à discuter avec moi, vous seriez arrivés, et vous auriez sans doute tiré. Et s'il ne s'était pas rendu quand il a été arrêté…

— Néanmoins, reprit Scott, si Danvers a agi seul, quelle garantie avait-il d'obtenir quelque chose ? C'est quand même un énorme risque à prendre sans la certitude d'y trouver un gain personnel.

Il marqua une courte pause, et secoua la tête avec une moue dubitative.

— J'ai le regret de le dire, mais la théorie de Chelsie me semble de plus en plus possible.

Il leva les bras au-dessus de sa tête pour s'étirer et demanda :

— Qu'est-ce que tu as trouvé ?

Chelsie essaya de garder les yeux sur son visage, et de ne pas prêter attention à la façon dont son T-shirt moulait son torse. Elle s'était fait une promesse, celle de ne pas laisser cette proximité avec Scott affaiblir sa décision de ne pas répéter son erreur.

Et elle était certaine qu'il s'agissait d'une erreur. Non seulement leur relation — si elle reprenait — ne durerait pas longtemps, mais en plus la rumeur finirait par arriver jusqu'au bureau. Et, d'une façon comme d'une autre, elle souffrirait. Mieux valait dans ces conditions ne pas s'aventurer sur ce chemin.

Elle ne s'était pas trop mal débrouillée… jusqu'à ce qu'elle décide qu'il n'y avait aucun problème à s'asseoir sur le canapé à côté de Scott. Mais il avait attrapé son pendentif et lui avait pris la main, et tous les efforts qu'elle avait faits pour se persuader qu'il ne lui faisait aucun effet avaient disparu.

Et il n'y avait même pas mis d'intention particulière. Il essayait simplement de faire son travail et de la protéger quand il l'avait entraînée avec lui pour voir ce qu'André voulait leur dire.

— Beaucoup trop de pistes, répondit-elle, tandis que Scott l'enveloppait d'un regard interrogateur.

Elle jeta son stylo sur la table de la cuisine et se frotta les yeux. Scott et elle avaient cherché toute la journée de possibles liens entre Danvers et les sénateurs McCord et Siler. Elle avait emprunté l'ordinateur d'André puisque le sien était resté dans son appartement. Scott s'était occupé des sénateurs et de leur staff, elle avait pris Blackgate.

André avait émis quelques idées, puis il était retourné s'entraîner sur le banc de musculation installé dans la chambre du fond, les laissant seuls.

— Je ne trouve pas de lien évident, dit Chelsie, mais nous n'avons pas accès aux enregistrements des appels téléphoniques et des mails. Je me concentre sur les mobiles et, franchement, il y a beaucoup de possibilités. La plus probable est celle du directeur général, Mark Rubenstein.

— Mouais, dit Scott en grimaçant. C'est lui qui aurait le plus à gagner, mais également le plus à perdre. Et il est très en vue. Bien plus que les sénateurs. A part lorsqu'ils sont en campagne pour leur réélection, ce qui n'était pas le cas au moment de la fusillade, ni l'un ni l'autre ne sont vraiment sous le feu des projecteurs.

— Oui, et puis franchement, Rubenstein a tout intérêt à faire profil bas, reprit Chelsie. Sa compagnie a souffert d'une très mauvaise presse après cet incident…

— Tu fais allusion à cet employé qui a tiré sur des civils Afghans ? Je m'en souviens.

Il se pencha tout à coup vers elle, la perturbant.

— Tu as pu trouver un lien avec Danvers ?

Il y avait quelque chose dans sa façon de regarder une femme…

Elle s'obligea à penser immédiatement à autre chose. Cette capacité qu'il avait de faire croire à chaque femme qu'elle était la seule à compter en faisait un dangereux séducteur.

Maggie disait toujours en plaisantant que son frère considérait la séduction comme un sport. Et, n'ayant pas la moindre idée de ce qui s'était passé entre lui et Chelsie, elle avait plusieurs fois fait remarquer que Scott semblait chercher à battre un record en matière d'aventures sans lendemain. Dès lors, Chelsie en avait conclu que la nuit qu'il avait passée avec elle ne pouvait pas avoir beaucoup compté à ses yeux.

Elle ne pouvait oublier cela, même s'il avait posé des questions sur sa vie, même s'il l'avait regardée avec compréhension et tendresse quand elle avait parlé de la mort de sa mère.

Elle toussota et, bien qu'il n'y ait rien à y lire, reporta son attention sur l'écran de l'ordinateur.

— En dehors du fait que Danvers a effectué plusieurs missions pour le compte de Blackgate, je n'ai pas trouvé de lien spécifique avec Rubenstein. Et je ne trouve absolument aucune connexion avec Connors.

— Je ne vois pas non plus de lien avec Connors du côté des sénateurs, dit Scott. Si ce n'est le fait qu'ils se sont servis de la fusillade pour promouvoir leur amendement. Apparemment, ça a marché.

— C'est vrai qu'ils ont sauté sur l'occasion, mais je n'avais jamais pensé…

— Moi non plus. Pourtant, André à raison. C'est limpide aujourd'hui. Si Connors n'avait pas tué ces gens l'année dernière, l'amendement n'aurait jamais été présenté au Sénat, c'est évident.

— A ton avis, lequel des deux a le plus à gagner ? demanda Chelsie.

— McCord, indubitablement. Il va bientôt se présenter aux élections et, avant que cet amendement ne soit à nouveau présenté, il était donné perdant. A présent, les sondages le créditent d'une large avance.

— Tu crois que McCord aurait approché personnellement Danvers ? Il a l'air de le connaître ?

— La réponse est non aux deux questions. Mais il y a quelqu'un dans le camp de McCord qui connaît effectivement Danvers.

Scott tourna son ordinateur vers Chelsie pour lui montrer la photo d'un homme d'une quarantaine d'années au visage dur. Le regard de ses yeux bleus était intense, presque coléreux, et ses épaules semblaient sortir du cadre tant elles étaient larges. Ses vêtements respiraient l'argent, mais sa stature, sa posture et sa coupe de cheveux trahissaient un passé militaire.

— Il a servi avec Danvers ? demanda Chelsie.

— Il aurait pu, mais non. Liam Hart avait quitté l'armée depuis plus de dix ans quand Danvers s'est engagé. Cependant ils ont grandi dans le même quartier.

Chelsie haussa les sourcils.

— Ça ne peut pas être une coïncidence.

— C'est ce que je pense aussi.

— Qu'est-ce que Hart fait pour McCord ?

— C'est son principal conseiller.

— Donc, si McCord n'est pas réélu, Hart se retrouve sans emploi.

— Exactement. Et comme c'est une carrière relativement récente pour Hart, il risque d'avoir du mal à trouver un nouvel emploi dans le domaine politique. McCord l'a engagé il y a deux ans quand il a décidé de dépoussiérer son image. Il connaissait le père de Hart et a décidé de lui donner une chance.

Scott se passa la main dans les cheveux, donnant à Chelsie l'envie de faire de même.

— Il ne nous reste plus qu'à prouver son implication.

— Tu as des idées ? Pour le moment, ce ne sont que des spéculations. Nous n'obtiendrons pas de mandat sur de simples théories.

— Il faut retrouver Danvers.

— Mais comment ?

Chelsie se pencha, fatiguée de rester assise devant un ordinateur depuis des heures, et frustrée par les tâtonnements de leur enquête.

Certes, ils avaient un suspect, mais ils étaient coincés dans cette résidence sécurisée, ce qui les empêchait de conduire normalement leurs investigations. De toute façon, ils n'étaient même pas en charge de l'affaire.

Le regard de Scott suivit Chelsie tandis qu'elle courbait le dos, essayant de soulager la raideur de son cou. La gorge soudain nouée, elle baissa les yeux vers le sol. Mais cela ne servait à rien. Elle sentait encore le regard de Scott posé sur elle.

— Arrête de faire ça ! s'exclama-t-elle soudain.

— Quoi ?

Tout dans sa voix et son attitude respirait l'innocence mais, quand il se leva et se rapprocha d'elle, elle vit qu'il savait exactement ce qu'elle avait voulu dire.

Refoulant un besoin urgent de minauder comme une collégienne, elle lui lança son meilleur regard d'agent fédéral. Le genre à faire comprendre que, en dépit de sa silhouette relativement frêle, il ne fallait pas se frotter à elle.

Elle s'attendait à ce que Scott fasse machine arrière mais, au contraire, le désir s'intensifia dans ses yeux.

Sans qu'elle puisse deviner son geste, il fit courir sa main sur son bras nu.

— Arrêter de te désirer ? dit-il à voix basse. Je ne crois pas que ce soit possible.

Elle retira son bras avec brusquerie, sentant la panique monter.

— Je ne couche pas sans réfléchir. Tu as été une exception. Et une erreur.

De la colère et quelque chose d'autre — était-ce une blessure d'amour-propre ou une vraie peine ? — passa sur son visage.

— Ce n'était pas sans réfléchir, dit Scott.

— Mais nous nous connaissons à peine, plaida-t-elle.

— A qui la faute ?

— Arrête. Tu n'avais pas envie de parler quand tu m'as demandé de quitter le bar avec toi.

— Non, je suppose que non, répondit-il froidement. Tu as peut-être raison. C'était une erreur.

Il secoua la tête, paraissant vaguement déçu de ce qu'elle lui avait dit, et quitta la cuisine.

Chelsie le regarda s'éloigner et tenta de remettre un peu d'ordre dans ses idées.

Même si elle avait été la première à parler d'erreur, les paroles de Scott lui avaient fait mal.

Pourquoi continuait-elle à s'infliger cela à elle-même ?

Elle avait toujours mené ses relations sentimentales comme elle menait son plan de carrière avant de rejoindre le FBI : elle ne savait pas ce qu'elle cherchait avant de l'avoir trouvé.

Pourtant, avant Scott, elle avait trouvé des hommes qui voulaient une relation suivie, des hommes avec qui elle pouvait discuter sans se disputer à tout bout de champ. Des hommes faciles à vivre, et des hommes faciles à quitter quand l'inévitable survenait.

Chelsie s'assit, surprise de la direction que prenaient ses pensées. Elle voulait une relation à long terme, n'est-ce pas ?

Elle s'était toujours dit que, comme pour sa carrière, elle finirait par tomber sur l'homme idéal. Mais peut-être était-elle tellement persuadée que ça ne marcherait pas qu'elle ne laissait jamais aucune chance à personne.

Cela ne s'appliquait évidemment pas à Scott. Elle ne l'avait jamais envisagé comme une relation possible.

Si le FBI lui avait enseigné quelque chose, c'était que la meilleure façon de prévoir un comportement futur était de connaître le comportement passé. Au cours de son entraînement, quand elle avait la chance de connaître l'histoire personnelle d'un sujet avant de commencer à négocier, cela lui permettait de prendre la main. Et cette théorie ne s'appliquait pas seulement aux criminels, elle était valable pour tout le monde.

Dans le cas de Scott, voilà la maxime qu'elle pouvait lui appliquer : séducteur un jour, séducteur toujours.

Au moment où elle formulait cette pensée, Chelsie comprit soudain quelque chose et se précipita vers le salon. André était en train de se livrer à sa marotte des pompes, et Scott, assis sur le canapé, semblait perdu dans ses pensées.

— Il faut fouiller dans le passé de Danvers, annonça-t-elle.

— On ne l'a pas déjà fait ? demanda Scott, en posant sur elle un regard glacial.

Tout en essayant de ne pas en être affectée, elle se tourna vers André, qui avait mis fin à ses exercices et la regardait en attendant la suite.

— L'ex-femme de Danvers a bien dit qu'il avait toujours besoin de passer du temps seul quand il revenait de mission ?

— C'est exact, dit Scott.

— Ça veut dire qu'il ne s'est pas contenté de s'enfermer dans sa chambre jusqu'à ce qu'il se sente le courage de retourner à la vie civile. Il est parti quelque part.

Scott hocha lentement la tête, tandis qu'André se relevait.

— On sait où ?

— Il suffit de chercher.

— Je crois que j'ai trouvé, déclara Chelsie, depuis le tabouret où elle s'était perchée.

Scott fit rapidement le tour de la table de la salle à manger et se pencha au-dessus de son épaule pour regarder l'écran. On pouvait y consulter le registre des actes de propriété en Virginie.

Il hocha la tête, plein d'espoir, tandis qu'il notait l'adresse d'une cabane de chasse qui se trouvait dans une ville du nord de la Virginie. Le propriétaire en était l'oncle de Mike Danvers.

— Ça semble l'endroit idéal pour se cacher. Dommage que les flics n'aient pas mieux cherché.

Chelsie haussa les épaules.

— Leur but, c'est de retrouver Danvers. Mais, tu sais, on se complique peut-être la vie à échafauder des hypothèses alors qu'il suffit souvent d'aller au plus simple. Connors et Danvers sont sans doute complices depuis le début, et Connors brouille les pistes pour détourner les soupçons sur quelqu'un d'autre que lui.

Scott leva les sourcils, manifestement surpris par l'absence totale de conviction dans sa voix.

— Tout est possible.

Il se redressa, cherchant son téléphone.

— Mais je crois que tu as raison depuis le début. Il se passe quelque chose de bien plus important.

Il commença à composer un numéro.

— Et il est temps de découvrir ce dont il s'agit.

11

Le raid devait avoir lieu dans moins d'une heure.

Chelsie se mordillait les ongles tandis qu'elle arpentait les dix mètres carrés de sa chambre, dans la résidence sécurisée.

La cabane de l'oncle de Mike Danvers se trouvait à quatre heures au nord. Le temps que Scott avertisse les enquêteurs et que ceux-ci obtiennent tous les documents nécessaires, une nouvelle journée s'était écoulée. Mais, dans une heure, les enquêteurs — accompagnés d'une poignée de snipers du HRT — seraient sur place. Et elle serait là, coincée dans ce chalet, à se cacher.

Cela faisait maintenant un an qu'elle avait intégré l'unité des crimes en col blanc. Leurs enquêtes débouchaient souvent sur des affaires de marché noir, de cyber espionnage, de terrorisme… C'était un poste important, toujours intéressant et source de défi. Mais le fait de devoir rester sur le banc de touche aujourd'hui lui faisait regretter ce à quoi elle avait renoncé.

Le FBI aurait accepté qu'elle reprenne la négociation. C'est elle qui avait fait machine arrière et demandé une nouvelle affectation. Elle voulait un poste moins dangereux, où personne ne risquerait de mourir si elle commettait une erreur.

A l'époque, ça lui avait semblé être la bonne solution.

Même à présent, elle n'était pas certaine d'avoir fait le mauvais choix. Même si tout le monde essayait de minimiser sa responsabilité, des êtres humains étaient morts ce jour-là. Et son travail consistait justement à empêcher cela.

Et si elle avait repris son poste de négociatrice et qu'elle avait à nouveau échoué ? Aurait-elle été capable ensuite de se regarder en face ? Au moins, le genre de criminels qu'elle traquait aujourd'hui ne l'empêchaient pas de dormir la nuit.

Même si elle était restée en poste, elle ne se serait pas rendue à la cabane aujourd'hui. Ils n'avaient pas besoin de négociateur.

Soit Mike Danvers était innocent et se cachait de son ancien ami pris de folie, soit il était impliqué d'une façon ou d'une autre. Dans le premier cas, il se rendrait pacifiquement, dans le second, il y aurait un échange de tirs. Avec un type comme Danvers, qui avait un passé militaire, une mentalité de soldat, et qui était en cavale, cela pouvait très bien se passer comme très mal tourner.

Aussi n'auraient-ils pas besoin de négociateur aujourd'hui. Mais ils étaient accompagnés de snipers du HRT. Et si Scott n'avait pas été en train de faire du baby-sitting auprès d'elle, il aurait probablement fait partie de l'équipe.

Elle jeta un coup d'œil vers la porte fermée de sa chambre. A sa connaissance, Scott et André étaient toujours dans le salon, à attendre l'appel des enquêteurs pour avoir des informations. Mais elle savait très bien où ils avaient tous les deux envie d'être : c'était dans la nature d'un agent du HRT de vouloir toujours se trouver dans le feu de l'action.

Egoïstement, elle était contente qu'ils soient tous coincés là. Pas par ce qu'elle s'inquiétait pour elle-même — elle était sincèrement convaincue que Connors n'en avait pas après elle —, mais parce qu'elle ne supportait pas l'idée que Scott se retrouve en ligne de mire.

C'était bien sûr totalement ridicule puisque c'était précisément en cela que consistait son travail : se mettre en danger pour sauver les autres.

Et cela ne changerait pas de sitôt, qu'ils soient ensemble ou non. D'ailleurs, ils ne seraient jamais ensemble. Il ne fallait surtout pas qu'elle l'oublie…

Baissant les yeux vers le téléphone qu'elle tenait à la main, elle se raisonna. Elle devait arrêter de s'inquiéter pour des choses sur lesquelles elle n'avait aucun contrôle.

Soit elle trouverait un moyen de résister à Scott, et ils s'en iraient chacun de son côté, soit elle n'y parviendrait pas, et elle se retrouverait à nouveau au lit avec lui. Parfois, elle avait du mal à se rappeler pourquoi c'était une mauvaise idée.

Pour en revenir à Danvers, qu'il soit ou non à la cabane, qu'il puisse ou non aider le FBI à mettre la main sur Connors — au quel cas il n'y aurait plus de raisons pour qu'elle reste sous la protection de Scott — n'était pas de son ressort.

Mais il lui restait quelque chose à faire, quelque chose qu'elle s'était promis la veille.

Après un dernier regard à la porte, elle composa un numéro.

— Bonjour Chelsie.

Maggie Delacorte avait répondu à la deuxième sonnerie et, malgré son ton enjoué, une certaine tension vibrait dans sa voix.

— Salut, Maggie.

Soudain, Chelsie eut un doute sur ce qu'elle était en train de faire. Scott serait contrarié quand il découvrirait qu'elle avait appelé sa petite sœur alors qu'il avait affirmé que tout allait bien. Mais elle avait deviné qu'il mentait. Et Maggie était son amie.

— Que se passe-t-il, tu n'as pas une fois de plus faussé compagnie à mon frère, j'espère ?

Chelsie se sentit embarrassé. Etait-ce Scott qui lui avait parlé de son escapade, ou bien Ella ?

— Je t'appelle parce que… eh bien, écoute… ça ne me regarde pas, mais j'ai entendu Scott te téléphoner à plusieurs reprises, et je m'inquiète pour toi. Est-ce que tout va bien ?

Avant que Maggie ait eu le temps de répondre, elle insista :

— Si tu as besoin de Scott, je t'assure que je peux très bien me débrouiller toute seule. Et sinon, je suis sûre que le Bureau pourrait envoyer quelqu'un d'autre.

A l'autre bout du fil, Maggie eut un petit rire.

— Bon courage pour convaincre mon frère de renoncer à la mission pour laquelle il s'est porté volontaire.

C'était Scott qui avait demandé à assurer sa protection ?

Cette nouvelle laissa Chelsie abasourdie tandis qu'elle s'asseyait sur le lit. Elle avait cru que la mission lui avait été imposée par sa hiérarchie, qu'il l'accomplissait à contrecœur, étant donné la façon dont elle l'avait rejeté six mois plus tôt.

Qu'est-ce qui avait bien pu le pousser à se proposer pour jouer les gardes du corps ? Etait-ce une sorte de sentiment de responsabilité ou de culpabilité parce qu'il était là le jour de la fusillade ? Ou y avait-il autre chose ?

A cette pensée, ses doigts se crispèrent sur le téléphone.

— Il s'est mis en tête qu'il avait besoin de veiller sur tout le monde, continua Maggie.

Cette fois, Chelsie avait la réponse à sa question. Il s'était porté volontaire parce qu'il se sentait responsable. C'était totalement ridicule. Quand il était arrivé, il était trop tard.

Le massacre était son échec à elle, pas celui de Scott.

— C'est pour cela que…

Comme Maggie hésitait à aller au bout de sa phrase, Chelsie se souvint qu'elle devait concentrer son attention sur elle et insista.

— Que quoi ?

— Chelsie, tu es mon amie, mais c'est quelque chose dont je n'aime pas parler. Je ne veux pas qu'on me juge pour ce qui est arrivé il y a longtemps. J'ai réussi à tourner la page, et je ne supporte pas…

Elle s'interrompit à nouveau, reprenant avant que Chelsie n'ait eu le temps de s'excuser.

— Je suis sûre que tu as entendu parler de mon histoire. Ce n'est pas vraiment un secret pour les agents qui ont été pendant un temps au WFO. Mais tu n'as jamais cherché à trouver des informations dans mon dos, comme l'ont fait certains collègues, ou essayé de creuser en posant des questions subtiles. C'est comme ça que je peux affirmer avec certitude que tu es une véritable amie.

— Je ne te parlais pas de ça, voyons, Maggie. Je veux simplement m'assurer que tout va bien, maintenant. Tu sembles avoir l'esprit ailleurs… Attends, est-ce qu'il s'agit… Il s'est passé quelque chose de nouveau ?

Chelsie se reprocha aussitôt son indélicatesse. Maggie venait de lui demander de ne pas en parler.

— Je suis désolée. Tu n'as pas à me le dire. Mais, si tu as besoin de ton frère, je te promets que je ne suis pas en danger. La menace que le FBI imagine peser sur moi n'existe pas. Je n'ai pas besoin de Scott.

La réponse de Maggie fut coupée par l'irruption de Scott dans la chambre.

— Je me fiche que tu n'aies pas besoin de moi ! tonna-t-il.

Il s'avança et ne s'arrêta qu'à quelques centimètres d'elle.

— Je ne bougerai pas d'ici.

— Je te l'avais dit, murmura Maggie à l'oreille de Chelsie.

Pendant ce temps, Scott ajoutait :

— Je suis venu voir si tu voulais écouter ce qui se passe là-bas. Ils sont sur place depuis quinze minutes, et ils nous ont reliés au camion de commandement.

Même si elle savait qu'il avait envie d'entendre ce qui se passait en temps réel à la cabane, Chelsie avait la certitude qu'il y avait des choses bien plus importantes dont il devait prendre connaissance.

Même si Maggie refusait d'en parler ouvertement, son intuition de négociatrice lui criait que ce que son amie lui cachait était lié au Violeur à l'hameçon.

Cela faisait dix ans que ce prédateur réussissait à échapper aux forces de l'ordre, et pourtant le FBI le recherchait activement. S'il y avait du nouveau concernant cette affaire, tourner autour du pot était inutile.

Et elle connaissait Scott. Si sa sœur avait besoin de lui et le taisait, il se reprocherait de ne pas l'avoir deviné et de ne pas lui avoir apporté son aide.

Sachant ce que c'était que de ressentir ce genre de culpabilité, Chelsie ne voulait pas qu'il s'inflige cela à lui-même.

Elle lui mit de force le téléphone dans les mains.

— Parle à ta sœur, elle a besoin de toi.

Ignorant les protestations de Maggie à l'autre bout de la ligne, elle contourna Scott et sortit de la chambre en fermant la porte derrière elle.

— Maggie, que se passe-t-il ?

Percevant le stress dans sa propre voix, Scott prit une profonde inspiration pour se calmer.

Maggie possédait une arme et maîtrisait le combat rapproché, se rappela-t-il. Elle n'était plus une jeune provinciale de vingt et un ans qui n'avait jamais été confrontée à la violence. C'était un agent fédéral aguerri, qui pouvait compter sur ses collègues du SWAT pour venir en renfort si besoin était.

Mais, peu importait. Elle restait avant tout sa petite sœur. Et ils étaient proches. Il n'avait donc aucun mal à deviner ce qu'elle essayait de lui cacher, de peur de le distraire dans sa mission.

Ses jointures blanchirent sur le téléphone au point de lui faire mal, mais il semblait incapable de décrisper ses doigts.

— Il a repris contact avec toi ?

— Oui.

La voix de Maggie était étrangement calme, comme c'était toujours le cas quand ils parlaient du monstre qui l'avait agressée.

Une rage familière monta en Scott, lui donnant l'envie de taper dans quelque chose jusqu'à ce que ses mains saignent.

— Quand ?

— Ce matin.

— Tu aurais dû m'appeler.

Les mots lui avaient échappé avant qu'il ait pu les retenir, et il jura sourdement.

— Désolé. Mais, enfin, Maggie, ne me cache pas des choses comme ça. Tu en as parlé à Ella ?

— Evidemment.

— C'est une nouvelle lettre ?

— Oui. Le même genre de contenu.

Scott ferma les yeux et essaya de se calmer. Le même contenu signifiait que le Violeur à l'hameçon avait rédigé sa lettre à la manière d'une déclaration d'amour. Lorsque la première était arrivée six mois plus tôt, il avait failli vomir d'écœurement en la lisant. La deuxième avait été expédiée quelques mois plus tard et son contenu était à peu près identique.

Il était moralement dévasté à l'idée que sa sœur ait à lire ce genre d'horreurs, qu'elle ne puisse pas tirer définitivement un trait sur cet atroce événement qui avait totalement bouleversé le cours de sa vie dix ans plus tôt.

Mais ce soudain contact l'angoissait, lui aussi. Ils n'avaient en effet nul besoin des talents de profileuse d'Ella pour décoder ce que cela signifiait. Maggie et lui l'avaient compris au moment où ils avaient lu la première lettre.

Jamais le Violeur à l'hameçon ne cesserait d'écrire à Maggie, à moins qu'il ne se fasse prendre. Et, comme il ne faisait surface qu'une fois par an, leur marge de manœuvre était infime.

Il n'avait pas envie que sa sœur soit confrontée à ça pour le reste de sa vie.

Il avait rejoint les rangs du FBI à cause du pacte que Maggie, Ella et lui avaient fait. Mais le HRT avait exercé sur lui un attrait irrésistible. La capacité à neutraliser physiquement, personnellement des prédateurs comme l'homme qui avait fait du mal à sa sœur lui apportait une satisfaction à nulle autre pareille.

Cela l'aidait à apaiser la culpabilité de ne pas avoir été là pour la secourir, même si toutes ses compétences ne lui permettaient pas de stopper cette menace permanente qui pesait au-dessus de la tête de sa sœur.

— Arrête de ruminer, dit Maggie.

Soudainement arraché à ses pensées, Scott réalisa qu'il était silencieux depuis trop longtemps.

— Je sais ce que tu fais, dit Maggie. Tu te fais des reproches à propos d'une situation sur laquelle tu n'as aucun contrôle. Tu ne peux pas monter la garde à côté de moi à chaque seconde. Tu dois vivre ta vie. Ton travail t'entraîne à travers tout le pays, et même dans le monde. Et tu sais que je peux me débrouiller toute seule. Je ne t'ai pas appelé tout de suite, parce que je ne voulais pas que tu t'affoles alors que tu dois rester concentré sur la protection de Chelsie.

— Tu pourrais…

— Non, je ne vais pas demander de protection, dit-elle, le connaissant suffisamment pour deviner à quoi il pensait. N'oublie pas que je fais partie du SWAT. Et, en plus, le FBI ne donnerait jamais son aval. Si ça peut te rassurer, Ella et son fiancé m'appellent presque toutes les demi-heures. La sonnerie du téléphone commence à me rendre folle. Mais, si je ne décroche pas, Ella est capable d'enfreindre toutes les limitations de vitesse pour débouler ici. Crois-moi, je ne risque rien.

Scott ressentit soudain une immense fatigue. Cela faisait dix ans. Est-ce que ça s'arrêterait un jour ?

— Et d'ailleurs, continua Maggie, comme si elle cherchait à se convaincre elle-même encore plus que lui, ce type essaie d'asseoir son pouvoir sur moi de la seule façon qu'il lui reste. C'est-à-dire avec ces lettres pathétiques.

Elle marqua une pause infime, le temps de reprendre son souffle.

— La seule raison pour laquelle il est toujours en liberté, c'est parce qu'il est malin. Trop malin pour s'en prendre à un agent fédéral. Et puis, je ne corresponds plus à son profil de victime.

Ça au moins, c'était exact. Le Violeur à l'hameçon ne s'en prenait qu'aux femmes âgées d'à peine vingt ans. Ce rappel des faits dénoua quelque peu la gorge de Scott.

— D'accord, mais si tu as la moindre raison de penser que…

— Ça va aller, affirma Maggie. Dépêche-toi d'aller écouter comment se déroule le raid.

— Tu passes en premier, Maggie. Ce qui veut dire que je vais t'appeler plusieurs fois par jour, moi aussi.

— Je ne veux pas que tu t'inquiètes pour moi. Concentre-toi plutôt sur Chelsie. J'allais t'appeler plus tard pour te mettre au courant, mais je ne voulais pas te distraire dans ton travail.

— Aucun risque, Maggie. Et, si tu veux nous rejoindre à la résidence sécurisée, je peux convaincre qui de droit de signer tous les papiers nécessaires.

— C'est inutile, tout va bien, je t'assure, répéta Maggie. Je te rappelle plus tard. Dépêche-toi d'aller voir ce qui se passe avec Connors.

— D'accord. Mais appelle-moi, hein ?

— Oui, oui. A plus tard, grand frère.

Scott raccrocha et resta un instant pensif, se sentant totalement impuissant. Ce qu'il aurait voulu, c'était être à la cabane, donner des coups de pied dans la porte, et mettre la main sur l'homme qui avait peut-être tout déclenché.

Peut-être les enquêteurs de terrain et ses collègues du HRT avaient-ils eu de la chance. Dans ce cas Danvers était sans doute déjà sous les verrous et il avait révélé la cachette de Connors.

Regagnant le salon, dans l'espoir d'entendre la fin de l'assaut, Scott découvrit André et Chelsie qui se dévisageaient avec incrédulité.

— Que s'est-il passé ? demanda-t-il.

Ils se tournèrent vers lui et, tandis qu'André secouait la tête, Chelsie lui dit :

— Ils sont arrivés trop tard.

— Danvers n'était pas là ? demanda-t-il, désappointé.

— Si, il était là. Mais il était mort.

12

— Qui l'a tué ? demanda Scott.

— Il n'y avait pas de confession signée, répondit sèchement André.

Scott lança un regard noir à son coéquipier. Quant à Chelsie, elle évitait soigneusement de le regarder et semblait nerveuse, sans doute parce qu'elle s'était mêlée des problèmes de sa sœur.

— Les agents ont immédiatement ratissé la zone autour de la cabane, dit-elle. Rien n'indique que quelqu'un d'autre résidait là, à part Danvers. Apparemment, on aurait suivi sa trace.

— Comment a-t-il été tué ?

— Une balle dans la tête, répondit laconiquement André. A bout portant. Ce n'était pas un tir à longue distance.

— Ça aurait été trop évident, dit Scott.

André hocha la tête.

— Je suis d'accord. On dirait une vengeance. Connors pensait avoir une raison de retrouver Danvers, il nous a même dit qu'il le traquait.

— Il voulait des réponses, protesta Chelsie. Il n'a jamais laissé entendre qu'il voulait se venger.

— Il n'a peut-être pas aimé les réponses qu'il a obtenues, dit Scott. Il peut avoir interrogé Danvers, s'être énervé parce que celui-ci ne lui disait pas ce qu'il voulait entendre, et l'avoir tué. S'il a été capable d'abattre tout un groupe de gens qu'il ne connaissait pas pour faire passer un message, alors pourquoi pas quelqu'un qu'il considérait comme un traître ?

— C'est possible, admit Chelsie. Ou alors le tueur est celui qui a donné au départ l'idée à Danvers. Imaginons que cette troisième personne ait essayé de tuer Connors au centre culturel, et qu'il ait également retrouvé la trace de Danvers à la cabane. Quelqu'un qui essaierait d'effacer les dernières traces…

— C'est une éventualité, reconnut André. Mais la bonne réponse est souvent la plus simple. Et à supposer que quelqu'un ait réellement tiré sur Connors au centre culturel, comment pouvait-il savoir que Connors allait s'y trouver ?

— Je me trompe, ou tu viens d'admettre que le tireur visait probablement Connors ? demanda Chelsie.

— J'ai dit que c'était possible, répéta André.

— En tout cas, je crois Connors quand il dit être persuadé que quelqu'un a demandé à Danvers de le piéger, ajouta Chelsie.

Après un temps de réflexion, elle ajouta :

— Danvers lui a peut-être livré le nom du responsable de ce massacre. Ayant obtenu ce qu'il voulait Connors l'a abattu et il est maintenant sur les traces du troisième homme.

— Pourquoi pas, admit Scott. Mais notre principal suspect dans le camp de McCord a un passé militaire. Il aurait pu arriver le premier et griller la politesse à Connors.

— Liam Hart, dit Chelsie, le conseiller politique du sénateur.

— C'est aussi le cas de Mark Rubenstein, ajouta Scott. C'est un suspect moins évident, mais il faisait partie des opérations spéciales. Et, même s'il possède Blackgate, il n'hésitait pas, dans les débuts, à accompagner ses employés dans leurs missions à l'étranger.

Scott bouillait de frustration. Non seulement ils avaient perdu leur meilleure piste, mais la façon dont l'homme était mort ne permettait pas de s'orienter vers un suspect plutôt que vers un autre.

— Il faudra demander aux enquêteurs sur place de nous faire connaître l'heure de la mort, dès que le légiste l'aura établie. Ça nous permettra de vérifier précisément les alibis de Rubenstein et de Hart.

Ils devaient commencer par dénouer les fils : retrouver Connors, déterminer s'il y avait réellement une conspiration ou si ce n'était qu'un délire créé de toutes pièces par le cerveau torturé de Connors.

C'était important pour Scott car il devait rentrer chez lui. Il avait besoin que Chelsie soit hors de danger afin de pouvoir se concentrer sur sa sœur. Bien qu'il n'y ait pas grand-chose à faire, à part se trouver à proximité en cas de danger.

L'envie de passer à l'action le démangeait. Pas seulement en tenant quelqu'un en joue dans la lunette de son fusil, mais en se battant au corps à corps. Par exemple en plaquant Connors au sol et en lui passant les menottes.

Par exemple en empêchant définitivement le Violeur à l'hameçon de nuire.

— Que savons-nous d'autre ? demanda-t-il en se levant.

André secoua la tête.

— C'est tout. Les enquêteurs nous feront un compte rendu dès qu'ils en sauront plus.

— Dis-moi que tu as ton sac de frappe dans ta voiture.

André comprit immédiatement.

— Oui, et je l'utiliserais bien moi aussi. Je vais le chercher.

Tandis qu'il s'éloignait, Chelsie lança un regard surpris à Scott.

— Un sac de frappe ?

— C'est une sorte de punching-ball. J'aurais dû y penser plus tôt.

Chelsie se leva lentement, l'air hésitant.

— Scott, je voudrais m'excuser pour avoir appelé Maggie. Je suis peut-être allée trop loin. Simplement, il faut que tu comprennes que c'est mon amie, et que je ne supporte pas l'idée de te retenir ici alors qu'elle a peut-être besoin de toi.

— Je ne peux pas faire grand-chose pour le moment, admit Scott, alors que ce constat lui faisait beaucoup de mal.

— Tu es sûr ? Parce que…

Scott balaya la question d'un geste de la main.

— J'en suis sûr.

Incapable de se retenir, il tendit la main et caressa du bout des doigts les plis soucieux sur le front de Chelsie.

— Maggie va bien.

Il pouvait voir ses pupilles se dilater à son contact. Il fit courir ses doigts jusqu'à sa joue, appréciant la façon dont ses yeux s'écarquillaient.

Soudain, il n'eut plus d'autre envie que de la tenir dans ses bras.

Son intention était de garder une distance respectable le temps que la mission de protection se termine, puis de la courtiser à l'ancienne, sans se laisser décourager si elle refusait quelques rendez-vous. Mais l'envie de la serrer contre lui était maintenant trop forte.

Il glissa la main vers sa taille et l'attira contre lui, couvrant de sa bouche son cri de surprise. Il n'eut pas à forcer ses lèvres. Ce fut elle qui vint à la rencontre de sa langue, l'embrassant avec fièvre, comme si elle était aussi avide que lui de ce contact.

Elle se rapprocha davantage, se soulevant sur la pointe des pieds et passant les bras autour de son cou. Ses doigts lui caressèrent le cou, faisant naître en lui des étincelles de désir.

Il marmonna son approbation contre sa bouche et glissa les mains sous son T-shirt, sur la courbe de sa taille, appréciant la douceur soyeuse de sa peau.

Il écarta ses lèvres des siennes, le temps de faire passer son T-shirt par-dessus sa tête et de le laisser tomber sur le sol.

En réponse, elle souleva son propre top, le remontant centimètre par centimètre, jusqu'à ce que son estomac nu soit pressé contre le sien. Le Glock glissé dans un holster fixé à sa hanche heurta Scott, et il s'empressa d'aider Chelsie à se débarrasser de son vêtement, impatient de caresser l'arrondi de ses seins.

Elle dit quelque chose d'inintelligible contre sa bouche et il commença à l'entraîner vers la porte du salon, avec une seule idée en tête : se retrouver au lit avec elle.

Tandis qu'il passait le seuil en reculant, il heurta quelque chose de ferme et de compact.

Il réalisa en même temps que Chelsie qu'il s'agissait du sac de frappe d'André. Poussant un petit cri embarrassé, elle s'écarta de lui et récupéra son T-shirt sur le sol.

Scott se tourna en jurant entre ses dents. Il était si concentré sur Chelsie qu'il avait complètement oublié où ils se trouvaient.

Il aurait dû aller plus vite, l'entraîner dans une chambre avant qu'André ne revienne et ne rompe le charme sous lequel Chelsie et lui semblaient être tombés.

— Désolé, mon vieux, dit tranquillement André, avant de quitter la pièce à reculons.

— André ! le héla Chelsie.

Scott jeta un coup d'œil par-dessus son épaule et vit qu'elle était à nouveau habillée, les bras croisés sur sa poitrine en un geste protecteur, les joues écarlates.

— Désolée pour ça.

— Ne t'inquiète pas, dit André. Je vais traîner dans la cuisine pendant un moment.

— Ça va, l'interrompit Chelsie. Ça ne se reproduira plus.

Avant que Scott ait eu le temps de dire quoi que ce soit, Chelsie passa précipitamment devant lui et traversa le couloir jusqu'à sa chambre.

Que lui arrivait-il ? se demandait-elle.

Quel don avait donc Scott pour détruire en elle toute capacité à résister ? Elle ne s'était jamais conduite comme ça avec personne. Quand c'était fini, c'était fini. Elle n'avait jamais cherché à renouer les liens avec un ex sous prétexte qu'elle se sentait seule, ou parce que la relation qui avait existé entre eux lui manquait. Lorsque les liens étaient rompus, c'était terminé.

Elle n'avait jamais été du genre à ressasser des regrets. Elle aimait les cassures nettes.

Pourquoi était-ce donc différent avec Scott ?

Chelsie posa son Glock et ses menottes sur la table de chevet, détacha les lanières de son holster qui alla rejoindre le reste de son équipement.

C'était parce qu'elle avait de véritables sentiments pour Scott, comprit-elle en se laissant tomber sur le lit. Elle en avait probablement toujours eu, mais n'avait jamais voulu se l'avouer. Et, tout au fond d'elle-même, elle regrettait de ne pas lui avoir laissé une chance après cette première nuit.

Elle ne se faisait pas d'illusions sur ce qui se serait passé.

Scott n'aurait pas changé sa façon d'être pour elle. Elle n'était pas dénuée de bon sens.

Peut-être aurait-elle dû laisser l'attirance suivre son cours, profiter de ce qu'il avait à lui offrir tant que ça durerait…

Bien sûr, le fait de revoir Scott la semaine suivante, d'apprendre à le connaître, aurait rendu plus compliquée l'inévitable séparation. Elle aurait alors probablement regretté d'avoir commencé quoi que ce soit, mais ça en aurait peut-être valu la peine.

Même si le fait d'être avec lui ramenait à la surface tous ses sentiments d'échec ? Un état d'esprit qu'elle avait mis un an à enfouir aussi profond que possible. Cette pensée lui provoqua une vague nausée. Mais, de toute façon, la cavale de Connors avait déjà réveillé ces mauvais souvenirs.

Dans ces conditions, une nouvelle aventure avec Scott aggraverait-elle vraiment les choses ?

— Chelsie ?

Un coup léger frappé à la porte suivit, et elle se redressa à la hâte.

— Oui ?

Il y avait une note d'exaspération dans la voix de Scott quand il demanda :

— Je peux entrer ?

— Bien sûr.

Elle sentit la nervosité la gagner tandis qu'il franchissait le seuil et refermait la porte derrière lui.

— Je crois que je devrais m'excuser, dit-il, tout en commençant à s'avancer vers elle.

Aussitôt, elle ressentit le besoin de se lever et de s'éloigner du lit pour résister à la tentation de l'attraper et de le faire tomber sur le matelas avec elle.

— Non, c'était ma…

— Je ne regrette pas ce qui s'est passé, la coupa-t-il. Mais le moment était mal choisi.

Il lui adressa ce sourire incroyablement sensuel qui avait le don de la rendre si nerveuse.

— Ce n'est pas évident de te résister, poursuivit-il.

Elle se tortilla nerveusement, essayant de soutenir son regard.

— Idem pour moi.

— Eh bien, tant mieux, parce que j'espérais pouvoir t'inviter à dîner une fois que nous serons sortis de cette résidence sécurisée.

— Je pense que nous devrions…

Il fit encore un pas en avant.

— Donne-moi une chance, Chelsie.

Elle reprit son souffle et recula, se heurtant au lit. Elle manqua tomber, mais retrouva son équilibre à temps.

— Pas ici.

De fines lignes se dessinèrent autour des yeux de Scott, comme s'il essayait de ne pas rire d'elle.

— Je suis d'accord, une pizza à emporter ne compte pas comme un dîner.

— Je voulais dire…

Allait-elle vraiment faire ça ?

Chelsie prit une profonde inspiration et décida que oui.

Une aventure avec Scott n'était pas vraiment une relation amoureuse. Ce ne serait pas un rappel du passé qui la ramènerait dans cet état de désespoir qu'elle avait ressenti après le massacre. Ce serait une distraction. Et peut-être pourrait-elle se raccrocher à un souvenir de lui qui ne se terminerait pas en bain de sang.

Elle sentit son visage se réchauffer de quelques degrés lorsqu'elle dit :

— Ce que je voulais dire, c'est que, quand tout ceci sera terminé, j'irai chez toi.

Il secoua la tête, avant de tendre la main et d'enrouler une mèche de cheveux autour de son index.

— Un dîner, et au moins cinq rendez-vous avant que je cède.

Elle eut un petit rire surpris.

— Quoi ?

— Bon, d'accord.

Le sourire de Scott s'élargit.

— Comme je sais que tu vas m'embrouiller avec tes talents de négociatrice, je m'en tiendrai à trois rendez-vous. Mais c'est ma dernière offre.

En un instant, la détermination de Chelsie d'attendre qu'ils ne soient plus dans cet endroit, avec André dans la chambre d'à côté, s'évanouit.

Elle fixa Scott dans les yeux et attendit qu'il pose ses lèvres sur les siennes, certaine qu'il n'était pas sérieux en disant qu'il voulait d'abord avoir de vrais rendez-vous avec elle.

Au lieu de quoi, il prit son visage entre ses mains, ses lèvres touchant à peine les siennes, et murmura :

— Marché conclu ?

S'agrippant à pleines mains à son T-shirt, elle hocha la tête, avant même d'avoir eu le temps d'y réfléchir vraiment.

Ce fut alors seulement qu'il l'embrassa. Contrairement à l'explosion de passion à laquelle elle était habituée, l'échange fut lent et doux.

Frémissant de tout son corps, elle aspirait à bien plus, mais ne voulut pas rompre l'aura de romantisme dont il l'enveloppait.

Lorsqu'il finit par s'écarter, elle le dévisagea, médusée, le cœur battant à tout rompre. Etait-il sérieux ? Se pouvait-il vraiment qu'il veuille quelque chose de durable et de vrai ?

Il ne tenait qu'à elle de le découvrir. S'il pouvait réellement attendre trois rendez-vous sans chercher à la mettre dans son lit, alors elle aurait sa réponse.

Et s'il voulait lui donner une chance, elle était prête à faire de même avec lui. Peut-être, après tout, les sentiments qu'elle avait pour lui devaient-ils être séparés une bonne fois pour toutes de cet horrible jour ?

Elle sourit.

Et Scott répondit à son sourire.

— Qu'y a-t-il ? demanda-t-il.

— Tu t'es vraiment porté volontaire pour assurer ma surveillance ?

— Oui.

Il parut surpris.

— Evidemment.

— Pourquoi ?

Aussitôt, l'expression de Scott se fit sérieuse.

— A ton avis, Chelsie ? Je ne pouvais pas supporter l'idée qu'il t'arrive quelque chose.

Consciente qu'elle le contemplait avec l'adoration d'une adolescente amoureuse, elle sentit une douce chaleur l'envahir. C'était ridicule, elle le savait, mais elle ne pouvait s'en empêcher.

Elle n'avait jamais été le genre de personne à séparer le sexe et l'amour, et sa nuit avec Scott avait été une aberration. Un événement qui semblait être à la fois une terrible erreur et quelque chose d'absolument juste, comme s'il était écrit quelque part qu'il devait se produire. Il ne suffisait pas d'une nuit avec quelqu'un pour développer un vrai lien. Mais, depuis une semaine qu'elle était claquemurée avec lui, elle avait découvert des quantités de choses à son sujet. Et elle l'aimait beaucoup trop.

Savait-elle depuis le début que cela se produirait ? Avait-elle deviné confusément que, si elle lui donnait une chance, elle tomberait amoureuse de lui, qu'il partirait, et que ce serait encore pire pour elle ?

A présent qu'elle était décidée à profiter de ce que Scott avait à lui offrir, aussi longtemps que cela durerait, se pouvait-il qu'elle soit prête à connaître au final une énorme désillusion ?

— Il faut vérifier les alibis, dit Scott.

André et lui étaient assis face à leurs ordinateurs. Le téléphone d'André était posé sur le siège entre eux de façon qu'il puisse s'en saisir dès que les enquêteurs de terrain le contacteraient pour lui fournir plus d'informations.

Chelsie était en face d'eux, et faisait des efforts pour se concentrer. Depuis le malheureux épisode avec son superviseur à LA, elle s'était juré de ne jamais sortir avec un collègue. C'était un des rares interdits qu'elle s'imposait, sachant à quel point cela pouvait entacher à sa réputation.

Une petite voix au fond de sa tête lui soufflait que ce n'était qu'une excuse, que Scott n'était pas son supérieur et que la situation était totalement différente, mais elle l'ignora.

Mieux valait garder secrète sa relation avec Scott pour le

temps qu'elle durerait. A l'évidence, Ella était déjà au courant, mais elle ne dirait rien à personne, à part peut-être à Maggie. Et, avec un peu de chance, Maggie lui pardonnerait quand leur aventure se terminerait.

Elle savait que la relation qu'elle s'apprêtait à entamer avec Scott avait une date d'expiration, mais elle préférait ne pas trop réfléchir pour l'instant à cet aspect des choses. Parce que l'idée de sortir avec Scott, de vraiment sortir avec lui, l'emplissait d'un espoir mêlé de nervosité comme elle n'en avait pas ressenti depuis longtemps.

— Qu'en penses-tu, Chelsie ?

— Quoi ?

Elle cilla, essayant de se souvenir de ce que Scott venait de dire, mais c'était peine perdue.

— Pardon. Tu disais ?

Scott lui adressa un regard amusé, comme s'il savait exactement pour quelle raison elle était aussi distraite.

— Je disais : que penserais-tu de mettre un piège en place ? Je ne veux pas que Hart comprenne que nous sommes sur sa piste s'il est coupable.

Ressaisis-toi, s'ordonna Chelsie en se redressant sur son fauteuil et en essayant de se concentrer sur le problème actuel.

— Eh bien, nous n'avons pas encore de date officielle de décès…

— Non, mais la rigidité cadavérique n'était pas totale, on peut donc en déduire que ça s'est produit la veille, dit André. Et, lorsque j'ai appelé Hart à son bureau, sa secrétaire m'a dit qu'il était absent toute la semaine.

— Si ça se trouve, il est là et il ne prend pas les appels, remarqua Scott.

— Admettons, reconnut André. Et Rubenstein ?

Scott secoua la tête.

— Je n'ai pas pu franchir le barrage de son assistant. Impossible de parler à ce type sans prendre rendez-vous. Evidemment, je n'ai pas donné mon vrai nom, ni mentionné le FBI. Ce n'est pas la peine de lui mettre la puce à l'oreille s'il est impliqué.

— Donc, nous n'avons d'alibi pour aucun des deux, résuma Chelsie.

— Non, dit Scott. Mais nous devrions bientôt pouvoir accéder à l'historique des appels et des e-mails de Danvers. Cela nous permettra peut-être d'établir un lien.

— C'est aux enquêteurs de le faire, pas à nous, lui rappela André.

— Ils partageront leurs informations, affirma Scott.

Sûr de son fait, il ajouta :

— Ils ont besoin d'aide. Ils ont suffisamment de pression avec la cavale de Connors.

— Techniquement, ça ne dépend pas d'eux, fit remarquer André.

— Exact, mais ils travaillent avec les US Marshals pour mettre la main sur Connors, rétorqua Scott.

Glissant un regard vers Chelsie, il ajouta :

— Et on attend d'eux qu'ils fournissent un éclairage sur la raison pour laquelle il s'en est pris à un de nos agents.

— Connors ne voulait rien d'autre que mon aide, dit Chelsie.

Elle en était certaine à présent, même s'il s'agissait d'un choix étrange de la part de Connors. En effet, elle avait envie de découvrir la vérité, mais elle voulait également que Connors retourne en prison. Et le plus tôt serait le mieux.

D'autant plus que la levée de la protection rapprochée lui permettrait d'avoir un vrai rendez-vous avec Scott.

A cette pensée, Chelsie réprima un sourire, avide déjà de sentir les mains de Scott sur elle.

— Mouais, eh bien, les enquêteurs n'y croient pas, dit André.

Chelsie manifesta sa surprise.

— Ah, non ? Même après la mort de Danvers ? Ils ne trouvent pas bizarre qu'un homme, dont Connors affirmait qu'il l'avait piégé, meure aussi soudainement ?

— Selon eux, ça veut juste dire que Connors s'est remis à tuer, répondit André. Ce qui est la conclusion la plus logique.

Chelsie plissa le front d'un air pensif.

— Je suppose qu'on peut voir les choses ainsi.

— En effet, ça pourrait être aussi simple que ça, remarqua Scott. Rubenstein et Hart pourraient n'avoir aucun lien avec tout ça. Il est possible que la conspiration n'ait existé que dans la tête de Connors. Ou alors Danvers l'a effectivement piégé, mais l'idée venait de lui seul.

— Eh bien, si c'est Connors qui a tué Danvers, nous n'allons pas tarder à savoir si quelqu'un d'autre était impliqué, rétorqua Chelsie.

Scott approuva d'un hochement de tête.

— Parce que cette personne ne va pas tarder à mourir, elle aussi.

13

— Personne n'a été retrouvé mort pour le moment, annonça Scott.

Il tendit une tasse de café à Chelsie qui venait d'entrer dans la cuisine. Vêtu d'un jean usé et d'un T-shirt, il affichait le genre de sourire qu'elle n'aurait vu aucun inconvénient à découvrir chaque matin au réveil.

Elle prit la tasse, le remercia d'un signe de tête, et s'efforça de chasser cette pensée ridicule. Si elle ne se surveillait pas, elle risquait de tomber follement amoureuse de Scott. Et ça rendrait les choses encore plus difficiles quand leur histoire se terminerait.

L'air soudain inquiet de Scott lui fit deviner que la panique avait transparu sur son visage.

— Quelque chose ne va pas ?

Chelsie trouva aussitôt une parade.

— Euh... ce n'est pas le café d'André, n'est-ce pas ?

Scott éclata de rire.

— Non, ça va. C'est sans danger. Imagine-toi que je suis capable moi aussi de faire du café.

— Et le petit déjeuner ?

La question fusa avant même qu'elle ait eu le temps d'y réfléchir.

Il la détailla de la tête aux pieds. Cela faisait deux jours qu'elle portait le même pantalon corsaire et le même T-shirt, et elle ne se sentait pas particulièrement glamour dans cette tenue que la femme flic avait empaquetée pour elle avant son transfert à la résidence sécurisée. Mais, à la façon dont Scott la regardait, elle avait l'impression de se tenir en petite nuisette sexy dans la cuisine.

— Trois rendez-vous, lui rappela-t-il. Et ensuite, je te laisserai seule juge.

Quelque chose lui disait qu'après trois rendez-vous elle serait définitivement sous le charme de Scott.

— Méfie-toi, je pourrais te prendre au sérieux.

Elle l'avait dit comme une plaisanterie, essentiellement pour dissimuler sa nervosité face à ce nouveau territoire dans lequel ils s'apprêtaient à entrer, mais Scott se rapprocha.

— Je l'espère bien, dit-il d'une voix soudain plus basse et plus charmeuse.

Il sentait le café et l'eau de toilette. Et, même si lui aussi portait les mêmes vêtements depuis deux jours, le look chiffonné réussissait à être sexy sur lui.

Se rendant compte qu'elle le regardait avec trop d'insistance, Chelsie but une gorgée de café pour se donner une contenance. Mais Scott restait là, si près qu'il lui aurait suffi de poser sa tasse, de saisir son T-shirt à pleines mains, de l'attirer à elle, et de presser sa bouche contre la sienne pour voir jusqu'où allait sa détermination à attendre trois rendez-vous.

Elle se mordilla la lèvre, tout en se demandant si elle devait vraiment le faire.

— Nous avons le feu vert officiel, annonça André qui venait d'entrer dans la cuisine.

Il s'arrêta lorsqu'il les vit proches l'un de l'autre, se dévisageant comme s'ils avaient envie de s'arracher mutuellement leurs vêtements.

En tout cas, c'était l'impression que donnait Scott, et Chelsie imaginait que ce devait être aussi sa propre expression.

— Vous voulez que je revienne plus tard ? demanda André d'un ton ironique.

Scott lui lança un coup d'œil agacé.

— Ne fais pas le malin.

André ricana avant de lancer un coup d'œil à la tasse que tenait Chelsie.

— C'est du café ?

— Sers-toi, proposa Scott. Et prends des notes. C'est comme ça qu'on doit faire le café, sauf si on veut s'en servir pour récurer des canalisations.

— Ha, ha ! dit André, en se servant une tasse.

Il but une gorgée, et ajouta :

— Un peu léger.

— Le feu vert pour quoi ? demanda Chelsie, soulagée de mettre fin à son tête à tête avec Scott.

— L'autopsie de Danvers est terminée, et nous pouvons démarrer notre enquête. De son côté, la police scientifique continue à passer au peigne fin la cabane et ses environs. Ils essaient de comprendre par où est venu le tueur, où il s'est garé. Enfin, ce genre de choses… Je suppose que la cabane est assez isolée et qu'il n'y a pas beaucoup de moyens d'accès. Ils essaient donc de trouver des traces de pneus qu'ils pourraient relier à un type de véhicule. Ce serait un élément déterminant à ajouter à l'avis de recherche lancé contre Connors.

— En supposant que Connors soit bien le tueur, fit remarquer Chelsie.

— C'est ce qu'ils croient, répondit André. Mais Connors n'est pas stupide. A moins qu'il ait repris ses antidépresseurs, ce qui diminuerait ses capacités de réflexion, il n'aura pas laissé de traces.

Tandis que son coéquipier parlait, Scott avait les yeux rivés sur Chelsie, et elle comprit qu'il n'était toujours pas certain à cent pour cent que Connors ne s'en prendrait pas à elle.

Sans réfléchir, elle lui prit la main et entrelaça ses doigts aux siens.

— Connors ne me trouvera pas ici.

André baissa les yeux vers leurs mains nouées, l'air surpris.

Chelsie rougit et essaya de se libérer, mais Scott la retint et l'attira un peu plus près de lui.

— Non il ne risque pas de te trouver ici, déclara-t-il avec force.

Et dire qu'elle espérait garder leur relation secrète ! A vrai dire, André avait déjà deviné qu'il y avait entre eux plus que des relations professionnelles. Et, au moins, lui n'était pas du genre à colporter des ragots.

Scott sourit à Chelsie avant de se tourner vers son coéquipier.

— Bon, et alors, qu'avons-nous exactement ?

— Les relevés de téléphone et d'e-mails.

— Parfait.

Scott se dirigea vers le salon, où André et lui avaient laissé leurs ordinateurs la nuit précédente, sans lâcher la main de Chelsie, comme si c'était une attitude tout à fait naturelle.

— Voyons si nous pouvons établir un lien entre Danvers et Rubenstein ou Hart.

— Je crois que j'ai quelque chose, annonça Chelsie, trois heures plus tard.

Elle était assise en tailleur dans l'un des fauteuils du salon, et Scott ne fut pas surpris qu'elle soit la première à trouver une piste éventuelle.

Au cours des dernières heures, ils avaient fait circuler entre eux les deux ordinateurs, pour permettre à leurs yeux de se reposer, mais Chelsie avait été la plus concentrée. André s'était levé trois fois pour reprendre du café, affirmant qu'il devait multiplier le nombre de tasses pour obtenir le même effet qu'avec son propre breuvage. Et Scott s'était laissé distraire par le spectacle des jambes de Chelsie et de ses pieds nus calés sur les côtés du fauteuil. Même ses orteils étaient sexy…

S'arrachant à ses pensées, il revint à la conversation.

— De quoi s'agit-il ?

— D'appels téléphoniques. Il y en a eu deux, une semaine avant la fusillade.

— Danvers avait une raison toute trouvée d'appeler Rubenstein, lui rappela André. Même s'il ne travaillait pas encore pour la compagnie, il pouvait facilement prétendre que c'était un préalable à l'embauche.

— Admettons, dit Chelsie, avec un sourire triomphant. Mais avait-il une raison légitime d'appeler Hart ?

Scott et André sursautèrent et demandèrent d'une seule voix :

— Il a appelé Hart ?

— Oui. Deux fois. Sur son portable. Le premier appel a duré une vingtaine de minutes, et le second dix.

— Personne ne pourra donc prétendre qu'il s'agit d'un faux numéro, commenta Scott.

— Tu nous as dit que Danvers et Hart avaient grandi dans le même quartier, rappela André à Scott. Ils sont peut-être amis.

— Il y a une assez grande différence d'âge, donc ils n'ont pas pu aller à l'école ensemble. Mais ils se connaissent probablement. Si Hart a convaincu Danvers de tremper dans ce complot, c'est qu'ils avaient déjà été en contact. Et pourquoi Danvers aurait-il appelé Hart au bureau plutôt que chez lui s'il s'agissait d'un appel personnel ?

— Le fait qu'ils ne se soient pas vus depuis longtemps serait parfait pour ce plan, remarqua Chelsie d'un ton excité, tandis qu'elle dépliait ses jambes. De cette façon, il n'y aurait pas de lien évident.

— Ce ne sont pas deux appels téléphoniques qui en font notre meurtrier, lui rappela Scott qui ne voulait pas qu'elle s'enflamme pour rien.

Après tout, la seule indication qu'ils avaient, à ce stade, de l'existence d'un complot se résumait à la parole d'un assassin.

— Oui, mais il y a de quoi éveiller les soupçons. Il n'est pas du tout inenvisageable que Hart ait voulu créer un incident susceptible d'aider à faire voter l'amendement. C'était la seule façon de sauver la place de son patron, et donc son propre emploi. Et il connaissait Danvers, il savait que ce dernier était en train de passer dans le secteur privé…

— A moins qu'on ait promis quelque chose à Hart s'il trouvait une solution pour faire passer l'amendement. Si c'est le cas, il savait qu'il pouvait offrir un emploi à Danvers dans la compagnie qui l'employait.

— Tu penses que Hart et Rubenstein sont tous les deux dans le coup ? demanda Chelsie.

— Probablement pas, répondit André, mais ça ne me

surprendrait pas si Rubenstein soudoyait quelqu'un pour faire voter l'amendement, sans que personne ne puisse se poser de questions sur la façon dont ça s'est déroulé.

Chelsie soupira.

— Nous n'avons aucun moyen d'établir un lien.

— Une chose est certaine, dit André en se levant et en s'étirant, Rubenstein est beaucoup plus malin que Hart. S'il est impliqué, il a dû verrouiller toutes les pistes pour qu'on ne puisse pas remonter jusqu'à lui.

— Et, après la fusillade, tu peux être sûr qu'il a enterré les traces encore plus profondément, ajouta Scott.

— Il va nous falloir plus que quelques malheureux coups de fils, déclara André. Quelque chose d'intéressant est ressorti des mails ?

Scott secoua la tête.

— Pas encore.

Il lui fit passer l'ordinateur.

— Mais tu peux jeter un coup d'œil.

— Et les comptes bancaires ? demanda Chelsie.

— Nous n'y avons pas encore accès, dit André. Mais c'est une bonne idée.

— On sait si Danvers et Connors sont restés en contact après l'embuscade où l'unité de Connors a été tuée ? demanda Scott ?

— Bonne question, dit André, en hochant la tête.

Après avoir gardé les yeux rivés sur son écran pendant quelques minutes, il finit par relever la tête.

— Ils ont effectivement échangé quelques e-mails après le retour de Connors chez lui, mais ça reste très anodin. Par contre, il y a quelque chose d'intéressant… C'est un message que Danvers a envoyé à un autre militaire, où il laisse entendre que Connors a survécu parce qu'il avait changé de place avec quelqu'un dans le camion.

— Quoi ?

Scot vint se pencher au-dessus de l'épaule d'André.

— C'est vague, et il a envoyé un autre message le lendemain

disant qu'il avait bu et qu'il ne fallait pas tenir compte de son e-mail précédent. Regarde…

— Lis-le à haute voix, demanda Chelsie.

Au lieu de répéter mot pour mot le langage ordurier de Danvers, André paraphrasa.

— Bon, il dit en gros que Connors se trouvait à l'arrière du véhicule, mais qu'il aurait dû être au volant lorsque la bombe a explosé. Et le conducteur était l'ami le plus proche de Danvers dans cette unité.

— C'est peut-être pour ça qu'il a choisi Connors, fit remarquer Chelsie.

— En effet, approuva Scott, en hochant la tête. Connors était dépressif, sous traitement… c'était une cible facile. Quant à Danvers, il se sentait coupable car il venait d'être affecté à une autre unité et il avait survécu. Et son meilleur ami est mort à la place de Connors.

Scott jeta un coup d'œil à Chelsie par-dessus son épaule.

— Ça plaide en faveur du fait que Danvers a imaginé seul toute cette machination.

— Mais ça fait également de lui une cible facile, remarqua Chelsie. Parce qu'il ressentait un besoin de vengeance évident.

— Pourquoi ne pas aller directement à la source et faire l'impasse sur Danvers ? demanda André.

— Parce que Hart ne connaissait pas Connors. Mais il connaissait Danvers, et il savait que celui-ci recherchait un emploi à temps plein dans une compagnie de sécurité privée.

— D'accord, dit Scott, avec un hochement de tête. Pourtant, tout ce que nous avons pu constater jusqu'ici nous oriente vers Danvers. Les éléments contre Hart ne sont que théoriques.

Voyant que Chelsie semblait sur le point de le contredire, il s'empressa d'ajouter :

— Il est tout à fait possible que tu aies raison, Chelsie, mais nous devons nous en tenir aux preuves, et nous méfier des théories hasardeuses.

— Moi, je crois que…, commença André.

Il fut interrompu par la sonnerie de son téléphone portable.

— Ce sont les enquêteurs, annonça-t-il avant de décrocher.

Il mit le haut-parleur.

— Ici Diaz. Delacorte et Russel vous écoutent également.

— Vous ne devinerez jamais qui nous avons trouvé, dit Owen Jennings, le responsable de l'enquête.

— Liam Hart ? suggéra Chelsie.

— Qui ? Non. Clayton Connors.

Sous le choc, Scot échangea un regard avec Chelsie. Connors avait été arrêté ? Cela signifiait-il que personne d'autre n'était impliqué en dehors de Danvers ?

— Il s'est rendu ? demanda-t-il.

— Non. Nous cherchions autour de la cabane, et nous avons découvert l'endroit où il avait installé son poste d'observation. Eh bien, figurez-vous qu'il s'y trouvait toujours.

— Il est resté sur place ? Mais pourquoi ?

— Après avoir abattu Danvers, il y est retourné et il s'est donné la mort.

— Quoi ? s'exclama Chelsie.

— Clayton Connors est mort. Vous pouvez plier bagage et rentrer chez vous. C'est terminé.

14

— Clayton ne s'est pas suicidé, affirma Chelsie.

— N'oublie pas qu'il était confronté à la possibilité de retourner en prison, lui rappela André. Il était doué pour se cacher, mais il savait que nous finirions par le trouver. Admettons que Danvers lui ait dit que personne d'autre n'était impliqué. Connors le tue. Que lui reste-t-il ensuite ? Il n'a plus personne à traquer, et il ne lui reste plus que la prison.

— Il a exprimé des regrets pour ce qu'il avait fait, remarqua Scott.

— Justement. Il se sentait coupable. Et il y avait de quoi. Après avoir découvert que sa grande théorie du complot n'était qu'un effet de son imagination, et que seuls Danvers et lui étaient à blâmer, il s'est tué plutôt que de retourner en prison.

Chelsie déposa le sac de voyage à ses pieds. Après l'appel de l'enquêteur principal, ils avaient été informés que la protection rapprochée était levée. Il était temps de quitter la résidence sécurisée et de retourner à une vie normale.

Elle s'était enfermée dans la chambre pour empaqueter ses affaires et pour réfléchir. Finalement, elle était arrivée à la conclusion que les enquêteurs se trompaient.

— Quelqu'un l'a tué, insista-t-elle d'un ton buté.

— Moi, je crois que nous avons laissé Connors nous embobiner avec sa théorie du complot, dit André.

— Et toi, tu en penses quoi ? demanda Chelsie, en se tournant vers Scott.

Il avait l'air sérieux et concentré, et elle imagina qu'il devait avoir la même expression lorsqu'il visait un preneur d'otages dans la lunette de son fusil.

— Je suis d'accord avec toi, répondit-il.

— Ah bon ? dit-elle, en même temps qu'André.

— C'est trop pratique. Si Hart est derrière tout ça, toutes les pistes qui pouvaient conduire jusqu'à lui ont été proprement effacées.

— Mais…, protesta André.

— En plus, je pense que Connors aurait laissé un mot s'il s'était suicidé.

— Tu es sérieux ? protesta André. Enfin, mon vieux, il a tué neuf personnes qu'il ne connaissait pas. Tu penses qu'il se serait soucié de laisser une explication avant de se faire sauter la cervelle ? C'est de la folie.

— Je ne parlais pas d'une explication sur les raisons de son suicide, mais sur la fusillade.

Scott se tourna vers Chelsie.

— Toi qui as pu le cerner, était-il suicidaire ? demanda-t-il. La culpabilité d'avoir tué Danvers aurait-elle pu le pousser à mettre fin à ses jours ?

— Peut-être, dit Chelsie, mais la question n'est pas là. Plus j'y pense, plus je crois qu'il n'a pas tué Danvers. Il voulait le voir payer comme lui, publiquement. De même que toutes les autres personnes impliquées.

Scott hocha la tête comme si elle détenait la vérité absolue. Comment pouvait-il avoir une telle confiance en elle ? Qu'est-ce qui avait changé depuis les tirs au centre culturel, la semaine dernière, quand il l'avait traitée de folle pour avoir cru l'histoire de Connors ?

— C'est seulement mon opinion, dit-elle. Je peux me tromper.

— Arrête de douter de toi, répliqua-t-il. Tu étais une excellente négociatrice. Que faut-il pour que tu aies à nouveau confiance en toi ?

Avant qu'elle ait retrouvé sa voix, il poursuivit :

— Allez viens, sortons d'ici. Nous devons continuer à creuser jusqu'à ce que nous découvrions qui a fait ça. Et, en attendant, Chelsie, tu ne rentres pas chez toi. Tu restes avec moi.

Elle devait retrouver sa confiance en elle.

Les paroles prononcées par Scott tournaient sans cesse dans la tête de Chelsie, comme un disque qu'elle se serait passé en boucle.

Elle était assise sur le siège passager, silencieuse, tandis qu'il conduisait. Elle n'avait pas dit un mot depuis qu'il avait annoncé qu'elle ne retournait pas chez elle.

Du coin de l'œil, elle glissa un regard vers lui, mais il fixait la route. Lui non plus n'avait pas desserré les dents de tout le trajet.

Ils seraient bientôt arrivés chez lui, et il n'y aurait alors plus qu'eux deux. André ne serait plus là pour empêcher les choses d'aller trop loin.

Bientôt, ils seraient seuls dans l'endroit où ils avaient passé leur unique nuit ensemble.

Chelsie essaya d'oublier ce détail et de penser à l'enquête. Pouvait-elle retrouver sa confiance en elle ?

Si elle avait raison, il se passait quelque chose qui dépassait largement le rôle qu'avaient joué Connors et Danvers. Si elle avait tort, elle faisait perdre du temps à tout le monde, et la confiance que Scott avait en elle serait détruite.

Or, la confiance de Scott comptait beaucoup.

Beaucoup trop d'ailleurs pour quelqu'un qui ne devait être au départ qu'une aventure sans lendemain.

Au fond, elle savait qu'elle se mentait à elle-même sur ce sujet-là. Mais, si elle l'admettait, elle risquait de changer d'avis et de faire machine arrière.

Et elle en avait assez de se cacher parce que certaines choses l'effrayaient, Scott y compris.

Elle voulait un grand changement dans sa vie, elle voulait se débarrasser de cette insécurité qui pesait sur elle depuis le massacre. Mais elle n'était pas certaine d'en être capable.

Tout en faisant tourner son pendentif entre ses doigts, Chelsie se cala contre l'appui-tête. Elle sentit alors que Scott jetait un coup d'œil vers elle avant de reporter son attention sur la route.

Comment savoir si elle pouvait se fier à son propre jugement ?

La frustration commença à monter en elle. Un an auparavant, elle ne s'était jamais posé la question. Elle faisait son travail. Maintenant, elle ne savait plus si elle en était encore capable.

— Nous sommes arrivés, dit Scott, et elle se rendit compte que le 4x4 était stationné dans son garage.

Evitant son regard tandis qu'elle détachait sa ceinture, elle murmura :

— Tu sais, je serais aussi bien chez moi. Connors est passé à mon appartement parce qu'il voulait mon aide. Et Hart n'a aucune raison de s'en prendre à moi.

— S'il suivait Connors, il sait que ce dernier t'a parlé. Et, si c'est lui qui tirait la semaine dernière au centre culturel, il n'a pas pu entendre ce que Connors te disait.

Elle interrompit son geste alors qu'elle s'apprêtait à ouvrir sa portière.

— Au moins, il n'est pas aussi doué pour le tir que Connors.

Elle l'avait dit sur le ton de la plaisanterie, pour détendre l'atmosphère, mais manifestement Scott ne trouva pas cela amusant.

— C'est vrai que ce n'est pas un tireur d'élite, mais je veux te garder à portée de vue tant que nous n'aurons pas coincé ce type.

Chelsie était certaine qu'il n'avait pas envisagé tous les aspects logistiques de la question, comme le fait qu'ils allaient bientôt devoir reprendre le travail. Mais ce qui lui importait pour le moment, c'était de savoir si elle avait vraiment besoin d'être là.

— Et si ce n'était pas lui ? demanda-t-elle en se tournant vers Scott. Je sais que tu me crois, mais tout le monde fait des erreurs.

Il hocha la tête.

— Tout le monde en fait, c'est vrai, mais cette fois tu as raison.

— Qu'est-ce qui t'a fait changer d'avis ?

Avant de répondre, il plissa le front, comme s'il avait besoin d'y réfléchir.

— Tu semblais tellement sûre de toi quand tu disais que

Connors ne pouvait pas s'être suicidé. Je le voyais dans tes yeux. J'ai déjà ressenti cette certitude soufflée par l'instinct. Je comprends ce qu'est l'intime conviction, même quand tout prouve le contraire.

Haussant les épaules, il se pencha vers l'arrière pour récupérer les deux sacs de voyage.

— Jusqu'à présent, mon instinct ne m'a jamais trompé.

— Mais moi oui, murmura Chelsie, en claquant la portière.

Il la suivit dans la maison, lui laissant le temps de regarder autour d'elle, comme elle ne l'avait pas fait la première fois qu'elle y était venue.

Elle fut surprise de constater que son souvenir des lieux était non seulement précis, mais qu'elle se rappelait bien plus de choses qu'elle ne l'aurait cru.

Depuis le garage, on accédait directement à la cuisine, où elle n'avait jeté qu'un coup d'œil, mais elle se souvenait du bleu des murs, des appareils électroménagers en inox…

Découvrant une amusante photo de lui, de Maggie et d'une petite fille, elle se pencha et comprit que la seconde fillette devait être Nikki.

— Mes sœurs, dit Scott. Quand tout ceci sera terminé, je te présenterai Nikki. Elle te plaira. Elle ne ressemble pas à Maggie et moi. Elle est plus dans la réflexion, et moins dans l'action… dans le bon sens du terme. Un peu comme toi.

Le cœur de Chelsie s'emballa. Il voulait lui présenter sa famille ?

— Scott ? dit-elle.

— Oui ?

Il se tourna, l'air vaguement inquiet, comme s'il avait perçu l'incertitude dans son ton de voix.

— Laissons ça…

Elle agita la main entre eux, comme pour évoquer cette chose floue qui flottait entre eux.

— Il vaut mieux que ça reste entre nous pour le moment, d'accord ?

Elle lut la déception sur son visage.

— Je croyais que tu étais d'accord pour me donner une chance, murmura-t-il.

— Ecoute, nous savons tous les deux…

— Quoi ?

Il laissa tomber les sacs au sol et s'approcha, jusqu'à ce qu'ils ne soient plus qu'à quelques centimètres l'un de l'autre.

— Qu'est-ce que nous savons tous les deux, Chelsie ?

— Je ne veux pas que ça devienne un problème au travail.

C'était vrai mais, dit ainsi à haute voix, cela résonnait comme une mauvaise excuse.

— Qu'est-ce que le fait de rencontrer ma petite sœur a à voir avec le travail ?

Sans lui laisser le temps de répondre, Scott continua :

— Soit tu me donnes une chance, soit tu ne m'en donnes pas, Chelsie. Mais tu dois arrêter de jouer à tes petits jeux avec moi et choisir.

C'était elle qui jouait ?

Quel toupet de lui dire une chose pareille alors qu'il passait d'une femme à l'autre sans états d'âme.

Agacée, elle tapa de l'index contre son torse.

— Il y a un an…

— Nous n'en sommes plus là ! J'ai passé tous ces mois à essayer de te sortir de ma tête, et ça n'a pas marché.

Elle resta bouche bée tandis qu'il continuait.

— Et j'ai passé plus d'une semaine à te découvrir davantage. Je te veux dans ma vie, Chelsie. Alors, tu dois décider de ce que tu veux, toi. Arrête de te cacher derrière une unique affaire qui a mal tourné, et fais un choix ! A propos de moi, de ta carrière… de tout. Décide-toi !

— Ce n'est pas juste ! protesta-t-elle.

Concentrée sur la colère qu'elle sentait monter en elle, elle préférait ignorer les autres émotions frémissant sous la surface. Il y avait l'excitation de savoir que Scott voulait d'elle dans sa vie, et la peur qu'il ne change d'avis après avoir obtenu ce qu'il désirait.

Il n'y avait qu'une seule façon de le découvrir, finit-elle par comprendre : lui donner vraiment une chance. Essayer de ne pas se persuader que leur histoire était assortie d'une date d'expiration automatique. Voir si elle pouvait être heureuse avec lui.

Pouvait-elle faire ça ?

Tandis qu'elle l'observait, silencieuse, elle se rendit compte que son débat intérieur avait dû se lire sur son visage, car Scott semblait attendre anxieusement sa réponse.

Il était temps d'oublier ses doutes et de se lancer la tête la première.

Prenant une profonde inspiration, elle se pencha vers lui et posa ses lèvres sur les siennes.

Ce n'était pas exactement la réponse que Scott attendait, mais c'était encore mieux que tout ce qu'il avait pu espérer.

Tandis qu'il nouait les bras autour de la taille de Chelsie, ses doigts trouvèrent instantanément leur chemin sous son T-shirt. Tandis qu'il caressait sa peau douce, il prit une profonde inspiration, et l'odeur de son shampooing lui fit l'effet d'un aphrodisiaque.

Les bras de Chelsie se refermèrent étroitement autour de son cou, et elle se plaqua contre lui. Sa langue commença à danser dans sa bouche alors que, du fond de sa gorge, montaient des petits bruits impatients.

Il pouvait sentir chaque parcelle de son corps à travers l'étoffe fine du corsaire et du T-shirt, mais ce n'était pas suffisant. Glissant les mains sous l'arrondi de ses fesses, il la souleva contre lui, et elle enroula ses jambes autour de sa taille, tout en l'embrassant plus profondément encore.

C'était décidément le meilleur des « oui » qu'il aurait pu espérer.

Pivotant sur ses talons, il se hâta de gagner la chambre, tout en caressant l'intérieur de sa bouche avec sa langue, et en faisant courir ses mains derrière ses cuisses.

Ouvrant la porte d'un coup de pied, il déposa Chelsie au centre de son lit, et s'accorda quelques secondes pour la regarder.

Sourire coquin et regard brûlant, elle replia son index et lui fit signe de venir à elle.

Il continua à l'observer en souriant, désireux de s'emplir les yeux de son image, là dans son lit, acceptant d'être…

Quoi ? Sa petite amie ?

A quand remontait la dernière fois qu'il avait dit ça d'une femme ? A quand remontait la dernière fois où il avait désiré cela ?

Mais à cet instant, avec Chelsie, la question ne se posait pas. Il voulait quelque chose de sérieux. Et il ferait tout pour l'obtenir.

Tandis qu'il laissait promener ses yeux partout sur le corps mince et fort qu'il rêvait de parcourir des mains et des lèvres, elle s'assit, glissa l'index dans la ceinture de son jean, et l'attira vers elle.

Il rit, s'appuyant sur ses mains pour ne pas l'écraser.

Avant qu'il ait eu le temps de s'étendre complètement au-dessus d'elle, savourant les expressions qui passaient sur son visage, elle enroula à nouveau ses jambes autour de lui. Puis elle fit passer son T-shirt au-dessus de sa tête et, cambrant les reins, se plaqua contre lui.

Soudain impatient, il lui ôta à son tour son T-shirt et, en appui sur les avant-bras, prit le temps d'admirer le renflement de ses seins emprisonnés dans la dentelle bleu pâle de son soutien-gorge.

Dessinant un chemin de baisers le long de sa mâchoire, il lui mordilla le lobe de l'oreille, avant de murmurer :

— Je crois que tu devrais appeler pour dire que tu es malade et que tu vas devoir prendre quelques jours de congé. J'ai besoin de temps pour m'entraîner à te protéger.

Elle laissa échapper un son entre rire et gémissement tandis qu'il glissait le long de son corps tout en l'embrassant du lobe de l'oreille jusqu'aux seins.

Il fit alors courir les mains sur ses cuisses et les écarta légèrement pour lui ôter plus facilement son pantalon.

Quand ce fut fait, il commença à remonter, déposant des baisers sur chaque centimètre de peau, tandis que ses doigts réapprenaient les contours du corps de Chelsie.

— Je savais que tu n'attendrais pas trois rendez-vous, dit-elle d'un ton triomphant.

Scott s'immobilisa, plantant ses mains dans le matelas, et

laissa ses cheveux caresser le ventre de Chelsie, tandis que son corps et son esprit se livraient bataille.

Il avait bien vu la lueur dans ses yeux quand il lui avait parlé des trois rendez-vous. Elle ne l'avait pas cru et, à cet instant précis, il lui prouvait qu'elle avait raison.

S'il voulait vraiment que ça dure entre eux, il savait qu'il devait la convaincre qu'il avait changé.

A contrecœur, il se redressa et prit une profonde inspiration tout en observant sur le visage de Chelsie un mélange de désir et de confusion.

— Trois rendez-vous, dit-il.

Puis il ramassa son T-shirt sur le sol et l'enfila.

— Tu peux rester ici, ajouta-t-il. Je dormirai dans la chambre d'amis.

Et, avant que ses bonnes résolutions ne soient mises à mal par le spectacle de Chelsie allongée sur son lit, il quitta la pièce.

15

— Tu te moques de moi ?

Chelsie se tenait sur le seuil de la chambre d'amis, les mains sur les hanches.

Scott marmonna quelques paroles inintelligibles et ferma brièvement les yeux. Mais ça ne changeait rien. La vision d'elle en lingerie bleu ciel était imprimée dans sa rétine.

— Tu peux te rhabiller ? demanda-t-il d'une voix enrouée.

Chelsie secoua la tête et fit un pas en avant.

Scott se redressa immédiatement sur le lit où il avait essayé de se calmer après avoir quitté Chelsie.

Tandis qu'elle avançait vers lui, ses yeux le dévorant fiévreusement, il comprit que rester sur le lit n'était pas une bonne idée et se leva d'un bond en tendant la main pour lui faire barrage.

— Tu voulais que je te prouve que je suis sérieux. C'est ce que je suis en train de faire.

Chelsie secoua la tête.

— Je n'ai jamais dit ça.

— Pas directement. Mais, chaque fois que j'essaie d'aller plus loin avec toi, tu me jettes au visage notre aventure d'un soir. Une aventure sans lendemain dont tu es responsable, je te le rappelle. Je t'ai téléphoné souvent, et c'est toujours toi qui as refusé de me répondre.

Elle s'arrêta à un pas de lui, les mains toujours sur les hanches, lui lançant un regard noir, mais l'effet fut gâché par le peu de vêtements qu'elle portait.

Scott essaya de garder les yeux sur son visage, mais son regard ne cessait de descendre plus bas. Ses jambes étaient interminables, et il savait combien sa peau était douce. Il connaissait la sensation exacte de ses cheveux glissant sur son corps tandis qu'elle y laissait courir les lèvres. Il mourait d'envie de lui ôter ses sous-vêtements et de l'attirer au-dessus de lui pour lui rappeler combien le plaisir entre eux pouvait être intense.

— C'est toi qui avais la réputation de…

Cette fois, c'en était trop. Il la toisa, furieux.

— Qu'est-ce qu'il va falloir que je fasse pour te prouver qu'avec toi c'est différent ?

Il lui suffit d'un pas pour envahir l'espace personnel de Chelsie mais, au lieu de l'attirer contre lui comme il en avait envie, il demanda :

— Est-ce que le problème vient vraiment de moi ou plutôt de toi, Chelsie ? Tu continues à te cacher derrière cette excuse, mais je ne t'ai jamais donné aucune raison de croire que ce n'était qu'une aventure sans lendemain. Pendant des mois, je t'ai demandé de sortir avec moi. Et je n'ai vu personne d'autre pendant tout ce temps. En tout cas, pas avant que tu ne réussisses à me convaincre que tu ne dirais jamais oui.

Il soupira, frustré.

— Peu importe ce que je fais, n'est-ce pas ? Tu ne me croiras jamais parce que tu ne le veux pas. Parce que tu as peur.

— Jai peur ? répéta-t-elle, le menton levé, ses yeux assombris lançant des éclairs. De quoi devrais-je avoir peur ? J'ai de vraies relations. Ce n'est pas moi qui…

— Arrête de rejeter la faute sur moi ! Il s'agit de toi. Ç'est toi qui as peur de te lancer dans une aventure avec moi.

Il savait qu'elle allait protester, et il s'empressa de poursuivre.

— C'est la même chose avec ta carrière de négociateur. Est-ce que tu comprends pourquoi tu continues à te reprocher ce qui est arrivé. Hein, dis-moi, est-ce que tu le comprends, au moins ?

Ce n'était pas ainsi qu'il voulait aborder le sujet, mais il était si furieux que les mots semblaient sortir tout seuls de sa bouche.

Plus il essayait de les retenir, plus ils sortaient, avec force et rapidité.

— Tu ne peux pas comprendre ! protesta Chelsie, hors d'elle.

— C'est à cause de la mort de ta mère, continua-t-il, impitoyable. C'est à cause de cet homme qui est mort en courant vers toi, celui qui avait une petite fille d'un an qui l'attendait à la maison et qui ne la verra jamais grandir.

— Arrête !

— Tout comme ta mère ne t'a jamais vue grandir.

— Je t'ai dit d'arrêter !

— Ce n'est pas ta faute si cet homme est mort, dit-il.

Il criait pratiquement et il se reprochait de le faire, mais il était incapable de s'arrêter.

Pourquoi refusait-elle de voir qu'elle se mentait à elle-même ?

— Tu es une bonne négociatrice, Chelsie. Ne renonce pas à ça parce que tu as peur.

— Ça ne te regarde pas. Tais-toi.

— Nous avons quelque chose de bon à vivre, Chelsie, quelque chose de réel. Cesse de me repousser parce que tu as peur de ce qui va se passer.

— Moi ?

La voix de Chelsie était dure et hargneuse, mais on voyait qu'elle faisait des efforts pour ne pas pleurer.

— Oui, toi. Je veux être avec toi, dit Scott. Je veux…

— Tu sais quoi, Scott ? Eh bien, tu as peut-être raison, reprit-elle, j'ai peut-être peur.

A présent, elle criait, elle aussi.

— Mais je ne suis pas la seule à avoir peur, je me trompe ? Tu veux jouer les psys ? Tu trouves que je suis une bonne négociatrice ? Tu penses que je peux entrer dans la tête des gens ? Très bien. Alors, laisse-moi entrer dans la tienne.

Elle tapa si fort l'index contre son torse qu'il fit un pas en arrière.

— Tu veux savoir pourquoi je crois que tu es incapable d'avoir une vraie relation ? Tu veux que je te dise pourquoi tu ne vas jamais au-delà d'un seul rendez-vous ? C'est parce que tu as peur, toi aussi.

— Ah oui ? Et de quoi aurais-je peur, madame la négociatrice ?

— Tu es terrifié à l'idée que, si tu t'attaches à quelqu'un, il lui arrivera quelque chose de mal comme à Maggie.

Scott vacilla comme si Chelsie l'avait frappé. Il secoua la tête et ouvrit la bouche pour nier, mais c'est une confession brutale qui en sortit.

— Eh bien, il est trop tard pour que je ne m'attache pas, Chelsie, parce que je t'aime !

Dès qu'il eut crié qu'il l'aimait, Scott devint anormalement pâle, ferma les yeux, et laissa échapper un juron.

C'était la déclaration d'amour la moins romantique qu'elle ait jamais reçue.

Figée sur place, Chelsie dévisagea Scott. Elle était incapable de parler, mais elle soupçonnait qu'il n'avait pas envie de l'entendre dire quoi que ce soit.

Quelque chose lui disait qu'il n'avait pas eu l'intention de prononcer ces mots… et qu'il n'avait pas réalisé lui-même qu'il ressentait cela.

Se pouvait-il qu'il soit sérieux ?

Totalement bouleversée, elle regarda Scott qui restait dans une attitude prostrée, tête penchée, poings serrés.

Voulait-elle seulement qu'il l'aime ?

Cette seule idée la paniquait. Mais, par-delà la peur, son cœur battait à un rythme fou.

Scott leva la tête, ses sourcils froncés en une expression pensive.

— Désolé, je ne …

Quoi ? Il ne voulait pas le dire ? Il ne le pensait pas ?

Tandis que le silence s'éternisait, elle retrouva sa voix, qui lui parut toutefois tendue lorsqu'elle résonna à ses propres oreilles.

— Tu ne… quoi ?

— Je ne voulais pas crier.

Chelsie garda les yeux rivés sur lui. Y avait-il autre chose ?

Elle attendit, et les secondes s'écoulèrent, interminables, jusqu'à ce qu'elle soit obligée de reprendre la parole.

— Pas de problème, dit-elle, tout en souhaitant secrètement qu'il confirme ce qu'il avait dit.

Il eut un sourire désabusé.

— Tu veux ajouter quelque chose ?

Que voulait-il qu'elle dise ? Qu'elle l'aimait, elle aussi ? Qu'elle avait compris qu'il ne le pensait pas vraiment et que ce n'était pas grave ?

— Je…

Les mots restèrent bloqués au fond de sa gorge.

Que ressentait-elle pour Scott ? Elle était attachée à lui bien plus qu'elle ne l'aurait voulu, ça c'était certain. Elle avait été incapable de cesser de penser à lui durant toute l'année qui s'était écoulée. Et, au cours des jours qu'ils venaient de passer ensemble, il s'était insinué dans ses pensées avec une telle force qu'elle savait qu'il y resterait imprimé pour toujours.

Il l'agaçait et la déstabilisait, et l'idée de l'autoriser à devenir proche d'elle au point de pouvoir la blesser émotionnellement lui faisait peur. Mais de là à dire qu'elle l'aimait…

— Je ne sais pas.

Comment croire à ce qu'elle ressentait si elle n'était même pas sûre de pouvoir se fier à son propre jugement ?

Elle se rendit compte qu'elle avait prononcé ces mots à voix haute quand elle le vit hocher solennellement la tête.

— Eh bien, penses-y. Décide de ce que tu veux faire. Je veux sortir avec toi, Chelsie. Je veux donner une vraie chance à ces sentiments qui existent entre nous. Je ne veux pas d'une aventure sans lendemain. Tu choisis, et tu me le fais savoir.

— D'accord, marmonna-t-elle d'une voix étranglée.

Il hocha la tête, lui embrassa la main et sortit.

Une fois qu'il fut parti, elle resta figée au milieu de la pièce, en sous-vêtements, incapable de réagir pendant un long moment.

Scott Delacorte voulait une relation sérieuse avec elle. Il était même possible qu'il l'aime.

La question était de savoir ce qu'elle voulait, elle. Et si elle aurait le courage d'aller le chercher.

Quel idiot il faisait !

Pour la première fois, il rencontrait une femme avec laquelle il envisageait de construire quelque chose, et il lui parlait mal. Il lui disait des choses cruelles sur ses intentions et ses motivations.

Et il lui hurlait qu'il l'aimait, comme on jette des injures au visage d'un ennemi.

Bien joué, songea-t-il. Si son comportement d'aujourd'hui ne convainquait pas Chelsie qu'il était un gentleman accompli, rien ne le ferait.

Il se sentait vaguement nauséeux quand il s'assit dans le salon, et resta un moment à fixer le mur, le regard vide. Il ne parvenait toujours pas à croire qu'il avait dit ça.

A dire vrai, il ne s'était pas rendu compte que c'était ce qu'il ressentait. Mais, maintenant que c'était dit, il savait que c'était la vérité.

Etre amoureux était supposé rendre les gens heureux, mais tout ce qu'il ressentait, c'était un poids sur l'estomac.

Ce que Chelsie lui avait dit était peut-être vrai aussi…

Il n'y avait jamais réfléchi, mais sa dernière relation sérieuse remontait à l'université. Elle avait pris fin lorsque Maggie avait été attaquée. Il avait reproché à son ex-petite-amie de ne pas lui avoir laissé la liberté d'aider sa famille. En réalité, elle avait essayé de le soutenir, mais il s'était montré de plus en plus odieux avec elle, jusqu'à ce qu'elle finisse par renoncer.

Oui, Chelsie avait raison. L'idée que quelqu'un s'attache à lui et qu'il lui arrive quelque chose le paniquait. Et la peur d'être ensuite rongé par la culpabilité lui avait toujours fait préférer la solitude.

Avant Chelsie, il n'avait jamais rencontré quelqu'un qui lui fasse penser que ça valait peut-être la peine de prendre le risque.

Et, comme par hasard, il avait choisi une femme qui ne savait pas où elle en était, ni ce qu'elle ressentait.

Comme par hasard, il avait choisi une femme qui était elle aussi en danger.

Il était évident qu'il ne pourrait pas la protéger éternellement. Il faudrait bien qu'elle retourne travailler et qu'elle rentre chez elle un jour.

Et, une fois qu'ils auraient coincé Hart — ce qu'il avait

l'intention de faire le plus vite possible —, il y aurait toujours de nouvelles menaces. Surtout avec le métier qu'elle faisait. Surtout si elle remettait en question chacune des décisions qu'elle prenait.

Mais, même si elle ne ressentait pas la même chose que lui, cela ne changerait rien à ce que lui éprouvait pour elle.

Quoi qu'il advienne, il faudrait qu'il trouve un moyen de gérer son inquiétude face aux dangers qu'elle pourrait courir, comme il le faisait avec Maggie, Ella et Nikki.

Laisser Chelsie entrer dans son cœur risquait de lui faire passer des nuits blanches, mais il y aurait des compensations plus que satisfaisantes. Et sans doute la sensation de malaise qu'il éprouvait pour le moment finirait-elle par s'estomper.

Scott rejeta la tête en arrière contre le dossier du fauteuil, et leva l'avant-bras pour consulter sa montre.

Chelsie n'avait pas quitté sa chambre depuis une heure. Il faillit se lever pour vérifier qu'elle ne s'était pas faufilée en douce à l'extérieur, mais il avait la clé de la voiture dans sa poche.

Qu'allait-il faire si elle finissait par émerger et lui dire qu'elle ne voulait pas de lui ? Il avait bien vu sur son visage, même quand elle criait après lui, que ses sentiments allaient au-delà du simple désir. La question était de savoir à quel point elle tenait à lui.

La porte s'entrebâilla, et il se redressa sur son siège en s'agrippant aux accoudoirs tandis que Chelsie entrait lentement dans la pièce, toujours en sous-vêtements.

Elle semblait nerveuse et bouleversée.

Il ignorait si c'était bon ou mauvais signe.

— Scott, dit-elle, d'une voix si basse qu'il dut se pencher vers elle pour entendre.

Puis elle marqua une pause et, dans le silence, il eut envie de faire machine arrière, de lui dire qu'il ne pensait pas ce qu'il avait dit, qu'il prendrait ce qu'elle avait à lui offrir, même si ce n'était qu'une aventure.

— Scott, essaya-t-elle une nouvelle fois. Je…

La sonnerie de son téléphone les interrompit. Il la coupa aussitôt, sans regarder l'écran.

— Et si c'était à propos de l'enquête, dit Chelsie.

Il prit son téléphone et regretta aussitôt de l'avoir fait. C'était l'enquêteur principal, et il tombait vraiment au mauvais moment.

Etouffant un juron, il décrocha et mit Owen Jennings sur haut-parleur.

— Delacorte.

— Hum, oui, bonjour, dit Owen, probablement surpris par la sécheresse de son accueil. Je vous appelle parce que nous avons reçu les résultats de l'autopsie de Connors.

— Ça a été rapide, commenta Chelsie, mais le soulagement était perceptible dans sa voix.

— Oui, enfin, officiellement l'autopsie est toujours en cours, mais je suis sorti pour vous appeler car nous connaissons la cause officielle de la mort.

— Et ce n'est pas un suicide, n'est-ce pas ? demanda Scott.

— Non. Il s'agit d'un homicide.

16

— Qu'est-ce que nous avons ? demanda Scott à Owen.

Ce faisant, il continuait à fixer Chelsie en espérant qu'elle le regarderait, mais elle s'obstinait à garder les yeux posés sur le téléphone.

Ce n'était pas bon signe, mais il verrait cela plus tard. Pour le moment, il devait se concentrer sur l'affaire, et faire en sorte d'éliminer toute trace de menace qui pourrait encore peser sur Chelsie.

Si elle avait l'intention de lui dire non, il devait s'assurer d'abord qu'elle était en sécurité au moment où elle franchirait sa porte.

L'idée qu'elle parte le rendait encore plus malade que la prise de conscience de ses sentiments pour elle.

Secouant la tête, il reporta son attention sur la conversation téléphonique.

— Le meurtre était différent de celui de Danvers qui était clairement un homicide, expliqua Owens. Mais celui qui a éliminé Connors a essayé de faire croire qu'il s'était donné la mort lui-même.

— Et qu'est-ce qui prouve qu'il ne s'agit pas d'un suicide ? demanda Chelsie.

— L'arme dans la main de Connors a tiré trois fois. Une fois sur Danvers, une fois sur Connors, et enfin dans le sol. En étudiant attentivement la main de Connors, nous avons découvert une zone où il n'y avait aucun résidu de poudre.

— Parce que quelqu'un lui tenait la main, devina Chelsie.

— Exactement. Le meurtrier a tiré dans la tête, suivant

un angle qui rendait plausible un suicide. Puis il a mis l'arme dans la main de Connors et a tiré à nouveau pour qu'il y ait des résidus sur lui.

— Je pense que c'est quelqu'un qui a des compétences dans le maniement des armes et dans l'approche des cibles, dit Scott. Danvers se cachait, Connors était paranoïaque, ils étaient tous les deux armés et sur le qui-vive, et donc difficiles à piéger.

Chelsie semblait sur le point de faire un commentaire, mais Owen conclut.

— Je dois retourner en salle d'autopsie, mais je voulais déjà faire un premier point avec vous.

— Est-ce que le Bureau renouvelle la protection de Chelsie ? demanda Scott.

— Pour quelle raison ? C'est Connors qui faisait une fixation sur elle. Maintenant qu'il n'est plus de ce monde, il n'y a plus de menace.

— Je ne crois pas…, commença Chelsie, mais Owen l'interrompit.

— Je vous rappelle dès que j'en sais plus.

Il raccrocha, et Scott enfouit le téléphone dans sa poche.

— Je n'aime pas ça, dit Chlesie.

— Moi non plus. Tu restes ici.

— Ce n'est pas le problème. Ce n'est pas de ça dont je parle. Je pense que le type a forcément surpris Danvers et Connors. Comment est-ce possible ? Est-ce qu'ils le connaissaient ?

— Si c'était Hart, Danvers le connaissait et ne l'a sans doute pas considéré comme une menace. Je suis surpris, en revanche, que Hart n'ait pas commencé par Connors.

— Parce qu'il représentait une plus grande menace ?

— Oui, et parce qu'il aurait pu demander à Danvers de l'aider à se débarrasser de Connors avant de l'éliminer à son tour.

— On pourrait peut-être arriver à tracer l'arme qui a été mise dans les mains de Connors.

Scott hocha la tête.

— Je doute que Hart soit assez idiot pour avoir laissé des

preuves derrière lui, mais on ne sait jamais. J'ai vu des choses plus stupides que ça.

Chelsie esquissa un sourire.

— Moi aussi.

En la voyant sourire comme ça, il ne put s'empêcher de laisser ses yeux parcourir son corps presque nu. Quand il les releva vers son visage, elle avait le visage écarlate.

— Euh… je crois que je ferais bien d'aller m'habiller, dit-elle, avant de se précipiter hors de la pièce.

Scott lui emboîta le pas et l'empêcha de refermer la porte de sa chambre.

Elle se retourna et croisa les bras sur sa poitrine.

— Qu'y a-t-il ?

— Je veux savoir ce que tu voulais dire avant.

— Je préférerais m'habiller avant d'avoir cette conversation.

Scott eut un mauvais pressentiment.

— Tu es pourtant sortie de la chambre en sous-vêtements.

— Oui, eh bien, je n'avais pas réfléchi.

Il se rapprocha davantage.

— Vas-y franchement, Chelsie. Dis ce que tu as à dire, ensuite tu iras t'habiller, et on se concentrera sur l'arrestation de Hart.

Et, une fois la menace éliminée, il arriverait bien à la convaincre de lui donner une chance.

— D'accord.

Elle laissa ses bras retomber le long de son corps.

— Alors, dis-moi, tu étais sérieux tout à l'heure ?

— Oui, je l'étais.

— A propos de tout ?

— A propos du fait que je t'aime ? Oui.

— Mais…

Elle secoua la tête, et il s'attendit à ce qu'elle mentionne son passé d'homme à femmes, ou le peu de temps qu'ils avaient réellement passé ensemble, mais elle se contenta d'un simple « pourquoi ? », prononcé d'une voix mal assurée.

Si Scott Delacorte était vraiment amoureux d'elle — et n'était-ce pas quelque chose à analyser et analyser encore, jusqu'à en avoir le cerveau en ébullition ? — la vraie question était « pourquoi ? »

Le fait de le lui demander la faisait peut-être paraître pitoyable, mais la vérité était qu'elle n'était pas au mieux de sa forme, dernièrement.

Pour être tout à fait honnête avec elle-même, elle ne l'était pas depuis un an.

Scott avait raison, elle avait laissé le massacre détruire sa carrière. Pas au FBI, mais dans la spécialité qui lui correspondait vraiment. La négociation l'avait rendue heureuse. A la seconde où elle avait commencé sa formation, elle avait su qu'elle était à sa place. Et elle s'était laissée détourner de sa vocation par la peur.

Même si ça lui faisait mal d'y penser, Scott avait probablement raison aussi à propos de sa mère. La seule pensée de cet homme qui courait vers elle en pleurant lui fit instinctivement porter la main à son médaillon. Cela lui rappelait qu'elle n'avait pas vraiment connu sa mère, tout comme la fille de cet homme n'aurait pas non plus de souvenirs de son père.

Malgré les rudiments de psychologie qui lui avaient été dispensés durant sa formation, pourquoi n'avait-elle pas su faire ce rapprochement plus tôt ?

Quoi qu'il en soit, il était peut-être temps qu'elle commence à se pardonner à elle-même.

Peut-être était-il temps aussi de s'autoriser à avoir les choses qu'elle voulait. Scott inclus.

La main de Scott se referma sur la sienne, forte et chaude, et elle réalisa qu'elle avait toujours les doigts crispés autour du médaillon.

Elle lut de la compréhension dans ses yeux tandis qu'il s'approchait davantage. Mais elle surprit une autre émotion dans son regard, une émotion qui lui fit retenir son souffle car elle ressemblait terriblement à de l'amour.

— Pourquoi ? demanda-t-elle à nouveau.

— Durant toute la semaine qui vient de s'écouler, tu n'as pas arrêté de dire que je ne te connaissais pas. Mais tu te trompes. Je te connais, Chelsie. Tu es intelligente et forte, et malgré ce que tu crois, tu es douée dans ce que tu fais.

Il plongea les yeux dans les siens, et lui laissa voir qu'il pensait vraiment ce qu'il disait.

— J'en veux plus encore…

Un sourire trembla sur les lèvres de Chelsie, et elle plaisanta nerveusement :

— En tout cas, tu m'as fait emménager chez toi terriblement vite.

Une forme de panique traversa le visage de Scott et, avant que cette expression ne disparaisse, Chelsie comprit combien il était prêt à s'investir dans leur histoire. Il lui avait fait la liste de ses torts, et elle les avait niés. A son tour, elle lui avait dit tout ce qu'elle avait à lui reprocher, et il semblait prêt à faire des efforts pour que cela change.

L'idée qu'elle puisse inspirer ce genre de transformation à Scott lui donnait un sentiment d'invincibilité. Comme si elle aussi pouvait aller de l'avant… Peut-être même pourrait-elle le faire avec lui.

Elle avait peur qu'il ne retombe dans ses mauvaises habitudes. Mais elle ne le découvrirait jamais si elle ne lui donnait pas une chance de faire ses preuves.

Il croyait en elle alors qu'elle-même était incapable de se faire confiance. Peut-être lui devait-elle la même chose.

— C'est ce que tu allais dire tout à l'heure quand tu es entrée dans le salon ? demanda Scott, alors qu'elle gardait trop longuement le silence. Tu voulais que je t'explique pourquoi ?

Elle lui sourit, soudain délivrée d'un grand poids.

— Oui.

Elle laissa tomber son pendentif et tourna sa main pour qu'ils puissent entrelacer leurs doigts.

— Réglons d'abord cette affaire, dit-elle. Attendons que les choses rentrent dans l'ordre et que je retourne chez moi. Et nous verrons alors ce qui se passe.

Scott l'observa, les yeux mi-clos, affichant un demi-sourire.

— C'est ta façon de dire que tu vas sortir avec moi ?

Elle sentit qu'elle lui souriait en retour.

— Oui.

— Ce ne sera pas juste une aventure ?

— Non.

— Au vu et au su de tout le monde ? Pas en secret ?

Refoulant le souvenir de ce qui s'était passé autrefois dans son ancien poste, Chelsie hocha la tête.

— Oui.

L'expression de Scott se fit intense, et il laissa retomber sa main.

— D'accord.

Désignant les vêtements éparpillés au sol, il ajouta :

— Dépêche-toi de t'habiller. Nous avons du travail.

— L'arme ne nous mènera nulle part.

Cette déclaration faite, Chelsie s'appuya contre son dossier et se massa les tempes.

Elle avait repris le travail depuis une journée mais, au lieu de retourner à son unité habituelle, elle avait été détachée auprès des enquêteurs de terrain chargés des meurtres de Connors et de Danvers. Normalement, l'enquête aurait dû être confiée à la police locale, mais compte tenu de la connexion avec la fusillade, le FBI avait été jugé prioritaire.

Scott avait lui aussi retrouvé ses obligations professionnelles. Chelsie occupait la chambre d'amis de sa maison, et il avait insisté pour la suivre avec sa voiture quand elle se rendait au travail et faire le chemin inverse derrière elle, le soir.

Ils étaient tombés d'accord sur la nécessité de mettre leur relation personnelle entre parenthèses jusqu'à ce que l'affaire soit résolue.

Au début, Chelsie avait été soulagée, se figurant que cela lui laisserait du temps pour comprendre ce qu'elle voulait. Mais, plus elle passait de temps dans la maison de Scott, plus elle avait envie de se jeter à l'eau et de se moquer des conséquences. A présent qu'elle avait repris le travail, Scott lui manquait. C'était d'autant plus fou que cela faisait moins de six heures qu'elle ne l'avait pas vu.

— Il n'y a vraiment aucune piste ? demanda Owen Jennings, l'enquêteur principal.

Chelsie secoua la tête, se sentant beaucoup trop confinée dans la petite salle de réunion, bien qu'elle soit plus grande que le box dans lequel elle travaillait habituellement.

— Le numéro de série a été effacé, et le labo n'a pu en reconstituer qu'une partie. Et, d'après la base de données, l'arme n'a pas servi pour d'autres tirs.

Chaque arme laissait une empreinte particulière sur les balles qu'elle tirait, et le Bureau les répertoriait systématiquement. Mais celle-ci n'avait apparemment aucun historique.

— Quelque chose à propos de Connors ? demanda Owen.

— Avant d'aller en prison, il avait plusieurs armes enregistrées à son nom, mais il ne possédait pas de Beretta.

— Eh bien, notre ami Hart semble avoir un faible pour les Beretta, lui apprit Owen, en déposant un document devant elle.

Leurs efforts s'étaient vite recentrés sur Hart, après qu'ils eurent trouvé un paiement effectué sur le compte de Danvers juste avant la fusillade.

Contre toute attente, Danvers n'avait pas pris soin de couvrir parfaitement ses traces, et il avait été facile de remonter le paiement jusqu'à Hart. Prouver qu'il s'agissait du règlement d'un service commandité allait prendre plus de temps. Mais il avait suffi de recouper les appels téléphoniques découverts par Scott et le fait que Hart niait connaître Danvers pour qu'un juge fédéral leur accorde un mandat.

Ils avaient également creusé du côté de McCord et de Rubenstein, mais rien n'en était ressorti pour le moment. Ils avaient tous les deux des alibis pour le jour où Connors avait coincé Chelsie au centre culturel.

— Qu'en pensez-vous ? demanda Owen.

Chelsie regarda le document qu'il venait de lui tendre et qui listait les armes enregistrées au nom de Hart. Il y avait trois Beretta. Aucun ne correspondait à l'arme du crime, ce qui aurait été d'une stupidité invraisemblable.

— C'est bizarre, dit-elle. Pourquoi n'a-t-il pas pris le genre d'arme utilisée par Connors ?

— Il ne le connaissait peut-être pas. Ou alors, il voulait une arme avec laquelle il serait à l'aise pour affronter Connors. Il s'est sans doute dit que nous n'irions pas chercher plus loin.

Chelsie hocha la tête, tout en glissant une mèche de cheveux derrière son oreille.

— Tout cela est cohérent.

Pourtant, sans qu'elle puisse s'expliquer pourquoi, elle n'aimait pas ça.

— Toutefois…

— C'est suffisant, coupa Owen.

— Quoi donc ?

— Nous avons le paiement, le Beretta, et un élément nouveau…

Chelsie regarda Owen avec perplexité. Elle n'avait encore jamais travaillé avec lui auparavant, et elle l'appréciait dans l'ensemble, mais il avait une fâcheuse tendance à garder les choses pour lui. Il prenait le temps de vérifier ses informations et était clairement ravi d'être le premier à les révéler ensuite.

— C'est-à-dire ?

— Le labo a trouvé quelque chose.

Chelsie se retint de lever les yeux au ciel.

— Crachez le morceau, Owen.

— Hart a laissé une empreinte.

— Vous êtes sérieux ?

Chelsie avait d'autant plus de mal à le croire que Hart portait des gants quand il avait pressé l'arme dans la main de Connors et qu'il avait tiré pour s'assurer de laisser des résidus de poudre. Pourquoi avait-il enlevé ces gants ?

— Où était cette empreinte ?

— Vous vous rappelez le briquet que nous avons trouvé près du corps de Danvers ?

— Mouais…

A côté du vieux canapé élimé sur lequel Danvers était mort, posé sur la table basse, se trouvait un coûteux briquet. La devise *Semper Fi*, qui caractérisait le corps des marines y était gravée, ce qui n'était guère étonnant puisque Connors en avait fait partie. En revanche, il n'avait jamais été fumeur.

— Liam Hart aussi était un marine, dit-elle.

— Exact. Et il a laissé une belle empreinte sur le briquet.

— Mouais…

Il n'y avait pas d'électricité dans le chalet, il avait donc dû s'en servir pour s'éclairer, puis le poser et l'oublier.

— Parfait. Nous tenons donc un motif pour arrêter Hart…

Se pouvait-il que ce soit aussi simple ?

Un mélange de nervosité et d'excitation agitait Chelsie. Si Hart était arrêté, le problème serait définitivement réglé. Scott et elle pourrait enfin entamer cette relation à laquelle ils aspiraient tous les deux.

— Pas encore, répondit Owen, mais nous y travaillons. Et nous allons emmener votre petit ami avec nous.

— Pardon ?

Chelsie se rembrunit. Les rumeurs avaient-elles déjà commencé à courir à propos de Scott et elle ?

Elle s'efforça de refouler son anxiété. Il ne s'agissait pas d'une liaison interdite entre un superviseur et une employée, comme cette fausse information qui avait couru sur elle à Los Angeles. Scott et elle ne travaillaient pas dans la même équipe, et il n'était pas son supérieur hiérarchique.

De toute façon, elle avait déjà donné son accord à ses exigences : une vraie relation, pas une aventure secrète. A dire vrai, cela lui faisait peur. Mais elle le voulait trop pour ne pas lui donner une vraie chance.

— Hart a assassiné un tireur d'élite accompli et un autre militaire qui se tenait pourtant sur le qui-vive, poursuivit Owen, en se méprenant visiblement sur le sens de sa question. Des précautions s'imposent concernant cette arrestation. Nous allons prendre des snipers avec nous. Et je suis prêt à parier que votre petit ami sera le premier à se porter volontaire dès que nous aurons transmis cette requête au HRT.

Scott leva la main, comme s'il était redevenu un écolier.

— J'y vais.

A côté de lui, André poussa un long soupir affligé et leva également la main.

A l'avant de la salle de briefing, Froggy leva les yeux au ciel.

— Je me doutais que vous seriez volontaires. D'ailleurs, les enquêteurs de terrain comptaient sur vous.

Froggy mit fin à la réunion et les autres membres de l'équipe se dispersèrent, tout en discutant de leurs projets pour la soirée.

Scott réalisa alors qu'on était vendredi.

— Une seconde, boss, dit-il avant de s'élancer derrière un collègue qu'il retint par le bras.

— Bobby, tu peux me rendre un service ?

Le type le plus baraqué de l'équipe hocha la tête avec sérieux.

— Laisse-moi deviner : tu veux que j'aille chercher ta petite amie ?

— Euh…

Comment la nouvelle s'était-elle propagée aussi vite à propos de Chelsie et lui ?

— C'est-à-dire qu'elle conduit son véhicule de fonction, et que nous sommes sur le point d'arrêter le suspect. Mais pourrais-tu la suivre depuis le WFO et vérifier que tout est normal chez moi avant de repartir ?

— Pas de problème, dit Bobby en tendant la main.

Scott y déposa les clés de sa maison et donna à son collègue le numéro de portable de Chelsie.

— Merci. Je te revaudrai ça.

— Oh ! Ne t'inquiète pas, plaisanta Bobby. Je saurai te le rappeler le moment venu.

— Désolé, boss, dit Scott, dès qu'il eut regagné la salle de réunion. Quelles sont les instructions ?

— C'est très simple. Normalement, c'était au SWAT de

seconder les enquêteurs. Mais, comme Hart a tué un tireur d'élite accompli, ils veulent que vous preniez place avant leur arrivée, pour être sûrs que Hart ne sortira pas en tirant et n'essayera pas de prendre des otages.

— Pourquoi n'attendent-ils pas que Hart rentre chez lui ? demanda André.

— Il a un voyage en prévision, expliqua Froggy. Il va se rendre à l'aéroport directement depuis son bureau, et c'est le moment idéal pour le coincer.

— C'est plus facile à gérer ici, sur le territoire, approuva André.

— Surtout qu'il doit s'envoler pour les Caraïbes, expliqua Froggy.

Déployant une carte devant eux, il expliqua :

— C'est un immeuble fédéral. Nous allons donc attendre qu'il se rende dans le parking situé de l'autre côté de la rue.

Froggy désigna un autre bâtiment.

— Vous serez en position ici. Cela vous donnera un excellent point de vue sur la plupart des voitures stationnées sur le parking, y compris celle de Hart. Si ça tourne mal, vous l'abattez. C'est compris ?

— Pas de problème, approuva Scott, tandis qu'André hochait la tête.

— Dans ce cas, allons-y. Le timing est serré. Nous étudierons les détails sur le trajet.

— Il était temps, déclara André avant de se diriger vers la porte.

Scott ne pouvait qu'être du même avis. Il voulait que Chelsie soit hors de danger une bonne fois pour toutes. Simplement, il espérait qu'une fois que tout serait rentré dans l'ordre, une fois qu'elle aurait retrouvé son appartement, son travail, sa vie… elle ne renouerait pas dans le même temps avec son obstination à refuser de sortir avec lui.

17

Une brise légère caressait le dos de Scott, alors qu'il était couché sur le toit du tribunal, l'œil rivé à la lunette de son fusil. La chaleur du béton saturé de soleil en dessous de lui transperçait ses vêtements. Une odeur de pluie flottait dans l'air, se mêlant à celle de l'acier et de la sueur.

A côté de lui, André se tenait dans la même position, mais aujourd'hui il était là en tant qu'observateur alors que lui-même avait le fusil. Si Hart tentait quoi que ce soit contre les agents qui l'attendaient près de son véhicule pour l'arrêter, Scott avait le droit de l'éliminer.

Une balle en plein front, et c'était la mort immédiate. Hart n'aurait pas le temps de riposter. Si Scott devait le faire, il n'hésiterait pas. Ce ne serait pas la première fois. Mais, quand il avait le choix, il préférait évidemment une autre solution.

Aujourd'hui en particulier, Scott avait envie d'entendre ce que Hart avait à dire. Cela ne changerait rien à la mort de Danvers et de Connors, mais il avait besoin d'explications.

Où était passé Hart ? Cela faisait une heure qu'ils l'attendaient, mais les seules personnes présentes dans le parking étaient les agents d'intervention regroupés derrière un van du FBI. A travers sa lunette grossissante, Scott pouvait constater que les hommes étaient nerveux.

La Mercedes de Hart était toujours à sa place, et les flics qui surveillaient l'immeuble n'avaient pas signalé sa sortie, bien que tout le reste de son équipe ait déjà quitté les lieux.

Que pouvait-il bien trafiquer, bon sang ? Etait-il toujours à l'intérieur, ou avait-il réussi à déjouer la surveillance des policiers ?

— Tu vois quelque chose ? demanda-t-il à André.

— Non.

Son coéquipier pressa le bouton de sa radio.

— Sierra One à Unité d'intervention, vous avez un visuel sur Hart ?

— Laissez tomber le charabia de sniper, répondit Owen Jennings d'un ton agacé. On ne l'a pas.

— Et à l'intérieur ? demanda André.

Il y eut un long silence, puis la voix d'un autre agent se fit entendre.

— Il vient de sortir de son bureau. Tout le monde en place.

Enfin !

Scott fit rouler ses épaules et secoua ses jambes, cherchant une position plus confortable.

— Je l'ai, annonça André, avant de donner les coordonnées à Scott.

Ce dernier ajusta son fusil, tandis que Liam Hart sortait de l'ascenseur qui desservait le parking. Il était seul, et Scott ajusta la cible de son fusil juste dans l'alignement de sa tête.

— Pas de victimes collatérales potentielles, annonça André.

Bien. Cela signifiait que Scott avait uniquement à se soucier des agents en place, lesquels devraient être capables de gérer la situation.

— J'ai un contrôle, dit Scott dans sa radio.

Puis il clarifia pour les agents qui ne connaissaient pas forcément le langage des snipers.

— J'ai Hart en ligne de mire. Restez où vous êtes pour ne pas bloquer mon tir.

— Compris, dit tranquillement Owen.

A travers sa lunette, Scott regarda Hart marcher d'un pas tranquille vers sa Mercedes et plonger la main dans sa poche pour en sortir une clé.

— Maintenant ! lança André dans sa radio.

Aussitôt, les agents jaillirent de derrière le van, pointant leurs armes sur Hart.

— FBI ! lança Owen.

Hart sursauta et regarda rapidement autour de lui, comme s'il cherchait un moyen de fuir.

Contrôlant sa respiration, Scott plaça son doigt sur la gâchette, prêt à faire feu en cas de besoin.

— Liam Hart, croisez les mains derrière votre tête et mettez-vous à genoux, dit Owen.

— Vous êtes en état d'arrestation, compléta son coéquipier, Pete Shore.

— Pour quelle raison ? demanda Hart.

A travers sa lunette, Scott put voir son pouls battre frénétiquement à la base de son cou, son regard dévier en tous sens, ses doigts se crisper autour de ses clés jusqu'à ce que ses jointures blanchissent…

Sa culpabilité était évidente. Elle se lisait dans son expression désespérée. Hart semblait paniqué. Il savait très bien pourquoi les agents étaient là.

— A genoux, insista Owen, en se rapprochant, son arme fermement tenue en main.

— Du calme, murmura Scott pour lui-même.

Le regard de Hart passa d'un agent à l'autre, puis il tourna la tête vers la porte. Mais, au lieu de courir, il tomba à genoux, ses mains rôdant toujours à proximité de ses poches.

L'une d'elle se crispa, comme s'il envisageait de la glisser à l'intérieur où se dissimulait peut-être une arme.

Serrant fermement son fusil, Scott retint sa respiration et ralentit son rythme cardiaque, au cas où il aurait besoin de faire feu.

La main de Hart frôla une fois encore sa poche, puis il sembla se résigner et croisa les mains derrière sa nuque.

Tandis qu'Owen se précipitait pour le menotter, Pete déclara :

— Nous vous arrêtons pour les meurtres de Mike Danvers et de Clayton Connors.

— Les médias ont rapporté que Connors s'était suicidé après avoir tué Danvers, dit Hart.

Il était assis dans une salle d'interrogatoire du FBI, les bras fermement croisés, une expression tendue et méfiante sur le visage.

— C'est ce que vous avez essayé de faire croire, dit Owen, tandis que Scott et André observaient la scène de l'autre côté d'une glace sans tain.

L'avocat de Hart, un homme d'une maigreur maladive, aux yeux aussi perçants que ceux d'un oiseau de proie, se pencha pour lui murmurer quelque chose à l'oreille.

Hart lui fit signe de s'éloigner d'un geste agacé de la main.

— Bien sûr que non. Je n'ai rien à voir avec tout ça. On parle bien de Clayton Connors, n'est-ce pas ? Le type qui a assassiné une dizaine de personnes l'année dernière ?

— Vous le savez parfaitement, dit Pete, qui se tenait debout derrière le siège vide à côté de son coéquipier. Puisque c'est vous qui avez manigancé tout cela pour faire voter l'amendement McCord.

— L'amendement McCord-Siler, corrigea Hart d'un ton dédaigneux. Et bien sûr que je suis au courant. Le pays tout entier l'est. Ça ne veut pas dire que j'ai quelque chose à voir avec sa mort.

Scott se frotta les yeux et prit appui contre le mur. Cela faisait maintenant une heure que l'interrogatoire avait commencé, et ils tournaient en rond. L'afflux d'adrénaline provoqué par le fait de tenir le fusil était retombé, et il se sentait à présent vidé de ses forces, prêt à s'effondrer.

— Tu devrais y aller, je t'appellerai si Hart finit par avouer, proposa André pour la troisième fois.

Son énergie avait quelque chose d'agaçant. Mais il est vrai qu'il avait bu des litres de café. Apparemment, les agents du WFO savaient le faire comme André l'aimait.

— Je ne pars pas tant que nous ne sommes pas sûrs, répéta Scott à son coéquipier.

— Même si McCord était au courant…

— Je sais. Hart constitue la menace physique. Mais je veux

clôturer cette enquête. Je veux pouvoir rentrer chez moi et annoncer à Chelsie que c'est réellement terminé.

— Elle t'attend chez toi, hein ? demanda André d'un ton amusé.

Scott refusa d'entrer dans son jeu.

— Tu sais parfaitement que je n'étais pas prêt à mettre un terme à cette protection rapprochée.

— Ah bon, tu appelles ça comme ça ?

— Arrête de jouer au plus malin avec moi.

— Ouais, ouais…

André semblait décidé à en dire plus, mais il s'arrêta quand l'avocat de Hart reprit la parole.

— Vos preuves contre mon client sont bien minces. On parle d'un briquet ? Ça fait une semaine que Liam n'a pas vu cet objet. Quelqu'un a pu le lui voler.

— En réussissant à ne pas brouiller les empreintes de M. Hart ? demanda Owen d'un ton sceptique.

— Et votre client avait une excellente raison de vouloir faire taire Connors et Danvers, ajouta Pete sur le ton de la conversation.

— Je ne savais pas…, commença Hart, mais son avocat leva une main pour l'interrompre.

— Vraiment ? dit Owen. C'est effectivement ce que vous avez dit aux enquêteurs du bureau de McCord, pourtant une belle somme d'argent a été transférée l'année dernière de votre compte vers celui de Mike Danvers.

— Je…, commença Hart.

Son avocat l'interrompit de nouveau.

— Mon client va devoir consulter ses registres financiers pour voir à quoi correspond ce supposé paiement.

— Oh ! Assez, lança Owen. Vous prétendez ne pas connaître Danvers. Pourtant, juste avant la fusillade, dont Connors prétendait que c'était ce même Danvers qui la lui avait inspirée, vous avez fait transférer vingt mille dollars sur le compte de ce dernier. Et, peu de temps après, comme par hasard, votre briquet apparaît à côté de son cadavre.

— On a pu chercher à piéger mon client, avança l'avocat.

— Je n'ai rien à voir avec tout ça ! protesta Hart.

Son avocat lui mit la main sur le bras, mais Hart le repoussa sans ménagement.

— Bon, d'accord, j'ai payé Mike Danvers, mais ce n'était pas… Il s'agissait d'un prêt personnel. Quand les agents du FBI sont venus demander des informations sur lui en faisant allusion à Connors, j'ai compris que Mike avait un lien avec lui. Je ne voulais pas me retrouver coincé dans cette histoire, donc j'ai dit que je ne le connaissais pas. Mais je ne l'ai pas tué !

Scott jeta un coup d'œil à son coéquipier. André avait posé son café et affichait une expression perplexe.

Hart mentait, c'était une certitude. Mais derrière le désespoir se cachait autre chose, une réaction qui ressemblait assez à de la colère.

Etait-ce parce qu'il s'était fait prendre ? C'était possible. Mais ce qui l'avait vraiment rendu furieux c'était l'allusion à son briquet. Etait-ce parce qu'il s'en voulait d'avoir été assez stupide pour l'oublier, ou parce qu'il s'était réellement fait piéger ?

Incapable de rester inactif à ce stade de l'interrogatoire, Scott quitta soudain la pièce.

— Hé, cria André derrière lui.

Scott pressa le pas pour que son coéquipier ne puisse pas le rattraper et ouvrit la porte de la salle d'interrogatoire.

Tous les regards se tournèrent vers lui. Hart et son avocat avec surprise, Owen et Pete avec agacement.

— Qui vous a piégé ? demanda Scott d'un ton ferme.

— Ne répondez pas ! dit l'avocat.

Au même moment, Owen protestait :

— Sortez d'ici, Delacorte !

Pete vint vers lui, sans doute pour essayer de pousser Scott à l'extérieur, tandis qu'André surgissait derrière lui et le saisissait par l'épaule.

Mais avant que l'un des deux ne réussisse à le faire sortir, Hart bondit sur ses pieds et s'écria :

— Mark ! C'est Mark Rubenstein.

Chelsie sortit la tête du réfrigérateur de Scott et tendit l'oreille. N'était-ce pas son téléphone qui venait de sonner ?

N'entendant rien, elle secoua la tête et continua à s'interroger sur les choix culinaires qui s'offraient à elle.

Décidant de manger ce qu'il restait des plats chinois à emporter de la veille, elle installa le tout sur le comptoir et consulta sa montre.

Scott avait appelé une heure et demie plus tôt pour lui apprendre que Hart avait été arrêté, et qu'il allait rester au WFO jusqu'à ce que Hart ait avoué.

Elle avait envisagé d'aller le rejoindre, puis elle avait finalement décidé d'attendre. Mais plus le temps passait, plus elle sentait sa nervosité augmenter.

Ce n'était pas parce qu'elle redoutait que Hart refuse d'avouer. Cela pouvait certes prendre du temps, mais les preuves étaient là. C'était lui le coupable.

Non, elle était nerveuse parce que l'arrestation de Hart signifiait qu'il était temps pour elle de tenir la promesse qu'elle avait faite à Scott.

Cette pensée lui coupa l'appétit, et elle replaça la nourriture dans le réfrigérateur.

Elle ne s'était guère investie dans quoi que ce soit depuis que Connors avait massacré ces neuf personnes. Elle était restée dans sa zone de confort, au travail, avec ses amis, dans tous les domaines. Aujourd'hui, le premier vrai risque qu'elle allait prendre concernait Scott. Et elle avait peur de tout gâcher.

Laissant échapper un soupir, Chelsie se laissa tomber sur la chaise la plus proche.

En réalité, ce n'était pas à propos de Scott qu'elle s'inquiétait. Pas vraiment. Et elle ne redoutait pas non plus la réaction de ses collègues.

Non, le vrai problème venait d'elle.

Même maintenant, alors qu'elle avait pris la décision de lui accorder une chance, elle doutait toujours de son propre jugement. Elle avait toujours peur de commettre une énorme erreur, et de perdre gros.

Une sensation bien connue de frustration commença à lui tordre la poitrine. Clayton Connors était mort, mais il avait toujours ce pouvoir sur elle. Cesserait-elle un jour de douter d'elle-même ?

Elle regarda la photo de Scott et de ses sœurs sur le mur de la cuisine. Adolescent, il avait déjà un charme fou. Mais ce n'était pas superficiel. Elle voyait à la façon dont il tenait sa plus jeune sœur, à la posture que Maggie et lui avaient adoptée, qu'il était proche des deux.

Tout le monde aimait Scott. Il était difficile de ne pas l'aimer.

C'était un type bien. Il s'était porté volontaire pour la protéger, bien qu'elle l'ait souvent envoyé promener. Et quand elle avait voulu lui tomber à nouveau dans les bras, c'est lui qui avait freiné pour lui prouver qu'il n'était pas comme elle le pensait.

Il l'aimait. Et, à en juger par la terreur qui l'envahissait à l'idée de tout faire échouer, elle était à peu près sûre de l'aimer, elle aussi.

Un rire nerveux lui échappa, et elle se couvrit la bouche, ravie que Scott ne soit pas là pour l'entendre.

Elle aimait Scott Delacorte.

Elle laissa l'idée faire son chemin dans sa tête, et admit que c'était vrai. Elle ne savait pas quand ça s'était produit, mais c'était bel et bien de l'amour.

Un sourire commença à se former sur ses lèvres, et elle se leva.

Peut-être ne pouvait-elle pas changer sa peur, mais elle pouvait faire en sorte qu'elle cesse de gouverner sa vie.

Et elle allait commencer avec Scott.

S'il était capable de prouver sa bonne foi en acceptant trois rendez-vous avec elle avant de passer à l'aspect physique de leur relation, alors elle pouvait lui montrer qu'elle avait l'intention de tout faire pour que ça fonctionne. L'enquête était presque bouclée, ce qui signifiait qu'ils pourraient avoir leur premier rendez-vous quand il rentrerait à la maison ce soir.

Elle ouvrit à nouveau le réfrigérateur, passa en revue son contenu, et hocha la tête. Hart ne coopérerait pas avant au moins une heure, ce qui lui laissait le temps de préparer un bon dîner, de revêtir quelque chose de plus sexy, et de montrer à Scott qu'elle n'avait pas l'intention de faire machine arrière.

Abandonnant les projets de repas pour le moment, elle décida de fouiller dans le sac de vêtements dont elle disposait à la résidence sécurisée. Il n'y avait pas beaucoup de choix mais, vu la façon dont Scott l'avait regardée alors qu'elle portait un pantalon baggy et un T-shirt informe, cela n'avait guère d'importance.

Détachant son arme et ses menottes, elle les posa sur la table de chevet, et commença à fouiller dans le sac. Elle choisit ce qu'il y avait de mieux : un jean très moulant et un T-shirt en V.

Elle était sur le point d'ôter son T-shirt quand elle entendit la porte du garage s'ouvrir. Scott était de retour.

Regrettant de ne pas avoir eu cette idée plus tôt, elle retourna à la cuisine pour l'accueillir. Ils pourraient sortir dîner, célébrer le début de leur relation.

— Comment s'est passé l'interrogatoire ? demanda-t-elle en souriant.

Mais, à la place de Scott, c'est Mark Rubenstein qu'elle découvrit dans la cuisine, debout près du comptoir, affichant un air préoccupé.

En proie à la panique, elle calcula la distance qui la séparait de la chambre où elle avait laissé son arme. Avait-elle le temps de courir jusque-là ?

Mais, avant même qu'elle ait eu le temps de bouger, Rubenstein se déplaça, et elle découvrit le Beretta dans sa main gantée.

La panique se transforma en terreur quand elle croisa son regard froid et sans pitié.

— Chelsie Russell, dit-il d'un ton sarcastique. Vous n'êtes pas une femme facile à approcher.

18

— Elle ne répond pas, marmonna Scott.

Puis il jura copieusement, et mit à profit les leçons de pilotage que lui avait fournies le FBI.

Sans rien dire, André se contenta de lever la main et de s'agripper à la poignée située au-dessus du montant de la vitre tandis que Scott faisait brutalement demi-tour sur la I-95.

Des klaxons retentirent autour d'eux tandis qu'il se déplaçait sur la gauche et doublait un camion, puis se faufilait à vive allure sur la droite pour contourner une autre voiture.

— Et Bobby ? demanda André.

— Cela fait une heure qu'il l'a déposée. D'après lui, tout allait bien à ce moment-là.

— C'est certainement toujours le cas. Rubenstein ne peut pas savoir que nous détenons Hart en garde à vue. Et même si c'était le cas, il y a peu de chances pour qu'il cherche Chelsie, et encore moins pour qu'il soit capable de la trouver.

— Il a bien trouvé Connors et Danvers.

— Il avait un alibi pour la nuit où Connors a approché Chelsie au centre culturel, lui rappela André.

— Exact. Ce qui signifie que c'est sans doute Hart qui a suivi Danvers et l'a dit à Rubenstein.

— Si Rubenstein était occupé avec Danvers, il ne pouvait pas également suivre Chelsie.

Scott savait qu'André cherchait à le rassurer, mais la vérité c'était que Chelsie n'était plus en sécurité à présent. Si Connors avait pu tracer Ella chez elle, Rubenstein, avec son passé de membre des Forces spéciales, pouvait sans peine retrouver Chelsie à son domicile.

— Je n'aurais pas dû la laisser seule, dit-il en donnant du plat de la main un coup rageur sur le volant. J'aurais dû demander à Bobby de rester avec elle.

— Nous n'avions aucune raison de penser que Hart avait un complice, insista André. Et je te rappelle que Chelsie est armée.

— Rubenstein a fait partie des SEAL. Il peut s'introduire dans une maison et rompre le cou d'une personne sans que celle-ci ne se rende compte de rien. Même s'il s'agit d'un agent fédéral.

— Il n'est probablement pas là-bas, dit André d'un ton rassurant. Tu t'inquiètes pour rien.

Mais la tension dans sa voix indiquait qu'il était loin d'être aussi optimiste qu'il voulait le laisser paraître.

— Enfin, il vaut mieux s'en assurer, reprit-il. Histoire d'être tranquille.

— Je vais passer par le garage, dit Scott, envisageant déjà plusieurs possibilités. Tu entreras par la fenêtre de la cave à l'arrière.

— Si Chelsie est saine et sauve, nous allons lui faire une sacrée peur, remarqua André.

— Il vaut mieux avoir plus de peur que de mal, marmonna Scott.

Son cœur battait trop vite, et les techniques qu'il appliquait d'ordinaire dans son métier pour contrôler son rythme cardiaque ne fonctionnaient pas.

Chelsie était en danger. Il le sentait. Et il n'était pas là pour l'aider.

Elle allait mourir…

Chelsie recula lentement, mais elle n'avait nulle part où aller. Si elle se mettait à courir, Rubenstein appuierait sur la gâchette. Son expression ne laissait aucun doute.

Obéissant à son instinct, elle fit un pas en avant.

Rubenstein parut surpris.

— Si vous avez l'intention de vous jeter sur moi, réfléchissez-y à deux fois.

— Non, ce n'est pas mon intention.

— Bien. Je vais être très clair avec vous : j'ai l'intention de vous tuer.

La peur envahit Chelsie mais elle lutta de toutes ses forces, résistant à l'envie de hurler et de se mettre à courir.

Rubenstein s'avança pour prendre appui sur le comptoir et continua sur le ton de la conversation.

— Mais la façon de partir dépend de vous. Si vous coopérez, je ferai en sorte que ça aille vite. Il me faut simplement quelques réponses. Soyez franche avec moi, et ce sera facile pour vous. Si vous mentez…

Il eut une petite moue réprobatrice.

— Eh bien, nous verrons jusqu'à quel point vous arrivez à supporter la douleur.

— Vous savez que Hart est en garde à vue, dit Chelsie.

Elle fut surprise d'entendre combien sa propre voix était calme, contrôlée.

— Il ne parlera pas, affirma Rubenstein. Il sait ce qui se passera s'il le fait.

— Pour le moment, il est le seul soupçonné des meurtres de Connors et Danvers. Si vous me tuez, une nouvelle enquête sera ouverte.

Rubenstein haussa les épaules.

— Ils ne trouveront rien pour m'incriminer.

— Si vous tuez un agent fédéral, il faut vous attendre à des retombées. Tandis que, là, vous ne risquez absolument rien. Nous avons écarté votre piste. C'est Hart qui va porter le chapeau.

Chelsie savait qu'essayer de le convaincre qu'elle ne ferait rien contre lui s'il la laissait en vie était une bataille perdue. En désespoir de cause, elle passa mentalement en revue tout ce qu'elle savait sur Rubenstein, cherchant une façon d'établir un lien avec lui.

Elle devait trouver comment lui faire comprendre qu'il n'était pas dans son intérêt de la tuer. Mais rien ne lui venait.

La panique la submergea. Elle ne savait pas.

Elle allait mourir là, dans la cuisine de Scott.

Les regrets l'envahirent. Celui de ne pas s'être suffisamment battue pour la carrière qu'elle aimait. Celui de ne pas être sortie avec Scott quand elle en avait l'occasion.

Le pire c'est qu'elle allait mourir exactement de la manière qu'elle redoutait. Tout simplement parce qu'elle n'était pas une assez bonne négociatrice.

C'était peut-être le destin. Connors l'avait épargnée l'année dernière, mais il ne s'agissait sans doute que d'un sursis provisoire.

Au moins, cette fois, elle n'emmènerait personne d'autre avec elle.

Tandis que cette pensée traversait son esprit, elle perçut un mouvement dans le dos de Rubinstein. Elle masqua sa réaction de surprise en s'exclamant :

— Vous auriez pu vous en sortir facilement. Vous creusez votre propre tombe en me tuant !

Juste derrière lui, Scott se tenait dans l'entrebâillement de la porte du garage. Pourtant elle savait qu'il n'avait pas le bon angle. S'il s'avançait dans la pièce, Rubenstein le verrait et essaierait de tirer. Scott était doué, mais Rubenstein avait reçu un entraînement similaire, et elle ne savait pas qui remporterait ce combat.

Elle n'avait d'ailleurs pas envie de le découvrir.

— Ce que nous allons faire, continua Rubenstein, c'est parler de ce que vous a dit Connors, pour que je me rende compte exactement de ce que je risque.

— Si vous me tuez, le FBI vous traquera sans relâche.

— Comment pourraient-ils…

— Ils vont bien finir par se dire que Hart travaillait pour quelqu'un. Et comme vous êtes la seule personne sur laquelle j'enquêtais, et que j'ai suspectée…

— Donc, vous prétendez que je suis coincé, quoi que je fasse ?

— Je dis que vous feriez bien de vous enfuir tout de suite, et de préférence sans tuer un agent fédéral.

— Et ensuite ? Vous leur direz que c'est moi, et le FBI se lancera à ma recherche.

— Si vous partez en me laissant saine et sauve, nous ne parviendrons peut-être pas à vous mettre les meurtres de Connors et Danvers sur le dos. Et nous n'allons pas perdre du temps à enquêter sur la mort de deux hommes qui ont planifié un massacre. Mais, si vous me tuez, le FBI vous traquera sans répit.

Rubenstein baissa la main qui tenait l'arme tandis qu'un doute passait dans ses yeux.

Il commençait à comprendre dans quelle situation il s'était mis.

Cela signifiait qu'il évaluait ses options. Et il n'en avait que très peu. Prendre la fuite, comme Chelsie le suggérait. Essayer de la tuer quand même. Ou, et c'était peu probable, se suicider.

Chelsie s'avança, en se décalant un peu sur la droite, obligeant Rubenstein à se déplacer lui aussi légèrement.

— Qu'est-ce que vous faites ? demanda-t-il.

Scott avait-il l'opportunité de tirer ? Elle n'en savait rien.

— Vous êtes capable de vous cacher, dit-elle, tout en observant Scott qui s'avançait tout doucement vers eux. Ne donnez pas au FBI une raison de placarder partout votre nom et votre visage en tant que suspect principal de l'assassinat d'un agent fédéral.

Rubenstein grimaça, l'air hésitant.

— Vous avez une chance de vous en sortir si vous franchissez cette porte maintenant.

Rubenstein regarda ses pieds et, quand il releva les yeux, elle sut.

Rien de ce qu'elle pourrait dire ne changerait quoi que ce soit. Il était venu pour la tuer, et c'était ce qu'il allait faire.

Il commença à relever son arme, et elle comprit qu'elle n'avait plus d'autre choix que de compter sur Scott pour lui sauver la vie.

— Maintenant ! cria-t-elle avant de plonger à terre.

Deux coups retentirent, si rapprochés qu'elle ne put déterminer qui avait tiré le premier.

Et les deux hommes tombèrent à terre.

Epilogue

— C'est officiel, annonça Chelsie, le visage éclairé d'un grand sourire, et la voix vibrante de fierté.

C'était ce sourire, incroyablement lumineux et terriblement contagieux, qui avait séduit Scott au premier regard.

— Tu es réintégrée ?

— Au début, je devrai seconder Martin Jennings sur quelques affaires mais, oui, je suis de retour.

Oh que oui, elle l'était. Scott arrêta son regard sur ses cheveux blonds comme les blés, sur son pendentif en forme de cœur, et sur le tailleur-pantalon qui dissimulait la perfection de sa silhouette.

Lorsqu'il releva la tête pour plonger ses yeux dans les siens, elle rougit.

— Plus que deux rendez-vous, dit-elle en glissant son bras sous le sien.

La nuit dernière, ils étaient sortis ensemble pour la première fois.

Si elle avait été d'accord, cela aurait été chose faite une semaine plus tôt. Mais Scott avait été blessé par Rubenstein, et elle avait insisté pour qu'il reste couché jusqu'à ce que le médecin l'autorise à reprendre le travail.

Il avait essayé de lui faire admettre que sa blessure à la jambe était superficielle, la balle n'ayant fait que l'effleurer, qu'il avait déjà connu pire, mais elle avait refusé d'écouter.

Il est vrai qu'il avait perdu beaucoup de sang dans la cuisine, et qu'elle avait eu une peur bleue. Lorsque André s'était rué dans la pièce pour récupérer l'arme de Rubenstein, Chelsie s'était précipitée pour essayer d'arrêter l'hémorragie à mains nues, au mépris de tout protocole.

Jusqu'à l'arrivée des secours, elle n'avait cessé de supplier qu'il vive parce qu'elle l'aimait. Puis elle était restée chez lui durant sa convalescence, dormant dans la chambre d'amis.

Il ne pouvait donc pas trop se plaindre, mais il avait hâte de passer au rendez-vous suivant.

— Est-ce qu'aujourd'hui ça compte ? demanda-t-il, en se rapprochant jusqu'à la frôler de son corps.

Elle souriait toujours, et il se rendit compte qu'elle n'avait quasiment pas cessé de le faire depuis qu'elle avait été rassurée sur son sort.

Après la mort de Rubenstein et la fin de l'enquête, il s'attendait à ce qu'elle se montre hésitante et cherche à faire traîner les choses avec lui, mais ç'avait été tout le contraire.

Afin de lui laisser l'opportunité d'intervenir, elle s'était obligée à négocier longuement avec Rubenstein. Cela avait restauré sa confiance en elle et lui avait donné l'envie de revenir à sa première vocation de négociatrice.

Scott était fier d'elle et impatient de faire évoluer leur relation. Mais, de son côté, Chelsie était-elle prête pour ça ?

Il lui tint la porte ouverte.

— Tu es prête ?

Il se rendit compte qu'il retenait son souffle en attendant sa réponse.

Il était quant à lui prêt depuis longtemps. Prêt à lui prouver qu'elle n'était pas pour lui une aventure sans lendemain. Qu'il voulait plus qu'une courte et discrète liaison.

Mais allait-elle enfin le croire ?

Elle semblait nerveuse tandis qu'elle rajustait sa veste, et elle hocha la tête brièvement avant de franchir le seuil.

Maggie et Ella les attendaient au fond de la salle du coffee-shop. Scott les vit échanger un regard lorsqu'elles notèrent qu'il tenait Chelsie par la taille.

Tout en s'asseyant, Scott remarqua les cernes sous les yeux de sa sœur, mais elle lui sourit, et il comprit qu'elle ne voulait pas qu'il s'inquiète pour elle aujourd'hui. Il espérait qu'elle était simplement fatiguée par un surcroît de travail, et que cela n'avait rien à voir avec le Violeur à l'hameçon.

Mais le moment était mal choisi pour l'interroger. Tout comme avec Chelsie, il devait apprendre à lui faire confiance et à admettre qu'elle était capable de se prendre seule en charge. Si elle avait besoin de lui, elle l'appellerait à l'aide.

L'expression d'Ella était curieuse et impatiente.

— Alors, c'est du sérieux, hein ?

Scott éclata de rire. Il aurait dû savoir qu'Ella ne serait pas capable de tenir sa langue assez longtemps pour qu'ils puissent commander un café.

Avant qu'il ait eu le temps de répondre, Chelsie glissa sa main dans la sienne sous la table.

— C'est très sérieux.

Incapable de se retenir, il leva la main de Chelsie vers son visage et l'embrassa rapidement.

En face d'eux, Ella tendit sa paume à Maggie.

— Envoie la monnaie !

Scott les observa d'un air faussement outré.

— Vous avez pris des paris ?

Très satisfaite d'elle-même, Ella répondit :

— J'ai parié que vous seriez en couple dès la fin de l'enquête.

— Et tu as parié le contraire ? demanda Scott à sa petite sœur.

Il lui lança un regard de reproche, aussitôt compensé par un sourire.

— Tu ne pensais pas que Chelsie succomberait à mon charme ?

En sentant les doigts de Chelsie lui caresser le poignet, il sut que c'était plutôt lui qui avait succombé à son charme.

Ella tapa sur la table.

— J'exige d'être payée.

— Pas si vite, rétorqua Maggie.

Un sourire radieux éclairait son visage, et Scott songea qu'il ne l'avait pas vue aussi insouciante depuis un bon moment.

Elle se pencha par-dessus la table, tandis que son regard faisait l'aller-retour entre Chelsie et lui.

— Dis-moi, mon cher grand frère, quel est le nom de la personne dont tu es amoureux depuis un an ?

Il écarquilla les yeux.

— Tu savais ?

Maggie se cala à nouveau contre le dossier de sa chaise.

— Ce n'est pas parce que j'appartiens au SWAT que je suis tout en muscles et sans cervelle, déclara-t-elle.

Bonne perdante, Ella reposa sa main sur la table.

Chelsie se rapprocha jusqu'à ce que son bras touche celui de Scott et demanda à Maggie :

— Mais savais-tu que j'étais également amoureuse de lui ?

Scott lui lança un regard surpris.

— Tu l'étais ? Depuis un an ?

Tandis que Chelsie plongeait ses yeux dans les siens et hochait la tête, leur environnement sembla se fondre dans un brouillard irréel.

Scott entendit vaguement Ella et Maggie dirent qu'elles allaient passer la commande au bar.

La voix de Chelsie résonna alors distinctement à ses oreilles tandis qu'elle saisissait sa chemise et l'attirait à elle.

— J'ai succombé à ton charme, murmura-t-elle.

Puis, juste avant de déposer un baiser sur ses lèvres, elle ajouta :

— Je t'aime, Scott.

Il souriait lorsqu'il l'embrassa à son tour, rêvant que leur baiser ne s'arrête jamais.

Il y était enfin arrivé.

Il avait enfin prouvé à Chelsie qu'elle avait toujours été pour lui un projet à long terme.

A présent, il était temps de lui montrer que ce n'était que le début de leur histoire…

ELIZABETH HEITER

Un message dans la nuit

INTÉGRALE

DES HOMMES DE LOI

Traduction française de
CAROLE PAUWELS

SAGAS

HARLEQUIN

Titre original :
SWAT SECRET ADMIRER

Ce roman a déjà été publié en 2017

© 2015, Elizabeth Heiter.
© 2017, 2020, HarperCollins France pour la traduction française.

1

— Invisibilité dans trois… deux… un… maintenant !

Les mots se répercutèrent dans l'oreillette de Maggie, tandis que son coéquipier du SWAT s'écartait du cercle parfaitement net qu'il venait de découper dans la vitre.

Derrière elle, dans l'obscurité d'avant l'aube, tout était calme.

Mais ça n'allait pas durer.

Le FBI avait été informé qu'un fugitif armé d'un AK-47 se cachait dans ce quartier de Washington infesté de gangs, où il comptait nombre de supporters prêts à en découdre. Maggie et ses collègues étaient là pour s'assurer que sa cavale allait prendre fin incessamment.

D'un mouvement souple et rapide, elle jeta une grenade aveuglante à travers la fenêtre.

Aussitôt, une intense lumière blanche explosa, suivie par un bruit mat, tandis que la grenade heurtait le sol, répandant un nuage de fumée destiné à couvrir les membres du SWAT.

— *Go, go, go* ! cria Grant Larkin, de cette voix profonde qui faisait toujours frissonner Maggie.

Puis il défonça la porte à l'aide d'un bélier.

Maggie contourna précipitamment l'angle du bâtiment d'un étage, alors que Grant entrait le premier, comme prévu. Les deux collègues qui le suivaient firent un écart pour éviter la porte arrachée de ses gonds et se dirigèrent vers la gauche.

Son MP-5 levé et prêt à faire feu, Maggie franchit le seuil à son tour. Elle était si concentrée que les cinquante livres supplémentaires de son équipement d'assaut lui pesaient à peine.

Comme on le lui avait appris, elle s'assura rapidement que la voie était libre.

Une balle siffla alors à son oreille, venant de sa gauche, mais elle ne tourna pas la tête. Le secteur était couvert par un collègue, et celui-ci était assurément capable de gérer la menace.

Le périmètre de Maggie se trouvait juste en face, et elle se focalisa sur son objectif en se frayant un chemin à travers les volutes de fumée grise.

Informée par radio de ce qui se passait, elle entra dans le couloir menant aux chambres.

Les alliés des fugitifs tombaient sous les balles ou se rendaient face aux six agents du FBI qui convergeaient vers eux. Il en restait au moins deux, dont le fugitif lui-même, un criminel déjà condamné à trois reprises, qui écoperait probablement cette fois de la perpétuité. Du moins, Maggie l'espérait.

Un malfrat surgit d'une porte un peu plus loin devant elle, tenant en joue son AK-47 modifié. Maggie tourna son arme légèrement sur la droite et tira, touchant sa cible en pleine tête.

La menace éliminée, elle continua à progresser jusqu'à rejoindre Grant. Son collègue pesait au moins trente kilos de plus qu'elle, et dans l'étroit couloir, avec tout leur équipement, ils parvenaient à peine à se tenir côte à côte.

Furtivement, il lui jeta un coup d'œil. Elle n'en resta pas moins fixée sur son objectif. Il ne leur restait plus qu'une pièce chacun à contrôler.

Grant se dirigea vers la porte de gauche et Maggie vers celle de droite.

D'un angle surgit brusquement le fugitif, une véritable armoire à glace de cent trente-cinq kilos. Immédiatement, Maggie pointa son MP-5 vers lui.

L'homme parut déstabilisé.

— FBI ! lui cria Maggie, le doigt sur la détente. Posez votre arme !

Cela faisait quatre ans qu'elle avait intégré l'équipe du SWAT, basée au bureau opérationnel de Washington, également nommé WFO. Mais les criminels faisaient parfois l'erreur de penser qu'elle ne tirerait pas parce qu'elle était une femme. Aussi Maggie lui adressa-t-elle son regard le plus féroce.

Elle voulait ce type vivant pour qu'il les aide à faire tomber le reste de sa bande, et pour qu'il finisse ses jours en prison.

Il la toisa à son tour, mais la fumée commençait à le faire pleurer. Grimaçant, il déposa au sol son AK-47 modifié.

Maggie s'en félicita intérieurement.

Depuis la pièce située de l'autre côté du couloir parvenaient les cris de Grant. Il ordonnait à un autre suspect de se coucher par terre.

Maggie exigea du fugitif qu'il fasse de même.

De nouveau, celui-ci sembla hésiter. Mais finalement, il obtempéra et s'allongea à plat ventre sur la moquette crasseuse, les mains croisées derrière la tête.

Maggie avança d'un pas, tout en actionnant la sécurité de son MP-5, le bascula dans son dos et décrocha ses menottes de sa ceinture.

Ensuite seulement, elle s'approcha de l'homme et enfonça lourdement son genou au centre de son dos. Saisissant à la hâte sa main gauche, elle referma la première menotte, puis s'empara de la main droite.

Tandis qu'elle se redressait, le fugitif la déséquilibra d'un brusque retournement de torse. Elle atterrit lourdement sur son MP-5 et la douleur irradia aussitôt dans ses lombaires.

Jurant fort et de façon particulièrement créative, elle se releva avant qu'il ait eu le temps de se remettre sur ses pieds et le bloqua à nouveau.

Tandis qu'il gémissait de douleur, elle se pencha un peu vers lui et marmonna :

— Il ne suffit pas d'être un homme pour avoir le dessus sur moi !

Six années passées au FBI, dont quatre dans l'unité d'élite du SWAT, le lui avaient confirmé. Elle n'avait pas besoin d'être plus grande ou plus corpulente. Il lui suffisait de savoir comment utiliser sa force et les techniques d'assaut qu'on lui avait enseignées.

Grant réapparut alors, remorquant un malfrat derrière lui comme s'il ne pesait rien.

— Bien joué ! lança-t-il à Maggie.

Elle était restée relativement calme durant toute l'arrestation, mais ces simples mots de Grant, rien que le son de sa voix, firent accélérer son rythme cardiaque.

Grant Larkin avait été transféré du bureau de New York à celui de Washington et son unité spéciale du SWAT, neuf mois plus tôt. Il faisait tout juste un mètre quatre-vingts, mais même dans une équipe composée d'hommes athlétiques, il sortait du lot grâce à son impressionnante musculature, qui lui valait généralement d'être celui qui démolissait les portes.

Il avait aussi des yeux d'un brun profond, une peau mate, et un sourire contagieux… Bref, il était exactement son genre.

Si seulement il n'était pas un collègue de travail…, soupira Maggie intérieurement. Cela le rendait définitivement inaccessible.

Et, de toute façon, son propre passé pesait trop lourdement sur ses épaules pour qu'elle se lance dans ce genre d'aventure.

Elle lui adressa un signe de tête très professionnel, annonça leur statut par radio et reçut un « RAS » de tous les secteurs.

— C'est réglé, annonça-t-elle à Grant. On peut sortir.

Ils firent monter leurs prisonniers dans l'un des fourgons. Puis Grant proposa de fêter dignement leur succès.

— Chez O'Reilley ? proposa leur chef d'équipe.

Fréquenté par tous les flics du coin, le pub était ouvert vingt-quatre heures sur vingt-quatre et, après une intervention à haut risque, les membres de l'équipe avaient pour habitude de s'y retrouver, incapables qu'ils étaient de rentrer chez eux et de dormir après un tel afflux d'adrénaline.

— D'accord, répondit Grant, avant de tourner vers Maggie un regard chaleureux. Delacorte ?

Cela faisait six mois qu'elle ne les avait pas accompagnés. Depuis que les lettres avaient commencé à arriver, elle n'avait plus le cœur de sortir, de s'amuser, de prétendre aller bien.

Une boule se forma dans sa gorge, et elle essaya d'occulter le souvenir qui surgissait toujours lorsque le 1er septembre approchait.

Dans exactement trente jours, cela fera dix ans que ma vie a basculé.

Et s'il venait à se produire quelque chose en ce funeste anniversaire, regretterait-elle de ne pas avoir passé le plus de temps possible avec Grant Larkin ?

Oh oui, très certainement !

Elle lui adressa donc un signe de tête.

— D'accord, mais je fais d'abord un saut chez moi. Je vous retrouve là-bas.

Il parut surpris, mais au sourire qu'il afficha aussitôt après, elle avait manifestement fait le bon choix.

Peut-être était-il temps d'oublier le règlement.

Peut-être était-il temps d'accepter ce qui pourrait se passer entre Grant Larkin et elle.

D'humeur joyeuse, souriant par avance, Maggie déverrouilla la porte de sa maison de ville et actionna l'interrupteur.

Le courrier traînait sur le sol du couloir. Elle l'enjamba sans y prêter plus attention que cela.

Elle n'était pas rentrée chez elle depuis vingt-quatre heures. Elle aurait dû être fatiguée, d'ailleurs. Elle avait travaillé toute la journée dans l'équipe des droits civiques du FBI, puis elle était sortie avec son frère, avant d'être appelée en renfort pour l'arrestation menée par le SWAT. Et cependant, elle débordait d'énergie, réalisa-t-elle en retirant ses bottes.

A quand remontait la dernière fois où elle s'était sentie aussi bien ?

Six mois.

Avant que la première lettre n'arrive.

A l'époque, cela faisait trois mois que Grant avait rejoint son unité. Ils s'étaient bien entendus dès le premier jour. En plus d'être un élément de valeur pour l'équipe, il se montrait toujours drôle, et sa joie de vivre était contagieuse.

Les missions faites pour le SWAT s'ajoutaient aux activités habituelles des agents. Néanmoins, il était interdit de sortir avec un collègue, même s'il s'agissait d'une unité secondaire. Maggie avait donc essayé de masquer ses sentiments. Mais le simple fait qu'elle soit encore capable d'en avoir après…

Immédiatement, elle s'interdit d'évoquer le passé.

De toute évidence, Grant avait perçu un malaise mais, contrairement aux autres agents du WFO qui avaient fini par entendre les rumeurs au fil des années, il n'était pas au courant de ce qui lui était arrivé.

Et elle n'avait pas envie que cela change.

Elle monta son équipement d'assaut à travers l'étroit petit escalier menant à sa chambre, allumant au fur et à mesure, puis elle inspecta sa penderie.

Elle n'avait pas de vêtements appropriés pour un rendez-vous galant. Bien que cela n'en soit pas un, évidemment !

Tout dans sa garde-robe appartenait à une femme qui, quelque part tout au fond d'elle-même, était encore effrayée.

Pas d'être à nouveau une victime. Non, ça, c'était terminé.

Mais depuis quand n'avait-elle pas eu envie qu'un homme pose sur elle un regard appréciateur ?

Plissant le front, elle s'empara de ce qu'elle portait toujours pour aller chez O'Reilley : un jean, des boots lacées qui ressemblaient beaucoup à celles qu'elle portait au travail, et un T-shirt à la coupe ample.

De toute façon, ils ne resteraient pas plus de deux heures, à discuter, à plaisanter et à laisser l'adrénaline retomber. Puis, inévitablement, la fatigue viendrait et, un par un, ils rentreraient chez eux.

Quoi qu'il en soit, il était plus que temps qu'elle se rende là-bas, ou bien elle manquerait tout le monde.

Elle se changea rapidement, jeta un coup d'œil au miroir de la salle de bains, et prit une minute pour lever son T-shirt et vérifier les dégâts dans son dos. Un hématome pourpre s'y épanouissait le long de sa colonne vertébrale.

Rabaissant son T-shirt avec une grimace, elle passa la main dans ses cheveux coupés au carré. Ils étaient juste assez longs pour lui couvrir la nuque, et ses doigts effleurèrent la chair martyrisée qui se cachait dessous.

Elle déglutit.

Le tatouage qu'elle s'était fait faire des années plus tôt couvrait la marque en forme d'hameçon de pêche, mais rien ne pouvait réparer la peau brûlée qu'il masquait.

Rien ne pouvait faire disparaître la marque qu'on lui avait infligée.

Elle se passa un peu d'eau sur le visage, puis fouilla dans le tiroir sous le lavabo, jusqu'à ce qu'elle trouve un rouge à lèvres et du mascara. Les gars allaient sans doute la regarder comme s'il lui était poussé une seconde tête.

Ou alors, ils ne le remarqueraient même pas. La plupart d'entre eux étaient comme des frères.

Seul Grant pourrait s'en apercevoir, et peut-être apprécier son pitoyable effort pour tenter de paraître un peu plus féminine.

Elle observa d'un œil critique son reflet dans le miroir, résistant à l'envie de se démaquiller, puis elle éclata de rire.

Ce n'est pas parce que je ne me maquille jamais au travail que tout le monde dans le bar saura pourquoi je l'ai fait ce soir.

Sourire aux lèvres, elle dévala l'escalier.

Il lui arrivait parfois d'accepter des rendez-vous mais, la plupart du temps, même lorsqu'elle ressentait vraiment quelque chose pour un homme, il en résultait une sensation d'obligation.

Comme si elle faisait tout pour être normale.

Cependant, rien de ce qui avait trait à Grant Larkin ne semblait obligatoire.

Et elle était prête à tenter sa chance.

Même si elle n'avait pas la moindre idée de la façon dont ils allaient gérer le règlement du FBI — à supposer que Grant soit intéressé…

Machinalement, elle ramassa le courrier dans le couloir, le déposa sur la console et commença à chercher sa clé.

Avant qu'elle ait fini de se retourner, la panique l'envahit.

Une enveloppe qui dépassait légèrement du tas semblait clignoter tel un néon.

Elle l'observa avec crainte, espérant encore s'être trompée. Mais il n'y avait pas d'erreur possible. C'était bien une nouvelle lettre.

Son excitation s'évanouit, laminée par une terreur vieille de dix ans.

Le cœur battant, elle se dirigea vers la cuisine et enfila des gants en latex avant de retourner dans le couloir, même si elle le savait déjà : il n'y aurait pas d'empreintes.

Il n'y en avait jamais.

Elle ne devrait même pas l'ouvrir. C'était une pièce à conviction dans une enquête en cours. La procédure lui commandait d'appeler les agents du VCMO, l'unité spécialisée dans les crimes majeurs. Mais, même en devinant ce qu'elle trouverait à l'intérieur, elle ne put s'empêcher d'ouvrir délicatement l'enveloppe avec un coupe-papier, d'en retirer la feuille de papier blanc et de la déplier avec soin, n'en touchant que les bords.

Tandis qu'elle se mettait à lire, la colère et le ressentiment s'insinuaient en elle, mêlés à une honte et à une culpabilité dont elle ne pouvait jamais se départir totalement.

Le contenu de la lettre ressemblait à celui des trois précédentes et, pour quelqu'un qui ignorerait la personnalité de l'expéditeur, cela pouvait s'apparenter à une lettre d'amour évoquant avec tendresse un passé commun.

Mais ce n'était pas le cas.

La lettre avait été écrite par le Violeur à l'hameçon, un prédateur qui avait réussi à échapper à toutes les forces de police depuis dix ans.

Enlevée alors qu'elle rentrait à son dortoir de l'université George Washington, Maggie avait été sa première victime. Il l'avait laissée repartir le lendemain, droguée et perdue, portant sur la nuque une marque qui ne s'effacerait jamais.

Elle vacilla et se retint à la console tandis qu'elle lisait la dernière ligne.

Cette lettre s'achevait différemment des autres.

Le Violeur à l'hameçon revenait à Washington.

Et il revenait pour elle.

2

— Tu en as reçu une autre ? demanda Scott.

Regard sombre, mâchoire crispée, le frère aîné de Maggie serrait si fort les poings que ses articulations semblaient prêtes à jaillir de sa peau.

Trente minutes à peine s'étaient écoulées depuis qu'elle l'avait appelé et, pour qu'il soit déjà là, il avait dû faire quelques excès de vitesse, calcula-t-elle.

D'ordinaire, Scott était le charme incarné, toujours souriant, avec une petite lueur narquoise dans l'œil. Mais cette fois, les yeux rouges d'avoir été tiré du lit aux aurores, il contenait mal sa colère.

Leur meilleure amie, Ella Cortez, qui habitait plus près de chez Maggie, était arrivée dix minutes plus tôt. Ils avaient pratiquement grandi ensemble, dans la petite ville de Buckley, Indiana, et elle était comme une sœur de plus pour Scott et Maggie. Après l'agression, alors que Maggie était en dernière année à l'université, ils avaient fait un pacte, renonçant à leurs projets d'avenir pour intégrer le FBI. Ils avaient formé le vœu d'empêcher que ce genre de choses arrive à quelqu'un d'autre.

Mais ils n'étaient même pas parvenus à intercepter l'homme qui lui avait fait tant de mal.

Maggie serra les dents, en essayant de ne pas laisser transparaître sa peur.

— Oui, répondit-elle. Mais le style est différent cette fois. Il dit qu'il revient à Washington, et qu'il le fait pour moi.

— Quoi ? s'exclama Scott.

Il passa rageusement la main dans ses cheveux blonds coupés en brosse.

Maggie devinait l'effort qu'il déployait pour maîtriser sa fureur.

Scott avait un an de plus qu'elle. Ils avaient toujours été proches, mais depuis son agression il était devenu encore plus protecteur. Elle s'attendait à ce qu'il s'inquiète moins après son entrée au SWAT, mais il ne s'était réellement décrispé qu'après avoir rencontré sa nouvelle petite amie. Cela allait à nouveau changer, désormais.

— Les enquêteurs ont vu la lettre ? demanda-t-il.

En tant que titeur d'élite au sein de l'unité d'aide aux otages, Scott avait l'action dans le sang, et le fait d'ignorer qui était la menace le rendait fou.

— Il s'agit de ses mots exacts ? intervint Ella.

Elle semblait plus calme, mais son inquiétude était perceptible.

— Ils viennent de l'emporter, précisa Maggie.

Puis elle se tourna vers Ella.

— Les mots exacts étaient « Je reviens à la maison pour notre anniversaire. »

Sa voix dérailla en prononçant la phrase. Le simple fait d'énoncer ces mots à voix haute lui donnait la nausée.

Scott jura tandis qu'Ella blêmissait.

— A la maison…, répéta-t-elle.

Scott prit une profonde inspiration, certainement pour se calmer, mais ses yeux étincelaient toujours de colère.

— A ton avis, qu'est-ce que ça veut dire ?

Tout comme elle, Scott avait tendance à ne pas tenir compte des menaces qui le visaient personnellement. Vu de l'extérieur, ils ne se ressemblaient pas du tout, bien qu'ils n'aient qu'un an de différence d'âge. Avec son mètre quatre-vingt-deux, Scott mesurait une tête de plus que Maggie, et il avait les cheveux blonds et les yeux noisette. Elle était plus proche de leur jeune sœur, Nikki, avec ses cheveux noirs et ses yeux bleu clair.

Cependant, à l'intérieur, ils étaient absolument similaires, relevant les défis bille en tête.

Leur amie Ella ne fonctionnait pas de la même façon. Depuis

le début, elle était le ciment qui les tenait tous ensemble. Et, tandis que Scott et Maggie avaient choisi des branches physiques au sein du FBI, Ella avait voulu comprendre. Elle était donc devenue profileuse au Département des sciences du comportement. Si quelqu'un avait une chance de découvrir les motivations du Violeur à l'hameçon et, il fallait l'espérer, d'anticiper sa prochaine action, c'était elle.

— Qu'est-ce que ça peut bien signifier ? reprit-elle justement. Peut-être tout simplement l'évidence.

— Tu veux dire qu'il serait né ici ? lança Scott, l'air un peu sceptique. Bon, admettons. Et ensuite ?

— Eh bien, nous savons qu'il n'habite plus ici maintenant.

Une des raisons pour lesquelles le prédateur avait réussi pendant si longtemps à ne pas être capturé, c'était qu'il se déplaçait beaucoup. Il faisait une victime chaque année, et jamais au même endroit.

Son dernier forfait avait eu lieu en Floride, et la deuxième lettre que Maggie avait reçue avait été postée de là-bas. La première portait un timbre de Géorgie, et la plus récente provenait de Caroline du Nord.

— Et, donc ? insista Scott.

Ella plissa le front, le regard pensif.

— Ce type est narcissique. Il se vante de ce qu'il fait. C'est pour ça qu'il libère ses victimes. Il veut attirer l'attention, mais il s'en sort en sachant que les femmes qu'il enlève ne peuvent pas l'identifier. Ses agressions sont devenues sa principale fierté dans la vie. Donc, la localisation de sa première attaque…

— Tu penses qu'il pourrait considérer Washington comme sa maison parce que c'est là qu'il m'a agressée ? l'interrompit Maggie.

Elle avait tenu à terminer sa dernière année universitaire, malgré ce qui lui était arrivé, se concentrant sur son nouveau but, qui était d'intégrer le FBI. Puis elle était retournée quelque temps chez ses parents, dans l'Indiana, afin de mettre un peu de distance entre elle et ce cruel souvenir.

Quand elle était sortie de l'académie du FBI et qu'on l'avait affectée à Washington, elle avait failli renoncer.

Mais elle avait tenu bon et avait tout fait pour être acceptée au SWAT. Washington était devenu sa maison, désormais. Et que ce monstre pense la même chose la rendait malade.

Ella parut mal à l'aise, mais ne se déroba pas.

— Oui. C'est là qu'est né son surnom.

Apprenant qu'il avait marqué sa victime avec un hameçon chauffé à blanc, la presse n'avait pas tardé à le surnommer le Violeur à l'hameçon.

Maggie déglutit avec peine, tandis que l'envie la démangeait de toucher la peau boursouflée dans sa nuque. Mais elle serra ses mains l'une contre l'autre.

Ella lui lança un regard d'excuse.

— Pour lui, c'est sa maison.

Envahie par la nausée, Maggie se laissa tomber sur le canapé.

Scott s'assit à côté d'elle, un bras passé autour de ses épaules.

— Il peut écrire toutes les lettres qu'il veut, il ne s'approchera pas de toi, déclara-t-il du même ton déterminé que celui qu'il employait dans son travail, et qui paraissait convaincant.

— Nous allons l'arrêter, Maggie, renchérit Ella. Il fait une erreur en revenant ici.

Elle avait envie d'y croire. Tout comme elle voulait se persuader que les enquêteurs, son frère et Ella, ainsi que sa propre expérience en tant qu'agent du FBI, suffiraient pour assurer sa sécurité.

Mais cette peur qu'elle avait réussi à écarter ces dix dernières années lui revenait comme un boomerang, puissante et douloureuse.

Fermant les paupières, elle prit son frère et Ella par le bras.

— Je ne dois pas être mêlée, de près ou de loin, à l'enquête, leur rappela-t-elle.

— Aucune importance ! rétorqua Ella.

Elle était connue pour respecter le règlement à la lettre, de façon presque obsessionnelle lui reprochait-on parfois, mais elle était capable de déroger à ses principes en ce qui concernait cette enquête précise.

— Nous n'allons pas attendre que ce salaud s'en prenne à toi, conclut Scott. Et il n'est pas question que nous laissions cette affaire aux enquêteurs attitrés, même s'ils sont excellents dans leur domaine.

Maggie hocha la tête, les larmes aux yeux devant une telle loyauté.

— Il est temps de passer à l'offensive.

Où diable était-elle ?

Grant essayait de ne pas fixer la porte d'entrée du pub O'Reilley, mais il ne pouvait s'en empêcher.

Tout comme il ne pouvait s'empêcher de consulter régulièrement sa montre.

Cela faisait deux bonnes heures que l'équipe se trouvait rassemblée au pub pour évacuer l'adrénaline provoquée par l'arrestation. Le jour commençait à se lever et, même si c'était samedi, quelques-uns de ces collègues commençaient à lever le camp, imité par les flics du quartier qui étaient déjà là à leur arrivée.

Maggie, elle, n'arrivait toujours pas.

— Qu'est-ce qui est arrivé à Delacorte ? demanda Clive Dekker, en regardant Grant comme s'il connaissait la réponse.

Grant haussa les épaules. Mais cela faisait un petit moment qu'il luttait contre l'envie de lui téléphoner pour savoir ce qu'il en était.

Il avait été surpris qu'elle accepte de se joindre à eux, après avoir évité tout événement social ces six derniers mois.

Il avait été encore plus stupéfait par la façon dont elle l'avait regardé tandis qu'elle donnait son accord. Comme si elle était aussi intéressée par lui qu'il l'était par elle.

Neuf mois plus tôt, à la minute où ils s'étaient rencontrés, il avait été attiré par elle. Depuis, il avait essayé de dissimuler ses sentiments. Ils étaient collègues, ce qui empêchait toute relation entre eux selon le règlement du Bureau fédéral.

Cependant, ces dernières semaines, il avait renoncé à faire

semblant, et elle l'avait remarqué, il le savait. Mais jamais elle ne l'avait regardé comme après l'intervention. Un instant, elle avait semblé attendre autre chose de lui.

Si seulement ça pouvait être vrai…

— Bon, je vais peut-être y aller avant que ma femme ne lance un avis de recherche, reprit Clive.

Puis, tendant l'oreille dans le brouhaha ambiant, il se pencha davantage vers Grant.

— C'est pas ton portable qui sonne ?

Grant lui adressa un sourire narquois.

— Je crois que tu as encore les oreilles qui sifflent à cause de l'onde de choc de la grenade, papy.

Leur chef d'équipe avait trente-neuf ans, soit seulement quatre de plus que Grant, mais Clive était le plus vieux des membres du SWAT.

— Très drôle ! répliqua-t-il. Mais je crois que c'est toi qui as un problème d'audition.

Il assena une claque amicale sur l'épaule de Grant tout en s'extirpant de son siège.

— C'était vraiment ton téléphone qui sonnait.

Plissant le front d'étonnement, Grant sortit de sa poche le Blackberry fourni par le FBI. Clive avait raison. L'écran affichait un appel manqué.

Pourrait-il s'agir de Maggie ?

En hâte, Grant activa sa messagerie.

L'appel provenait en fait de son superviseur au VCMO, l'unité des crimes majeurs où il était affecté en priorité.

« Nous avons un problème », disait son superviseur, dans un style lapidaire qui était sa marque de fabrique. « Je vous attends au bureau le plus vite possible. »

Jurant entre ses dents, Grant déposa de l'argent sur la table pour payer sa boisson.

— Je dois filer, les gars ! annonça-t-il à ses quelques collègues encore présents. On se retrouve lundi.

— Un rencard torride ? lança l'un d'eux.

— J'aimerais bien. Mais c'était mon superviseur. Le devoir m'appelle.

Etonnamment, il y avait beaucoup de monde au bureau pour un samedi matin. Certes, ce n'était pas le genre d'emploi qui vous occupait uniquement de 9 heures à 18 heures mais, vu le nombre d'agents rassemblés dans l'une des salles de conférences, il s'était produit quelque chose d'important, songea Grant.

Ce n'était pas son unité qui se trouvait dans la pièce. Aussi pressa-t-il le pas. Son superviseur l'attendait dans son bureau, affichant un air sombre tandis qu'il signait des documents dans un parapheur.

— Merci d'être venu, fit James, en relevant tout juste la tête.

A en juger par ses cheveux en bataille, ses cernes sous les yeux et sa tenue inchangée, il avait passé la nuit à travailler. Toutefois, c'était assez courant chez lui.

— Que se passe-t-il ? demanda Grant, en regrettant de ne pas s'être arrêté pour acheter un café, au lieu de devoir se contenter de l'infâme breuvage servi dans les locaux.

Cela faisait presque vingt-quatre heures qu'il n'avait pas dormi, et s'il n'avait pas sa dose de caféine, il allait s'effondrer.

— Une seconde.

James termina ce qu'il faisait, puis repoussa le parapheur et adressa à Grant un regard soucieux.

Un mauvais pressentiment s'empara alors de Grant.

— Que se passe-t-il ?

James soupira et passa une main sur son visage profondément marqué. Après trois divorces, il n'était plus marié désormais qu'à son métier. C'était un superviseur exigeant et il paraissait rarement stressé. Mais, cette fois, il semblait vraiment alarmé.

— Asseyez-vous et discutons un peu.

Grant tira une chaise à lui et s'y laissa tomber.

— Allez-y, crachez le morceau.

James esquissa un sourire, probablement parce que Grant faisait partie des rares agents de son équipe qui pouvaient s'adresser à lui avec familiarité et le pousser à parler quand il faisait un peu trop durer le suspense.

— Vous connaissez l'affaire du Violeur à l'hameçon, n'est-ce pas ?

— Evidemment.

Tous ceux qui travaillaient au VCMO connaissaient les grandes lignes de l'histoire. Ils étaient moins nombreux à savoir que Maggie Delacorte avait été la première victime du prédateur. Au sein du FBI, toutefois, quelques rumeurs avaient circulé et, quand il avait intégré le SWAT de Washington, Grant avait entendu certaines choses.

Jamais il n'avait dit quoi que ce soit, car cela ne changeait rien pour lui. Cela n'avait aucune incidence sur ce qu'il pensait de son travail, ni sur ce qu'il ressentait pour elle en tant que femme.

— Grant ! fit son chef d'un ton sec.

Bon sang, réalisa-t-il, il avait perdu le fil de la conversation.

— Désolé.

Il passa une main sur sa tête rasée, redoutant ce qu'il allait apprendre. Il restait encore un mois avant que le type ne refasse surface, puisqu'il ne commettait ses forfaits qu'une fois par an, tous les 1er septembre. Si on l'évoquait aussi en avance, cela pouvait signifier qu'une nouvelle piste avait surgi. Mais, à en juger par la mine morose de James, il devait s'agir d'autre chose.

— Je disais : est-ce que ça vous pose un problème ?

— Quoi ?

James laissa échapper un soupir agacé.

— Vous êtes au courant pour les lettres, n'est-ce pas ?

Affichant une mine perplexe, Grant secoua la tête.

— Quelles lettres ?

— Le type en envoie à Maggie depuis six mois.

La colère s'empara de Grant. Soudain, il comprenait mieux pourquoi Maggie avait changé ces derniers temps.

Quelqu'un était-il au courant dans l'équipe ?

Probablement pas.

La connaissant, elle ne s'était confiée à personne, même s'ils étaient tous aussi proches et unis qu'une famille.

— Les enquêteurs ont interrogé les autres victimes, continua James. Personne d'autre n'a reçu quoi que ce soit. Mais Maggie en a eu une nouvelle cette nuit.

Il vérifia sa montre et se corrigea.

— Ce matin, en fait.

Grant jeta un coup d'œil vers la salle de conférences où régnait une vive animation. C'était donc pour cela que les autres unités du VCMO s'étaient rassemblées. Et pour cela aussi que Maggie ne s'était pas montrée au bar.

Il aurait mieux fait de l'appeler, quand bien même elle n'aurait probablement pas accepté son aide.

— Cette lettre était différente des autres, reprit James. Les précédentes trahissaient un esprit dérangé, mais elles avaient pour but de faire mal à distance. Celle-ci est une menace explicite. Et, compte tenu de votre bagage…

James le regarda d'un air entendu, sans avoir besoin de finir sa phrase.

Avant d'être transféré au bureau de Washington, Grant avait travaillé au bureau opérationnel de New York pendant huit ans, et il y avait résolu une affaire de tueur en série assez similaire.

— Vous pensez que mon expérience avec l'affaire de l'Etrangleur de Manhattan…

James acquiesça :

— Oui, elle pourrait nous aider à résoudre celle-ci. C'est pourquoi Kammy Ming a demandé que vous soyez transféré dans son équipe pendant toute la durée de l'enquête. Mais si ça vous pose un problème d'être au SWAT avec Maggie…

— Pas du tout.

— Vous êtes sûr ? Quand elle saura que vous êtes sur l'enquête, elle risque de vous poser des questions. Or, vous ne devrez rien divulguer. C'est bien compris ?

Sera-t-il capable de tenir sa langue ? Il n'en était pas sûr. En outre, il redoutait la réaction de Maggie quand elle apprendrait qu'il était sur l'affaire.

D'ailleurs, avait-il envie de participer à cette enquête ? Compte tenu de ses sentiments pour Maggie, avait-il le droit de fouiller dans la partie la plus sombre de son passé ?

— Eh bien ? lui lança James d'un ton impatient.

D'un autre côté, supporterait-il de rester assis à rien faire, alors qu'il avait une opportunité de mettre hors d'état de nuire le monstre qui avait fait du mal à Maggie ?

La rage et la détermination déferlèrent en lui, balayant son sentiment de malaise.

— Oui, je veux participer à cette enquête !

— Très bien, conclut James en se levant. Dans ce cas, rejoignez la salle de conférences. Vous commencez immédiatement.

3

— Pourquoi maintenant ? demanda Maggie, en entrant dans son salon.

L'oreiller et la couverture qu'elle avait posés pour Scott sur le canapé n'avaient pas servi.

— Depuis combien de temps es-tu levé ?

La chambre d'amis préparée pour Ella n'avait probablement pas été utilisée non plus.

Elle consulta sa montre : il était 10 heures. Ce qui voulait dire qu'elle était restée au lit environ quatre heures.

Pour autant, elle n'avait pas dormi. Au contraire, elle avait mis en pratique toutes les techniques pour combattre le sommeil que Scott lui avait apprises, lui-même les tenant du stage au sein des forces spéciales de l'armée qu'il avait effectué dans le cadre de sa formation de tireur d'élite.

Ella, qui avait l'air parfaitement fraîche et dispose, lui tendit une tasse de café.

— Nous ne nous sommes pas couchés.

— J'ai raté quelque chose ? questionna Maggie, en les regardant tour à tour.

Mais ni l'un ni l'autre n'avait besoin de répondre. Elle le devinait à leur visage.

— Vous avez discuté de la façon de me protéger, n'est-ce pas ?

— Ne sois pas ridicule, dit Scott. Nous savons bien que tu es capable de prendre soin de toi.

— Merci.

— Mais ça ne signifie pas que nous allons te laisser seule,

ajouta-t-il, en posant la main sur son bras. Prépare-toi à accueillir des invités. Ou alors, fais ton sac et allons ailleurs. Et ce n'est pas la peine de protester.

Maggie était à la fois ennuyée et soulagée. Si son frère ou Ella avaient eu des ennuis, elle aurait agi de la même façon. Ils étaient une équipe. Il en avait toujours été ainsi.

— D'accord, mais je ne bouge pas d'ici.

Ils pourraient rester à tour de rôle avec elle, mais il n'était pas question qu'elle déplace ses problèmes sur le seuil de leur porte.

D'autant que ni l'un ni l'autre ne vivait seul. Logan, le fiancé d'Ella, était policier, et la petite amie de Scott, Chelsie — qui avait emménagé avec lui une semaine plus tôt — travaillait également au FBI. Mais ils n'avaient rien à voir avec cette histoire et, quand bien même ils n'hésiteraient probablement pas à apporter leur concours en cas de besoin, elle ne voulait pas les impliquer.

Scott parut surpris qu'elle accepte aussi facilement, mais il aborda un autre sujet, sans doute de crainte qu'elle ne change d'avis.

— Maggie, tu n'as pas parlé à papa et maman des lettres, n'est-ce pas ? Ou à Nikki ?

— Bien sûr que non.

Elle but une gorgée de café, et le liquide brûlant lui donna un coup de fouet, lui éclaircissant les idées.

— Et je n'en ai toujours pas l'intention. Que pourraient-ils faire, là-bas dans l'Indiana, à part s'inquiéter ?

Elle était prête à tenir tête à Scott sur ce sujet, car leurs parents s'étaient déjà fait assez de souci pour elle, dix ans plus tôt. Elle n'avait pas envie qu'ils vivent de nouveau le même enfer.

Quant à Nikki, elle n'avait que douze ans à l'époque, et ils avaient essayé de la tenir à l'écart. Désormais, elle était au courant puisque, d'année en année, elle avait lu dans la presse les méfaits du prédateur. Mais Maggie ne voulait pas qu'elle s'inquiète au moment où elle venait d'emménager dans un nouvel appartement et commençait un nouvel emploi.

— Je suis d'accord, annonça Scott.

Maggie ne put cacher son étonnement.

— Vraiment ?

— Oui. Nous savons tous les deux que nos parents ne vont pas arrêter d'appeler, en insistant pour que tu retournes à la maison. Et tu n'as pas besoin de cette distraction. Nous devons nous concentrer sur l'arrestation de ce malade. Je veux que ce 1er septembre soit un jour comme les autres.

Elle aussi. Se réunir tous les ans à cette date avec Ella et Scott était une tradition dont elle se passerait volontiers.

— Bien ! fit-elle. Mettons-nous au travail.

— Tu n'as pas accès au dossier, n'est-ce pas ? demanda Ella.

Maggie ricana.

— Non.

Elle connaissait davantage de détails que les autres victimes car les enquêteurs l'avaient interrogée de nombreuses fois au fil des années. Mais ils ne l'avaient jamais autorisée à enquêter officiellement.

Cette pensée lui provoqua un désagréable frisson. Même si cela pouvait être d'une quelconque utilité, l'idée de consulter le dossier des autres victimes, et le sien par la même occasion, lui donnait la nausée.

Machinalement, elle passa la main dans ses cheveux, qu'elle avait coupés au carré après la découverte d'une deuxième victime qui lui ressemblait étrangement. Le prédateur frappait tous les ans à la même date, et il choisissait toujours le même type de femmes : la vingtaine, mince, avec de longs cheveux noirs.

Elle avait également modifié son corps grâce à des séances intensives de musculation, et elle avait perdu son apparence frêle et déliée au profit d'une silhouette tonique et musclée.

Elle tourna le dos à Scott et Ella, faisant mine de se diriger vers un fauteuil dans l'angle de la pièce, mais cherchant avant tout à échapper à leur regard scrutateur pour se laisser le temps de se composer une expression déterminée.

Elle pouvait le faire, s'encouragea-t-elle. Elle était capable de parler de ce qui lui était arrivé avec les deux personnes les plus proches d'elle au monde.

Elle s'installa dans le fauteuil, négligeant les protestations de son dos endolori.

Puis elle reporta son attention sur Scott et Ella. Apparemment, ils n'étaient pas dupes. Peut-être serait-ce finalement plus facile avec de parfaits inconnus.

Agrippée aux accoudoirs de son fauteuil, elle interrogea Ella.

— Pourquoi maintenant ? Pourquoi cette année est-elle différente des autres ? Pensez-vous qu'il a l'intention de faire aussi une nouvelle victime ? Ou bien, il ne revient que pour moi ? Et qu'est-ce qu'il veut…

Elle s'étouffa sur le reste de la phrase, mais Ella parut avoir deviné la suite.

Qu'est-ce qu'il veut me faire ?

Ella s'assit sur le canapé en face d'elle, l'air concentré. Ils allaient avoir droit à une analyse détaillée de la personnalité du prédateur, pressentit Maggie.

— C'était un crime sophistiqué, commença en effet Ella. Il ne nous a laissé aucune trace exploitable scientifiquement, même la première fois. Il y a dix ans, il devait probablement avoir un peu plus de vingt-cinq ans. Il était encore assez jeune pour se fondre dans une population estudiantine, mais assez âgé pour avoir son autonomie financière, son propre véhicule et la capacité de quitter la ville aussitôt après son forfait sans attirer l'attention.

Perché sur l'accoudoir, Scott hochait consciencieusement la tête.

— Il doit approcher les quarante ans, maintenant, fit-il remarquer. Et il continue à s'attaquer à des jeunes femmes qui terminent leurs études universitaires. Ça ne doit plus être aussi facile pour lui de passer inaperçu. Il commence certainement à se dire qu'il doit modifier son approche, que son mode opératoire doit changer. Du coup, ça l'oblige à se replonger dans le passé. Et dix ans, c'est un chiffre significatif en termes d'anniversaire.

— Pour lui, reprit Ella, le front plissé, le 1er septembre est plus important qu'un anniversaire ordinaire. Il n'est pas marié, et ce rendez-vous annuel domine sa vie.

Adressant une petite moue d'excuse à Maggie, elle poursuivit :

— Tu es importante à ses yeux parce que ce jour était une première fois pour lui. Il y avait peut-être eu d'autres agressions sexuelles avant, mais c'est la première fois qu'il marquait sa victime. Et c'est devenu sa signature. Aujourd'hui, il y pense sans arrêt. Il veut ressentir la même montée d'adrénaline, le même mélange de peur et d'excitation…

Ella ferma brièvement les paupières. Pour elle aussi, ce devait être difficile, comprit Maggie.

Sa meilleure amie depuis l'école maternelle était là quand elle était rentrée en titubant dans le dortoir, droguée et incapable de se rappeler autre chose que des fragments de ce qui s'était passé.

Dix ans après, c'était toujours le cas, et Maggie ne s'en plaignait pas.

Scott n'avait pas bougé de l'accoudoir du canapé, la mâchoire crispée et les narines frémissantes tandis qu'il écoutait en silence.

Maggie se leva et marcha d'un pas raide vers le canapé, où elle prit place à côté d'Ella.

— Tout va bien. Continue.

La détermination, les regrets et la colère vibraient dans la voix d'Ella quand elle reprit :

— C'est difficile pour moi d'établir un profil objectif, Maggie. Mais je ne pense pas qu'il ait l'intention de faire une nouvelle victime cette année. Je crois qu'il a l'intention de faire ce qu'il dit dans sa lettre, et de revenir uniquement pour toi, pour recréer ce qu'il avait en tête il y a dix ans.

— La date de l'agression doit bien vouloir dire quelque chose, déclara Grant à son superviseur, le lundi matin.

— Peut-être, répondit Kammy Ming, d'un air sceptique.

Ils étaient les seuls dans la salle de conférences pour le moment, mais tous les enquêteurs devaient s'y réunir une heure plus tard.

Kammy était déjà là parce que, selon la légende, elle ne dormait jamais. Et Grant était venu beaucoup plus tôt parce qu'il avait besoin de résoudre cette affaire.

Pour Maggie.

— Ou alors, reprit Kammy, c'est important pour lui parce que c'est la date de sa première agression.

— Je sais que c'est la théorie qui prévaut, dit Grant, en faisant rouler ses épaules.

Après avoir passé le week-end assis sur une chaise inconfortable de la salle de conférences du WFO, il était perclus de courbatures.

— Mais vous avez bien demandé mon concours à cause de mon expérience dans l'affaire de l'Etrangleur de Manhattan, n'est-ce pas ?

Kammy hocha la tête, mais son expression trahissait la fatigue et la frustration après un week-end où ils n'avaient pas progressé d'un iota.

— Il existe certaines similitudes troublantes que nous ne pouvons ignorer, mais il ne s'agit pas du même profil de prédateur.

— Non, admit Grant. Dans cette affaire, le tueur a attendu l'anniversaire de la mort de sa mère pour tuer. Ça a duré quatre ans, et il a réussi à garder suffisamment le contrôle de lui-même pour laisser passer une année entière entre ses crimes. Pour une personne souffrant de ce genre de compulsion, une année, c'est très long.

— Continuez…, l'encouragea Kammy, tout en relevant ses cheveux grisonnants en chignon.

Elle était aussi accro au travail que James, songea Grant. Finirait-il comme eux ? Aucun équilibre entre une vie privée épanouie et une vie professionnelle réussie. Rien que le travail, tout le temps.

Une image de Maggie envahit aussitôt son esprit. Il pensait à bien autre chose qu'au travail pour remplir ses journées. Et ce qui le motivait à résoudre cette affaire allait également bien au-delà de son travail.

— C'est pareil avec ce violeur, insista-t-il. Il y a un systématisme dans les enlèvements, le marquage, la date. Et il peut contrôler ses pulsions jusqu'au 1er septembre… Il doit bien y avoir une raison.

Kammy haussa les sourcils, tout en se calant dans le fauteuil à côté de Grant.

— Vous avez une idée de la raison pour laquelle il choisit cette date en particulier ?

Sans lui laisser le temps de répondre, elle ajouta :

— Pourquoi l'Etrangleur de Manhattan attendait-il l'anniversaire de la mort de sa mère ?

— Il la haïssait, et il avait plusieurs fois menacé de la tuer, sans parvenir à sauter le pas. Quand elle a trouvé la mort dans un accident de voiture, il a fait un transfert sur d'autres femmes qui lui ressemblaient.

Kammy hocha pensivement la tête.

— C'est comme s'il tuait sa mère indéfiniment.

— Exactement. Et le Violeur à l'hameçon choisit des victimes avec une apparence bien particulière. C'est peut-être parce qu'elles lui rappellent quelqu'un. Mais il est possible qu'elles correspondent tout simplement à son genre de femmes. Et, compte tenu du fait qu'il y a viol, sa motivation est probablement différente.

— C'est-à-dire ?

Il était 6 heures du matin, et ils avaient étudié les indices pratiquement en continu depuis que Grant avait été appelé de bonne heure le samedi. Il était épuisé, mais de toute façon, il n'aurait pas réussi à dormir s'il en avait eu l'occasion. Son esprit était tout entier occupé par le dossier. Et par Maggie...

— Je ne sais pas, avoua-t-il. Nous devrions peut-être demander l'avis d'un profileur.

— Le Département des sciences du comportement a fait établir un profil du prédateur, il y a quelques années.

— Bien. Et quelle est leur hypothèse concernant la date des agressions ?

— Le profileur n'avait pas assez d'éléments concrets pour se prononcer.

— Pourtant, cela pourrait nous aider à retrouver sa trace.

— Si vous avez des pistes, explorez-les. En attendant, il faut travailler à partir de ce que nous avons. Pourquoi revient-il pour Maggie ?

— Parce qu'il ne l'a pas eue.

Les sourcils de Kammy se rejoignirent en une ligne perplexe.

— Que dites-vous ? Bien sûr qu'il l'a eue. Il l'a violée et marquée comme les autres.

— Oui, mais regardez ce qu'elle est devenue. Un agent du FBI, qui plus est membre du SWAT. Il n'a pas réussi à la briser. Et puis, elle était la première. Celle qui, logiquement, doit le plus compter pour lui.

— Vous pensez qu'il la connaissait personnellement ?

— Probablement pas, mais il a dû l'observer de loin pendant un moment. Je pense qu'il avait une bonne raison de se trouver à l'université à ce moment-là.

— Ce serait un étudiant ? Le profil établit pourtant que ce type est plus âgé que ses victimes.

— Il y travaillait peut-être.

— D'accord. On vérifiera à nouveau. Mais nous avons enquêté sur l'ensemble du personnel. Et, lorsque la seconde agression a eu lieu l'année suivante dans le Mississippi, nous avons vérifié les déménagements.

Kammy s'interrompit un instant.

— Revenons à ce que vous disiez, à propos du fait que Maggie est différente des autres.

Grant fit pivoter son fauteuil vers la table de conférence et souleva huit des neuf dossiers de victimes.

— Regardez ce qu'elles sont toutes devenues. L'agression les a anéanties. Soit elles ont quitté l'université sans aller jusqu'au bout de leur cursus et ont renoncé à leurs projets. Soit elles ont sombré dans l'alcoolisme ou la drogue.

Kammy commença à feuilleter les dossiers.

— D'accord, vous avez raison pour certaines d'entre elles. Deux ont arrêté leurs études et ne les ont jamais reprises, ce qui a évidemment impacté grandement leur avenir. Une d'entre elles a des problèmes avec l'alcool, une autre s'est droguée, mais elle est clean maintenant. Et Marjorie ?

— Elle a fait une tentative de suicide peu après son agression.

— Danielle ?

— Elle aussi, elle a quitté l'université.

— Mais, aujourd'hui, elle est médecin.

— Parce qu'elle a fini par reprendre ses études, après une interruption de deux ans. Mais elle continue à avoir des crises de panique, encore aujourd'hui.

Kammy ouvrit de grands yeux.

— Ce n'est pas dans le dossier.

— J'ai fait des recherches. Mais, pour en revenir à Maggie, elle était sa première victime, et un cycle de dix ans constitue une commémoration bien particulière. Pourtant, je crois qu'il y a autre chose. Maggie n'a pas fait que survivre. Elle a choisi l'une des activités les plus physiques qui soient au FBI. Si vous la regardez maintenant, vous ne pouvez pas deviner ce qu'elle a subi. Ce qui me fait dire qu'il revient pour la briser psychologiquement.

Kammy eut une moue dubitative.

— Je connais bien Maggie. C'est une de nos recrues les plus endurantes. S'il n'a pas pu la détruire psychologiquement quand elle avait vingt-deux ans, comment le pourrait-il maintenant, alors qu'elle fait partie de notre unité d'élite ?

— Je ne sais pas.

Et cela l'inquiétait beaucoup, car le Violeur à l'hameçon avait une intelligence supérieure à la moyenne. Il le fallait pour être parvenu à leur échapper depuis tant d'années.

— Quel que soit son plan, reprit Kammy, nous devons l'intercepter avant qu'il s'approche de Maggie. Le problème, c'est qu'il nous reste vingt-sept jours, et que nous n'avons aucune piste.

— Dans ce cas, il n'y a plus une minute à perdre, déclara Grant en se levant. Je vais me procurer le numéro des flics de Washington qui avaient fait les premières constatations.

— Pas un mot à Maggie, lança Kammy, alors qu'il se dirigeait déjà vers la porte.

— Vous pouvez compter sur moi.

Les gens me regardent bizarrement.

Mal à l'aise, Maggie pressa le pas dans le long couloir aux

murs de béton gris du WFO, qui menait à l'*open space* où elle travaillait.

A mesure qu'elle approchait, les autres agents évitaient son regard, l'observaient en douce.

Comme s'ils étaient tous au courant.

Quelqu'un lui donna une tape sur l'épaule et elle sursauta. Puis se retourna. C'était le petit nouveau du bureau, un grand escogriffe, tout juste sorti de l'Académie, trop inexpérimenté et nerveux pour avoir la jugeote de se taire.

— Je n'en reviens pas que cette ordure t'envoie des lettres. Mais on va l'avoir. Ne t'en fais pas.

Occupe-toi de tes affaires ! eut envie de lui rétorquer Maggie, mais elle se contenta d'un bref hochement de tête.

Emplie de frustration et de consternation, elle serra les dents et laissa la colère balayer ses émotions.

Il était anormal que son agresseur ait encore autant de pouvoir sur sa vie après dix ans. Et d'ailleurs, elle ne le permettrait pas.

Elle redressa les épaules, et le petit nouveau dut voir quelque chose dans son regard, car il se mit à bégayer nerveusement : il devait retourner travailler. Et fila.

— Maggie.

Au son de cette voix familière, elle fit volte-face. L'air morose de Clive tranchait avec sa bonhomie habituelle.

— Tu es au courant, dit-elle.

Sa voix tremblait, elle en était consciente. Aussi, elle s'éclaircit la gorge pour ajouter :

— Est-ce que tout le monde sait ?

Grant aussi ?

Clive eut une petite moue de sympathie.

— Non, pas tout le monde. Mais ceux d'entre nous qui sont arrivés de bonne heure ce matin ont entendu les enquêteurs faire le point. La porte de la salle de conférences était ouverte, et ils travaillaient sur de nouveaux indices.

Clive baissa la voix.

— C'est la première fois que j'entends parler des lettres. J'aurais aimé que tu me le dises, Maggie.

Elle haussa les épaules. Non, elle ne l'avait pas trahi. Elle savait qu'il était au courant de son histoire parce qu'il avait étudié son dossier avant de l'accepter dans son équipe. Mais il lui avait alors affirmé que son passé n'avait pas d'importance pour lui, dès lors qu'il n'affectait pas sa façon de travailler. Et cela faisait quatre ans qu'elle lui prouvait que c'était bien le cas.

— Je ne l'ai pas jugé utile, dans la mesure où ça ne relevait pas de ma position au SWAT, rétorqua-t-elle.

Il sourit faiblement.

— Non, c'est vrai. Mais avec tout ce qui se passe…

Elle le toisa, mains sur les hanches.

— Je suis virée de l'équipe ?

— Non, mais je veux que tu te demandes si c'est vraiment la meilleure place pour toi en ce moment. Tu as peut-être besoin de prendre du recul…

— Absolument pas.

Sa voix se voulait ferme, et son attitude déterminée.

— Les lettres constituent simplement des éléments d'enquête supplémentaires. Ça n'aura aucun impact sur mes performances au sein de l'équipe.

Clive plissa le front, l'air dubitatif.

— Nous sommes amis depuis longtemps, Maggie. Je suis là si tu as besoin de parler. Et si tu veux faire une pause, nous te garderons ta place. Ne t'inquiète pas pour ça.

— D'accord, dit-elle, la gorge nouée.

Il y avait trois équipes SWAT au WFO et, comme les agents restaient en poste longtemps, les opportunités de carrière y étaient rares. Elle n'en appréciait que plus la proposition que Clive lui faisait.

D'ailleurs, elle ferait mieux de se rappeler qu'elle avait de bons amis à son travail, plutôt que de se laisser déstabiliser par les remarques de nouveaux agents qui la connaissaient à peine.

— Merci.

— Mais de rien, voyons.

Il lui adressa un dernier sourire qui semblait un peu forcé, et se dirigea vers son bureau situé à l'autre bout de la pièce.

Tandis qu'il s'éloignait, Maggie observa ses collègues.

Ce n'était pas un effet de son imagination. Ils la dévisageaient bel et bien.

Elle déposa son sac sous sa table de travail, rangea son arme et ses menottes dans son tiroir, puis retourna dans le hall se servir un café.

Elle allait saisir la cafetière quand elle fut interrompue par Kammy Ming, qui fonçait vers elle tel un bulldozer, exsudant l'autorité malgré sa frêle silhouette et son mètre cinquante-deux.

— Comment allez-vous, Maggie ? s'enquit-elle, de ce ton curieusement doux qu'elle n'employait qu'avec elle.

— Ah, bonjour Kammy, répondit-elle avec un détachement feint. Comment avance l'enquête ?

Sans attendre de réponse, elle se saisit de la cafetière. Kammy ne lui dirait rien. Kammy ne laissait jamais filtrer d'informations sur ses dossiers.

Lui prenant la cafetière des mains, Kammy versa du café dans deux mugs et lui en tendit un.

— Nous avons travaillé tout le week-end. Nous allons lui mettre la main dessus.

Maggie se força à sourire.

— Votre ami Grant a quelques pistes intéressantes, ajouta Kammy en pivotant sur ses talons.

Maggie en perdit aussitôt son mince sourire.

Quoi ? Grant était affecté à cette enquête ?

Elle vacilla et aurait fait tomber son mug si une main ne l'avait pas récupéré in extremis, tandis qu'une seconde s'emparait de son bras pour la soutenir.

Levant les yeux, elle croisa le regard inquiet et vaguement coupable de Grant.

Il sait.

Il connaissait tous les horribles détails de ce qui lui était arrivé.

Même si cela remontait à des années, cela ne modifiait en rien la façon dont les hommes réagissaient quand ils l'apprenaient. Surtout les hommes avec qui elle sortait.

Ou avec qui elle avait envie de sortir…

Elle s'écarta et redressa fièrement le menton.

— Je suis désolé, Maggie…, murmura-t-il.

Et, à cet instant précis, elle comprit : tout espoir de vivre une quelconque relation avec lui était anéanti à jamais.

4

— Fichez le camp d'ici !

— Quoi ?

Grant cessa de se frotter les paupières et dévisagea Kammy.

— Vous ne me servez à rien si la fatigue vous empêche de vous concentrer. Rentrez chez vous et dormez. Ça fait trop longtemps que vous êtes ici. Revenez demain quand vous serez reposé.

Grant voulut protester, mais Kammy s'empara du dossier posé devant lui et le ferma.

Puisqu'il n'aurait manifestement pas le dernier mot, il leva les mains en signe de reddition et quitta la pièce.

Tandis qu'il traversait le parking souterrain quasiment désert, il dut l'admettre : Kammy avait raison. Il était épuisé. Il avait besoin de recharger ses batteries.

Dans son état, il ne ferait pas de miracles là où, depuis dix ans, les polices locales et des dizaines d'enquêteurs s'étaient cassé les dents.

S'il voulait être au mieux de sa forme, il avait absolument besoin de huit heures de sommeil.

Machinalement, il ouvrit à distance les portières de sa voiture avec sa clé. Quelqu'un était appuyé contre le capot.

Maggie.

En le voyant approcher, elle se redressa, une lueur querelleuse dans le regard.

Il ne lui avait pas demandé son autorisation avant d'accepter de travailler sur l'enquête, et cela le mettait mal à l'aise. Mais il n'aurait jamais pu refuser cette proposition.

Il serait resté assis sans rien faire, alors que sa participation pouvait peut-être faire la différence dans la traque de ce malade ?

Se massant la nuque, il se prépara à une confrontation avec Maggie.

— Je sais que j'aurais dû t'en parler, commença-t-il. Mais mon seul but était de t'aider.

Elle secoua la tête.

— Nous avons travaillé sur des affaires difficiles tous les deux. A chaque fois que nous allons nous retrouver sur le terrain, désormais, tu vas me croire incapable de gérer la situation ?

— Bien sûr que non !

— Tu sais à quel point c'est difficile de travailler ici ? En sachant que tous mes collègues sont au courant de mon passé ?

— Je suis désolé.

Il avait conscience de la force de caractère qu'il fallait pour avoir survécu à tout cela, et pour ignorer les rumeurs. Et, en aucun cas, il ne la voyait comme une victime.

— Tu sais ce qui est le pire ? Savoir que tu connais tous les détails de mon agression.

Il le concevait aisément. Lui-même avait eu le plus grand mal à lire son dossier.

— Ça ne change rien entre nous, affirma-t-il.

— Tu te trompes.

— J'espère que non.

Il se rapprocha, lui prit la main et plongea ses yeux dans les siens, espérant la convaincre.

Mais, de nouveau, elle secoua la tête.

— Je sais que tu as envie de croire que ça ne fait pas de différence, que ça ne change en rien ta façon de me voir. Mais, je t'assure, c'est ce qui arrive à chaque fois.

Comme elle essayait de se libérer, il resserra les doigts autour des siens.

— Combien de personnes ont lu ton dossier ?

— Je n'en sais rien. Mais les gens changent de comportement avec moi dès qu'ils apprennent ce qui s'est passé.

— Je n'y crois pas. Tous ceux qui travaillent sur ton affaire ont le plus grand respect pour toi. Et tu veux que je te dise quelque chose ? Je suis au courant depuis que j'ai été transféré au WFO.

Elle écarquilla les yeux.

— Quoi ?

— Tu sais que je suis affecté en priorité à l'unité des crimes majeurs, et les différentes équipes partagent leurs analyses. Même sans être directement sur l'enquête, j'étais au courant.

— Pourquoi tu n'as rien dit ?

— Pour quelle raison je l'aurais fait ? Tu as bien dû entendre dire que j'avais été poignardé lors de l'enquête sur l'Etrangleur de Manhattan, non ?

— Oui, et alors ?

— Tu ne m'en as jamais parlé.

— C'est un peu différent…

— Si tu veux. Mais ce n'est pas parce que quelque chose de vraiment moche t'est arrivé il y a dix ans, que je vais mal te juger.

Il l'attira vers lui, jusqu'à ce qu'à peine quelques centimètres les séparent.

Elle lui adressa un regard étonné.

Puis les yeux de Maggie se posèrent sur sa bouche, et quelque chose dans son expression changea, lui faisant complètement oublier sa fatigue.

Elle était tellement différente des autres femmes qu'il avait pu connaître. A son arrivée au SWAT, il avait immédiatement ressenti quelque chose pour elle.

Cependant, il n'avait jamais fait la moindre tentative d'approche, s'efforçant au contraire de cacher ses sentiments parce qu'elle était une collègue. Il avait trop peur de mettre en péril leur amitié, de se lancer trop tôt et d'échouer.

Mais en cet instant, alors que le regard de Maggie lui laissait entendre qu'elle ressentait la même chose, il était incapable de résister.

Elle posa sa main libre sur son torse, et le monde parut soudain tourner au ralenti.

Elle se hissa sur la pointe des pieds. Il s'inclina vers son visage.

Puis, très lentement, il posa une main au creux de sa taille, s'émerveillant que celle-ci soit si souple malgré sa musculature de sportive.

Il la plaqua contre lui.

S'enhardissant plus encore, il effleura ses lèvres tandis qu'elle laissait échapper un léger soupir. Il s'empara avec force de sa bouche.

Dans les bras l'un de l'autre, emportés par la fièvre de leur baiser, ils oublièrent l'espace et le temps jusqu'à ce que la porte du parking souterrain s'ouvre dans un grand fracas.

Ils sursautèrent, l'esprit égaré, le corps en émoi, et Maggie fut la première à s'écarter.

L'agent qui se dirigeait vers sa voiture ne parut même pas les remarquer. Mais, lorsque Grant reporta son attention sur Maggie, elle avait encore reculé d'un pas et jurait entre ses dents.

Avant qu'il puisse dire quoi que ce soit, elle s'exclama :

— C'était une très mauvaise idée !

Il secoua la tête.

— Je crois au contraire que c'est la meilleure idée que j'aie eue depuis longtemps.

Il lui adressa un sourire charmeur, et elle se renfrogna un peu plus, les joues écarlates.

— Grant…

Elle soupira, mais lourdement cette fois.

— Nous devons travailler ensemble. Ne compliquons pas les choses.

— J'aime les choses compliquées, rétorqua-t-il en se rapprochant.

Elle tendit une main devant elle et il s'arrêta.

— Tu enquêtes sur mon affaire. Ça change tout, que tu le veuilles ou non. Il faut que ce type soit arrêté avant le 1er septembre.

Grant hocha la tête, redevenant immédiatement sérieux.

— D'accord.

Mais dès le 2 septembre, quand le Violeur à l'hameçon serait derrière les barreaux, il reviendrait à la charge, sans se soucier aucunement des conséquences que cela pourrait avoir sur sa place au SWAT.

— Tu as des pistes sérieuses ?

Il tiqua.

— Voyons, Maggie ! Tu sais que je ne peux rien te dire.

— Vraiment ?

Elle le défia, mains plantées sur les hanches.

— Pourtant, tu as enfreint le règlement, il y a quelques secondes.

— C'est *toi* qui m'as embrassé ! protesta-t-il.

— Tu en es sûr ?

Il s'interrogea. En fait, il n'en savait plus rien.

— Ecoute, Maggie, je te promets que nous faisons tout ce que nous pouvons.

— Ça fait dix ans que j'entends ça, Grant ! Et si ce type revient vraiment pour moi, je veux être préparée.

— Nous ne le laisserons pas t'approcher.

— Moi non plus. Et maintenant, dis-moi quelque chose d'utile.

A son air déterminé, elle enquêtait certainement de son côté.

— Maggie, ce n'est pas ton domaine ! Tu devrais laisser l'enquête à l'unité spécialisée des crimes majeurs.

— Sûrement pas. Que tu m'aides ou non, je ne renoncerai pas.

Cela l'inquiétait, mais en même temps, il appréciait tout particulièrement chez elle cette capacité à saisir les problèmes à bras-le-corps.

— Promets-moi de m'en parler si tu découvres quelque chose. Et au besoin, je t'accompagnerai.

— Ella et Scott m'aident déjà.

Il aurait dû s'en douter.

— Très bien. Si tu trouves quelque chose, tu emmènes Scott ou moi avec toi.

Elle haussa les sourcils.

— Il faudrait que je prenne un homme avec moi ? Pourquoi pas Ella ?

— Elle est profileuse, pas agent de terrain comme ton frère. Promets-moi.

Elle bougonna.

— Bon, oui, c'est promis. Je ne suis pas stupide. Je ne vais pas poursuivre ce type toute seule.

— Bien.

Il plongea son regard dans ses magnifiques yeux bleus.

— Maggie… Nous n'avons pas grand-chose pour le moment, mais je partagerai toutes mes informations avec toi.

— Merci.

Elle se tortilla nerveusement.

— Je dois y aller.

Tandis qu'elle s'éloignait, Grant laissa échapper un juron. Lorsqu'on lui avait proposé de se joindre aux enquêteurs, il s'était engagé à respecter la clause de confidentialité. Et voilà qu'il promettait déjà à Maggie de la tenir au courant des moindres avancées de l'enquête…

— Où étais-tu passée ?

La voix de Scott fit sursauter Maggie alors qu'elle rentrait chez elle. Pourtant, elle avait remarqué son SUV garé devant la maison. Elle avait donné un trousseau de clés à Ella et à son frère, et ces derniers avaient insisté pour qu'elle les tienne au courant de ses moindres faits et gestes.

— Je t'ai dit que j'allais rentrer tard du travail.

Après avoir découvert que Grant était sur l'enquête et encaissé le choc de cette nouvelle, elle avait décidé de lui parler. Pour cela, elle avait dû attendre qu'il quitte le bureau, chose qu'il n'avait faite que vers 19 heures.

Durant le trajet de retour chez elle, elle avait hésité entre félicitations et reproches au sujet de leur baiser. Oui, elle en avait envie depuis des mois, mais Grant connaissait les détails les plus horribles de son passé, photos et première déposition à l'appui.

— Quelque chose ne va pas ? s'enquit Scott.

— Si, si, tout va bien.

Elle pressa le bras de son frère d'un geste rassurant. Scott semblait épuisé, des cernes bistre sous les yeux et des rides de fatigue sur le front et autour de la bouche.

Maggie préféra changer de sujet :

— Où est Ella ?

— Elle ne va pas tarder à arriver. Elle voulait d'abord passer chez elle pour voir Logan avant qu'il ne prenne son service.

Soudain, l'estomac de Maggie protesta bruyamment. Elle n'avait pas trouvé le temps de déjeuner ni de dîner.

— Rassure-toi, elle apporte de quoi se restaurer, ajouta Scott.

Mais sa voix tremblait un peu.

— Qu'est-ce que tu me caches ? lui lança Maggie.

— Rien.

Elle lui prit le bras et le secoua gentiment.

— Scott, qu'est-ce qu'il y a ?

Il se dandina d'un pied sur l'autre, puis soupira.

— Rien à voir avec ton affaire. Ne t'inquiète pas.

Il essaya de libérer son bras, mais elle tint bon.

— J'apprécie beaucoup qu'Ella et toi teniez à me protéger, mais je préférerais savoir. De quoi s'agit-il ?

Il finit par sourire.

— Comment se fait-il que tu devines toujours quand je te cache quelque chose, alors que Nikki serait capable de me croire si je lui disais que j'ai vu un extraterrestre dans le jardin ?

Maggie leva les yeux au ciel. Leur jeune sœur avait été surprotégée la plus grande partie de sa vie. De dix ans plus jeune que Maggie, elle était déjà considérée comme le bébé de la famille. Mais, après l'agression, toute la famille avait encore plus couvé la petite Nikki. Pour autant, elle n'était pas si naïve et sans défense que cela. Ella et Scott lui avaient rabâché des techniques d'autodéfense jusqu'à ce qu'elle déclare que trop c'était trop, et qu'elle allait devenir complètement paranoïaque.

— Nikki n'a pas été entraînée par le FBI comme moi, reprit Maggie. Et arrête de la faire passer pour plus idiote qu'elle est.

Elle laissa passer un silence, puis revint à la charge.

— Je t'écoute.

— Ça n'a vraiment rien à voir avec toi. Je viens juste de décommander un stage de techniques de conduite défensive auquel je m'étais inscrit depuis des mois. Mon superviseur n'est pas ravi, mais il s'en remettra.

Aussitôt, Maggie se sentit coupable. C'était à cause d'elle si son frère avait chamboulé son emploi du temps. Six mois plus tôt, Ella avait déjà demandé un congé exceptionnel pour mener une enquête à titre privé, croyant que l'agresseur de Maggie était lié à l'affaire. Son superviseur avait été étonnamment compréhensif, mais cela avait failli nuire à sa carrière.

Et voilà que Scott se plaçait dans une situation similaire. Pour elle.

— Ne fais pas ça ! dit-il. Moi aussi, je peux deviner ce que tu penses, sœurette. Je prends mes propres décisions, et il n'y a vraiment pas de quoi en faire un plat.

Une heure plus tard, Maggie, Ella et Scott étaient assis en tailleur sur le sol du salon, entourés de bloc-notes, de leurs ordinateurs et de boules de papier froissé.

— Reprenons depuis le début, proposa Ella. Il choisit une nouvelle région chaque année, ses attaques sont très ciblées, et il passe beaucoup de temps à espionner ses victimes avant de passer à l'acte. Donc, soit il a un travail qui lui permet de voyager sans attirer l'attention, soit il a de gros trous dans son CV.

— Nous avons déjà réfléchi là-dessus, signala Scott. Commercial, pilote, routier…

— Un routier, décréta Ella. Peut-être un travailleur indépendant qui choisit ses propres déplacements. Il se servirait du camion pour commettre les agressions et marquer ses victimes. Il pourrait avoir insonorisé l'arrière…

— Je ne me souviens pas d'un camion, fit remarquer Maggie d'une voix calme qui la surprit elle-même.

Elle leur avait toujours dit qu'elle ne se rappelait pas grand-chose, et c'était vrai. Il ne lui restait que quelques bribes inexploitables pour l'enquête.

Elle se souvenait qu'elle avait la tête qui tournait quand elle avait quitté seule la fête, alors qu'elle n'avait bu qu'une seule bière. Elle avait trébuché, était tombée, et quelqu'un l'avait soulevée de terre. Plus tard, une voix avait murmuré quelque chose à son oreille, puis elle avait senti une brûlure dans son cou. Pour finir, elle était descendue d'un véhicule en vacillant et s'était traînée jusqu'à son dortoir.

Elle n'avait pas le souvenir d'avoir vu un visage, ne se rappelait pas l'agression elle-même. D'une certaine façon, c'était un soulagement, mais elle avait quand même cherché à savoir. Elle avait même accepté une fois de se laisser hypnotiser. Mais le personnel de l'hôpital et les experts de la police l'avaient prévenue que la drogue qu'on lui avait administrée pouvait effacer des pans entiers de sa mémoire. Ils n'avaient pas été surpris qu'elle ne puisse fournir aucun détail.

— Je ne me souviens que de quelques images très vagues, reprit-elle. Ce qui fait que je ne peux pas être absolument certaine, mais je ne pense pas que j'étais dans un camion.

— Une chambre de motel, alors, suggéra Ella. Dans un endroit isolé, où on loue à l'heure, et où on ne se souvient pas des clients.

— Ou bien, il prend ses marques, loue quelque chose pendant huit mois puis se déplace dans un autre Etat et commence à traquer sa nouvelle victime, avança Scott.

— Ce qui voudrait dire qu'il occupe des emplois intérimaires, ou qu'il connaît de longues périodes de chômage, commenta Ella.

— Je me souviens que le premier profileur l'avait supposé antisocial, précisa Maggie. Donc, il se tient sans doute à l'écart. C'est peut-être un marginal.

— Mais, dans ce cas, il a de l'argent pour financer ses déplacements, fit remarquer Scott.

— Peut-être, répondit pensivement Ella. Mais l'hameçon évoque quelque chose en rapport avec les poissons. Il pourrait aussi cumuler des emplois saisonniers dans le milieu de la pêche, avec des contrats qui se termineraient avant l'automne.

— Pas bête, approuva Scott. Il doit y avoir une symbolique derrière l'hameçon.

— Tu crois ? demanda Maggie. Il fait peut-être ça uniquement pour nous envoyer sur une fausse piste.

Les yeux humides, elle cilla rapidement, en espérant que ni l'un ni l'autre ne l'aient remarqué.

— Quelle chance avons-nous de le retrouver ? Même les enquêteurs qui connaissent les dossiers par cœur, et qui les ont à nouveau étudiés tout le week-end, n'ont aucune piste.

— Nous allons y arriver, promit Scott.

Maggie hocha la tête, en prenant son air le plus convaincu possible.

Mais, année après année, un sentiment d'impuissance et de désespoir la gagnait, et elle en venait à ne plus supporter les réunions avec Ella et Scott chaque 1er septembre. Ils avaient beau programmer leurs vacances à cette date, en se promettant de ne pas se tenir informés de l'actualité, ils se retrouvaient immanquablement devant une télé ou un ordinateur, découvrant avec une sorte de fatalisme proche de l'envie de renoncer à lutter que le prédateur avait encore frappé.

Tous les ans, c'était la même chose. Tous les ans, une femme vivait le même drame que celui qu'elle avait connu, se réveillant sans aucun souvenir, incapable d'identifier son agresseur même si elle le croisait dans la rue.

Dans vingt-sept jours, croiserait-elle quelque part le Violeur à l'hameçon ? Parviendrait-elle à lui échapper avant qu'il ne soit trop tard ?

5

Vingt jours.

Il ne restait plus que vingt jours avant que l'agresseur de Maggie ne revienne la chercher et, en dépit de tous les efforts déployés par les meilleurs agents du VCMO, l'enquête n'avait pas progressé.

Grant ne s'en sortait pas mieux, malgré les longues heures passées à décortiquer les dossiers, et la frustration jouait sur son humeur, le laissant irritable et à fleur de peau.

Il tapa du poing contre la paroi du van à bord duquel il circulait, et l'équipier assis à côté de lui sursauta.

— Grant ! aboya Clive. Concentre-toi un peu.

— Désolé, marmonna-t-il.

Ils étaient en route pour un entrepôt situé dans un quartier particulièrement difficile de Washington, où avait été identifié un trafic d'êtres humains. Deux de leurs supposées victimes avaient déjà échoué à la morgue, la gorge tranchée, avec des marques de brûlures sur le corps s'apparentant à une punition.

L'équipe de surveillance avait indiqué que les véhicules des trois hommes figurant sur le mandat d'arrestation étaient sur place et, s'agissant d'une capture à haut risque, le SWAT avait été appelé.

S'obligeant à ne plus penser à l'affaire de Maggie, Grant ne put toutefois s'empêcher de jeter un coup d'œil dans sa direction.

Calée dans un coin du van, elle semblait minuscule malgré sa tenue en Kevlar et son équipement de combat. Surtout à côté de leur collègue qu'ils avaient affublé du surnom gentiment moqueur de « Tank ».

Le casque vissé sur la tête, les lunettes à vision nocturne pendant autour de son cou, Maggie tenait fermement son MP-5 tandis que le véhicule tressautait sur la chaussée en mauvais état.

Elle regardait droit devant elle, ignorant totalement Grant.

Elle avait agi ainsi toute la semaine, n'échangeant avec lui que quelques mots. Leurs relations étaient beaucoup plus tendues depuis qu'ils s'étaient embrassés, mais il ne le regrettait pas.

D'ailleurs, s'il en avait à nouveau l'opportunité, il recommencerait.

Cette idée le fit sourire, et Maggie jeta finalement un coup d'œil de son côté, comme si elle devinait la direction que prenaient ses pensées.

Elle se remit aussitôt à regarder droit devant elle, ce qui était sa façon de se concentrer avant une arrestation, il le savait.

Certains membres de l'équipe évacuaient la tension en plaisantant, et lui en faisait généralement partie. D'autres restaient assis en silence et se concentraient.

Maggie semblait quant à elle capable de prévoir exactement la façon dont le raid allait se dérouler. Plus d'une fois, il l'avait vue réagir à une menace avant tout le monde, comme si elle possédait un sixième sens. Cela lui avait d'ailleurs valu le surnom de « Maggie la Magicienne ».

Tandis qu'ils longeaient le bâtiment désaffecté pour se familiariser avec la cible, Grant espéra avoir droit à un peu de cette magie pour l'opération en cours.

Il scruta les lieux : une haute grille fermée par une chaîne, une clôture rehaussée de barbelés, des caméras fixées au-dessus des portes aveugles, et trois véhicules assez vastes pour transporter chacun cinq personnes, garés près du quai de chargement de l'entrepôt.

— C'est le moment d'y aller, décréta Clive, en faisant un signe de tête au technicien.

Celui-ci tapait déjà sur son clavier pour désactiver à distance les caméras.

Tank ouvrit la porte du van, et six agents du SWAT jaillirent dans la rue.

Tandis que Grant prenait la tête du groupe, l'adrénaline commença à déferler dans son corps. Son poste au VCMO était intéressant et lui offrait quelques beaux défis à relever, mais rien ne valait le frisson que procuraient les opérations spéciales attribuées au SWAT.

Oui, c'était dangereux, mais c'était aussi bougrement enthousiasmant.

Dans son oreillette lui parvint la voix du technicien : toutes les caméras étaient éteintes.

Aussitôt, Clive s'attaqua à la chaîne avec un coupe-boulons, et ils franchirent la grille en file indienne, pour se diriger vers une porte latérale.

Se basant sur les plans qui leur avaient été fournis, ils avaient choisi l'accès qui offrait le moins de visibilité pour les occupants, et la meilleure protection pour les agents.

Tandis que Grant fermait la marche, Maggie vint prendre place à côté de lui et se mit en position de tir, prête à le couvrir tandis qu'il soulevait le bélier.

Un seul coup suffit à faire céder la porte, qui alla percuter le mur, puis revint vers eux dans un mouvement de balancier.

Grant la rouvrit d'un coup de pied. Ses lunettes à vision nocturne projetaient un halo verdâtre dans le couloir, ne révélant aucune présence humaine.

Tandis qu'il laissait tomber le bélier, Maggie passa devant lui, se plaçant à sa droite, en un ballet parfaitement chorégraphié par des mois de pratique.

Le reste de l'équipe suivit, leurs bottes de combat martelant le sol de ciment, tandis qu'ils se déplaçaient en rang serré dans le couloir.

« RAS », annonça la voix calme et confiante de Maggie dans l'oreillette de Grant, tandis qu'elle ouvrait et refermait la porte d'un cagibi.

Puis ils accédèrent à la zone ouverte qui constituait la majeure partie de l'entrepôt.

Les agents commencèrent à se disperser deux par deux, selon un ordre décidé auparavant, secteur par secteur.

En plusieurs endroits, des caisses s'empilaient du sol au plafond, offrant de nombreuses cachettes pour leurs cibles, et autant d'endroits à vérifier.

Le secteur de Maggie et Grant était à découvert, jusqu'à un embranchement vers un autre couloir menant à deux bureaux.

Il n'y avait personne dans les parages, ce qui surprit Grant. Soit les malfrats ne les avaient pas entendus — mais cela semblait peu probable avec le bruit fait par le bélier —, soit ils se cachaient.

— C'est calme, commenta Maggie dans son oreillette.

Trop, voulait-elle certainement dire. Et Grant était aussi de cet avis.

Il hocha la tête une fois, puis désigna du menton la porte en face d'eux. Elle était fermée, mais de la lumière filtrait en dessous.

Tandis qu'ils approchaient, une voix fit tendre l'oreille à Grant. Cela ressemblait à un cri, mais très faible, comme s'il provenait d'une télévision dont le son aurait été réduit au minimum.

— Cible éventuelle, murmura-t-il dans son micro.

Maggie tendit la main gauche vers la poignée de la porte, tandis que, de la droite, elle maintenait une prise ferme sur son arme.

Elle actionna lentement la poignée, et repoussa le battant, offrant à Grant une vue partielle sur la pièce. Le cri étouffé se transforma en une longue plainte aiguë et vibrante de douleur, tandis qu'une odeur de chair brûlée envahissait les narines de Grant. Aussitôt, il comprit : cette pièce était équipée d'une isolation phonique.

Il jeta un regard à Maggie. Une expression horrifiée se peignait sur son visage. Elle semblait sous le choc.

Puis il reporta son attention sur la pièce. Une femme à demi dénudée gisait au sol, immobilisée par le genou d'un homme qui était penché au-dessus d'elle avec un briquet. Un autre homme observait la scène, d'un air de profond ennui.

Un troisième comparse jaillit derrière eux, en brandissant un pistolet.

— Pose ton arme ! lui ordonna Grant, tout en poussant Maggie sur le côté.

Mais avant qu'il ait eu le temps de faire feu, quelque chose le heurta violemment au torse, et il fut projeté en arrière. Deux détonations résonnèrent.

Le souffle coupé par le choc, Grant atterrit lourdement sur le dos. L'arrière de sa tête heurta le sol, et sa vision se brouilla tandis que le manque d'oxygène le faisait suffoquer.

Maggie cria son nom.

Il y eut deux nouveaux coups de feu, puis une silhouette sombre le surplomba. Il essaya d'ajuster sa vision, de lever son arme…

— Grant !

Balançant son MP-5 dans son dos, Maggie tomba à genoux et saisit la main que Grant avait portée à son torse.

Il avait les yeux révulsés et cherchait désespérément son souffle.

— Où es-tu touché ? cria-t-elle, même s'il ne pouvait manifestement pas lui répondre.

Elle repoussa sa main : la balle s'était logée sur le haut de son gilet pare-balles. Mais cela ne voulait pas dire qu'elle n'avait pas causé de dommages.

Maggie glissa les doigts sous le Kevlar. Il n'y avait pas de sang, la balle n'avait pas traversé.

Cependant, Grant pouvait avoir des côtes cassées, ou une lésion au poumon.

— Je vais bien…, parvint-il à articuler, tout en essayant de se redresser.

— Ne bouge pas ! protesta Maggie.

Mais il était déjà assis et regardait autour de lui, de nouveau opérationnel et vérifiant les signes d'autres menaces.

— Statut ? Maggie, statut ?

La question venait à la fois de Grant à côté d'elle, et de Clive via l'oreillette, réalisa-t-elle.

— Grant a été touché dans le gilet pare-balles.

Son cœur battait à tout rompre tandis qu'elle essayait de rassembler ses idées, et de ne pas penser à ce qui aurait pu arriver.

Et pourquoi.

Jamais, auparavant, elle ne s'était laissé distraire de sa mission pour des raisons personnelles.

Jusqu'à aujourd'hui.

Mais elle aurait tout le temps de se faire des reproches plus tard. Pour le moment, elle devait se concentrer sur la fin de l'opération.

— Trois cibles éliminées. Besoin d'une ambulance pour une victime.

— Et Grant ? insista Clive.

— Je vais bien, assura l'intéressé.

Maggie l'observa, toujours assis par terre, une main pressée contre son torse.

— Grant, je suis désol…

— Pas maintenant, grogna-t-il en se relevant.

— Tu es sûr que tu n'as pas besoin…

— J'aurai un bel hématome, mais je n'ai rien de cassé. Vérifions les lieux.

Il balança son MP-5 dans son dos, en grimaçant sous l'effort, et sortit son Glock du holster fixé à sa cuisse.

Elle l'imita, le Glock étant préférable au MP-5 pour les courtes distances, et fit le tour du bureau avec lui.

A l'intérieur, les trois hommes listés sur les mandats d'arrêt avaient été neutralisés pour de bon.

Il n'y avait aucun endroit dans le bureau pour se cacher. La seule autre personne dans la pièce était la jeune femme qui s'était recroquevillée dans un coin et sanglotait en se balançant d'avant en arrière.

L'odeur avait frappé Maggie de plein fouet dès qu'elle était entrée.

Pas celle du sang, mais de la chair brûlée.

Elle avait dû lutter contre une soudaine envie de vomir, contre cette réminiscence qui avait failli coûter la vie à Grant.

— Notre secteur est sécurisé, indiqua-t-il via son micro.

Dans les secondes qui suivirent, le reste de l'équipe annonça la même chose.

— Une ambulance est en route, précisa Clive. Et le coroner devrait arriver d'ici deux minutes. Nous vous rejoignons.

Leur chef d'équipe paraissait sous le choc quand il entra dans le bureau. Depuis quatre ans, c'était la première fois qu'un membre de l'unité était blessé.

— Tu es sûr que ça va ? insista Clive.

— Mais oui, répondit Grant avec détachement.

Même avec un gilet pare-balles, un tir porté au torse à cette distance devait faire un mal de chien, songea Maggie. Quelques centimètres plus haut, et cela aurait pu être bien pire.

Donnait-il le change par fierté masculine ? Ou bien à cause d'elle ?

— Que s'est-il passé ? demanda Clive.

Grant ouvrit la bouche, mais Maggie l'interrompit. Elle avait bien trop peur qu'il révèle à Clive qu'elle était restée tétanisée à un moment critique. Et elle ne voulait pas non plus qu'il mente pour elle.

— C'était ma faute, dit-elle.

Grant plissa le front, et reporta son attention sur la victime toujours prostrée dans le coin de la pièce. Il avait compris, en conclut Maggie.

Et il n'y avait rien d'étonnant à cela.

Il avait lu son dossier dans les moindres détails. Il savait exactement ce qui lui était arrivé. Y compris la marque sur sa nuque.

L'odeur dans cette pièce était exactement la même que dix ans plus tôt, quand elle avait entendu une voix lui murmurer à l'oreille que ça allait faire mal. Sa tête était posée contre une surface dure et froide. Son corps tout entier semblait alors enveloppé dans une gangue cotonneuse. Puis soudain, il y avait eu cette douleur atroce, et l'odeur de sa propre chair carbonisée.

Elle essaya de refouler ce souvenir, tourna les yeux vers Clive et prononça des mots qu'elle n'aurait jamais pensé dire un jour :

— Je veux quitter le SWAT.

6

— Je suis désolée.

Après être restée plantée dix minutes devant la porte de Grant, dans le halo de la lanterne du porche, Maggie avait finalement trouvé le courage de frapper au battant.

Elle n'était encore jamais venue chez lui, mais elle avait dit à Ella et à Scott de ne pas passer dans la soirée car elle avait prévu de sortir avec ses camarades du SWAT. Elle aurait tout le temps de leur apprendre plus tard son soudain changement d'orientation professionnelle.

En attendant, elle avait cherché l'adresse de Grant. A sa surprise, il n'habitait pas très loin de chez elle.

— Entre, Maggie.

Il n'avait pas l'air étonné de sa visite, et peut-être même l'attendait-il.

Taraudée par la nervosité, la culpabilité et les regrets, elle franchit le seuil et observa les lieux.

De l'extérieur, la petite maison de Grant ressemblait beaucoup à la sienne, mais dedans, c'était très différent.

Parquet en bois blond à la place de la moquette, murs beige au lieu des bleu, vert et jaune pastel qu'elle avait choisis. Peu de meubles, et pourtant il se dégageait de l'ensemble une impression de confort.

Elle le suivit dans le salon, et son regard fut immédiatement attiré par une rangée de photos sur le manteau de la cheminée.

Elle ne put s'empêcher de s'en approcher.

Sur l'une d'elles, Grant était étudiant, vêtu du blouson au

logo de son université. Déjà musclé, il avait les bras autour des épaules de deux garçons plus jeunes, tandis qu'une femme à l'air épuisé et triste se tenait un peu en retrait.

Les garçons ressemblaient à leur mère, tandis que Grant, dont les origines méditerranéennes transparaissaient sur son visage, tenait probablement de son père. Cependant, il y avait entre eux une ressemblance évidente. Sur les photos d'à côté, les deux garçons étaient devenus adultes : mariés et entourés d'enfants.

Grant s'approcha de Maggie. Son épaule effleura la sienne.

— Mes jeunes frères, indiqua-t-il, avec une note de fierté dans la voix.

Désignant les photos plus récentes, il ajouta :

— Et les voici maintenant, avec mes neveux.

Elle observa plus attentivement les enfants de ses frères, qui ressemblaient à une version miniature de Grant. Une curieuse sensation de manque lui noua le ventre.

Elle ne s'était jamais demandé si elle voulait des enfants, tout simplement parce qu'elle n'était jamais allée assez loin dans une relation pour ressentir l'envie d'en avoir avec quelqu'un.

— Et je suppose que c'est ta maman ? demanda-t-elle, en désignant la photo du centre.

Sur celle-ci, l'expression de Grant montrait qu'il avait grandi beaucoup trop vite. Même adolescent, son instinct de protection jaillissait par tous ses pores. Exactement comme au SWAT, désormais.

— Mouais… Ce n'est pas la meilleure photo d'elle, mais c'est la première où nous sommes tous ensemble après le départ de mon père. Il faut que j'en rajoute une plus récente avant qu'elle ne vienne me rendre visite, ou bien elle va me reprocher d'avoir choisi justement celle où elle n'est pas à son avantage.

Il sourit à Maggie, et elle ne put s'empêcher d'en faire autant.

Quand il souriait, de petites rides se creusaient au coin de ses paupières, donnant à son regard un air malicieux, et tout son visage s'illuminait, le rendant incroyablement séduisant.

Mais Maggie s'obligea à redevenir sérieuse.

— Grant, je te dois…

— Rien du tout. Tu ne me dois rien du tout.

— Je te dois bien plus que des excuses, insista-t-elle. J'aimerais pouvoir revenir en arrière, quand Clive m'a demandé si je voulais prendre quelques semaines de congé…

— Arrête !

Et il posa un index sur ses lèvres.

Ce contact la fit frissonner, et l'expression de Grant changea également. Le sérieux avait laissé place à un mélange d'émotions qu'elle ne parvenait pas à définir nettement, mais où filtraient indéniablement de l'inquiétude et du désir.

Il baissa les yeux sur ses lèvres et en redessina les contours du bout du doigt.

Elle vibra de partout, puis s'écarta précipitamment.

— Qu'est-ce que tu fais ? Tu as pris une balle à cause de moi aujourd'hui !

Il se dirigea vers l'immense canapé de cuir noir et s'y assit, les bras en croix derrière lui sur le dossier, comme s'il se préparait à une longue argumentation.

— Tout le monde fait des erreurs, Maggie.

Elle le dévisagea avec incrédulité.

— Tu n'es pas sérieux !

— Ça m'est déjà arrivé de mal inspecter une pièce.

— Et quelqu'un a été touché ?

— Non. J'ai eu de la chance.

Il se pencha en avant.

— Ça arrive à tout le monde un jour ou l'autre. Demande à n'importe quel gars de l'équipe, ils te diront la même chose.

Elle grimaça.

Que ce soit vrai ou non, là n'était pas la question. A cause d'elle, un coéquipier avait frôlé la mort.

— Si je n'avais pas démissionné ce soir, j'aurais été renvoyée, de toute façon.

— Tu aurais été interrogée par l'Office de responsabilité professionnelle, comme la procédure l'exige en cas d'incident. Et ce sera le cas, de toute façon, que tu démissionnes ou non.

Il se passa la main dans les cheveux en soupirant, et chercha son regard.

— Je veux que tu te battes pour garder ton poste, Maggie. Tu as ta place dans l'équipe, et nous pensons tous la même chose. Et puis, je vais bien. Il n'y a aucun problème.

Elle écarquilla les yeux.

— Comment peux-tu être aussi calme, après avoir reçu une balle ?

— C'est moins douloureux que de se faire poignarder.

Elle éclata d'un rire nerveux.

— Tu devrais être en colère contre moi. Tu devrais me détester.

— Ce n'est pas toi qui m'as tiré dessus.

Son calme commençait à réellement agacer Maggie.

— Non, mais c'est à cause de moi que c'est arrivé.

— Et je suis contente que ce soit sur moi qu'on ait tiré, plutôt que sur toi.

Il lui tendit la main.

— Viens ici.

— Quoi ?

Elle secoua la tête, sans faire un pas.

— Pourquoi ?

Il soupira, se leva et ôta son T-shirt, qu'il jeta sur le canapé.

— Regarde.

Il désigna le haut de son torse, où un large hématome violacé s'épanouissait jusqu'à la base de son cou.

Elle l'avait déjà vu torse nu, mais toujours dans le cadre des entraînements, et avec d'autres agents autour d'eux. Evitant alors soigneusement de le regarder, elle pouvait se donner l'illusion de contrôler ses sentiments à son égard.

C'était très différent en cet instant. Ils se trouvaient seuls dans l'espace clos et intime de sa maison, là où le monde extérieur et ses interdits ne comptaient plus.

La bouche sèche, le cœur battant à tout rompre, elle ne put s'empêcher de détailler les larges épaules, les pectoraux ciselés, les biceps saillants sans même qu'il ne bande ses muscles, les reliefs de l'estomac comme sculptés dans le marbre…

L'envie de toucher sa peau lui provoqua des picotements au bout des doigts.

— Maggie…

Il semblait amusé mais, quand elle s'obligea à lever les yeux, l'intensité brutale de son regard la déconcerta.

— Désolée, murmura-t-elle.

Il s'avança vers elle, et le bon sens lui commanda de prendre ses jambes à son cou. Mais il fut devant elle avant même qu'elle ait eu le temps d'esquisser un pas, si proche que sa chaleur la gagnait.

Elle se mordit la lèvre, tandis que les mains de Grant prenaient les siennes.

Il les plaça sur son hématome et, comme elle commençait à ouvrir les doigts, il plaqua la tranche de sa main sur son cou, comme pour indiquer l'endroit où la balle aurait frappé si elle était restée dans la ligne de mire.

En un instant, elle réalisa pourquoi il avait dit qu'il était content d'avoir été touché. Cela s'était produit parce qu'elle était restée tétanisée, mais s'il ne l'avait pas poussée hors de la trajectoire, *elle* aurait reçu la balle. Et, compte tenu de l'endroit où se serait produit l'impact, son gilet pare-balles ne lui aurait été d'aucune utilité.

Cette prise de conscience la glaça. Et la sensation de froid s'intensifia quand Grant se retourna vers le canapé, y prit son T-shirt et l'enfila.

Lorsqu'il s'assit à nouveau et l'invita d'un geste à le rejoindre, elle s'avança en traînant les pieds et prit place à bonne distance de lui.

— Ça ne me donne pas pour autant bonne conscience, dit-elle.

— Eh bien, tu devras faire avec. Et arrête de t'inquiéter pour ça. Je vais bien. Toi aussi. Et nous voulons que tu reviennes dans l'équipe. *Je* veux que tu reviennes dans l'équipe.

Maggie secoua la tête, mais il insista.

— Ne prends pas de décision maintenant, mais sache que toute l'équipe te soutient.

Elle était surprise et touchée par leur loyauté. Car au SWAT, l'amitié n'entrait pas en ligne de compte quand il fallait prendre une décision concernant un coéquipier. Seules les compétences étaient évaluées.

Toutefois, ce qu'ils pensaient importait peu. Elle devait faire ce qu'*elle* estimait juste pour l'équipe.

— Je suis un handicap pour vous.

Cela lui était pénible de l'admettre, mais rien n'était plus vrai.

Même si elle pensait n'avoir aucun souvenir de son agression, des images, des sensations avaient soudain fusé de sa mémoire, inattendues, rapides comme l'éclair, brouillant sa capacité à réagir face au danger.

Qui pouvait affirmer que cela ne se reproduirait pas ? Et avec, cette fois, des conséquences beaucoup plus dramatiques.

Grant lui prit la main.

— Quand cette enquête sera résolue, et que tu auras retrouvé toute ta concentration, tu changeras d'avis.

— Tu es trop gentil. Ça te perdra. Tu le sais, n'est-ce pas ? Tu sais que ce n'est pas normal de demander à la personne qui t'a mis en danger de revenir et de couvrir tes arrières.

— Je suis prêt à te laisser couvrir mes arrières quand tu veux, lança-t-il avec un petit clin d'œil narquois.

Elle ne put s'empêcher de rire, et pivota sur le canapé pour lui faire face.

— Serais-tu en train de me draguer ? Parce que ta technique d'approche demande à être sérieusement revue.

— Vraiment ?

Il se tourna, en profita pour se rapprocher, et lui caressa la main.

— En te voyant baver tout à l'heure, j'avais l'impression que ça allait.

— Je ne bavais pas ! protesta-t-elle, tout en rougissant.

Comment faisait-il pour avoir cet effet sur elle ? Même après ce qui venait de se passer ? Comment pouvait-il lui inspirer cette joie vertigineuse ?

— Tu as peut-être raison, murmura-t-elle, soudain avide des lèvres de Grant.

Elle se pencha précipitamment vers lui, avant de pouvoir changer d'avis, et pressa sa bouche sur la sienne.

Comme la première fois qu'ils avaient échangé un baiser, toute pensée rationnelle lui échappa et plus rien n'eut d'importance que Grant.

Sensible au renflement de ses muscles sous sa paume, à la légère irritation provoquée par la repousse de sa barbe, à la douceur de ses lèvres, elle se rapprocha encore et passa les bras autour de son cou.

Son corps se fondait contre lui en un élan instinctif, et ses lèvres s'entrouvrirent pour accueillir sa langue.

Il n'hésita pas, et le premier contact de sa langue contre la sienne lui donna une envie désespérée de plus.

Elle essaya de se pencher davantage, tandis qu'il glissait ses mains sous ses cuisses et la soulevait sur ses genoux comme si elle ne pesait pas plus qu'une plume.

Elle se tortilla pour se plaquer plus étroitement contre lui.

Cela le fit rire, puis il empoigna ses hanches et l'immobilisa.

Il marmonna quelque chose à propos de contrôle de soi, qu'elle ne fit pas l'effort de comprendre, et s'empara de nouveau de sa bouche, la submergeant d'un flot de sensations éblouissantes.

Elle fit courir ses mains le long de ses bras, puis sous son T-shirt. Elle avait envie de caresser sa peau, de redessiner du bout des doigts sa sublime musculature.

Lentement, elle remonta de son abdomen à son torse, et il frémit.

C'était extrêmement troublant.

Elle posa une main sur son cœur et en suivit avec délice les battements désordonnés.

Arrachant ses lèvres aux siennes, elle gémit :

— La chambre.

Au lieu de se lever et de l'emmener comme elle l'espérait, il hésita.

— Ce n'est peut-être pas une bonne idée.

En elle, la surprise le disputa à l'embarras. Bien sûr que ce n'était pas une bonne idée. Puisque Grant connaissait les moindres détails de son passé, cela ne tarderait pas à changer la façon dont il la considérait. Et elle n'était pas du genre à coucher avec un homme sans avoir avec lui une relation suivie.

Elle laissa retomber ses mains.

— Je suis désolée... Oublions ce qui vient de se passer.

Grant jura, tandis que Maggie devenait écarlate, et tentait de s'écarter de lui.

— Je voulais seulement dire que le moment était mal choisi, se justifia-t-il. Pas que ça ne m'intéresse pas. D'ailleurs, tu as bien dû te rendre compte que tu ne me laissais pas indifférent.

Elle avait toujours l'air mortifié, comme si elle ne le croyait pas vraiment, et il l'attira à nouveau contre lui.

Il voulait simplement échanger un rapide baiser avec elle, et la convaincre d'attendre que l'enquête soit résolue. Mais, à la seconde où leurs bouches se frôlèrent, un désir irrépressible s'empara de lui, réminiscence de tout ce qu'il avait espéré et attendu depuis neuf mois.

Un gémissement échappa à Maggie et elle se plaqua contre lui, répondant à son baiser avec une telle intensité qu'il lui aurait fallu une volonté bien supérieure à celle qu'il possédait pour la repousser à nouveau.

Lui prenant la main, il la porta à ses lèvres et, du bout de la langue, traça un cercle au creux de sa paume. Puis il glissa l'autre main sous le dos de son T-shirt, s'émerveillant de la douceur de sa peau.

Posant la main qu'il embrassait sur son épaule, elle approcha son visage du sien et lui prit fougueusement les lèvres. Il répondit avec force à cette urgence presque désespérée.

Les doigts de Maggie se crispèrent sur l'ourlet de son T-shirt, qu'elle essaya de relever sur son torse. Le vêtement se retrouva coincé entre eux et Maggie soupira de frustration. Aussitôt, Grant s'arracha à ses lèvres pour se déshabiller à grands gestes impatients, sans jamais la quitter des yeux, puis il reprit fiévreusement sa bouche, l'embrassant longuement, jusqu'à manquer de souffle.

S'écartant d'elle le temps de lui retirer à son tour le T-shirt qu'elle portait, il découvrit un soutien-gorge en satin bleu, du même ton que ses yeux, puis sa peau nue frotta contre la sienne et il ne put retenir un grognement.

Elle eut un sourire satisfait, révélant qu'elle savait exactement l'effet qu'elle lui faisait, puis elle plongea la tête pour lui lécher délicatement l'oreille. Le cou… Le creux de l'épaule…

A chacun de ses gestes, il perdait un peu plus le contrôle de la situation.

Avide de l'embrasser à nouveau, il fit remonter sa main le long de son dos pour pouvoir glisser les doigts dans ses cheveux et incliner sa tête en arrière.

Juste avant que ses doigts ne frôlent sa nuque, il réalisa ce qu'il faisait. Son erreur le fit sursauter, et il s'immobilisa.

Il essaya de se rattraper et prit son crâne en coupe dans sa main, mais c'était trop tard.

L'air mortifié, Maggie se releva d'un bond. Elle se cogna si fort le genou contre la table basse qu'elle aurait probablement un bleu, mais elle ne parut pas le remarquer tandis qu'elle récupérait son T-shirt tombé au sol et l'enfilait.

— Je suis désolé…, fit-il en se levant à son tour.

— Et tu disais que le fait de connaître mon passé ne changerait rien ! s'exclama-t-elle d'un ton de reproche.

Il secoua la tête, sincèrement perplexe.

— C'est le cas.

— Bien sûr !

Comme elle se détournait, il posa la main sur son bras pour la retenir. Elle se raidit nettement.

— Ça ne change pas ce que je ressens pour toi. Simplement, j'ai pensé que tu n'aurais pas envie que je te touche à cet endroit. C'est tout.

Elle recula, l'obligeant à laisser retomber son bras, et répliqua d'un ton buté :

— Si ça n'avait aucune importance, tu n'y aurais pas pensé du tout. Tu te serais concentré sur nous. Sur l'instant présent.

— Ce n'est pas juste, protesta-t-il. Après ce qui s'est passé aujourd'hui…

Elle l'interrompit en jurant.

— J'en ai marre !

Mais elle semblait plus frustrée qu'en colère.

— Tous les ans, j'attends de voir qui sera la prochaine.

Elle se laissa tomber sur le canapé, les épaules basses, avec un air d'abattement que Grant ne lui avait jamais vu.

— Et cette année, ce sera à nouveau moi.

Il s'assit à côté d'elle et passa un bras autour de ses épaules.

— Ce ne sera pas à nouveau toi. Tout ça va bientôt être fini.

— Ça ne sera jamais fini !

Elle tourna la tête et, après quelques secondes de silence, admit d'une voix tremblante :

— Je n'aime pas qu'on touche mon cou. J'ai dû m'y reprendre à six fois avant de trouver le courage d'aller voir un tatoueur.

— Mais tu l'as fait.

— Je n'allais quand même pas le laisser gagner. Il n'était pas question que je laisse cette marque sur mon corps.

Elle se détourna un peu plus, de façon à ce que le bras de Grant retombe de son épaule. Mais, alors qu'il s'attendait à ce qu'elle se lève, elle inclina la tête en avant et souleva ses cheveux.

Il avait vu des photos dans son dossier, quand la marque était encore toute fraîche, rouge et purulente. Désormais, la chair torturée n'était visible que si on y regardait de très près. Son tatouage, un idéogramme chinois, masquait parfaitement la forme du hameçon qui, à l'origine, dénaturait sa peau délicate.

Cela avait dû être incroyablement difficile pour elle, mais Maggie était comme ça. Elle ne baissait jamais les bras devant l'adversité et relevait tous les défis.

— Qu'est-ce que ça signifie ? demanda-t-il, tandis qu'elle laissait retomber ses cheveux.

— La force.

Puis elle se leva.

— Excellent choix, approuva Grant.

Il le pensait sincèrement : elle n'aurait pas pu mieux trouver. Elle était vraiment l'une des personnes les plus fortes qu'il ait jamais rencontrées. Et qu'elle se soit sentie suffisamment en confiance avec lui pour lui montrer ce souvenir cruel de ce qu'elle avait subi le touchait infiniment.

— Tu peux me dire de quoi tu t'es souvenue aujourd'hui ?

Il avait prévu de poser la question le lendemain, mais finalement il n'avait pas envie de lui faire parler de cela au bureau.

— Je me doutais que nous finirions par aborder le sujet, dit-elle en s'asseyant dans l'angle opposé du canapé, le plus loin possible de lui.

Elle risqua un coup d'œil dans sa direction, puis tourna la tête.

— Tu peux remettre ton T-shirt ?

— D'accord.

Il ramassa son vêtement au sol, l'enfila et s'assit au milieu du canapé.

— Ce dont je me suis souvenue, c'est l'odeur.

— J'avais deviné.

— Je pensais pourtant que je ne pourrais pas me rappeler autre chose que les quelques bribes qui me restaient…

Elle secoua la tête et, quand elle reprit, sa voix était plus forte, plus détachée.

— Mais aujourd'hui, je me suis souvenue d'une pièce. Je n'y étais jamais allée avant. Elle était assez… chic. Ma tête était posée sur une table. Une table très froide.

Elle plissa le front, manifestement pensive, puis hocha lentement la tête.

— Je pense que c'était du marbre.

Une table en marbre ? releva Grant. Ce n'était donc pas dans un motel où on louait des chambres à l'heure, ni dans un véhicule. Ce qui ajoutait du poids à sa théorie selon laquelle l'agresseur de Maggie vivait à Washington, et qu'il n'était pas là de passage, à la recherche d'une victime.

— Ma vision était brouillée. Je ne distinguais pas grand-chose autour de moi… A cause de la drogue.

Grant essaya de contenir sa colère à l'idée que Maggie avait été droguée, blessée, mais un goût amer lui emplissait la gorge jusqu'à l'écœurement.

— Je ne pense pas que je reconnaîtrais cette pièce aujourd'hui si j'y entrais. Mais il y avait des tableaux sur les murs, assez grands, avec de beaux cadres. Et un tapis. Très épais. Je pense que c'était une grande pièce.

Elle frissonna nettement, puis ajouta :

— Il y avait de l'écho quand je criais.

— Tu te souviens de lui ? demanda Grant, en essayant que sa colère ne se communique pas à sa voix.

Mais Maggie avait dû la percevoir, car elle se tourna et le regarda. Elle parut sur le point de dire quelque chose à propos de sa réaction mais, après un long silence, elle secoua la tête.

— Il était derrière moi avec le… avec le truc qu'il a utilisé sur mon cou. Je pense que je me suis évanouie après.

Elle marqua une nouvelle pause, cherchant visiblement dans sa mémoire.

— Je ne me souviens pas du tout de lui.

— Eh bien, tout ça pourrait être utile, commenta Grant. Ce sont de nouveaux détails, et je pense…

Il s'interrompit brusquement.

Maggie insista :

— Quoi ?

— Que ça pourrait nous aider.

— Je te raconte tout ça, et c'est tout ce que tu me donnes en échange ?

— Tu sais que je ne suis pas autorisé…

— Quoi ? A sortir avec une collègue ?

Devant son énervement, il ne put s'empêcher de sourire.

— Mouais. Ça aussi.

— Allez ! Tu sais déjà que j'enquête de mon côté. Et je te rappelle qu'il ne nous reste que vingt jours.

Elle consulta sa montre.

— Disons plutôt dix-neuf. Je ne fais peut-être pas partie du VCMO, mais je suis aussi enquêtrice, et j'ai une certaine expérience. Ne passe pas à côté de ressources utiles. Dis-moi à quoi tu penses.

Grant soupira intérieurement. C'était une mauvaise idée, Maggie se servait des sentiments qu'il avait pour elle afin d'obtenir des informations auxquelles elle n'aurait jamais eu accès autrement. Mais il lui répondit quand même.

— Je pense qu'il a commencé à Washington. Et je crois aussi que tu étais la première qu'il a marquée, mais pas sa première victime.

— C'est aussi la théorie d'Ella.

— J'ajouterais que sa toute première victime était quelqu'un qui faisait partie de son entourage, et c'est pour cette raison que la date est importante.

— Possible.

— Et, si c'est le cas, il y a peut-être un moyen…

— … de retrouver sa trace, termina Maggie.

7

Maggie s'était redressée dans son lit, la main immédiatement posée sur la crosse de son arme, avant même d'avoir identifié ce qui l'avait réveillée.

Le cœur battant à tout rompre, elle vérifia la pendulette sur sa table de chevet : 6 heures.

Dehors, une portière de voiture claqua. Sa chambre donnait sur la rue, mais il était rare dans son quartier qu'il y ait de la circulation de si bonne heure.

Quittant son lit, elle s'avança jusqu'à la fenêtre et écarta les lames du store. Grant était en train de remonter à pied son allée.

Au même moment, il y eut du bruit au rez-de-chaussée de la maison.

Son frère avait passé la nuit sur le canapé. Il dormait à moitié quand elle était rentrée de chez Grant, tard dans la soirée. Pour une fois, elle avait réussi à éviter ses questions et elle était allée se coucher directement.

Il était peu probable que Grant soit déjà passé au bureau, ou qu'il ait une nouvelle piste. Il s'arrêtait donc probablement chez elle en allant au WFO.

Et dans ce cas, c'était pour lui parler.

Soit de sa démission, soit de ce qui s'était passé entre eux la veille.

Elle resta un moment figée, le suivant du regard tandis qu'il remontait son allée à grandes enjambées.

De nouveau, il y eut du bruit en bas. Probablement s'agissait-il de Scott qui se préparait à affronter ce qu'il devait considérer comme une menace.

Marmonnant entre ses dents, Maggie se précipita vers l'escalier.

— Scott, ce n'est que…

Avant qu'elle ait eu le temps de terminer, son frère avait ouvert la porte en grand et rengainé son arme.

Elle descendit l'escalier.

— Tiens, salut, Scott ! lança Grant, l'air surpris, avant de tendre la main à son frère.

Maggie les rejoignit dans la petite entrée.

— Scott et Ella se relaient auprès de moi jusqu'à ce que tout soit terminé.

Elle avait parlé un peu vite, et se mit à rougir alors que Grant la dévisageait avec insistance.

Après les événements de la soirée, il suffisait qu'il pose les yeux sur elle pour qu'elle se sente toute chose.

Scott fit un pas en arrière, l'air mal réveillé.

— Entre, Grant. Que se passe-t-il ? Vous avez une intervention ce matin, ou quoi ?

— Euh… non. Maggie ne t'a pas…

Elle réalisa alors ne pas avoir annoncé à son frère que Grant travaillait sur l'affaire. Ni qu'elle avait décidé de quitter le SWAT…

— Il y a un rebondissement dans l'enquête ? s'empressa-t-elle de demander.

— Non, désolé. Je voulais seulement…

Donc, il venait faire le point sur ce qui s'était passé la veille au soir.

Après qu'elle lui eut livré les détails de son flash-back, les choses étaient soudain devenues bizarres entre eux, et elle avait éprouvé un furieux besoin de partir. Ce qu'elle avait fait, en lui disant à peine au revoir.

Evidemment, cela rendrait compliqué de le retrouver au bureau le lendemain matin, mais elle n'imaginait pas qu'il débarquerait comme ça chez elle dès l'aube.

— Désolée d'avoir filé hier soir, commença-t-elle.

Avec un peu de chance, Scott penserait qu'elle parlait de l'équipe.

— La journée avait été longue…

— Pas de problème, fit Grant, d'un ton détaché.

— Je vais prendre un café, annonça Scott, dans le but évident de les laisser seuls. Ravi de t'avoir vu, Grant.

Tandis qu'il passait devant Maggie, il leva les sourcils. De toute évidence, il la cuisinerait dès que Grant serait parti.

— Moi aussi ! lança celui-ci dans son dos.

Puis il ajouta plus bas, à l'attention de Maggie :

— Tu ne lui as rien dit ?

— Non, murmura-t-elle. Mais maintenant je vais devoir le faire parce qu'il va se douter de quelque chose. Je t'avais pourtant dit qu'il était chez moi.

Le regard de Grant se posa alors sur sa poitrine et elle prit soudain conscience de ne porter qu'un pantalon de pyjama et un fin débardeur de coton. Elle croisa les bras sur sa poitrine, embarrassée.

— J'avais complètement oublié que ton frère était là, reprit Grant. Je voulais te voir pour…

— Pour mettre les choses au clair. J'ai compris. Mais tout va bien entre nous, non ?

— Non. Je suis venu te présenter mes excuses.

Elle ne put cacher sa surprise.

— A propos de quoi ?

Grant s'approcha un peu, et soudain l'odeur citronnée de son après-rasage la cerna. Elle eut envie de l'inspirer profondément, de se blottir contre Grant comme elle l'avait fait la nuit précédente. Mais elle s'obligea à se maîtriser.

— De mon mauvais timing, répondit-il enfin.

Elle le dévisagea sans comprendre.

— J'ai attendu neuf mois. J'aurais pu attendre trois semaines de plus que l'enquête soit terminée. Je suis désolé.

— Tu as attendu neuf mois, répéta-t-elle lentement. Pour…

— Pour t'embrasser.

— Mais ça fait exactement neuf mois que nous nous connaissons…

— Oui, je sais. J'ai assisté à ma première réunion en tant que nouveau membre du SWAT, tu t'es présentée, et voilà.

— Je me suis présentée ? Tu veux dire que je t'ai jeté par terre.

Il était de bon ton de faire une blague au nouveau venu et, depuis qu'elle avait rejoint l'équipe, ses collègues trouvaient très drôle de la laisser accueillir les bleus. Elle tendait à ces derniers une main mollassonne, comme pour échanger une poignée de main, puis elle les renversait au sol avant qu'ils aient eu le temps de comprendre ce qui leur arrivait.

Durant les trois années précédant l'arrivée de Grant, elle avait joué le jeu parce qu'elle trouvait que c'était une bonne façon de prévenir tout traitement de faveur. Ridiculiser un type le jour de son intégration, c'était un bon moyen pour qu'il ne lui facilite pas les choses uniquement parce qu'elle était une femme.

Les quatre types qu'elle avait bizutés avant Grant avaient été furieux et embarrassés, mais ils s'en étaient remis et Maggie était devenue amie avec eux.

Grant, en fait, l'avait entraînée avec lui dans sa chute. Ils avaient atterri au sol, elle au-dessus de lui, et il avait immédiatement roulé sur lui-même pour la bloquer, comme il l'aurait fait de n'importe quel assaillant. Puis il s'était relevé en riant et lui avait tendu la main.

Bizarrement, c'était à ce moment-là qu'elle avait craqué pour lui.

— Bah, tu sais, Maggie… J'aime qu'une femme soit capable de prendre le contrôle. Et puis…

Scott revenant de la cuisine, Grant baissa la voix et se pencha vers elle.

— Ça me va très bien que tu sois au-dessus.

Et, sur ces mots, il s'écarta, fit un signe de tête à Scott puis quitta la maison.

— Vous parliez de quoi ? s'enquit Scott.

— De rien, répondit Maggie, d'une voix un peu trop aiguë.

— C'est ça ! répliqua son frère. Bien essayé. Que se passe-t-il ?

— Ça concerne le travail.

Scott ricana.

— Allons donc ! En attendant que tu te décides à m'expliquer ce qui se passe avec Grant, dis-moi ce que tu as raconté à Nikki.

— Nikki ? Je ne vois pas de quoi tu parles.

— Elle m'a appelé pour me dire qu'elle voulait être avec nous le 1er septembre. Du coup, j'ai pensé que tu lui avais peut-être parlé des lettres.

— Absolument pas.

— En tout cas, je lui ai dit de rester chez elle et de se concentrer sur son nouveau job. Mais j'ai été surpris qu'elle le propose.

— Elle grandit, commenta Maggie.

— Elle va sûrement t'appeler. J'ai eu l'impression qu'elle n'était pas prête à changer d'avis.

— Je vais m'en occuper.

— D'accord. Et Grant, alors ? Je ne le connais pas très bien, mais je l'ai trouvé anormalement nerveux. Et il est au courant de ton affaire ? Pourquoi il n'a rien voulu dire devant moi ? Est-ce que tu me caches quelque chose à propos de l'enquête ?

— Il ne s'agit pas de ça. Enfin, c'est vrai que je me suis rappelé quelque chose, mais ça ne nous a pas permis d'avancer.

— Tu t'es souvenue de quelque chose d'autre ? Mais tu es sûre que ça ne peut pas nous être utile ? Je n'apprécie pas que tu me caches des choses, Maggie. Si je ne sais pas tout, je ne pourrai pas t'aider.

— Grant n'était pas là pour l'enquête, même si on lui a demandé d'y participer.

Scott plissa les paupières d'un air soupçonneux.

— Il se passe quelque chose entre vous ?

— J'ai quitté le SWAT, lança-t-elle tout à trac, n'ayant aucune envie que son frère se mêle de sa vie amoureuse.

— Quoi ?

Le visage livide, Scott posa son café.

— Que s'est-il passé ?

— J'ai fait une erreur, et je vais devoir en répondre devant l'Office de responsabilité professionnelle. Mais, de toute façon, j'ai décidé de démissionner.

— Comment ça ? Pourquoi ? Je suis sûre que tu peux…

— Je t'expliquerai plus tard, l'interrompit Maggie.

Elle redoutait de lui parler de ces dix secondes cruciales où elle s'était figée. L'entraînement des tireurs d'élite était encore plus intensif que celui du SWAT, et son frère n'avait jamais commis ce genre d'erreur. En dehors du fait qu'il se faisait constamment du souci pour elle, elle n'avait pas envie de le décevoir.

Tandis qu'il l'observait, elle baissa la tête.

Il la connaissait si bien qu'il était capable de lire la réponse sur son visage.

Avec Ella, cela aurait été plus facile. Quand Maggie disait à son amie qu'elle avait besoin d'un peu d'espace pour respirer, elle l'obtenait. Avec Scott, il suffisait de ne pas vouloir lui dire quelque chose pour qu'il soit encore plus insistant.

Mais pour une fois, il fit machine arrière.

— Très bien. N'hésite pas à me le dire si tu as besoin de quelque chose. Ou à Ella.

Il lui pressa gentiment le bras.

— Nous sommes là pour toi. Nous serons toujours là.

Elle en eut les larmes aux yeux.

Cela faisait dix ans qu'ils la soutenaient, changeant leurs projets d'avenir et rejoignant le FBI à cause d'elle. Chaque 1er septembre, ils laissaient tout tomber pour la rejoindre. Et voilà qu'ils enquêtaient en secret avec elle, parce qu'elle ne faisait pas confiance aux agents chargés de son dossier.

En attendant, elle faisait des erreurs dans son travail, qui non seulement compromettaient sa position au SWAT mais également, si elle n'était pas plus prudente, son poste au sein même du Bureau fédéral.

Et elle risquait bien d'entraîner Scott et Ella avec elle, tel un navire qui sombre.

— Qu'est-ce que vous voulez ?

La femme qui le dévisageait avec suspicion ne ressemblait

en rien à la photo qui figurait dans son dossier de police, ouvert treize ans plus tôt.

Elle n'avait entrebâillé la porte que de quelques centimètres, et Grant rapprocha son insigne en répétant :

— Je suis du FBI. Je voudrais vous poser une ou deux questions sur un crime que vous avez signalé il y a quelques années, et qui pourrait avoir un lien avec une affaire en cours.

Elle secoua la tête, faisant voleter autour de son visage fatigué ses courtes mèches blondes décolorées.

— Je n'ai jamais signalé de crime.

— Il s'agissait d'une agression sexuelle.

— Oh…

Ses épaules s'affaissèrent, et elle regarda rapidement derrière elle, avant d'ouvrir la porte un peu plus largement.

Au lieu de l'inviter à entrer, elle sortit sur le seuil, tira le battant derrière elle et croisa les bras sur sa poitrine.

— Je ne veux pas que mes enfants entendent. Qu'est-ce que vous voulez savoir ? Ça remonte à longtemps. Je n'ai jamais su qui c'était…

— Vous avez peut-être soupçonné quelqu'un ? demanda Grant.

C'était sa troisième visite de la matinée à une victime d'agression sexuelle. Il aurait pu en faire plus, mais seule une petite poignée de femmes vivait encore dans le secteur. En fait, c'était assez terrifiant de constater le nombre de viols qui s'étaient produits autour du 1er septembre, durant les cinq années précédant l'agression de Maggie.

Il avait donc réduit la liste aux femmes qui correspondaient au profil des victimes du Violeur à l'hameçon : une vingtaine d'années au moment des faits, et de longs cheveux noirs.

Jusque-là, les personnes à qui il avait pu parler ne lui avaient rien appris de nouveau.

Shana Mills, la femme qui se tenait devant lui en cet instant, était celle sur qui il fondait le plus d'espoirs.

— Je ne vois pas…, reprit-elle. J'ai été droguée, vous savez. Et, pour tout vous dire, je n'étais même pas sûre de ce qui m'était arrivé, jusqu'à ce qu'un médecin le confirme.

— Vous ne vous rappelez vraiment rien ?

— Non.

Grant jeta un coup d'œil aux notes qu'il avait prises à partir du rapport de police.

Trois ans avant l'agression de Maggie, Shana Mills avait été droguée et violée. Il avait failli passer à côté de son dossier, car elle n'était allée à l'hôpital que le 2 septembre et n'avait porté plainte que quelques jours plus tard.

Il n'y avait pratiquement pas eu d'enquête, la police ne disposant d'aucun élément. Shana ne se rappelait pas son agresseur. Il portait un préservatif, et il n'y avait donc pas eu de prélèvement d'ADN. Shana s'était réveillée dans la cave d'un dortoir universitaire, le lendemain d'une gigantesque fête. Il y avait beaucoup de suspects possibles, beaucoup de témoins potentiels, mais personne n'avait rien vu, et les preuves manquaient.

— Que pouvez-vous me dire sur Jeffrey Hoffmeier et Kevin Sanders ?

C'étaient les deux noms que la police avait retenus comme suspects possibles, car ils étaient les seuls à avoir un lien personnel avec Shana.

Elle haussa les épaules, et Grant essaya de l'imaginer telle qu'elle apparaissait dans le rapport de police.

A l'époque, elle était mince, avec de longs cheveux bruns et des yeux bleus. Même si elle ne ressemblait pas trait pour trait à Maggie, il y avait une base identique. Pour un violeur en série, cette jeune femme s'inscrivait définitivement dans un certain profil.

Désormais, elles n'avaient plus rien de commun. Les cheveux de Shana, manifestement brûlés par les décolorations intensives, avaient l'aspect terne et cassant de la paille, encadrant un visage las, au regard triste, presque sans vie, loin de l'énergie et de la détermination qui émanaient de Maggie.

— Jeff était mon ex. Nous avions rompu quelques semaines avant.

— Le rapport de police établit que vous l'avez vu cette nuit-là. Il était à la fête ?

— Oui. Il est venu et m'a supplié de le reprendre. J'ai refusé. Il est parti avec une autre fille.

— Vous l'avez revu après ?

— De temps en temps. Nous avons fini par nous remettre ensemble six mois plus tard, mais ça n'a pas duré longtemps. Peut-être une quinzaine de jours.

— Pourquoi ça n'a pas marché ?

Elle eut une moue de dédain.

— Il était arrogant, ironique, cassant… Ma colocataire appelait ça le syndrome du fils à papa. Je ne sais même pas pourquoi je suis sortie avec lui au tout début, en dehors du fait qu'il était mignon.

— Et Kevin ?

Shana fit la grimace.

— Ce type me fichait une peur bleue. J'ai essayé d'obtenir une ordonnance restrictive, mais les flics ont dit qu'ils avaient besoin d'une vraie menace.

— Il vous harcelait ?

— Oui. Il était furieux que je ne veuille pas sortir avec lui. Et, comme son père était une espèce de gros bonnet, il n'arrêtait pas de se vanter à ce sujet, comme si ça pouvait me faire changer d'avis.

— Il a continué à traîner dans les parages après votre agression ?

— Oh oui ! Il est resté collé à mes basques jusqu'à ce que j'aie mon diplôme et que je m'en aille vivre ailleurs. Ensuite, il s'est entiché d'une autre fille.

— Vous savez qui ?

— Non, c'est juste une supposition. C'est comme ça que ce genre de types fonctionne, non ?

— Généralement, admit Grant. Il n'y a pas quelque chose que vous auriez oublié de mentionner à propos de cette nuit-là ? N'importe quoi, même un détail qui vous a paru sans importance.

— J'ai tout dit à la police. Tout ce dont je me souvenais, en tout cas. Je ne sais même pas comment on m'a droguée.

— C'est généralement dans la boisson.

— Je n'ai bu que du soda en canette. Je ne suis pas stupide. Une amie à moi avait été piégée comme ça quelques semaines auparavant.

— Comment s'appelait-elle ? Est-ce qu'elle a porté plainte ?

— Elle n'a pas été violée. J'étais avec elle quand elle a commencé à se sentir mal, et je l'ai emmenée à l'hôpital.

— Elle avait une idée de qui avait pu faire ça ?

— Non. C'est arrivé dans une autre soirée. En plus, elle buvait tous les verres qu'on lui tendait.

— Et vous ? Vous vous rappelez si quelqu'un a tenu votre canette de soda, ne serait-ce que quelques instants ?

— Comment voulez-vous que je me souvienne ? Ça remonte à plus de dix ans. Je me suis mariée, j'ai divorcé, je me suis mariée à nouveau et j'ai eu deux enfants. Sans compter que j'ai obtenu mon diplôme. J'ai travaillé dans quatre entreprises différentes et vécu dans deux autres Etats avant de revenir ici. Comme on dit, de l'eau a coulé sous les ponts. Et heureusement, d'ailleurs.

Grant hocha la tête, guère surpris.

— Si jamais quelque chose vous revenait, appelez-moi, conclut-il en lui tendant sa carte.

— Ouais, d'accord.

Elle glissa le papier dans la poche arrière de son jean, où elle l'oublierait probablement, et rentra chez elle sans un regard en arrière.

Grant, lui, était tracassé par quelque chose. Un détail, comme il avait dit à Shana.

De retour à son bureau, il rouvrit le dossier de Maggie, lut en diagonale jusqu'à tomber sur ce qu'il cherchait.

« Une fête universitaire. »

Maggie y était allée avec des amis et son petit copain. Ses amis étaient partis de bonne heure, elle s'était disputée avec le petit copain et elle était rentrée seule à son dortoir. Elle avait été enlevée sur le trajet.

Grant continua à lire, et soudain son pouls s'accéléra.

La seule chose qu'elle se rappelait avoir bue, c'était une canette de soda. Une canette qu'elle avait ouverte elle-même…

8

Maggie se frotta les yeux, essayant de se concentrer sur le rapport qu'elle était en train de remplir depuis plus d'une heure. Elle aurait dû pouvoir l'expédier en trente minutes, mais son esprit n'arrêtait pas de divaguer vers le cas du Violeur à l'hameçon.

Heureusement, le bureau s'était presque entièrement vidé, et il n'y avait pas beaucoup d'agents pour assister aux difficultés qu'elle avait à accomplir une simple tâche administrative.

Son superviseur de l'unité des Droits civils avait fini par partir, non sans lui avoir demandé trois fois si elle avait besoin de prendre des congés.

Elle avait répondu par la négative, comme elle l'avait fait la semaine précédente, et aussi le mois d'avant, quand il avait appris qu'elle recevait des lettres. Mais, s'il s'écoulait encore deux semaines sans que l'enquête n'avance, peut-être le ferait-elle.

Le FBI assurerait sa protection, naturellement, mais peut-être devrait-elle tout simplement partir quelque part, loin, très loin. Se cacher, faire profil bas et prier que ce monstre ne soit pas assez malin pour la suivre.

Grinçant des dents, elle ferma le dossier et éteignit sa lampe de bureau. Même si l'idée était tentante, elle ne le ferait pas.

Malgré sa peur d'affronter à nouveau son agresseur, les conditions n'étaient plus les mêmes. Elle n'avait plus vingt-deux ans, elle n'était plus droguée et sans défense. Si ce type avait vraiment l'intention de s'en prendre à nouveau à elle, il serait face à un agent du FBI aguerri et armé jusqu'aux dents.

Et, quand arriverait le 1er septembre, elle serait comme

toujours entourée de Scott et Ella. Il était même probable que le fiancé d'Ella, Logan, un policier très expérimenté, et la petite amie de Scott, Chelsie, négociatrice au FBI, seraient là pour leur prêter main-forte.

Et, connaissant Grant, qu'elle le lui demande ou pas, il y avait fort à parier qu'il débarquerait avec un petit arsenal, et insisterait pour jouer les gardes du corps.

Quelle chance avait réellement le Violeur à l'hameçon de parvenir à ses fins ?

Elle soupira et se leva.

Peu importait qu'elle se le répète un nombre incalculable de fois.

Peu importait, même, que ce soit logique.

Parce qu'à chaque fois qu'elle pensait au 1er septembre, ses mains commençaient à trembler.

Même l'idée de traverser le parking souterrain, alors que personne en dehors des agents assermentés ne pouvait y entrer, la rendait nerveuse.

Il fallait absolument qu'elle se ressaisisse.

Son téléphone portable sonna à cet instant précis et elle sursauta.

Bon sang, elle laissait vraiment trop la peur prendre le dessus !

— Maggie Delacorte, répondit-elle, de son ton le plus professionnel.

— Salut, Mag, c'est Nikki.

Maggie ferma les yeux et tenta de communiquer de l'enthousiasme à sa voix. Elle ne voulait pas que sa petite sœur s'inquiète pour elle.

— Hé, Nikki ! Comment ça se passe au travail ? Et ton nouvel appartement ?

— L'appart est génial, et je ne commence pas encore tout de suite. Du coup, j'ai le temps de venir te voir et de passer quelques jours avec Scott et toi. Et j'ai pensé que tous les trois, et Ella aussi, bien sûr…

Sa voix se fit un peu plus hésitante.

— On pourrait sortir le 1er septembre… faire quelque chose d'amusant.

C'était gentil de la part de sa sœur, d'autant plus que toute la famille avait tendance à traiter Nikki comme un bébé. Elle aurait pu devenir une petite princesse trop gâtée, ce qui n'était pas le cas.

Néanmoins, Maggie ne voulait pas d'elle dans les parages.

— Je te remercie, Nikki, mais j'ai vraiment beaucoup de travail en ce moment. Scott également. Ça tombe mal. Mais je viendrai te voir le mois prochain.

Son intonation était plus tendue, et Nikki dut s'en rendre compte.

— D'accord..., dit-elle d'un ton hésitant. Si tu insistes. Mais je pensais...

— Merci. Vraiment. Une autre fois, tu veux bien ?

— Bien sûr. Tout va bien ?

— Beaucoup de travail, comme je te l'ai dit. D'ailleurs, je suis toujours au bureau. Je peux te rappeler plus tard ?

— Evidemment.

Sa sœur paraissait déçue.

— Si jamais tu changes d'avis, dis-le-moi.

— A bientôt, conclut Maggie, avant de raccrocher précipitamment.

Une main se referma sur son épaule tandis qu'elle glissait son téléphone dans son sac, et elle se retourna en sursautant de nouveau.

— Désolé, dit Grant, en lui prenant le coude au creux de sa paume.

— Ça va, protesta Maggie, en se libérant. Je suis juste un peu nerveuse ce soir.

Il la regarda d'un air inquiet, mais ne fit pas de commentaire.

— Je peux te poser quelques questions ?

— Vas-y.

Elle l'étudia plus attentivement. Il avait des cernes sous les yeux et des plis d'amertume autour de la bouche.

— C'est à propos du Violeur à l'hameçon, n'est-ce pas ?

— Oui, je suis désolé... J'essaie seulement...

— Pas de problème. De quoi s'agit-il ?

— La nuit où tu as été droguée… Il est dit dans le rapport de police que tu buvais du soda en canette. C'est bien ça ?

Serrant les mâchoires, elle hocha la tête.

— Tu te souviens si tu as pris autre chose ? Ou si quelqu'un aurait pu…

— Tu te demandes comment j'ai été droguée ? En fait, je n'en ai aucune idée. A l'époque, je ne savais pas tout ce que je sais aujourd'hui, mais j'étais déjà méfiante. Je n'acceptais pas que quelqu'un m'apporte un verre, ou me tienne le mien. Je ne le laissais pas non plus traîner, et je préférais de toute façon prendre des canettes que j'ouvrais moi-même.

— D'accord. Et tu es allée la chercher toi-même au bar ?

— C'est mon petit ami qui me l'a apportée, mais je l'ai ouverte moi-même.

— Est-ce que les noms de Jeff Hoffmeier ou Kevin Sanders te disent quelque chose ?

— Non. Pourquoi ?

Grant parut déçu, mais pas vraiment surpris.

— Je testais simplement une théorie.

Comme il faisait demi-tour vers la salle de conférences, Maggie le rattrapa par le bras.

— Ce sont des suspects ?

— Pas pour le moment.

Il semblait sur le point d'en dire davantage, mais Kammy traversa l'*open space*, le regard tourné vers eux et chargé de suspicion.

— Grant, au travail ! lança-t-elle au passage.

Maggie toucha à nouveau le bras de Grant, avant qu'il ait eu le temps d'emboîter le pas de sa supérieure.

— Hum… Grant…

— Oui ?

Elle le dévisagea, plus très sûre de ce qu'elle s'apprêtait à dire.

Elle le voyait tous les jours au bureau, mais ces derniers temps, c'était différent. Même le fait de se trouver face à lui, en accomplissant un geste aussi impersonnel que de lui effleurer l'avant-bras, semblait intime.

— Hum... Tu ne voudrais pas passer à la maison quand tu auras terminé ici ? Nous pourrions discuter.

L'espace d'un instant, il sembla perplexe, puis se ressaisit.

— Bien sûr. Aucun problème.

Il consulta sa montre, et quand il releva la tête, de l'impatience brillait dans ses yeux.

— D'ici deux heures ?

Elle s'efforça de paraître indifférente.

— Quand tu voudras.

Surpris par le nombre de voitures garées dans l'allée, Grant frappa à la porte et attendit patiemment. Maggie avait beau s'être montrée vague sur les raisons de cette invitation, elle avait certainement l'intention de le passer sur le gril à propos de l'enquête, et de lui arracher des détails qui auraient dû rester confidentiels.

Ce ne fut pas elle qui lui ouvrit, mais son amie Ella. Sans la connaître particulièrement bien, il l'avait croisée quelques fois chez O'Reilley, au pub. Il avait également lu son nom dans le rapport de police de Maggie.

C'était Ella qui avait quitté la fête en pensant que Maggie était en sécurité avec son petit ami. Et c'était elle aussi qui avait appelé la police le lendemain quand Maggie était rentrée au dortoir en titubant, saignant et marquée à la nuque.

— Viens, nous t'attendions, dit-elle.

Elle s'effaça pour le laisser entrer, puis le guida vers le salon.

— Je ne savais pas que j'étais invité à une soirée, lança-t-il d'un ton ironique.

— Désolée, fit Maggie, en sortant de la cuisine avec un carton de pizza ouvert.

Elle avait échangé son tailleur-pantalon et son strict chemisier blanc contre un jean délavé et un T-shirt court et moulant qui mettaient ses formes en valeur.

Baissant la voix tandis qu'il observait de loin l'assemblée, elle ajouta :

— J'ai pensé que si je te le disais…

— Figure-toi que je savais de quoi tu voulais parler. Seulement, je ne m'attendais pas à ce que tu m'obliges à bafouer le protocole en public.

Tandis qu'elle rougissait, Scott se leva et vint à la rescousse de sa petite sœur.

— Ne t'inquiète pas pour ça, Grant. Rien de ce que tu diras ne quittera cette pièce.

— C'est donnant-donnant ?

— Absolument. Nous partagerons tout ce que nous savons. Mais, je te préviens, ce n'est pas grand-chose. Nous n'avons pas les mêmes accès que toi. Pour autant, on ne va pas rester assis à se tourner les pouces.

— Moi non plus, renchérit Grant. J'ai l'intention de tout mettre en œuvre pour arrêter ce type.

Scott le dévisagea un moment, puis hocha la tête. Apparemment, songea Grant, il avait gagné la confiance du frère de Maggie.

— Dans ce cas, mettons-nous au travail, dit-il.

Ella s'était déjà assise à côté d'un homme, dans les trente ans, les traits sévères et les cheveux coupés court. A son regard inquisiteur, il appartenait très certainement aux forces de l'ordre.

— Logan Greer, annonça-t-il d'une voix légèrement traînante, tout en se levant. Je suis le fiancé d'Ella, et inspecteur au Département de police de Washington.

— Ravi de vous rencontrer, dit poliment Grant.

— Salut Grant, lança une jeune femme, en relevant la tête d'un bloc où elle terminait de prendre des notes.

— Bonsoir, Chelsie, répondit-il.

Chelsie Russell était une blonde à la silhouette de sylphide, qui travaillait comme négociatrice au WFO. Lorsque Grant l'avait rencontrée pour la première fois, il l'avait trouvée froide et un peu coincée. Mais il n'avait pas tardé à découvrir qu'elle avait beaucoup d'humour, et qu'elle se défendait plus qu'honorablement au billard.

— Donc, nous avons deux agents tactiques, une profileuse, une négociatrice et un inspecteur, résuma Grant.

Sans compter son expérience à la Division des crimes violents, et le travail de Maggie sur les affaires de droit civil.

— Voyons ce que nous pouvons tirer de tout ça.

Se frayant un passage jusqu'au canapé, il prit une part de pizza dans le carton posé sur la table basse, et informa le groupe des détails de l'affaire Shana Mills.

— Elle ne s'est rendue à l'hôpital que le 2 septembre, mais elle a été agressée le 1er, il y a treize ans.

— D'accord, fit Scott d'un ton sceptique. Que s'est-il passé durant les deux ans de transition ? D'autres victimes qu'il n'a pas marquées ? A la même date ?

— Peut-être, mais aucun des autres dossiers que j'ai étudiés n'offrait de similarités. Et s'il n'y a pas de marquage, je ne suis pas sûr que la date ait une importance.

Ella commença à secouer la tête, tout en se penchant en avant.

Grant reprit la parole avant qu'elle ait le temps d'émettre une objection.

— Ecoute, je ne suis pas profileur, mais ce jour doit forcément avoir une signification importante pour lui. Tu ne penses pas que ça pourrait être la date à laquelle il a agressé la personne qu'il connaissait, celle qu'il voulait réellement faire souffrir à l'origine ?

Ella grimaça.

— Ma théorie, c'est que la date est importante parce qu'elle correspond au moment où il a réalisé ce qu'il fantasmait depuis des années. C'est-à-dire, quand il a enlevé une femme, et tout ce qui a suivi. Et il a eu envie de continuer. C'est pour ça qu'il revient. Dix ans ont passé. Dix ans à ressasser l'obsession maladive de sa première cible. Aujourd'hui, il a plus de mal à se fondre dans le milieu étudiant, et il cherche à recréer l'époque où tout marchait bien pour lui.

La voix d'Ella était tendue, et son fiancé passa un bras autour de ses épaules. Ce devait être difficile pour elle de profiler l'affaire de Maggie, supposa Grant.

Mais il n'hésita pas à la contredire :

— Je pense que tu te trompes.

Tout le monde se figea et le dévisagea avec incrédulité, sans doute parce qu'Ella était une profileuse exceptionnelle. Même lui le savait, alors qu'il n'avait jamais travaillé avec elle.

— Tu étais là quand c'est arrivé, expliqua-t-il. Tu es trop impliquée pour voir les choses clairement.

Elle sursauta comme s'il l'avait insultée, et il s'empressa d'ajouter :

— Je suis désolé. Je crois que la date a une autre importance que celle-là. Sinon, pourquoi attendre aussi longtemps ? Il pourrait recommencer tous les six mois, ou le premier de chaque mois…

Tout le monde resta silencieux, et ce fut finalement Maggie qui reprit la parole.

— Pourquoi tu t'es particulièrement intéressé au dossier de Shana Mills ?

— Elle pense que quelqu'un a drogué son soda. Un soda en canette qu'elle avait ouvert elle-même.

— Et alors ? demanda Ella. D'accord, c'est ce qui est arrivé à Maggie. Mais qu'est-ce que ça nous apprend ? Que les deux agresseurs sont assez malins pour s'approcher de leurs victimes sans se faire remarquer. Ça ne veut pas dire que c'est la même personne.

Elle avait raison, mais quelque chose dans ce dossier éveillait l'instinct d'enquêteur de Grant.

— Il y a aussi ça…

Il tendit à Ella la copie de la photo de Shana qu'il avait prise dans le rapport de police.

Ella l'observa quelques instants.

— OK, il y a une certaine ressemblance avec les victimes du Violeur à l'hameçon.

Maggie, qui était restée silencieuse et immobile durant l'échange, s'approcha et prit la photo.

— Vous trouvez qu'elle me ressemble ? demanda-t-elle d'un air dubitatif.

En fait, Shana ne lui ressemblait pas vraiment, mais il y avait des similitudes : longs cheveux sombres, yeux bleu pâle, silhouette fine.

— J'admets qu'elle correspond à son type de femme, reprit Ella. Mais Scott a raison à propos des deux ans de battement.

— Si ma théorie est juste, tu penses qu'il aurait commencé le marquage l'année suivante ? questionna Grant.

Elle tritura le diamant à son annulaire gauche, semblant se livrer à une argumentation intérieure.

— Pas nécessairement. Tu as peut-être raison de penser qu'il y a eu plusieurs victimes intermédiaires qui n'ont pas été marquées. Ou alors, il a pu attendre, trouver un lieu, s'entraîner…

— S'entraîner ? releva Logan.

— Avec des victimes qu'il a tuées, précisa Ella. Ou des femmes dont il savait qu'elles ne porteraient pas plainte. Des prostituées, par exemple.

— Bon, et ensuite ? s'impatienta Scott, qui tapait nerveusement du pied.

— Deux noms sont apparus dans le dossier de Shana, indiqua Grant. Je vais m'y intéresser de près.

— Jeff Hoffmeier et Kevin Sanders, précisa Maggie.

— C'est ça, dit-il, en lui jetant un coup d'œil, surpris qu'elle ait retenu les noms. Si j'ai quelque chose, je vous le fais savoir. Et de votre côté, quelles sont les pistes que vous avez creusées ?

— Nous avons essayé l'angle des voyages, répondit Scott. Comment fait-il pour se déplacer autant ? Quel genre d'activité exerce-t-il ? Nous avons pensé à un routier, à un entrepreneur ou alors à un rentier…

— Quelqu'un de riche ! s'exclama Grant. La table en marbre !

— Quelle table en marbre ? demanda Chelsie.

Gêné, Grant se tourna vers Maggie et commença à s'excuser.

— Pas de problème, assura-t-elle. Je n'ai pas eu l'occasion de leur donner tous les détails.

A l'attention des autres, elle ajouta :

— J'ai eu un flash-back. Je me suis rappelé certains éléments de la pièce. C'était grand, bien décoré, avec des tableaux dans de beaux cadres, un tapis moelleux et une table en marbre. Ce n'était pas une chambre d'hôtel. J'étais dans une maison.

Ella se leva d'un bond.

— Maggie, c'est énorme ! Ça veut dire qu'il vivait ici il y a dix ans. Quand il parlait de rentrer chez lui dans sa lettre, ce n'était pas une figure de style.

— Bien, dit Grant.

Son niveau d'énergie, qui frôlait le zéro quand il était arrivé, venait de monter en flèche. Même s'il n'avait rien de solide pour étayer le lien avec Shana Mills, il tenait assurément quelque chose.

Il consulta sa montre. 21 h 30. Kammy était probablement encore au bureau.

— Je dois y aller. Prévenez-moi si vous trouvez quelque chose.

Se tournant vers Scott, il ajouta :

— Je peux te parler en privé ?

Maggie parut contrariée, mais Scott hocha la tête.

— Ouais. Bien sûr.

Scott l'accompagna jusqu'à la porte, et Grant lui tendit sa carte.

— N'hésite pas à m'appeler si tu as besoin d'aide. Pareil pour les autres.

— Tu voulais me dire autre chose ?

— Mouais. Je me disais que ce type est forcément au courant que Maggie fait partie du SWAT.

— Et donc, tu en penses quoi ? Qu'il n'a pas vraiment l'intention de s'en prendre à elle ?

— Je ne sais pas trop. Il est vraiment obsédé par Maggie, comme il ne l'a jamais été par aucune autre. Donc, il doit avoir un plan pour l'approcher. A moins que ce ne soit purement psychologique ? Il veut peut-être la briser en lui laissant croire qu'il va venir la chercher, mais pour finir il s'en tiendra à son schéma habituel et enlèvera quelqu'un d'autre.

— Si seulement on savait à quoi s'en tenir, maugréa Scott. C'est vraiment difficile pour elle.

— Je sais.

— En tout cas, merci de nous aider.

— De rien, voyons.

Scott lui donna une tape amicale sur l'épaule et retourna lentement vers le salon.

Grant franchit le seuil, mais il n'avait pas encore descendu le perron que Maggie le rejoignit, fermant la porte derrière elle.

— Je viens de dire à ton frère…

— De m'avoir à l'œil, l'interrompit Maggie. Je sais. Ecoute…

Elle laissa sa phrase en suspens, l'observant avec inquiétude.

— Est-ce que ça va ?

Il se força à sourire.

— Oui, ça va.

Quelle pouvait être la profondeur des sentiments de Maggie pour lui ?

Elle éprouvait de l'attirance à son égard, c'était un fait certain, et ils étaient amis. Mais y avait-il plus que cela ?

Il leva la main, lui caressa la joue, et elle pressa son visage contre sa paume.

Il se rapprocha, jusqu'à être caressé par son souffle. Jusqu'à pouvoir approcher ses lèvres des siennes et les effleurer doucement, essayant de lui faire comprendre ce qu'il venait de réaliser, et qu'il n'était pas prêt à dire à haute voix.

Il était amoureux d'elle.

9

Lorsque Maggie regagna son salon, tout le monde la dévisageait. Tout le monde sauf Logan, qui fixait ostensiblement la pointe de ses chaussures, ne voulant visiblement pas prendre part à ce qui allait suivre.

— Un problème ? lança-t-elle.

— C'est quoi, l'histoire avec Grant ? demanda Ella, d'un air que Maggie ne connaissait que trop bien.

— Il n'y a pas d'histoire, répliqua-t-elle, d'une voix qu'elle ne parvint pas à maîtriser. Nous sommes amis, c'est tout.

— Je sais très bien quand tu mens, contra Ella. Je te connais depuis trop longtemps pour que tu puisses me cacher des choses.

— Je l'aime bien, confia Scott.

Maggie lui fit les gros yeux.

— Quoi ? protesta son frère, l'air innocent. C'est vrai.

— Je me demandais combien de temps ça allait prendre, renchérit Ella.

— De quoi tu parles ? bougonna Maggie.

Ella se pencha, tout sourires.

A côté d'elle, Logan haussa les épaules, l'air désolé que sa fiancée soit aussi intrusive.

— Les fois où tu m'invitais chez O'Reilley avec tes équipiers du SWAT, je voyais bien que tu étais intéressée. Et lui aussi. Je me demandais quand vous vous en rendriez compte.

— Peu importe, assena Maggie, en s'asseyant sur le canapé à côté de son frère, et en croisant les bras pour signifier que la conversation était terminée.

— Pourquoi ? demanda Chelsie. Parce que c'est ton collègue ?

— Il enquête sur mon affaire, donc c'est terminé.

— Oui, enfin, il essaie..., fit remarquer Ella d'un ton ironique.

— Je n'ai pas envie d'en parler ! tempêta Maggie.

Et, comme elle réagissait rarement de cette façon, ses amis se turent aussitôt.

— Il ne se passe rien, alors arrêtez !

Scott et Ella échangèrent un regard que Maggie fit mine d'ignorer, puis Logan prit la parole, dans un effort visible pour changer de sujet.

— Ecoutez, ce n'est pas ma spécialité, mais concernant Shana Mills, si son agresseur la connaissait, alors peut-être qu'il connaissait aussi Maggie.

Ella se redressa, de nouveau sérieuse.

— Et si Maggie était la première personne qu'il ne connaissait pas, c'était un changement de tactique, une soudaine modification de son mode opératoire. Donc, il évoluait peut-être dans son environnement immédiat.

— Comment ça ? demanda Scott.

Ella regarda Maggie.

— Je repense à ce que Grant a dit à propos de ta boisson... Nous savons que ce type t'espionnait. Il l'a fait avec toutes ses victimes. S'il s'est approché pour glisser de la drogue dans ta boisson pendant que tu la tenais en main, ça veut dire qu'il t'a parlé. Tu le connaissais peut-être vaguement, pas assez pour connaître son nom, mais tu l'as reconnu quand il t'a adressé la parole.

Choquée par cette perspective, Maggie se crispa.

— Donc, tu penses que je pourrais le reconnaître aujourd'hui ?

— C'est possible. Tu devrais demander à Grant de te montrer des photos de ses suspects.

Maggie hocha la tête.

Il était extrêmement gênant que Grant enquête sur son affaire, décortiquant dans ses moindres détails le pire jour de sa vie. Toutefois, s'il fallait en passer par là pour arrêter enfin le Violeur à l'hameçon, elle ferait cet effort.

Maggie bouillait d'impatience.

Elle était assise à son bureau depuis une heure, faisant mine d'étudier des dossiers en attendant que Kammy Ming se décide à lever le camp. Mais le WFO s'était pratiquement vidé, et Grant et Kammy étaient toujours occupés à discuter de l'enquête.

L'estomac noué à l'idée de ce qu'elle allait faire, Maggie se leva et traversa l'*open space* sombre et désert, puis ouvrit la porte de la salle de conférences. Grant et Kammy tournèrent la tête d'un même mouvement et la dévisagèrent avec surprise.

Ils étaient assis face à face à la longue table, qui était recouverte de dossiers et de boîtes d'archives. Sur le mur du fond, des notes à la craie s'étalaient sur un grand tableau noir. A côté, était punaisée une carte truffée d'annotations et de cercles rouges, dont Maggie comprit la signification sans avoir à s'approcher. Les zones ainsi soulignées correspondaient aux neuf agressions revendiquées par le Violeur à l'hameçon à travers le pays.

Elle fit un pas vers la table. S'y étalaient des documents sur l'industrie de la pêche, des dossiers scolaires, des dépôts de plainte…

Au fil des ans, elle avait été tentée de prendre contact avec les autres victimes, de collecter toutes les informations, d'essayer de trouver des réponses. Mais elle avait résisté. Pas uniquement parce que c'était contraire au protocole, mais aussi parce qu'elle ne voulait pas imposer à d'autres de creuser leur mémoire à la recherche du plus infime détail, quand elle-même en était incapable.

— Nous faisons tout ce que nous pouvons, soupira Kammy.

Elle avait l'air épuisé, et dans sa voix flottait comme un air de défaite, ce qui ne lui ressemblait pas.

— Qu'y a-t-il, Maggie ? s'enquit Grant, en refermant précipitamment le dossier à côté de lui, et qui devait être le sien.

— Je veux voir les photos, dit-elle, en essayant de ne communiquer aucune émotion à sa voix.

— Quelles photos ? demanda Grant.

— Laissez-nous enquêter, décréta Kammy en même temps.

Comment allait-elle faire sans que Kammy sache que Grant

lui communiquait des informations ? Elle bouillait d'impatience parce qu'elle ne pouvait pas rester à attendre le bon moment pour parler en privé à Grant.

— Si ce type a commencé par quelqu'un qu'il connaissait avant moi, peut-être qu'il était dans mon entourage quand il m'espionnait. Peut-être que je pourrais le reconnaître…

Kammy lança un regard sévère à Grant.

— Je sais que James vous a parlé de confidentialité…

— Ce n'est pas lui, répliqua Maggie. Moi aussi, je suis un agent. Je ne peux pas rester en retrait et regarder quelqu'un d'autre s'en occuper. Je veux participer.

Un instant, Kammy parut furieuse, mais elle fit un net effort pour se contenir.

— Si on ne vous a pas assignée à cette enquête, c'est que vous êtes trop impliquée, vous le savez.

— Mais je peux vous aider, insista Maggie. Et je n'ai pas l'intention d'attendre chez moi que ce type vienne à nouveau m'agresser dans treize jours parce que vous vous obstinez à respecter la procédure !

Kammy se leva et, même si Maggie était plus grande et plus musclée, elle comprit soudain pourquoi Kammy avait la réputation d'être une personne à qui il ne fallait pas chercher des noises. Rien que son regard avait de quoi faire trembler.

Pour autant, Maggie n'était pas une mauviette. Elle faisait partie du SWAT, ou en tout cas, elle en avait fait partie.

Elle soutint le regard glacial de Kammy, bien décidée à ne pas baisser les yeux la première.

— Ecoutez, c'est ma faute, intervint Grant. J'ai parlé à Maggie de ma théorie. Je lui ai demandé si elle reconnaissait des noms dans le dossier Mills. Ce n'est pas le cas, mais les visages lui diront peut-être quelque chose.

Les lèvres pincées, Kammy hocha la tête.

Sans perdre un instant, Grant ouvrit un dossier et tendit une photo à Maggie.

— Voici Kevin Sanders. Est-ce qu'il te semble familier ?

Les mains tremblantes, Maggie prit la photo et s'exhorta à ne pas craquer.

Mais le cliché qui remontait à treize ans ne lui évoqua rien du tout. Aucun vague souvenir, aucune sensation de malaise devant les cheveux blonds, le sourire narquois et le sweat-shirt portant le logo de l'université.

Elle regarda plus attentivement, espérant faire surgir quelque chose.

Ils savaient déjà que Kevin Sanders était un harceleur, et si Shana Mills était la première d'une longue liste de victimes, cela faisait de lui le suspect principal.

Si c'était lui, ils auraient enfin un nom, une personne à traquer.

Finalement, elle leva les yeux vers Grant et secoua la tête.

— Je ne le reconnais pas.

— Ça ne fait rien.

Grant glissa la photo dans le dossier et le referma.

— On va quand même vérifier.

Il lui tendit une nouvelle photo.

— L'ex-petit ami de Shana, Jeff Hoffmeier.

Maggie s'en empara, pleine d'espoir. Mais là non plus, il ne se passa rien.

Hoffmeier faisait la tête, et son visage qui aurait pu paraître séduisant dégageait une impression de laideur et de méchanceté. Ses cheveux noirs étaient coupés en brosse, et ses yeux d'un bleu très pâle, presque blanc. Il était déjà diplômé depuis quelques années quand il sortait avec Shana, mais il avait toujours l'air d'un étudiant sur la photo.

Maggie commençait à secouer la tête et à tendre le cliché à Grant, quand une voix du passé murmura dans sa tête :

Tu bois quelque chose ?

Plus tard, la même voix avait dit :

Ça va faire mal.

Elle poussa un petit cri, et la photo lui échappa des doigts.

— Hé ! fit Grant en lui prenant le bras. Tu as reconnu ce type ?

Kammy se pencha au-dessus de la table et attrapa le téléphone, comme si elle était prête à convoquer le reste de l'équipe.

— Euh, je ne sais pas…

Maggie se pencha pour ramasser la photo, mais Grant fut plus rapide qu'elle.

— Il t'a semblé familier ?

— Il faudrait que je regarde à nouveau.

— Tu ne veux pas faire une pause ?

— Non, ça va.

Elle lui prit la photo des mains et détailla longuement le portrait de Jeff Hoffmeier.

Il avait un visage fort et anguleux, une mâchoire carrée et un nez aristocratique. Sans doute ne devait-il pas avoir de mal à séduire les filles quand il ne faisait pas la tête comme sur la photo.

Mais elle avait beau le scruter, en essayant de faire remonter un souvenir, il ne lui disait rien du tout.

Avait-elle réellement entendu ces mots ?

Elle ne savait pas si son agresseur lui avait parlé avant de l'enlever, ni s'il lui avait proposé à boire.

L'enquête avait-elle créé de faux souvenirs ? C'était tout à fait possible. Plus une victime avait de détails sur de possibles suspects, plus elle était tentée de croire certaines choses parce qu'elle avait besoin de réponses.

— Vous le connaissez ? demanda Kammy d'un ton impatient.

— Laissez-lui un peu de temps, protesta Grant.

Leurs voix semblaient distantes tandis qu'elle continuait à fixer désespérément la photo.

Finalement, elle la posa et secoua la tête.

— Je ne sais pas. Il me fait une mauvaise impression, mais il ne m'est pas familier.

— Qu'est-ce que ça veut dire ? insista Kammy. C'est lui, ou ce n'est pas lui ?

Grant leva discrètement les yeux au ciel, et s'adressa gentiment à Maggie.

— Qu'est-ce qui te donne une mauvaise impression ?

— Je n'en sais rien. J'ai cru me souvenir de quelque chose en regardant la photo, mais c'était une voix. Et je ne sais pas quoi en penser…

Elle soupira, furieuse de ne pouvoir en dire plus. Elle avait toujours été soulagée de ne pas se rappeler son agression, mais en cet instant, elle le regrettait.

— Je ne sais pas si c'est lui, ou s'il me rappelle l'autre. Je devrais peut-être t'accompagner quand tu iras l'interroger.

— Non ! décréta Grant.

— Si c'est lui et qu'il me voit, il pourrait…

— Non. Nous étudierons davantage son profil, et s'il a l'air de correspondre, nous le convoquerons ici. Eventuellement, tu pourras l'observer derrière la glace sans tain.

— D'accord.

Maggie déplaça une pile de dossiers et s'assit sur la chaise voisine de celle de Grant.

— Je vais vous aider.

— Certainement pas ! assena Kammy.

Maggie la toisa, bras croisés sur sa poitrine.

— Si vous voulez que je sorte, il va falloir me traîner dehors. Et je dois vous prévenir que je ne vais pas vous faciliter les choses.

— Vous plaisantez ?

Kammy se mit à jurer, d'une façon beaucoup plus fleurie que Maggie ne l'aurait cru, venant d'une femme aussi coincée.

Grant, quant à lui, la regardait du coin de l'œil, avec une expression indéchiffrable. Colère ? Inquiétude ? Déception ? Probablement un peu des trois, conclut Maggie.

Et elle préférait ne pas penser aux répercussions que son attitude allait avoir sur la réputation de Grant au VCMO, ou sur ses sentiments pour elle.

— Bien, finit par lâcher Kammy d'un ton pincé. Mais vous recherchez ce que nous vous donnons et rien d'autre. Et je vous conseille de ne pas abuser davantage de ma patience. Un autre manquement au protocole, et je l'inscris dans vos dossiers. A tous les deux. Compris ?

Maggie hocha la tête, redoutant davantage de nuire à la carrière de Grant qu'à la sienne.

— Tu prends Sanders, annonça celui-ci en lui tendant le dossier.

— Je veux…

— Je m'occupe d'Hoffmeier, l'interrompit Grant. Kammy a déjà commencé à fouiller dans la vie d'autres personnes proches de Shana à l'époque.

Maggie se tourna vers Kammy.

— Vous avez trouvé quelque chose ?

— Non.

Sur ce, elle se laissa tomber sur son siège et releva ses cheveux gris en torsade, qu'elle fixa avec une pince.

— Je continue.

— Merci.

Kammy ne se dérida pas.

— Je respecte votre travail ici, Maggie. Sinon, je ne tolérerais pas ce…

Elle désigna d'un large geste les dossiers étalés sur la table.

— Dérapage. Mais faites attention à vous. Et arrêtez d'enquêter de votre côté. Je ne veux pas que vous tombiez sur ce type sans y avoir été préparée.

Maggie hocha la tête, en espérant paraître convaincante. L'argument de Kammy était logique, mais il n'était pas question qu'Ella ou son frère jettent l'éponge, ce qui voulait dire qu'elle non plus.

Ouvrant le dossier de Kevin Sanders, elle se mit au travail. Il ne fallut pas longtemps pour que son pouls s'emballe. Au cours des cinq années précédentes, Sanders avait été condamné deux fois pour agression sexuelle.

Aucune des deux n'avait eu lieu dans un Etat où le Violeur à l'hameçon avait sévi, mais elles se situaient entre deux attaques. Il pouvait donc s'agir d'une transition.

Une heure plus tard, Maggie annonçait avec un soupir de déception :

— Ce n'est pas lui.

Grant leva les yeux de son ordinateur portable et se pinça l'arête du nez.

— Pourquoi pas ?

— Au moment de la troisième agression, il était sous les

verrous pour conduite en état d'ivresse. Il a été condamné à trente jours. Il est impossible que ce soit lui.

— Je n'ai rien trouvé, avoua Kammy de son côté. Et vous, Grant ?

— Non plus. Et pourtant Jeff Hoffmeier pourrait correspondre.

— Quoi ?

Maggie se redressa précipitamment et saisit le bras de Grant. Prenant conscience de son geste, elle s'empressa d'ôter sa main.

— Qu'est-ce qui te fait dire ça ?

— Il vivait à Washington il y a dix ans. Et après ça, je ne sais pas.

— Comment ça, tu ne sais pas ? Tu ne peux pas le tracer ? Il devait posséder une maison. Ou, au moins, avoir un permis de conduire…

— Je ne peux pas le tracer. On dirait qu'il s'est volatilisé du jour au lendemain. Et ça s'est produit en septembre, il y a dix ans.

10

Grant venait enfin de se coucher quand la sonnette retentit.

Il fixa le plafond dans l'obscurité, soupira, puis enfila un T-shirt sur son caleçon et se dirigea vers la porte en traînant les pieds.

La journée avait été longue et frustrante, et le sermon que lui avait tenu James, qui avait reçu un appel de Kammy, avait été la cerise sur le gâteau.

Il ouvrit la porte, en sachant déjà qui se tenait sur le seuil, et lui tourna le dos aussitôt.

— Vas-y, entre.

— Je suis désolée.

— Arrête de t'excuser, Maggie.

Il se dirigea vers le salon, et plissa les paupières en allumant une lampe.

Alors seulement, il se tourna vers elle. Elle semblait encore plus épuisée qu'il ne l'était.

— Je ne voulais pas te réveiller. Excuse-moi.

— Maggie ! Si tu dois venir me voir uniquement pour t'excuser, ça va vite me lasser. Viens me voir parce que nous sommes amis et que tu as envie de parler. Ou alors, viens parce que… nous sommes plus que ça, et que tu me veux.

Il lui sourit, pour lui faire comprendre qu'il plaisantait, au moins en partie.

Elle tripota le bas de son chemisier, mit les mains dans ses poches, les ressortit et croisa les bras sur sa poitrine.

— Je ne pensais pas que tu serais couché.

Il était encore tôt dans la soirée, mais il avait accumulé tellement d'heures de sommeil en retard qu'il s'était effondré.

— La journée a été longue.

Il s'assit sur le canapé, en l'invitant à le rejoindre.

— Je suppose que tu veux savoir comment avance l'enquête, ajouta-t-il.

Il ferma les yeux et appuya sa nuque contre le dossier.

A côté de lui, le coussin s'affaissa.

— Le nom de Jeff Hoffmeier est apparu de façon sporadique, mais ça ne nous a pas donné son lieu de résidence.

— Et sa famille ? lança Maggie. Ils vivent toujours en ville.

Grant rouvrit lentement les yeux et la détailla. Elle s'était assise plus près qu'il ne le pensait. Des lignes d'amertume et de fatigue se dessinaient autour de ses yeux et de sa bouche. De plus en plus à mesure qu'on approchait du 1er septembre, remarqua-t-il.

— Je croyais que tu ne t'en mêlerais pas.

Cela avait donné lieu à une dispute entre eux, après son coup d'éclat au bureau, deux jours auparavant. Kammy avait exigé qu'elle se tienne à l'écart d'Hoffmeier, et elle avait accepté. Bien sûr, elle ne se désintéresserait pas totalement de l'enquête, Grant n'était pas dupe. Mais elle penserait à sa propre sécurité et les laisserait prendre la tête des opérations, non ?

Apparemment, il s'était trompé.

— Maggie, s'il te plaît, dis-moi que tu ne leur as pas parlé.

— Je n'ai pas donné mon nom. Je les ai appelés en disant que je faisais partie de l'association des élèves, et que je cherchais comment le contacter.

Grant se redressa, soudain pleinement réveillé et furieux.

— Tu te fiches de moi ? Tu essaies de saboter cette enquête ?

— Tu me connais, rétorqua-t-elle, apparemment tout aussi agacée. Tu savais que je n'allais pas laisser ça à quelqu'un d'autre.

— Je t'avais dit que je m'en occupais, et que tu devais rester à l'écart.

— Tu n'es pas mon chef.

— Ton chef te l'a dit aussi.

— Tant pis. C'est fait, maintenant. J'ai appelé, et ils m'ont envoyée promener, en disant qu'Hoffmeier ne voulait pas figurer dans un fichier.

Grant se massa le front. Le mal de tête pointait.

— Tu cherches vraiment les ennuis.

— J'ai simplement téléphoné. Je n'ai pas l'intention de m'approcher de lui, même si je découvre où il se trouve. Si j'avais trouvé son adresse, j'aurais…

— Quoi ? Appelé Scott pour lui demander d'aller voir ?

— Non, c'est toi que j'aurais appelé. Je sais bien que j'ai une cible dans le dos, et je ne vais pas mettre d'autres personnes en danger en m'approchant d'un suspect potentiel. Mais ça ne veut pas dire que je vais rester barricadée chez moi, en croisant les doigts pour que quelqu'un le trouve après dix ans de fausses pistes.

Grant ravala les mots qu'il avait envie de prononcer, et se calma.

— J'irai rendre visite à sa famille demain. Mais il va falloir jouer serré. Si Hoffmeier vit à Washington en ce moment, et que son nom n'apparaît sur aucun document, ça peut vouloir dire que sa famille le cache. Ces gens-là ont des relations haut placées, et ils ne vont pas prendre peur facilement. Mais ils ne voudront pas non plus que les médias salissent leur réputation. Je vais jouer là-dessus.

— Comment ?

— Maggie, fais-moi confiance, d'accord ? J'ai conduit beaucoup d'enquêtes comme celle-ci. Je comprends que tu ne puisses pas rester à l'écart, mais laisse-moi gérer Hoffmeier.

— Il nous reste douze jours, Grant.

L'inquiétude et la nervosité vibraient dans ses yeux bleus. Il lui pressa gentiment la main.

— Si nous n'avons rien le 31 août, le FBI te placera sous protection. Et je prendrai des congés pour être avec toi.

Cette décision n'avait pas encore été approuvée, mais peu lui importait. Il était prêt à tout pour être avec elle.

Elle grimaça un sourire forcé.

— C'est gentil à toi, Grant. Mais je suis formée aux situations de conflit. S'il m'approche…

— Je sais.

Il avait mis toute sa conviction dans ces mots, voulant que Maggie comprenne qu'il avait confiance en elle.

— Mais ce type est malin, et je ne veux pas prendre de risques.

Elle resta silencieuse.

Etait-elle en train d'assimiler l'information ? Ou cherchait-elle un argument pour protester ?

Finalement, elle leva vers lui un regard mouillé de larmes.

— Merci.

Puis elle posa la main sur sa nuque, l'attira à lui et déposa un doux baiser sur ses lèvres, qui le laissa en pleine interrogation. Elle était attirée par lui et l'appréciait. Cela, il le savait. Mais au-delà de ça ?

Ce n'était pas vraiment le moment pour le découvrir mais, lorsqu'elle se blottit contre lui et posa la tête au creux de son épaule, cela ressemblait bel et bien à ce qu'aurait fait une petite amie.

Aussi, il lui prit la main et entrelaça ses doigts aux siens.

— Quand j'étais adolescent, mon père est parti.

Maggie se tourna pour le regarder, clairement surprise de ce changement de conversation, mais il l'attira à nouveau contre lui, un bras passé autour de ses épaules.

— Ça nous a tous surpris. Le mariage de mes parents n'était pas un modèle de béatitude, mais ils ne se disputaient jamais. Ils étaient tout simplement distants.

Il soupira, et laissa passer un silence.

— Puis mon père est parti. Au milieu de la nuit, en plus. Il a fait une valise, et il a filé. Il a tout laissé derrière lui, y compris sa famille.

Les doigts de Maggie se serrèrent autour des siens.

— J'ai reçu des cartes postales, et quelques coups de fil, mais on peut dire qu'il s'est lavé les mains de nous pour tout ce qui comptait vraiment. Je pense que c'est ce qui a vraiment détruit ma mère.

Il marqua une pause, se rappelant les bouleversements qui avaient frappé leur famille.

— Nous vivions à New York, et nous avions déjà du mal à joindre les deux bouts. Sans un second salaire, il a fallu déménager, et nous avons atterri dans un sale quartier. Vraiment mal famé, et infesté de gangs.

— Et ils auraient bien aimé que tu les rejoignes, avança Maggie.

— Mouais… J'étais capable de me défendre, mais c'était plus compliqué pour mes petits frères. Il a fallu que je bataille ferme pour qu'ils ne se laissent pas enrôler.

— Ils ont l'air de s'en être bien sortis aujourd'hui. D'après ce que j'ai pu voir sur les photos.

— Oui. Vinnie est toujours à New York, mais plus au nord. Et Ben, le plus jeune, est à Chicago.

— Toi aussi, tu es resté à New York.

— C'est là que le Bureau fédéral m'a affecté.

Elle se tourna vers lui.

— Tu ne l'as pas demandé ? Comme lieu d'affectation préféré ?

Lorsqu'un agent sortait de l'Académie du FBI, il avait le droit d'indiquer l'endroit où il voulait travailler. C'était considéré comme une sorte de plaisanterie, car il était peu fréquent qu'un bleu obtienne le poste de ses rêves. Mais cela avait marché pour Grant.

— Si. A ce moment-là, ma famille y vivait encore, et je voulais…

— Etre là pour eux.

— On peut dire ça. Finalement, après avoir fait carrière au VCMO, j'ai voulu intégrer le SWAT, mais il n'y avait pas de poste disponible à New York. C'est comme ça que j'ai demandé ma mutation ici.

Il baissa les yeux vers elle, la fixant intensément.

— Et j'en suis heureux. Sinon, je ne t'aurais jamais rencontrée.

Elle eut un mouvement de recul, les yeux écarquillés, et il eut peur d'être allé trop loin, trop vite.

— Grant, tu sais… Depuis le début, il y a eu plus que de l'amitié entre nous…

— Ah oui ?

Ainsi, elle l'avait ressenti également.

— Oui. Mais les choses ont changé.

— Pourquoi ?

— Tu me considères différemment, maintenant.

Glissant hors de son étreinte, elle quitta le canapé.

— Ce n'est pas vrai, protesta-t-il, en se levant à son tour.

— Je sais que ce n'est pas délibéré de ta part, mais le fait est là. Je l'ai senti quand tu m'as embrassée.

A cause de l'erreur qu'il avait faite avec son cou.

Il essaya de protester, mais elle fut plus rapide que lui.

— Ce qui m'est arrivé ce jour-là a affecté tout le reste de ma vie. J'ai intégré le FBI à cause de ça. Je m'arrange pour être en vacances autour du 1er septembre à cause de ça. Et toutes les relations que j'ai pu avoir ont fini par échouer à cause de ça.

Sa voix tremblait, mais son regard était déterminé.

— Ça fait dix ans, Grant. J'ai besoin de tourner la page. Et je ne peux pas le faire avec toi. Pas avec tout ce que tu sais, avec tout ce que tu as vu dans mon dossier. Je suis désolée.

Sur ces mots, elle se tourna et se dirigea vers la porte.

Au moment d'ouvrir la portière de sa voiture, Maggie ferma les yeux et posa une main sur sa poitrine, là où une douleur oppressante grandissait.

Derrière elle, une main se tendit et referma la portière.

Tandis qu'elle se tournait, une jeune femme qui faisait son jogging ralentit et poussa un petit cri, avant de détaler à toutes jambes.

Maggie déglutit.

Grant l'avait suivie dehors, en caleçon et T-shirt, pieds nus.

Elle cilla et lui tourna le dos. Elle avait envie de pleurer. Il ne fallait pas qu'il voie cela. Elle voulait monter dans sa voiture, rentrer chez elle et laisser cette horrible journée derrière elle.

Il lui prit le bras et l'obligea à pivoter.

— La seule chose qui a changé, dit-il, avec une froide détermination, c'est que mes sentiments pour toi ont grandi. Si tu n'es pas intéressée, très bien ! Mais si tu as peur que je te considère comme quelqu'un de moins bien à cause de ce qui t'est arrivé, tu te trompes complètement.

Elle se libéra d'un geste brusque.

— Ecoute, Grant, je n'ai jamais dit que tu ne me plaisais pas. Mais ça ne change rien à ce qui s'est passé.

— Quand j'ai failli toucher ton cou ?

— Oui.

Quelque part, elle aurait voulu qu'il le fasse. Comme d'habitude, elle aurait paniqué, et elle aurait finalement admis, une bonne fois pour toutes, que la question n'était pas de savoir comment le type allait réagir. Non, le problème venait d'elle, et uniquement d'elle. Jamais elle ne pourrait vivre une relation normale avec un homme.

— J'avais tout simplement peur de te blesser, expliqua-t-il d'une voix douce.

— Tu m'as vue comme une personne diminuée, rectifia-t-elle.

Avant qu'il ait le temps de répondre, elle ajouta :

— Et peut-être que moi aussi, je me considère ainsi.

— Maggie…

Il glissa les doigts sous son menton, la forçant à relever la tête et à croiser son regard.

— Je ne pense pas ça du tout. Tu es l'une des personnes les plus fortes que je connaisse. Et tu le sais. Sinon, tu n'aurais jamais eu le cran d'intégrer le SWAT.

— C'est différent.

— Non, ce n'est pas différent.

— Si. Quand les hommes découvrent ce qui m'est arrivé, ils me regardent comme si j'étais… souillée.

Elle détestait prononcer ce mot, mais il reflétait pourtant l'exacte vérité.

— Oh ! Maggie ! Ne dis pas ça ! protesta Grant dans un soupir.

Et il semblait tellement désolé pour elle qu'elle eut envie de s'enfuir.

Elle tendit à nouveau la main vers sa portière, mais il la prit dans la sienne et la posa sur son cœur.

— La seule personne qui soit souillée, c'est ce malade. Toi, tu en es ressortie plus forte. C'est d'ailleurs pour ça qu'il veut revenir s'en prendre à toi et pas aux autres.

— J'étais la première, dit-elle d'un ton las, tandis que ses épaules s'affaissaient d'épuisement.

— Si on veut, nuança Grant. La première avec une marque, en tout cas. Mais je ne crois pas que ce soit la vraie raison. Depuis le début, je suis persuadé que c'est parce qu'il n'a pas réussi à te briser. C'est pour ça que son obsession envers toi n'a pas cessé ce jour-là. Tu étais trop forte pour lui, et tu le seras toujours.

Ces mots redonnèrent un très léger espoir à Maggie.

Grant insista.

— Ce qui t'est arrivé ne change absolument rien à ce que je ressens pour toi.

Elle cilla, et son pouls commença à s'accélérer.

— Prouve-le.

Il resta complètement immobile pendant quelques secondes, puis il lui prit sa clé de voiture, verrouilla la portière et saisit son visage entre ses mains.

Une voiture klaxonna en passant.

Maggie sursauta.

— Pas ici, protesta-t-elle.

— D'accord.

Il se pencha et, d'un mouvement souple, la souleva et la bascula en travers de son épaule.

Elle fut si surprise qu'elle éclata de rire, et sa tension se relâcha.

De retour dans la maison, il la déposa doucement à terre, referma ses mains en coupe autour de ses joues, caressant sa peau du bout des pouces, avant que ses lèvres ne descendent lentement vers les siennes.

Comme à chaque fois qu'il l'embrassait, elle s'émerveilla de la douceur et de la tendresse de ses lèvres.

Le contraste n'en était que plus grand avec la fermeté des muscles de ses bras qu'elle caressa pour finalement s'accrocher à son cou.

Ils restèrent longtemps ainsi, la bouche de Grant pressant doucement contre la sienne, sa langue titillant le contour de ses lèvres, jusqu'à ce qu'elle n'en puisse plus, se hisse sur la pointe des pieds et enroule une jambe autour de la sienne.

Alors, il glissa les mains dans son dos, agrippa ses cuisses et la souleva contre lui.

Dès qu'elle enroula les jambes autour de sa taille et l'embrassa de nouveau, il se tourna, se dirigeant tout droit vers le canapé.

Elle murmura :

— La chambre…

Et elle plongea ses yeux dans les siens, espérant qu'il ne s'interromprait pas comme la dernière fois qu'elle avait prononcé ces mots.

Mais il lui sourit, de ce grand et beau sourire qui l'avait toujours bouleversée, et il marcha à grands pas vers le couloir.

Il alluma dans sa chambre, et elle jeta un regard sur la pièce : une œuvre d'art accrochée à un mur, un placard ouvert avec des costumes d'un côté, des T-shirts, des jeans et des pantalons de toile beige de l'autre, et un lit *king size*.

Elle s'attendait à ce qu'il la dépose sur celui-ci, mais il se tourna et s'assit sur le bord, de sorte qu'elle se retrouva à califourchon sur lui.

Parce qu'il avait peur qu'elle n'aime pas avoir quelqu'un au-dessus d'elle ?

Ses mains glissèrent sous son chemisier et commencèrent à caresser la courbe de sa taille, puis sa langue redessina le contour de son oreille, et le désir vibra en elle.

— Grant…, gémit-elle d'une voix désespérée.

Elle en fut affligée, mais déjà il saisissait son T-shirt à pleines mains et le faisait passer au-dessus de sa tête.

Plaquant à nouveau ses lèvres sur les siennes, il s'attaqua aux boutons de son chemisier et le fit glisser le long de ses bras. Le vêtement tomba au sol et Maggie se plaqua contre Grant, enchantée par le contact de sa peau.

Comme il posait à nouveau les mains sur sa taille, elle les lui prit, et les dirigea vers la ceinture de son propre pantalon.

Il défit rapidement le bouton et la fermeture Eclair, puis

fit basculer Maggie sur le dos pour se lever et faire glisser le pantalon le long de ses jambes.

Elle se redressa en appui sur les coudes pour l'observer et, quand elle croisa son regard, le désir brûlant qui s'y lisait la fit sourire.

A cet instant, elle en était absolument certaine : il ne pensait pas à son passé, mais uniquement à elle.

Repliant l'index, elle lui fit signe, et il lui sourit à son tour. Il y avait dans ce sourire de la complicité, de l'anticipation, et quelque chose d'autre. Quelque chose de plus fort : entre eux, ce serait bien plus qu'une passade.

Il s'inclina lentement au-dessus d'elle.

Elle retint son souffle, puis noua bras et jambes autour de lui, se cambrant pour aller à la rencontre de sa bouche.

Au moment même où leurs lèvres se touchèrent, une sonnerie les arracha à la magie du moment.

Grant jura, jeta un coup d'œil à l'écran allumé sur la table de chevet, à Maggie, puis à nouveau à son téléphone.

— Le travail, maugréa-t-il.

Pestant de plus belle, il roula sur le dos, entraînant Maggie avec lui, et attrapa son téléphone.

— Grant Larkin, annonça-t-il, l'air sérieux et sombre.

Maggie ne comprenait pas distinctement ce qui se disait, mais il n'y avait pas à se tromper sur l'expression toute professionnelle venue remplacer sur le visage de Grant le désir qui s'y exprimait un instant plus tôt.

— Très bien, j'y vais tout de suite, finit-il par déclarer, avant de raccrocher.

— Que se passe-t-il ? demanda Maggie, en se redressant.

— La famille Hoffmeier prend des vacances impromptues. Un plan de vol a été déposé pour leur jet privé, qui décolle dans moins d'une heure. Il faut que je les intercepte.

11

Grant contenait sa colère à grand-peine tandis qu'il pressait le pas vers la piste de l'aérodrome.

Quel curieux moment avaient choisi les Hoffmeier pour quitter Washington !

Cela n'aurait pas pu tomber plus mal pour lui, et c'était particulièrement étrange pour eux. De quoi attirer tous les soupçons sur cette richissime famille.

— Vous allez en Floride ? lança-t-il, alors qu'il approchait le jet privé, à côté duquel un couple attendait que les bagages soient chargés.

Ils tournèrent tous les deux la tête. Frederik Hoffmeier avait une bonne soixantaine d'années, les cheveux blancs, et un rictus arrogant. En dépit de la chaleur de ce beau mois d'août, il portait un costume.

A côté de lui, Lorraine Hoffmeier, en tailleur rose à la Jackie Kennedy, semblait plus jeune de quelques années, mais elle avait clairement essayé de se préserver des outrages du temps en faisant appel à la chirurgie esthétique, et en se teignant les cheveux. Le résultat donnait des lèvres trop rebondies, des sourcils trop haut et en accent circonflexe, et des cheveux d'un blond qui n'avait rien de naturel.

— C'est l'époque idéale pour visiter la Floride, répliqua-t-elle d'une voix snob, tandis que Frederik Hoffmeier se rembrunissait davantage.

— Je croyais pourtant que c'était la saison des pluies là-bas, déclara Grant en arrivant à leur hauteur.

Il brandit son insigne et se présenta :

— Grant Larkin, FBI.

Jetant un coup d'œil aux deux hommes qui chargeaient une flopée de valises, il demanda :

— Vous partez pour plusieurs semaines ?

— Nous…, commença Lorraine.

Mais Frederik l'interrompit.

— Si vous avez une question professionnelle, adressez-vous à mon bureau.

— Pas du tout. Il s'agit d'une question familiale.

Lorraine tangua sur les talons aiguilles de ses escarpins, qui ne devaient pas être confortables par cette chaleur, et Frederik grommela.

— Je vous préviens que je connais du monde au FBI. Ne croyez pas que vous pourrez harceler ma famille comme ça. Votre superviseur va être averti de votre comportement.

Grant lui opposa un calme sourire.

— Mon superviseur est parfaitement au courant de ma démarche. Votre nom est apparu en lien avec une enquête en cours. J'ai simplement quelques questions à vous poser.

Frederik le toisa d'un regard qui avait dû faire trembler bien des membres de conseils d'administration au cours des quarante-cinq dernières années.

Mais ce n'était pas un conseil d'administration, et Grant ne se laissait pas facilement intimider.

— Je connais mes droits. Je n'ai pas à vous répondre, insista Frederik.

Grant haussa les épaules.

— Comme vous voudrez. Je peux interroger vos employés, vos associés professionnels et d'autres membres de votre famille. Ils seront peut-être plus disposés à collaborer avec nous. Surtout lorsqu'ils sauront sur quoi porte notre enquête.

— Je vous préviens que j'ai un excellent avocat, et je ne pense pas que le FBI apprécierait d'être poursuivi pour diffamation.

La voix de l'homme d'affaires était froide et cassante, mais un nerf vibrait dans sa mâchoire.

A côté de lui, Lorraine s'était recroquevillée sur elle-même, les bras croisés sur sa poitrine.

— Ce n'est de la diffamation que si ce n'est pas vrai, rappela Grant à Frederik Hoffmeier. D'ailleurs, je suis surpris que vous ne vouliez pas savoir sur quoi porte notre enquête.

— De quoi s'agit-il ? s'exclama alors Lorraine, comme si la pression accumulée depuis quelques minutes venait de se relâcher.

— D'une affaire de violeur en série.

Lorraine pâlit excessivement, tandis que Frederik prenait un air offusqué.

— C'est scandaleux !

— Il est évident que vous n'êtes pas suspectés, souligna Grant, avec son sourire le plus amical. Mais votre fils a un lien avec l'une des victimes, et nous pensons qu'il pourrait nous aider à identifier le coupable.

Les lèvres de Frederik s'étrécirent en une ligne suspicieuse, tandis que Lorraine se raidissait.

— Jeffrey ne s'associerait pas avec un violeur, protesta-t-elle. Et, de toute façon, il n'est pas disponible pour vous rencontrer. Il vit à l'étranger depuis plusieurs années maintenant.

— Oh ! Je n'ai pas dit que Jeffrey était associé avec lui. Mais il pourrait détenir des informations capitales, susceptibles de nous orienter dans la bonne direction.

Lorraine secoua la tête.

— Il n'est pas là.

— Ce n'est pas grave. Donnez-moi juste son numéro de téléphone, intima Grant.

Il sortit son carnet et son stylo.

— Je ne le dérangerai pas longtemps.

Frederik et Lorraine se regardèrent, semblant partager une conversation silencieuse. Frederik finit par hocher brièvement la tête, et Lorraine sortit d'une main tremblante son téléphone de son sac.

— J'ai un numéro de portable…

Elle lut les chiffres, que Grant s'empressa de noter sur son carnet.

— Une adresse, peut-être ?

Lorraine secoua la tête.

— Il se déplace beaucoup.

Elle agita une main couverte de bagues.

— Il ne tient pas en place, vous savez.

— Où vivait-il la dernière fois que vous lui avez parlé ?

— Je n'en sais rien. Il m'a dit qu'il était en Europe, c'est tout.

Elle soupira, ne parvenant pas à masquer sa frustration.

— Ça fait longtemps que j'ai cessé de me mêler de la vie de Jeffrey. C'est un garçon qui aime avoir son jardin secret, que voulez-vous…

— A-t-il l'intention de revenir à Washington cet été ?

— L'été est presque fini, mon cher, fit remarquer Frederik d'un ton narquois.

— Je sais. Mais septembre est l'époque idéale pour visiter Washington…

Lorraine plissa les paupières, comme si elle soupçonnait qu'il se cachait autre chose derrière ces mots, tandis que son mari montrait des signes grandissants d'impatience.

— Vous avez le numéro. Maintenant, nous devons y aller.

Le pilote fit alors son apparition, sortant du bâtiment derrière eux.

— Je vois que mes trois passagers sont là, dit-il avec un sourire avenant.

— Non, ce monsieur ne vient pas avec nous, pesta Frederik.

— Désolée, je suis en retard, annonça alors une voix féminine dans le dos de Grant.

Aussitôt, le visage de Lorraine s'illumina, tandis que Frederik grommelait de plus belle.

Grant se retourna.

La femme qui marchait vers eux d'un pas pressé, vêtue d'un pantalon souple et d'une tunique de soie assortie, affichait cet air de supériorité que confèrent le pouvoir et l'argent. De toute évidence, elle mesurait avec exactitude l'effet que produisait sa beauté.

Grant la dévisagea comme s'il avait vu un fantôme. Il savait que Jeffrey avait une sœur, plus jeune que lui de six ans, mais il n'avait jamais vu de photo.

Claudia Hoffmeier avait de longs cheveux noirs qui lui descendaient jusqu'à la taille, des yeux bleu ciel, et la silhouette parfaite d'un mannequin. Son regard était direct, sa posture assurée, son cou long et racé. En résumé, elle ressemblait beaucoup à Maggie.

Et à huit autres photos agrafées dans un rapport de police...

Grant fit le calcul dans sa tête. Claudia Hoffmeier avait également le même âge que Maggie.

Plusieurs scénarios prirent naissance dans son esprit, et aucun ne le ravit.

N'était-ce pas une drôle de coïncidence que le nom de Jeff Hoffmeier ressorte dans une affaire de viol, et que sa sœur ressemble justement aux victimes ?

Mais quelle sorte de personnalité dérangée violerait des femmes ressemblant à sa petite sœur ?

Quelle serait sa motivation ? Une sorte de vengeance perverse à cause d'une rivalité entre frère et sœur ? Un sentiment d'attachement déplacé ? Les deux ? se demanda Grant.

Il dévisageait Claudia avec trop d'insistance, réalisa-t-il soudain. Il se ressaisit.

— Claudia Hoffmeier, je suppose.

— C'est exact.

Pas le moins du monde perturbée, elle l'enveloppa d'un regard à la fois appréciateur et amusé.

— On se connaît ?

— Non. Mais je pense que nous avons une connaissance commune.

— Ah oui ? De qui s'agit-il ?

Grant décida de tenter sa chance.

— Maggie Delacorte, lança-t-il, en regrettant de ne pas avoir fait plus de recherches sur Claudia.

Le sourire s'effaça immédiatement du visage de celle-ci. Elle parut même vaciller.

— Euh... non, je suis désolée, répondit-elle en secouant la tête. Je ne crois pas.

— Est-ce que Jeffrey la connaît ? insista Grant, tandis que Frederik prenait sa fille par le bras et essayait de l'entraîner vers l'avion.

— Je n'aime pas beaucoup le tour que prend cette conversation, maugréa-t-il.

— Arrête, papa ! Ça va, se défendit Claudia. Qui êtes-vous, exactement ?

— Grant Larkin. FBI.

Le front de Claudia se plissa et elle l'étudia un moment, puis elle plongea la main dans son sac, qui coûtait probablement plus d'un mois de son salaire, et lui tendit une carte.

— Je ne sais pas si Jeffrey connaît cette jeune femme, mais j'en doute. Il vit à l'étranger depuis des années. Cependant, je serais ravie de pouvoir vous aider.

Grant jeta un coup d'œil à sa carte.

« Claudia HOFFMEIER,
avocat, conseiller juridique d'Hoffmeier Finances. »

— Si vous avez la moindre question, n'hésitez pas à m'appeler, monsieur Larkin, ajouta-t-elle avec un sourire aimable.

Puis elle monta à bord de l'avion avec ses parents, et Grant retourna à sa voiture.

Que devait-il penser de la réaction de Claudia ?

Avait-elle reconnu le nom de Maggie ? Ses parents savaient-ils que leur fils avait fait quelque chose dont ils devraient s'inquiéter ? Jeffrey vivait-il réellement à l'étranger ?

Glissant la carte dans sa poche, Grant se mit au volant et roula à toute allure vers son bureau. Il avait hâte d'appeler le numéro que Lorraine lui avait donné et d'enquêter sur la famille Hoffmeier tout entière.

Grant jura et raccrocha violemment le combiné, heureux pour une fois d'utiliser un bon vieux téléphone fixe de bureau au lieu de son portable qui ne lui aurait pas permis ce geste d'humeur.

— Hors service ! annonça-t-il à Kammy.

Elle était assise en face de lui à la table de conférence du WFO et ne parut absolument pas surprise.

Il lui avait demandé de repasser au bureau après qu'il eut rencontré les Hoffmeier, mais elle avait manifestement envie d'expédier l'affaire et de se coucher tôt, tout comme lui. Elle avait échangé le tailleur-pantalon qu'elle semblait posséder dans toutes les teintes de noir, gris et bleu contre un pantalon de lin beige et un T-shirt blanc, et son visage était démaquillé. Elle aurait dû paraître moins impressionnante ainsi, mais curieusement elle tenait toujours son rôle de superviseur du FBI avec la même prestance et la même poigne.

— Vous pensez que Lorraine Hoffmeier vous a donné un faux numéro délibérément ?

— Je ne sais pas. Quand je lui ai demandé si Jeff avait prévu de revenir en septembre, elle m'a lancé un curieux regard, comme si elle savait que je faisais allusion à quelque chose, mais sans savoir quoi. Le père et la sœur, en revanche…

— Vous croyez qu'ils couvrent un violeur en série ? Ça en ferait des complices. Si elle est avocate…

— Je pense qu'ils soupçonnent quelque chose. Et je pense aussi qu'ils essaient de prendre leurs distances avec lui, de protéger le nom de leur famille. C'est pour ça que j'espérais qu'ils coopéreraient.

Kammy posa les coudes sur la table et se pencha en avant.

— Laissez-moi vous poser une question, Grant. Cette histoire ne sent pas très bon, c'est sûr, mais nous n'avons réellement établi de lien qu'entre Jeff Hoffmeier et Shana Mills. Imaginons qu'elle soit la seule victime. La famille de Jeff l'a peut-être découvert et lui a suggéré de s'exiler en Europe.

D'instinct, Grant voulut protester, mais il s'obligea à réfléchir en professionnel.

— Si nous parlons d'agression sexuelle au premier degré, le délai de prescription dans notre Etat est de quinze ans. Mais il n'est pas parti après l'agression de Shana. Il a quitté Washington dix ans plus tard, après celle de Maggie.

— La famille l'a peut-être découvert tardivement ?

— C'est possible, mais la coïncidence est étrange.

— A moins qu'il soit vraiment en Europe, et dans ce cas, il faut le rayer de la liste des suspects, assena Kammy.

— Qui vous dit qu'il ne se cache pas ici depuis tout ce temps ?

— Ça voudrait dire qu'il n'utilise aucun moyen de paiement, qu'il ne paie pas de loyer, qu'il ne possède pas de voiture… Vous pensez que sa famille lui fournirait une telle quantité d'argent liquide ? Ça m'étonnerait qu'un garçon habitué à un train de vie tel que le sien accepte de vivre aussi chichement.

— A moins que l'argent de sa famille n'ait servi à lui fournir de faux papiers, suggéra Grant.

Soudain, il tapa du poing sur la table.

— J'aurais dû insister davantage, les empêcher de monter dans cet avion.

— Nous n'avions aucune raison légitime de les obliger à rester. Et, en tant qu'avocate, Claudia Hoffmeier le savait parfaitement.

Kammy eut un soupir de lassitude.

— D'ailleurs, si on y réfléchit, comment une femme intelligente et détenant un certain pouvoir pourrait-elle couvrir de tels agissements ? Surtout si son frère choisit pour victimes des femmes qui lui ressemblent.

— Il n'empêche qu'elle a réagi quand j'ai prononcé le nom de Maggie.

— Qui a réagi quand tu as dit mon nom ?

Grant tourna la tête vers le seuil de la salle de conférences. Maggie venait de le franchir.

Elle était toujours vêtue du pantalon de tailleur gris et du chemisier à manches courtes qu'elle portait quand elle était passée chez lui. Mais il se la représenta aussitôt comme il l'avait vue en dernier : étendue sur son lit en soutien-gorge et culotte bleu nuit, les cheveux en halo autour de sa tête, les lèvres gonflées de l'avoir embrassé.

Elle se mit à rougir. Comme si elle avait deviné ses pensées…

Immédiatement, Grant tourna la tête avant que Kammy ne se rende compte de quelque chose.

Celle-ci l'observa d'un air suspicieux, et il se mit à triturer le dossier posé devant lui, jusqu'à ce qu'il ait repris le contrôle de ses émotions.

Alors seulement, il répondit à Maggie d'un ton professionnel :

— Claudia Hoffmeier.

Après avoir parlé à Kammy, le deuxième appel que Grant avait passé en roulant vers le WFO avait été pour Maggie. Elle l'attendait toujours chez lui, et il avait dû lutter contre l'envie de n'aviser sa supérieure que le lendemain, et de rentrer tout simplement à la maison.

Mais l'enquête était trop importante, et il tenait quelque chose avec Jeff Hoffmeier. Il en était certain.

L'air perplexe, Maggie fit le tour de la table et s'assit à côté de lui.

— Ce nom ne me dit rien.

Grant se pencha pour attraper l'ordinateur portable de Kammy et le tourna vers Maggie.

— C'est elle.

La photo provenait du site web du groupe Hoffmeier et, pour la centième fois de la soirée, Grant se reprocha de ne pas l'avoir consulté avant de se rendre à l'aérodrome.

Maggie observa la photo de Claudia sans faire de remarques sur leur ressemblance.

Finalement, elle secoua la tête.

— Je ne la reconnais pas. Quel est le lien ?

— Elle a ton âge. Et elle a fréquenté la même université que toi, à la même époque.

— Comme des milliers d'autres étudiants. Elle a dit qu'elle me connaissait ?

— Elle a prétendu que non. Mais elle a formellement réagi quand j'ai prononcé ton nom.

— Et tu en déduis quoi ? Qu'elle sait que son frère est le Violeur à l'hameçon ?

— Je pense qu'elle a des soupçons.

— Pourquoi un fils à papa comme lui choisirait-il un hameçon comme symbole ? demanda Kammy. Quel pourrait être son lien avec l'industrie de la pêche ?

— On peut chercher un lien, dit Grant. Mais je crois que nous devrions plutôt tout mettre en œuvre pour retrouver ce type. Appelons Interpol.

— Il faut plus qu'une intuition pour qu'Interpol intervienne, rappela Kammy.

— D'accord, très bien. De toute façon, je ne pense pas qu'il soit en Europe. Pour moi, il n'a jamais quitté le pays.

— Et si j'essayais d'appeler Claudia ? proposa Maggie.

— Elle est dans un avion pour la Floride, objecta Grant.

— Oui, mais c'est un avion privé. Elle a sûrement laissé son portable allumé.

— Qu'espérez-vous y gagner ? voulut savoir Kammy.

— Un effet de surprise.

— Elle est avocate, maugréa Kammy. Je ne pense pas…

— Avocate ? répéta Maggie d'un air pensif.

— Qu'y a-t-il ? demanda Grant.

— Il faudrait trouver une photo d'elle datant de l'université.

— Je vais essayer, annonça Grant en approchant de lui l'ordinateur et en lançant une recherche.

— En dernière année, j'ai suivi un cours d'initiation aux métiers juridiques, expliqua Maggie. Il y avait une fille… je ne me souviens pas de son nom… avec qui j'avais sympathisé, et nous avions décidé de travailler ensemble sur un projet. Ça c'était vraiment bien passé, et elle avait suggéré que je pourrais faire un stage dans l'entreprise de sa famille. Mais, finalement, j'ai décidé de ne pas faire d'études de droit, et j'ai complètement oublié cet épisode.

— Et vous pensez que cette fille pourrait être Claudia ? intervint Kammy.

— C'est possible. Ça remonte à dix ans, et nous n'avons passé qu'une semaine ensemble pour ce projet.

— Vous avez rencontré son frère à l'époque ?

— Non.

— Je l'ai ! lança Grant, en tournant l'ordinateur pour que Maggie puisse voir la photo extraite de l'annuaire scolaire de cette année-là.

Maggie se pencha pour l'observer de plus près, en se mordillant la lèvre inférieure, et Grant s'obligea à ne pas la dévorer des yeux, de peur que Kammy ne se doute de quelque chose.

Si ce n'était pas déjà fait…

— C'est elle ? s'impatienta Kammy.

— Peut-être… J'ai l'impression que ce visage m'est familier.

— Et la société ? demanda Grant. Hoffmeier Finances.

— Hoffmeier Finances…, répéta Maggie d'un ton songeur. C'est sûrement elle, alors. Je me souviens que l'entreprise familiale n'était pas un cabinet d'avocats, en fait. Mais elle m'avait expliqué qu'ils avaient un service juridique assez développé, et qu'une place l'y attendait dès qu'elle aurait obtenu son diplôme.

Grant hocha la tête.

— Claudia travaille pour la compagnie de son père depuis qu'elle a terminé ses études.

— Et Jeff ? questionna Kammy. Il n'y avait pas de poste pour lui ?

— A l'évidence, il n'y a pas travaillé depuis dix ans, répondit Grant. Avant ça, je ne sais pas. A l'époque, il avait vingt-huit ans. Il est donc possible qu'il ait travaillé avec son père avant de partir pour l'Europe.

— Ça vaut la peine de vérifier, décida Kammy.

— Quand a-t-il disparu exactement ? voulut savoir Maggie.

— Son nom apparaît pour la dernière fois sur un acte de propriété en décembre, répondit Grant.

Kammy plissa les yeux.

— Que possédait-il ? Une maison ?

— Un appartement.

— Ce n'est pas l'idéal pour y emmener ses victimes.

— Et la maison de ses parents ? suggéra Grant.

Kammy secoua la tête.

— Ce serait risqué. Mais on vérifiera quand même. Ils pouvaient être absents… Creusons un peu plus du côté de Jeff et voyons ce que nous trouvons.

Une heure plus tard, Grant n'en revenait pas de ce qu'il avait découvert.

— Jeff a effectivement travaillé pour Hoffmeier Finances. Il est allé à l'université de Palo Alto, où il passait apparemment beaucoup de temps à faire la fête, puis il est rentré et a intégré l'entreprise familiale. J'ai retrouvé un bon nombre de procès-verbaux d'arrestations. Il semblerait que papa ait payé pas mal de cautions.

— Quel genre d'arrestations ? demanda Maggie.

— Ivresse sur la voie publique, bagarres dans les bars, refus d'obtempérer, insulte à agent… Rien de sexuel.

— Que s'est-il passé ensuite ? s'enquit Kammy. Pourquoi a-t-il quitté l'entreprise familiale ?

— Il semblerait que Frederik Hoffmeier se soit lassé du manque d'éthique professionnelle de son fils et qu'il l'ait renvoyé.

— Quel était son poste ? questionna Maggie.

— Vice-président.

Comme elle haussait les sourcils, Grant ajouta :

— Il n'en avait que le nom. C'était en réalité le vice-président adjoint qui faisait tout le travail.

— Et c'est après son renvoi qu'il a quitté Washington, je suppose ? avança Kammy.

— Non, il est resté encore un an sur place, à vivre de son fonds de pension, et à sortir avec des étudiantes.

— Qu'est-ce que c'est que ça ? demanda Maggie d'une voix blanche.

— Quoi ? fit Grant en se tournant vers elle.

— J'ai trouvé une vieille image d'archive listant les cadres de l'entreprise. Regarde dans le coin. Le logo n'est pas le même.

Grant se pencha pour y regarder de plus près.

— Tu as raison, on dirait que le logo actuel ne représente plus que la moitié du dessin original.

Il cliqua pour l'agrandir, et resta bouche bée.

— C'est lui ! s'exclama Maggie.

— Comment le savez-vous ? s'étonna Kammy.

Elle se leva et fit le tour pour se placer derrière eux.

Grant pointa l'écran du doigt.

— Le logo actuel ressemble à un blason familial surmonté d'une couronne. Mais il y manque trois symboles qui figuraient dans celui utilisé précédemment : trois hameçons de pêche.

12

Maggie releva la tête pour s'assurer que le bureau du WFO était vide, puis ouvrit la photo de Jeff Hoffmeier sur son ordinateur. A part sa réaction initiale en le découvrant, elle ne le reconnaissait toujours pas.

Cependant, elle n'avait plus aucun doute. Les hameçons sur le blason familial, et la modification du logo à la même époque que son agression constituaient une preuve suffisante. Jeff était forcément le Violeur à l'hameçon.

Elle en avait parlé à Ella, qui était du même avis. D'après elle, Jeff s'était servi de la symbolique du blason parce qu'il avait développé une haine féroce envers son père qui l'avait exclu de l'entreprise.

Du point de vue de l'enquête, l'hameçon les avait entraînés sur une mauvaise piste car ils avaient longtemps imaginé que le violeur était dans l'industrie de la pêche. C'était bien le cas de la famille Hoffmeier, mais cela remontait à plus d'un siècle, et en Allemagne.

Affinant le profil de Jeff, Ella avait estimé qu'il en voulait particulièrement à sa sœur, car cette dernière faisait toujours partie de l'entreprise et occupait, en quelque sorte, la place qui lui revenait en tant que fils aîné.

Quant à Maggie, il l'avait peut-être ciblée parce qu'il avait appris que sa sœur lui avait proposé un emploi dans cette compagnie qui ne voulait plus de lui.

Cette pensée rendait Maggie malade, surtout si Claudia s'était doutée de quelque chose à l'époque et n'avait rien dit. Et il était probable qu'elle soit au courant, dans la mesure où le logo avait été modifié.

Grant était retourné interroger Shana Mills, et il en était revenu avec la conviction qu'elle avait été la première victime de Jeff.

Qu'elle ne se soit pas rendu compte que c'était lui avait très probablement procuré à ce dernier un sentiment d'invincibilité. D'autant plus, sans doute, que Shana avait renoué avec lui quelque temps plus tard.

Cette idée révulsait Maggie. Il ne suffisait pas que Jeff Hoffmeier soit un violeur. Il était aussi un sociopathe capable d'avoir une relation amoureuse avec la femme qu'il avait agressée.

Un tel monstre ne méritait rien d'autre que de finir sa vie derrière les barreaux.

Mais, à trois jours de la date fatidique du 1er septembre, leur enquête restait au point mort.

Refermant son ordinateur, Maggie se dirigea comme chaque soir vers la salle de conférences, où Kammy et Grant se retrouvaient après que tout le monde eut quitté le bureau, s'y attardant une partie de la nuit.

Maggie était dans le couloir quand son téléphone sonna. Elle vérifia l'affichage à l'écran, pivota sur ses talons et se dirigea vers le coin où était installée la cafetière, afin d'avoir un minimum d'intimité.

— Allô ? fit-elle d'un ton prudent.

— Agent Delacorte, c'est John, de l'ORP. Je suis désolé de vous appeler aussi tard.

— Ce n'est pas grave. Je suis encore au bureau.

Elle essaya de se raisonner. Si l'Office de responsabilité professionnelle l'appelait, cela voulait dire qu'ils avaient pris une décision à propos de l'incident qui l'avait incitée à quitter le SWAT. Mais il n'y avait pas lieu de s'affoler. Ce n'était pas forcément défavorable…

— Je voulais vous faire savoir que nous avons tranché. L'incident sera inscrit dans votre dossier.

Elle s'en doutait, et c'était en fait le dernier de ses soucis.

Comme elle ne disait rien, son interlocuteur reprit :

— Vos collègues pensent le plus grand bien de vous. Tout le monde vous a défendue.

Maggie en eut les larmes aux yeux. Ils avaient toujours envie de travailler avec elle, ils lui faisaient toujours confiance ! Cela incluait bien sûr Grant, qui avait failli payer très cher l'erreur qu'elle avait commise. Mais cela ne l'étonnait pas vraiment venant de lui. Grant la soutenait toujours quoi qu'il arrive.

Cette pensée la poursuivit tandis que John continuait :

— Jusqu'à la conclusion de l'enquête sur le Violeur à l'hameçon, vous devrez rester à l'unité des Droits civils. Mais ensuite, vous serez libre de rejoindre le SWAT.

Ils l'avaient donc jugée apte à reprendre du service !

Elle resta quelques instants bouche bée, puis se mit à bégayer :

— Mer… Merci.

— Ne me remerciez pas. Remerciez vos collègues. Ils ont tous affirmé que vous étiez un atout pour le SWAT, et nous sommes tombés d'accord avec eux.

Le soulagement envahit Maggie, bien plus fort qu'elle ne l'aurait cru, tandis que John raccrochait.

L'affaire du Violeur à l'hameçon n'avait pas détruit sa carrière !

Cela ne voulait pas dire pour autant qu'elle allait réintégrer l'équipe. Quand tout cela serait terminé, il y aurait une autre question à régler : l'avenir de sa relation avec Grant.

Elle ne savait pas comment définir ce qu'il y avait entre eux, mais cela allait au-delà de la simple entente entre coéquipiers. Et, comme elle n'avait pas l'intention d'y renoncer, cela voulait dire que l'un des deux devrait quitter le SWAT.

Peut-être un poste se libérerait-il dans une autre unité, mais ce ne serait pas pareil. Son équipe était devenue comme une famille.

L'idée de partir lui nouait la poitrine.

Toutefois, elle se ressaisit et se promit de s'occuper de cela plus tard. Pour le moment, elle avait plus urgent à faire.

Pressant le pas, elle entra dans la salle de conférences où régnait un désordre invraisemblable. Les documents couvrant toutes les surfaces disponibles semblaient avoir triplé au cours de la semaine, tandis qu'ils essayaient de traquer Jeff Hoffmeier.

Grant et Kammy étaient assis à leur place habituelle, au fond de la salle, et quand Maggie entra, ils tournèrent vers elle des yeux rouges de fatigue.

— Que s'est-il passé ? demanda aussitôt Grant.

— Rien. J'ai simplement eu des nouvelles de l'ORP.

— Je vous laisse quelques instants, dit Kammy, en se levant péniblement.

Comme Maggie faisait mine de protester, elle insista :

— J'ai besoin de caféine, de toute façon.

Elle quitta la pièce en fermant la porte derrière elle, et Grant vint aussitôt se placer à côté de Maggie.

— Comment ça s'est passé ?

— Il m'a dit que tu avais pris ma défense.

— Bien sûr.

— Tu n'as pas peur…

Grant l'interrompit.

— De quoi ? Que tu aies un autre flash-back ?

Il eut une moue dubitative.

— C'est peu probable.

— Ça pourrait arriver.

— Bien sûr. Et Clive pourrait avoir une crise cardiaque pendant une intervention. Mais il est beaucoup plus vraisemblable que rien de tout cela n'arrive. Dans ces conditions, pourquoi perdre un des meilleurs membres de notre équipe ?

— Tu penses vraiment que je suis un des meilleurs membres de notre équipe ?

— Et la plus séduisante, plaisanta-t-il.

Il redevint aussitôt sérieux.

— Je le pense, mais c'est Clive qui a dit cela à l'ORP.

Maggie en fut flattée. Leur chef d'équipe n'avait pas le compliment facile, et cette remarque n'en prenait que plus de valeur.

— En fait, je ne sais pas ce que je vais faire, avoua-t-elle. Vu ce qui se passe entre nous…

Kammy revint dans la pièce, en s'étouffant presque avec son café, et Maggie s'interrompit.

— On verra ça plus tard, conclut Grant en lui pressant brièvement le bras, avant d'aller se rasseoir.

— Vous avez du nouveau ? demanda Maggie.

Elle déplaça des dossiers pour libérer un siège.

— Je crois avoir trouvé pourquoi Jeffrey Hoffmeier a choisi le 1er septembre, déclara Kammy.

— C'est-à-dire ? s'impatienta Maggie.

Kammy fit un geste à Grant, qui prit la parole.

— J'ai trouvé un article de presse remontant à l'époque où Jeffrey a été renvoyé de la compagnie. On y annonçait son départ du poste de vice-président et la nomination de son remplaçant. La passation de pouvoir devait avoir lieu le 1er septembre.

— Ce serait donc pour ça..., murmura Maggie. Et vous avez réussi à retrouver sa trace ?

— Eh bien, nous savons qu'il disposait d'un fonds de pension assez important, répondit Kammy. Mais l'argent semble s'être volatilisé. Il l'a probablement placé dans des banques à l'étranger et des sociétés écran. L'unité des Crimes en col blanc est dessus, mais il y a peu de chance qu'ils parviennent à dénouer cet écheveau en moins de trois jours.

— Claudia Hoffmeier ne répond pas au numéro qu'elle nous a donné, ni ses parents, ajouta Grant. Nous avons essayé d'obtenir des mandats pour avoir des informations sur les propriétés de la famille, mais ça coince. Pas moyen de savoir où ils ont fichu le camp.

Maggie hocha la tête, guère surprise. Elle était désormais sûre de la culpabilité de Jeff Hoffmeier. Mais qu'avaient-ils vraiment en termes de preuves exploitables devant la justice ? Beaucoup de conjectures, un timing pour le moins curieux, un blason familial dont les symboles, s'ils n'étaient pas courants, n'étaient pas non plus uniques.

— Et sur les propriétés dont nous avons connaissance, on ne peut pas trouver quelque chose ? lança-t-elle.

Kammy posa sa tasse de café, paraissant un peu plus éveillée.

— Les Hoffmeier possèdent une maison en ville, et un haras

en Virginie. Claudia est également propriétaire d'une maison ici, et d'un appartement dans le Maryland, où vit son petit ami.

— Mais vous n'obtiendrez pas de mandat de perquisition, résuma Maggie.

Grant lui lança un coup d'œil. Apparemment, il était prêt à envoyer valser la procédure si la date fatidique arrivait sans qu'ils aient arrêté leur suspect.

Avant qu'elle ait eu le temps de rétorquer quoi que ce soit, son portable sonna. Elle consulta l'écran et leva les yeux au ciel.

— C'est Scott. J'ai deux minutes de retard, et il doit commencer à paniquer.

Elle se leva et quitta la pièce, ne voulant pas déranger davantage Grant et Kammy avec des considérations personnelles.

— Salut, Scott. Je quitte le bureau dans quelques minutes, c'est promis.

— Reste où tu es ! cria son frère, d'une voix paniquée qui arracha un frisson d'angoisse à Maggie.

— Que se passe-t-il ?

— Je ne suis pas chez toi.

— Pourquoi ?

— Il y a eu une effraction chez moi. Chelsie a été blessée par balle.

Maggie se figea, et sa voix monta dans les aigus.

— Elle va bien ?

— Je suis en route pour l'hôpital. Je te rappelle dès que j'en sais plus. Pour le moment, elle est en chirurgie.

Maggie se précipita vers son bureau pour y récupérer son sac.

— Je te rejoins.

— Non ! Appelle Ella. Demande-lui de venir passer la nuit chez toi.

— Mais, Scott, je veux…

— Je ne pourrai pas te surveiller à l'hôpital. Il y a beaucoup trop de va-et-vient. Je ne voudrais pas que quelqu'un débarque avec une arme et…

— Nous ne sommes pas le 1er septembre. Et puis, comment serait-il au courant pour Chelsie ?

Maggie se mit à trembler et se laissa tomber sur sa chaise.

— A moins que…

— Non, ce n'est pas lui, assura Scott. Un de mes voisins a décrit le cambrioleur à la police, et il ne ressemblait pas du tout à Hoffmeier. C'est un drogué notoire, déjà connu pour des effractions de ce genre.

— Dans ce cas, laisse-moi venir.

— Non ! trancha Scott, d'un ton sévère.

Puis il reprit plus calmement :

— S'il te plaît… Je suis déjà assez inquiet comme ça pour Chelsie, je n'ai pas envie de me soucier pour toi en plus. Appelle Ella, et promets-moi que tu n'iras nulle part toute seule.

Dans le téléphone résonnèrent des crissements de pneus. Scott arrivait certainement à l'hôpital, songea Maggie. Une portière claqua à l'autre bout de la ligne.

— D'accord, promit-elle. Et appelle-moi pour me donner des nouvelles de Chelsie.

— Compte sur moi.

Maggie raccrocha en frissonnant et composa le numéro d'Ella. Elle tomba directement sur la messagerie de son amie :

— Ella… Rappelle-moi dès que possible.

Puis elle revint à pas lents vers la salle de conférences.

— Ça ne va pas ? s'enquit Grant, en se levant aussitôt pour venir à sa rencontre.

— Il y a eu une effraction chez mon frère. Chelsie a été blessée par balle.

— Comment va-t-elle ? Tu veux que je te conduise à l'hôpital ?

Derrière lui, Kammy releva la tête de son travail.

— Elle est en chirurgie, expliqua Maggie, en s'approchant de la table pour s'asseoir. Scott va m'appeler dès qu'il en saura plus. J'ai essayé de joindre Ella, mais elle est sur répondeur. Du coup, je vais rester ici en attendant d'avoir des nouvelles.

— Bonne idée, approuva Grant.

Puis, ignorant Kammy, il passa un bras autour des épaules de Maggie et la serra contre lui.

— Chelsie est aussi forte et têtue que toi. Elle va s'en sortir.

— J'espère, soupira Maggie.

Puis elle se ressaisit et changea de sujet.

— Je suppose que vous n'avez rien trouvé d'autre pendant que j'étais au téléphone ?

— En fait, répondit Grant, je suivais une piste en apparence improbable, et j'ai trouvé quelque chose.

— C'est même excellent, commenta Kammy, en se penchant vers eux. Ça pourrait nous permettre d'avoir un mandat sur les propriétés.

— Et peut-être de trouver d'autres endroits où chercher, renchérit Grant.

Le rythme cardiaque de Maggie s'accéléra.

— De quoi s'agit-il ?

— Comme le nom de Jeff n'apparaissait pas dans les villes où ont eu lieu les agressions, j'ai vérifié les emplois du temps des autres membres de la famille.

Il se cala contre le dossier de son siège, l'air satisfait de lui.

— J'ai trouvé un nom qui apparaît dans chaque ville, juste à la bonne date.

Maggie accusa le coup. S'était-elle trompée ? Avait-elle été incapable de reconnaître Jeff Hoffmeier parce que ce n'était tout simplement pas lui ? Sa réaction était-elle due au fait qu'il ressemblait au véritable agresseur, qui lui était apparenté ?

— Qui est-ce ? demanda-t-elle.

— Le cousin de Jeff. Le nom de famille est différent, c'est pour ça que nous ne trouvions rien en faisant des recherches sur Hoffmeier.

— Il s'appelle comment ? Tu as une photo ?

— Oui.

Grant tourna son ordinateur vers elle.

Une photo sous laquelle était inscrit le nom de Jasper Grimes emplissait l'écran. Il ressemblait beaucoup à Jeff, même si, en y regardant de plus près, certains détails différaient : des traits un peu plus anguleux, un nez plus gros, les yeux d'un bleu légèrement plus foncé…

Dans l'ensemble, c'était suffisamment ressemblant pour expliquer sa réaction à Jeff. Sauf que…

Elle tourna vers Grant un regard navré.

— Je ne le reconnais pas.

— C'est normal, car ce n'est pas lui. Jasper Grimes a été victime d'un accident de voiture il y a onze ans. Il s'en est sorti, mais il est resté lourdement handicapé. Depuis, il vit dans un établissement médicalisé du Maryland. Ce n'est pas lui qui utilise cette identité.

— C'est Jeff ! réalisa Maggie. Il n'est jamais allé en Europe. Il utilise l'identité de son cousin pour ne pas se faire repérer.

— Exactement, acquiesça Grant.

— Est-ce que Jasper Grimes possède une maison à Washington ? enchaîna Maggie.

— On va voir…

Tandis que Kammy et lui commençaient à chercher, Maggie essaya de ne pas trop s'inquiéter au sujet de Chelsie.

Finalement, Grant soupira et regarda Kammy, qui secoua la tête d'un air désolé.

— Soit il n'utilise pas le nom de Jasper ici, soit il se sert d'une des sociétés écran de son père. Je n'ai rien trouvé.

Maggie refusa de se laisser décourager. L'information pouvait toujours les mener à lui. Il fallait qu'elle reste positive.

Mais elle ne pouvait s'empêcher de penser à la date fatidique qui arrivait à grands pas.

Si rien n'avait bougé dans les trois jours, elle serait entourée d'agents fédéraux, maintenue au secret dans une résidence sécurisée.

Et si Jeff Hoffmeier ne la trouvait pas, s'en prendrait-il à une autre femme ?

Comment pourrait-elle se le pardonner quand elle entendrait le nom de la nouvelle victime ?

13

— Viens chez moi, proposa Grant.

Sa requête fut accueillie par un silence, comme si Maggie n'en comprenait pas le sens.

Ils étaient toujours au WFO, alors que Kammy avait quitté le bureau depuis une heure.

Grant s'était promis d'attendre que Maggie ait des nouvelles de Chelsie avant de faire cette proposition, mais cela ne leur valait rien, ni à l'un ni à l'autre, d'être encore là.

Le bureau était plongé dans l'obscurité, à l'exception de la salle de conférences, qui semblait avoir été ravagée par une tornade laissant un peu partout sur son passage des documents consacrés à l'enquête. Ce n'était pas vraiment l'endroit idéal pour attendre d'être rassurée sur l'état de santé d'une amie.

Et même si Grant continuait à chercher des pistes sur l'identité de Jasper Grimes, il avait atteint les limites de sa fatigue.

— Et si…, commença Maggie.

Mais la sonnerie de son téléphone l'interrompit.

Elle sursauta et s'en empara précipitamment.

— Scott ? Comment va Chelsie ?

Grant lui tapota le bras et elle mit le téléphone sur haut-parleur.

— Elle est sortie de la salle d'opération, répondit Scott. Il n'y a pas eu de complications. La balle est ressortie, et bien sûr, Chelsie avait perdu beaucoup de sang, mais aucun organe n'a été touché. Elle a eu beaucoup de chance.

— Tout va bien, alors ? demanda Maggie, d'une voix tremblante, comme si elle n'osait y croire.

— Oui, mais je reste avec elle cette nuit. Ce n'est pas vraiment la politique de l'hôpital, mais il faut bien que ça serve à quelque chose de travailler au FBI.

— La police a réussi à arrêter le type qui a fait ça ?

— Pas encore, mais le commissaire est passé en personne à l'hôpital et il m'a assuré qu'ils mettraient tout en œuvre pour le coincer. Il est supposé m'appeler dès que l'agresseur sera en garde à vue.

— Bien. Tiens-moi au courant. Et dis à Chelsie que je pense fort à elle.

— Compte sur moi. Est-ce qu'Ella est avec toi ?

— Non. Je suis toujours au WFO. J'ai appelé le Département des sciences du comportement, et on m'a dit qu'Ella avait une réunion tardive. Donc, j'attends qu'elle ait terminé pour partir.

— Tu veux que je…

— Non, l'interrompit Grant. Je suis avec Maggie. Si nous n'avons pas rapidement de nouvelles d'Ella, Maggie peut venir chez moi. Je ne la laisserai pas seule.

— Merci, mon vieux, dit Scott avec un net soulagement dans la voix. Appelez-moi si vous avez besoin de quoi que ce soit.

— Ne t'inquiète pas, conclut Maggie. Concentre-toi sur Chelsie.

Elle mit fin à la conversation et se tourna vers Grant.

— Laisse-moi essayer de joindre Ella encore une fois.

Il hocha la tête et lui prit la main qu'il caressa doucement entre ses doigts. Maggie avait de plus en plus de cernes sous les yeux, elle semblait terriblement éprouvée.

Grant avait vraiment hâte de coincer Hoffmeier et de mettre un terme à tout cela.

Tant de choses lui manquaient chez Maggie : la lumière qui éclairait ses yeux quand ils s'entraînaient dans le cadre du SWAT, ses plaisanteries bon enfant quand ils se retrouvaient tous chez O'Reilley après une intervention…

Qu'elle porte ce poids sur ses épaules le faisait souffrir. Et dix ans, c'était beaucoup trop long.

Portant la main de Maggie à ses lèvres, il embrassa délicatement ses articulations, faisant naître un sourire sur son visage.

— Vas-y, appelle Ella, lui dit-il.

Elle composa le numéro de son amie, laissa sonner et secoua la tête, l'air frustré.

— Elle ne décroche toujours pas. Tu crois qu'il y a un problème ?

— Sa réunion s'éternise peut-être. Ou la personne que tu as eue tout à l'heure a oublié de lui transmettre le message. Ou alors, elle est rentrée chez elle, mais elle a laissé son téléphone dans une autre pièce et elle ne l'entend pas.

— Oui, mais je devrais peut-être appeler Logan, histoire d'être sûre…

Elle consulta sa montre et grimaça.

— Il est au travail en ce moment. Je n'avais pas réalisé qu'il était si tard. Tu dois être épuisé.

En effet, mais ce n'était pas le problème.

— Je vais bien. Allez, viens.

Il se leva, entraînant Maggie avec lui.

— Tu pourrais aussi bien appeler à nouveau Ella depuis chez moi.

Il s'attendait à ce qu'elle lâche sa main. Au lieu de quoi, elle la tourna et entrelaça ses doigts aux siens, tandis qu'elle sortait son téléphone de sa poche.

— C'est vrai que laisser tout ça…

Elle désigna d'un large geste l'ensemble des documents éparpillés dans la pièce.

— Cela va nous faire le plus grand bien.

— Allons-y ! répéta-t-il d'un ton décidé.

Ils se dirigèrent main dans la main vers la porte.

Malgré tout ce qui se passait, Grant se sentait ridiculement heureux.

Ils étaient presque arrivés au parking souterrain quand le portable de Maggie sonna.

Elle le sortit de sa poche et consulta brièvement l'écran.

— C'est Ella.

Elle porta l'appareil à son oreille. Puis s'immobilisa et blêmit.

— Que se passe-t-il ? demanda Grant, en passant un bras autour de ses épaules, au cas où elle tomberait.

Elle leva la main, écoutant attentivement ce que lui expliquait Ella.

— Non, non, dit-elle finalement. Scott est à l'hôpital avec Chelsie. Il y a eu une tentative de vol chez eux… Oui, tout va bien.

Elle s'interrompit et laissa échapper un petit sanglot.

— Je suis tellement désolée.

Elle essayait manifestement de se ressaisir, tandis qu'Ella ajoutait quelque chose. Puis elle indiqua :

— Je suis avec Grant au WFO, et je ne vais pas le quitter d'une semelle. Il nous reste trois jours. Tu sais que je ne risque rien avant le 1er septembre. De toute façon, le FBI a prévu de me placer sous protection la veille. Vas-y, ne t'occupe pas de moi. Et appelle-moi dès que tu as des nouvelles de Logan.

Elle raccrocha, et aussitôt Grant lui demanda :

— Que s'est-il passé ?

— Ella est en route pour l'hôpital. Logan et son coéquipier ont été appelés sur une scène de crime, où on leur a tendu une embuscade. Logan a été touché.

Un nouveau sanglot lui échappa.

— Ils ne savent pas s'il va s'en sortir.

— Ce n'est pas une coïncidence, décréta Grant.

— C'est ma faute.

— Comment peux-tu dire ça, Maggie ?

— C'est lui ! Il essaie d'éliminer les personnes qui m'ont toujours soutenue, de façon à m'isoler. Comme ça, je serai toute seule quand il reviendra me chercher dans trois…

Elle regarda sa montre. Il était tout juste minuit, remarqua Grant.

— Disons plutôt deux jours.

14

Maggie croisa les bras sur sa poitrine, en relevant le menton d'un air buté.

— Il n'est pas question que je te mette en danger, toi aussi.

Grant protesta :

— Tu sais très bien que je ne te laisserai pas seule !

Se radoucissant, il demanda d'un ton plus conciliant :

— Tu te sentirais mieux si j'appelais le reste de l'équipe ? On peut tous s'installer chez moi, si tu veux. Ou bien, on peut aussi demander au FBI de mettre en œuvre la protection dès maintenant.

— Non ! répondit-elle immédiatement.

Elle s'était fermement campée sur ses pieds dans l'entrée passablement sombre du parking souterrain, où elle avait marqué un temps d'arrêt dès qu'elle avait réalisé la signification de l'appel d'Ella.

— Je n'ai pas l'intention de me cacher. Surtout en ce moment où Logan et Chelsie sont à l'hôpital, et que Scott et Ella peuvent avoir besoin de moi.

— Tu ne peux rien faire pour eux dans les heures qui viennent, répliqua Grant.

Mais il ne devait pas espérer convaincre Maggie de s'en aller quand son frère et sa meilleure amie avaient des ennuis. Il le savait très bien.

Maggie semblait trop en colère pour cela.

Au moins n'était-elle pas terrifiée. Ou, en tout cas, elle voulait le lui laisser croire.

— J'ai deux jours avant qu'il vienne me chercher, lui rappela-t-elle.

— Je ne suis pas sûr que nous puissions compter là-dessus. Il a peut-être prévu que le FBI allait te protéger, et il est possible qu'il essaie de frapper plus tôt.

Comme frappé par une évidence, Grant marqua un bref temps d'arrêt.

— Et d'ailleurs, pourquoi s'en serait-il pris à Logan et Chelsie aujourd'hui, s'il a l'intention d'agir dans deux jours seulement ?

— Ils ont tous les deux été blessés par balle, ce qui fait qu'ils vont rester hospitalisés quelques jours, et que je serai seule le 1er septembre, répondit Maggie.

Elle soupira.

— C'est une guerre psychologique, de toute façon. Il a commencé à jouer avec moi en m'envoyant ces lettres tordues. Là, il est passé à l'étape supérieure. Il neutralise toutes les personnes que j'aime. Et je n'ai pas envie qu'il t'arrive quelque chose à toi aussi.

— Tu n'as pas le choix, répliqua doucement Grant.

Et il referma sa main autour de celle de Maggie.

Ses doigts fins et pâles semblaient délicats dans ses mains à lui, si larges et si brunes. Il en fut ému.

— Ella et Scott sont à tes côtés depuis dix ans, reprit-il. C'est normal qu'Hoffmeier ait anticipé de ce côté-là. Mais il ne me connaît pas.

Il lui pressa la main en un geste de réconfort.

— Et puis, tu sais, je pense qu'il est préférable de s'attendre au pire, mais qu'il ne frappera probablement que le 1er septembre. Nous savons que c'est symbolique pour lui. Même si nous en ignorons pour le moment la raison, il est lié à cette date, et je pense qu'il l'attendra. A supposer que tout ça ne soit pas une gigantesque mise en scène…

Personnellement, il en doutait, mais il ne pouvait totalement écarter cette hypothèse. Depuis le début, il s'était demandé comment le Violeur à l'hameçon avait prévu de prendre le dessus sur un agent du FBI dûment entraîné.

Mais peut-être n'était-ce pas du tout son intention. Peut-être espérait-il la briser à distance.

— Donc…, commença Maggie.

— Donc, rien du tout, la coupa Grant. On se prépare au pire, juste au cas où. On prévient le reste de l'équipe, et on leur demande de rester en stand-by.

Après un moment d'hésitation, Maggie concéda :

— On leur fait un texto groupé pour leur dire qu'on risque d'avoir besoin d'eux. Inutile de tirer tout le monde du lit pour rien.

— Ça marche. En attendant, on ne s'approche pas de chez toi. Et d'ailleurs, au cas où il m'aurait repéré pour une raison ou pour une autre, on ne va pas chez moi non plus. On va à l'hôtel. Même s'il nous trouve, il ne prendra pas le risque de se faire prendre en tentant une action au milieu de la foule.

Maggie hocha lentement la tête, ses épaules se relaxant un peu, mais l'inquiétude se lisait toujours sur son visage.

— C'est cohérent, reconnut-elle.

— Logan et Chelsie vont se remettre, affirma Grant.

Il l'attira à lui et attendit qu'elle passe un bras autour de ses épaules et pose son visage contre son torse.

— Il faut que tu y croies.

— Si ce n'est pas le cas, ce sera ma faute.

— Ne dis pas n'importe quoi ! Tu n'es pas responsable de ce qui leur est arrivé. Et tu n'aurais pas pu le prévoir. Même Ella n'en a pas été capable, et pourtant, ça fait partie de ses compétences de profileuse d'anticiper ce que ce type va faire.

— Oui, mais j'aurais dû…

— Faire quoi ? Interdire à quiconque de t'approcher parce qu'un psychopathe fait une fixation sur toi ?

Il la serra plus fort, et l'émotion qui le submergeait, faite d'un mélange d'inquiétude, de colère et d'amour, passa dans sa voix.

— Même si tu avais essayé, Maggie, ça n'aurait jamais marché. Ni avec Scott ni avec Ella. Et encore moins avec moi.

Relevant la tête, elle lui dit d'un ton plus léger, comme si elle essayait de faire passer cela pour une plaisanterie :

— Tu n'as pas intérêt à te faire à nouveau tirer dessus à cause de moi. C'est compris ?

— Il faut que tu arrêtes de t'inquiéter pour ça, répondit Grant. C'est arrivé, voilà tout. Mais c'est fini, maintenant. Et je vais bien.

Elle était tout près de lui. Bien trop près.

Incapable de résister, il inclina la tête et effleura délicatement ses lèvres des siennes. Les baisers qu'ils avaient échangés précédemment s'étaient rapidement transformés en une étreinte enfiévrée, mais cette fois Maggie semblait aussi heureuse que lui de laisser leur bouche se caresser lentement et délicatement.

Même après avoir passé une journée complète dans l'*open space* du WFO, elle dégageait une odeur de frais et de propre, une fragrance légèrement rehaussée de gingembre qu'il n'associait qu'à elle. Sa bouche avait une odeur de café, à l'arôme puissamment entêtant, et son corps s'emboîtait dans le sien telle une pièce de puzzle.

Lorsqu'elle s'écarta finalement, le stress qui contractait son visage s'était quelque peu apaisé et elle lui adressa un sourire hésitant.

— Allons à l'hôtel.

En d'autres circonstances, ces mots l'auraient fait se précipiter vers la porte.

Elle dut le deviner, car elle secoua la tête d'un air vaguement amusé, lui prit la main et l'entraîna vers le parking en sous-sol.

Même s'il était relié à un immeuble du FBI, et qu'il était totalement impossible d'y accéder, Grant se tint sur le qui-vive, guettant les recoins sombres, tandis qu'ils approchaient de sa voiture. Puis il vérifia la banquette arrière, avant de faire rapidement monter Maggie à l'avant et de s'installer au volant.

— Tu ne prends aucun risque, commenta-t-elle, alors qu'elle-même observait les environs.

Il acquiesça en soupirant, puis s'engagea dans la rampe d'accès à la rue.

Il était minuit passé, mais les rues étaient toujours encombrées dans le quartier touristique.

Il roula jusqu'à un hôtel de luxe près de la frontière avec la Virginie.

Il le connaissait pour son niveau de sécurité optimal : des hommes d'Etat y étaient fréquemment hébergés.

A côté de lui, Maggie souriait d'un air approbateur tandis qu'il refusait l'aide du voiturier et allait garer son véhicule lui-même.

Ils n'avaient pas de bagages, mais Grant avait l'habitude de conserver dans son coffre un sac de voyage avec quelques vêtements de rechange, ainsi qu'une arme et des munitions de secours dans une boîte verrouillée.

Il était impossible qu'Hoffmeier les ait suivis depuis les bureaux du FBI, et cependant Maggie ne cessait de lancer autour d'elle des regards nerveux, jusqu'à ce qu'ils soient enregistrés sous son nom à lui et installés dans une chambre au douzième étage.

Il déposa son sac dans un coin, tandis que Maggie prenait place dans un des profonds fauteuils disposés devant la baie vitrée surplombant la ville.

Elle renversa la tête en arrière et ferma les paupières.

Si la raison pour laquelle ils se trouvaient là avait été tout autre, Grant aurait pu se réjouir qu'un de ses rêves se réalise. A savoir, se trouver seul avec Maggie dans une chambre d'hôtel extraordinairement luxueuse.

Comme si elle pouvait lire dans ses pensées, elle rouvrit les yeux et l'observa un moment, avant de demander :

— Je peux te poser une question importante ?

— Bien sûr.

Grant s'assit sur le bord du lit king size.

Soudain, il réalisa n'avoir même pas demandé une chambre à deux lits.

— Comment peux-tu tourner la page aussi facilement après ce qui s'est passé durant cette intervention du SWAT ?

— Maggie, tu ne vas pas recommencer…

— Sérieusement, Grant, l'interrompit-elle. J'ai besoin de savoir. Bien sûr, je suis heureuse que ça n'ait pas tout gâché entre nous. Mais ce n'est pas rien de se faire tirer dessus. Tu as réagi avec le même détachement que si c'était une balle à blanc pendant un entraînement.

— Tu sais, avec toutes les crasses que la vie te fait, tu peux choisir de te laisser tirer vers le bas, ou de te concentrer uniquement sur les bonnes choses.

Maggie se pencha en avant et appuya son menton sur ses mains.

— Vraiment ? Et c'est si facile que ça ?

— Si ça ne l'est pas, je vais faire un tour à la salle de sport, et je passe une heure ou deux à taper dans un *punching bag.*

— Je comprends mieux pourquoi tu as de tels biceps, dit-elle, d'un ton amusé. Et donc, tu es allé à la salle de sport après l'incident à l'entrepôt ?

— Non.

Elle parut surprise.

Il décida de clarifier les choses.

— Je n'en ai pas eu besoin. Je te l'ai déjà expliqué, Maggie. Tu t'es figée. C'était une erreur, d'accord, mais tout à fait compréhensible compte tenu de la situation. Et ça duré quoi ? Dix secondes ?

— Comment fais-tu pour être aussi philosophe ?

Il haussa les épaules.

— Tu sais, c'était vraiment difficile avec mes frères. C'était un travail de tous les jours d'essayer d'empêcher les gangs de les enrôler. Sans parler de notre logement. Tout s'effondrait, les rats sortaient même en plein jour, et ça rendait ma mère folle.

Ses épaules se crispèrent tandis qu'il se rappelait cette époque.

— J'ai passé deux, trois ans à être furieux en permanence. Ça m'a probablement aidé à me faire respecter mais, au bout d'un moment, j'ai fini par ne plus me supporter moi-même. Et je ne suis plus comme ça, maintenant. Je ne suis plus ce type perpétuellement en colère contre le monde entier.

Maggie se leva et vint s'asseoir à côté de lui sur le lit, se penchant jusqu'à ce qu'il passe un bras autour de ses épaules.

— Explique-moi comment tu as fait. Tu en as eu assez d'être en colère et tu as tout bonnement décidé d'arrêter ?

— C'est un peu ça. Les choses ont commencé à s'améliorer

quand j'étais en dernière année au lycée. Maman s'est ressaisie, elle a trouvé un meilleur emploi et nous avons déménagé dans un quartier plus sûr. J'ai cessé de m'inquiéter pour Vinnie et Ben, et je me suis concentré sur mes études. Et c'est là que je me suis dit : tu ne peux rien contre les vacheries que te fait la vie, mais tu peux contrôler ta façon d'y réagir.

Il s'interrompit, soudain embarrassé.

— On dirait un peu une publicité pour un guide de développement personnel, non ?

— Peut-être un peu, reconnut Maggie, avec un sourire amusé. Mais c'est une bonne façon de voir les choses. C'est d'ailleurs ça qui m'a plu chez toi.

Grant ne fut pas certain d'avoir compris.

— Tu veux dire, le premier jour où j'ai fait connaissance avec l'équipe du SWAT ?

Elle se tourna, dardant sur lui ses grands yeux bleu clair.

— C'est là que tout a commencé. Je crois que je suis tombée amoureuse… Et depuis, ça n'a fait que gagner en intensité.

Il la dévisagea sans pouvoir cacher son étonnement et, même si ce n'était certainement pas le bon moment, il lui avoua :

— Pour moi aussi, Maggie, c'est devenu plus fort. Si je pouvais, j'irais immédiatement au Bureau fédéral, et je leur dirais que je ne peux plus faire partie de la même équipe que toi car notre relation a dépassé le stade professionnel.

Il reprit un instant son souffle, puis ajouta :

— Si je pouvais, je dirais à tout le monde que nous ne pouvons plus travailler ensemble car ce serait une entorse au règlement. Tout simplement parce que je suis amoureux de toi.

Elle en resta bouche bée.

Grant posa un doigt sur ses lèvres avant qu'elle ait trouvé quelque chose à rétorquer.

— Tu as plus important à penser pour le moment. Je n'ai pas besoin que tu dises quoi que ce soit. Je veux seulement que tu le saches.

Maggie ferma les paupières, comme si elle analysait l'information, et il pria pour ne pas avoir tout gâché.

— Je réalise que c'est trop tôt…

— Chut.

Elle saisit le devant de sa chemise, l'attira à elle et l'embrassa doucement, puis elle se recula pour le regarder avec une expression incroyablement sérieuse.

Puis, de nouveau, elle se pencha et l'embrassa.

Grant fut alors pleinement rassuré.

Les sentiments de Maggie n'étaient peut-être pas tout à fait aussi forts que les siens, mais elle venait déjà de lui dire qu'elle était amoureuse de lui.

Il suffisait qu'il lui donne davantage de raisons de l'aimer. Et ce serait facile puisqu'il était prêt à faire n'importe quoi pour elle.

Elle lui prit la main et la posa doucement sur sa nuque.

Tandis que la respiration de Maggie s'accélérait, il caressa le plus légèrement possible la peau tuméfiée, glissant les doigts jusqu'à la racine de ses cheveux, puis les faisant redescendre sous le col de son chemisier.

Elle avait un cou incroyablement doux et délicat mais, comme toujours chez Maggie, la force pointait en dessous.

A l'idée que quelqu'un ait pu lui faire quelque chose d'aussi monstrueux, le chagrin et la colère le gagnèrent, et il essaya de ne plus y penser.

A la place, il réfléchit à ce que cela signifiait pour elle de le laisser faire ça, et s'en émerveilla.

Elle posa alors la main sur son genou et leva vers lui des yeux mouillés de larmes. Mais c'était du soulagement qui se lisait sur son visage.

Il fit remonter la main qui lui caressait la nuque, et prit sa joue en coupe.

— Je crois que nous allons devoir parler à nos supérieurs, murmura Maggie.

Ce n'était pas exactement une déclaration d'amour, mais cela s'en approchait.

Elle aimait Grant Larkin.

Cette pensée la fit sourire d'attendrissement, et elle se blottit plus étroitement contre lui dans cette superbe chambre d'hôtel, en proie à un sentiment de légèreté qu'elle n'aurait jamais dû ressentir compte tenu de la situation.

La pression qui pesait sur elle se manifesterait à nouveau, dès qu'elle émergerait de la rêverie à demi consciente qui l'enveloppait, et elle luttait contre ce rappel trop brutal à la réalité.

Avec Grant à côté d'elle, ce n'était pas difficile.

Elle n'était pas particulièrement petite, mais il lui donnait l'impression d'être une fragile poupée de porcelaine placée sous sa protection, ainsi lovée contre lui, un de ses bras forts autour de sa taille.

L'épuisement l'avait envahie si vite et si brutalement la veille qu'elle s'était mise au lit tout habillée, mais Grant avait ôté sa chemise et la chaleur irradiant de son torse la réchauffait, la maintenant à la limite du monde réel et du rêve, même après qu'elle eut ouvert les yeux.

Tandis qu'il dormait, elle étudia ses traits : sourcils épais, nez fort, lèvres généreuses, barbe naissante. Il avait un profil dur, mais dans le sommeil (comme lorsqu'il lui souriait) il n'avait pas du tout l'air intimidant.

Au contraire, il la faisait se sentir en sécurité.

Et surtout, il la rendait heureuse.

Il lui donnait envie d'aller de l'avant, d'écrire un nouveau chapitre de sa vie, où le passé n'aurait plus le moindre effet sur elle.

La veille, lorsqu'il avait passé les doigts sur son cou, elle n'avait senti que lui, et elle avait réalisé qu'il avait raison : elle n'était pas brisée.

Et elle était prête à plus. Avec lui.

Il ouvrit lentement les yeux, et quelque chose d'intime passa dans les profondeurs de son regard brun tandis qu'il lui adressait un sourire ensommeillé.

Ce fut à ce moment précis qu'elle sut.

C'était comme ça qu'elle voulait se réveiller tous les matins.

Du bout des doigts, elle caressa le haut de son torse, là où l'hématome dû à la balle n'était plus qu'une tache vaguement jaune. C'était à peine visible sur sa peau mate. Encore un jour ou deux, et cela aurait complètement disparu.

Un jour ou deux…

La douillette sensation cotonneuse qui la berçait se dissipa, et tout son corps se crispa.

— Où est-ce que j'ai mis mon téléphone ? s'inquiéta-t-elle.

Grant leva la main posée sur sa taille : il tenait le portable entre ses doigts.

— La journée a été longue, expliqua-t-il d'une voix enrouée par le sommeil. J'avais peur que nous ne l'entendions pas s'il n'était pas à côté.

Il le lui tendit, et elle se déplaça pour consulter l'écran. Pas d'appel manqué. Mais il était plus tôt qu'elle ne l'avait cru, à peine 5 heures du matin. Elle n'avait dormi que quelques heures, et pourtant elle se sentait plus reposée qu'elle ne l'avait été depuis des semaines.

— Je devrais appeler l'hôpital pour prendre des nouvelles de Logan et Chelsie.

Mais, comme elle se contentait de fixer son téléphone sans bouger, Grant demanda :

— Tu veux que je le fasse ?

— Non.

L'état de Chelsie était supposé stabilisé. Et, quel que soit celui de Logan, elle devait bien à Ella de l'appeler elle-même.

— Je peux le faire.

Avant qu'elle ait eu le temps de composer le numéro, son téléphone sonna, la faisant sursauter.

C'était un appel masqué.

Probablement l'hôpital.

— Comment vont-ils ? demanda-t-elle spontanément.

— *Ils* ? Je suppose que tu veux plutôt dire *elle* ?

La voix qui venait de s'exprimer au téléphone lui glaça le sang.

Sa panique dut se voir car Grant se rapprocha, en appui sur un coude et la tête penchée pour pouvoir entendre lui aussi.

— Tu parles de Logan et de Claire ? reprit la voix de ses cauchemars.

— Que voulez-vous, Hoffmeier ?

Sa voix était beaucoup plus forte que ce à quoi elle s'attendait, tandis que Grant prenait sa main dans la sienne.

Il y eut un silence, puis Hoffmeier répondit :

— Tu as tout compris, hein ?

Il y avait comme un malaise dans sa voix, mais il se ressaisit très vite et ajouta d'un ton narquois :

— Dommage que tu n'aies pas deviné mon plan plus tôt, hein ?

— Vous n'allez pas gagner cette fois, répliqua Maggie.

Mais une question surgit dans son esprit : comment avait-il eu son numéro de portable ?

Se trouvait-il à proximité ?

Elle ne put s'empêcher de lancer un regard vers la baie vitrée de l'autre côté du lit, dans le dos de Grant.

Les lourds rideaux de velours étaient tirés, et Hoffmeier ne pouvait trouver le moindre angle de tir s'il se trouvait de l'autre côté de la rue avec un fusil à lunette.

Il rit, d'un rire affreux, qui lui fit l'effet d'une craie grinçant sur un tableau noir et lui donna la nausée.

— J'ai déjà gagné.

— Que voulez-vous dire ? demanda-t-elle, le cœur battant à tout rompre.

— Tu as quarante minutes, annonça Hoffmeier d'une voix incroyablement calme et confiante, avant de lui donner une adresse qui lui parut vaguement familière.

— La maison de campagne de ses parents, articula Grant.

— Tu as intérêt à venir seule, dit encore Hoffmeier.

Elle eut envie de lui rire au nez. Il bluffait, non ?

Mais il avait l'air trop sûr de lui, trop certain qu'elle accepterait. Et elle redoutait, au plus profond d'elle-même, qu'il ne trouve un moyen de gagner à nouveau.

— Et tu ne me demandes pas pourquoi tu vas faire ce que je te demande ? se moqua Hoffmeier.

Grant serra les dents. Il faisait un effort surhumain pour rester tranquille, comprit Maggie, de façon à ce que Hoffmeier s'imagine qu'elle était seule.

— Pourquoi ? demanda-t-elle.

— Parce que j'ai quelque chose que tu veux.

Il y eut une sorte de chuintement, puis la voix de sa sœur résonna, suraiguë, effrayée et rapide.

— Je suis désolée, Maggie. Je suis quand même venue à Washington. Je suis allée chez toi, et tu n'y étais pas. Je retournais à l'hôtel quand il m'a enlevée. Je…

— Ça suffit ! assena Hoffmeier.

— Laissez-la ! cria Maggie. Je vais venir, c'est promis. Mais ne lui faites pas de mal, je vous en supplie.

— Viens seule, répéta-t-il. Si je me rends compte que tu as des renforts, elle est morte. Mais avant, je lui laisserai un petit souvenir sur le cou pour faire la paire avec le tien.

Les doigts de Maggie se crispèrent autour du téléphone, tandis qu'une folle panique l'envahissait en songeant à sa petite sœur qu'elle avait toujours essayé de protéger contre ce monstre.

— Ne la touchez ! hurla-t-elle, terrifiée qu'il soit déjà trop tard.

— Quarante minutes, lui rappela-t-il.

Puis il raccrocha.

15

— Attention à toi ! s'écria Grant.

Maggie s'emberlificotait dans le drap en voulant se lever du lit. Elle manqua trébucher et se redressa in extremis.

La panique se lisait sur son visage.

Elle enfila ses bottes en hâte et lança à Grant :

— Tu peux chercher l'adresse et me donner l'itinéraire ?

Il s'exécuta, tandis qu'elle consultait sa montre.

— Bon sang, quarante minutes ! Je n'y arriverai jamais en si peu de temps, même si je roule à fond tout le temps.

Tout en s'activant sur Internet, Grant enfila sa chemise, puis attrapa d'une main ses propres chaussures.

— Attends une seconde, Maggie ! Il faut appeler Clive et lui demander de prévenir l'équipe.

— Nous n'avons pas le temps. C'est tout le problème. Ils ne pourront pas s'équiper et se rendre là-bas. D'après ce que j'en sais, c'est vraiment perdu en pleine campagne. Il va nous voir arriver à un kilomètre. Je te rappelle que la vie de Nikki est en jeu !

— Allons, ne t'inquiète pas. Nous sommes entraînés pour ça.

Maggie fixa son holster et courut vers le sac de voyage, dont elle tira la fermeture.

— Tu as un holster de cheville ? demanda-t-elle en ignorant son commentaire. Quelque chose que je pourrais prendre en renfort ?

— Rien qui ne se voie pas, répondit-il. Mais je suis ton renfort.

— Non ! s'écria-t-elle.

Elle semblait désespérée et incapable de réfléchir normalement.

Il lui prit le bras pour la raisonner. Mais elle ne lui en laissa même pas le temps.

— Grant, je dois y aller !

— Attends un instant. Tu ne peux pas te jeter tête baissée dans son piège. Il n'en sortira rien de bon. Ni pour Nikki, ni pour toi.

A ces mots, elle se crispa nettement. Des larmes se mirent à perler le long de ses cils.

— Ça va aller, Maggie…

Mais elle secoua la tête.

— Je ne crois pas. Je dois absolument suivre ses instructions. Je ne peux pas le laisser faire à Nikki ce que… ce qu'il m'a fait à moi.

Elle ne le dit pas, mais sa crainte qu'il ne soit déjà trop tard ne faisait aucun doute.

— Nous devons traiter cela comme une intervention du SWAT, assena Grant.

Mais, à dire vrai, ils n'avaient pas beaucoup d'options vu le délai imparti et la localisation.

Le domaine équestre des Hoffmeier se situait en plein cœur de la Virginie rurale, où il n'y avait pas de voisins à des kilomètres à la ronde.

En outre, le terrain était plat et n'offrait aucune zone à couvert.

Maggie rabattit le bas de son chemisier sur son arme, d'un geste saccadé qui trahissait son stress.

— Je les appelle dès que je suis en route.

— Très bien, fit Grant en attrapant son propre Glock. Alors je viens avec toi.

— Mais, tu l'as entendu…

— Je sais me faire discret.

De nouveau, elle secoua la tête et fixa nerveusement la porte, l'air pressé de sortir.

— Il faut que j'y aille.

— D'accord. On se disputera en route.

— Le feu est rouge, Maggie ! tonna Grant.

Elle l'avait parfaitement remarqué, mais au lieu de s'arrêter au carrefour, elle plaqua le gyrophare sur le toit de la voiture de Grant et brûla le feu à toute allure.

Des coups de klaxons et des crissements de pneus retentirent tandis qu'elle pressait un peu plus l'accélérateur et bifurquait à tombeau ouvert dans une rue transversale.

— Tu ne pourras pas rester quand nous arriverons à proximité, dit-elle, en gardant son attention rivée sur la route.

— Je me cacherai à l'arrière.

— Il te verra.

— Mais non, répliqua Grant avec calme. Tu arrêteras la voiture suffisamment loin, et il ne s'approchera pas pour vérifier. Ce serait trop risqué pour lui, et il le sait. Il va te demander de venir. Donc, tu me laisseras dans la voiture, et je te rejoindrai plus tard.

Il y avait une telle confiance dans sa voix, une telle certitude ! Elle l'avait entendu réagir de cette façon des quantités de fois durant les interventions du SWAT, et il avait toujours été capable de fournir un renfort.

Mais cette fois, c'était différent. Et à bien des égards…

— Malgré tout, tu devrais peut-être descendre avant que nous nous approchions suffisamment pour qu'il voie la voiture.

Elle n'avait pu s'empêcher de le suggérer, mais compte tenu de la configuration des lieux, ce serait trop loin pour que Grant puisse intervenir.

— Non, dit-il en s'emparant de son téléphone. Par contre, c'est ce que fera Clive.

— Ne l'appelle pas ! s'écria Maggie. Hoffmeier a l'air de savoir tout ce que je fais. Imagine qu'il m'envoie là-bas pour me tester…

Quittant brièvement la route des yeux, elle glissa à Grant un regard en coin.

— Si ça se trouve, il n'y est même pas. Je vais peut-être trouver un mot fixé sur la porte m'envoyant ailleurs. Mais il aura dissimulé une caméra quelque part, et il se rendra compte que je ne suis pas seule. Et alors, il tuera Nikki.

— C'est vraiment très élaboré, répliqua Grant. La plupart des criminels ont une pensée plus basique.

— Oui, eh bien, c'est assez élaboré de payer un drogué pour qu'il entre par effraction chez Scott et tire sur Chelsie. Et c'est assez élaboré de payer deux types pour ouvrir le feu sur une scène de crime alors que des flics s'y trouvent. Qui sait s'il n'a pas engagé d'autres personnes, ne serait-ce que pour surveiller la zone, par exemple.

— Ta sœur a dit qu'elle était venue à Washington d'elle-même. Elle ne pouvait pas être ici depuis très longtemps, ce qui veut dire qu'il n'avait pas prévu ce scénario. Donc, il improvise plus ou moins. Il n'a pas eu le temps de peaufiner tous les détails.

— Oui, mais ce type passe entre les mailles du filet depuis dix ans. Il n'est pas stupide.

Une nouvelle fois, Maggie tourna brusquement à l'angle d'une rue, et s'engagea enfin sur l'I-66 Ouest. Normalement, il fallait près d'une heure pour se rendre à l'endroit indiqué. Même en roulant pied au plancher, elle n'était pas certaine d'y arriver dans le délai imparti de quarante minutes.

Bien sûr, c'était calculé. Hoffmeier ne voulait pas lui laisser le temps de réfléchir à une contre-attaque. Il voulait la faire paniquer pour qu'elle soit incapable de penser de façon sensée. Et ainsi avoir la main sur elle.

Eh bien, on pouvait dire qu'il avait gagné, au moins à ce stade. Parce que ça marchait.

— Non, Hoffmeier n'est pas stupide, admit Grant.

Il était toujours aussi calme, comme s'il se trouvait au WFO à planifier une intervention du SWAT, et non dans le feu de l'action.

— Mais son but est de te faire aller là-bas, continua-t-il. Et il n'y aura personne d'autre cette fois. C'est une histoire entre lui et toi. Il compte bien te faire réagir émotionnellement.

— Je sais. Mais je n'ai pas le choix. Il ne s'agit pas d'une intervention du SWAT. C'est la vie de ma sœur qui est en jeu. Je ne veux prendre aucun risque.

— Notre équipe est la meilleure, affirma Grant, tandis qu'il portait son téléphone à son oreille.

Il appelait Clive et lui demanda de rester à distance jusqu'à ce qu'ils aient inspecté les lieux.

De toute façon, songea Maggie, cela ne servait à rien car Clive et l'équipe n'arriveraient jamais dans les délais impartis. L'hôtel où elle s'était réfugiée avec Grant se trouvait une bonne vingtaine de minutes plus près de la Virginie que ne l'étaient Clive et les autres membres de l'équipe, lesquels vivaient tous à l'opposé de Washington.

D'ici là, elle saurait si le plan d'Hoffmeier était plus sophistiqué qu'il n'y paraissait, et s'il avait prévu de l'envoyer ailleurs. Peut-être aussi aurait-elle retrouvé Nikki. Peut-être ce cauchemar serait-il fini.

Si ce n'était pas le cas, elle aurait besoin de l'équipe. Elle ne pouvait se permettre de les faire venir trop vite et d'alerter Hoffmeier. Mais agir en civil et suivre strictement ses instructions pouvait être dommageable pour tout le monde.

Il lui fallait un plan de secours et, en dehors de Logan, Ella et Grant, c'était en son équipe qu'elle avait le plus confiance.

Grant rangea son téléphone dans sa poche.

— Ils se mettent en route, annonça-t-il avec calme. Tout va bien se passer.

Elle retint la repartie acerbe qui lui vint à l'esprit. Il n'y avait aucune raison qu'elle passe sur Grant sa colère et sa peur. D'autant plus qu'il mettait sa vie en danger pour elle et Nikki.

D'autant plus qu'elle tenait éperdument à lui.

Et si elle n'avait jamais l'occasion de le lui avouer ?

— Grant, il faut que je te dise quelque chose…

Elle prit une profonde inspiration, regrettant de ne pas pouvoir le regarder dans les yeux, alors qu'elle allait lui avouer son amour pour la première fois. Mais elle ne pouvait pas. Elle roulait à toute allure sur l'autoroute, sirène hurlante, zigzaguant entre les voitures.

— Plus tard…, suggéra Grant.

Au ton de sa voix, il savait que cela concernait leur relation.

— Mais, au cas où…

— Non, non… Nous allons tous les deux nous en sortir, et

tu auras tout le temps de me le dire quand tu auras récupéré Nikki saine et sauve, d'accord ?

— Comme tu voudras..., dit-elle en soupirant.

En réalité, Grant avait raison. Pour le moment, toute leur attention devait se concentrer sur Nikki. Mais la décision de ne rien dire pesait lourd sur son cœur, et elle croisa les doigts pour que Grant ait raison, et qu'elle ait l'opportunité de lui faire plus tard le tendre aveu qu'elle avait sur le bout de la langue.

En réalité, elle était prête à faire n'importe quoi pour arracher Nikki aux griffes d'Hoffmeier.

Et si elle devait mettre sa propre vie dans la balance, elle le ferait sans hésiter.

Elle crispa encore plus fort les doigts autour du volant, et ses articulations devinrent blanches.

Plus ils s'éloignaient du centre de Washington, plus la circulation diminuait, lui donnant l'occasion d'augmenter encore sa vitesse.

A côté d'elle, Grant tenait fermement la poignée de la portière, mais ne fit aucun commentaire sur sa façon de conduire.

— Tu as d'autres armes dans la voiture ? demanda-t-elle.

— A part un couteau pliant, non.

— Un couteau ? Tu peux le mettre dans ma poche ?

Grant ouvrit la boîte à gants, en sortit un mini-couteau et le glissa dans la poche du pantalon de Maggie.

— Il va sûrement te fouiller.

— S'il s'approche autant, je n'aurai pas besoin de m'en servir.

Elle maîtrisait suffisamment les techniques de combat pour se sortir des situations les plus périlleuses. Et si elle avait l'occasion de se servir de son Glock, elle n'aurait pas le moindre état d'âme.

— Ça, c'est ma Maggie ! la félicita Grant.

— Tu as parfaitement raison, dit-elle, avec le plus grand sérieux.

Elle prit le risque de quitter un instant la route des yeux pour lui lancer un regard.

Avait-il saisi le sous-entendu ?

Il voulait qu'elle attende pour lui dire qu'elle l'aimait... Bien. Mais au moins, de cette façon, si le pire se produisait, il saurait.

Grant lui pressa le genou tandis qu'elle prenait la sortie vers la M-50, et jetait un coup d'œil à la pendule du tableau de bord.

Si elle parvenait à maintenir sa vitesse sur ce tronçon de route, elle allait peut-être y arriver.

Juste au moment où cette pensée la traversait, le téléphone de Grant sonna.

— C'est Clive, dit-il avant de décrocher.

Après avoir discuté pendant une minute avec leur chef d'équipe, il glissa son téléphone sous son siège, puis se tourna vers Maggie.

— Je laisse la ligne ouverte. Comme ça, Clive pourra nous entendre. En cas de besoin, il préviendra le HRT, qui enverra un hélicoptère.

Maggie approuva d'un signe de tête.

Si Chelsie n'avait pas été blessée, Logan aurait fait partie de l'équipe d'intervention du HRT, muni d'un fusil de sniper capable d'éliminer Hoffmeier à cinq cents mètres de distance.

A supposer bien sûr qu'il ait réussi à trouver une cachette propice, et qu'Hoffmeier sorte à découvert.

Mais plus Grant et elle s'enfonçaient dans la campagne, plus Maggie comprenait le choix d'Hoffmeier : exécuter un tir à distance dans cette zone était totalement impossible.

Le seul moyen de l'éliminer était de s'en approcher. Et elle était la seule qui pourrait le faire sans mettre Nikki en danger.

Alors que la peur grandissait en elle, elle reporta son attention sur le GPS.

— Nous y sommes presque, prévint-elle.

Suivant les instructions, elle s'engagea sur une route de campagne plus étroite.

Le paysage était splendide : immensité verte des prairies où pâturaient des chevaux, avec, de loin en loin, de vastes domaines agricoles.

C'était l'endroit idéal pour dissimuler la victime d'un kidnapping. Même si des cris retentissaient, qui les entendrait ?

— Je vais passer à l'arrière maintenant, indiqua Grant.

Elle ralentit un peu tandis qu'il détachait sa ceinture de

sécurité et enjambait le dossier, s'installant au sol, où il était impossible à Hoffmeier de le voir, à moins de s'avancer au plus près de la voiture.

Maggie jeta tout de même un coup d'œil par-dessus son épaule : Grant avait une main à proximité du holster contenant son Glock, et serrait dans l'autre son MP-5.

— Nous y voilà ! lança-t-elle, en tournant dans une allée privée.

Ralentissant un peu plus, elle baissa sa vitre, à l'affût du moindre bruit. Une brise parfumée d'odeurs de terre humide et grasse, et d'herbe fraîchement fauchée, entra dans l'habitacle, soulevant ses cheveux.

Elle roula encore cinq cents mètres. Apparurent alors des écuries, un manège, ainsi que plusieurs dépendances. Puis, au détour d'un virage, bordée de chênes sans doute centenaires, la maison se dressa, majestueuse et imposante, avec son perron encadré de colonnes blanches soutenant un toit en avancée.

Un 4x4 apparemment vide était garé devant.

— Je ne le vois pas, dit-elle, en plissant les yeux.

L'écho d'une voix, celle d'Hoffmeier, la fit alors sursauter tellement fort qu'elle donna un coup de volant brutal qui fit tanguer leur véhicule.

Il utilisait un porte-voix, réalisa-t-elle. Mais il restait invisible.

— Arrête la voiture ! ordonna-t-il.

Elle obtempéra aussitôt, enfonçant le pied sur la pédale de frein, mais sans enclencher la position parking de la boîte automatique.

Les mains tremblant sur le volant, elle attendit la suite, tout en observant la maison, à la recherche du moindre signe de la présence d'Hoffmeier.

Quelque chose scintilla sur une fenêtre, et elle fixa ce point jusqu'à en avoir mal aux yeux, mais ne put comprendre de quoi il s'agissait.

— Jette ton arme par la vitre ! continua Hoffmeier.

La voix de son tourmenteur réveilla les terminaisons nerveuses dans son cou, comme si elles se préparaient pour la douleur d'une nouvelle marque.

Hoffmeier se mit à aboyer :

— Ne m'oblige pas à le redemander !

Maggie ôta sa ceinture de sécurité, sortit le Glock de son étui et le passa par la vitre pour qu'il le voie, puis elle le laissa tomber.

— Bien ! fit-il.

Il semblait ravi et confiant, comme s'il avait toujours su qu'il parviendrait à ses fins.

— Et maintenant, ton arme de secours.

Elle leva les mains et secoua la tête, supposant qu'il l'observait avec des jumelles.

— Ne me prends pas pour un idiot, grogna-t-il. Je sais que tu as apporté une arme de secours. J'ai l'impression qu'il va te falloir une petite motivation.

Un cri de douleur se répercuta à travers le porte-voix, faisant monter les larmes aux yeux de Maggie.

Derrière elle, Grant murmura :

— Sous le siège.

Se penchant, elle récupéra le Glock de Grant, que ce dernier venait de faire glisser vers elle.

Elle le tendit à l'extérieur et le laissa tomber.

Les larmes se mirent à rouler sur ses joues. Elle ne prit même pas la peine de les essuyer.

Hoffmeier voulait mener la danse et, même si tout en elle était tenté de résister, elle devait lui montrer que c'était le cas.

Elle devait lui laisser croire que cette fois il parviendrait à la briser. Elle devait surtout le laisser s'approcher suffisamment pour être en mesure de le neutraliser.

Elle serra les poings sur ses genoux, là où il ne pouvait pas les voir.

— Très bien, persifla-t-il.

De nouveau, il y eut ce scintillement à la fenêtre.

Etait-elle entrouverte ? se demanda Maggie.

— Encore une chose, continua Hoffmeier, et tu pourras

rouler jusqu'à la maison. Si tu suis toutes mes instructions, je laisserai Nikki s'en aller. Tu sais que ce n'est pas elle que je veux.

Maggie fixa la maison, la mâchoire tremblante. Ce n'était pas pour laisser voir à Hoffmeier qu'elle avait peur, et de ce fait lui donner l'impression qu'il avait le pouvoir, mais tout simplement parce qu'elle ne pouvait pas s'en empêcher.

— Si tu ne m'obéis pas, je la tue immédiatement. C'est compris ?

Maggie hocha frénétiquement la tête.

— Dis à Grant de sortir de la voiture.

Elle se figea, la gorge nouée de terreur.

Qu'allait-il faire à Grant si celui-ci sortait effectivement du véhicule ?

Qu'allait-il faire à Nikki si Grant n'obtempérait pas ?

— Tic-tac…, lâcha Hoffmeier d'un ton moqueur.

Avant qu'elle ait eu le temps de prendre une décision, la portière arrière s'ouvrit derrière elle.

— Non, Grant.

Sa voix n'était qu'un murmure empli de désespoir, mais il était trop tard.

Un flash de lumière explosa à la fenêtre, avec un craquement sec qui fit s'envoler une nuée d'oiseaux.

A côté de la voiture, Grant tomba à terre, une tache rouge sombre s'élargissant sur son torse.

Hoffmeier ricana.

— Maintenant, viens chercher Nikki !

La porte principale de la maison s'ouvrit, et il apparut, une arme pointée sur la tête de sa sœur.

16

— Grant ! cria Maggie par la vitre ouverte.

Il était allongé sur le dos, un bras étendu sur le côté, complètement immobile, sans réaction.

A en juger par la quantité de sang qui s'écoulait à travers sa chemise, il allait mourir d'un instant à l'autre.

La panique submergea Maggie.

Sa seule envie était de bondir hors de la voiture pour vérifier les signes vitaux de Grant, et presser les mains sur la plaie pour essayer de stopper le saignement.

— Tic-tac, répéta Hoffmeier, la faisant tressaillir.

Elle tourna la tête vers lui, puis observa de nouveau Grant et réprima un sanglot.

Cette fois, il ne portait pas de Kevlar.

Cette fois, il n'allait pas se relever en se portant comme un charme.

— Maintenant ! cria Hoffmeier. Ou bien Nikki va payer aussi.

Priant pour que Grant soit toujours en vie, que Clive les ait entendus via le téléphone dissimulé sous le siège et ne tarde pas à arriver, Maggie redémarra et s'arrêta devant le perron.

Nikki avait les mains liées devant elle. Elle portait un short et un T-shirt et, bien qu'elle fût ouvertement terrifiée, semblait alerte. Elle ne présentait aucune blessure apparente. Restait à espérer qu'il n'y en avait aucune d'invisible, songea Maggie.

Comme une marque dans le cou…

Les lèvres de Nikki bougèrent en silence et Maggie put lire les mots :

« Je suis désolée. »

Au même instant, Hoffmeier laissa tomber son porte-voix, attirant l'attention de Maggie vers lui.

Il paraissait plus vieux que sur les photos qu'elle avait vues de lui, et les années ne lui avaient pas été favorables. Il était l'exemple parfait que la psychologie des gens pouvait se lire sur leur visage.

Il avait encore une bonne structure osseuse, mais il était beaucoup plus ridé qu'il n'aurait dû l'être à son âge. La grimace abjecte qui semblait imprimée sur son visage anéantissait le charme qu'il avait pu un jour posséder.

En revanche, il semblait en bonne forme physique. Peut-être même davantage que dix ans plus tôt, à en juger par les muscles saillants de ses bras nus. Même si elle pouvait s'en approcher, Maggie n'aurait pas facilement le dessus.

— Sors lentement de la voiture, dit-il. Et ne tente rien.

Elle coupa le moteur et s'exécuta, les mains levées, et bouillonnant de rage à l'intérieur.

Hoffmeier agita dans sa direction la main qui tenait l'arme, et Maggie banda les muscles de ses jambes. Mais, même en courant de toutes ses forces, il était trop loin pour qu'elle ait le temps de faire quoi que ce soit.

Plissant les yeux d'un air suspicieux, comme s'il avait lu dans ses pensées, il pressa à nouveau le canon de son arme contre la tête de Nikki, puis lança :

— Lève ton chemisier, que je vois si tu portes un holster.

A chaque fois qu'il parlait, elle devait résister à un nouvel élan de peur.

Même en l'ayant en face d'elle, aucun souvenir ne remontait. Mais sa voix était imprimée dans sa mémoire, comme une autre forme de marquage.

— Oui, j'ai un holster. Pour le pistolet que vous m'avez fait jeter, précisa-t-elle.

Sa voix tremblait et ses gestes étaient comme engourdis tandis qu'elle levait le côté de son chemisier afin qu'il puisse voir que l'étui ne contenait pas d'arme.

Le couteau pliant semblait peser une tonne dans la poche de son pantalon, mais il ne fallait surtout pas qu'Hoffmeier le remarque.

— Bien, dit-il. Entrons, maintenant.

Son intonation était soudain joviale, comme s'il l'invitait à prendre le thé.

Il recula vers l'intérieur de la maison, entraînant Nikki avec lui.

Maggie déglutit avec peine.

Le regard de sa sœur ne quittait pas le sien, débordant de culpabilité et de regrets, exactement comme ce que Maggie ressentait quand elle pensait au Violeur à l'hameçon.

Le cœur battant, elle jeta un dernier regard par-dessus son épaule : Grant était toujours prostré à terre.

Vivait-il encore ?

Elle porta le regard plus loin vers la route mais aucun véhicule du SWAT n'était en vue. Elle avait pourtant besoin d'eux pour Grant. Et, d'un autre côté, s'ils arrivaient trop tôt, Hoffmeier risquait de tuer Nikki.

La vision brouillée par les larmes, Maggie les suivit à l'intérieur.

Hoffmeier et Nikki reculèrent le long d'un vaste hall, et entrèrent dans une salle à manger d'apparat, tandis que Maggie se tenait à quelques pas de distance, les mains toujours levées.

A la seconde où elle pénétra dans la pièce, son regard fut attiré vers une toile dans un large cadre ouvragé et doré. Puis il se posa sur une table ancienne, dont le plateau était recouvert de marbre. Au centre, bien en évidence comme un trophée, se trouvait le fer à marquer qu'Hoffmeier avait fabriqué à partir des armoiries de sa famille.

C'était là qu'elle avait été obligée de se mettre à genoux, puis marquée au cou.

Tout son corps se mit à trembler, et les lèvres d'Hoffmeier dessinèrent un lent sourire cruel.

— Tu te souviens…, murmura-t-il.

Ça va faire mal, ça va faire mal, ça va faire mal…

Les mots défilaient comme un disque passé trop vite que Maggie ne pouvait éteindre, lui donnant l'envie de plaquer ses mains sur ses oreilles et de se rouler en boule. Mais cela ne servirait à rien. La voix était dans sa tête.

— J'espérais qu'un jour tu te souviendrais de ce que nous avons vécu, dit-il.

A ces mots, Nikki se débattit soudain et cria :

— Arrêtez, espèce de monstre !

Hoffmeier écarta l'arme de sa tempe et lui assena un coup de crosse sur la joue, faisant basculer la tête de Nikki sur le côté, tandis que du sang se mettait à couler d'une longue estafilade.

Ramenée à la réalité par cette violence dirigée contre sa fragile petite sœur, Maggie se redressa.

— Je suis venue. Il est temps de la laisser partir.

— Pas encore.

Il se déplaça sur le côté, entraînant Nikki avec lui et révélant deux fauteuils en acajou.

— Va t'asseoir dans celui de droite, que nous puissions parler un peu, ordonna-t-il. Comme tu vois, il y a des liens pour m'assurer que tu feras bien ce que je te demande.

— Qui me prouve que vous laisserez Nikki s'en aller une fois que j'aurai fait ce que vous voulez ?

Il leva les sourcils, l'air narquois.

— Il va falloir que tu me fasses confiance. Tu n'as pas le choix. Si tu ne fais pas ce que je dis, j'appuie sur la détente. Oh ! Je ne tirerai probablement pas dans la tête, continua-t-il, sur le ton de la conversation. Peut-être dans la rotule. Ça fait vraiment un mal de chien, et ça ne guérit jamais parfaitement.

De sa main libre, il désigna le fauteuil, comme s'il présentait un article aux enchères, et Maggie s'y dirigea lentement.

— Attache-toi, ordonna-t-il.

Elle récupéra les liens de serrage en plastique posés dans le fauteuil et s'assit. Puis elle passa un lien autour de l'accoudoir et de son poignet.

Quand ce fut fait, elle leva sa main libre, qui tenait le second lien, et secoua la tête.

— Je ne peux pas le faire avec une seule main.

— Pas de problème, déclara-t-il d'un ton guilleret. Nikki va s'en occuper.

Soudain, il devint menaçant.

— Et tu vas rester assise sans bouger. Si j'ai pu toucher ton petit ami en plein cœur à quinze mètres, je peux atteindre ta sœur à la tête à seulement trois mètres.

Il sourit, et une lueur de folie s'alluma dans ses yeux.

— Papa m'a appris le tir dès l'âge de cinq ans, mais ça ne m'a jamais intéressé… jusqu'à très récemment.

A cette mention allusive de Grant, le cœur de Maggie se serra, mais elle s'efforça de l'ignorer. Pour le moment, elle devait se concentrer sur Nikki.

Et elle devait guetter la moindre opportunité de s'échapper. Car c'était bien elle qu'Hoffmeier voulait, et il était tout à fait possible qu'il libère sa sœur si elle suivait ses instructions à la lettre.

Tandis que Nikki s'approchait, elle ne quitta pas des yeux Hoffmeier, attendant le moment où son arme dévierait de Nikki.

Si elle avait une chance d'agir, peu lui importait que le fauteuil soit attaché à son poignet. Elle le traînerait derrière elle en donnant l'assaut. Après tout, cela pesait certainement moins lourd que ses quarante kilos d'équipement.

Nikki vint se placer sur le côté, et ses mains, attachées si serrées qu'elle avait les poignets à vifs, manipulèrent maladroitement le second lien en plastique.

Pendant qu'elle l'attachait en tremblant, les yeux d'Hoffmeier ne la quittaient pas, cillant à peine.

— Ça va ? murmura Maggie.

Nikki hocha la tête.

— Assez de mamours, maugréa Hoffmeier. Nikki, prends l'autre siège.

— Non ! protesta Maggie. Laissez-la partir !

— Je le ferai… à un moment ou à un autre. Actuellement, j'ai besoin d'elle pour que tu te tiennes tranquille. Je te connais, Maggie, ajouta-t-il d'un ton presque ronronnant. Tu as toujours été une combattante.

Un goût d'amertume envahit la gorge de Maggie. Elle ne se rappelait pas l'agression. Cela signifiait-il qu'elle avait lutté ?

— Laissez ma sœur tranquille ! s'époumona Nikki.

— Ecoutez-moi ça, fit Hoffmeier en ricanant. Voilà que la petite Nikki veut jouer les dures ! Ça me plaît beaucoup.

Il soupira dramatiquement.

— Dommage que je sois trop obsédé par sa grande sœur pour m'intéresser à sa version édulcorée.

— Fais ce qu'il demande, lança Maggie.

— Non, protesta Nikki. De toute façon, le SWAT ne va pas tarder à arriver, et…

— Ça suffit, maintenant ! aboya Hoffmeier.

— Nikki, s'il te plaît, fait ce qu'il demande, supplia Maggie.

Après un dernier regard inquiet dans sa direction, Nikki finit par s'asseoir.

La rejoignant, Hoffmeier fixa un second lien à celui déjà enroulé autour des poignets de Nikki, et le fixa à l'accoudoir.

Alors seulement, il tourna son arme vers Maggie et se rapprocha en murmurant :

— Ça fait tellement longtemps que j'attends ce moment.

Luttant contre la panique qui montait en elle, Maggie se prépara à agir. Surtout, elle devait rester en alerte, ne pas se retrouver tétanisée.

Mais plus il approchait, plus sa respiration s'accélérait. Les battements de son cœur résonnaient trop fort et la peur brouillait sa vision.

Grant grogna, roula sur le côté gauche, celui qui n'était pas blessé, et tenta de se redresser.

Son bras droit pendait mollement sur le côté, et du sang en coulait goutte à goutte.

Il avait attendu qu'Hoffmeier ait disparu à l'intérieur avec Maggie et Nikki pour essayer de bouger, ne voulant pas faire voir qu'il avait survécu.

Luttant contre un vertige tandis qu'il se mettait à genoux, il parvint à déboutonner sa chemise, jurant avec force tandis qu'il faisait glisser la manche le long de son bras blessé.

En tant qu'agent du SWAT, il avait reçu une formation médicale de base, mais il n'en avait pas besoin pour réaliser que sa blessure était grave.

Sa chemise était trempée de sang, ainsi que le sol sous lui. Il fallait qu'il arrête l'hémorragie, ou il allait mourir avant l'arrivée des renforts.

Maladroitement, il parvint à rouler sa chemise et à l'enrouler autour de son biceps, se servant de sa main valide et de ses dents pour la nouer le plus serré possible.

Sa main droite se mit aussitôt à le picoter et, quand il se remit debout, il vacilla et faillit tomber.

Il n'avait plus d'arme.

Aussi, il avança, en titubant, et inspecta le sol. Son Glock traînait à quelques pas de là sur les gravillons de l'allée.

Quand il se pencha pour le ramasser, une sensation de nausée l'envahit et ses doigts se refermèrent en tremblant sur la crosse.

Il poussa un lourd soupir.

Dans l'état de faiblesse extrême où il se trouvait, son arme n'allait pas lui servir à grand-chose.

Essayant de se comporter comme il le ferait lors d'une intervention du SWAT, calme et concentré, il glissa son arme dans son holster, serra les dents contre la douleur et se dirigea vers sa voiture, garée devant la maison.

S'il parvenait à récupérer son téléphone, il pourrait demander à Clive d'appeler le HRT pour qu'ils envoient immédiatement un hélicoptère.

Arrivé à la hauteur de la voiture, il prit appui contre elle et chercha à tâtons la poignée de la portière, avant de laisser retomber sa main. Il faudrait qu'il se mette à genoux par terre et se penche sous le siège pour localiser le téléphone. A priori, il ne parviendrait pas à se redresser.

Finalement, il se dirigea vers la porte, puis s'empressa de grimper les marches du perron et de jeter un coup d'œil à l'intérieur.

Il n'y avait personne.

Aussi, il avança prudemment, mesurant chaque pas, tant il avait peur de trébucher et de cogner quelque chose.

Soudain, la voix de Maggie résonna :

« Vous avez dit que c'était moi que vous vouliez. Laissez-la partir. »

Le dos plaqué contre le mur, il jeta un coup d'œil dans la vaste salle à manger.

Au bout de la pièce, Hoffmeier lui tournait le dos. Maggie et Nikki étaient toutes les deux attachées à un fauteuil devant lui.

Les yeux de Maggie s'écarquillèrent soudain. Elle l'avait repéré, comprit Grant.

Il se raplatit aussitôt contre le mur, au cas où la réaction de Maggie aurait attiré l'attention d'Hoffmeier.

La nausée frappa à nouveau, et il ferma brièvement les paupières. Allait-il pouvoir faire quelque chose, ou sa présence ne ferait-elle rien d'autre que les mettre tous en danger ?

S'ordonnant de tenir bon un peu plus longtemps, il se pencha à nouveau pour savoir ce qui se passait dans la pièce.

— Je n'en veux pas, annonça Hoffmeier à Maggie. Et maintenant que tu es là, je n'ai plus besoin d'elle.

Au lieu de la terreur qu'Hoffmeier s'attendait probablement à voir sur le visage de Maggie, la colère déformait les traits de cette dernière.

— Que voulez-vous ? tonna-t-elle. Je suis là. Mais on dirait que vous avez peur de vous approcher, même si je suis attachée.

— Maggie…, murmura Nikki, d'un ton qui se voulait manifestement apaisant.

Elle l'ignora, ses yeux rivés sur Hoffmeier tels des lasers.

— Je ne pensais pas que tu aurais découvert mon identité, lâcha son agresseur. Mais ça ne change rien à ce que j'ai prévu. J'ai tout planifié à la perfection.

Tout en parlant, il avait commencé à baisser son arme. Grant connaissait assez Maggie pour deviner son raisonnement : elle attendait le bon moment pour agir.

— Ta sœur ne compte pas. Elle ne faisait même pas partie du plan originel. Mais il est certain qu'elle m'a facilité les choses en débarquant chez toi. Elle te ressemble beaucoup, tu sais ? Mais elle n'a aucune importance. C'est juste une monnaie d'échange.

Il s'enflamma, son discours devenant incohérent.

— Ton petit ami, par contre, j'ai eu envie de le tuer. Tu m'appartiens. Au bout de dix ans, je savais qu'il était temps.

Il rit.

— Je n'ai jamais eu l'intention d'attendre le 1er septembre pour te retrouver, mais j'avais besoin que tu le croies. Nous allions passer deux jours formidables ensemble, puis j'aurais appelé ton frère pour lui dire où nous trouver, le jour de notre anniversaire.

A cet instant, Grant comprit la suite du plan d'Hoffmeier. Et à l'expression peinte sur le visage de Maggie, elle avait saisi également. Le Violeur à l'hameçon allait siffler la fin d'une partie qui aurait duré dix ans.

— Nous aurions été ensemble pour l'éternité, Maggie.

Hoffmeier en ronronnait presque de plaisir. Et il s'approcha davantage, voulant sans doute profiter de la réaction de Maggie à cette nouvelle.

C'était une énorme erreur, et Grant le savait : Maggie allait en tirer parti.

Sans attendre son signal, il courut de toutes ses forces vers la salle à manger, tandis que Maggie levait les jambes, les verrouillait autour des genoux d'Hoffmeier et le faisait brutalement basculer.

Déséquilibré, Hoffmeier écarta les bras, sa tête heurta le sol, tandis qu'un coup de feu partait. La balle alla se ficher dans le plafond, projetant du plâtre partout sur lui.

Entravée, Maggie ne réussit pas à libérer ses jambes assez vite, et son fauteuil bascula, la faisant tomber sur le côté.

Jurant et tempêtant, Hoffmeier pointa aussitôt son arme dans sa direction, paraissant à peine désorienté par sa chute.

Grant se rua sur lui.

17

Grant atterrit sur Hoffmeier. Puis un nouveau coup de feu partit, assourdissant.

Son épaule droite protesta de douleur tandis qu'il reculait pour assener du bras gauche un coup de poing dans le torse de son adversaire. Hoffmeier écarquilla les yeux de douleur, mais il ne lâcha pas son arme.

Grant frappa à nouveau, refoulant la nausée que lui procurait le simple fait de bouger.

Cette fois, l'arme glissa des doigts d'Hoffmeier, mais celui-ci fut plus malin et, se tortillant sous Grant, porta un coup dans son bras blessé.

Une douleur fulgurante se propagea à travers l'épaule et le torse de Grant. Au prix d'un effort surhumain, il écarta largement son bras droit et parvint à envoyer le pistolet d'Hoffmeier hors de portée.

Mais sa vision s'obscurcit, et du sang commença à s'échapper de son garrot de fortune, éclaboussant à grosses gouttes Hoffmeier.

Faisant appel à toute sa volonté, il encouragea son corps à rester conscient, à continuer de tenir le coup suffisamment longtemps pour se débarrasser de la menace. Pour libérer Maggie.

A côté de lui, au sol, elle essayait frénétiquement de libérer ses bras du fauteuil, sans succès. Puis elle sembla renoncer, basculant le dossier du fauteuil en arrière, de façon à pouvoir lever ses jambes jointes.

Grant se servit de son bras valide pour s'écarter d'Hoffmeier, et ainsi laisser à Maggie un angle d'attaque.

Elle n'hésita pas, et lança un coup de pied dans le menton d'Hoffmeier.

Accusant à peine le coup, ce dernier ne tarda pas à bondir sur ses pieds, jetant un coup d'œil à son arme, qui se trouvait hors de sa portée, puis à Grant, qui se redressait péniblement en prenant appui dans le fauteuil de Nikki.

Au lieu d'essayer de récupérer son arme, Hoffmeier lança un dernier regard désespéré à Maggie, puis courut vers la porte en jurant.

— Grant, Grant…, sanglota Maggie.

Elle en avait la chair de poule.

Lui regardait dans la direction par laquelle Hoffmeier était sorti. Puis, enfin, il reporta son attention sur elle. Alors seulement, sa peur reflua. Son bras avait l'air vraiment mal en point et, quand la plaie s'était rouverte sous les coups d'Hoffmeier, elle avait redouté qu'il ne s'effondre pour de bon.

En cet instant, il semblait plus stable sur ses pieds, et son épaule avait cessé de saigner.

— Tu es grièvement blessé ? s'enquit-elle.

— Je vais m'en sortir.

— Je ne savais pas si tu…

— Je sais. Je suis désolé. Je ne voulais pas qu'Hoffmeier se rende compte que j'étais en vie.

— Dans ma poche, dit-elle. Le couteau.

Il tomba à genoux à côté d'elle et fouilla sa poche, en sortit le couteau et le déplia.

Tandis qu'il coupait maladroitement le lien en plastique, elle étudia son visage, cherchant des signes qui auraient pu indiquer qu'il allait moins bien qu'il ne le prétendait.

Puis elle tourna la tête vers Nikki : sa sœur était toujours ligotée à son fauteuil et pleurait en silence.

— Ça va ? demanda-t-elle.

— Oui, je vais bien, affirma Nikki. Il ne m'a rien fait. Il

m'a juste frappée une fois pour me faire crier quand tu étais au téléphone avec lui. Et toi ? Comment tu te sens ?

— Je vais bien.

C'était pour Grant qu'elle s'inquiétait. Et aussi parce qu'Hoffmeier s'était enfui, disparaissant pour une nouvelle décennie.

Grant acheva de couper les liens et Maggie se précipita sur le téléphone. Grant devait être rapidement pris en charge.

Au lieu d'appeler une ambulance, elle contacta Clive.

— Où êtes-vous ?

— A deux minutes au plus.

— Faites vite. Grant a besoin de soins médicaux. On lui a tiré dessus, et il faut un hélicoptère pour le transporter à l'hôpital le plus proche.

— Je tiens le coup, assura Grant.

Il lui adressa un sourire un peu crispé, tandis qu'il se penchait au-dessus de sa sœur et glissait la lame du couteau entre les liens.

— Où est Hoffmeier ? demanda Clive.

— Il s'est enfui, maugréa Maggie.

Elle se tourna vers Grant, qui venait de libérer Nikki, puis vers la porte.

Pouvait-elle attendre l'arrivée de Clive ? Ou bien, Hoffmeier risquait-il de revenir ? Avec les ressources dont il disposait pour se cacher, parviendraient-ils un jour à remettre la main sur lui ?

Elle considéra la table recouverte d'un plateau de marbre où il avait maintenu sa tête dix ans plus tôt, et le fer à marquer qu'il avait fabriqué à partir des armoiries de sa famille.

S'en sortirait-il une fois encore, fabriquant un nouveau sceau afin de punir indirectement sa famille, et s'en prenant à des jeunes femmes pour se donner une illusion de pouvoir ?

— Vas-y, fit Grant. Retrouve-le. Finis-en avec cette histoire une bonne fois pour toutes.

— Nous arrivons, annonça Clive au téléphone. Nous sommes à l'entrée du chemin.

— Vas-y maintenant ! insista Grant. Ne laisse pas Hoffmeier s'en tirer comme ça.

Des crissements de pneus montèrent de l'extérieur, et Maggie bondit sur ses pieds.

— Sois prudente, lui cria Grant, tandis qu'elle courait vers la porte.

A l'opposé du salon se trouvait une luxueuse cuisine. La porte d'accès au jardin était grande ouverte.

Un instant, Maggie craignit un piège. Mais le vaste terrain plat qui apparaissait auparavant comme un défi constituait désormais un avantage. Hoffmeier filait à toute allure à travers l'immense étendue de gazon entretenu comme celui d'un golf, loin des agents du SWAT qui arrivaient par l'avant de la maison, là où son 4x4 était garé.

Il jeta à Maggie un coup d'œil par-dessus son épaule, et elle réalisa avec effroi avoir laissé son arme dans la maison.

Cela allait donc se jouer entre elle et Hoffmeier, exactement comme dix ans plus tôt.

Elle refoula sa réaction émotionnelle, et essaya de penser comme l'agent fédéral qu'elle était devenue.

Cette fois, elle aurait le dessus.

Elle s'élança aussi vite qu'elle le pouvait derrière lui, ses bottes de combat s'enfonçant dans l'herbe rase. Ses poumons la brûlaient alors qu'elle déployait toute son énergie pour réduire la distance entre eux.

Il regarda de nouveau derrière lui, et quand il réalisa qu'elle le rattrapait, trébucha. Il changea alors brusquement de direction et se dirigea vers un étang.

Maggie suivit et, alors que Hoffmeier semblait sur le point de bifurquer une seconde fois, elle estima être suffisamment près. Elle prit de l'élan et se jeta sur lui, le plaquant au sol.

Ils s'effondrèrent ensemble dans la terre boueuse aux abords de l'étang. Affalée sur le dos d'Hoffmeier, Maggie se redressa sur les genoux et lui attrapa les bras pour le menotter dans le dos. Mais elle avait oublié un détail : ses menottes étaient restées dans la chambre d'hôtel, et cet instant de flottement suffit à Hoffmeier pour reprendre la main.

Roulant sur le côté, il la renversa sous lui, pesant de tout son poids.

— Ce n'est pas encore fini, dit-il d'une voix haletante.

L'odeur puissante de son eau de toilette au vétiver ramena Maggie dix ans en arrière, lui rappelant cette nuit de cauchemar qu'il lui avait fait vivre.

Mais au lieu d'en être tétanisée, elle en fut emplie de fureur.

— Oh si, c'est terminé ! s'exclama-t-elle, en rassemblant toutes ses forces pour le repousser.

Elle crut y être arrivée, mais il parvint à la saisir, et ils basculèrent tous les deux par-dessus la berge de l'étang.

Elle s'attendait à une pente douce, mais la rive s'avéra abrupte, et le dénivelé beaucoup plus élevé que ce qu'elle aurait pu imaginer.

Ils plongèrent tous deux et s'enfoncèrent vers les profondeurs marécageuses.

Maggie se tortilla, essayant d'échapper à sa poigne, mais il avait enroulé un bras autour du sien et l'entraînait vers le bas avec lui.

Elle avait désespérément besoin d'air et ses yeux s'ouvrirent d'eux-mêmes, s'emplissant immédiatement d'eau et de limon.

Peut-être pouvait-elle venir à bout d'Hoffmeier en ne luttant pas pour remonter à la surface, mais en le laissant se noyer tandis qu'il s'accrochait à elle.

Ramenant ses jambes devant elle, elle tapa des deux pieds dans son estomac. Des bulles d'air flottèrent tout autour d'elle tandis qu'il relâchait sa prise et elle fut enfin libre.

Elle déploya toutes ses forces pour remonter à la surface, les muscles tremblants d'être restée sous l'eau sans pouvoir reprendre son souffle.

Au bout d'interminables secondes, elle retrouva l'air libre.

Inspirant à pleins poumons, elle toussa à plusieurs reprises et mit quelque temps à recouvrer ses esprits. Tandis qu'elle nageait vers la rive, sidérée qu'ils aient dérivé si loin et si vite, Clive apparut au loin, courant vers elle.

Cela lui donna l'énergie pour approcher plus vite encore de

la berge mais Hoffmeier refit surface à son tour. Il était à bout de souffle, cherchant malgré tout à l'attraper.

Battant des bras, il lui saisit les cheveux, puis referma les doigts autour de sa nuque et l'entraîna à nouveau vers le fond.

Maggie se tortilla frénétiquement, réussit à se tourner pour lui faire face et lança son poing aussi fort que possible dans sa gorge. Hoffmeier ouvrit grand les yeux, tandis qu'il avalait une pleine gorgée d'eau et se mettait à suffoquer.

Maggie remonta vers la surface, tout en gardant un œil derrière elle : Hoffmeier sombrait lentement dans les profondeurs de l'étang, apparemment inanimé.

C'était fini.

Elle jaillit à l'air libre, soulagée de pouvoir enfin respirer, et fit appel à ses dernières forces pour nager vers la berge, où Clive, dérapant sur le terrain argileux, l'aida à sortir de l'eau.

— Où est Hoffmeier ? demanda-t-il.

Elle cilla, avant de porter le regard vers l'endroit où il s'était enfoncé dans l'eau.

— Il s'est noyé.

— Bien, fit Clive. Mais il faut que nous retournions immédiatement à la maison. L'hélicoptère médicalisé arrive. Il y a un problème avec Grant.

Le pouls de Maggie s'affola.

— Quoi ?

— Il a perdu beaucoup de sang. Il a besoin d'une transfusion et d'un chirurgien.

Tandis que Maggie filait vers la maison, frissonnante et cherchant encore son souffle, le vrombissement du rotor d'un hélicoptère lui fit relever la tête.

L'appareil était sur le point de se poser.

Elle contourna la maison et faillit vaciller : deux de ses collègues transportaient un Grant inconscient. Nikki suivait, regardant autour d'elle, jusqu'à ce qu'elle repère Maggie et lui fasse signe de se dépêcher.

Maggie se ressaisit et mit ce qui lui restait d'énergie à franchir les derniers mètres. Nikki lui prit le bras pour la pousser dans l'hélicoptère avec Grant, juste avant qu'il ne décolle.

La grande maison disparut en dessous d'eux et l'étang ne devint plus qu'un point minuscule. Mais Maggie y fit à peine attention. Tenant entre ses doigts la main inerte de Grant, elle sanglotait :

— Tu dois te battre. J'ai quelque chose d'important à te dire, et tu m'as promis que je pourrais le faire dès que toute cette histoire serait terminée.

Grant ne réagit pas. Son visage et ses lèvres avaient la couleur de la cendre. Maggie lui pressa plus fort les doigts.

— Je t'aime, articula-t-il avec peine.

Au même instant, le moniteur cardiaque auquel il était relié laissa entendre un long bip ininterrompu.

Epilogue

Maggie faisait les cent pas dans la salle d'attente de l'hôpital, jusqu'à ce que Nikki la pousse vers une chaise en plastique moulé.

— J'aurais dû rester, maugréa Maggie.

Et cela faisait des dizaines de fois qu'elle le répétait depuis deux jours.

Depuis qu'ils avaient quitté en hélicoptère le domaine équestre situé en Virginie, elle n'avait cessé de revivre mentalement le moment où elle avait choisi de poursuivre Hoffmeier plutôt que de rester avec Grant.

— C'est Grant lui-même qui t'a demandé de le faire, lui rappela Nikki. Arrête de te faire des reproches.

— Elle a raison, renchérit Scott.

— Tu dois arrêter de te ronger les sangs à cause de ce qui s'est passé, ajouta Chelsie.

Cette dernière était sortie de l'hôpital quelques heures plus tôt et se déplaçait encore avec difficulté, mais les médecins lui avaient assuré qu'elle n'aurait pas de séquelles. Après deux semaines d'arrêt, elle bouillait d'impatience de reprendre le travail.

— Logan va bien aussi, dit Ella, comme pour alléger son sentiment de culpabilité.

Assis sur une banquette inconfortable, l'intéressé hocha la tête.

— Ma blessure avait l'air grave, parce que les plaies à la tête saignent terriblement, mais ce n'est rien du tout. Et puis, nous avons réussi à coffrer les trois types qu'Hoffmeier avait payés.

— Et je ne m'en tire pas si mal, plaisanta Chelsie, en agitant sa main gauche où brillait un diamant. Sans cet incident, j'attendrais encore ma demande en mariage.

A côté d'elle, Scott leva les yeux au ciel.

— J'avais déjà la bague. J'attendais simplement le bon moment.

— Tu vois, dit Nikki, avec un air réjoui. Tout le monde va bien. Et c'est enfin terminé.

— Ça ne devrait pas tarder à l'être, reconnut Maggie.

La police locale avait dragué l'étang des Hoffmeier et trouvé le corps de Jeff. Suite à ces derniers rebondissements, sa famille avait été contrainte de revenir à Washington pour être interrogée.

Apparemment, Lorraine ignorait tout des activités criminelles de son fils. Elle pensait simplement qu'il avait un caractère difficile parce qu'il avait été trop gâté. Elle ne savait pas qu'il avait quitté la région dix ans plus tôt sur la demande expresse de son père. Désormais, elle se cloîtrait dans sa maison de Washington, évitant la presse qui campait derrière les grilles de la propriété.

Frederik et sa fille Claudia, eux, étaient en préventive, attendant une audience de libération sous caution. D'après Clive, celle-ci serait refusée à cause des charges qui pesaient contre eux, dont celle d'obstruction à la justice, et du risque qu'ils cherchent à quitter le pays, compte tenu de leurs moyens financiers et de leurs relations.

Tous deux avaient d'abord prétendu qu'ils étaient persuadés que Jeff avait passé les dix dernières années en Europe. Mais les Hoffmeier étaient connus à Washington, et l'histoire avait vite éclaté dans la presse. Un témoin s'était présenté, une amie de Claudia au lycée, qui avait rapporté que Claudia lui avait confié en pleurant être presque sûre que son frère avait violé Maggie. Elle avait ajouté qu'elle l'avait dit à son père, et que ce dernier s'était empressé de modifier le blason familial. Puis il avait grassement payé Jeff pour qu'il se tienne à l'écart de la famille.

A l'époque, Maggie était la première à avoir été marquée, et il n'y avait pas d'autre victime connue. L'amie en question avait cru l'histoire de Claudia. Comme le nom de famille de Maggie n'avait jamais été révélé, l'amie avait fini par oublier, jusqu'à ce qu'elle apprenne à la télé les derniers rebondissements.

Que ce soit vrai ou non, le fait qu'elle apporte ce témoignage de dernière minute avait contraint Claudia à rompre le silence.

On ne savait pas précisément ce dont la famille était sûre, et ce qu'elle soupçonnait, mais ils étaient de toute façon impliqués. S'ils avaient dénoncé Jeff dix ans plus tôt, ils auraient évité à huit autres jeunes femmes de vivre ce que Maggie avait vécu. Au lieu de quoi, ils n'avaient pensé qu'à se protéger, changeant le logo d'Hoffmeier Finances de façon à ce que l'hameçon qui avait servi à marquer Maggie n'y apparaisse plus.

Nikki lui pressa la main.

— J'ai parlé à papa et maman ce matin à l'hôtel. Je leur ai demandé de m'excuser de leur avoir dit que je passais le week-end avec des amis. Je sais qu'ils te l'ont dit dès qu'ils sont arrivés ici, mais ils sont vraiment fiers de toi, tu sais. Que tu t'en sois sortie, et aussi que tu aies trouvé ce type et que tu l'aies mis hors d'état de nuire pour de bon.

Maggie se força à sourire à sa sœur, mais son pied battait nerveusement la mesure sur le sol en linoléum gris de la salle d'attente.

Pourquoi était-ce si long ?

— Il va arriver, dit Scott.

Puis la porte s'ouvrit et il fut là.

Tout le monde se leva tandis que Maggie courait à travers la pièce.

Elle s'arrêta juste devant Grant, résistant à l'envie de jeter ses bras autour de son cou et de rester blottie contre lui sans plus jamais en bouger.

Il était dans un état effrayant. Sa peau avait toujours une teinte légèrement cendrée, et la douleur creusait son visage. Sous sa blouse d'hôpital, son épaule droite semblait énorme à cause des bandages.

L'infirmière avança son fauteuil roulant dans la salle d'attente et, dès qu'elle eut disparu, Grant se mit à grommeler.

— Ne me regardez pas comme ça. Si tout va bien, je sors demain. Et, en moins de temps qu'il ne faut pour le dire, j'enfoncerai à nouveau des portes avec le SWAT.

Il fit un clin d'œil à Maggie, qui lui sourit en retour avant de se pencher et de lui passer avec délicatesse les bras autour du cou, le touchant à peine.

Il la serra contre lui, avec plus de force qu'elle ne l'aurait pensé, dans la mesure où il avait fallu lui administrer des électrochocs dans l'hélicoptère pour le ramener à la vie, lui faire une transfusion sanguine et opérer son épaule.

— Combien de temps ? s'enquit-elle, en se reculant pour mieux observer son visage.

— Probablement six mois. Il va falloir que je fasse de la rééducation.

La plupart des agents du SWAT seraient furieux de passer autant de temps à l'écart, et d'avoir autant d'efforts à fournir pour retrouver leur aptitude au combat, songea Maggie. Mais la bonne nature de Grant lui permettait d'affronter l'adversité avec la même bonhomie qu'il mettait dans toute chose.

Rien ne l'abattait jamais. C'était un trait de caractère qu'elle aimait chez lui.

Mais le lui avait-elle seulement dit ?

Il avait failli mourir pour Nikki et pour elle, et il ne savait pas ce qu'elle ressentait pour lui.

— Pas de problème, dit-il, comme s'il avait deviné qu'elle s'inquiétait de savoir comment il allait vivre ces six mois d'inactivité. J'ai un plan.

— C'est-à-dire ? intervint Scott. Tu as demandé à Clive de te garder ton poste le temps de ton arrêt maladie ?

— Pas exactement, répondit Grant, en regardant Maggie.

Il tapota la chaise, à côté de l'endroit où l'infirmière avait arrêté son fauteuil roulant. Maggie s'y assit, et il lui prit la main. Etonnamment, cela semblait tout à fait naturel.

— Tu ne vas quand même pas quitter le SWAT ? demanda-t-elle.

— Non.

Il pivota légèrement le buste vers elle.

— Mais j'ai parlé à Martin, il y a deux semaines.

C'était le chef d'équipe de la seconde unité SWAT au WFO.

— Un de ses gars a sollicité son transfert à Los Angeles pour le mois d'avril, et j'ai demandé à prendre sa place.

— Mais non ! protesta Maggie. Tu as attendu tellement longtemps pour intégrer notre équipe. Ce n'est pas normal que ce soit toi qui…

— J'ai également parlé à Clive, l'interrompit Grant. Je lui ai dit que je ne pourrais pas rester dans l'équipe, mais je ne lui ai pas expliqué pourquoi. Je voulais attendre que nous en parlions d'abord tous les deux. Mais je sais qu'il a compris. Comme tous les gars, d'ailleurs.

Maggie rougit à cette idée : tout le monde dans l'équipe savait déjà ce qui se passait entre Grant et elle. Mais après tout, ne faisaient-ils pas partie de sa famille en quelque sorte ?

— Martin t'a promis le poste ?

— Non.

— Dans ce cas, c'est moi qui devrais…

— Mais il me le donnera, affirma Grant d'un ton confiant. Dès que j'aurai terminé ma rééducation, et que je pourrai lui prouver que mon épaule est à cent pour cent de ses capacités.

Il porta la main de Maggie à ses lèvres et y déposa un baiser.

— C'est le timing idéal, dit-il avec enthousiasme. Un poste va se libérer juste au moment où je serai guéri. Et je vais l'obtenir.

Elle lui sourit, éperdue de bonheur, mais n'osant pourtant y croire : ils allaient réellement sortir ensemble et pouvoir tous les deux rester au SWAT ! Tout s'arrangeait à la perfection. La seule chose qui allait lui manquer, c'était de partir en mission avec Grant.

— Tu es sûr ? insista-t-elle.

— Absolument, répondit-il. Je ne renonce jamais à quelque chose que je veux.

Il lui adressa un clin d'œil, avant de poursuivre :

— Ça a marché avec toi, non ?

— Oh oui !

Elle s'inclina pour l'embrasser mais, juste avant que leurs lèvres ne se frôlent, elle corrigea :

— En fait, je crois que c'est moi qui t'ai poursuivi de mes assiduités jusqu'à ce que tu ne puisses plus résister.

La bouche de Grant s'écrasa sur la sienne, lui prouvant sa détermination.

Quand il l'embrassait ainsi, elle pouvait presque oublier qu'il avait été blessé par balle. Elle pouvait presque tout oublier.

Quand il l'embrassait, il y avait dans son âme une légèreté qu'elle n'avait jamais connue avant.

— Mmm…, susurra-t-elle contre sa bouche. N'arrête jamais ça.

Il lui adressa ce sourire charmeur qui la faisait immanquablement fondre, tandis qu'au fond de ses prunelles sombres dansait une lumière de feu qui lui promettait bien plus qu'un simple baiser.

Se rappelant soudain l'endroit où ils se trouvaient, Maggie jeta un coup d'œil par-dessus son épaule : tout le monde s'était esquivé, comme pour leur laisser un peu d'intimité.

Mais elle n'en avait pas besoin. Elle était prête à informer tout un chacun, y compris sa hiérarchie, que Grant et elle allaient désormais former leur propre équipe.

Alors qu'elle s'apprêtait à le dire à Grant, il lui caressa tendrement la joue.

— Comment t'en sors-tu, toi ?

Elle savait exactement à quoi il faisait allusion. Après être montée dans l'hélicoptère, elle avait passé des heures d'angoisse à craindre le pire.

Puis, les deux jours suivants, elle n'avait quasiment pas quitté son chevet, attendant avec impatience qu'il puisse quitter l'hôpital.

Et aujourd'hui, on est le 1er septembre.

Elle avait toujours pensé que ce jour ne pourrait jamais évoquer autre chose pour elle que de la douleur. Et pourtant, elle était totalement sincère lorsque, pressant la main de Grant, elle lui dit :

— C'est une bonne journée, aujourd'hui. Une vraiment bonne journée.

Il se pencha pour l'embrasser à nouveau, et elle posa un doigt sur ses lèvres.

— Tu ne m'as pas laissée finir ce que j'essayais de te dire, protesta-t-elle d'une voix douce.

Il comprit, et son visage s'éclaira avant même qu'elle ait déclaré :

— Je t'aime, Grant.

Alors, il posa de nouveau ses lèvres sur les siennes, et le baiser enflammé qu'il lui donna était empli de merveilleuses promesses.

Maggie retint ses larmes.

Ce 1er septembre, c'était le premier jour d'un nouveau départ. Une nouvelle vie l'attendait avec Grant, et elle allait s'accrocher de toutes ses forces à ce bonheur pour que jamais il ne s'enfuie.

Retrouvez prochainement,
dans votre collection

SAGAS

Trilogie intégrale : CŒURS À PRENDRE
de Lynne Graham - N°134

Héritière de l'amour

Hériter d'une jolie maison dans la campagne française, quelle chance inespérée pour Tabitha ! Sauf que Christian Laroche, l'homme qu'elle a jadis follement aimé, refuse de la voir s'installer sur le domaine familial. Mais Tabitha n'a pas l'intention de céder : son fils Jake n'est-il pas pleinement chez lui sur les terres des Laroche ?

Coup de foudre pour un séducteur

Alors que Pippa se demande si ses collègues vont la reconnaître dans la robe sexy qu'elle a décidé de porter ce soir, pour la fête en l'honneur de leur nouveau patron, elle tombe nez à nez avec l'homme le plus séduisant qu'elle ait jamais vu. Une rencontre qui lui réserve bien des surprises…

Un mariage plein de surprises

Pour ne pas compromettre la guérison de son époux, qui souffre d'amnésie à la suite d'un grave accident de voiture, Hilary va devoir jouer à l'épouse heureuse et comblée, alors que la réalité, hélas, est tout autre. Mais le jour où son mari recouvrera enfin la mémoire, Hilary ne risque-t-elle pas de le perdre pour toujours ?

Série intégrale : RETROUVAILLES À DESTINY
de Teresa Southwick - N°135

Souvenirs passionnés

Afin d'attirer la clientèle dans gîte rural de Destiny, Taylor décide d'accueillir l'une des étapes d'un grand championnat de rodéo. Seule ombre au tableau : l'homme chargé d'organiser l'étape en question n'est autre que Mitch Rafferty, son ancien amant…

Premier baiser

Avant de s'installer à Los Angeles, Hannah décide de passer quelques jours à Destiny, sa ville natale. Elle est surprise d'y retrouver son ami d'enfance, Dev, père d'un adorable petit garçon de quatre ans qui la prend immédiatement pour a nouvelle maman !

Un éternel amour

Maggie ne rêve pas : c'est bien Jack Riley qui se tient devant elle, plus séduisant que jamais. Jack, l'homme qu'elle a aimé passionnément et qui l'a abandonnée pour s'enrôler dans l'armée. Dès lors, comment lui cacher le secret qu'elle garde depuis si longtemps ?

Un amour si sincère

De retour à Destiny, Jensen retrouve Grady, son ami d'enfance désormais père de deux jumelles. Très vite, leur passé les rapproche, même si Jensen sent que Grady cache un secret qui pourrait bien briser l'amour le plus sincère…

HARLEQUIN SAGAS

Retrouvez prochainement,
dans votre collection

SAGAS

Trilogie intégrale : LES MARIÉES DE BRIDE MOUNTAIN
de Gina Wilkins - N°136

La mariée de Bride Mountain

Les amoureux qui croisent le fantôme de la mariée de Bride Mountain vivront heureux toute leur vie... Kinley aime tellement cette légende qu'elle en a fait l'un des atouts majeurs de son auberge. Aussi, c'est la peur au ventre qu'elle attend la visite de Dan Phelan, un célèbre journaliste. Car c'est de cet homme à la réputation sévère que dépend son avenir...

La promesse de Bride Moutain

Depuis que Bonnie tient une auberge avec ses frères et sœurs à Bride Mountain, elle se prend à rêver au grand amour. Se pourrait-il que Paul Drennan, qu'elle ne cesse de croiser par hasard, soit l'homme qui lui est destiné ? Hélas non, comprend-elle bientôt, quand Paul lui propose une liaison nécessairement éphémère...

Proposition à Bride Mountain

Une organisatrice de mariages qui ne croit pas à l'amour éternel, le comble ! Et pourtant, s'il y a une chose dont Alexis est certaine, c'est que les sentiments finissent toujours par s'évanouir. Mais alors pourquoi espère-t-elle toujours un avenir avec Logan Carmichael, le séduisant propriétaire de l'auberge de Bride Mountain ?

Série intégrale : LES BRUMES DU BAYOU
de Mallory Kane - N°137

Disparition en Louisiane

De retour en Louisiane pour assister aux funérailles de son ami Tristan qu'il n'a pas vu depuis des années, l'agent fédéral Zach Winter apprend avec stupéfaction que les circonstances de la mort de Tristan n'ont pas été élucidées. Intrigué, il décide de mener sa propre enquête. En se rendant au domicile de l'épouse de Tristan, il rencontre une femme : Maddy Tierney. Sublime et mystérieuse, elle semble cacher bien des secrets...

Jusqu'au bout de l'espoir

Le cœur étreint par la tristesse, Sandy scrute les eaux sombres du golfe du Mexique et caresse son ventre qui s'arrondit de jour en jour. C'est là que Tristan, son mari, a disparu. Noyade accidentelle, tentative de meurtre... Nul ne sait ce qui s'est réellement passé et Sandy, contre toute raison, continue d'espérer. Comme si l'homme qu'elle aimait se cachait quelque part, attendant le moment opportun pour revenir vers elle...

HARLEQUIN SAGAS

LES FAVORIS

Découvrez vos romans favoris
et vos thématiques préférées
issues de toutes
les collections Harlequin.

À découvrir tous les mois.

DIVERTIR • INSPIRER • ÉMOUVOIR

HARLEQUIN
www.harlequin.fr

OFFRE DE BIENVENUE !

Vous êtes fan de la collection Sagas ?
Pour prolonger le plaisir, recevez gratuitement

◆ 1 livre Sagas gratuit ◆
et 2 cadeaux surprises !

Une fois votre colis de bienvenue reçu, si vous souhaitez continuer à recevoir nos romans Sagas, cela se fera automatiquement. Vous recevrez alors tous les deux mois 3 volumes réédités de cette collection. Prix du colis France : 27,66€ (frais de port inclus).

➡ LES BONNES RAISONS DE S'ABONNER :

Aucun engagement de durée ni de minimum d'achat.
◆
Aucune adhésion à un club.
◆
Vos romans en avant-première.
◆
La livraison à domicile.

➡ ET AUSSI DES AVANTAGES EXCLUSIFS :

Des cadeaux tout au long de l'année.
◆
Des réductions sur vos romans par le biais de nombreuses promotions.
◆
Des romans exclusivement réédités notamment des sagas à succès.
◆
L'abonnement systématique et gratuit à notre magazine d'actu ROMANCE.
◆
Des points fidélité échangeables contre des livres ou des cadeaux.

➡ REJOIGNEZ-NOUS VITE EN COMPLÉTANT ET EN NOUS RENVOYANT LE BULLETIN !

N° d'abonnée (si vous en avez un) ☐☐☐☐☐☐☐☐☐☐ NOZEA3

Mme ☐ Mlle ☐ Nom : .... Prénom : ....

Adresse : ....

CP : ☐☐☐☐☐ Ville : ....

Pays : .... Téléphone : ☐☐☐☐☐☐☐☐☐☐

E-mail : ....

Date de naissance : ☐☐ ☐☐ ☐☐☐☐

☐ Oui, je souhaite être tenue informée par e-mail de l'actualité d'Harlequin.

☐ Oui, je souhaite bénéficier par e-mail des offres promotionnelles des partenaires d'Harlequin.

Renvoyez cette page à : Service Lectrices Harlequin – CS 20008 – 59718 Lille Cedex 9 - France

Date limite : **31 décembre 2020**. Vous recevrez votre colis environ 20 jours après réception de ce bon. Offre soumise à acceptation et réservée aux personnes majeures, résidant en France métropolitaine. Prix susceptibles de modification en cours d'année. Vous pouvez demander à accéder à vos données personnelles, à les rectifier ou à les effacer. Il vous suffit de nous écrire en nous indiquant vos nom, prénom et adresse à : Service Lectrices Harlequin - BP 20008 - 59718 LILLE Cedex 9. Harlequin® est une marque déposée du groupe Harlequin. Harlequin SA – 83/85, Bd Vincent Auriol – 75646 Paris cedex 13. Tél : 01 45 82 47 47. SA au capital de 3 120 000€ - R.C. Paris. Siret 31867159100069/APE5811Z.

RESTEZ CONNECTÉ AVEC HARLEQUIN

Harlequin vous offre un large choix de littérature sentimentale !

Sélectionnez votre style parmi toutes les idées de lecture proposées !

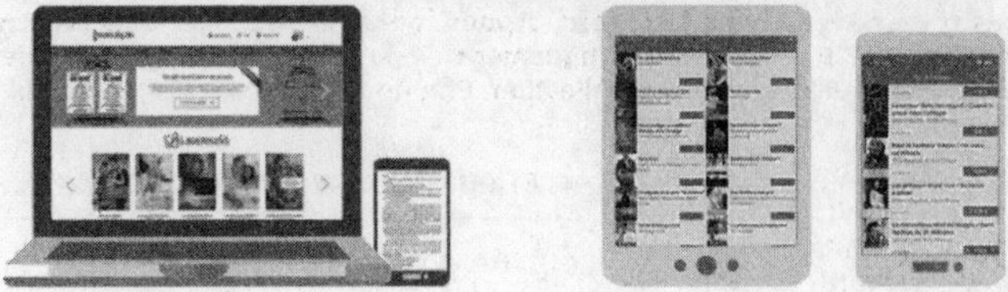

www.harlequin.fr

- **Découvrez** toutes nos actualités, exclusivités, promotions, parutions à venir...
- **Partagez** vos avis sur vos dernières lectures...
- **Lisez** gratuitement en ligne
- **Retrouvez** vos abonnements, vos romans dédicacés, vos livres et vos ebooks en précommande...

L'application Harlequin

- Des **ebooks gratuits** inclus dans l'application
- **50 nouveautés tous les mois** et + de 7 000 ebooks en téléchargement
- Des **petits prix** toute l'année
- Une **facilité de lecture** en un clic hors connexion
- Et plein d'autres avantages...

Téléchargez notre application gratuitement

Télécharger dans l'App Store

DISPONIBLE SUR Google Play

SUIVEZ-NOUS !

facebook.com/HarlequinFrance
twitter.com/harlequinfrance

Composé et édité par HarperCollins France.

Achevé d'imprimer en mai 2020.

CPI
BLACK PRINT

Barcelone

Dépôt légal : juin 2020.

FSC
www.fsc.org
MIXTE
Papier issu de sources responsables
FSC® C108412

Pour limiter l'empreinte environnementale de ses livres, HarperCollins France s'engage à n'utiliser que du papier fabriqué à partir de bois provenant de forêts gérées durablement et de manière responsable.

Imprimé en Espagne.

OFFRE DÉCOUVERTE !

Vous souhaitez découvrir nos collections ? Recevez **votre 1er colis gratuit* avec 2 cadeaux surprises !** Une fois votre colis de bienvenue reçu, si vous souhaitez continuer à recevoir nos livres, cela se fera automatiquement. Vous recevrez alors vos livres inédits** en avant-première.

Vous n'avez aucune obligation d'achat et cette offre est sans engagement de durée !

*1 livre offert + 2 cadeaux / 2 livres offerts pour la collection Azur + 2 cadeaux. Les collections Gentlemen et Aliénor démarrent avec le 1er colis payant.

**Les livres Ispahan, Sagas, Best-Sellers Féminins, Gentlemen et Hors-Série sont des réédités.

☛ COCHEZ la collection choisie et renvoyez cette page au
Service Lectrices Harlequin – CS 20008 – 59718 Lille Cedex 9 – France

Collections	Références	Prix colis*
❑ **AZUR**	Z0ZFA6	6 livres par mois 28,79€
❑ **BLANCHE**	B0ZFA3	3 livres par mois 23,65€
❑ **LES HISTORIQUES**	H0ZFA2	2 livres par mois 16,59€
❑ **ISPAHAN**	Y0ZFA3	3 livres tous les 2 mois 23,35€
❑ **PASSIONS**	R0ZFA3	3 livres par mois 25,09€
❑ **SAGAS**	N0ZFA3	3 livres tous les 2 mois 27,66€
❑ **BLACK ROSE**	I0ZFA3	3 livres par mois 25,09€
❑ **VICTORIA**	V0ZFA3	3 livres tous les 2 mois 25,69€
❑ **GENTLEMEN**	G0ZFA2	2 livres tous les 2 mois 17,35€
❑ **BEST-SELLERS FÉMININS**	E0ZFA2	2 livres tous les 2 mois 18,75€
❑ **ALIÉNOR**	A0ZFA2	2 livres tous les 2 mois 17,35€
❑ **HORS-SÉRIE**	C0ZFA2	2 livres tous les 2 mois 17,35€

N° d'abonnée Harlequin (si vous en avez un) ___________

Mme ❑ Mlle ❑ Nom : ___________

Prénom : ___________ Adresse : ___________

____

Code Postal : ___________ Ville : ___________

Pays : ___________ Tél. : ___________

E-mail : ___________

Date de naissance : ___________

❑ Oui, je souhaite recevoir par e-mail les offres promotionnelles des éditions Harlequin.

❑ Oui, je souhaite recevoir par e-mail les offres promotionnelles des partenaires des éditions Harlequin.

Date limite : 31 décembre 2020. Vous recevrez votre colis environ 20 jours après réception de ce bon. Offre soumise à acceptation et réservée aux personnes majeures, résidant en France métropolitaine, dans la limite des stocks disponibles. Prix susceptibles de modification en cours d'année. Vous pouvez demander à accéder à vos données personnelles, à les rectifier ou à les effacer. Il vous suffit de nous écrire en nous indiquant vos nom, prénom et adresse à : Service Lectrices Harlequin CS 20008 59718 LILLE Cedex 9. Service Lectrices disponible du lundi au vendredi de 8h à 18h : 01 45 82 47 47.

Harlequin® est une marque déposée du groupe HarperCollins France – 83/85, Bd Vincent Auriol – 75646 Paris cedex 13. SA au capital de 3 120 000€ – R.C. Paris. Siret 31867159100069/APE5811Z.